# 시베리아

**IN SIBERIA**
**by Colin Thubron**



**마인드큐브(Mindcube) :**
책은 지은이와 만든이와 읽는이가 함께 이루는 정신의 공간입니다.

# Siberia
# 시베리아

콜린 더브런 지음
황의방 옮김

Mindcube

■ 이 책은 2010년 까치글방에서 발행한 《순수와 구원의 대지 시베리아》의 개정판입니다.

# 차례

마르그레타에게

시베리아
저자의 여행 경로
국경
0 100 200 300 400 500 600 700 800 900 1,000 마일
0 500 1,000 1,500 킬로미터
북극해
두딘카
노릴스크
포탈로보
보르쿠타
투루한스크
오브 강
우랄 산맥
예니세이 강
안가라 강
예카테린부르크
토볼스크
튜멘
포크로프스코예
이르티슈 강
오브 강
시베리아 횡단철도
브라
크라스노야르스크
옴스크
노보시비르스크
아카뎀고로도크
아바칸
미누신스크
슈센스코예
사얀산맥
바르나울
키질
고르노알타이스크
알타이 산맥
파지릭
카자흐스탄

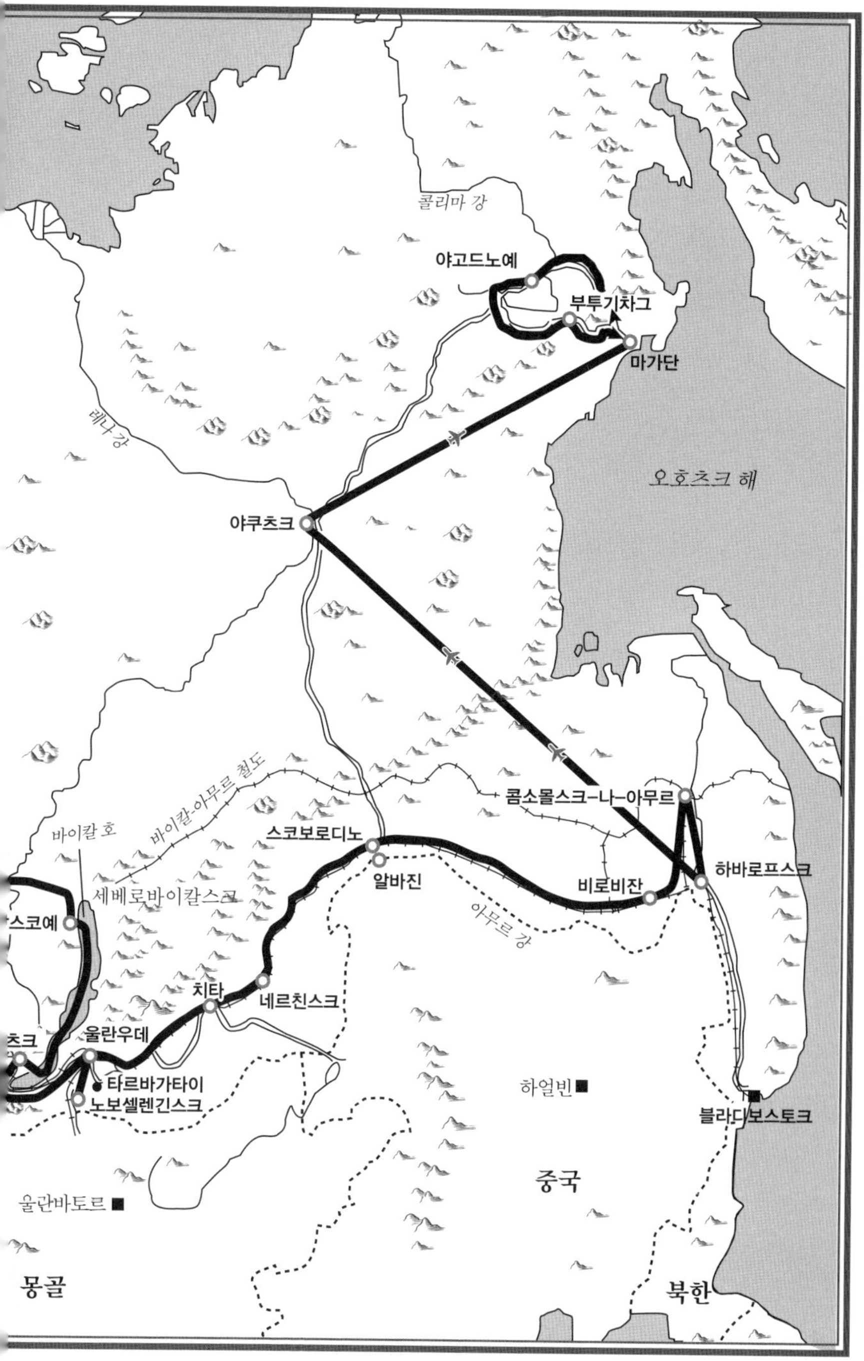
콜리마 강
야고드노예
부투기차그
마가단
레나 강
오호츠크 해
야쿠츠크
바이칼-아무르 철도
콤소몰스크-나-아무르
바이칼 호
스코보로디노
알바진
하바로프스크
비로비잔
세베로바이칼스크
스코예
아무르 강
치타
네르친스크
츠크
울란우데
타르바가타이
노보셀렌긴스크
하얼빈
블라디보스토크
중국
울란바토르
몽골
북한

■ 일러두기 : 본문의 〔 〕는 역자가 단 것이다.

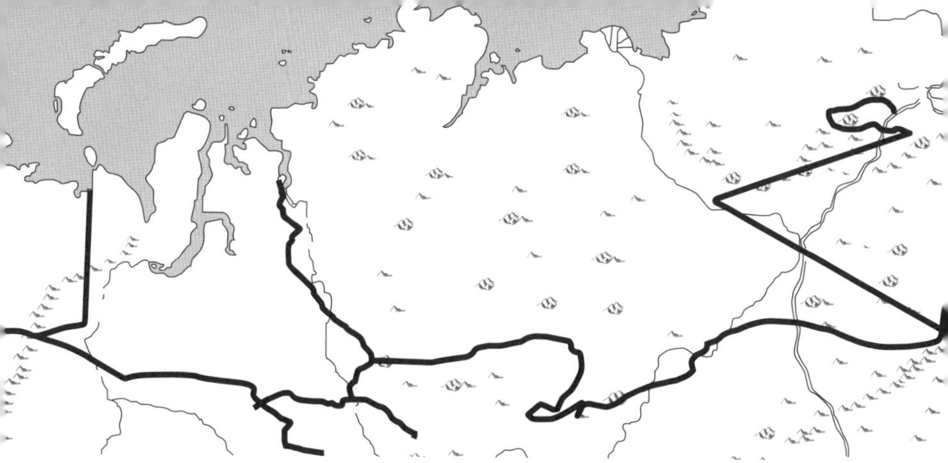

# 1
# 유령의 땅

한 사람이 쇠사슬을 끌며 끝없이 펼쳐진 눈밭을 가로지른다. 더 먼 어딘가에서는 아마 순록 떼가 달려가고 사냥꾼이 눈 위에 그림자를 드리울 것이다. 하지만 그게 전부다. 시베리아— 전 지구 땅덩어리의 12분의 1을 차지하고 있지만, 우리의 뇌리에 분명히 각인된 시베리아의 영상은 그게 전부다. 황량한 아름다움, 그리고 지울 수 없는 두려움.

텅 비어 있다는 느낌은 강박관념이 된다. 불과 몇 년 전까지만 해도 시베리아 횡단철도를 따라 흩어져 있는 다섯 개 도시만이 외국인들에게 개방되었었다. 그마저도 감시를 받는다는 조건이었다. 시베리아 자체는 소문으로만 존재하는 땅이었다. 지금도 하얀 공간이 환상과 걱정을 불러일으킨다. 하얀 학들이 영구 동토층에서 춤을 추는 곳, 거대한 도시가 빙원 가운데 떠 있는 곳, 매머드가 빙하 밑에서 잠자고 있는 곳, 그곳이 바로 시베리아다. 어디선가 수용소 군도(群島)의 테러가 아직도 비밀리에 계속되고 있지 않을까, 로켓 지하 격납고가 다시 건설되고 있는 건 아닐까 하는 두려움을 느낄 수도 있는 곳이 바로 시베리아다.

기차는 숨을 헐떡이는 노인처럼 힘겹게 우랄 산맥을 넘어간다. 산맥은 국경을 이루기에는 너무 낮다. 게다가, 유럽과 아시아를 나누는 경계라니, 더욱 어울리지 않는다. 거뭇거뭇 소나무가 들어찬 비탈이 희미하게 솟아 있을 뿐이다.

차창 너머로 보이는 하늘을 향해 말뚝처럼 곧게 뻗은 침엽수와 자작나무의 벽이 갈라지면, 잡초 우거진 연못 옆에 자리 잡은 고즈넉한 마을들 소도시들이 모습을 드러낸다. 여름이라 철로 둑에는 꽃들이 만발해 있다. 그 너머에 널따란 빈터가, 흔들리는 랜턴처럼 나타났다 사라졌다 한다. 목조 오두막과 울타리가 둘러쳐진 채소밭이 보이고, 풀밭에 엎드린 소들이 보인다.

서둘러 땅거미가 진다. 마치 이곳이 빛과 어둠의 경계이기라도 한 것처럼. 이제 몇 킬로미터만 더 가면 시베리아다. 그 생각을 하니 약간의 경계심이 인다. 나는 지금 유럽 쪽 러시아를 벗어나서 어떤 지방이라기보다는 사람들의 뇌리 속에 자리 잡은 어떤 지역 같은 곳으로 들어가려 하고 있다. 저쪽으로 들어가면 모든 것이 더 얇아지고, 너무 춥거나 넓어서 이 세상 같지 않을 것 같은 생각이 든다. 이 어둠 너머에, 지금까지와는 전혀 다른 세상, 한번 들어가면 영영 돌아오지 못할 세상이 있을 것만 같은 어떤 절박한 느낌에 사로잡힌다.

내가 이곳에 오기로 한 건 내 뜻이 아니었다. 나는 금단의 세상의 광대한 지역이 갑자기 열린다는 사실에 압도되었다. 시베리아의 광대함이 내가 해왔던 모든 아시아 여행을 무색하게 했다. 나는 몰래 지도를 들여다보았다. 시베리아는 그 순간부터 내 뇌리 속에 자리 잡고 점점 깊이 뿌리를 내리기 시작했다. 결국 그 황야는 텅 비어 있는 게 아니라 단지 사람들이 간과하고 있는 것이라는 생각이 들었다. 시베리아는 어떤 보이지 않는 잉크로 그렸기 때문에 그렇게 텅 빈 듯 보이는 게 아닐까 싶었다. 시베리아가 음흉하게 나를 감염시켰던 것이다.

열차의 칸막이 방을 나와 함께 사용하는 아제르바이잔 상인은 전혀 창밖을 내다보지 않는다. 시베리아는 멋이 없고 가난하기만 할 뿐이라고 그는 말한다. 그는 모스크바와 옴스크를 오가며 옷 장사를 한다는데, 쉴새없이 휴대용 계산기를 두드려댄다. "난 그곳에 오래 머물지 않습니다." 그가 말했다. "모든 게 산산조각 나고 있소. 나라면 중국엘 가보겠소. 중국은 장래가 있는 곳이니까." 몸집이 크고 수염이 덥수룩한 상인의 나이는 서른 남짓, 그러니까 한창 때를 지나고 있는 중이다. 한참을 졸더니 작은 손거울로 자기 얼굴을 비추어보고 신음소리를 낸다. 마치 다른 누군가가 오기를 기대하고 있는 것 같은 눈치다.

문득 차창에 차르 알렉산드르 1세가 2백여 년 전에 세운 유령 같은 오벨리스크가 나타났다. 오벨리스크는 기차의 번쩍이는 빛으로 하얗게 된 낮은 둑 위에 서 있다. 지리적으로 바로 여기가 시베리아의 시작이다. 오벨리스크 받침대의 이쪽 면에 '유럽'이라고 씌어 있고, 반대쪽 면에 '아시아'라고 씌어 있다. 오벨리스크는 순식간에 지나가고, 다시 어둠이 내렸다. 그리고 물론 변한 건 아무것도 없었다. 유럽과 아시아의 경계란 상상의 경계일 뿐이니까. 물리적으로 볼 때 대륙은 전혀 나뉘어 있지 않다. 서양의 옛 지리학자들(서양이라는 개념부터가 인위적인 개념이지만)이 어느 날 이쪽은 유럽—알려진 땅—이고, 저쪽은 다른 어떤 곳, 그러니까 아시아라고 부르기 시작했을 터다.

그런 변화가 일어나지 않으리라는 걸 알지만, 그래도 나는 변화를 기다린다. 어둠 속이어서 그런지 철로를 만들기 위해 파낸 심도가 더욱 깊어지는 것 같았고, 철로 위쪽의 나무들이 더 어지럽게 빙빙 돌면서 밀려오는 것 같았다. 하늘에는 희미한 별이 몇 개 돋았다. 가끔 땅이 갈라져 계곡이 되고, 그 계곡 속에 희미한 불빛들이 보였다. 그리고 딱 한번 식당차에서 나는, 보이지 않는 어느 도시의 굴절된 불빛으로 표백된 지평선을 보았다.

나는 잠에 들지 않았다. 아제르바이잔 상인은 불과 1미터밖에 떨어지지 않은 곳에서 요란하게 코를 골았다. 잠을 자는 대신 나는 가지고 온 지도를 들여다보며 쾌감과 불안감을 번갈아 느꼈다. 나의 시선은 언제나 지금 내가 있는 곳으로 향했다. 예카테린부르크 서쪽의 산맥인 이곳에서 시베리아는 동쪽으로 9,600킬로미터 이상 뻗어 있다. 나의 계획은 이 시베리아를 가로지르는 것이다. 그 일은 북반구의 3분의 1을 지나는 것이고, 시간대를 일곱 개나 거치는 일이다. 열차가 흔들리며 덜커덩 소리를 냈다. 마침내 내 여정이 그 윤곽을 드러내는 것 같았다. 그것은 지도의 단순함 속에 들어 있다. 여정은 여러 요인으로 변경될 수 있음을 나는 알고 있다. 교통수단이 고장 날 수도 있고, 경찰이 끼어들거나 마피아가 등장할 수도 있다. 그러나 지금 이 순간 나의 시선은 시베리아 남부에 4,800킬로미터나 뻗어 있는 산맥을 더듬어가고 있다. 그 뒤에는 세 개의 큰 강—오브 강, 예니세이 강 그리고 레나 강—을 따라 여행할 것이다. 이 강들은 몽골 국경에서 북극해를 향해 흐르는 강들이다. 이 강들의 유역 하나하나가 서유럽보다 더 넓다. 그 다음이 바이칼 호다. 내륙의 호수 가운데 가장 깊고 가장 오래된 호수다. 그 뒤는 중국과의 접경지대를 흐르는 아무르 강을 건너고, 기온이 자그마치 영하 72도까지 내려간다는 콜리마 강의 설원도 둘러보아야 한다. 이 경이로운 강들은 매혹적이면서도 위태로운 행진을 거듭하며 태평양으로 흘러간다. 그 먼 거리가 하염없이 막막하게 느껴졌다. 나는 내가 멈춰야 할 곳이 어디일까 하고 생각했다.

이곳은 러시아의 '다른 어떤 곳'이기 때문이다. 공산주의가 도시의 천국에서 미래를 설계하기 훨씬 이전에, 시베리아는 국가를 오염시키는 '병균'들—범죄자, 분파주의자, 정치적 반대자 등—이 내다버려지는 외진 황무지였다. 그러나 묘하게도 수백 년 동안 시베리아는 원시의 순수와 구원이 있는 곳으로 생각되었고, 그래서 농부들은 이곳에서 그들의 약속의 땅을 찾으려 했다. 그래서 때로는 시베리아의 혹독한 환경을 깎아내리는 대신 그곳을 자유의 땅이라고 찬양하기도 했고, 거기 사는 사람들을 썩은 유럽에 오염되지 않은 개척정신 넘치는 슈퍼맨들로 떠받들기도 했다. 모스크바가 유럽의 오염에 굴복하고 만 지금, 시베리아는 순수함과 진짜 '러시아적인 것'의 극(極)이 되었다. 나는 시베리아가 서러시아와 완전히 분리될 것이며 또 여러 개의 독립된 지방으로 분열될 것이라는 소문을 듣는다.

내 지도의 아랫부분을 가로지르며 시베리아 횡단 기찻길이 그물 침대마냥 걸려 있다. 어쩐지 걱정스러워지는 건 기차의 달팽이 같은 느린 속도 때문인지도 모른다. 기차는 시속 80킬로미터의 일정한 속도로 달린다. 이 지역의 통계수치는 기차의 속도와 너무도 대비된다. 모든 게 너무나 멀어 보이는 것이다. 러시아와 분리된다고 해도, 시베리아는 여전히 지구상에서 가장 큰 나라일 것이다. 1,280만 제곱킬로미터라는 면적은 알래스카를 합친 미국보다 더 넓고, 서유럽을 모두 합친 것보다도 더 넓으니까. 우랄 산맥 위로 해가 떠오를 때, 베링 해에서는 해가 진다. 나의 여행이 그 사이의 어디쯤에선가 사라져버리는 건 아닐는지.

평온하고 아름다운 예카테린부르크는 괴팍하게 충격적이다. 엄격하기까지 한 진지함이 도시에 배어 있다. 그러나 이 도시는 1723년 표트르 대제에 의해 광산 도시로 세워졌다. 대제는 자신이 황비의 자리에 앉힌, 품행이 바르지 못한 하녀의 이름을 따서 도시를 명명했다. 편안함을 느끼기에는 도시의 과거가 좀 난폭한 셈이다. 1918년 마지막 차르와 그의 가족이 이 도시의 한 지하실에서 학살됐다. 2차대전 중에는 서러시아에서 뜯어온 수백 개의 공장들이 독일군에 대항하기 위해 이곳에서 재조립되었고, 생화학 무기로 쓰일 식물들이 재배되어 다른 곳으로 옮겨졌다. 그 무기들은 소련 붕괴 이후 사라졌다.

나는 불안한 마음으로 발걸음을 옮겼다. 내가 러시아 깊숙이 여행하기는 17년 만이었다(시베리아는 처음이었다). 나는 마치 시력이 약한 사람처럼, 혹은 기억하고 있는 것이 돌아오기를 기다리는 것처럼 주위를 둘러보았다. 매우 조용했다. 거리는 부드러운 한여름 빛 아래 열려 있었다. 엷은 황갈색 또는 흰색 벽토를 칠한 상트페테르부르크 풍의 공공건물들이 있었고, 두 대를 이어붙인 헝가리산 버스들이 거리를 배회하고 있었다.

머리가 어질어질했다. 나는 계속 무슨 일이 일어나기를 기대하고 있었다. 막연한 불안감, 죄의식 같은 것을 떨쳐버릴 수 없었다. 그런 느낌은 다른 시대, 그러니까 내가 소련 서부를 여행하는 동안 줄곧 KGB의 미행을 당하던 브레즈네프 시절에 기인된 것임을 나는 알고 있었다. 내 발걸음은 가벼웠고, 완전히 노출되어 있었다. 그러나 그 발걸음을 어지럽게 하거나 뒤쫓는 건 아무것도 없었다. 사람들이 개를 데리고 나와 산책하고 있었다. 일요일이었다. 소년티가 나는 두 명의 병사가 막사에서 나뭇잎을 쓸고 있었고, 호화롭게 차린 마차 몇 대가 거리를 오가고 있었다. 마치 19세기를 연상시키는 풍경이었다. 중앙로(전에는 레닌 가였다)에 모인 군중은 꿈꾸는 듯한 표정의 평범한 사람들—운동복이나 청바지를 입은 창백한 눈의 남자들과 품이 넓은 드레스를 입은 여자들—이었다. 아무도 나를 유심히 보지 않았다. 마치 내가 도시의 막(膜) 아래로 사라져버린 느낌이었다. 하긴 다른 사람들과 똑같이 평범한 복장—검은 바지에 회색 셔츠—을 하고 무산계급처럼 머리도 짧게 깎은 데다 배낭도 주위 사람들의 배낭과 별반 다를 게 없으니, 내가 특별히 눈에 띌 일이 없을 터였다. 러시아어가 서툰 나를 사람들이 에스토니아인으로 보아주기를 나는 바랐다.

도시 중심부의 거리 이름이 절반 정도 바뀌어 있었다. 옛 볼셰비키들이 좋아하던 이름들—루나차르스키, 쿠이비셰프, 로자 룩셈

부르크 등—은 사라졌다. 대신 시인들과 작가들의 이름, 그리고 중앙로, 시베리아 발전로 같은 무난한 이름들이 새로 생겼다. 하지만 내가 길을 물을 때마다 사람들의 입에 오르는 건 옛 공산당 시절의 이름들이었다. 전(前) 레닌 가의 교차로 한복판에 있는 야코프 스베르드로프의 동상은 살아남았다. 스베르드로프는 차르의 살해를 조직한 사람이고, 이 도시는 70년 동안 그의 이름으로 불렸었다. 인공의 바위 위에 서 있는 그는 홀쭉하고 젊어 보였다. 그의 몸뚱이는 분노의 발작으로 뒤틀린 것 같았다. 한때 그의 동상은 열정적 사상의 힘을 담고 있었지만, 지금은 그런 힘은 빠진 채 단지 열광적인 한 학생의 모습을 보여주고 있는 것 같았다. 누군가 동상 발치에 진홍색 페인트 한 양동이를 끼얹었는지, 페인트가 바위로 뚝뚝 떨어진 흔적이 보였다.

가끔 강렬한 색깔과 스타일이 나를 혼란스럽게 했다. 길가의 키오스크나 시장에 색깔이 넘쳤고, 한때 이단시되었던 브랜드들—랑콤, 르바이, 프록터 앤드 갬블(P&G) 등—이 곳곳에 자리를 차지하고 있었다. 미국식 작업모나 '몬태나', '시카고 불스'라고 쓰인 야구모자를 쓴 사람들도 보였다. 미니스커트 차림에 졸린 듯한 큰 눈을 가진 여인들이 바닥이 두꺼운 구두를 신고 길고 가는 다리를 뽐내며 보도를 지나고 있었다. 브레즈네프 시절에 저 여자들의 부모는 어디 있었을까 하고 나는 생각해보았다. 그 시절에 나는 저런 여인들을 보았던 기억이 없다. 전에 당의 영광을 기리던 지붕 위 슬로건들이 지금은 보험회사를 선전하는 광고('의지할 만한 당신의 파트너')로 바뀌었다. 거리를 오가는 전차들에도 '펩시' '즐겨요, 코카콜라' 같은 광고가 붙어 있었다. 과연 자연자원이 풍부한 지역에 자리 잡은 이 도시는 새 러시아에서 자립할 수 있는 도시였다. 이 지방의 주지사는 열정적인 개혁주의자였다. 살해된 이 지역 마피아 두목들의 시신은 모스크바에서 많은 돈을 들여 방부 처리된 후 매장을 위해 다시 이곳으로 돌아왔다고 한다.

20년 전 사람들의 멍했던 시선이 어렴풋이 떠올랐다. 당시는 거리에서 아무도 서로 아는 체를 하지 않던 시절이었다. 지금은 사람들의 얼굴에서 베일 같은 게 어느 정도 벗겨졌음을 분명히 알 수 있었다. 멍한 표정은 사라졌고, 대체로 평온해 보였다. 가끔 언쟁을 하거나 노래를 부르기도 했다. 그러나 여전히 좌절감을 드러내고 있는 사람들도 많았다. 그들은 쫙 편 손바닥 위로 머리를 숙이고 앉은 채 꼼짝 않고 있었고, 가끔 자기가 집을 잃게 된 사정을 설명하는 광고판을 목에 걸고 있는 사람들도 보였다. 그런 광고판은 대개 '친애하는 인민 여러분!'으로 시작되고 있었다. 옛 소련 시절에 어디에서나 볼 수 있었던 남자—초라한 중년의 주정뱅이—가 내 시야에 들어왔다. 그를 보니 이반 생각이 났다. 그의 두 눈에는 눈곱이 끼어 있었고, 얼굴의 주름살마다 절망감이 배어 있었다. 그는 내 기억 속에 있는 그보다 더 화가 나 있었고, 더 쓸모없는 사람처럼 보였다. 이제 그는 직장이 없었고, 가끔 나에게 돈을 요구하기까지 했다.

하지만 내가 옛날에 느꼈던 불안감은 사라져가고 있었다. 나는 주차장 나무 사이에서 걸음을 멈추고 누가 나를 미행하고 있지 않나 둘러보았다. 예전의 습관이었다. 후덥지근하고 조용한 대기 속에서 나의 숨소리가 빨라진 게 느껴졌다. 5분쯤 후에 살찐 테리어 개를 동반한 예쁜 여자가 지나갔다. 그리고는 아무도 지나가는 사람이 없었다. 그들은 이제 나에게 관심이 없었다. 그들은 산업스파이 노릇을 하고 있거나 아니면 마피아에 가담했을 것이다. 아니면 이반 같은 부류로 전락했거나.

나는 붐비는 거리로 되돌아갔다. 나는 내가 단서들을 찾고 있다는 것을 알고 있었다. 나는 운명이 없는 러시아를 상상할 수 없었다. 그래서 나는 새로운 신앙이나 정체성의 징후를 찾고 있었다. 나는 그런 것들을 조바심하며 찾고 있었다. 사람들이 어딘가에 막 도착하면 부적이나 단순한 의미 같은 것을 바라듯이. 집에서 만든 것 같은 광고와 포스터 수백 장이 벽이나 나무에서 나부끼고 있었다. 나는 그것들이 신비스런 단서나 되는 것처럼 열심히 읽었다. 다이어트 운동 광고도 있었고, 초월명상이나 영어 강좌를 선전하는 광고도 있었다. 커뮤니케이션 문제의 해결을 약속하는 심리학자도 있었고, 구인 광고도 있었다. "오세요, 30킬로그램을 뺄 수 있습니다…… 당신의 장래를 발견하세요…… 소망은 이루어집니다……" 운운.

'중요 인물'이라는 제목의 전시회가 열리는 곳이 있었다. 스무 점의 밀랍 작품들이 전시대에 놓여 있었다. 소크라테스와 레오나르도 다빈치, 중국 옷을 입은 칭기즈칸, 호리호리한 거인 표트르 대제도 보였다. 그러나 마르크스, 레닌 같은 인물은 보이지 않았다. 대신 자기 발목을 응시하는 발레리나 플리세츠카야가 있었고, 프레디 머큐리의 옆구리를 팔꿈치로 찌르는 엘비스 프레슬리가 있었고, 드라큘라 옆에서 근육을 자랑하는 아놀드 슈워제네거가 있었다.

내가 묵는 텅 빈 게스트하우스—한때 공산당원들의 안식처였다는—에서 마치 어느 호텔 손님의 안부를 묻는 말투로, 이 지역이 모스크바로부터 독립할 가능성이 있는지 물어보았다. 사실 예카테린부르크는 자신들의 깃발—흰색, 녹색, 흑색의 삼색기—을 가지고 있고 자신들의 통화인 우랄 프랑을 만들 계획을 하고 있다(그런 기사를 본 적이 있다). 그러나 접수 데스크 뒤의 세 얼굴은 똑같이 나를 향해서 놀라는 표정을 지었다. "아, 그거요! 깃발은 모든 지방이 다 가지고 있는 걸요. 그건 아무것도 아니에요! 그리고 우랄 프랑은 아무도 본 사람이 없고요." 그들은 얼굴에 주름살을 만들면서 킥킥 웃었다. "독립은 지사가 벌이는 게임에 불과해요!" 그러면서 그들은 웃음을 터뜨렸다.

한 곳이 유난히 텅 비어 있다. 그곳은 승천 교회의 크림색과 청록색 탑 반대쪽에 있는 오래된 구역이다. 교회의 그 탑은 감금된 가족들이 창문을 통해 가끔 얼핏 볼 수 있었던 것이다. 상인 이파티에프의 집은 온데간데없고, 지금은 울퉁불퉁 깨진 포장도로와 엉클어진 관목숲이 그 자리를 차지하고 있다. 1977년 브레즈네프의 명령으로 이 지방의 당서기였던 보리스 옐친이 그 집을 불도저로 밀어버렸기 때문이다(옐친은 훗날 이것을 '지각 없는 결정'이었다고 했다). 그곳이 순례 장소가 되는 것을 막기 위해 한 일이었다.

기념 교회가 세워질 자리에는 엉성한 천막이 쳐져 있고, 차르 니콜라이 2세와 그의 황비, 자녀들, 그리고 마지막 하인들이 무참히 살해된 상인의 집 지하실 자리에는 하얀 십자가가 세워져 있다. 차르 일가가 살해되기 2주일 전에 이곳을 지키던 촌스러운 볼셰비키 돌격대가 비밀경찰 대원으로 교체되었고, 그들은 두려워하기 시작했다. 차르를 지지하는 백군(白軍)이 예카테린부르크를 향해 진군해오고 있었고, 차르에게 충성을 바치는 장교들이 보낸, 구조를 약속하는 편지가 몰래 반입되었다. 하지만 그 편지는 조작된 것이었다. 7월 16일 자정, 잠자리에 들었던 차르 일가는 일어나 옷을 입고 지하실로 내려가라는 지시를 받았다. 니콜라이가 혈우병을 앓고 있던 아들을 안았다. 아들은 두 팔로 아버지의 목을 감쌌다. 아나스타샤는 자신의 애완견을 안았다.

요즘도 몇몇 순례자들이 이곳을 찾곤 한다. 한두 명은 천막 아래서 시간을 좀 보내기도 한다. 신경질적인 태도를 보이는 사람도 있고, 괴로워하는 사람도 있다. 한 노부부는 나란히 서서 기도 책을 펼쳐들고 한 시간 넘게 노래를 불렀다. 할머니는 구슬픈 목소리로 단조로운 성가를 읊조렸고, 할아버지는 슬픈 목소리로 속삭였다. 그들은 또 떨리는 손으로 성호를 그었다. 슬픔에 잠긴 아르메니아인 한 명이 이곳을 자주 찾아온다고 말했다. 자기 아버지를 생각하면서 찾아온다는 거였다. "제 아버지는 콜리마 수용소로 보내졌어요. 어머니와 함께요. 그곳 콜리마에서 아버지는 돌아가셨어요. 스탈린이 아버지를 죽인 겁니다." 그의 시선이 물결치는 듯한 모양의 땅 위를 훑었다. 자갈과 잡초가 덮인 땅이 서쪽으로 경사를 이루고 있었고, 그곳 지면 바로 위로 지하실의 창문이 열려 있었다. "그건 범죄행위였어요. 아버지가 겪은 고통은 끔찍했습니다." 그는 자기 아버지의 운명과 차르의 그것을 융합해놓고 있었다. 그는 마음이 아파서 이곳에 온다고 말했다. "이곳에 오면 나는 아픕니다." 그의 목에 자주색 뾰루지가 나 있었다. 나는 그가 아파하고 싶어한다고 생각했다. 아파야 마음이 편안할 것이리라. "우리 집안은 귀족이었어요. 로마노프 왕가처럼. 그래서 파괴당한 거죠. 이제 러시아는 공산주의를 내던졌으니, 옛날로 돌아갈 겁니다. 그게 우리의 미래예요. 보세요. 모든 게 돌아오고 있어요……."

가족들은 기다렸다. 마치 사진을 찍으려는 사람들처럼. 좌골신경통을 앓고 있던 황비는 열세 살 아들 옆에 앉았다. 나머지는 서 있었다. 차르는 앞에, 네 명의 공주들은 앞줄에, 의사와 세 명의 하인들은 뒤에 섰다. 지하실은 1제곱미터 남짓. 문 쪽에 사형집행 분대는 연발권총을 들고 석 줄로 촘촘히 섰다. 간격이 너무 촘촘해서 손목에 화약으로 인한 화상을 입을 수도 있는 정도였다. 차르는 즉시 살해됐고, 황비와 큰딸도 성호를 미처 긋지도 못한 채 쓰러졌다. 공주들의 코르셋에 박힌 다이아몬드가 탄환을 튕겨냈다. 잠시 동안 그들은 불멸의 존재처럼 보였다. 겁에 질린 경비병들은 자동권총의 탄환을 모두 그들을 향해 발사했고, 그런 다음에도 아직 움직이는 사람들은 방망이로 때리고 칼로 찔렀다. 총구의 연기가 잦아들 무렵까지도 어린 공주는 아버지의 셔츠에 매달려 있었다. 그녀의 시체가 시트에 실려나갈 때, 공주들 가운데 한 명이 눈을 뜨고 비명을 질렀다. 아마 자기가 악몽을 꾸고 있다고 생각했던 모양이다. 경비병들이 그녀를 총검으로 찔러 죽였다.

이 텅 빈 장소의 고요함은 강요된 망각의 고요함이다. 공산당의 선전에서는 죽은 차르가 피에 굶주린 폭군에서 줏대 없는 바보로 격하됐다. 그러다가 그는 역사에서 지워졌다. 이제 이파티에프의 집이 있던 그 빈터에서 그의 운명은 정치를 떨쳐버리고, 부드럽지만 고집이 센 남자와 대가 센 그의 아내, 그리고 세상풍파를 모르던 자녀들의 개인적 비극으로 바뀌었다.

나는 울적한 기분으로 한동안 걸었다. 금잔화와 들국화가 심어진 화단이 울긋불긋한 색을 자랑하고 있었다. 관광버스 한 대가 도착했다. 그러나 내리는 사람은 젊은 여자 한 사람뿐이었다. 그녀는 조심스러운 걸음으로 자갈밭을 가로질러오더니 나에게 자기 카메라를 건넸다. "사진 한 장 찍어주시겠어요?" 나는 그녀가 미소를 지으며 서 있을 줄 알았다. 그러나 그녀는 예상과 달리 자신의 긴 머리채를 어깨 위에 내려뜨리더니 하얀 십자가 밑 아스팔트 위에 무릎을 꿇었다. 거기서 그녀는 꽤 오랫동안 기도를 하고 성호를 그었다. 나는 그녀가 몇 장의 사진을 찍기를 원하는지 궁금했다.

"고마워요. 고마워요." 그녀는 카메라를 받아들고는 내 손을 잡았다. "올가예요."

올가라면, 차르의 큰딸 이름과 같은 이름이다. 아마 그녀는 그 올가를 위해 기도를 올렸을 것이다.

"콜린입니다."

"콜린, 니콜라이!" 러시아 사람들은 늘 두 이름을 서로 연관시켰다. 콜린은 니콜라이의 약칭이다. 그녀는 나에게 희미한 미소를 보냈다. 그리고는 주위를 둘러보았다. "이걸 보세요. 이걸 보시라고요."

"그건 파괴되었지요."

"우리 통치자가 그런 거에요." 두려움 때문인지 아니면 역겨움 때문인지 그녀는 옐친이라는 이름을 입에 담으려 하지 않았다.

"하지만 이제 모든 것이 변했어요." 내가 말했다. 왠지 그녀에게 위로를 건네고 싶었다. "이곳에 교회가 세워질 겁니다. 그리고 그들은 성자가 될 거고요." 그들이 성자가 되는 건 시간문제라고 나는 생각했다.

그러자 그녀가 눈을 크게 뜨며 말했다. "그분들은 이미 성자예요! 천국의 성전에서 그분들은 성자들의 맨 앞자리에 앉아 있어요!" 그녀는 열정적이고 리드미컬한 목소리로 또박또박 말했다. "그 사실을 아직 모르고 있는 건 여기 러시아 사람들뿐이에요. 해외의 러시아 교회는 이미 오래 전에 그들을 시성(諡聖, 죽은 천주교 신자 가운데 어떤 이를 공인된 성인 명부에 기록하는 일)했어요. 해외에서는 성모가 그들을 천국으로 데리고 올라갔다고요!"

나는 그녀가 그걸 어떻게 알고 있는지 의아해하면서 고개를 살짝 끄덕였다.

"성모께서는 니콜라이 황제와 황비뿐만 아니라 그의 모든 가족을 데리고 천국으로 올라가셨어요. 알렉세이, 올가, 타티아나…… 그리고 다른 사람들, 그들에 대한 동정심 때문에 죽은 닥터 보트킨과 하인들 모두를 말이에요."

"모스크바에 있는 당신네 총대주교는……"

"난 총대주교에 대해 몰라요. 나는 그를 모른다고요. 누군가가 그분들의 뼈를 확인했다는 이야기를 들었어요. 하지만 난 몰라요……." 그녀는 시선을 하늘로 향했다. 그녀는 이 세상에 남은 유해에는 관심이 없었다. 그 가족은 그녀의 의지가 이루어놓은 천국에서 살고 있었다. "내가 예배를 드리는 교회에서 성모께서는 세례 요한에게 그분들은 당신의 시녀들, 당신이 가장 사랑하는 아이들이라고 말씀하셨어요……. 나를 보호하고 나를 위해 기도하는 올가도……."

나는 그 수줍고 변덕스러운 올가에 대해 미심쩍은 생각이 들었지만, 그녀는 천국의 세부 묘사를 계속 쏟아냈다. 세례 요한, 차르, 올가, 성모 마리아…… 총신들과 중재자들 등 겨울궁전에 있던 사람들로 채워진 천국의 공식 알현실과 대기실. 그녀는 바쁘게 노래하는 듯한 목소리를 쏟아냈다. 그녀는 두 번이나 나를 니콜라이라고 불렀다. 나는 좀 우쭐한 느낌이 들었다. "지금 그분들은 모두 성모님의 뜰에 살면서 우리의 기도를 성모님께 전해주고 계세요. 곧바로."

이 황량한 빈터 가장자리에 황비가 가장 좋아했던 누이동생이며 신심이 깊었던 엘리자베스를 기리는 작은 예배당이 세워졌다. 엘리자베스는 볼셰비키들에 의해 산 채로 광산 갱 속에 던져짐으로써 순교했다. 그보다 몇 년 전, 그녀는 아름다움과 순진무구한 진지함으로 프랑스 대사를 매혹시킨 바 있었다. 그녀의 남편 세르게이 대공이 성공하지 못한 1905년 혁명 때 폭사하고 난 후, 그녀는 죽어가는 사람들과 버려진 사람들을 돌보는 수녀회를 창설했다. 현재 그녀는 성인의 반열에 올라 있다.

나무 기와로 덮이고 맨 꼭대기에 높이 십자가가 있는 그 예배당의 둥근 지붕 밑으로 들어간 우리는 기원의 촛불이 켜져 있는 성소에 이르렀다. 올가는 광산의 갱 위에 영광스럽게 떠돌고 있는 성 엘리자베스의 성상(聖像)을 향해 기도했다.

"우리는 지금까지 저 역사를 모두 잃어버렸었어요." 그녀가 말했다. "여러 해 동안 우리는 캄캄한 골짜기에서 살아온 거예요. 지난 전쟁으로 2천만 명이 죽었고, 스탈린이 4천만 명을 더 죽였어요.

그런데 그 대가로 돌아온 건 아무것도 없어요! 1991년에 와서야 공산주의가 80년 동안 감추었던 진실을 성모께서 돌려주셨지요."

소련의 신화를 자기 자신의 신화로 대체하면서 그녀의 두 눈은 초점이 맞춰지지 않은 채 내 위에서 반짝였다. 다음 순간 우리는 하늘거리는 촛불들이 차르 가족의 상들을 둘러싸고 있는 곳에 서 있었다. 새로 만들어놓은 기념물이었다. 그들은 이미 성자로 변해 있었다. 올가는 떨리는 손으로 자기가 가져온 작은 초를 놓으면서 이렇게 외쳤다. "여기 그분들이 계시는군요!" 그녀는 그려놓은 그들의 옷깃과 슬리퍼를 신은 발에 부드럽게 입을 맞췄다. 나는 홀린 듯이 그 상들을 자세히 들여다보았다. 그들은 이미 비잔틴 성자들의 가늘고 긴 몸과 궁정 복장을 갖추고 있었다. 끝이 점점 가늘어지는 그들의 손마다 하얀 십자가가 들려 있었다. 왕관을 쓰고 후광을 뒤에 업은 그들은 자신들의 마지막을 미리 아는 듯 슬픈 표정으로 앞을 응시하고 있었다. 그들의 얼굴은 서로 닮아 있었고, 모두 같은 호박색 조명에 잠겨 있었다. 기억된 사진들에서 볼 수 있었던 모든 활력—실생활의 기분과 때—은 걸러내고 진정된 것 같았다. 성자가 되려면 그런 것들을 다 버려야 했을 것이다. 막 피어오르던 공주들의 개성—오만한 미인 타티아나, 통통한 말괄량이 아나스타샤—까지도 이 성스러움의 안개 속에 익사한 것 같았다.

올가가 말했다. "니콜라이, 곧 교회가 부활할 거예요."

"새로운 차르가 들어설 거란 뜻인가요?" 나는 그 말의 뜻을 잘 이해할 수 없었다. 2년 전에 로마노프 왕가의 일원이라고 주장하는 한 젊은이가 그의 어머니와 함께 러시아를 여행했지만, 사람들은 어리둥절해했고 관리들은 세심하게 그의 행동을 감시했다.

"아니, 차르가 아니에요." 올가는 이의를 제기했다. "천상의 결합이죠. 지상의 교회와 천국의 교회가 하나로 될 거예요! 곧, 아주 금방!" 그녀의 목소리에 다시 최면적인 음악이 담겼다. "인류의 미래를 위한 빛!"

내가 어리둥절해서 물었다. "언제 그렇게 된다고요?"

"어느 순간에라도! 이제 성모께서 러시아를 하늘로 끌어올리려고 하시니까요. 하루빨리 러시아는 빛으로 가야 해요! 그 일은 아마 슬픔을 통해 일어날 겁니다. 다음에 러시아의 가슴이 열릴 겁니다! 새롭고 성스러운 러시아!"

고난이 순수함으로 승화된다는 생각. 그것은 옛 동방 정교회의 개념이었다. 역사의 고뇌—일상의 체호프적인 좌절—에서 새로운 세상이 탄생한다는 것이다. 이런 생각이 슬픔과 권태에 의미를 부여했다. 그것은 고난을 위험하지만 수용할 수 있는 것으로 만들었다. 이런 관념이 시간을 치유하는 것 같아 보였다.

살해되던 날 밤, 차르 일가의 시신은 도시에서 32킬로미터 떨어진 숲속으로 운반됐다. 거기서 그들은 옷이 벗겨진 다음—공주들의 코르셋에서 보석들이 뚝뚝 떨어졌다— 물이 고인 광산의 갱 속으로 던져졌다. 그러나 이튿날 저녁 시신들은 다시 인양된 후 더 외딴 곳으로 옮겨졌다. 시신들을 싣고 가던 화물차가 고장이 나자 시신 두 구는 힘겹게 화장했고, 나머지 시신들은 얕게 판 무덤에 겹쳐 넣은 후 산(酸)을 듬뿍 뿌렸다. 예카테린부르크는 일주일 뒤 백군에게 함락됐다.

백군 병사들은 공주의 스패니얼 강아지가 굶주린 채 이파티에프가의 정원에서 어슬렁거리는 걸 발견했다. 그러나 그들이 광산의 갱을 찾아냈을 때, 시신은 거기에 없었다. 주치의의 의치, 황비의 손가락 하나, 그리고 공주들이 목에 걸고 다니던 메달 몇 개를 찾아냈을 뿐이었다.

1991년이 되어서야 그 임시로 만든 가묘가 제대로 발굴되었다. 모스크바 보건부에서 파견한 법의학자가 골격을 다시 맞추었고, 살아 있는 친척들로부터 채취한 샘플 DNA 검사로 그 뼈들의 주인을 가려냈다. 그곳에 매장되지 않은 두 사람은 알렉세이와 셋째딸 마리아였다.

오랫동안 그 유골의 잔해들은 예카테린부르크 시체보관소의 양철 테이블 위에 놓여 있었다. 그 후 간단한 추모행사를 거친 다음, 유골들은 상트페테르부르크의 황실 영묘에 안장됐다. 그들의 장례식은 교회와 국가, 심지어 로마노프 가의 후계자들까지도 분열시켰다. 식장에서 그들의 이름은 불리지 않았다. 해외의 러시아 정교회에 영합하는 러시아 교회가 매장되는 사람들이 누구인지 인지하기를 거부했기 때문이다. 그들의 시성(諡聖)은 정계와 교회의 지뢰밭이 되었다. 평화롭게 쉬지 못하는 사람들은 지금 살아 있는 사람들이다.

사라져버린 이파티에프의 집 뒤에는 오래 전에 야생화된 나무와 관목들이 어지럽게 우거져 있다. 여기서 니콜라스는 경비병들의 감시를 받으며 몸이 성치 않은 공주를 안아다가 바깥의 의자에 앉힌 다음 딸들과 정원에서 30분간 산책을 했다. 이 마지막 몇 주일 동안의 어느 시점에 그는 주위의 과수원에서 풍기는 향내가 무척

강하다고 썼다.

나무들 사이로 길이 나 있었다. 사람이 만든 오솔길이라기보다는 어떤 짐승의 발자국 같았다. 나는 그 길을 따라 천천히 걸었다. 부러진 사다리가 쓰레기 더미에 걸쳐 있는 곳이 나왔다. 발에 전선과 유리병들이 걸렸다. 내가 알기로 이파티에프의 집 몸체는 시 쓰레기 하치장으로 옮겨지고 일부 파편들만 이곳에 남았다. 그런데 누군가가 여기 살고 있다는 괴기스런 느낌이 들었다. 주위의 나무들에 누군가가 마치 장식을 하듯이 쇼핑백들을 걸어놓았다. 서른 개 가량의 해지고 찢어진 쇼핑백들이 마치 죽은 박쥐들처럼 가지에 매달려 있었다. 움푹 파인 쓰레기 구덩이에서 쓰레기들이 마치 옛날의 용도를 되찾은 것처럼 놓여 있었다. 못 쓰게 된 난로 위에는 찌그러진 주전자가 놓여 있고, 부서진 의자 맞은편에는 물에 푹 젖은 소파가 자리잡고 있으며, 구두 두 짝이 나란히 놓인 채 썩어가고 있었다. 모닥불을 피운 흔적도 보였다.

처음에 나는 이곳이 아이들의 놀이터가 된 게 아닐까 생각했다. 그때 위쪽에서 걸걸한 목소리가 들려왔다. "여기서 뭐하는 거야? 꺼지지 못해!"

목소리의 주인공은 체구가 작고 허리가 굽었으며 늙수그레한 노인이었다. 쇠약해져서인지 아니면 술에 찌든 탓인지, 그는 나무 사이로 거의 기다시피 하며 나에게 다가왔다. 그가 허리를 폈다. 그의 이목구비는 하얀 털 속에 자리잡고 있었다. 그가 몸을 펴자 두 눈도 벌어졌다. "아, 당신이로군! 난 그 관리 놈들 중 하나인 줄 알았지." 목소리가 부드러워졌다. 술에 취해 발음이 분명친 않았지만. "당신이로군. 당신이 돌아왔어."

"우린 지금 처음 만났잖소." 쓰레기 더미에서 내 말이 정중하게 울렸다.

하지만 그는 내 말을 듣지 못한 듯했다. "앉아요! 아니, 거기 말고…… 거긴 축축해. 천 쪼가리를 찾아봐요."

나는 의자에 자리를 잡았고, 그는 소파에 앉았다. 금세 습기가 바지 속으로 스며들었다. 지난밤 번개가 치며 비가 꽤 쏟아졌었는데, 그 비에 캔버스 천과 나뭇가지로 얽어만든 이 은신처가 내려앉은 모양이었다. "사방이 물 천지야. 당신이 떠난 후 나는 불을 껐지만 잠을 자지 못했어……." 그때 그의 검은 눈이 다시 나에게 초점이 맞춰졌고, 그는 내가 낯선 사람이라는 걸 깨달은 모양이었다. 그가 말했다. "개자식, 나는 그놈이 돌아오지 않으리라는 걸 알고 있었어." 그의 두 어깨가 축 처졌다. 9월엔 나도 갈 거야. 겨울엔 이곳이 끔찍하거든. 사방이 얼음이라 꼼짝할 수 없게 되지. 당신에게 충고하는데, 가을에는 남쪽으로 가라고." 그가 손가락으로 허공 어딘가를 가리켰다. "난 로스토프로 갈 거야. 흑해로……."

"혼자서요?"

"물론이지." 그가 말했다. "당신도 혼잔가?"

"네, 혼잡니다."

"내 마누라와 아들은 저 위 아크에인젤에 있어. 우리는…… 어…… 마누라는……" 그는 말을 흐렸다. 잠시 후 그가 다소 정중하게 말했다. "점심식사 하겠소?"

우리는 다시 자리를 잡고 앉았다. 그는 소파의 용수철 위에, 나는 다리가 셋뿐인 의자에. 녹슨 프라이팬 위에서 감자 몇 알이 데굴거렸다. 주위에는 고철과 넝마, 부서진 가구, 내부의 부속이 겉으로 비어져나온 기계와 솥 등이 널브러져 있었다. 우리는 서로에 대해 물었다. 그는 빗물이 흥건히 고인 녹색 콩 단지를 찾아 포크로 그 안의 콩을 조심조심 건져냈다. 내가 그에게 몇 알의 영국 사탕을 건네자, 그는 걸레가 되다시피 한 쿠션을 내게 권했다. 잠시 후 그는 비에 젖은 잡지들이 들어 있는 상자 안을 뒤적거리더니 십 년쯤 된《정교회 타임스》한 권을 내밀었다. 우리는 두 번 보드카로 서로를 위해 축배를 들었다. 다소 형식적인 냄새가 나는 행동이었다.

나는 그에게 그의 가족과 직업에 대해 물었다. 그는 나이가 꽤 들어 보였다. 그래서 나는 그가 직장을 떠난 지가 꽤 오래 되었을 걸로 생각했다. 그는 알쏭달쏭한 힌트만을 주고 자세한 이야기는 하지 않았다. 이 거친 정적 속에 갇혀 살면서도 아직 도시인의 경계심 같은 게 남아 있는 것 같았다. 가끔 그는 에르르르 하고 목구멍에서 나오는 긴 소리를 내곤 했는데, 그 소리가 그에게 위안과 안정을 주는 듯했다. "아마 내가 결혼생활을 하는 동안 죄를 지었을 거야…… 그랬던 것 같아. 이제 마누라는 하느님이 함께 하시지…… 그녀는 혼자 살고 있어." 그는 부드럽게 에르르 에르르 소리를 내면서 포크로 감자를 찔렀다. "이렇게 지내고 있어. 각자 혼자서." 그의 어조는 건조했다. 후회 같은 것도 없었고, 그렇다고 기꺼움이 있는 것도 아니었다. 삶의 진실은 결국 외로움이고, 외로움이야말로 삶의 실상이라는 말투였다.

"이 생활에 익숙해지셨군요?" 내가 말했다.

그는 멍하니 주위를 둘러보았다. "우리 아버지는 전쟁 중에 살해되셨소. 난 아버지 얼굴도 몰라. 그리고 우리 어머니는 내가 열세 살 때 공장에서 돌아가셨어. 전선이 어머니 위로 떨어졌대. 그 후

누님이 나를 기르셨소. 누님이 돌아가실 때, 나는 누님 곁에 오래 앉아 있었어요. 지금 당신과 함께 앉아 있는 것처럼 말이오. 그때가 1958년, 내가 열아홉 때였지…… 에르르르."

그가 나와 동갑임을 알고 나는 적잖이 놀랐다. 잠시 그의 얼굴을 훑어보았다. 그리고 상처투성이인 그의 두 손과 살이 드러나도록 닳아버린 검은 손톱을 보고 다시 그의 얼굴로 시선을 돌렸다. 헝클어진 그의 머리와 턱수염에서 문득 나는 나 자신의 유한성을 보았다. 그러자 뭐가 뭔지 불분명해졌다. 가끔 그의 얼굴이 머리의 폭풍 속에서 떨고 있는 난파선같이 보이기도 했다. 하지만 그의 목소리는 힘찼고, 때로는 그의 뺨에서 흘러내리는 삼각형의 선들이 역류해서 그의 두 눈을 즐거움이나 심지어 경멸감으로 채우는 것처럼 보이기도 했다.

내가 말했다. "이렇게 여행을 시작한 게 얼마나 되셨소?"

그가 즉시 대답했다. "34년 됐소. 흐루쇼프 시절에 시작했지. 어려운 시절이었소."

"하지만 그때는 전보다는 더 좋아졌었잖소."

"아니, 좋아지지 않았어. 스탈린 시절이 더 좋았어! 흑해 변에 있는 그의 별장을 본 적이 있소. 거기서 그는 전투복 차림으로 앉아서 파이프 담배를 피우곤 했지!" 그가 소파에 등을 기대고 그의 싸구려 궐련을 상상의 파이프에 넣는 시늉을 했다. "스탈린은 인민을 모욕하지 않는 사람이었소! 그가 러시아인들의 생활을 비참하게 만들었다는 얘기는 틀린 말이야. 그 시절에 감옥에 있던 사람이 지금 자유롭게 나돌아다니는 사람보다 더 형편이 좋았다고. 그런데 요즘도 감옥은 사람들로 넘쳐나지. 아무것도 아닌 일로 징역형을 받거든." 그는 자기 엄지손가락을 우리 사이에서 앞뒤로 움직였다. "당신이 내 가방을 훔친다면 당신은 감옥으로 가지! 5년형!…… 에르르르……내가 누군가의 가방을 훔치면 나 역시 감옥행!"

나도 모르는 사이에 내가 말했다. "정말 그런 일을 했소?"

"했지." 아무렇지도 않다는 듯 그가 말했다. "누군가의 쇼핑백을 슬쩍했지. 5년형을 받았어. 그게 가장 가벼운 처벌이오. 10년을 받을 수도 있었는데 말이지."

나도 모르게 나는 나무에 걸린 쇼핑백들을 올려다보았다. 바람이 일고 있었다. 해진 쇼핑백들이 가지에 걸린 채 흔들리고 있었고, 쓰레기 더미 위로는 종이쪽지들이 날리고 있었다. 내가 말했다. "이제 쇼핑백은 원하는 만큼 있군요."

"아, 저거, 그렇지." 그러나 그는 입을 다물었다. 그것들을 왜 거기 걸어놓았는지 스스로 궁금해하는 것 같았다. 잠시 후 그가 말했다. "그 감옥은 감방 시스템이었소. 난 강간범, 살인범들과 한방을 썼어…… 아무 일도 하지 않은 사람들도 있었고." 그는 가장자리가 깨진 접시를 넝마로 문지르고 거기 감자 두 알을 담아 내밀었다. "가정 같았지."

"가정?"

"잠자고 음식을 먹는 곳 말이오. 그곳이 더 좋았소." 그가 갑자기 울적해졌다. "거기서는 텔레비전도 볼 수 있었소. 그런데 여긴 아무것도 없잖아? 여기서는 음식도 내가 구해야 하구."

"감옥에서 텔레비전을 봤소?"

"수용소에 있을 때는 밤새도록 볼 때도 있었소. 난 뒤에 수용소로 갔지. 거기서 선반(旋盤) 일을 했고 나중엔 판금(板金) 일을 했지. 그 후 나는 떠돌이가 되었소. 사람들의 집 창문을 통해 텔레비전을 보곤 했지. 가끔 살기 위해서 막노동을 하기도 했고. 하지만 계속 다른 곳으로 옮기는 것, 그게 내 생활이야! 중앙아시아, 라트비아, 우크라이나…… 안 가본 데가 없소. 다 가보았어. 하지만 나이가 들면서 다리가 붓기 시작했지."

나는 약간의 놀라움을 느꼈다. 그의 이런 집시 생활이 브레즈네프 시절부터 이어져왔던 것이다. 이런 떠돌이들은 관의 감시를 뚫고 계절 따라 이동했을 것이다. 도로를 따라, 그리고 그들만의 이동경로를 따라, 그들은 여행을 했을 것이다.

그가 큼직한 컵에 보드카를 따라주었다. "누군가가 우리 러시아의 시골을 걸어다니는 건 기적의 땅을 보는 것이라고 썼더군. 투르게네프 시절과 똑같아! 난 그런 시골을 가보았소. 트랙터도 없는 시골 말이오. 백 년 전, 그때가 좋았지. 그때는 사람들이 소박하게 살았소. 버섯도 따고 딸기도 따면서……."

보드카가 그를 낙원으로 들여보낸 모양이었다. 결코 있어본 적 없는 목가적인 여름 속으로 그는 들어가 있었다. 그가 내 컵을 다시 채웠다. "투르게네프를 위하여!" 그런 다음 일어서더니 쓰레기 더미로 힘겹게 기어올라가 무너진 오두막의 막대기와 캔버스 천을 수습했다. 마지막으로 그는 달리아 한 묶음을 꺼내더니 나에게 건넸다.

"어디선 난 거요?"

그는 내 시선을 피하려 했다. "음…… 사람들이 그걸 길러요. 그런 다음…… 그걸 가져오지."

그는 필경 고인들을 추모하는 십자가 앞에서 그 꽃을 가져왔을 터였다. 순례자들이 대개 거기에 꽃을 놓고 가기 때문이다. 주말이면 결혼식을 올린 사람들이 부케를 가져오기도 하고, 때로는 그 앞에서 보드카를 나눠 마신다고 그가 말했다. 폐허의 정원에서 복수의 신처럼 웅크리고 있던 그가 간밤에 그 꽃을 슬쩍 집어왔을 것이었다.

"자, 가져가요." 그가 말했다. "그걸 당신 방에 놓으라고." 그는 꽃을 내 가슴을 향해 찌르듯 내밀었다.

내가 무덤덤히 말했다. "그건 차르 가족을 위한 거잖소?"

그가 나에게 눈을 찡긋했다. "그 가족…… 놈들이 그들 모두를 총살했지. 안 그렇소?" 그가 달리아를 내려다보았다. 꽃들이 마치 재로 변해버리기라도 한 것처럼. 그는 적잖이 술에 취해 있었다. "그들은 그렇게 하는 게 아니었어, 개자식들. 아이들은 생명의 꽃이라구!" 그는 고집스럽게 그 부케를 내 품에 안겼다. "사람들이 '차르는 좋은 사람이었나요?' 하고 물으면, 나는 늘 이렇게 대답하오. '그럼. 그는 인민들에게 먹을 걸 주었지'라고. 대단한 사람이었어. 차르는 ……."

보드카가 그의 눈을 감기게 했다. 그래서 그는 모든 일에 감사하게 된 듯했다. 차르는 스탈린만은 못했지만, 그래도 가난한 사람들과 떠돌이들에게 시혜를 베푸는 사람이 되었다. 그의 달리아도 그에게 도움이 되었다. 내가 떠나려고 일어섰을 때, 그 은둔자는 소파에 등을 기대고 주저앉았다. 그의 턱수염과 담배가 하늘을 향했다.

나는 그에게 무엇을 줄까 망설였다. 나는 영국에서 기념품이 될 열쇠고리 몇 개와 태양전지가 든 계산기 두 개를 가지고 왔었다.

하지만 이 사람은 계산할 것도 없고 잠글 만한 것도 없었다. 나는 그의 머리맡에 돈을 조금 놓아두고 나무 사이로 온 길을 되돌아왔다. 한동안 그의 목소리가 울려왔다. "내일 또 올 거지? 내가 멋진 불을 피울 거야! 올 거지?"

쓰레기로 어질러진 땅 위로 그의 외침이 나를 좇아왔다. "신이 당신에게 건강을 주기를! 좋은 건강을!" 나는 그가 거기 있다는 사실에서 어떤 의미를 찾으려고 애썼다. 나는 그것이 우연이 아니라고 믿고 싶었다. 그러나 내게 들려온 소리는 쇼핑백들이 걸린 가지에서 지저귀는 영혼 없는 참새 소리와 덤불 속 어딘가에서 들려오는 80년 전의 상상의 발걸음 소리였다.

* * *

1900년 파리에서 열린 만국박람회의 러시아 관(館)에 몰려든 사람들은 그 무렵 반쯤 완성된 시베리아 횡단철도의 모형을 타볼 수 있었다. 각 칸마다 개인 변기가 있는, 대리석으로 장식된 화장실이 있었고, 아랍 스타일 또는 중국 스타일의 흡연실과 프랑스식 또는 영국식으로 꾸민 라운지가 있었다. 식당차에서는 각국의 언어를 구사하는 접대원들이 캐비어와 러시아식 수프를 갖다주었고, 파리 오페라의 무대장치를 그리는 화가들이 그린 시베리아 풍경이 서서히 창문으로 지나가 그 기차가 마치 아담한 마을과 끝없이 펼쳐진 산림지대를 지나가고 있는 듯한 착각을 불러일으켰다.

그 호화로운 시설의 대부분은 실현되지 않았다. 하얀 단풍나무 목재로 꾸민 미용실이나 얼음상자를 이용한 냉방시설은 파리 시민의 기억 속에만 살아남았고, 여행자들은 얼간이 같은 접대원들이 형편없는 음식을 가져다준다고 불평했다. 열차에 하나뿐인 화물칸의 욕조마저도 고기를 보관하는 용도로 쓰였을 뿐이었다. 하지만 일등석은 그런 대로 호화스러웠다. 철로가 1891년 착공되고 14년이 채 되지 않았을 때, 기차는 태평양 연안을 따라 덜컹거리며 달리기 시작했다. 우랄 산맥에서 블라디보스토크까지 길이가 8,800킬로미터나 되는 이 철도는, 단연 세계 최장의 철도였다.

상인과 외교관, 모험가들을 태운 이 고급열차들 사이사이에 더욱 중요한 다른 열차들이 거의 주목을 받지 않는 가운데 철도를 달렸다. 나무를 때서 움직이는 원시적인 기관차가 끄는 가축 운반용 열차가 우랄 산맥을 넘어 초원 깊숙이 들어갔다. '사람 40명, 또는 말 8마리'라는 팻말이 붙은 열차의 선반에 세 개 층으로 차곡차곡 쌓이거나 화물칸에 빽빽이 채워진 화물은 다름 아닌 이동하는 농민들이었다. 어떤 칸은 농장 자체가 고스란히 이동하는 것이나 다름없었다. 삼대에 걸친 가족들과 그들의 소, 가금류, 그리고 궁둥이까지 배설물이 차올라서 화가 난 개들이 모두 실려 있었다. 그들을 목격한 몇 안 되는 외국인들이, 악취 나는 양가죽을 둘러쓴 채 웅크리고 있는 창백한 얼굴의 사람들 또는 차 칸마다 가득 탄 맨발의 반(半)야만인들의 참혹한 모습을 묘사한 바 있다.

이미 3백 년 전부터 계속되어왔고 그래서 시베리아에 그 독특한 개성을 부여했던 이러한 주민 이동은 1차 세계대전 이전에 동쪽으로의 이주의 절정을 이루었다. 16세기에 이른바 '부드러운 금(金)'인 털가죽 교역을 하던 코사크 부족들의 뒤를 따라서 농부들과 사냥꾼들, 떠돌이들, 그리고 유럽 쪽 러시아가 위협하거나 억압한 종교적 반대자들이 시베리아로 들어왔다. 불안정하고 야심적인 농부들이 때로는 격려, 때로는 방해를 받으며 이 끝없는 국유지로 들어와 터를 잡았다. 다수는 농노 신분에서 벗어나기 위해 도망친 사람들이었다. 추방당한 사람들도 있었다. 그러나 이 대다수의 이주민들로 하여금 억압이 심하고 때로는 기아가 덮치곤 하던 서쪽의 러시아 심장부를 떠나게 한 것은, 결국 토지에 대한 굶주림이었다. 그리고 1861년 농노제 폐지로 시베리아 이주는 더욱 가속되었다. 이주민들은 말이 끄는 수레에 가재도구와 감상적인 보물들을 잔뜩 싣고 몇 개월에 걸친 동쪽으로의 힘겨운 여행을 계속했다. 많은 사람들이 길 위에서 죽었다. 19세기 말, 철도가 부설되면서 비로소 이들의 여행은 다소 용이해졌다. 열차가 가난한 농민들을 대량으로 실어나름으로써 20년도 지나기 전에 시베리아 인구는 갑절로 늘어 천만 명이 되었다.

이렇게 시베리아는 러시아의 미개척된 동부가 되었다. 시베리아는 낙관주의와 의견차이가 잉태한 지방이었다. 지주 귀족과 교회의 권력은 그 어마어마한 거리로 인해 죽어버렸다. 시베리아에서 이주민은 자기가 필요한 만큼의 땅을 차지했고, 그 땅을 개간하면서 가끔 황실의 보조금을 받기도 했으며 그렇게 개간한 땅을 자기 땅으로 소유했다. 이곳에서 농노제는 불법이었다. 농노제를 유지하려 했던 지주가 단 한 사람 있었는데 그는 곧 살해되었다고 어느 여행자는 썼다. "하느님은 저 높이 있고, 차르는 저 먼 곳에 있다"고 시베리아 사람들은 말했다. 이곳의 귀족은 상트페테르스부르크에서 보낸 부패한 관리들(이런 관리들을 시베리아 사람들은 '먹물들'이라고 경멸했다)이 아니고, 이곳 출신으로 자수성가한, 투박하고 때로는 엄청나게 돈이 많은 상인-모험가들이었다.

이렇게 시베리아인들의 고독이 그들을 해방시켰다. 여러 면에서 공통점이 있는 미국의 개척민들처럼, 그들은 강인한 현실주의자들이었고 독립적이고 아량이 넓은 평등주의자들이었다. 그들은 엄청나게 먹어대는 대식가들이었고, 절제를 모르는 폭음자들이었다. 돈이 생기면 자살적인 술판을 벌여 그 돈을 다 날려버리고 끝내는 무일푼이나 살인자로 전락하는 경우도 많았다. 그들의 사회는 서쪽 러시아 중심부보다 더 유연성이 있었지만, 훨씬 더 위험하기도 했다. 이곳은 늘 죄인들을 내다버리는 쓰레기 하치장이었고, 따라서 출신이 불분명한 도시의 사교계 명사들에서 여행자들을 상대로 강도질을 하는 도망자 출신의 불량배들에게 이르기까지, 박력 넘치는 추방 문화가 만연해 있었다.

20세기가 시작될 무렵 태동하는 시베리아의 모습은 이러했다. 그 후 더 빠른 인구 이동과 그 후의 대량 강제이주로 이런 모습은 희석된다. 러시아 총리 스톨리핀(1862~1911, 제정이 무너지고 볼셰비키 혁명이 일어나기 전의 총리로, 암살되었다)은 1910년에 시베리아의 거친 민주 사회가 어느 날엔가는 서쪽으로 이동해서 그들 모두를 파괴해버릴 거라고 말한 바 있다.

시베리아 횡단철도의 더 싼 칸—복도 양쪽에 침상이 늘어선 개방형 침대칸—은 과거의 어수선한 이주민들의 여행을 생각나게 한다. 나는 이 싸구려 칸에서 졸면서 동쪽의 튜멘으로 가고 있다. 철로는 유난히 간격이 넓고 그 위를 달리는 열차는 높이가 높아서 마치 움직이는 큰 홀과 같은 느낌이다. 열차는 덜컹거린다기보다 가벼이 흔들리는 쪽이어서, 졸음을 몰고 온다. 승객들을 단정치 못한 자세로 늘어지게 한다. 시베리아인들은 어디를 가든 그곳을 주거지로 만든다. 그들의 옷은 모든 받침대와 갈고리로 매달려 있고, 칸막이가 있는 작은 침실 테이블은 한바탕 피크닉이라도 벌인 듯, 병에 든 과일, 말린 생선, 차 등이 어지럽게 널려 있다.

나는 천장에 바싹 달라붙은 복도 가의 침상에 초기의 이주민처럼 누워 때 묻은 창문을 통해 밖을 응시하고 있다. 우랄 산맥이 뒤로 미끄러지고 있다. 지평선을 가로질러 낮게 드리운 숲의 그림자 같다. 비가 안개처럼 내리고 있다. 이윽고 서시베리아 평원이 그 무한한 광대함으로 우리를 감싼다. 지난 빙하시대 이후로 이 평원은 북극과 중앙아시아 사이의 이곳에서 잠을 자듯 존재해왔다. 초기의 시베리아인들은 창조 과정의 중간쯤에 있는 것 같은 이 흙과 물의 뒤범벅을 하느님이 필경 잊어버렸다고 상상했다. 하지만 그 밑에는 지구상에서 가장 풍요로운 유전이 자리하고 있다.

나는 오브 강의 상류 지류인 투라 강 위에 앉아서 이곳에서 죽은 게오르그 스텔러를 생각했다. 내 뒤로는 시베리아에서 가장 오래된 도시인 튜멘의 목조 가옥과 교회들이 둑을 따라 서 있었다. 튜멘은 1586년 코사크들이 세운 도시다. 다리 밑에 서 있는 몇 명의 어부들의 실루엣이 보였고, 내 밑에는 깎이지 않은 바위 경사면이 강의 굽이를 떠받치고 있었다. 강굽이의 물살이 땅의 흙을 쓸어갔고, 그래서 스텔러의 무덤도 사라졌다.

시베리아가 길러낸 천재들이 많지만 그 가운데 가장 걸출한 인물이 바로 이 독일인 박물학자다. 그는 생전에는 주목을 받지 못했다. 러시아를 위해 여러 해에 걸쳐 북극 여행을 하고 죽을 때까지

—미치광이 같은 데가 있던 그는 친구도 없었다—수많은 새로운 식물과 관목류, 그리고 놀라울 정도로 다양한 그때까지 알려지지 않았던 포유동물, 새, 물고기를 발견해서 분류했다. 그가 주석을 붙인 안경가마우지(spectacled cormorant)—쓸모없는 날개를 가진 볼품없는 땅딸보였다—는 지금은 멸종되고 없고, 스텔러 흰갈가마귀(Steller's White Raven)도 다시는 사람들 눈에 띈 적이 없다. 하지만 스텔러 바다사자, 스텔러 솜털오리, 아름다운 스텔러 어치와 스텔러 쥐노래미—무지개 빛깔의 바다송어—는 아직도 존재하고 있고, 흰머리 스텔러 바다독수리—황금색 바다독수리보다 더 크다—도 그가 발견한 이후 단 두 번 목격되었을 뿐이긴 하지만 아직 살고 있을 가능성이 있다. 그러나 스텔러 일행이 베링 해를 건널 때 물속에서 몸을 곧추 세우고 달빛 속에서 배에 탄 그들을 바라보고 있던 스텔러 바다원숭이는, 혼자 있던 수놈 물개이거나 또는 아직까지 알려지지 않은 어떤 동물일 것으로 추정되고 있다.

1741년 베링의 북부 대원정단에 낀 스텔러는 알래스카에 발을 디딘 최초의 백인이었다. 원정대의 절반이 괴혈병으로 죽고 베링도 언 땅 밑에 묻히고 난 직후, 스텔러는 떠내려온 나무로 임시 은신처를 만들고 지금 스텔러 바다소라고 알려져 있는 짐승들에 대해 꼼꼼하게 라틴어로 기록했다. 이 거대한 바다소는 옛 조상이 코끼리와 같았고, 두공과 사촌뻘(그러니까 인어의 사촌)이었다. 그러나 현재 이 동물은 스텔러의 꼼꼼한 노트 속에만 남아 있을 뿐이다. 30년도 지나기 전에 사냥꾼들에 의해 멸종되었기 때문이다. 바다소들은 해초가 우거진 해저를 걸어다니면서 소처럼 풀을 뜯어먹었다. 놈들은 굽이 있는 앞발을 움직여 아주 천천히 앞으로 나아갔고, 먹는 데만 정신이 팔려 위험 따위는 아랑곳하지 않았다. 그래서 스텔러는 가끔 놈들을 쓰다듬어줄 수 있었다. 녀석들 가운데는 길이가 10미터, 무게가 4톤이나 되는 놈들도 있었다. 녀석들의 행동은 사람과 놀라울 정도로 비슷했다. 짝짓기를 할 때는 사람처럼 서로를 껴안았고, 굶주린 선원들이 작살로 한 놈을 잡으면 다른 놈들이 도우러 달려와 로프를 나꿔채고 꼬리로 갈고리를 후려치곤 했다고, 스텔러는 썼다.

그러나 스텔러는 자신이 남긴 이 동물들에 대한 해부학적 분석으로 자기 이름이 길이 남는 것을 보지 못하고 죽었다. 그는 그가 비위를 상하게 했던 관리들로부터 고발당하고 또 상트페테르부르크에 두고온 사나운 아내에게 쫓기고 또 술독에 찌들어서, 서른일곱의 나이에 튜멘에서 죽었고, 강 위쪽의 절벽에 묻혔다. 그러나 강도들이 그의 무덤을 파헤쳐 그의 시신이 늑대들의 밥이 되도록 방치했다. 며칠 후 몇 명의 원주민이 그를 바위 밑에 다시 묻어주었다. 세월이 흐르면서 강물이 지금 내가 서 있는 발밑의 둑을 갉아먹었고, 그래서 스텔러의 무덤은 사라지고 만 것이다. 결국 스텔러의 시신은 스텔러 바다소들이 이미 멸종된 북극해로 휩쓸려가고 말았다.

나는 지나가는 차를 얻어타고 북동쪽으로 백 킬로미터쯤 떨어진 포크로프스코에 마을로 가보기로 했다. 나를 태워준 트럭 운전수는 전에 영국인을 한 번도 본 적이 없는 사람이었다. 그는 걸걸한 목소리로 빅벤과 셜록 홈스에 대해서 이야기를 늘어놓았다. 포크로프스코에는 라스푸틴이 태어난 곳이다. 그러나 마을에는 인적이 보이지 않았다. 이 마을의 중심가는 손질하지 않은 정원 깊숙이 자리 잡은 오두막들 사이로 뚫린 넓은 마차 바퀴자국이었다. 앞으로 여행할 마을들의 절반가량이 이런 모양일 거라고 나는 짐작했다. 광활한 초원 위에 산만하게 늘어선 몇 채의 오두막들……. 다음번에 바람이 불면 휙 날려가버릴 것 같은 느낌을 주는 모습이었다.

트럭 운전수는 전부터 이곳을 알고 있던 사람이었다. 그는 라스푸틴의 친척이 이 마을에 살고 있을 거라고 장담했다. 하지만 눈에 띄는 사람이라곤 거리 교차로의 벤치에 반듯하게 앉아 있는 노파들뿐이었다. 라스푸틴을 닮은 남자 이야기를 하자 그 노파들은 서로 다른 방향을 가리켰다. 이곳저곳을 헤맨 끝에 우리는 마침내 덧문이 닫힌, 금방이라도 쓰러질 것 같은 집앞에 이르렀다. 안에서 외치는 목소리가 들렸다. "빅토르!"

그는 누군가로부터 우리가 온다는 사실을 미리 통고받은 것 같았다. 우리를 맞을 옷차림을 하고 있었던 게 그 증거였다. 그가 채마밭을 가로질러 우리가 있는 곳으로 겅중겅중 뛰어오자 트럭 운전수까지도 깜짝 놀라는 것 같았다. 내가 그동안 보아온 모든 라스푸틴의 사진들이 그의 얼굴 속에 그대로 살아난 것 같았다. 진짜 라스푸틴이 살아온 듯한 모습이었다. 그는 옛날에 농민들이 입던 벨트 맨 작업복에 헐렁한 부츠를 신고 있었고, 검은 턱수염을 더 부룩하게 늘어뜨리고 있었다. 그것은 다분히 의식적인 차림이었다. 머리를 반으로 가르마를 타서 묶은, 기름이 번지르르한 머리타래가 어깨 주위에 늘어져 있었다. 이 검은 후광 속에 뭉툭한 코와 엷은 색깔의 눈을 가진 라스푸틴의 얼굴이 자리잡고 있었다. 그 두 눈이 순진하면서도 교활하게 우리를 지켜보고 있었다.

트럭 운전수가 말했다. "그럼 당신이 라스푸틴의 손자요?"

"라스푸틴에게 공식적으로 남아 있는 친척은 없어요. 하지만 나의 증조할머니께서 라스푸틴의 하녀였지요. 할머니가 집에서 그를 도왔죠." 그의 목소리는 멜로디가 있었고 냉소적이었다. "난 그 할머니가 그와 죄를 지었다고 생각합니다." 그러면서 그는 자기 머리와 턱수염을 만졌다. 라스푸틴의 죄가 그의 영광이 된 거였다. "그래서 내 모습이 이런 거요." 그는 그의 관념상의 증조할머니가 가지고 있었다는 것과 똑같은 혼란스러운 친절한 태도로 나의 한 팔을 잡고, 자기가 나를 위해 할 수 있는 일이 무엇이냐고 물었다. 내가 반사적으로 대답했다. "오늘밤을 보낼 방이 필요합니다." 나는 머릿속에서 빅토르의 얼굴의 지주라고 할 수 있는 것들—턱수염과 의도적으로 꾸민 머리 모양—을 빼보았다. 그래도 라스푸틴과 닮은 곳이 많다고 할 수밖에 없었다. 그는 그의 우상의 방탕함과 교활함을 발산하고 있었다. 아니, 그런 분위기를 애써 만들어낸 것인지도 몰랐다. 중간중간에 끼어드는 다정함도 라스푸틴을 닮았다고 할 수 있었다. 그러나 그에게서는 권위 같은 건 찾아볼 수 없었다.

마을 사람들은 빅토르를 가까이 하지 않으려는 것 같았다. 트럭 운전수는 가버렸다. 빅토로는 그의 누이, 매제와 함께 살고 있었다. 그 자신의 집이 워낙 엉망으로 퇴락했기 때문이었다. 그가 누이 부부에게 나를 하룻밤 재워주라고 부탁했다. 나는 담장 틈으로 허리까지 올라오는 양배추 사이에 무릎을 꿇고 있는 성난 얼굴의 농부와 찌푸린 얼굴의 그의 아내를 얼핏 볼 수 있었다. 곧 빅토르의 간청하는 목소리 위로 다른 데 가서 알아보라는 거친 목소리가 들렸다.

그는 미소를 지으며 돌아와 약해져가는 햇빛 속에 앉아 있는 세 명의 노파들에게 간청했다. 나는 마치 경매 물품처럼 그 옆에 서 있었다. 노파들은 전형적인 러시아 시골 아낙들이었다. 뚱뚱한 몸매에 요란한 스커트를 입고 펠트 천으로 만든 슬리퍼를 신은 평온한 얼굴의 할머니들이었다. 그들이 미심쩍은 시선으로 나를 훑어보았다. 한 할머니가 주름이 없는 좀 어린애 같은 얼굴을 내게로 돌리며 말했다. "난 남자들이 무서워!" 그러자 다른 할머니들이 웃음을 터뜨렸다. 남자들이 무섭다는 그 할머니가 나를 안으로 데리고 들어갔다.

하지만 빅토르가 아직 나를 놓아주려 하지 않았다. 그가 나를 안내해서 자기 마을 이곳저곳을 보여주었다. 외국인을 데리고 다니면서 뭔가 우쭐한 기분을 느끼고 있는 것 같았다. 흙길은 너비가 약 20미터쯤 되었다. 바퀴자국에 불과한 길이 이렇게 넓다는 게 도무지 이해가 되지 않았다. 오두막집 몇 채가 흩어져 있는 마을의 길치고는 너무 넓었다. 진흙길이 이 마을로 들어갔다 나왔다 했고, 투라 강이 그 너머의 초원 위로 구불구불 흐르고 있었다. 몇 명의 농부들이 조용한 저녁 풍경 속에 등장했다. 채소밭에서 일하고 있는 농부들도 보였다. 다들 찢어지게 가난해 보였다. 머리가 회색으로 변한 남자들은 영양실조에 걸린 듯 기진맥진한 어정쩡한 얼굴이었고, 뚱뚱한 몸매의 여자들은 인내의 화신들처럼 보였다. 그들은 빅토르를 겨우 알아보거나 전혀 알아보지 못했다. 빅토르는 가짜 라스푸틴 행세를 함으로써 하느님과 놀면서 어리석은 체하는 마을의 '유로지비'(다른 사람들이 보고 듣지 못하는 것을 보고 들을 수 있는 능력이 있는 것으로 여겨지던 신비스러우면서도 바보스러운 존재) 역할을 담당하고 있는 것 같았다. 그는 사람들을 불편하게 했다. 라스푸틴의 시대에 이 마을은 여름철 강을 통한 교통이 활발해서 지금보다 더 바쁘고 더 번영했었다.

"당시엔 라스푸틴이 많았지요." 빅토르가 말했다. "서른세 집이 있었으니까요. 하지만 1929년에 집단화가 시작되면서 그들은 사라졌어요. 그들은 부자였거든요. 부농들이었지요. 그래서 집단으로 이송되어 추방되었어요. 아니면 죽었거나. 저 북쪽 어딘가에 아직도 라스푸틴 가문들이 있어요……. 하지만 진짜 친척들, 그들은 사라졌어요." 가끔 그가 내 한 팔을 움켜잡으며 걸음을 멈추었다. 그럴 때면 따뜻한 그의 입김이 내 얼굴 가까이 느껴졌다. 그의 부드러운 미소가 자기 혼자만 남았다고 말하는 것 같았다. "저기 둥그런 무더기가 보이지요? 저곳이 교회가 있던 곳이에요. 이 마을에서 가장 높은 건물이었죠. 전후에 그들이 교회를 파괴했어요. 돌로 지은 워낙 튼튼한 건물이라서 허는 데 석 달도 넘게 걸렸어요. 라스푸틴이 거기서 노래하고 싶어했던 교회였지요." 그의 목소리가 부드러운 저음으로 바뀌었다.

> 우린 진정한 빛을 보았네
> 그리고 성령을 맞아들였지……

"하지만 성직자가 그를 미워했지요."

내가 물었다. "그를 기억하는 사람 중에 아직 살아 있는 사람은 없나요?"

"자기 정원에서 풀을 깎곤 하던 할머니가 한 분 계셨어요. 하지만 그 할머니도 작년에 세상을 떠났죠. 그 할머니는 늘 그가 친절했다고 말씀하셨어요. 그것이 그가 이곳에 남긴 기억이지요. 그가 상트페테르부르크에서 돌아올 때마다 이곳에서는 마을 축제가 벌어졌어요. 그는 대개 옥수수 씨앗을 뿌리는 봄이나 수확을 하는 가을에 찾아왔습니다." 이야기가 백일몽 쪽으로 더 흘러가면서 빅토르의 목소리가 떨리기 시작했다. "라스푸틴은 선물을 나눠줬어요. 아이들에게는 과자나 작은 케이크, 또 가게에서 물건을 사는 사람들에게는 약속어음을 주었어요. 그는 모든 걸 아낌없이 나누어주었답니다……."

그래서 라스푸틴은 고향을 떠나 타지로 가서 성공한 사람, 그리고 성공한 후 고향을 찾아와서 은혜를 베풀고 그래서 고향 사람들의 찬사를 받고 또 고향에서 편안함을 느낀 사람으로 사람들의 기억 속에 남았다. 하지만 그는 어떤 곳에도 속하지 않는 사람이었다. 그는 떠돌이 성자로 상트페테르부르크에 도착했고, 시골의 신비주의와 비교(秘敎)에 관심이 많았던 궁정에 들어가게 되었다. 그가 가진 어떤 최면적인 권위가 혈우병이 있는 차르의 아들의 내출혈을 진정시킨 덕분에(혹은 그렇게 보인 덕분에) 차르 부부의 신임을 얻었으며, 그 신임은 1916년에 그가 살해될 때까지 줄어들지 않았다.

라스푸틴은 누구였을까? 그는 정말이지 종잡을 수 없는 인물이다. 그는 성스러움과 죄 사이에 자리잡은 옛 러시아의 친교를 상징하는 인물로, 권력을 탐하고 자신을 사랑한 호색가요 주정뱅이였다. 그는 자신이 황비와 같이 잤다고 떠벌리고 다녔다. 그에게는 죄가 하느님에게로 나아가는 길이었다. 그는 글을 잘 쓸 줄 몰랐지만, 그의 설교에는 농민 특유의 힘이 있었다. 성실, 경건—이런 개념들은 지금 내 바로 옆에 있는 그의 후손으로 추정되는 사람 주위에서 그렇듯이, 그 주위에서 그 경계가 모호해진다. 하지만 황실 가족에 대한 그의 영향력은 치명적이었다. 황실의 명성이 그의 주위에서 흔들리고 무너졌다. 러시아 황실이 종말을 맞게 된 책임은 그 누구보다도 라스푸틴에게 있다고 황실 가정교사는 말했다. 지금도 잃어버린 제국의 유토피아에 대한 향수는 마지막 차르에게 초점이 맞춰지지 않는다.

"저곳이 그의 집이 있던 곳이에요, 저기." 빅토르가 황량한 도로 건너편을 가리켰다. 나는 오래전에 찍은 예쁘장한 집의 사진을 본 적이 있었다. 앞에 말뚝울타리가 있는, 높은 담으로 둘러싸인 뜰에 자리잡은 집이었다. 그러나 지금은 통나무 오두막 한 채가 그곳에서 있을 뿐이었다. "그들이 예카테린부르크에서 그 죽음의 집을 파괴한 직후에 당은 이곳에 있던 집도 파괴했어요. 그들은 이곳의 집이 관심을 끌까봐 두려웠던 겁니다. 나는 그때를 잘 기억하고 있어요. 그들이 지붕을 부수고 있었어요. 아름다운 지붕이었지요. 사람들이 여기 모여서 항의했어요. 그래서 1개 여단이 일곱 대의 트랙터를 몰고 와서 집을 번쩍 들어올렸어요. 그들은 4만 루블을 받고 그 집을 카자흐스탄에 팔았어요. 폐허는 오랫동안 그대로 방치되어 있었죠. 그러다 당국이 이곳 사람들에게 그걸 치우라고 했고, 일단의 자원봉사자들이 모였지요. 그들은 당원 신분을 잃고 싶지 않은 사람들이었어요. 그들이 그걸 부숴버렸지요. 어떤 사람들은 그 잔해로 돼지우리를 만들기도 했고요."

그의 어조가 자기연민의 슬픈 어조로 바뀌었다. 아니, 그런 척하는 것인지도 몰랐다. 그들이 부숴버린 집이 자신의 것, 자신의 유산이라도 되는 것 같은 태도였다. 그가 말했다. "하지만 그게 끝이 아니었어요. 몇 년 전 우리가 그 정원에 온실을 짓다가 뭘 발견했는지 아세요? 바로 지하통로예요. 가장자리에 기둥을 세워 보강한 비밀통로가 강까지 뚫려 있었지요. 라스푸틴은 적이 많았잖아요. 그래서 사람들 눈에 띄지 않고 자신의 배까지 가기 위해 그 통로를 이용했을 거예요. 그는 강 상류 쪽에도 별장을 가지고 있었거든요. 연못도 있고 욕실이 딸린 별장이었지요. 그는 그곳으로 여자들을 데려가곤 했어요." 그는 여자라는 말을 그의 혀 위에서 굴렸다. 그래서 그것이 달콤한 타락처럼 들렸다. 그가 한 손을 들어올려 자기 가슴에 얹었다. 그것은 라스푸틴이 사진에서 취하고 있던 묘한 몸짓이었다. 나는 그가 거짓말을 할 때 이런 동작을 취한다고 생각했다. 두 사람이 다 그랬는지도 모른다는 생각이 들었다. "라스푸틴에게는 여자가 수백 명 있었지요."

내가 사라진 집 쪽으로 건너가 둘러보았다. 반대쪽에 역참이 있어서 라스푸틴의 집 창문 밑에서 말들이 임무교대를 했었다고 한다. 그 역참 역시 지금은 아무런 흔적도 남아 있지 않다. 1918년 4월, 결국 그들의 죽음의 장소가 된 예카테린부르크로 가는 길에 황제와 황비는 이곳에 들러서 그들이 타고가던 수레의 말들을 교체했다. 그러는 동안 그들은 서서 죽은 예언자의 집을 올려다보았다. 황비는 그녀의 짧은 일기에 겁에 질린 가족이 창문을 통해 그들을 지켜보고 있는 것이 보였다고 기록했다. 라스푸틴의 딸은 황비가 울고 있었다고 썼다.

우리는 다른 집들 옆을 지나 흙길을 걸어내려갔다. 어떤 집들은 흙 속에 푹 파묻혀 있거나 볼품없는 정원 속에 파묻혀 있었고, 또 어떤 집들은 풍파에 시달린 흔적이 뚜렷했지만 처마와 덧문을 파란색 녹색 페인트로 칠해서 제법 아름다웠다. 그 집들은 텅 빈 하늘 밑에서 푸른 초원을 향해 열려 있었다. 이미 투라 강은 마을에서 떨어진 곳으로 진로를 바꾸었고, 갈대로 덮인 후미가 옛 나루터처럼 보였다. 평지 너머에 강둑이 있었지만 너무 낮아서 증기선이 초원 위에 떠 있는 것처럼 보였다. 올해 8월은 강물의 흐름이 더뎌서 전혀 위험해 보이지 않지만, 이 강물에 라스푸틴의 단 하나뿐인 남동생이 익사했다. 라스푸틴이 그를 건져내려고 애썼지만 허사였다. 간질병 환자였던 그의 누이동생은 강둑에서 빨래를 하다가 강물에 휩쓸려갔다. 그래서 라스푸틴의 가족은 홀아비가 된 주정뱅이 아버지 하나만 남았다.

빅토르 역시 술꾼이었다. 2년 전 집단농장이 붕괴되면서, 일꾼 한 사람당 11헥타르씩 토지가 분배됐다. 그는 자기 땅을 빌려주고 세를 보드카로 받았다. 그리고 감자를 팔아서 생계를 이어가고 있었다. 우리가 마을에 돌아왔을 때, 그는 또다른 집 앞에서 걸음을 멈추었다. "이 집이 내가 살던 집입니다. 5년 동안 결혼생활을 했지요. 어느 날 내가 온다고 한 시각보다 일찍 튜멘에서 돌아와보니 마누라가 다른 남자와 함께 있더라구요. 그 연놈들이 글쎄……" 그는 공중의 침대 위에서 자기 두 손을 음란하게 비벼댔다.

"내 나이 마흔여섯입니다. 이제 할아버지가 되어가는 나이죠. 라스푸틴도 마흔일곱에 죽었죠!" 갑자기 그의 시선이 묘하게 변했다. 동정을 구하는 것도 같고, 두려움이 담긴 것도 같았다. 여러 해 동안 그는 라스푸틴 옆에서 늙어왔다. 하지만 그가 죽는다면 어떻게 될까? 아무 의미도 없는 존재가 될까? 그대로 죽고 말까?

다음 순간 그가 버럭 소리를 질렀다. "라스푸틴 보드카 마셔봤어요? 라벨에 라스푸틴의 죽음이 기록돼 있죠. 거기엔 그가 1869년생이라고 되어 있는데, 그렇지 않아요. 그렇지 않다구요! 그보다 나이가 많아요. 그는 그보다 4년 전인 1865년 1월 12일에 태어났어요. 그렇죠? 그렇죠?" 빅토르 말이 맞다면, 그는 아직 4년을 더 살아야 라스푸틴이 죽었을 때의 나이가 된다. 하지만 그의 생각은 틀렸다. 사실 그때까지는 몇 달밖에 남지 않았다. 그리고 그가 비운 모든 라스푸틴 보드카 병에는 그 기분 나쁜 시한이 찍혀 있었다.

그러나 다음 순간 그는 다시 명랑하고 교활해졌다. "어쨌든 마누라가 무슨 필요가 있습니까? 튜멘의 여자들이 러시아 제일의 미인들인데, 마누라가 왜 필요하겠어요?"

"그쪽에 애인이라도 있나 보죠?"

그의 더운 입김이 내 한쪽 귀에 느껴졌다. "많아요! 매주 튜멘에 가지요. 그 여자들이 왜 그렇게 예쁜지 아십니까?" 그의 한 손이 육감적으로 내 한 쪽 팔을 주물렀다. "혁명이 일어난 후에 상트페테르부르크와 모스크바의 모든 창녀들이 우랄 지방으로 추방됐어요. 그들이 나중에 튜멘으로 왔단 말이에요! 지금 튜멘의 여자들이 그 후손들입니다. 그들의 천국이지요! 밤새도록 죄를 지을 수 있어요……." 그가 자기존중과 자기혐오가 담긴 시선으로 나를 응시했다. "아주 많이요…… 천국이 따로 없어요!"

우리는 안피사의 집 문 앞에 왔다. 안피사는 나를 하룻밤 재워주기로 한 할머니였다. 그녀의 오두막은 새로 페인트 칠이 되어 있었고, 정원은 깨끗이 손질이 되어 있었다. 창문엔 레이스 달린 커튼이 쳐져 있었다. 내가 그 집 뜰로 난 문을 밀자 빅토르는 새벽의 유령처럼 사라졌다. 가지런히 쌓인 장작더미 너머로 정원이 펼쳐졌다.

안피사 할머니의 얼굴은 삼면이 짧은 회색 머리타래로 둘려져 있고, 네 번째 면은 턱이 보기 좋게 목으로 이어져 있다. 미소를 지으면 그녀의 입은 강철덩어리가 된다. 그런 모습이 그녀에게 친근감 같은 것을 준다. 그녀는 조심스러우면서 친절하고 조금 외로워 보인다. 그녀는 다리가 편치 않다. "문제는 심장이우. 심장 때문에 다리가 부었다고 의사들이 그랬거든."

그녀는 고기조각이 몇 점 들어 있는 야채수프를 내주었다. 그녀는 이 지방에서 나는 밀가루로 연한 갈색의 빵을 손수 구웠다. 그녀가 내 옆에 앉아서(그러나 먹지는 않으면서) 말했다. "저 빅토르 말인데, 그자는 술이 취해서 당신을 데리고다녔을 거예요. 그자가 하는 일은 그게 전부니까. 그의 동생은 더 많이 마시지. 그리고 그의 누이동생도 술을 마시고…… 그들은 그런 사람들이우. 그의 부모가 죽을 때 그에게 집을 한 채 물려주었는데, 그는 그 담장 하나도 제대로 건사하지 못하는 사람이우. 지금 그 집은 무너지고 있지. 그런데도 그는 손도 까딱 않는다니까."

밖에서 보면 이 통나무 오두막은 덫 사냥꾼들의 대피소처럼 불편해 보인다. 그러나 안에 들어와보니 두터운 벽토에 종이로 도배까지 되어 있었다. 두 개의 방 사이에 벽돌 난로가 있어 두 방을 함께 덥히고 있었다. 할머니는 거리에 있는 펌프에서 물을 길어오는데 가끔 그 펌프가 말라버린다고 한다. 벽과 천정 위로 얼키설키 서린 전선이 텔레비전에 전력을 공급하고 있었다. 하얀 고양이 한 마리가 방안을 드나들었다. 그래서인지 모든 게 종이에 싸이거나 끈으로 안전하게 묶여 있거나 항아리 속에 안전하게 들어 있었다. 할머니는 모든 것을 흔들어대는 외부의 변화로부터 자신을 방어하고 있는 것 같았다.

"도시에서는 공장의 반이 문을 닫았어요." 그녀가 말했다. "그래도 노동자들은 그럭저럭 일자리를 찾아내. 하지만 이곳 집단농장은 파괴됐고, 이젠 아무것도 남은 것이 없지요. 거기서 일하던 사람들은 죄다 떠났어요. 그리고 간부들은 농장을 해체하고 모든 걸 자기들이 차지했지. 소들을 몽땅 팔아버렸고. 그래서 요즘은 버터를 구하기도 힘들어요. 혼란만 있을 뿐이죠."

"왜 그랬죠? 왜 그랬을까요?" 내가 물었다. 그러나 그 대답은 간단한 게 아니었다.

"난들 알겠어요? 누구도 모르지. 우린 기계에 들어갈 돈이 필요해요. 트랙터의 반이 놀고 있어요. 그런데 농장 지도자들이 석유를 모두 훔쳐갔다니까." 그녀가 그 어린애 같은 시선을 내게로 향했다. 그것은 내가 앞으로 자주 보게 될 표정이었다. 확실했던 것이 모두 안개처럼 뿌옇게 변해버린, 배반당한 인민의 당혹스런 표정. "영국에서는 당신이 부부라면 얼마나 많은 땅을 받지요?……정말요?……당신네들이 그렇게 작은 땅을 가지고 있다면 어째서 당신네들의 생활이 우리들 생활보다 더 나은 거죠?" 잠시 후, 내가 설명을 하지 못하자, 그녀의 의심은 무기력한 애가(哀歌)가 되었다. "우린 여기서 옥수수를 썩 잘 길렀었거든. 그런데 지금은 아무것도 없어. 아마와 삼도 있었는데 다 없어졌어. 전에는 과일과 채소도 풍부했거든. 그런데 지금은 하나도 볼 수 없어요." 그녀는 스커트를 걷어올리고 그녀의 매끈하면서도 부은 다리를 드러냈다. "다리만 이렇지 않았다면 나는 일할 수 있었지. 지금은 아무도 일하지 않아요. 우리 남편은 여름에는 새벽 네 시에 일어나고 어두워져야 돌아왔지."

"브레즈네프 시절에 말입니까?"

"오래 전 일이죠. 그 사람은 마흔일곱에 죽었어요. 왜 죽었는지는 나도 몰라. 잠에 들었다가 깨어나지 않았으니……."

과거가 그녀를 포위해오고 있었다. 처음에 그녀는 가족사진을 그냥은 보이지 않는 앨범 속에 붙여놓았었다. 그러다가 어느 날 마치 방문하듯이 앨범을 들춰보는 것만으로는 부족하다는 생각이 들었다. 늘 그 사진들과 함께 있고 싶었다. 그래서 그 사진들을 앨범에서 빼내 액자에 넣어 거실 선반에, 서랍장 위에, 그리고 침대 위에 늘어놓았다. 그녀가 절뚝거리며 일어섰다. "여기 아무도 없고 생활이 힘들어질 때, 난 그 사진들을 봐요."

그녀의 방은 젊고 희망에 찬 부모와 금발의 아이들 사진이 늘어선 미술관이었다. 그러나 그들은 멀리 떨어져 있는 것처럼 보였다. 내가 의무감에 물었다. "자녀는 몇이세요?"

"넷. 하지만 그중 셋이 죽었지요." 하얀 머리카락 한 올이 그녀의 머릿수건 밑으로 비어져나와 이마에서 흔들리고 있었다. 그녀는 옛날의 소녀처럼 보였다. "딸 하나는 생후 여섯 달 만에 병으로 세상을 떴고, 첫째아들—저기 고양이와 아내와 함께 있는 사진이 그 애지요—은 4년 전에 죽었어요. 마흔넷밖에 안됐는데 머리에 혈전이 생겨서……. 그애는 토볼스크에 있는 새 아파트를 수리하러 왔었어요. 사람들이 그애를 발견할 때까지 그애는 일주일 동안 거기 누워 있었대요."

아들 하나만 아직 살아 있다고 한다. 그러나 그녀의 손자손녀들은 뻔뻔스러움과 여름옷의 퍼레이드를 벌이며 벽을 따라 늘어서 있었다. 그녀의 시선이 그들 위를 지나 마지막에 있는 노랗게 바랜 사진 위에 멈추었다. "저게 우리 막내아들이죠." 음울한 표정의 젊은이가 정색을 하고 카메라를 향해 몸을 앞으로 구부리고 있었다. "그애는 열여섯 살이었어요. 오토바이를 타다가 그만 사고로 죽었어요." 할머니의 우울한 어조가 생생한 고통이 담긴 어조로 날카로워졌다. "앞길이 창창한 아이였는데……." 그의 사진은 다른 사진들과 따로 떨어진 곳에 잘 놓여 있었다. 그 사진을 가리킬 때 노파의 손가락이 떨렸다. 그녀는 그 사진 위에 성모 마리아의 사진을 붙여놓았고, 그 사진 밑에는 촛불 그을음으로 거멓게 변한 성상(聖像)이 놓여 있었다. 아기예수를 안고 있는 성모상이었다.

"저기." 그녀가 말했다. "저기." 그 소리는 어머니가 아기를 재울 때 내는 소리였다.

나는 캄캄해진 밖으로 나가서 카우파슬리(cow-parsley)를 헤치며 걸었다. 돌아와보니 노파는 성상 밑에 촛불을 밝혀놓고 다시 사진들을 들여다보고 있었다. 나는 죽은 가족들과 산 가족들의 사진이 뒤섞여 있는 그 사진을 보는 일이 어째서 그녀에게 위안이 될까 궁금했다. 그녀의 마음속에서는 죽은 가족과 산 가족이 같은 자리를 차지하고 있는지도 모른다는 생각이 들었다. 살아 있는 가족도 좀처럼 찾아오지 않는다고 그녀는 말했다. 모두 너무나 멀리 떨어져 있다는 것이었다. 아니면 그녀는 비극이 일어나기 전의 시절, 그녀의 남편이 콤바인 수확기를 하루 종일 운전하고 들판에는 황마와 아이들이 있던 시절로 자동적으로 돌아가는지도 모른다.

잠자리에 들기 전에 나는 긴 의자를 주방으로 끌고와서 거기서 잘까 하고 생각했다. 하지만 노파는 이렇게 말했다. "당신 맘대로 해요. 난 늙은이예요. 아무도 뭐라고 말하지 않을 거예요." 할머니가 멋쩍게 웃었다. "이제 모두 끝났어요."

그녀의 침대는 화려한 벽걸이 카펫 밑에 있었다. 내가 불을 끄기 전에 한 순간 그녀의 뚱뚱한 몸이 페르시아의 미인처럼 윤곽을 드러냈다. 곧 어둠 속에서 그녀의 촛불이 너울거리며 성모와 그녀의 뚱한 아들 밑에서 꺼졌고, 레이스 달린 커튼만이 창문에 희미한 빛의 무늬를 만들었다. 안피사의 말이 조용히 울렸다. "어머니가 살아 계신가요?…… 연세가 몇이죠?…… 나보다 나이가 많군요…… 나보다 더 늙어 보이시나요?" 허영심의 찌꺼기가 아직 남아 있는 걸까.

나는 거짓으로 둘러댔다. "네, 물론이죠."

침묵. 그러다가 그녀가 말했다. "런던에 있는 당신의 집은 목조가옥이에요?…… 집에 소나 돼지도 있나요?……" 내가 누운 긴 의자 위의 벽에 걸린 시계가 재깍재깍 소리를 냈다. 시간이 소리로 변한 것 같았다. "하지만 당신은 자녀가 없다니. 어떻게 그럴 수가 있죠? 있어도 너무나 빨리 죽는데……." 그녀가 뒤척이며 신음소리를 냈다. "영국에서 당신네들은 지금 전쟁을 하고 있어요? 아니라구요? 이 땅에서는 늘 전쟁이에요. 당신, 이곳을 혼자 여행하다니, 무섭지 않아요? 도시에서는 끔찍한 일이 일어나요. 사람들이 걸핏하면 사람을 죽여요. 토볼스크에서도 그럽니다. 지난주엔 글쎄 마피아 두목을 차에서 끌어내려 살해했대요. 라디오에서 들었어요.

당신이 그런 곳으로 간다는 건 아주 위험한 일이에요. 아주 위험하고말고. 당신은 두려워해야 해요……."

걱정이 담긴 그녀의 목소리가 졸음 때문에 잦아들었다. 그녀가 경험한 바로는 남자들은 일찍 죽었다. 그녀의 문장들이 연결되지 않는 단어로 단축되었다. "혼자…… 마피아……" 마침내 창문 커튼이 만드는 무늬도 내 머리 위에서 희미해졌고, 그녀는 조용해졌다. 아니, 내가 듣기를 멈추었는지도 모른다.

토볼스크로 가는 도로 가에 있는 버스 정류장에서 마을부터 나를 따라온 두 명의 주정뱅이가 애걸과 위협을 번갈아하며 돈을 달라고 조르면서 내 배낭을 쿡쿡 찔러댔다. 버스가 언제 올지 아무도 몰랐다. 그들이 점점 더 위협적이 될수록 나는 점점 더 화가 났다. 그들은 들판으로 물러가서 계획을 상의하는지 중얼대고 있었다. 한 시간쯤 흘렀다. 그때 어디선가 귀에 익은 나긋나긋한 목소리가 들려왔다. 돌아보니 빅토르였다. 머리는 헝클어지고 눈은 게슴츠레한 그가 나에게 오려고 길가 둑방을 넘어오고 있었다. "아직 이른데…… 일찍 떠나시네요."

나는 땅바닥에 앉아 있었다. 걸인들이 경쟁자가 왔다고 생각하고 내 주위를 빙빙 돌고 있었다. 내 옆에서 빅토르가 도로를 아래위로 훑어보았다. 그가 속삭이듯 말했다. "내게 돈을 줘요. 조금만……주면 돼요."

하지만 돈을 주어봤자 그의 목구멍을 넘어가는 액체로 변하리라는 걸 나는 알고 있었다. 나는 이미 안피사에게 얼마간의 돈을 주었다. 그녀는 돈을 앞에 놓고 오랫동안 놀란 표정으로 앉아 있었다. 15달러는 그녀가 받는 한 달치 연금의 3분의 1에 해당되는 액수였다. 얼마 후 그녀는 이미 깨끗한 무엇인가를 싱크대에서 씻으려고 돌아서면서 중얼거렸다. "많은 액수예요. 나는 그렇게 많은 돈을 기대하지 않았는데."

빅토르가 쓸모없는 소련 주화 한 개를 내게 건네주었다. "여행 기념품으로 이걸 가져가요……." 주정뱅이들 가운데 더 대담한 쪽이 내 다른 편으로 살금살금 다가와서 나에게 금색 원판을 내밀었다. 나는 미심쩍어 하면서 그것을 살펴보았다. 그것은 소련의 '장한 어머니' 메달이었다. 다섯 자녀를 낳은 여자들에게 주던 메달이었다. 그것을 내민 남자는 웃고 있지 않았다. 그가 말했다. "당신은 내게 무얼 주겠소? 무엇을?" 빅토르는 다른 편에서 나를 압박했다. "난 아파요." 그가 한숨을 쉬며 말했다.

"병원에 가요." 내가 말했다.

"병원에서는 내 병을 못 고쳐요."

"그래도 가야죠."

그가 다른 사람들을 밀어내며 나를 감싸려고 했다. "지금은 보드카가 우리의 약이에요."

"난 보드카가 없어요."

"그럼 돈을 줘요."

우리 각자의 말을 다른 사람들도 들을 수 있었다. 그러나 모든 말은 속삭임으로 이어지고 있었다. "조금만…… 무엇을? 무엇을? …… 돈을 줘요."

그때 구덩이 투성이 도로 저쪽에서 토볼스크로 가는 고물 버스가 형체를 드러냈다. 내가 버스에 오르자 빅토르의 얼굴에는 분노

대신 미소가 번졌다. "날 기억해주시오." 그의 속삭임이 내 귀를 간질였다. "당신의 라스푸틴을."

"잊지 않겠소."

도로는 진흙탕의 형체 없는 땅 사이에 나 있었다. 천지창조의 원료 같은 땅이었다. 그 땅은 초원과 이어졌고, 초원에는 건초가 이불처럼 동그랗게 말려져 있었다. 토볼 강의 지류가 찰흙 땅에 구불구불 흐르고 있었다. 지평선을 숲이 띠처럼 가로지르고 있었고, 가끔 검은 상록수가 도로에 그림자를 드리우기도 했다. 그 상록수림 안에서 몇 그루의 은빛 자작나무가 반짝였다. 가끔 버스는 승객들에게 담배 피울 시간을 주기 위해 정차했다. 승객들은 도로변에 쭈그리고 앉아 이마에 주름살을 만들며 담배연기를 뿜어댔다. 우리는 두 차례 도로 차폐물이 설치된 곳을 지났는데, 그곳에서는 경찰관들이 트럭의 짐을 샅샅이 뒤지고 있었다. "마약 수색이래요." 한 남자가 말했다. "전에는 이런 일이 없었는데."

세 시간 후 우리는 목조 가옥들과 쇠락한 석조 교회들 사이의 미로 같은 길을 지나고 있었다. 마을 위 고원에 자리한 성채의 성 뒤로 사원의 매끈한 몸체와 종탑이 돔 아래 떠 있었다. 16세기 러시아의 침공이 시작될 무렵부터 1824년까지 토볼스크는 시베리아의 수도였다. 1582년 바로 이 근처에서 시비르의 타타르족 중심지가 일단의 코사크족 병사들에게 약탈당했다. 코사크족이 이 무렵에 그들의 배를 메고 우랄 산맥을 넘어 시베리아 정복에 나섰던 것이다.

코사크 지도자 예르마크는 원시적인 걸물(傑物)로 전설 속에 남아 있다. 강을 무대로 활동하던 강도 출신인 그는 강력한 상업 왕조를 통해 그들의 영역을 동쪽으로 확장하려던 스트로가노프 가문의 부추김으로 침략을 시작했다. 그와 그의 코사크 병사들은 자유인이었으므로 그들은 후에 공산주의 선전에서 소수 부족들을 타타르족의 멍에로부터 해방시킨 인민의 영웅으로 칭송되었다. 실상은 예르마크는 난폭한 용병이었고, 그가 거느린 코사크 부대는 약탈자, 떠돌이 노동자, 범죄자 등으로 이루어져 있었다. 그들은 제국의 후원을 받았다. 천 명도 안 되는 병력을 가지고 3년 동안 전쟁을 벌인 결과, 그는 타타르 왕국을 무너뜨렸다. 몽골 황금군단(13세기에 유럽을 원정한 몽골의 군단)의 후예인 타타르 왕국의 전사들은 사실 러시아의 팽창을 막는 가장 무서운 장벽이었다. 그의 성공에 만족한 이반 뇌제(1530-84, 1547-84 러시아 황제 재위)는 그에게 황제의 무기를 돋을새김으로 장식한 멋진 갑옷을 하사했다. 그러자 쫓겨갔던 타타르의 칸 쿠춤이 차츰 코사크족을 압박하기 시작했다. 어느 날 밤, 폭풍우가 휩쓸고 지나가는 이르티슈 강의 섬에서 야영을 하던 코사크 병사들은 기습을 당해 거의 전멸했다. 전해오는 얘기에 따르면, 예르마크는 강둑까지 도망쳐서 흐르는 강물에 뛰어들었지만, 황제가 하사한 갑옷의 무게 때문에 물속으로 가라앉고 말았다고 한다.

곧 그를 둘러싼 전설이 퍼졌다. 타타르인들은 그들이 그의 시체를 강물에서 건져올렸는데 그의 썩지 않은 살이 기적을 일으켰다고 말했다. 강가에 있는 그의 무덤 위로 괴기스러운 불기둥이 솟는가 하면, 매년 한겨울에 황금 미늘에 싸인 팔 하나가 그가 빠져죽은 물 위로 엑스칼리버(아서왕의 명검)처럼 불쑥 솟는다고도 했다. 시베리아의 야영장 모닥불 주위에서는 민요와 민담이 그를 슬라브족의 파르치팔[성배 전설의 기사] 또는 로빈 후드로 둔갑시키곤 했다. 교회는 그를 시복(諡福)했다.

더욱 큰 인물이었던 타타르의 칸 쿠춤은 그의 가족이 거의 다 잡히거나 피살되었지만, 그의 망명지에서 계속 러시아인들을 괴롭혔다. 그는 러시아의 차르들이 그에게 제시한 모든 유화책을 거부했다. 그는 자기 왕국을 돌려받기를 원했다. 늙어서 시력을 잃은 다음에도 계속 도전적이었던 그는 적대적인 부족원들에 의해 살해되었지만, 예르마크와 마찬가지로 역시 그의 동포들의 마음속에 살아남아서 그가 죽고 난 1세기 후에도 그의 이름을 내건 반란이 발발하곤 했다.

러시아인들의 동진은 더욱 거세졌다. 다른 나라들이 대양을 넘어 그 판도를 넓히는 동안, 러시아인들은 대륙을 가로질렀다. 향신료나 은의 유혹이 유럽 여러 제국의 탄생을 부추긴 촉매였던 것처럼, 러시아인들의 시베리아를 있게 한 것은 검은담비 가죽이었다. 광택이 나는 이 담비 모피 몇 장만 있으면 한 사람의 팔자를 고칠 수 있을 정도였다. 이 모피에서 나오는 수입은 차르들의 수중으로 들어갔다. 시베리아를 침략한 코사크들은 그들의 화기(火器)에 의해 분쇄된 원주민들로부터 차르에게 바칠 모피를 빼앗아냈다. 코사크의 근거지가 강들을 따라서 질병처럼 번져나갔고, 코사크들은 그들이 지나간 곳곳에 통나무 요새를 세웠다. 한 지역의 담비가 사냥으로 씨가 마르면 러시아인들은 곧 다른 곳으로 이동했다. 러시아 제국이 즐겨 쓴 수법대로 그들은 부족들 간의 불화를 최대한 이용했다. 예르마크가 죽고 60년이 지나기 전에 러시아인들은 아시아 대륙을 완전히 가로질러 태평양까지 도달했다.

토볼스크는 이 정복의 출발점이었다. 이 도시의 구시가지에서는 아직도 많은 타타르인들이 눈에 띈다. 거대한 교회의 껍데기들이 목조 건물들이 늘어선 거리 곳곳에 자리잡고 있다. 교회 중앙의 회중석 근처에는 소똥과 부서진 농기계들이 흩어져 있다. 여기서부터 언덕 위까지 성채의 담이 이어져 있고, 그 담 위로 사원의 둥근 지붕들이 웃자란 채소들처럼 솟아 있다. 밑에는 수직 성벽이 30미터 높이로 솟아 있어 도저히 공격이 불가능해 보인다. 보이는 건 총구가 뚫린 성벽뿐이다. 그러나 가까이 가보니 사람이 만든 깊은 절개지가 언덕에 나타났다. 3백 년 전에 스웨덴 전쟁포로들이 낸 길이라고 한다. 우거진 나무 사이로 더 올라가보았다. 총안 위로 네모지고 둥근 탑들이 솟아 있고, 탑들의 맨 위는 촛불끄개 모양의 첨탑과 나부끼는 모양의 철제 깃발들로 장식되어 있었다. 사라져 버린 문들의 빗장들로 꿰뚫린 육중한 아치 밑을 지나 움푹 파인 길을 따라 조심스레 기어갔다. 위쪽에 황금색 별들이 점점이 찍힌 파란색 녹색의 둥근 천정들이 솟아 있고, 그 채광창들이 제2의 둥근 천장과 선조(線條) 세공으로 장식된 십자가들을 이루고 있었다. 들리는 소리는 이 둥근 천장들이 솟아 있는 성채의 뜰에서 산만하게 진행되고 있는 보수공사에 따르는 떨그럭 소리, 문지르는 소리뿐이었다. 이슬비가 내리기 시작했다. 무성한 풀을 헤치고 뜰로 들어갔다. 버려진 채로 있는 널찍한 뜰, 이곳이 바로 옛 시베리아의 심장부다. 17세기에 건설된 이 사원이 1621년에 창설된 시베리아 최초의 교구를 관할했다. 교회 집무소와 옛 상인들의 시장이 아직도 남아 있다. 근처에 거대한 종탑도 보인다. 모든 건물이 흰 벽토로 칠해져 있다.

고집스럽게, 교활하게, 과거가 돌아오고 있다. 토볼스크는 다시 대교구의 소재지가 되었다. 다시 문을 연 신학교 학생들이 검은 웃옷을 입고 풀이 무성하게 자란 길을 따라 걷고 있다. 하지만 신정(神政)으로 돌아가기를 바라느냐, 입헌군주제를 부활시키기를 원하느냐는 질문을 받으면 그들은 무관심한 표정을 짓는다. 그리고 그들의 사제는 맨 처음 시베리아로 추방된 것이 매달렸던 조그만 탑을 가리킨다. 그것은 사람이 아니라 우글리치에서 가져온 무게 317킬로그램의 종(鐘)이다. 이 종은 1581년 황제의 후계자가 살해되자 항의의 경종을 울렸다고 한다. 황위를 찬탈한 보리스 고두노프는 사람들이 보는 앞에서 종에 태형을 가한 후, 그 혀를 뽑아내고 우글리치의 시민들에게 그 종을 우랄 산맥 너머 토볼스크로 끌고가라고 명령했다. 그리고 토볼스크로 옮겨진 종을 아무도 치지 못하게 했다. 차르들은 모두 미치광이들이었다고 그 사제는 말했다.

토볼스크는 슬그머니 역사 밖으로 사라져버렸다. 우선 대륙 횡단도로가, 다음에는 시베리아 횡단철도가 이곳을 지나지 않고 남쪽으로 뚫렸다. 총안이 있는 성벽을 따라 걷노라면 집의 바다를 이룬 도시가 저 아래 펼쳐진다. 그곳의 저택들은 자작나무에 덮여 운치가 있지만, 쇠락한 듯 보인다. 도시의 색채는 부드럽고 어둡다. 풍우에 시달린 목재와 녹 때문이다. 비가 내려서인지, 거리는 조용하다. 교회들이 다시 세워지고 있는 곳에서는 황금색이 반짝인다.

하지만 이 도시는 사람들이 살 만한 건강한 도시는 아니라고 그 사제는 말했다. 범람하는 강이 모든 것을 침식하고 오래된 집들의 절반은 버려진 채로 있다고 한다. 과거가 썩어 문드러지고 있다. 사람이 그 속에서 살 수는 없을 것 같다.

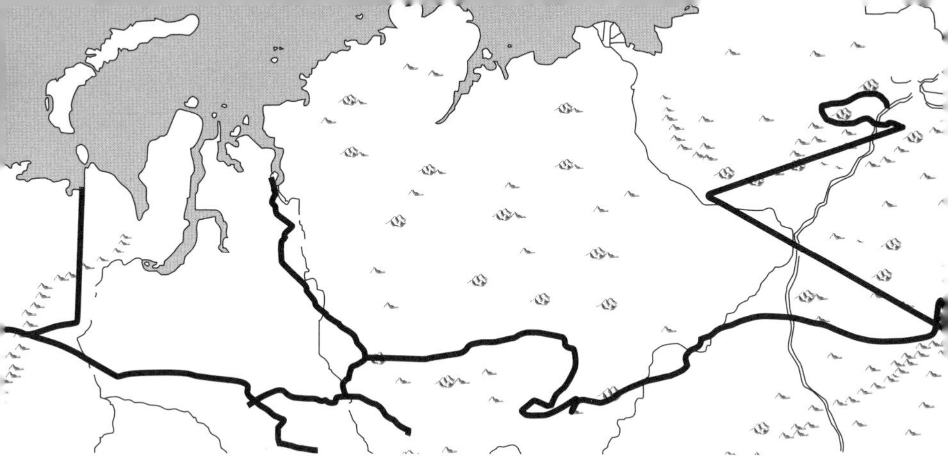

# 2
# 심장 마비

안토노프 쌍발기(雙發機)가 토볼스크 북쪽으로 천 킬로미터를 날아 북극권으로 들어가자 땅의 모양이 달라졌다. 숲은 사라졌고 그 대신 나무가 없는 툰드라(영구 동토대)가 나타났다. 툰드라는 이끼와 버섯으로 덮인 은색 미로였다. 그곳을 가로지르는 도로도 철도가 없었다. 수천 제곱킬로미터의 황야가 호수와 강의 바둑판으로 나뉘어 있다. 마치 대륙 전체가 납작한 스폰지가 되고 그 위를 여러 갈래의 강들이 구불구불 흐르며 서로 엇갈리는 것 같았다.

하지만 몇십 센티미터만 땅을 파보면 흙이 쇠처럼 단단하게 얼어 있음을 알 수 있다. 연중 여덟 달 동안 눈이 지표를 덮고 있기 때문이다. 그러다 봄이 오면 영구 동토층에서 증발하는 물이 표면으로 스며나와 일시적으로 나타났다 사라지는 기묘한 강과 호수를 형성한다. 계절에 따라 팽창했다 축소되는 토양의 주기적인 변화가 바위와 돌들을 신비로운 동심(同心)의 고리로 배열한다. 마치 지성을 가진 어떤 존재가 작업을 해서 그런 둥그런 호수들을 만드는 것 같다. 하지만 이 지역은 사람이 거의 살 수 없는 곳이다. 툰드라는 자연이 아직 형성되고 있는, 혹은 자연이 이미 분해되어버린 원형질처럼 펼쳐져 있다. 서쪽에는 우랄 산맥이 하얀 돌처럼 솟아 있다.

낮게 나는 비행기의 계속되는 진동이 나를 불안하게 했다(항공사는 에어로플롯이고, 우리가 이용할 수 있는 항공기는 프로펠러 두 개짜리밖에 없었다). 여승무원이 탄산수 한 컵과 맛없는 과자 몇 개를 주었다. 내 옆자리에서는 한 여인이 자기 딸의 머리를 땋아주고 있었다. 문득 우리 아래 툰드라에서 굴뚝이 보이고, 거기서 공장의 검은 연기가 피어오르는 게 보이기 시작했다. 다소 충격적인 모습이었다. 보르쿠타였다. 여러 해 동안 그 이름은 조종(弔鐘)처럼 울렸었다. 1920년대 초에 이곳에서 석탄이 발견되었고, 1934년쯤에는 탄광들이 무고한 죄수들의 대군을 삼키고 있었다. 곧 이곳은 수용소라는 왕관의 사악한 보석이 되었다. 사망자 수가 수십만 명에 이르렀다. 서쪽으로 향하는 철도를 건설하는 공사에서 죽은 사람들만도 4만 명이었다. 마지막 희생자들, 즉 병이 든 여분의 노동자들이 1959년에 되어서야 가까스로 석방됐다.

보르쿠타 북쪽에서는 환상(環狀) 도로가 아직도 그곳에 있는 서른 개의 탄광들을 연결해주고 있다. 그러나 현재 가동중인 갱은 열한 개뿐이다. 그날 저녁 나는 묘한 불안감에 싸인 채 도시를 산책했다. 도시의 아파트 단지와 사무실들은 아무도 손을 대지 않은 채 무너져가고 있었다. 벽은 벽토가 벗겨져 떨어졌고, 창문들도 반쯤 은 깨져 있었다. 탄광에서 나온 버려진 돌 위로 강이 찰랑거리며 흐르고 있었다. 철조망과 서치라이트로 둘려진 공장을 지나갔다. 이곳만이 사람들이 기억할 수 있는 유일한 건축물인 것 같았다. 다른 거리는 모두 잔해만 남은 활송(滑送) 장치[석탄을 아래로 떨어뜨리는 관 등]와 갱 안에서 쓰던 석탄 운반차들이 흩어져 있는 툰드라로 변해가고 있었다.

이곳에서 남아도는 것은 석탄뿐이다. 석탄은 도로 가에 무더기로 쌓여 있는가 하면 거의 어느 구역에나 버려져 있다. 거리에는 석탄 먼지가 잔뜩 쌓여 있다. 비가 내리면 도랑에는 검은 물이 흐른다. 석탄 가루는 대기 중에도 섞여 온통 하늘을 뿌옇게 만들고, 사람들의 손톱 밑에까지 끼어 들어간다. 결국 그 가루는 사람들의 폐를 망치고 만다.

자동차들이 레닌 가(街)의 파인 구멍들 사이를 간간이 오간다. 천으로 만든 모자를 움켜쥔 레닌의 동상이 광부들의 문화궁전 앞에 있는 레닌 광장을 건너다보고 있다. 그 앞에 있는 연못에는 보드카 병들이 가득 차 있다. 행정관서 건물들의 전면에는 조각된 휘장이 아직도 남아 있다. 붉은 별과 서로 엇갈린 해머, 횃불, 그리고 깃발이 매달린 창들이다. 지붕을 따라 슬로건의 잔해가 남아 고풍스런 외침을 전하고 있다. "보르쿠타의 대중들에게!" "광부는 노동의 수호자다!" 그것들을 치워버리거나 새로 만들어 달 의지가 없는 것 같다. 그 슬로건의 글자들이 하나씩 하나씩 떨어져나가고 있다.

죄수 광부들이 살던 막사가 나타났다. 아무도 그 막사를 철거하는 수고를 하려 하지 않은 듯하다. 잡초로 덮인 흙이 나무 울타리의 절반쯤 높이까지 돋우어져 있고, 침상들이 양쪽에 늘어서 있던 복도는 쓰레기들로 가득 차 있다. 한때는 이 막사에 수감자들이 너무 많이 들어차서 자면서 몸을 돌릴 수조차 없었다고 한다. 막사가 수명을 다할 무렵, 수감자들의 생명을 구해주던 난로들은 무너진 벽돌로 덮였고, 벽에는 후대에 누군가가 끼적거린 영어 낙서들이 보인다. '럭키 스트라이크', '엿 먹어라' 운운.

어린 소녀가 레닌 광장에 서 있다. 광장은 거의 인적이 끊겨 있다. 소녀는 열다섯 살쯤 될까. 그녀의 검은 스커트는 엉덩이를 겨우 가릴 정도로 짧다. 스타킹도 짧아서 그녀의 상처 난 허벅지가 반쯤 드러나 있다. 그녀는 보르쿠타에서 일년 중 며칠이나 이런 옷차림을 할 수 있을까? 그녀는 동정이 갈 정도로 지쳐 보이고 또 어려 보인다. 아마 이런 일이 처음인 듯하다. 보르쿠타에서는 일자리 구하기가 아주 어렵다. 그러나 그녀는 한쪽 손바닥으로 자기 뺨을 가리고 있다. 마치 자기가 이곳에 있다는 사실을 부인하는 듯한 몸짓이다. 잠시 후 중년의 남자가 다가와 뭐라고 말한다. 소녀는 머뭇거리며 남자를 따라간다. 소녀는 자기 스커트를 자꾸 끌어내리지만 짧은 스커트가 내려올 리 없다. 남자가 레닌 동상 밑에서 지나가는 자동차를 세웠고, 소녀는 머뭇거리며 차에 올랐다. 이제 그녀는 한 손으로 자기 얼굴의 반을 가리고 있다.

내가 찾아간 호텔은 엄청나게 컸다. 반쯤 부서진 이 호텔은 이 도시에 남은 유일한 호텔로, 스탈린 시대의 기념물 같은 건물이었다. 네 명의 경찰관이 복도 건너에 있는 사무실에서 무표정하게 바라보았고, 프런트 담당자들은 손님이 왔는데도 복도에 있는 책상에서 일어나지도 않았다. 동굴 같은 식당에서는 녹음된 댄스 음악이 무심히 흘러나오고 있었다.

거리로 다시 나왔다. 어디 가려는 곳이 있는 건 아니었다. 나는 어렴풋이 내가 미행당하고 있을지도 모른다는 의심을 했다. 보도에서 서성거리고 있는 안색이 안 좋은 사람들이 나를 미행하는 사람들일지도 모른다는 생각을 했다. 거리는 이상할 정도로 조용했다. 건조한 광장에 몇 명의 노인들이 앉아서 뒤틀린 어구(語句)들과 반쯤의 미소로 나와 이야기를 했다. 그들은 오래 전에 이곳으로 추방된 라트비아인과 우크라이나인들이었다. 노인들은 광장에 산책을 나온 것이었다.

아직 한여름이라 날씨가 따뜻했다. 저녁 여덟 시가 되었을 때도 아직 해가 중천에 떠 있었고, 밤 열한 시에도 하늘에 푸르스름한 굴절된 빛이 나타나 있었다. 마치 검은 거즈를 통과한 빛으로 도시를 조명하고 있는 것 같았다. 도시의 교외를 정처 없이 거닐면서 나는 청산되지 않은 어떤 나쁜 일처럼 과거가 슬그머니 되돌아와서 버려진 방들과 문을 닫은 공장들을 다시 차지하는 환상을 그렸다. 이곳에서 죽은 사람들이 지금 이곳에 살아 있는 사람들보다 훨씬 더 많을 것이다. 그들은 쇠사슬에 매인 채 이 도시를 건설했고, 지금은 이 도시 밑 어딘가에 누워 있을 것이다. 그러나 자정인데도 사람들은 아직 그들의 개들을 도로에서 산책시키고 있었고, 신문을 읽고 있는 사람들도 보였다.

이튿날 아침 나는 탄광까지 32킬로미터의 꼬불꼬불한 길을 운전해줄 쾌활한 우크라이나인을 찾아냈다. 보르쿠타는 좋은 도시라고 바실은 말했다. 우랄 산맥이 가까이 있고 또 사냥을 할 수 있기 때문에 이 도시가 좋다는 거였다. 이곳에서 30년을 살았는데, 생활이 썩 멋졌단다. "이곳의 강과 호수를 보아야 해요. 지질학자나 군인들에게 돈을 좀 쥐어주면 그들이 당신을 지프 차에 태워 당신이 원하는 곳에 내려줄 겁니다." 그가 손등으로 도시를 가리키며 말을 이었다. "이곳은 모든 게 더 좋아질 겁니다! 지금이 바닥이니 이제 나아질 일만 남은 거죠."

그러나 곧 도시가 사라지고 우리 앞에 황량한 땅이 펼쳐졌다. 몇 킬로미터를 달려도 사라져버린 건물들의 상처를 안은 초원이 이어졌다. 어떤 잊힌 전쟁이 대지의 표면에 고철과 폐허를 흩어놓은 것 같았다. 모든 색채가 사라졌다. 하늘까지도 흑백의 번개를 머금은 구름으로 덮여 있다. 철탑과 전신주들이 늘어서 있다. 그 밑에는 거대한 온수 파이프가 뱀처럼 꾸불꾸불 기고 있고, 그 파이프에 입혔던 단열재가 퇴색된 풀 위에 흩어져 있다.

우리가 탄 차는 도로에 파인 구덩이 때문에 몹시 흔들렸다. 다른 차는 보이지 않았다. 바실은 나에게 낚시, 사냥 이야기를 늘어놓기 시작했다. 연어와 북극여우를 머릿속에 그리느라 그의 운전은 더욱 부주의해졌다. 앞쪽 지평선을 배경으로 광산에서 나온 찌꺼기 돌을 쌓아놓은 더미와 굴뚝들이 보였다. 보르쿠타 강의 오염된 지류들이 구불구불 흐르고 있었다. 탄광이 아직 가동되고 있는지 아니면 폐광이 되었는지 구분하기 어려운 경우도 더러 있었다. 우리는 사람이나 트럭이 보이지 않는 폐허를 지나치곤 했다. 활송 장치도 파괴되어 있고 굴뚝도 보이지 않았다. 그러나 다음 순간 도르래의 바퀴가 돌아가기 시작했다. 분명 바람 때문인 것 같았다. 그러나 그게 아니었다. 이 황폐한 시설 밑 저 깊은 곳에 사람들이 우글거리고 있었던 것이다.

그러나 땅 위에서 우리는 유령들 사이를 달려가고 있었다. 모든 탄광에는 수용소 캠프나 묘지의 흔적이 딸려 있었다. 계단식으로 조성된 대지에 무너진 막사들이 있었고, 쓰러져가는 감시탑들도 보였다. 가끔 나는 바실을 혼자 남겨두고 혼자서 걸어보기도 했다. 도무지 상상력이 발동되지 않았다. 나는 나 자신에 충격을 주어 연민을 불러일으키고 싶었다. 그러나 내가 느낀 감정은 움츠러드는 느낌, 당황의 느낌뿐이었다. 내 발밑의 땅이 병들어 있는 것 같았다. 나는 내가 거기 있는 무언가를 차지 않을까 두려웠다. 그래서 나는 울퉁불퉁한 땅 위를 조심스레 걸었다. 나는 여기서 죽은 어떤 개인—만델스탐이나 바벨 같은—을 기억해보려 했다. 그런 사람이 생각난다면 그가 날카롭고 특별한 상실감을 불러일으킬 것 같았기 때문이다. 그러나 나는 그런 사람을 아무도 알지 못했다. 이름 없는 수많은 사람들을 생각할 수 있을 뿐이었다. 나는 그들을 박해한 가해자들과 그들을 완전히 격리할 수 없었다.

이 캠프들은 자급자족하는 국가들이었다. 외부 세계의 왜곡된 축소판 같은 것들이었다. 1939년 스탈린이 히틀러와 협약을 맺은 후, 수많은 러시아와 우크라이나의 죄수들 외에 수만 명의 폴란드인들이 이곳으로 끌려왔다. 1943년쯤에는 독일군에게 붙잡혔다가 러시아군에 인계된 러시아 병사들이 반역자들로 판결을 받고 이곳에 수감됐다. 발트해 연안 3국이 합병되면서 라트비아인, 리투아니아인, 에스토니아인들이 밀려들어왔다. 히틀러와 스탈린에 대항해서 싸운 사람들이었다. 그리고 전쟁이 끝나면서 보르쿠타의 수용소들은 독일인, 일본인, 중국 국민당 포로, 대학살에서 살아남은 유대인, 페르시아인, 얼마간의 프랑스인과 미국인들, 그리고 심지어 몽골 국경을 넘어들어온 티베트 목동들까지 받아들였다.

캠프 안에서 죄 없는 정치적 인사들은 함께 수감된, 똘똘 뭉친 죄수들로부터 시달림을 받았다. 이들 수용소의 '귀족'들은 그들 자신의 야만적 법을 시행했고, 그들 멋대로 처형을 하기도 했으며, 그들 나름의 특권을 누렸다. 수용소 관리자들은 그들을 용인하거나 이용했다. 경비병들 역시 수감자들과 마찬가지로 위험했다. 잠시 방심하거나 불필요한 자비를 베풀다가는 총탄을 맞을 수도 있었다. 수용소에 만연된 감정은 가학적인 감정이라기보다는 난폭한 무관심이었다. 과로와 허기, 살을 에는 추위 때문에 수감자들의 상태는 짐승보다 나을 것이 없었다. 매일 죽과 100그램의 생선과 몇 방울의 기름으로 허기를 달래면서 그들은 할당된 노동을 해야 했다(할당량은 달성이 불가능한 경우가 허다했다). 그들은 티푸스와 결핵, 폐렴으로 죽어갔고, 석탄이 담긴 수레를 갱 위로 끌어올리다가 심장마비로 쓰러져 죽기도 했다. 때로는 동료들이 시체를 숨기기도 했다. 그 사람 몫의 음식을 계속 받기 위해서였다. 그러나 사흘이 못 가서 악취로 인해 사실이 들통나곤 했다.

"그리고 겨울에는 얼음에 구멍을 뚫고 낚싯줄을 내리기만 하면 회색 물고기들이 열 마리씩 올라오지요." 바실은 다음 낚시 여행에 한껏 기대가 부풀어 있었다. "그리고 좀 있으면 큰 고기를 잡을 수 있어요. 연어 말입니다. 작년 7월에 우사 강에 갔었지요. 아무 생각 없이 앉아 있는데 갑자기 낚싯줄이 내 손에서 빠져나가는 거예요.

그놈은 무게가 자그마치 50킬로그램이었어요. 정말이에요. 아내의 몸무게와 같았다니까요. 그놈이 동에 번쩍 서에 번쩍 하면서 나를 노려보았지요."

우리 양쪽으로 계속 같은 풍경이 나타났다. 탄광—묘지—캠프—탄광—묘지…… 모두 폐허가 되어 있었다. 가끔 마을이 막사를 둘러싸고 있는 곳도 있었다. 그런 마을에는 과거에 수감된 적이 있는 사람 혹은 그들의 자손들이 살고 있었다. 달리 갈 데가 없기 때문이었다. 그러나 대다수의 장소들은 사라지고, 지금은 기억 속에만 남아 있었다. 예를 들면 1937년 잔혹한 사령관 카슈케틴이 1,300명의 정치인들을 처형했다는 벽돌 공장처럼(카슈케틴은 레닌 훈장을 받았고, 뒤에 총살되었다). 회색 오벨리스크가 그들을 추모하고 있다. 세멘트니 자보드의 징벌 캠프는 빈약한 몇 채의 건물과 연기를 내뿜는 굴뚝 하나로 줄어들어 있었다. 안색이 창백한 여인들이 가게 밖에서 기다리고 있거나 텅빈 네트볼(농구 비슷한 일종의 구기) 경기장 주위에 앉아 있었다. 5년 전만 해도 광부들의 파업이 크렘린을 뒤흔들 수 있었다. 그러나 지금은 그들의 급료가 반 년치나 밀려 있는데도 몇 안 되는 광부들이 여전히 일을 하러 나가고 있다고 바실이 말했다.

이윽고 우리는 17호 탄광 터에 이르렀다. 1943년 이곳은 보르쿠타의 첫 번째 죽음의 캠프였다. 1년도 지나기 전에 이 일대에는 보르쿠타의 30개 캠프 가운데 13개의 캠프가 들어섰다. 이들 캠프의 목적은 수감자들을 죽이는 것이었다. 기온이 영하 40도까지 내려가고 눈보라가 휘몰아치는 겨울 내내, 수감자들은 이끼가 낀 동토 바닥에 얇은 판자를 깔고 그 위에 톱밥을 뿌린 텐트에서 살아야 했다. 그들은 하루 12시간씩 휴식도 없이 탄차를 끌어야 했다. 3주일도 견디지 못하고 그들은 쓰러졌다. 드물게 살아남은 사람의 말에 따르면, 그들은 로봇처럼 변했다고 한다. 회색과 노란색이 섞인 얼굴 가장자리에는 얼음이 맺히고 눈에서는 차가운 피눈물이 흘렀다. 그들은 빽빽하게 모여 서서 말없이 먹었고, 아무도 서로 쳐다보지 않았다. 어떤 노동여단은 음식을 더 타보려고 더욱 열심히 일하기도 했지만, 노력에 비해 돌아오는 보상은 너무 빈약했다. 1년도 지나기 전에 2만 8천 명이 죽었다. 다소 형편이 나아진 시대의 수감자 한 사람이 1943년에서 1947년 사이에 형을 선고받은 수십만 명 가운데 살아남은 몇몇 수감자들을 만났다. 그들은 가장 강인한 사람들—생물학적 엘리트—이었기 때문에 살아남았지만, 그때 그들은 난폭해졌고 반미치광이가 되어 있었다고 그는 말했다.

내부가 완전히 파괴된 탄광 건물 밑에 있는 돌과 쓰레기를 쌓아놓은 더미 안에, 금속을 줍는 떠돌이들이 살고 있었다. 들개들도 나돌아다녔다. 나는 갱의 철로를 따라 관목 숲과 습지, 폐허를 덮은 덤불 속으로 걸어갔다. 철로는 토막토막 끊겨 있었다. 갈매기 배설물 더미 옆을 지나갔다. 이윽고 몇 개의 방을 둘러싸고 있는 한 채의 벽돌 건물이 나타났다. 지붕은 날아가고 없었지만, 목재에 쇠를 덧댄 문틀은 아직 서 있었다. 벽에는 창문이 없었다. 그것들은 격리 독방들이었다. 이런 독방에는 수감자들이 발가벗긴 채 감금되었는데, 여기에 열흘 감금되면 몸이 완전히 망가지고 보름이 지나면 수감자는 죽게 된다고 솔제니친은 썼다. 이제 이 독방들의 콘크리트가 발밑에서 부서지고 있었다. 각 감방으로 들어가는 문의 잔해가 남아서 아직도 열렸다. 밖에서는 야생 카밀레(약용 차로 쓰이는 식물)가 벽돌을 휘감고 있었다.

나는 관목이 커튼처럼 드리운 진창으로 들어갔다가 철벅거리며 다시 걸어나왔다. 내 앞에서 탄차가 철거덩거리며 툰드라 위를 움직이고 있었다. 나는 50년 전에 이곳에 있는 나 자신을 상상하기 시작했다. 나라면 과연 어떻게 했을까? 하지만 육체가 쇠약해지면 의지도 약해진다는 것을 아는 나는 스스로 이렇게 대답할 수밖에 없었다. 너도 다른 이들과 조금도 다르지 않았을 것이다.

나는 돌 위에 새겨진 다음과 같은 메시지를 보았다. "1949년에 추방되어옴. 와보니 아버지가 1942년에 죽임을 당하신 곳. 우리를 기억해주길."

"그놈들은 수천 마리씩 와요. 가을에 다시 남쪽으로 날아가지요. 그때 놈들을 잡아요. 거위, 오리, 검둥오리! 또 북극에서 보르쿠타로 들어오는 붉은연어가 페초라 강을 따라 내려오지요……." 바실이 29호 탄광을 지나 차를 세웠고, 우리는 차 밖으로 나왔다. 도르래 바퀴가 하늘을 배경으로 걸려 있었다. 갈대와 이끼로 덮인 질척질척한 낮은 둔덕이 쇠락한 캠프를 집어삼켰다. "그런데 그 연어는 일종의 캐비어를 지니고 있어요. 지난 6월 어느 날……" 그러나 그는 말을 마치지 못했다. 우리가 축축한 관목 숲으로 내려가자 모기들이 사정없이 덤벼들었다. 엄청난 모기떼였다. 이놈들은 여름에 툰드라의 연못들에서 생육하는 수조 마리의 곤충들—날벌레, 각다귀, 말파리, 모기 등—의 후위부대였다. 놈들은 초소형 헬리콥터들처럼 우리에게 달려들었다. 툰드라에서 이 모기떼는 순록과 소들까지도 줄행랑을 치게 만든다. 목구멍과 콧구멍까지 막아버리기 때문에 당나귀 새끼를 질식시키기도 한다(순록과 사람도 그런 일을 당한다고 한다). 이놈들은 단 며칠 동안밖에 살지 못하며, 아무것도 먹지 않는다. 아예 소화기관 자체가 없는 종도 있다고 한다. 그런데도 놈들은 맹목적으로 달려든다(8월 중순쯤 되면 거의 무해하다). 그날 밤 나는 내 손목과 발목 이곳저곳에 부은 자리가 있는 걸 발견했다. 천 명의 소인(小人)들에게 물린 듯한 느낌이랄까. 다행히 다음날 아침이 되자 그 흔적은 없어졌다.

바실은 멀쩡했다. 자기는 사냥을 할 때 그물 옷을 입는다고 자랑했다. 그런데 폐광에 들어가 산 채로 뜯어먹힐 생각은 추호도 없단다. 나는 썩어가는 목재로 된 토대와 타다 남은 기둥, 그리고 여기저기 흩어져 있는 녹슨 양동이와 쇠사슬 사이를 혼자서 서성였다. 덤불숲과 뒤엉킨 거미줄 같은 담장이 대문의 흔적 같은 것에서 끝나 있었다. 아직 땅 위에 가까스로 서 있는 막사들 안으로 빛이 지붕을 통해 쏟아져 들어오고 있었다. 나무 침상이 닭장처럼 차곡차곡 쌓여 있던 그 무시무시한 통로는 바닥으로 주저앉아 있었고, 벽틈으로 스며들어온 가루와 석탄 먼지가 그 위에 뽀얗게 쌓여 있었다.

탄광 반대쪽에 있는 묘지에 이르렀다. 보르쿠타 주변에는 이런 묘지가 도처에 있지만, 이 묘지에는 이곳에서 죽은 사람들의 일부만이 묻혀 있을 뿐이다. 겨울에는 매장하기에 충분할 정도로 모일 때까지 시체들을 오두막 바깥에 쌓아두었다. 그런 다음 비밀경찰 요원이 곡괭이로 시체의 두개골을 깨부순 후 시체들을 여름에 미리 파놓은 깊은 도랑으로 밀어넣었다. 이곳에는 독일과 라트비아의 희생자들을 위해 세운 추모비 외에도 수백 개의 빛바랜 십자가들이 덤불 속에 솟아나 있다. 모두 이름 없는 묘비들이다. 그 십자가들에는 이름 대신 'A-41…… A-87' 같은 숫자가 씌어 있다. 대부분은 썩어서 일부가 떨어져나가거나 아예 사라졌다(사람들이 그 십자가를 기념품으로 훔쳐갔다고 바실은 말했다). 썰매로 된 장의용 수레와 곡괭이 하나, 그리고 고무장화 한 짝이 덤불 아래 놓여 있었다. 마지막 매장 팀이 40년 전에 버리고 간 것일 터였다.

29호 탄광은 잊을 수 없는 비극이 일어났던 곳이다. 1953년 스탈린이 죽고 몇 달 후, 시베리아 전역의 강제노동 수용소에서 파업이 일어났다. 그 선도적 역할을 한 것이 바로 이 탄광이었다. 이곳의 수감자들은 시베리아 전역의 수용소 수감자들의 이름으로 다음과 같이 요구했다. 고령자 및 아동 수감자를 석방하라, 외국인 수감자들을 본국으로 송환하라, 감시탑 경비병들의 무차별적인 무기 발사 행위를 금지하라, 노동시간을 감축하라, 수감자들을 인격적으로 대우하라……. 보르쿠타의 다른 수용소들은 하나씩 하나씩 모스크바의 위협이나 거짓말에 굴복했다. 그러나 29호 탄광은 끝까지 버텼다. 그러는 동안 비밀경찰 병력 2개 사단과 탱크들이 이 탄광을 포위했다. 지금은 탄광의 대문은 사라지고 없다. 무엇이 있던 곳인지 구분하기 어려운 내 발밑의 토대들 가운데 하나가 아마 그 대문이 있던 자리일 것이다. 당시 그 대문이 파괴됐고, 병사들은 수감자들이 그 대문 뒤에 밀집대형을 이루고 서로 팔짱을 낀 채 서서 노래를 부르고 있는 것을 보았다. 먼저 서너 차례의 소총 발사에 이어, 중기관총이 불을 뿜었다. 1분 동안 광부들은 한 덩어리가 된 채 쓰러지지 않고 있었다. 죽은 자들을 산 자들이 떠받치고 있었던 것이다. 얼마 지나지 않아 운동장은 광부들의 시체로 채워지기 시작했다.

쓰러진 자들은 공동의 무덤에 쓸어넣어졌다. 러시아인들은 이 무덤을 '형제들의 무덤'이라고 부른다. 흐루쇼프 시대에 누군가가 이들이 누워 있는 광물 찌꺼기 더미에다 전신주 모양의 십자가를 세웠다는데, 지금은 보이지 않는다. 그러나 보르쿠타의 가장 뛰어난 건축가의 스튜디오에 다른 기념물들의 설계도가 걸려 있다. 하지만 누가 이 기념물들을 세울 돈을 댈 것인지는 아무도 모른다. 정부는 돈을 내겠다는 이야기를 하지 않고 있다. 하지만 이 건축가는 설계를 계속하고 있다. 보르쿠타 강 위쪽 산에 거대한 십자가를 새기고 대리석 옆면에는 죽은 사람들의 이름을 새기리라는 희망을 그는 가지고 있다. 또다른 언덕에는 땅에 쓰러져서 일어나려고 버둥거리면서 위를 올려다보는 얼굴들의 조각을 만들고, 29호 탄광에 있는 형제들의 무덤 위에는 '어머니 러시아(Mother Russia)'의 화강암 석상을 세울 계획이다. 이 석상은 얼굴과 어깨 그리고 가슴의 일부가 떨어져 나간 모양으로 만들 예정이다.

그녀는 이제 노인이다. 그녀는 두 팔을 리드미컬하게 내저으며 그 육중한 몸을 움직여 거리를 활보한다. 이 노동으로 인해 그녀의 뺨은 발그레하다. 하지만 그녀의 아파트 안에서 그녀의 눈은 맑다. 그녀는 꼿꼿한 자세로 앉아 연중 매일 방영되고 있는 멕시코 드라마를 본다. 그 드라마가 쓰레기라고 하면서도 본다. 굵은 목 위에 얹힌 그녀의 얼굴은 묘하게 섬세하고, 그녀의 눈은 수레국화처럼 푸르다. 여든일곱 살인 지금도, 그녀는 가끔 예뻐 보인다. 젊었을 적 그녀의 외모는 위험한 축복이었을 듯싶다.

그녀의 말에 따르면 그녀는 베를린 주재 러시아 대사관에서 일했었다. 그러다 그녀가 가담한 작은 단체가 스탈린 반대 혐의로 적발됐고, 그녀는 1938년초에 체포되어 모스크바에서 보르쿠타로 이송됐다. 당시 그녀는 법적 절차를 믿었던 순진한 공산주의자였다. 그녀는 공산주의에 대한 믿음을 아직도 간직하고 있다. 그녀는 현재 내가 그녀를 만난 곳, 즉 이곳에서 사라진 수백만 명을 추모하는 단체인 메모리얼에서 일하고 있다. 그녀는 죽어간 그들을 잊지 못한다.

"우리는 처음에는 반지하 건물에서 살다가 다음에는 천막에서 살았어. 막사가 지어질 때까지 거기서 살았지. 견디기 어려운 건 온도가 아니라 바람이었어. 바람이 살 속을 파고들었거든." 그녀는 두 팔로 자기 몸을 감쌌다. "처음에 나는 광산에서 일했어요. 그러다가 도로 건설에 투입됐지. 도로가 끝난 뒤 다시 광산으로 돌아왔고." 그녀의 이야기는 간간이 웃음으로 중단되곤 했다. 아직도 믿을 수가 없다는 투였다. 그러다 그녀의 푸른 눈이 모든 것을 떠나 어느 먼 곳을 향했다. 그녀는 타고난 생존자였다.

"나는 뭐랄까, 위험한 범죄자로 간주되었기 때문에 보통 막사에서 자지 못했어. 따로 격리되어 다른 네 명의 죄수와 두 명의 경비원들과 함께 한 오두막에 수용됐지. 우리는 두 개의 선반처럼 생긴 침상에서 잤어요. 하지만 그보다 고약한 건 편지를 받지 못한다는 거였어. 내 남편은 군의관이었는데, 우리 애들을 보호하기 위해서 나와 이혼했어. 이런 판국에 내가 그에게 무슨 편지를 쓸 수 있었겠어? 난 괜찮아요, 뭐 이런 사연밖에 더 쓸 게 뭐가 있었겠냐구? 하지만 그는 나와 이혼했어. 그래서 나는 편지를 쓰지 않았지. 그리고 물론 검열관이 모든 내용을 읽었고…….”

내가 물었다. “아픈 적은 없으셨나요?”

“없었어요, 한 번도.” 그리고 다시 생각이 났다는 듯 말을 이었다. “아, 있지. 딱 한번 있었어. 1941년인가에 발진티푸스에 걸렸었지.” 내가 그녀를 물끄러미 바라보았다. 이가 옮기는 발진티푸스로 보르쿠타의 수용소들에서 수천 명이 죽어나갔었다. “난 몸 전체에 발진이 생길 걸로 생각했는데, 발진은 생기지 않았어. 대신 체온이 끓었지. 그러더니 머리칼이 죄 빠졌어. 그러자 내가 장티푸스에 걸렸다는 걸 안 수용소 당국이 나를 격리했어. 난 퍽 오래 격리되어 있었어요.” 그녀는 무엇인가를 기억해내려고 애쓰는 것 같았다. 그러나 생각이 나지 않는 모양이었다. “그래도 괜찮았어. 난 혼자였거든.”

내가 너무 꼬치꼬치 캐묻는다는 느낌이 들어 미안했지만, 그래도 물었다. “일은 어떠셨어요?” 나는 매일의 생활이 사람들이 기록한 것과 똑같지는 않으리라고 생각했다. 사람들이 기록한 건 아마 최악의 것, 특별한 것만 회상해서 적은 것이리라고.

그녀가 소파 위에서 몸을 앞뒤로 무겁게 흔들기 시작했다. 그녀의 머리가 텔레비전을 향했다. 텔레비전에서는 요트와 턱시도를 입은 사람들이 등장하는 드라마가 방영되고 있었다. “도로 건설할 때가 제일 힘들었어. 사람들이 많이 죽었지! 기력이 쇠해서 죽었어요. 남자들이 특히 많이. 여자들이 더 면역이 강하고 질긴 건지……. 맨 먼저 온 사람들, 그러니까 과학자와 행정가들은 육체노동에 익숙하지 않았을 거 아냐? 그이들은 금방 죽었어. 하지만 제일 고약했던 때는 전쟁 때였어. 1941년까지는 그래도 먹을 게 좀 있었는데, 말린 감자뿐이었지만 말이지. 그러나 1941년에 전 러시아에 기근이 닥쳤지 뭐야. 그때 노동과 굶주림 때문에 아주 많은 사람들이 죽었어요." 그녀의 목소리가 차분히 가라앉았다. "도로를 따라서 둑이 있었거든. 누군가가 죽으면 우리는 구멍을 파고 그이의 머리를 두꺼운 모직 상의로 덮은 다음 시체 위에다 자갈을 쌓았어." 그녀는 몸을 앞으로 굽히고 두 손으로 카펫을 부드럽게 쓰다듬었다. 그녀는 웃고 있었다. 마치 그런 일들이 자기와는 무관한 일이라는 듯이. "그리고 그 후에 우리는 그 시체들 위에다 철로를 깔았지. 곧 기차들이 그들의 무덤 위로 달리게 되었어요. 지금 기차가 다니는 곳이 그곳이야. 그들의 무덤 위지." 그녀가 내 한 손을 건드렸다. 마치 위로를 받아야 할 사람이 나라는 듯이. "어딜 가나 흙이 돌처럼 단단했지. 그래서 우리는 여름까지 기다려야 했어. 여름이 되면 작업 팀이 긴 호를 파고 시체들을 그 안에 쓸어넣었어. 그게 다야. 처형이 있은 후에도 그들은 형제들의 무덤을 팠지." 그녀의 몸이 다시 흔들리기 시작했다. "우린 언제고 전쟁이 끝날 거라는 걸 알고 있었지. 전쟁이 끝나면 관을 갖추어서 정식 장례식을 치를 수 있을 거라고 생각했어. 그러다가 1945년 이후에 우크라이나인, 벨라루스인, 독일인들이 쏟아져 들어왔지. 그래서 전쟁이 끝난 걸 알았어요."

그녀는 내 옆 소파 위에서 숨을 더 빨리 쉬고 있었다. 나는 내가 그녀에게 너무 많이 묻는 게 아닐까 생각했다. 내가 말했다. "너무 이것저것 여쭤서 죄송합니다."

"나보다 괴로움을 겪은 사람들이 많아요. 아픈 사연도 많고, 별의별 일이 다 있었지……."

그녀가 무엇을 회상하고 있는지 짐작하는 건 불가능했다. 여자들은 특별한 고통을 당했다. 여성 정치범들, 즉 '장미'들은 범법자들, 즉 '패랭이꽃'들로부터 괴롭힘을 당했다. 범법자들 가운데는 정신이 약간 돈 자들도 있었다. 그런 남자들 앞에서 여자들을 아무런 힘이 없었다. 회복기의 여자들 2개 여단이 블래트니에(죄수 귀족)들에게 집단강간 당하기도 했다.

그녀가 다시 말을 이었다. "난 그저 일만 열심히 하고 조용히 있었어. 그리고 아무도 나에게 아주 잔인하게 굴진 않았어. 아주 심한 짓은 안했지." 생기가 돌 때면 그녀 안에 있는 소녀가 얼핏 보이곤 했다. 그럴 때면 그녀가 다른 젊은 여자들이 그랬듯이 어떤 대가를 치르고 관리나 병사의 보호를 받은 게 아닐까 하는 생각이 들었다. 경비병들이 잔인했는지 아니면 그냥 무정하기만 했는지를 물었다.

"그들은 그저 지시받은 대로 했을 뿐이지." 그녀가 말했다. "하긴 우리가 도주한다면, 그들도 우리 같은 신세가 되었겠지만."

나는 이런 쉬운 이해가 싫었다. 나는 그녀가 분노하기를 바랐다. "그들은 당신에게 죄가 있다고 생각했습니까?"

"물론이지, 그랬지. 그들은 우리 모두를 죄인으로 생각했지." 그녀가 자기 두 손을 내려다보았다. 숱이 적어져가는 그녀의 길고 부드러운 은빛 곱슬머리가 그녀의 목을 덮고 있었다. "글쎄, 마음속으로는 죄인이 아니라고 생각했을지도 몰라. 죄인이 이렇게 많을 리 없다고 의심했을 수 있지. 하지만 그들은 우리와 일정한 거리를 유지했어."

거리를 유지한 이유가 뭘까 궁금했다. 정신적 오염을 두려워한 걸까? 반란이 수용소의 발진티푸스처럼 번지는 걸 두려워한 걸까? 아니면 죄수들에게 동정심을 느낄지도 모른다는 우려 때문이었을까? 경비병이 죄수들과 친하게 지낸다면 그는 비난을 받게 되었을 것이다. 가장 큰 두려움, 그 생각할 수도 없는 두려움은 물론 억눌러야 했을 것이다. 그것은 이 사람들이 죄 없는 사람들일지도 모른다는 두려움이었을 것이다.

"아마 그들도 우리를 조금은 동정했겠지." 그녀가 이렇게 말하고는 그들을 변호하기 위해, 그리고 얼마간은 자신을 변호하기 위해, 이렇게 고집스럽게 덧붙였다. "하지만 일은 일이지. 해야 할 일은 해야지."

나는 뿌루퉁해져서 아무 말도 하지 않았다.

하지만 그 시대를 잘못 판단하기는 쉽다. 끄나풀이 득시글거리던 세상에서 사람들이 극도로 격리되어 있었다는 것, 국가의 모든 통제 기관과 모든 당국이 스탈린의 망상—음모에 대한 강박관념, 사보타주(파괴 행위)에 대한 집단 망상—을 재생산해서 결국에는 확인할 수 있는 진실이 위험하고 진귀한 것이 되어버렸다는 것을 잊기는 쉽다. 한 혐의자를 심문하고 고문하면 그의 입에서 비명과 함께 다른 새로운 이름들이 나오게 마련이었다. 그 혐의라는 게 말도 안 되는 우스꽝스러운 것들이 많았다. 존재하지도 않는 다리를 폭파하려는 음모를 꾸몄다는 혐의도 있었고, 이름도 들어본 적 없는 나라의 스파이 노릇을 했다는 혐의도 있었다. 아무리 말이 안 되는 혐의였어도, 혐의를 받은 사람들은 항변할 수 없었다. '너에게는 권리가 없어. 두뇌도 없어. 논리는 우리 것이야.' 이게 다였다. 고문에 못 이겨 자백을 하면, 그 자백이 심문자의 과실을 덮어주는 근거가 되었고, 심문자가 옳았다는 환상을 만들어주었다. 그 환상이 온 국민의 고통을 정당화하는 것 같았다.

"그럼 당신은, 당신은 자신이 죄인이라고 생각한 적이 있나요?" 내가 끈질기게 물고늘어졌다.

"아니, 한 번도 그런 생각은 안했지. 다른 사람들도 나에 대해서 그런 생각을 안했고. 하지만 나는 1948년에 석방되었어야 했는데, 석방되지 않았어. 나는 2년을 더 수용소에서 지냈지. 석방된 뒤에, 나는 공안검사에게 그것을 따지는 편지를 보냈어. 그랬더니 검사는 내가 소련 권력에 반대했었기 때문에 그보다 더 일찍 석방될 수 없었다는 답장을 보내왔지. 물론 내가 소련 권력에 반대한 건 사실이야. 하지만 그건 그 권력이 인민에게 적대적이었기 때문에 반대한 거야. 그런데 그들은 거꾸로 내가 인민에게 적대적이라고 뒤집어씌웠지. 하지만 난 당원이었고, 당은 인민을 위한 당이었지. 그런데 권력은 말야……"

내가 그녀를 헤어나기 힘든 미로 속으로 밀어넣은 것 같았다. 나는 그녀를 밖으로 끌어낼 수 없었다. 마침내 그녀가 말했다. "당은 죄가 없었어. 절대로 없었지…… 난 일부 사람들…… 일부 사람들을 비난하는 거야." 그녀의 말이 모호해졌다. 어떤 애매모호한 계층조직 안에서 그녀는 희생양을 골라내는 것이었다. 그녀는 허물을 상부로 이동시켰다. 그 허물이 거의 다 사라져버릴 때까지. 그녀는 시스템 전체를 고발할 생각은 없었다. 그럴 수는 없었다. 어떤 부분, 어떤 일부만이 크게 잘못되었다고 그녀는 생각했다. 그것은 우연이 빚은 비극처럼 보였다. 그녀가 거칠게 한숨을 쉬었다. 그 사고만 없었다면, 모든 게 잘되었을 텐데. 하지만 이제 낙원은 사라져버리고 말았으니…….

그녀는 설명을 해보려고 애썼다. 그러나 잘 되지 않자, 좌절감을 이기지 못해 소파를 탁 쳤다. 나는 굵직한 그녀의 손목을 보았다. 오랜 세월 일한 손목이었다. 손목에 붙은 손은 섬세해 보였다. 그녀의 얼굴이 굵은 목 위에서 작아 보이는 것처럼. 여러 해 동안의 노동이 한때 연약하고 고상했던 여인을 체구가 크고 투박한 여자로 바꿔놓은 것 같다.

내가 말했다. "당신은 당으로 복귀하지 않았나요?"

그녀가 완강하게 말했다. "난 당을 떠난 적이 없어."

그녀의 마음속으로는 그랬을 것이다. 그녀가 복권되면서 당원 자격도 회복되었다. 그녀가 화를 내지 않으니까 오히려 내 속에서 화가 치밀어올랐다. "그들이 당신에게 그들을 복권시켜 달라고 청해야 할 겁니다."

그러나 그녀는 멍하니 나를 바라보았다. 아마 내 말을 자기가 잘못 알아들었다고 생각하는 모양이었다. 타원형으로 열린 그녀의 입 안에는 서너 개의 치아만이 남아 있었다. 그나마 그중 하나는 일부만 남은 뿌리에 겨우 매달려 있었다. 그녀의 시선이 다시 텔레비전으로 향했다. 텔레비전에서는 멕시코의 사교계 명사가 입을 삐쭉 내밀고 칵테일 젓는 막대기로 딸랑딸랑 소리를 내고 있었다. "저 사람은 둘시네아야." 그녀가 말했다. "그녀는 개들한테 가는 중이지…… 그런데 그녀의 호세는 연기를 못해. 그냥 바라보기만 하지." 그녀가 가볍게 웃었다. 그리고는 이렇게 말했다. "왜 사람들은 좋은 일들, 매일매일의 일들을 기록할 수 없는 걸까? 수용소 생활을 보통으로 기술한 기록이 있다면, 사람들은 우리가 늘 울지만은 않았다는 것, 우리가 탄광에서 나와 욕실로 갈 때 노래를 불렀다는 걸 알 텐데. 당신은 작가지? 그렇지? 당신이 그런 얘기를 쓰면 어때? 우리가 조금은 미소도 짓고 또 더러 춤도 추고 노래도 불렀다는 걸 쓰란 말야. 왜냐하면, 사람은 희망 속에서 살아야 하니까……."

그녀의 목소리가 부드러워지면서 말이 리드미컬한 지껄임으로 변했다. 나중에는 리듬이 단어를 선택하는 것 같았다. "한번은 불법 소포를 받았지. 3킬로그램짜리 설탕이었어! 나는 또 몰래 맥주를 발효시키고 있었는데, 한 장교가 막사에 들어왔을 때 그 맥주가 폭발하면서 그가 맥주를 뒤집어쓰고 말았지 뭐야. 나는 겁에 질렸어. 격리수용소로 끌려갈 걸로 생각했다구. 그런데 나를 그냥 내버려두더라구. 대신 점호가 있을 때마다 나를 맥주폭탄이라고 불렀어. 그러면 모두들 웃었지. 그러니 이런 것도 쓰라고. 온통 눈물뿐은 아니었다고 쓰라고. 이것도 써야 해."

"쓰겠습니다." 나는 대답했다. 하지만 무엇인가가 나를 괴롭히고 있었다. 나는 그녀의 묵인을 참을 수 없었다. 내가 잔인하게 말했다. "하지만 결국 그 목적이 무엇이었을까요? 그렇게 심한 고통의 목적 말이에요."

그녀가 나를 돌아보았다. 갑자기 그녀의 눈에 눈물이 맺히기 시작했다. 그녀는 다시 시선을 돌렸다. 처음으로 그녀는 대답할 수 없는 것처럼 보였다. 그녀가 되뇌었다. "목적?"

아마 이것이 가장 감당하기 어려운 것일 터였다. 그 고통과 노동, 그 죽음들이 아무 목적을 위한 것도 아니었다는 생각. 고통은 한때는 의미를 가지고 있었다. 목적. 그 단어가 그녀를 괴롭히는 것 같았다. 그녀의 두 눈에 눈물이 글썽이는 걸 보고, 나는 내가 던진 질문을 부끄럽게 생각했다. 그녀의 한 손이 내 손을 덮었다. “난 내 평생이 낭비되고 말았다는 걸 가슴 아프게 생각해. 우린 훨씬 더 좋은 걸 희망했었지. 여기 어떤 도시가 세워졌었는지 보라구! 그런데 이제 그 도시는 파괴되고 말았어. 학교들도 파괴되고, 도서관들도 문 닫았고, 노동자들은 몇 달 아니 몇 년치 급료를 받지 못했지. 그런 일이 일어나도록 방치하는 정부를 믿을 수 있겠어? 이제 사람들은 그저 돈만을 벌고 싶어해. 그들은 모든 신념을 잃어버렸어…… 이렇게 되고 만 걸 생각하면…….”

“하지만 이게 끝은 아니죠.”

내가 생각하기에 그녀는 거의 내 말을 듣지 않고 있는 것 같았다. “그 시절을 잊는다는 건 불가능해. 결코 잊을 수 없지. 병과 같은 거야. 난 당신에게 그때 있었던 일을 모두 이야기한 게 아냐. 하지만 당신은 상상할 수 있겠지……”

“네.” 대답은 그렇다고 했지만, 과연 나는 상상이나 할 수 있을까.

“당신은 얼마나 많은 사람들이 죽었는지 알고 있어!” 그녀의 목소리는 공포심을 불러일으키는 음악 같았다. “쇠약해져서 죽고, 먹지 못해서 죽었지. 아무리 눈보라가 쳐도, 아무리 날씨가 추워도, 우리는 나가서 일을 해야 했어. 암벽에서 석탄을 떼어내기만 하면 되는 게 아니야. 그걸 수레에 실어서 끌어야 했지. 도르래 같은 것도 없었어. 수레를 끌 말이 보급된 것도 1942년이 되어서였지. 그 수레는 아주아주 무거웠어. 그 수레를 끌다가 얼마나 많은 사람들이 쓰러졌는지 몰라. 그들이 어떻게 죽었는지 떠올리면…… 그들의 두 다리를 잡고 끌어내던 생각을 하면…….”

그녀의 목소리는 나를 떠나 있었다. 마치 꿈꾸는 것처럼. 어쩌면 그 죽은 사람들이 그녀의 현실감각을 함께 가져가버렸는지도 몰랐다. 그렇게 강렬하면서 그렇게 슬픈 일은 그 후에는 없었다. 의미가 그녀보다 먼저 죽어버린 것이었다.

그녀는 일어서더니 투덜거리면서 텔레비전 채널을 이리저리 돌리다가 텔레비전을 꺼버렸다. 그리고 이렇게 말했다. "내 나이 여든일곱이지만, 난 더 살아서 미래를 보고 싶어."

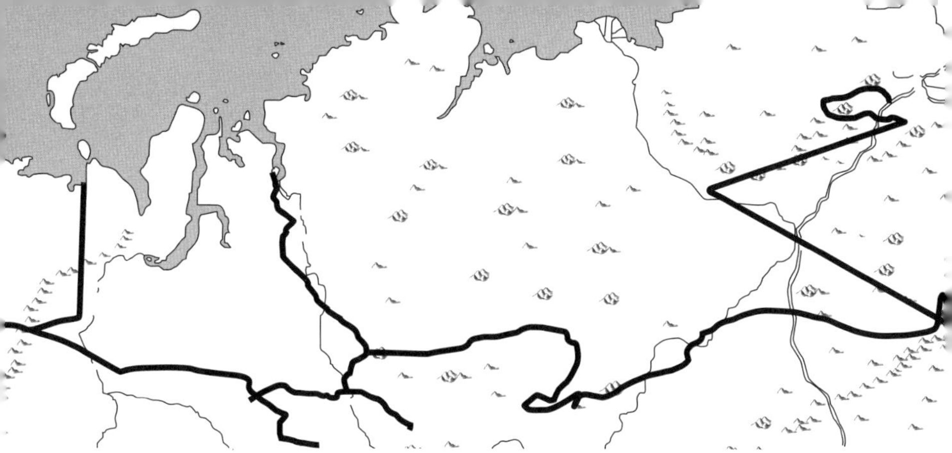

# 3
# 과학으로부터의 도주

옴스크로 가는 철로 양편에는 밀밭이 거대한 직사각형을 이루며 반짝였고, 초지에는 김의털(볏과의 다년생 식물)이 불그레한 빛을 퍼뜨리고 있었다. 이 변함없는 광대한 풍경 속에서 격리된 것들—오리가 노니는 연못, 샘, 마차 등—이 가끔 나타나 내 눈길을 끌었다. 나는 석탄이나 폐허가 없는 지형, 그 둥근 무더기의 자연스러운 풍경을 안도감을 느끼며 바라보았다. 자유라는 사치스러운 느낌이 샘솟았다. 러시아 역사상 처음으로 외국인이 시베리아를 마음대로 방랑할 수 있게 된 것이었다. 내가 들르는 작은 도시에서도 나는 나의 사업 비자—지저분한 종이에 형식적인 목적지들이 찍힌 것—만 내보이면 경찰의 제지를 받지 않고 마음대로 차를 타거나 내릴 수 있다.

이 자유가 주는 쾌감이 거의 언제나 나를 떠나지 않았다. 지도를 꺼내놓고 몽골에 인접한 산맥으로 들어가는 상상을 하거나 예니세이 강을 거슬러올라가 북극해로 가는 배를 타는 꿈을 꿀 때마다 나는 행복감에 젖었다. 그러나 다음 순간 불안감이 찾아왔다. 무엇인가가, 누군가가 분명히 나를 막을 것 같은 불안감이었다. 러시아는 늘 그런 나라였기 때문이다. 나는 이 나라의 유서깊은 외국인 혐오증에 일시적으로 생긴 틈바구니로 들어온 것이었다.

내가 탄 기차는 검은 흙의 스텝 지대를 따라 옴스크를 향해 달리고 있었다. 마지막 빙하시대가 후퇴한 흔적이 눈에 보였다. 1년에 1.6킬로미터의 속도로 스텝이 북쪽으로 이동해서 타이가(침엽수림지대)를 좀먹어 들어가고 있었다. 타이가는 또한 같은 속도로 북극지방을 좀먹어 들어가고 있을 터였다.

1891년에 착공될 때부터 시베리아 횡단철도는 질이 나쁜 강철과 다듬지 않은 목재로 서둘러 건설되었다. 이 서부 구간에서 철도는 하루 1.6킬로미터 꼴로 습지와 토탄(土炭) 늪을 가로질러 급하게 건설되었다. 철도 건설에 앞서 시공되는 제방 건설과 자분정(自噴井) 시공 역시 날림이었다. 몇 년 지나지 않아 철로의 자갈이 주저앉고 철로의 강철이 구부러지면서 철도가 롤러코스터처럼 변했다. 여객열차는 시속 21킬로미터 이상을 낼 수 없었다.

철도 건설은 러시아 특유의 두려움과 자신감이 뒤섞인 채 진행됐다. 러시아인들은 시베리아 횡단철도가 러시아의 태평양 연안 방위를 튼튼히 해주고 시베리아를 조국에 영원히 붙들어매주기를 바랐다. 정신적 특권 의식과 사명감이 철도 건설의 추진력이 되었다. 철도가 아시아의 심장부에 문명의 실을 늘여놓을 거라는 생각이었다.

옴스크라는 다소 우스꽝스런 이름이 이 도시에 대해 유쾌한 기대를 갖게 한다. 옴스크는 철도가 거대한 외팔보 다리로 이르티슈 강과 교차하는 지점에 자리 잡고 있다. 철도가 작은 섬과 목장 사이를 지날 때 거대한 교탑(橋塔) 밑으로 구불구불 흐르는 강이 보인다. 그 풍경이 이 도시가 평화로운 도시라는 환상을 만들어준다. 하지만 그곳을 넘어서면 교외에 석유화학 공장, 섬유 단지, 정유소 등이 들어차 있다. 너무나 오염이 심해서 가끔 야간 운전이 금지될 정도라고 한다. 강 위쪽으로 수 킬로미터에 걸쳐 도시가 뻗어 있다. 마르크스 단지, 레닌 광장, 빨치산 거리…… 귀에 익은 이름들이 꼬리를 물고 나타난다.

하지만 도시는 소박한 특징을 유지하고 있다. 2차 세계대전으로 러시아 서부의 도시들은 무참하게 파괴되었지만, 이곳 시베리아의 도시들은 전쟁의 피해를 입지 않아 형식적인 장엄함 또는 촌스러운 활력 같은 것을 지니고 있다. 그래서 그런지 이곳의 도시들은 실제보다 더 오래되어 보인다. 놀라는 마음으로 거리를 쏘다녔다. 시청에서 가꾸는 화단의 꽃들이 만발해 있었고, 지방관청들 사이에서는 분수가 물을 뿜고 있었다. 강 바로 위에는 가루설탕을 뿌려놓은 듯한 건물들이 늘어선 19세기풍의 거리가 있었다. 공원에서는 팝 음악이 울려퍼졌고, 미니스커트를 입은 소녀들이 미모를 뽐내고 있었으며, 아이들은 부모와 함께 얌전하게 산책을 하고 있었다. 그러나 아이들이 입은 티셔츠와 진 바지에는 성조기나 도널드 덕이 찍혀 있었다. 신발이나 바지에서 흔히 눈에 띄는 것이 함부로 사용된 서양의 로고들이었다. 패스트푸드 식당들이 등장해서 즉석 펠메니—시베리아 라비올리〔저며서 양념한 고기를 밀가루 반죽으로 싼 요리〕—나 한물간 으깬 감자를 넣은 이름 모를 스테이크를 팔고 있었다. 수없이 늘어선 작은 가게와 노점에서도 같은 음식을 팔고 있었다.

하지만 권태, 또는 기다림 같은 것이 도시에 만연되어 있었다. 낙원으로 가는 새로운 길인 모든 스타일이나 음악이 합성된 것 혹은 빌려온 것처럼 보였다. 진정한 삶은 보류된 채로 남아 있었다. 팝송은 허둥지둥 달리는 것 같은 활력으로 차 있었다. 오줌 냄새가 나는 버스정류장과 지하도는 낙서투성이였다. "폼포니우스 나우털루스, 널 사랑해!" "아가사 크리스티! 무덤! 천재!" 이 이름들이 모두 팝 아티스트라는 걸 깨닫는 데는 좀 시간이 걸렸다. 다른 낙서들도 있었다. 가끔 젊은이들의 공용어인 영어로 끼적거린 낙서도 있었다. "짐 모리슨 만세! 안 돼!……그 나쁜 년 죽어라!…… 공산주의자들은 모두 치사한 놈들" 운운. 또 러시아어로 된 수수께끼 같은 낙서도 있었다. "누가 시체와 여행을 하는가?…… 삶의 요점은 네 무덤의 십자가를 생각하는 것이다" 등등.

만연된 좌절감은 자유가 환상에 불과한 것으로 판명되었음을 다시 한번 말해주고 있었다. 부족한 일자리와 높은 물가가 새로 등장한 노예를 부리는 상전이었다. 보도에는 새로운 가난뱅이들이 널려 있었다. 그러나 이 8월의 햇빛 속에서 나는 여행자의 혼란에 빠졌다. 그것은 주민과 이방인 사이의 간극이었다. 작은 건축미 또는 빛의 속임수가 다른 사람들의 가난을 견딜 만한 스냅사진으로 바꿀 수 있다. 공기는 매혹적으로 조용했다. 발가벗은 아이들이 오염된 강에서 철벅거리고 있었다.

옛 성채가 있던 곳으로 가보았다. 그러나 나무와 대지(臺地)만 보일 뿐, 성채의 흔적은 찾기 어려웠다. 다만 하얀 벽토를 칠한 튼튼한 문만이 남아 있었다. 도스토예프스키는 상트페테르부르크의 온건한 혁명 서클에 가담했다는 이유로 중노동형을 선고받고 이곳의 목조 감옥에서 4년을 복역했다. 그는 가끔 이르티슈 강 건너의 유목민들을 부러운 눈으로 바라보곤 했다. 또 매일 저녁 목책 주위를 걸으면서 말뚝을 헤아리며 형기를 마치고 나가게 될 날을 손꼽아 기다렸다. 그는 이곳에서의 생활을 《죽음의 집의 기록(Zapiski iz mertvogo doma)》이라는 작품으로 써냈다. 그가 처음에는 자신을 혐오감으로 채웠다가 다음에는 외경심으로 채웠던 곳, 그가 농민들인 러시아 인민과의 반신비적인 화해를 경험한 것이 바로 이곳의 죄수들 사이에서였다.

50년 후 이 사라진 감옥 터에는 바로크 양식의 별난 극장이 들었섰다. 흰색과 초록색으로 칠해진 극장이었다. 이 극장에서 〈윈저의 쾌활한 아낙들(The Merry Wives of Windsor)〉, 앨런 에이크번의 〈성탄 축하(Season's Greetings)〉, 쉘라 델라니의 〈꿀맛(A Taste of Honey)〉 등이 공연되고 있다. 감옥 건물 가운데 살아남은 것은 단 하나, 소장 관사뿐이었다. 도스토예프스키 시절의 소장은 자줏빛 얼굴의 주정뱅이 사디스트였다. 그는 죄수들이 사소한 잘못만 범해도, 또는 심지어 아무 잘못을 범하지 않았는데도, 매질을 하곤 했다. 그가 살던 집이 지금은 그가 미워했던 작가를 기리는 박물관으로 변해 있다.

도스토예프스키가 여기 갇혔던 때로부터 백 년 후, 솔제니친이

카자흐스탄의 강제노동 수용소로 호송되는 길에 이곳 옴스크를 지났다. 그와 동료 죄수들은 둥근 천장이 있는 석굴에 갇혔다. 그 석굴에 있는 단 하나의 창문은 그들 위에 있는 깊은 환기 갱으로 열려 있었다. 그는 그들이 15와트짜리 전구 아래 웅크리고 모여앉아 있던 그때를 결코 잊지 못했다. 그런 와중에 나이 먹은 교회지기 한 사람이 그들에게 노래를 불러주었다. 그 절망적인 환기 갱 밑에 서서 노래를 부르는 노인의 결후(結喉)가 떨리던 모양을 솔제니친은 잊을 수 없었다. 죽음의 예감과 감정 때문에 떨리는 목소리로, 노인은 옛 혁명가를 불렀다.

이 안이 아무리 조용해도
이곳은 묘지가 아니라 감옥—
보초여, 아, 보초여, 정신 차려라!

내가 투숙한 호텔의 숙박료는 하룻밤에 5달러다. 복도의 벽과 천장에 스탈린 시대의 조형물에서는 벽토가 뭉텅뭉텅 떨어진다. 밤이 되자 갑갑하고 축축했다. 기온이 섭씨 30도에 가까웠다. 나는 침대에 누워 커튼의 꽃무늬 사이로 빛나는 보름달을 바라보았다. 잠을 이룰 수 없었다. 가슴과 이마에서 땀이 흘러내렸다. 그래도 이곳은 시베리아였다.

이튿날 아침, 스탈린 시대에 영화관으로 쓰였던 성당—크기만 할 뿐 볼품은 없는—바깥에서 나는 버스를 타고 시골 수도원으로 떠나는 순례자들을 발견했다. 그들은 나에게도 버스에 타라고 권했다. 수도원의 터를 이제 막 다지고 있는데, 그들은 그 물을 축복하는 의식에 참석하러 간다고 했다. 1987년 레츠노이의 국가농장 부근인 이곳에서 한 발굴자가 집단 무덤을 발굴하면서, 그곳이 스탈린 사후에 폐쇄된 강제노동 수용소 단지였던 것으로 밝혀졌다고 한다. 대개가 지식인들이었던 이곳의 수용자들은 들에서 일하다가 폐렴이나 설사병에 걸려 죽었고, 그들의 무덤이 이 지역 여기저기 흩어져 있다고 했다.

버스가 곧 넘어질 듯한 집들로 이루어진 마을들을 지나는 동안, 순례자들은 어머니 같은 연민이 담긴 중얼거림으로 이야기를 이어갔다. 그들은 대개 나이 많은 여자들이었다. 꽃무늬가 찍힌 드레스에 질긴 천으로 된 스카프를 하고, 캔버스 천으로 만든 신발을 신고 있었다. 마디가 굵어진 손을 기도서와 묵주 위에 올려놓고 있었고, 머릿수건이 둘려진 그들의 얼굴은 온화하면서도 강인해 보였다. 싱싱한 얼굴의 선창자가 버스 앞쪽에서 찬송가를 부르기 시작하자 한 사람씩 따라부르기 시작했다. 그들의 육중한 몸에서 울려 나오는 새되면서도 아름다운 목소리는 마치 옛 기억이 되살아나듯 은은히 울려퍼졌다. 결국에는 버스 안이 그들의 노랫소리로 채워졌다.

레츠토이 농장에 있는 자작나무 숲에 이르렀다. 속으로 들어가면 의외로 어두운, 시골에서 흔히 볼 수 있는 숲이었다. 여자들이 아직도 노래를 부르면서 버스에서 내릴 때, 나무 너머에 있는 예배당에서 또다른 노랫소리가 반향되어 왔다. 그곳이 이곳에 세워질 네 개의 성소 중 첫 번째였다. 장차 이곳에 널찍한 기념 건물이 세워질 것이다. 안에서 하얀 베일을 쓴 성가대가 기도서의 슬픈 부분을 노래하고 있었다. 순례자들은 그들이 좋아하는 성상(聖像) 밑에다 소원을 비는 촛불을 밝혔다. 두세 명의 아낙들은 무릎을 꿇고 몸을 떨기도 했다.

비계(飛階)로 덮여 있는 예배당의 좌우 날개 부분에 예수를 십자가에서 내리는 장면을 그린 미완성의 프레스코화가 우리 위로 모습을 드러냈다. 그림은 거의 완성되어 있었지만, 살빛이 아직 칠해지지 않은 상태였다. 마치 화가가 예수에게 너무 가까이 다가가 그를 만지는 것이 두려워서 아직 색을 칠하지 않은 것 같았다. 비계를 따라 안료 통들이 늘어서 있었다. 그래서 제자들의 채색된 옷이 그들의 비탄을 간접적으로 표현하고 있는 반면, 그들의 손과 얼굴은 벽토 위에 공허한 윤곽으로 나타나 있었다. 비탄에 젖어 위로 향한 얼굴, 칠해지지 않은 예수의 몸을 애무하는 동작 등이 공허한 윤곽으로만 나타나 있어, 구경꾼들은 상상력으로 그 그림에 무언가를 채워넣어야 했다.

나는 가끔 이 그림의 장면이 내가 서 있는 예배당의 회중석에 반영되어 있다는 생각을 했다. 예배당에서는 예배자들이 머리와 손을 위로 향하고 성호를 긋고 있는가 하면, 흐느끼는 사람까지 있었다.

멀리서 부르릉거리는 불도저의 소음이 들려왔다. 불도저는 강제노동 수용소가 있던 땅을 수도원 터로 만들기 위해 땅을 고르고 있었다. 나는 그 소리를 들으려고 귀를 곤두세웠지만, 우리의 노랫소리가 러시아 성가의 점점 약해지는 선율로 그 소음을 삼켜버렸다. 이 나이 든 러시아 여인들—그들의 죄란 기껏해야 남의 험담을 한 정도일 거라고 나는 생각했다—의 입에서 "오, 주여! 저희를 용서하소서!" 라는 탄성이 자꾸만 반복해서 흘러나왔다.

향 연기가 자욱한 가운데 아주 체구가 작은 사제가 성단소의 커튼을 열었다. 17세기 왕정복고 시대의 가발 같은 그의 머리가 자줏빛 사제복의 어깨까지 늘어져 있었다. 가끔 아주 힘없이 그의 한 팔이 향로를 흔들었다. 조용한 예배당 안에서 그 향로 안의 석탄이 마치 웃음을 억지로 참을 때 나는 것 같은 소리를 냈다. 기도를 영창할 때, 사제는 자꾸 자기가 해야 할 차례를 잊거나 놓쳤다. 결국에는 영창 기도가 엉망이 되었다. 빨간 예복을 입은 세 명의 보제(補祭)들이 그의 반응을 이끌어내기 위해 종이를 찰싹 치곤 했다. 그는 여우원숭이의 눈처럼 그의 머리에 얹힌 도수 높은 안경을 통해 보제들의 이런 동작을 힐끗 보고는 다시 시도해보곤 했다. 그가 왜 이렇게 당황하는지는 분명해 보였다. 그의 옆 상좌에 거대한 몸집의 옴스크 대주교 페오도시가 꼼짝 않고 앉아 있었던 것이다.

점심때쯤 교회에서 행렬이 출발하여 아직 축복을 받지 못한 물로 향해 초원을 가로지르기 시작했다. 제법 화려한 행렬이 출렁거리며 움직였다. 금을 입힌 십자가를 든 사람이 앞장서고 그 뒤에 청록색과 진홍색의 예복에 보석이 박힌 둥근 관을 쓴 대주교가 따랐다. 그는 걸음을 뗄 때마다 용머리가 조각된 지팡이를 앞으로 내밀었다. 그의 가슴에는 자줏빛과 황금빛 양각 무늬와 수많은 에나멜을 입힌 십자가가 있는 띠가 빛나고 있었다. 그는 거대해 보였다. 그 옆에 묘한 외모에 옷차림이 흐트러진 미사 집전 사제가 있었고, 그 뒤를 연한 자줏빛 예복을 입은 젊은 사제들과 빨간 비단 예복의 보제 세 명이 따랐다.

나는 뒤따르는 순례자들의 줄에 끼어들었다. 묘하게 편안한 느낌이 들었다. 신자들 사이에 낀 불가지론자인 나는 그들과 가깝게 느껴졌다. 나는 또 그들의 물이 축복받기를 바랐다. 그 고통 받는 땅이 평안을 찾고, 과거가 인지되고 용서받기를 원했다. 나는 내 옆의 여인이 그녀의 병들을 운반하는 것을 도왔다. 내가 위선적인 행동을 하고 있다는 느낌, 남의 신앙을 믿는 듯이 가장하고 있다는 느낌은 사라졌다. 내가 웅덩이 위로 손을 뻗어 그녀의 한 팔을 잡았고, 우리의 행렬이 젖은 초원을 가로질러 가고 있을 때, 무신론을 신봉했던 러시아의 과거는 긴 러시아 정교의 여름 가운데 단 하루의 구름 낀 날에 불과한 듯 보였고, 러시아 전국이 본능적으로 고통 없이 그 과거로 되돌아가고 있는 것처럼 보였다. 이러한 거니는 의식이 복음주의 혁명에서 비롯된 것이 아니고 러시아라는 나라의 유서 깊은 개성—조상들의 계층적, 반마술적 믿음, 자연스러운 존재방식—으로 회귀하는 단순한 문화적 복귀에서 우러나온 것이라고 나는 느꼈다.

나는 이미 전에 그것을 본 적이 있었다. 시장, 공항, 버스 정류장마다 한 귀퉁이에 인쇄된 성화(聖畫)와 종교적 팸플릿을 파는 여인들이 있었다. 그 지역의 교회나 성당의 복구를 위한 헌금을 마련하기 위한 일이었다. 성화(聖畫)가 택시의 계기반에 달랑 매달려 있거나 사람들의 방을 장식하고 있는 것도 보았다. 하느님이 어휘 속에, 가정에, 그리고 거리에서 자신을 축복하는 거지들의 몸짓에 다시 되돌아와 있었다. 저 멀리 모스크바에서는 교회가 무관세로 알코올과 담배를 수입하는 이권을 얻어 날로 윤택해지고 있었다. 반면, 전통적으로 독립적이면서 보수적인 이곳 시베리아에서는 교회와 국가의 이 부패한 야합이 우리의 수도원 건립비용이 되고 있었다(이것은 나의 상상이다). 십자가가 자작나무들 사이에서 자신만만하게 흔들리고 반짝였다. 여기서는 언제나 그랬던 것처럼 권위가 바로 구원이었다. 그것은 사유 대신 평화를 주었다.

하지만 공산주의의 몰락 이후, 신은 어떻게 되었을까? 그분은 이제 매우 늙은 게 아닐까? 그분은 너무 많은 자녀들을 잃은 게 아닐까? 나무들 너머에 있는 도로에서 한 떼의 젊은 남녀가 주차된 그들의 차 안에서 무표정하게, 마치 관광객들이 신기한 무엇인가를 보듯이, 우리를 지켜보고 있었다.

이 독실한 신자들은 어떻게 살아남았을까? 60년 동안 시베리아에서는 교회가 문을 연 적이 거의 없었다. 사제들은 쫓겨나거나 추방되거나 혹은 총살당했다. 이 초원을 걷고 있는 가장 나이 많은 순례자까지도 어렸을 때에는 기도를 올린 기억이 없을 것이다. 어떻게 그들은 신앙을 간직했을까?

“우리는 성화를 집에 가지고 있었어요. 지붕 속에 감춰놓았지요.” 젊은 사제는 기력이 없고 수줍음이 많았으며 시선은 멍한 것 같았다. 그는 이 행렬에 뒤늦게 가담했다. “아버지는 카자흐스탄의 채석장에서 일하셨어요. 그래서 우리는 다른 집들과 몇 킬로미터 떨어져서 살았지요. 하지만 부모님은 이 성화들을 자녀들에게 전해주셨습니다. 할머니의 가족들도 성화를 가지고 있었고요. 그래서 내가 하느님을 알게 된 겁니다. 그 성화들을 통해서, 할머니를 통해서. 갑자기가 아니고 마음에서 우러나서.” 그는 자기 가슴을 만졌다. “조금씩 조금씩. 하느님이 당신을 불러내시지요.”

우리는 낡은 화물차 타이어가 받치고 있는 은색 파이프가 못으로 물을 쏟아내고 있는 곳에 이르렀다. 북유럽의 그리스도 같은 금발의 보제가 행렬의 맨앞에 섰던 십자가를 한 옆에 꽂았고, 대주교와 사제들, 복사(服事)와 순례자들, 가방과 물병을 가진 아낙들, 그리고 몇 명의 참전용사와 최면에 걸린 한 사람의 외국인이 물가에 반원을 그리고 둘러섰다.

보석이 박힌 십자가를 꽉 잡고 있던, 복장이 깔끔하지 못한 의식 집행 사제에게 물속으로 걸어 들어가라는 지시가 떨어졌다. 그는 가끔 슬픈 얼굴로 페오도시를 힐끗 올려다보곤 했지만, 페오도시는 그에게 멈추라는 신호를 보내지 않았다. 그가 점점 더 깊이 들어감에 따라 그의 예복 자락이 수면에 부채처럼 펼쳐졌고, 예복의 연한 자줏빛 비단이 물에 젖어 남색으로 변했다. 마침내 그는 수면에 내려앉은 한 마리 철새처럼 저 아래 납작하게 보였다. 마침내 페오도시가 그의 한 손가락을 들어올렸다. 그 순간 절망에 빠졌던 물속의 사제는 비틀거리며 입을 딱 벌리고 우리를—아니면 하늘을— 올려다보았다. 그러나 다음 순간 그는 균형을 되찾고는 꼼짝 않고 있었다. 잠시 후 찌푸린 표정의 그가 흔들리는 십자가로 물속을 더듬었다.

순례자들에게서 깊은 한숨이 일제히 터져나오는 것 같았다. 다시 행렬을 지은 사람들이 못 주위를 돌았고, 은 성배를 움켜쥔 대주교가 못에서 퍼올린 물을 못의 표면에 뿌렸다. 비틀거리는 십자가가 행렬을 불도저 소음이 나는 쪽으로 인도했다.

하지만 아낙네들은 그 자리에 머물러 있었다. 행렬이 검은 나무숲 속으로 사라지고 대주교도 보이지 않게 되어 안전하게 되자, 새로운 흥분이 끓어올랐다. 아낙들은 그들의 두꺼운 양말을 벗고 신발을 벗어던졌다. 모두들 준비를 마쳤다. 그들은 가방에서 환타 또는 코카콜라라는 라벨이 붙은 빈 병을 꺼냈다. 그런 다음 진흙 못둑을 서둘러 내려가더니 새로 축복을 받은 물속으로 걸어들어갔다. 처음에 그들은 손으로 얕은 곳에서 물을 떠올렸다. 그 물은 뿌옇게 진흙이 녹은 미지근한 광천수였다. 그들은 손으로 떠올린 물을 꿀꺽꿀꺽 마셨다. 물을 마신 그들은 물가에 놓아둔 빈 병을 가지고 오려고 물에서 나왔다.

모두 정신이 나간 사람들 같았다. 예닐곱 명의 노파들이 먼저 그들의 카디건을 벗어던지더니 다음에 머릿수건과 스커트를 벗었다. 마침내 그들은 꽃무늬 팬츠와 브래지어만 걸친 차림이 되었다. 그런 차림으로 그들은 곧장 물속으로 들어갔다. 거리낄 게 없는 것 같았다. 울퉁불퉁 정맥류가 있는 굵은 다리가 그들을 둑 아래로 운반해갔다. 그들의 넓적다리는 점점 가늘어져 맨밑에 달린 발은 비교적 작고 섬세했다. 작은 금십자가들이 그들의 가슴 사이에 감춰져 보이지 않았다. 그들은 육중한 몸을 물속으로 던지다시피 물로 뛰어들었다. 나는 놀라면서 그들 위쪽에 서 있었다. 내가 여기 있어도 되는 것인가 의문이 들기도 했다. 하지만 그들은 흥에 겨워 소리를 질러댔다. 물을 손으로 떠서 얼굴에 끼얹기도 했다. 그들에게는 손으로 만질 수 있는 물이 바로 성스러움이었다. 그 물을 마실 수도 있고, 그 안에 몸을 담글 수도 있고, 또 병자에게 꽃을 가지고 가듯이 그 물을 집으로 가지고 갈 수도 있는 것이었다.

가장 대담한 두 여인—가슴이 큰 쾌활한 노파들—이 물을 뿜어내는 은색 파이프를 향해 다가가더니 그들의 머리를 그 밑으로 밀어넣었다. 그들은 파이프에서 쏟아지는 물을 상대방에게 끼얹는가 하면, 물속에 몸을 담그기도 하고, 또 그 물을 꿀꺽꿀꺽 마시기도 했다. 그들은 아직 물에 있는 친구들에게 들어오라고 소리쳤다. 결국에는 젊은 처녀들도 한두 명 스커트를 들어올리고 물속으로 들어갔다. 그들은 병에 물을 채워 뭍으로 가져오기도 했다. 하지만 머뭇거리는 사람들은 나이 든 쪽이 아니라 젊은 쪽이었다. 노파들은 한껏 흥이 나 있었다. 한 노파가 나에게도 들어오라고 소리쳤다. 나는 웃어야 할지 울어야 할지 몰랐다. 이 여인들은 스탈린 시대와 가난과 제도적 고통을 견디고 살아남아, 과부로 입에 겨우 풀칠을 할 수 있을 만큼의 연금으로 살아가는 사람들이었다. 그들의 활기 넘치는 행동이 나를 어리둥절하게 했다. 이 성스럽고 혼돈된 물구멍에서 그들은 마침내 세상의 의미를 발견했는지도 모른다는 생각이 들었다. 그 지치고 아픈 육체가 마침내 사면을 받은 것일까.

한편, 행렬은 불도저가 작업을 하는 탁 트인 들판에 이르러 있었다. 단지의 중앙에 서게 될 미래의 성당까지 도랑을 따라 타르를 칠한 파이프가 놓여 있었다. 이 수로에도 축복의 의식이 거행되었다. 나는 성당이 들어설 자리 옆의 널따란 풀밭에 떼를 지어 남아 있던 순례자들을 따라잡았다. 여기서 페오도시가 향로를 한번 내두르며 "이름 없는 수천 명이 노동을 하다 죽은" 장소에 축복을 내렸다. 우리는 푸른색과 흰색의 꽃들이 군데군데 박힌 들판 너머에서 벌어지는 그 광경을 지켜보았다. 향냄새가 그 들판 위로 사라져갔다. 가끔 나는 사람들이 과거를 너무 쉽게 잠재우고 잊는 게 아닌가 하고 생각했다. 하지만 수도원이 그 점을 벌충해줄 거라고 수줍음 많은 사제가 말했다. 장차 사람들은 이 수도원이 왜 여기 있지? 하고 물을 것이고, 그러면 이내 여기에서 있었던 일을 기억하고 그것을 정화하기 위해 여기 수도원을 지었다는 것을 깨닫게 될 거라는 얘기였다. 이 작업이 죽은 이들을 위해 이루어지고 있다는 것이었다.

행렬이 다시 움직였다. 나는 뒤로 처져서 지팡이를 짚고 절뚝거리는 한 참전용사와 함께 걸었다. 나는 이런 의문을 떨쳐버릴 수 없었다. 어째서, 왜 이 신앙이, 단두대에서 잘린 머리가 그 몸통에 다시 달라붙는 것처럼, 아무것도 없던 데서 되살아난 것일까? 아주 중요한 동맥이 그것을 보존했을 것이었다. 못에 남아 있던 순례자들이 다시 우리를 향해 다가오는 것을 보고 나는 생각했다. 역시 여자들이었구나. "맞습니다." 늙은 참전용사가 말했다. "내 경우는 어머니였죠. 우리는 보로네슈 근처의 외진 곳에서 살았어요. 도회지가 아니고 그야말로 촌구석이었지요. 수백 킬로미터 이내에는 교회도 없었지요. 어머니는 글자를 모르셨지만, 어렸을 적에 외운 기도를 모두 기억하고 계셨지요. 그 기도를 내게 가르쳐주셨어요."

나는 그의 어렸을 적 얼굴을 상상해보려 애썼다. 그러자 개구쟁이 소년이 머릿속에 떠올랐다. 그의 머리는 아직 갈색을 띠고 있었다. 그가 말했다. "그리고 전쟁 중에 나는 일선에 가 있었는데, 어머니는 나를 위해 기도하셨고 또 나는 어머니를 위해 기도했어요. 물론 몰래 했지요. 어머니가 이걸 주셨어요." 그가 주머니에서 작은 성상(聖像)을 꺼냈다. "주코프 원수도 전쟁 내내 이런 성상을 주머니에 넣고 다녔지요. 다른 장군들도 그랬고요. 그런데 그걸 아무도 몰랐어요."

다리의 통증 때문에 그가 걸음을 멈추었다. 그의 성상도, 그리고 그의 어머니의 기도도, 그를 독일군 저격수의 탄환으로부터 완전히 지켜주지는 못했다. 탄환이 그의 다리에 25센티미터의 상처를 냈고, 지금 그는 그 상처 때문에 걷는 데 불편을 겪고 있는 것이었다. "우리 러시아에는 그런 탄환이 없었지요. 그건 유산탄 같은 것이었어요. 나에게 맞으면서 그 탄환이 폭발했지요. 그래서 내 다리뼈가 부서진 겁니다. 지금 난 이렇게…… 혹은 이렇게…… 걸어보려 하지만 잘 되질 않아요." 그가 덧붙였다. "하느님이 아마 그때 다른 곳을 보고 계셨나 봅니다."

우리가 다시 예배당에 도착해보니, 그늘에 긴 식탁이 차려져 있었고, 식탁 위에는 샐러드와 잼이 놓여 있었다. 아낙네들은 이미 돌아와 있었다. 그들의 손은 벌써 수프 그릇 옆에 가 있었다. 상석에서 모임을 주재하던 대주교가 나에게 자기 옆에 와 앉으라고 말했다. "여러분! 여기 영국에서 오신 손님이 한 분 계십니다." 그의 목소리가 울렸다. "우리는 그분을 환영해야 합니다!" 나는 끄덕이는 수많은 머리들을 내려다보았다. 그 머리들이 일제히 나를 향하면서 중얼거렸다. "영국…… 영국……" 그들의 볼에 미소가 번지면서 하얀 이가 드러났다.

페오도시가 병으로 식탁을 두드렸다. "이걸 당신께 드리겠소." 그가 말했다. "이건 우리 수도원의 물입니다. 이 물은 모든 병을 고쳐줍니다!" 그가 라벨을 읽어내려갔다. "만성 대장염과 전장염(全腸炎)! 간장병! 모든 위장병! 방광염! 위궤양! 십이지장궤양……."

아낙네들이 건너와 나에게 하느님의 능력을 찬양했다. 그들은 아주 엄숙해 보였다. 불과 반시간 전에 그들이 물웅덩이에서 반라의 몸으로 서로 장난질을 쳤다는 걸 아무도 짐작하지 못했을 것이다. 그러나 벤치 아래 놓인 그들의 가방에는 성수를 담은 물병들이 잔뜩 들어 있었다. 그들은 점잔을 빼며 조용히 앉아 있었다. 자신들의 성공을 흐뭇해하는 것 같았다.

식탁의 상석 내 주위에 자리잡은 사제들은 얼굴빛이 창백해 보였다. 평상복으로 갈아입은 그들은 대주교 주위에서 나이프나 포크 등을 신경질적으로 만지작거리고 있었다. 대주교 맞은편에 자리한 미사 집전 사제는 대주교의 시선을 피하기 위해서인지 잠이 든 것 같은 표정을 짓고 있었다. 자세히 살펴보니 그의 턱수염은 끝은 흰색인데 뿌리는 적갈색이었다. 마치 충격을 받아 흰색으로 변했던 수염이 이제 그 충격에서 회복되고 있는 것 같았다. 페오도시만이 다른 사람들의 눈치를 보지 않고 태연하게 앉아 있었다. 그는 여전히 무서워 보였다. 그의 검은 눈과 날카로운 매부리코가 희색 머리털 사이에서 유난히 돋보였고, 그의 턱수염은 가슴에 매달린 십자가를 덮고 목덜미까지도 휘감고 있었다. 그는 우리에게 음식을 가져다주려고 어디선가 나타난 수녀들에게 큰소리로 명령을 내렸고, 또 식탁 주위에 앉은 사람들을 향해 고함을 치기도 했다. "형제자매 여러분! 광천수를 돌리세요!……. 자매님들, 카샤(메밀가루로 쑨 죽)를 가져오세요." 야채 수프를 순식간에 해치운 그는 큼직한 빵조각과 함께 밥을 입 안으로 쑤셔넣고 있었다. "그런데 물이 없어! 자매님들……." 나는 그가 외모 덕분에 그 자리까지 이르게 되지 않았을까 생각했다. 새까만 눈썹은 그에게 개종한 메피스토펠레스 같은 멋을 주었다. 아무도 감히 그에게 질문을 던지지 못했다. 그는 독일어로 나에게 말을 걸었는데, 나는 그 독일어를 거의 이해할 수 없었다. "여기서 집단 무덤을 발견한 건 하느님의 뜻이었소. 그런데 맨 먼저 그 집단 무덤을 발견한 사람은 이 지역 당서기였어요! 지금 그 사람은 사제가 되었습니다. 그래요! 그는 옴스크에 주둔한 코사크 연대의 군목(軍牧)이지요. 자매님들! 빵 어디 있나요?……"

그가 딸기잼 한 덩어리를 내 밥그릇에다 올려놓았다. 학생시절로 돌아간 느낌이었다. "봄에 성당 건축을 시작할 겁니다. 네. 이 비극의 장소에 하느님이 계십니다!" 그가 손짓으로 들판을 가리켰다. "저기 죽은 사람들이 있지요." 그의 표정이 우울해졌다. "그리고 도처에. 수도원이 그들에 대한 정보를 수집할 겁니다. 수사들이 그들의 영혼을 위해 기도할 거고요."

"그런데 저 넓은 공간에 무얼 할 겁니까?"

"무얼 할 거냐구요?" 그가 으르렁거리는 소리로 말했다. "우린 장미를 심을 겁니다! 장미만 심을 겁니다!" 에나멜 십자가들이 그의 올챙이 배 위에서 떨렸다. "장미의 바다를 만들 겁니다!"

식탁에 둘러앉은 모든 얼굴에 다시 미소가 번졌고, 머릿수건 밖으로 나온 머릿다발들이 떨렸다. 식사가 끝났을 때, 한 여자가 내 팔을 톡톡 치더니 기도문이 찍힌 얇은 푸른색 장식띠를 내밀었다. "당신께 드리는 거예요." 그녀가 말했다. "기차에서 두르세요." 다음에 그녀는 하느님에게 나를 보살펴달라고 말하고는 자기 친구들이 있는 곳으로 돌아갔다.

나는 두 손으로 그 장식띠를 펴고 거기 찍힌 기도를 읽었다. "그분께서 천사들을 보내 당신을 보호해주시고 내내 당신을 지켜주시기를. 천사들이 그들의 손으로 당신을 받쳐주시기를."

그래, 이것을 벨트처럼 두르리라 하고 나는 생각했다. 바지가 헐거워진 것을 보니 내가 살이 좀 빠진 것 같았다. 그래서 나는 그 장식띠를 허리에 둘러맸다.

가벼운 취함, 환영하는 분위기, 예상밖의 그 무엇(우리는 물 이외에는 마신 것이 없었다)이 이 반쯤 치유된 땅으로부터 나에게 내려앉았다. 한 사제가 예배당 근처에 임시로 가설한 비계에 설치된 편종을 울리고 있었다. 그런데 마치 영혼들을 잠재우려는 것처럼 종을 너무 부드럽게 울리고 있었다(어쩌면 종 울리는 법을 연습하고 있는지도 몰랐다). 두세 명씩 짝을 지은 순례자들은 이제 버스를 향해 가고 있었다. 나도 그들과 함께 버스에 탔다. 한 순간 나는 모든 것이 그들이 믿는 그대로라고 믿고 싶었다. 나는 그들의 끈질긴 욕구와 열정이 고마웠다. 나는 두 명의 아낙네들 사이에 끼어앉았고(좌석이 부족했다) 그들은 노래를 부르기 시작했다. "불러요! 불러!" 그들이 소리쳤다. 나는 내 장식띠를 꺼내들었다. "그분이 그분의 깃털로 당신을 덮어주시기를." 기도문은 계속되었다. "그분의 날개 아래 당신이 편히 쉬기를……" 그래, 모든 것이 더 좋아질 거야, 하고 나는 생각했다. 우리는 차가운 이성 대신 사랑을 택하게 될 것이다. 수도원의 물이 우리를 불멸에 가까운 존재로 바꿔줄지도 모른다. 과거가 우리를 용서할 것이고, 땅에는 장미가 만발할 것이다…….

* * *

기차의 창문에서 표백된 하늘 사이에 물과 땅이 교차되는 칙칙한 풍경이 펼쳐졌다. 습지를 덮고 있는 김의털도 보였고, 축 늘어진 백금색 겨울밀도 보였다. 노보시비르스크로 가는 길목에 있는 바라바 스텝은 한때 추방자들과 타타르 유목민들의 땅이었다. 이곳에 점점이 코사크의 성채들이 있었다. 습지에서 날아오른 야생 기러기와 물닭들이 염화된 토양으로 둘러싸인 반짝이는 호수 위를 날아갔다. 이곳저곳에 옛 집단농장의 길고 하얀 헛간들이 보였다. 그러나 그 헛간들은 이제 사용되지 않는 것 같았다. 마을들 역시 텅 비어 있었다. 거리가 그 마을들을 해방시켜 러시아 동화에 나오는 마을로 변모시킨 것 같았다. 마녀 바바야가가 곧 나타날 듯했고, 백조 공주들의 편대가 날아들 것 같기도 했다.

640킬로미터를 달리는 동안 기차는 단 세 번 정차했다. 나는 숲이 숯으로 그린 듯한 선을 만들고 있는, 희미하게 빛나는 지평선을 내다보았다. 가끔 말을 타고 소 떼를 지키는 사람이 보였고, 노란 유채꽃밭도 보였다. 이런 풍경이 자주 여름안개 속에 묻히곤 했다. 물로 더럽혀진 대지가 하늘을 배경으로 비틀거리는 것 같았다. 모든 물체가 일시적이고 언제든 분해될 수 있을 것처럼 보였고, 모든 액체가 너무나 진흙이 많이 녹아들어 토양으로 변해가고 있는 중인 것처럼 보였다. 하지만 내 옆에 앉은 농부는 비가 너무 적게 내렸다고 했다. 그러고 보니 강둑 안에 갇힌 강의 수위가 매우 낮았다. 관목들은 때 이르게 가을빛을 띠어가고 있었다.

우리는 시베리아 횡단철도의 전신인 트락트 우편도로를 따라 동쪽으로 달리고 있었다. 이 도로는 1760년대에 이미 우랄 산맥에서 태평양 연안까지 뚫려 있었다고 한다. 그 시절에 마차나 썰매를 타고 우랄 산맥에서 태평양까지 여행을 하려면 아마 1년은 걸렸을 것이다. 체호프가 피를 뱉어내며 깊은 우울증에 빠져 사할린으로 긴 마차 여행에 나섰을 때, 밤낮으로 비가 내렸고 강물은 범람했으며 거룻배는 거센 바람 때문에 갈 길을 잘 못 찾았고 빙원은 움직이고 있었다. 지금 우리는 시베리아의 가장 큰 도시인 노보시비르스크를 향해 달리고 있다. 세계에서 가장 붐비는 화물차 철로를 따라 3분마다 한 번씩 기차가 우리 옆을 지나간다. 쿠즈바스 분지에서 나는 석탄을 우랄 지방의 야금공장으로 실어나르는 화물 열차들이다.

시베리아에서 가장 큰 역에서 하차한 다음, 나는 택시를 타고 러시아에서 세 번째로 넓은 도시로 들어갔다. 넓이는 노보시비르스크의 쓸모없는 사치다. 여름이면 이 도시의 평평한 거리들은 텅 비어 조용하다. 겨울이 돼야 이 도시는 살아 움직이기 시작한다. 고립된 건물들 사이로, 그리고 광장 건너로, 고함소리가 오간다. 이 도시는 폐소공포증 환자에게는 꿈같은 도시다. 수 킬로미터에 걸쳐 뻗어 있는 아파트 단지와 스탈린 시대에 지어진 건물들 사이로 텅 빈 거리가 시원스레 뻗어 있다. 인구는 150만 명이라고 하지만, 도시가 워낙 넓어서 사람들이 잘 눈에 띄지 않는다. 일터로 가기 위해 보도를 걷는 행인이 더러 보일 뿐이다. 거리를 오가는 차량도 드문드문 보일 뿐이다.

사람들과의 친근한 접촉을 갈망하면서 나는 객실이 888개라는 노보시비르스크 호텔에 투숙하지 않기로 했다. 걷다 보니 텅빈 레닌 광장이 나왔다. 이곳에는 러시아에서 가장 큰 오페라 하우스가 있다. 볼쇼이 오페라 극장보다 더 크다고 한다. 건물 모양이 은빛 비늘을 가진 돔 밑에 웅크리고 앉은 네모난 머리를 가진 거북이 같다. 그곳에 가려면 차량이 가끔 오가는 2백 미터 가량 되는 길을 뛰어 건너야 한다. 그러나 애써 그곳까지 간 나는 돌아서야 했다. 8월에는 이 극장은 문을 열지 않는다.

나는 이 도시에 대한 나의 무관심을 다소 부끄러워하며 서 있었다. 어쨌든 이 도시는 시베리아의 거대한 공업 도시, 금속 제련과 기계공작 기구 제조의 중심지, 국제회의가 빈번히 열리는 합작기업들의 도시가 아닌가. 나는 황금색 돔이 있는 예배당이 서 있는 도로 한가운데 안전지대에 서 있었다. 이곳이 지리적으로 러시아의 중앙이기 때문에 세워진 예배당이라고 한다. 나는 타임스 광장이나 피카딜리 서커스에서 기다리는 관광객들처럼 기다렸다. 어떤 일이 일어나기를 기대하면서. 하지만 물론 아무 일도 일어나지 않았다. 그리고 나 혼자뿐이었다. 양쪽 도로에는 차들이 가끔 지나갔다. 예배당의 화강암 계단에서 저 멀리 오브 강 위로 놓인 다리 밑으로 도심의 거리가 내려다보였다. 강 건너 교외에는 흐루쇼프 시대에 지은 공장의 굴뚝과 납작한 건물들이 스모그에 싸여 있었다. 이곳에서는 세계에서 네 번째로 긴 강인 오브 강이 느릿느릿 북극해를 향해 흘러간다(1.6킬로미터에 수위가 겨우 5센터미터 낮아진다). 이 강의 하류는 공업 폐기물과 독성 기름으로 가득 차 있다. 강물이 너무 오염된 탓에 가끔은 겨울에도 얼지 않을 때가 있다고 한다.

노보시비르스크가 방문자의 기억 속에 남기는 건 다만 그 넓이뿐일지도 모른다. 그것은 시베리아의 선물이다. 넘쳐나는 게 땅이니, 모든 마을들이 공간을 아주 넓게 차지하고 있다. 납작한 건물이 늘어선 단지가 몇 킬로미터씩 이어지기도 한다. 철도와 지선이 10개 혹은 14개가 나란히 달리는 철도역은 도심에서 아주 멀리 떨어져 있다. 강은 구불구불 흐르다가 하늘색의 호수를 이루고는 다시 구불구불 어디론가 사라지곤 한다. 지도에서 강을 찾아보면 푸른 실 같은 선이 있을 뿐이다. 사방을 둘러보아도 어디나 똑같아

보인다. 급기야는 눈이 흐려지기 시작한다.

* * *

소련이 중년에 다다랐던 1950년대 중반, 흐루쇼프가 등장해서 과학에 바쳐진 목적 도시의 비전을 되살렸다. 이 유토피아적인 인공 도시가 순수 지식의 문제를 해결해줄 것 같았다. 이 도시는 또한 배출한 천재들을 기술과 경제학에도 배치해서, 특히 시베리아의 광대한 자원에 대한 연구에 전념토록 할 예정이었다. 그들은 그렇게 함으로써 러시아가 결국 서방을 앞지르게 될 것이라는 꿈을 꾸었다.

이런 중차대한 임무를 가진 도시는 노보시비르스크 남쪽 32킬로미터, 즉 오브 강가의 황금계곡에 건설하기로 기획되었다. 1958년에 건설이 시작되었고, 7년도 지나기 전에 4만 명의 과학자, 관리자, 그리고 그들의 가족들이 새로 개설된 15개 연구소들로 쏟아져 들어왔다. 학교와 슈퍼마켓, 엘리트 대학, 오브 강물을 가둔 저수지에 만든 인공 해변, 심지어 밤에 환하게 조명이 들어오는 스키장까지 갖춘, 6개의 소구역으로 나뉜 정원 도시가 생겨났다.

모스크바 당기관의 감시로부터 멀리 떨어진 이곳 침엽수림 지대에 짧은 기간 동안이지만 사람을 취하게 하는 자유가 피어났던 것이다. 아카뎀고로도크는 러시아의 두뇌가 되었다. 수많은 젊은 과학자들—그중에는 반체제 인사도 더러 있었다—이 이곳으로 몰려들었다. 시베리아 출신의 과학자들도 많았다. 이곳에서는 전에는 금지되었던 분야의 연구도 허락되었다. 핵물리학 연구소, 경제학 연구소, 유체역학 연구소, 촉매작용 연구소가 지질학 연구소, 자동화 연구소, 열물리학 연구소(영구동토층 밑에 있는 화산에너지의 이용을 연구하는), 생리학 연구소(각종 동물과 식물의 시베리아 기후 적응을 연구하는) 등과 함께 숲속에 들어섰다. 이 다양한 연구소들의 거미줄 한가운데에 순수수학 연구소가 마치 인생상담을 해주는 냉정한 아주머니처럼 자리잡고 앉아서 다른 연구소들에 닥치는 문제들에 대해 충고를 해주었다. 연구소들 간의 격의 없는 소통이 이 연구단지의 창설자인 수학자 라브렌티에프의 기본방침이었다. 물리학, 생물학, 컴퓨터 연구에서 괄목할 만한 연구 성과가 나왔다. 바삐 돌아가던 처음 몇 년 동안, 공상과학 소설에서나 나올법한 이 도시는 본래의 설립 취지를 만족시키는 듯했다.

그러나 흐루쇼프가 실각하면서 이념 통제가 강화되기 시작했다. 과학은 산업에 예속되었고, 과학자들은 직접적인 경제적 결과를 얻어야 한다는 압력에 시달렸다. 모든 일의 열의가 시들어버렸다. 그러나 어떤 의미에서는 탄압이 너무 늦게 왔다고도 볼 수 있다. 아카뎀고로도크에서 연구한 사람들—경제학자 아간베지안, 사회학자 자스라브스카야—의 사상이 페레스트로이카(고르바초프의 개혁정책)를 불러오는 데 중요한 역할을 했기 때문이다. 하지만 아이러니컬하게도 내가 이틀 동안 답사한 러시아의 동력원을 황폐화시킨 건 바로 그 고르바초프 개혁의 혼돈된 결과였다.

조립식 건물들로 이루어진 그 연구소들은 건축양식이 각양각색이었다. 불규칙하게 조성된 가로를 따라 늘어선 나무들 사이에 모습을 감춘 연구소들 가운데는 외관이 아름다운 것도 더러 있었다. 스물세 개의 연구소가 아직 남아 있었는데, 이 도시의 몇 안 되는 상점에서 쇼핑을 하는 방문객들에게 도움이 될 만한 지도는 단 한 장뿐이었다(더 있을지도 모르지만, 내가 찾아낸 건 하나였다). 얼떨떨해하면서 나는 그 지도를 훑어보았다. 소비에트 연방 시절의 지도들은 흔히 일부러 사실과 다르게 그려져 있거나 아무것도 표시되지 않은 공란이 많다는 걸 나는 알고 있었다. 그러나 이 지도에는 아주 작은 제과점이나 카페까지도 나와 있었다. 하지만 연구소들은 이름 없는 유령이 되어 있었다. 그 연구소들이 너무 중요해서 일부러 이름을 기재하지 않은 것일까, 아니면 그냥 잊힌 것일까.

어디가 어딘지도 모르는 채 그냥 건물의 간판만을 보면서 나는 이곳저곳을 돌아다녔다. '고체 화학 연구소…… 세포학, 유전학…… 화학동역학 연구소……' 구체적으로 무엇을 연구하는 곳인지 이해하기 힘들었다. 이 건물들 사이에 은빛 자작나무와 소나무가 늘어선 안쪽으로 숲길이 나 있었다. 나무둥치들이 마치 뒤섞인 연대 병력들처럼 서로 뒤엉켜 있었다. 땅에서는 축축한 향기가 뿜어져 올라왔다. 어렴풋이 편안한 느낌이 들었다. 볼품없는 가방을 들거나 학생가방을 등에 멘 몇 명의 교수들이 연구소 사이를 서성이고 있었다. 그들이 기꺼이 나와 대화를 나누려고 했다.

이런 준비 안 된 만남 가운데 하나가 아카뎀고로도크 최고간부회의에서 이루어졌다. 나를 소개한 교수는 곧 사라졌고, 나는 마치 매 맞을 순서를 기다리는 학생처럼 총서기 사무실 밖 복도에 혼자 남겨졌다. 나는 내가 이런 종류의 인터뷰에 대해 꽤 알고 있다고 생각하고 있었다. 책상 반대편에 앉은 무표정한 기관원은 나에게 모든 것이 잘 돌아가고 있다고 말할 게 뻔했다. 진실의 조각들은 다른 데서 찾아야 할 것이었다. 습기를 머금은 벽지나 분별없는 사무원들, 또는 양손을 꽉 마주잡고 있는 그 기관원의 태도 같은 것이 힌트를 줄 수 있을 것이다. 하지만 나는 희망을 억누르며 기다렸다. 시베리아에서 추진되던 중요한 프로젝트들의 결과를 알고 싶었다. 나는 '핵반응'이나 '전광 자극'에 해당하는 러시아 말을 알아내려고 머리를 짜내다가 결국 포기하고 말았다. 나는 복장도 제대로 갖추고 있지 못했다. 여전히 정교회의 기도 벨트를 매고 있을 뿐 아니라, 내 등산화 한 짝은 걸음을 옮길 때면 끼익 하고 소리를 내기까지 했다.

총서기의 방문이 열리자 나는 가슴이 덜컥 내려앉았다. 셔츠 차림으로 책상 뒤에 앉은 그는 체구가 큰데다 퉁명스러운 표정을 짓고 있었기 때문이다. 평범해 보이는 얼굴 윤곽과 이목구비가 잘 어울리지 않는 것 같았다. 가느다란 눈은 날카로워 보였고, 작은 입은 툭 튀어나와 있었다. 내가 끼익끼익 소리를 내며 방을 가로질러 가서 그와 악수를 했다. 그의 손은 부드러웠고, 내 손을 잡는 행동은 조심스러웠다. 그 손으로 그가 나에게 앉으라는 손짓을 했다.

무슨 말부터 시작해야 좋을지 감이 오지 않았다. 그가 나를 도와줄 기색도 보이지 않았다. 그는 다소 의심하는 듯한 눈초리로 나를 바라보았다. 그래서 나는 연구소들이 최근에 거둔 성공에 대해 물었다.

그는 계속 나를 바라보았다. 그의 대답은 언제나 느리게 나왔다. 그의 어조는 권위가 서린 낮은 음이었다. 가축, 특히 양을 기후에 적응시키는 분야에서 성과가 있었고, 또 밀과 벼의 발육을 자극하는 생화학 물질의 개발에도 성공했다고 그가 말했다. 하지만 그는 그 성공들에 대해 상세하게 말하진 않았다. 나는 그가 다소 화가 나 있다고 생각했다.

다음에 나는 안전하게 과거의 프로젝트들로 화제를 바꾸기로 했다. 그래서 생각해낸 것이 북극해로 흘러들어가는 시베리아의 강들의 진로를 바꿔서 중앙아시아에 물을 대고 아랄 해를 다시 채우려고 했던 위험한 소련의 계획이었다. 그가 말했다. "그건 아무짝에도 쓸데없는 계획이었어요. 끔찍한 발상이었지요. 그 계획대로 밀어붙였다면 시베리아와 카자흐스탄 모두에게 엄청난 환경 재앙이 닥쳤을 겁니다. 이곳의 과학자들은 그 계획에 절대 반대였지요. 그래서 그 계획은 폐기됐습니다."

그가 다시 침묵에 빠져들자 내가 얼른 화제를 바꾸었다. 밍크와 여우, 돼지의 번식력을 높이기 위해 인공 햇빛을 사용하는 계획에 대해 말을 이어갔다. 망막이 뇌하수체에 미치는 영향과 관련된 것으로 내가 기억하고 있는 그 계획에 대해 나는 다소 반감을 느끼고 있었다. 그러나 총서기는 그 계획에 대해 호감을 가지고 있을지도 모른다고 나는 생각했다.

그가 말했다. "나는 요즘 색깔이 다른 북극여우를 만들어내고 있다는 것 외에는 그 계획에 대해 아는 게 없습니다." 그는 어깨걸이를 아무렇게나 어깨 위에 얹는 몸짓을 했다. "푸른색, 남색, 녹색. 무슨 색깔이든 만들지요."

하지만 내 머릿속에는 라브렌티에프 같은 소련 정권 변명자들이 했던 말들이 홍수처럼 밀려왔다. 30년 전쯤 그들은 지금쯤에는 원자력을 이용해서 시베리아의 넓은 지역을 중앙공급식 난방으로 따뜻하게 하고 북극권 지역의 도시들에서는 인공 햇빛을 마음대로 이용하게 될 거라고 호언한 바 있었다. "시베리아의 극적인 변화,

시베리아를 인간이 거주하기에 이상적인 장소로 만들 그 변화가 세계를 놀라게 할 것이다."

내가 말했다. "통제되는 원자력으로 툰드라를 녹인다는 발상도 있었던 걸로 압니다."

총서기는 별 반응을 보이지 않았다. "그건 하나의 발상에 불과했지요." 그가 말했다.

나는 그의 이 정직성에 대해 고마움을 느꼈다. 하지만 지난 시대의 열성분자들이 외치던 소리가 내 귓전에 울리고 있었다. "그건 지하의 석탄을 이용하자는 제안이었지요." 내가 말을 이었다. "지하의 수로로 물을 흘려보내 수력발전을 하자는……."

총서기는 불을 붙이지 않은 채 손에 들고 있던 담배를 흔들어댔다. "그건 생각대로 되지 않았습니다. 실현 불가능한 발상이었지요."

"그럼 캄차카의 화산들에서 나오는 증기를 이용해 발전을 하는 계획은 어떻게 되었습니까?"

총서기는 어깨를 으쓱해 보였다. "그런 계획에 대해서는 들은 적이 없는데요. 그리고 그런 발전은 우리 연구소가 있는 지역에 해당되지도 않구요……." 그는 의자에 더 깊이 몸을 파묻었다. 그러자 그의 붕긋한 배가 더 육중해 보였다. 그의 두 눈은 차가운 파란색이었다. 나는 그 눈에 눈동자가 없을지도 모른다는 생각을 했다. 다시 무슨 말을 꺼내야 할지 막막했다. 내 웃옷이 벌어져 아낙네들이 준 부적 허리띠가 드러나 있었다. 내가 나쁜 병에 걸리지 않게 하고, 독사의 굴에 들어가도 해를 입지 않게 해준다는 허리띠였다. 내가 한 팔로 그것을 가렸다. 나는 독사의 굴이 어떤 곳인지 잘 몰랐다. 총서기라면 그것을 알고 있을지도 모른다는 생각이 들었다.

그때쯤에는 내 질문과 그의 대답, 그리고 비교적 가까운 과거에서 들려오는 목소리들이 서로 뒤섞여 마치 형식적인 춤을 추고 있는 것처럼 되었다. 화제가 궁해진 내가 과거의 성공 스토리 하나를 꺼냈다. "수력 대포는 어떻습니까?" 그것이 딱딱한 토양층을 갈갈이 찢어서 몇 시간 이내에 매장된 석탄을 노출시킨다는 게 라브렌티에프의 설명이었다.

"그 연구는 몇 년 전에 중단됐습니다." 총서기가 대답했다. "그 장치는 실제 작업을 할 수 없었습니다. 그 원리는 지금 어떤 물질을 찢는 데가 아니라 압착하는 데만 이용되고 있지요. 그 대포는 작은 구멍을 뚫을 수 있었을 뿐이지요……."

우리의 대화가 묘하게 흘러가고 있었다. 미래를 믿는 쪽은 나이고 오히려 그가 그것을 부정하고 있는 것 같았다. 그래도 나는 내 마지막 환상을 띄워 올렸다. 그것은 아이처럼, 내가 볼 수 있기를 희망해온 것이었다. 20년 전, 북극권의 한 마을 전체가 그 자체의 소기후권을 누릴 수 있도록 한다는 계획이 추진되었다. 안다크니('운 좋은'이라는 의미)라고 명명된 이 계획은 투명한 피라미드(혹은 유리 돔) 밑에 주거를 마련하고 완전히 외부와 차단된 거리와 정원을 거미줄처럼 만든다는 것이었다. 이 계획은 10년 안에 실현된다고 약속되었었다(라브렌티에프는 "시베리아는 소련뿐만 아니라 전세계의 과학 센터가 될 것이다"라고 장담했었다).

내가 물었다. "그 도시는 어디 있습니까? 아예 계획이 없었습니까?"

"계획은 있었지요." 총서기가 담담하게 말했다. "하지만 도시는 없습니다."

나는 약간 맥이 풀려서 입을 다물었다. 실패한 미래의 목소리들이 약한 울음소리를 내며 사라지는 것 같았다. 갑자기 총서기가 몸을 앞으로 기울였다. "이봐요." 그가 딱딱거렸다. "보라구요……." 그가 무슨 얘기를 꺼낼지 짐작이 가지 않았다. 그의 얼굴에 노기가 서려 있었다. "우리에게는 한 가지 큰 문제가 있어요. 돈이지요. 새 장비를 살 돈도 받지 못하고 있고, 급료를 줄 돈도 모자라는 형편이라구요. 반 년치 급료를 못 받은 사람들도 있어요." 마침내 그의 분노가 터지고 말았다. 그는 훈련소의 교관처럼 고래고래 소리를 지르고 있었다. "올해 우리는 예닐곱 건의 계획에 대한 자금을 요청했어요. 그런데 정부에서는 단 한 건도 받아들이지 않았단 말입니다! 단 한 건도!"

내가 놀라서 그를 바라보았다. 나는 줄곧 우울해하던 그의 표정이 나 때문이 아니라 모스크바 때문이었음을 그제서야 깨달았다. 그는 상부의 견해를 수동적으로 전하는 대변인과는 거리가 멀었다. 그는 그의 상관들에 대한 분노를 터뜨리고 있었다. "난 우리 정부가 무슨 정책을 추진하고 있는지 모르겠어요. 정책 방향 같은 게 있는지조차 의심스럽습니다. 이제 과학은 전에 교회가 그랬던 것처럼 국가와 단절되어 있어요. 내가 보기에는 모든 일이 마피아에 의해 좌지우지되고 있어요!"

그는 상자 안을 더듬더니 아카뎀고로도크의 과거 실적에 관해 쓴 책 한 권을 꺼내 나에게 주었다. 터져나오는 밀 이삭과 살이 통통하게 찐 양 그림이 있는 책이었다. "우리는 전에는 실적을 올리고 있었어요." 내가 가려고 일어설 때 그가 말했다. 그때 뱃루지를 바늘로 찌른 것처럼 다시 그의 분노가 폭발했다. 지금까지 멍하고 덤덤했던 그의 얼굴 표정이 살아나면서 주름살을 만들었다. 그 표정이 재미있다고 나는 생각했다. 그의 모습이 매력적으로 보이기까지 했다.

"미래?" 그가 말을 이었다. "과학의 발전 없이는 국가도 흥할 수 없다는 걸 깨닫는 정부가 들어설 때, 아카뎀고로도크는 다시 번성할 겁니다."

그가 최고간부회의 계단이 있는 곳까지 나를 따라왔다. 음침한 자기 사무실에 그냥 있기가 싫었는지도 모른다. 나는 좀 늦긴 했지만, 그가 마음에 들기 시작했다. 그와 작별의 악수를 나누면서 나는 이제 그에게서 기관원의 위압감 같은 건 느낄 수 없었다. 아까 기관원이 있던 자리에, 이제 다른 시대를 꿈꾸며 나이 들어가는 관리자가 놓였다.

물리학 연구소의 한 젊은 과학자와 함께 오브 호(湖)를 따라 걸었다. 오브 호는 잔잔하게 반짝이는 거대한 저수지였다. 나와 함께 걸은 사람은 실상은 과학자가 아니고(스스로 과학자라고 하긴 했지만) 한때 명망 있었던 대학에서 연구 조수로 파견한 학생이었다. 그는 자기 일생을 어떻게 설계해야 할지 고민하고 있었다. 우리 발밑에 밟히는 모래는 자연적으로 거기 있었던 게 아니라 이 도시의 편의시설을 완성하기 위해 다른 곳에서 들여온 것이었다(190만 세제곱미터의 분량을 들여왔다고 들었다).

하지만 지금 그 모든 시설이 폐허로 변하고 있다고 그가 말했다. "더 젊은 과학자들은 무더기로 이곳을 떠나고 있지요. 대부분 기업체로 갑니다. 기업체로 가면 이곳에서 받는 월급의 다섯 배를 받을 수 있으니까요. 미국이나 독일로 이민을 간 사람들도 있고요. 머리 좋은 사람들은 모두 떠났어요."

그들의 부모들이 두려워하던 나라들로 갔다고 나는 생각했다. "그런데 당신은요?"

그가 얼른 대답하지 못하고 다소 머뭇거리며 말했다. "나도 갈 겁니다."

"과학 분야에서 일하러 갑니까?"

"아닙니다. 우리 대다수는 우리의 과학적 전문성을 활용할 수 없어요. 우린 그저 월급이 후한 일자리를 찾아요. 미래가 보장되는……."

우리의 발이 모래 위에서 끌렸다. 물가의 거대한 모래밭에서 일광욕 하는 사람들이 더러 있었고, 어떤 여자들은 얕은 물을 따라 애견을 산책시키고 있었다. 그가 말했다. "몇 년 전만 해도 대학을 졸업하면 연구소로 들어가려고 경쟁이 아주 심했어요. 하지만 지금은 달라요. 물론 연구소에 들어가면 아파트는 주지요. 하지만 입에 풀칠하기도 어려운 판에 아파트만 있으면 뭐 합니까?" 아주 대놓고 하는 말이었다. 그는 여전히 과학자이고 싶어했다. 그러나 어떻게 해야 과학자로 남을 수 있을지 그 방법을 모르고 있었다. "머리가 둔한 사람들만 남아 있어요. 그들은 얼마 안 되는 보수를 받고 실험실 작업을 해요. 장비도 낡아가고 있어요. 아무도 제대로 일을 하고 있지 않아요."

우리는 물가에서 걸음을 멈추었다. 수 킬로미터나 뻗어 있는 물가에는 상류 어딘가에서 떠내려온 통나무들이 널려 있었다. 그 통나무들에서 풍기는 수지 냄새가 잠시 나를 캐나다의 강가에 살던 나의 어린 시절로 되돌아가게 했다. 아카뎀고로도크가 구상되기 몇 년 전이었던 그 시절, 나는 떠내려온 통나무들을 장난감 삼아 뛰놀던 발가벗은 작은 소년이었다.

물에 씻긴 나무둥치들이 우리 발치에 놓여 있었다. 과학도는 확신도 없고 사랑도 없이 말하고 있었다. "나도 기업체로 갈 겁니다."

그는 아이에 불과했다. 세상과 동떨어진 순진무구한 아이였다. 전쟁 중에 그의 어머니는 레닌그라드가 포위되기 전에 그를 데리고 피신했다. 그의 아버지는 살해되었다. 나는 우연한 일로 그의 전화번호를 알게 되었다. 그의 연구소 차량—연구원이 누릴 수 있는 특전이었다—에 올라타면서 나는 그에게서 어떤 것을 기대할 수 있는지 갈피를 잡을 수 없었다.

사샤가 속한 곳은 어디일까? 그는 분명히 곤란을 겪고 있는 러시아의 현재에 속하지는 않는다는 생각이 들었다. 그는 러시아의 19세기 소설을 뒤적이는 몽상가들과 어울리는 인물일 것 같았다. 그의 일이 그를 소진시켰다. 그는 임상실험의학 연구소라고 불리는 크고 황량한 건물에서 며칠씩 밤을 새워가며 일했다. 8월에는 잠시 쉬고 있지만, 그래도 건물의 접수계원은 금방 그를 알아보았다. 그는 어둠침침한 동굴 같은 지하방들이 연달아 있는 지하층—전기가 잘 들어오지 않는다—에서 자장(磁場)에 관한 데이터를 들여다보며 연구를 했다. 그의 책상 옆에는 녹슨 난로와 운동용 자전거 한 대가 놓여 있고, 튜브와 전선이 복잡하게 얽혀 있는 벽을 배경으로 두세 대의 무언지 알 수 없는 기계가 자리잡고 있다. 하지만 어딘가 전기 코드가 있긴 있는 것 같았다. 한쪽 구석에서 냉장고 돌아가는 소리가 들렸기 때문이다. 잠시 후 사샤가 차를 준비하기 위해 어디론가 사라졌다. 나는 무해한 마법사의 소굴 같은 곳에서 그를 기다렸다. 벽에는 신비주의 화가 니콜라이 로에리치의 판화들이 걸려 있었다. 은둔자들이 살거나 순례자들이 횡단하는 회색 빛깔의 산이 나타나 있는 그림들이었다.

우리는 어둑한 그곳에서 미지근한 차를 마셨다. 사샤는 쉰다섯 살이었지만 아직 소년다운 구석이 있었고, 여전히 의욕과 믿음이 충만해 있었다. 밤색 머리카락이 이마를 덮고 있었고, 아직 어린 티가 남아 있는 그의 눈은 갈색이었다. 그는 우리 옆에 놓여 있는 히스-로빈슨 기계로 나의 자력(磁力) 감도를 측정할 수 없는 것을 애석해 했다("전기가 들어오지 않는군요!"). 하지만 그는 내가 바로 옆방인 자력 치료실에 들어가보기를 희망했다. "이런 사진 본 적이 있나요?" 그가 캐비닛을 가리키며 물었다. "자력 치료실에서 단 세 차례 치료를 한 후 환자의 손가락 끝에서 나오는 에너지를 측정한 사진이에요."

나는 그 사진들을 힐끗 보았다. 해파리에 머리를 씌운 것 같은 모양이었다. 내가 믿을 수 없다는 투로 말했다. "이걸로 무슨 병을 고칠 수 있죠?"

"간질을 치료합니다. 하지만 환자의 반응 감도가 매우 높아야 해요. 신경성 마비나 암에도 도움이 됩니다."

"암에도?"

"네, 진단에 도움이 되지요."

"도대체 저 방에서 실제로 하는 일이 뭔가요?"

나에게도 내 말투가 무례하게 느껴졌지만, 사샤는 순진하게 내 질문에 진지하게 대답했다. "저 방은 신체의 자연적인 자기(磁氣) 파동을 거의 다 없애버리지요. 자기 파동이 600분의 1로 줄어듭니다. 그렇게 되면 다른 일들이 일어나게 돼요. 더 순수한 파동이 일어나는 겁니다. 그것이 무엇인지 우리는 분명하게 말할 순 없습니다. 하지만 치료 전에 우리는 환자가 임신에서 출생까지의 사이의 각 주일마다 거쳤던 과정을 알아야 합니다. 행성 간에 작용하는 자장, 달의 상태 같은 것 말입니다." 그는 내가 그런 데이터를 나의 여권 같은 데 기재해서 지니고 다녀야 한다는 시선으로 나를 바라보았다.

"글쎄, 그건 좀……."

하지만 그는 말을 계속했다. "우리 유기체의 장(場) 구조는 매우 역동적이에요. 어떤 때는 닫히고 또 어떤 때는 열리지요. 예를 들면, 최근에 마르티니크에서 회의가 있었습니다. 거기 참석한 사람들은 매우 개방적이었어요. 그들의 자기 감도를 검사해보았더니 아주 훌륭했어요. 과연 사람들은 자물쇠를 풀 필요가 있습니다. 열어야 한단 말입니다."

나도 흔들리기 시작했다. 나는 나 자신을 내려다보았다. 나도 열어야 하는 게 아닐까 하면서. 그러나 내가 본 것은 단정치 못한 셔츠와 부적 허리띠뿐이었다. 자장 파동 이론의 선구자는 천체물리학자 N.A. 코지레프인 것 같았다. 그는 망원경 거울을 설치해놓고 과거, 현재, 미래의 별빛을 동시에 기록했다고 한다. 코지레프는 사샤가 신(神)처럼 모시는 인물이었다. 코지레프는 우주는 통일된 시간 에너지로 가득 차 있으며, 이 시간 에너지 안에서 지력(知力)

과 물질, 우주의 힘들이 헤겔의 변증법적 과정 비슷한 과정을 거쳐 한 덩어리가 되어 있다고 믿었던 것 같다. 그런 그의 발상이 사샤를 매혹시킨 듯했다. 그러나 나에게는 이해가 되지 않는 발상으로 보였다.

"당신이 어떤 반응을 보이느냐가 아주 중요합니다." 나를 옆방으로 인도하면서 사샤가 말했다. "이 기계는 통상적으로 탐색되지 않는 심리적, 신체적 오지(奧地)를 개방합니다." 우리는 똑같은 모양의 두 개의 기계 앞에 섰다. 입을 벌리고 있는 회색 터널 같은 모양으로, 환자가 그 안에 드러눕도록 되어 있었다. MRI 스캐너, 혹은 끝이 열린 거대한 세탁기를 닮았다. 그러나 속은 아주 평평했다.

내가 멍청한 말을 했다. "두 대가 있군요."

"네, 하지만 하나는 가짜입니다." 그가 대꾸했다. "그 안에 조용히 누워 있으면 어느 것이 가짜고 어느 것이 진짜인지 느낄 수 있을 겁니다." 그가 그 안에 있는 매트리스를 똑바로 폈다. "물론 계속 닫힌 채로 있는 사람도 더러 있습니다. 네, 그래요. 우주 선호형 인간과 우주 혐오형 인간이 있다고 할까요. 하지만 70퍼센트는 반응을 보입니다. 날아가는 것 같은 느낌을 받는 사람도 있고, 자신에게서 빠져나오는 것 같은 느낌을 받는 사람도 있어요. 각자의 반응 정도에 따라 다릅니다."

그의 믿음이 나에게도 전염되었다. 나는 반응을 보이기로 결심했다. 터널 가운데 하나로 기어올라간 나는 더러운 때를 씻어내는 것 같은 느낌을 받으며 드러누웠다. "가만히 누워 계십시오." 그가 말했다. "명상을 하세요." 나는 내 머릿속을 비우려고 애썼다. 그러나 나는 나도 모르게 둥그런 천장을 유심히 살피고 있었다. 거기 어떤 표시가 나타나나 살피고 있었던 것이다. 이것이 진짜일까 가짜일까 그것이 우선 궁금했다. 나는 내가 그 기계의 벽에서 전선의 흔적 같은 걸 발견했다고 생각했다. 하지만 다음 순간 그것이 몸체의 이음매에 불과하다고 결론을 내렸다. 나는 조용히 누워 있었다. 이런저런 생각이 떠올랐다가 스러졌다. 눈을 감고 내 눈꺼풀 밑의 어둠에 정신을 집중했다. 눈꺼풀 밑에 이상한 회색 플라즈마가 떠돌고 있는 것 같았다. 방안은 조용했다. 내 두뇌가 한두 가지 생각을 시도하다가 포기해버렸다. 하지만 나는 아무것도 느끼지 못했다. 아무런 느낌도 없었다. 잠시 후 나는 내 발 너머의 둥근 빛을 내려다보면서 어떤 느낌, 어떤 것을 느껴보려고 했다. 그러나 내가 본 것은 안을 들여다보고 있는 사샤의 얼굴뿐이었다. "긴장을 푸세요. 5분간 명상을 하세요. 난 팩스 기계를 체크해야 하니까요."

명상을 했다. 그러나 아니었다. 나는 이것이 가짜 기계라는 걸 깨달았다. 그냥 잠들고 싶을 뿐이었다. 그래서 나는 거기서 기어나와 똑같이 생긴 다른 기계 앞에 섰다. 두 기계 모두 대충 만든 것 같아 보였고, 무대를 설치하느라고 만든 비계처럼 어딘지 엉성해 보였다. 하지만 두 번째 기계로 기어들어간 나는 불편한 진동을 느꼈다. 이제 나는 사샤가 말한 것처럼 아인슈타인의 우주에서 나와서 코지레프의 우주로 들어갈 것이었다. 살아 있는 물체가 비물체의 차원으로 들어가는 것이었다. 머뭇머뭇 드러누운 나는 위를 올려다보았다. 공백을 상상했다. 긴 시간이 흘러가는 것 같았다. 나는 떠 있으려고 했다. 그러나 다시 아무런 일도 일어나지 않았다.

나는 생각했다. 난 아마 우주 공포증을 가진 사람인 게 분명해. 내게는 심리적, 육체적 구석 같은 게 없는지도 몰라. 아니면 내 유기체의 역동적 장 구조가 산산조각이 났는지도 모르지. 어쩌면 나에게는 그런 구조가 처음부터 없었을지도 몰라. 마르티니크의 보통사람들에 비하면.

그때 나에게 규칙적이고 리드미컬한, 무엇인가가 돌아가는 것 같은 소리가 들려왔다. 한순간 나는 그 소리가 나는 곳을 알아낼 수 없었다. 그 소리는 나의 머리에서 나는 것도 아니고 내 위의 터널 천장에서 나는 것도 아니었다. 그 소리는 옆방에서 나는 소리였다. 나는 생각했다. 사샤가 뭔가를 돌리고 있구나. 발전기를 돌리는지도 모르지. 그래서 나는 내가 최소한 진짜 기계 안에 들어와 있다는 걸 알 수 있었다. 나는 드러누워 다시 한번 시도했다. 뭔가가 돌아가는 소리가 계속 들렸다. 그러나 나는 날아가기는커녕 지루한 강직증(强直症) 속으로 빠져들어가고 있는 것 같았다. 다음에 내게 떠오른 생각은 이런 것이었다. 러시아 과학아카데미가 이런 기계의 운영비를 실제로 지불하고 있다, 여러 해 동안 지불해왔다…….

몇 분 후, 기진맥진해진 나는 기계에서 기어나왔다. 실패했다는 짜증스런 느낌이 일어났다. 나는 그런 느낌을 떨쳐버리려고 했다. 나는 우주 공포증 환자가 아니고 그냥 영국인일 뿐이라고 생각하려고 애썼다. 두 기계가 서로 다른 점이 있나 찾아보려고 두 기계의 안을 세심하게 살펴보았다. 하지만 다른 점을 찾을 수 없었다. 옆방에서는 아직도 리드미컬한 그 소리가 들려왔다. 옆방을 들여다본 나는 그 소리가 어디서 나는지 알 수 있었다. 사샤가 운동용 자전거를 타고 있었다.

"어땠습니까? 어떠셨어요?" 자전거에서 뛰어내린 그가 땀을 흘리며 쾌활하게 물었다.

나는 어느 것을 진짜 기계로 보는지 내가 짐작한 바를 말해보았지만 사샤는 내 짐작이 틀렸다고 말했다. "피곤한 것 같아요." 내가 말했다. "난 아무것도 느끼지 못했어요." 그를 실망시키기는 싫었다. 순간적으로 나는 이 세상이 우주의 관대성으로 채워지기를 바랐다. "적어도 나는 내가……."

나는 반응을 보이지 않는 둔감한 30퍼센트로 떨어지고 만 것이었다. 하지만 사샤는 그런 일에 신경을 쓰지 않는 것 같았다. "선생님께 다른 걸 보여드리죠." 그는 실패를 무시하는 방법을 알고 있었다. 그의 아내와 아들이 멀리 에스토니아에서 살고 있다고 그가 말했었다. 아내가 어린 시절 살았던 마을로 돌아갔다는 것이었다. 하지만 그는 '떨어져 산다'는 말을 쓰지 않으려고 애썼다. 그들은 함께 있지 않을 뿐이라는 것이었다. 그는 애매한 미소로 그 화제를 마무리했다. 슬픔이 그를 두렵게 한 것 같았다.

"선생님도 아시겠지만, 특별한 자력이 어떤 궤적을 나타내는 경우가 있어요." 그는 파일을 뒤적이고 있었다. "이걸 보세요. 스톤헨지에서 나온 거예요. 아주 흥미롭습니다."

그가 내 무릎 위에다 아무렇게나 그린 스케치로 덮인 종이들을 흘렸다. 그것들은 어떤 난해한 실험의 결과였다. 이곳 아카뎀고로도크에서 그의 동료 가운데 한 사람이 그의 '시간 에너지 파동'의 전달을 높이도록 제작된, '코지레프 거울'이라고 불리는 둥그스름한 알루미늄 방 안에 들어가 앉았다. 그가 고대 수메리아의 영상들에 그의 정신을 집중하고 있는 동안, 4,800킬로미터 떨어진 스톤헨지 가운데 앉아 있던 다른 실험 참가자들이 그의 사고(思考) 영상을 받아서 그것을 스케치했다는 것이었다.

"보세요. 보시라구요." 사샤가 말했다. "이건 주목할 만합니다." 그가 한 쌍의 잠자리를 닮은 수메리아의 영상을 손으로 가리켰다. 그런 다음 스케치가 그려진 종이들을 넘겼다. 나선 모양, 배, 개, 남근, 태양, 고수(鼓手), 꽃, 별이 보였다. 그러다가 마침내 "여기 있어요!" 하고 그가 외쳤다. 스톤헨지 가운데 있던 누군가가 하늘을 선회하는 새를 그린 것이었다. "보셨죠? 보셨죠?" 믿음으로 그의 얼굴이 반짝이고 있었다. 여러 장의 다른 스케치들, 수메리아의 영상과 아무 관련이 없는 그 스케치들은 잊어버린 듯했다. 또 잠자리와 새가 별로 비슷하지 않다는 것도 괘념치 않는 것 같았다. 사샤는 그 스케치를 보며 천사처럼 미소를 지었다. 그에게는 증거가 필요하지 않은 것 같았다. 그는 이미 알고 있었다.

* * *

한 노인이 황금계곡에 있는 그의 별장에 앉아 있다. 이 시골 별장은 엘리트들에게만 주어진 것이다. 그는 아카데미 회원이다. 가로를 따라 늘어선 별장에는 정원이 딸려 있고, 별장의 전면은 치장 벽토로 장식되어 있다. 도로가 끝나는 지점에는 숲이 우거진 언덕이 있다. 아카데미 회원인 노인의 거실은 저질 작품들로 가득 차 있다. 유리로 만든 동물들, 감상적인 그림들, 여러 개의 비너스 상 등이 보인다. 그밖에 성상(聖像)들도 있고, 수용소 군도의 한 수인(囚人)이 그린 작은 풍경화들도 있다. 나는 일관성이 없는 이들 작품들이 무슨 의미가 있는지 궁금했다. 무슨 트로피나 되는 것처럼 나를 이곳으로 데려온 사샤는 입을 다물고 있었다. 사샤는 존경이 담긴 태도로 조용히 그의 스승인 아카데미 회원의 말에 귀를 기울였다. 아카데미 회원의 아내, 그리고 중년인 그의 아들 역시 마찬가지였다. 밖의 덤불을 헤집고다니는 젖은 개의 냄새가 집안 전체에 퍼져 있다.

한동안 우리는 스낵을 집어먹고 보드카를 마시며 앉아 있었다. 아카데미 회원이 자신의 최신 저작물인《인간의 우주적 의식》이라는 책을 건네준다. 그런 다음 우리는 나의 남은 시베리아 여정이 무사하기를 비는 축배를 들었다("당신도 아시겠지만, 지금 시베리아를 여행하는 건 위험합니다"). 나는 여행자 특유의 우물쭈물하는 몸짓을 시작했다. 그들이 나를 자기네 종교로 개종시키고 싶어했기 때문이다. 무심결에 나는 아카데미 회원의 책을 펼치고 읽어보았다. "우주 행성의 운동상의 총세계 인간 지성은 사회적 운동(사회문화적 역사적 전개)의 파생물이나 생성물이 아니다. 그것은 지구에 적응된 형태로 나타나는 우주 생명체의 조직 및 운동상의 특수한 우주 행성적 현상이다……."

우주 공포증의 엄습을 두려워하며 나는 그 책을 덮었다. 스낵이나 먹고 자질구레한 이야기 따위를 나누는 일에 조바심이 난 아카데미 회원이 선언했다. "우리 2층으로 올라가 토론합시다."

여러 해 동안의 맹종이 그를 망쳤다는 생각이 들었다. 늙은 교수는 자신의 생각을 도전받지 않는 독백으로 풀어놓았다. 우리—그의 아들과 사샤, 그리고 나—가 앉아 있는 서재에는 그의 책들이 바닥에서 천장까지 빼곡히 꽂혀 있었다. 책에는 모두 먼지가 쌓여 있었다. 그의 아내가 아래층에서 설거지를 하는 동안, 그는 인간의 영적, 정신적 삶이 어떻게 은하계의 파동에 의해 이루어지는지를 설명했다. 나는 그의 이런 개념을 어떻게 보아야 할지 갈피를 잡을 수 없었다(그리고 아카데미 회원은 질문을 받지 않았다). 그는 자기 논점을 진전시키면서 자주 자기의 한 손가락을 들어올리곤 했다. 그럴 때마다 그의 이야기는 빠르게 앞으로 진행되었다.

"우리는 지금 세계의 발전에서 위기를 맞고 있어요. 물질주의에 눈이 먼 서구는 힘이 없어요. 아무것도 볼 수 없고, 새로운 사고를 할 수도 없어요. 러시아만이 앞길을 제시할 수 있어요. 세 번째로, 러시아는 그 일을 정확하게 할 수 있어요. 그래요. 모든 것이 러시아에서 나오고 러시아가 개방되어 있기 때문이지요! 네, 열려 있어요! 지금이 바로 그때예요! 우리에게 주어진 기회는 짧아요. 바로 지금이에요! 몇 년 지나면 너무 늦을 겁니다. 지금이 바로 고전적 사고와 우주적 사고가 수렴할 시점이란 말입니다. 우리는 세계를 구해야 해요! 러시아만이 아니고! 그리고 새로운 사고방식을 계발해야 합니다."

그의 목소리가 마치 반향실에서 연설을 하는 것처럼 울렸다. 사실 그가 그렇게 새롭다고 생각하는 이론은 아주 오래된 것이다. 그런 이야기는 러시아 정신의 오래된 가치를 반신비주의적으로 찬양했던 19세기 슬라브 지상주의자들의 저작에서 흔히 볼 수 있는 것이다. 그것은 도스토예프스키, 헤르첸, 톨스토이의 비전이었다. 그렇다, 러시아가 지구를 구원할 것이다! 진리가 고통을 뚫고 솟아날 것이다! 유럽, 이성적이고 개인주의적인 유럽은 풍요에 묻혀 눈이 멀어버렸다. 가난한 러시아만이 사물의 핵심에 접근해서 인류를 구원할 수 있다.

나는 아카데미 회원이 하는 이야기의 줄거리를 놓치기 시작했다. 그는 불가리의 트라키아 성소, 그리고 내가 장차 가려고 하는 두딘카 북쪽의 북극권에서 한 우주파 실험에 관해 이야기하고 있는 것 같았다. 그는 추상적 개념과 권위 있는 일반화를 쏟아내고 있다. 그의 청중은 엄숙하고 감사에 차 있다. 산만한 개념들이 영어로 떠올랐다가 다시 가라앉았다. "시공파(時空波)…… 논점 여섯 …… 원상(遠像) 상호작용……." 그때 그가 나에게 말했다. "배를 타고 예니세이 강을 내려갈 때 당신의 마음이 열려 있다면, 당신은 새로운 시베리아를 발견하게 될 겁니다! 우리는 북극권의 딕슨에서도 실험을 했습니다. 당신은 그곳과 이곳 사이의 자력의 흐름이 매우 강력하다는 걸 발견하게 될 겁니다." 그가 물었다. "유리 모차노프에 대해 들어본 적이 있습니까?"

놀랍게도 나는 들어본 적이 있었다. 그는 러시아의 고고학자로서, 레나 강가에서의 발굴 작업으로 선사시대에 시베리아에서 인류가 살았었다는 증거를 발견했다. 그는 그들이 사용한 석기의 연대를 기원전 2백만 년이라고 보았다. 이것은 리키의 아프리카인들과 비슷한 연대다. 그는 아직도 동시베리아의 야쿠츠크에서 작업을 계속하고 있었다. 나는 그를 찾아볼 생각이었다.

아카데미 회원이 열을 올렸다. "최소한 아프리카만큼 오래된 문명이라! 그렇다면 다윈의 이론은 어떻게 되는 겁니까? 고전적인 관점은 인류가 아프리카에서 진화해서 동쪽과 북쪽의 아시아로 퍼져 나갔다는 것이지요. 하지만 모차노프와 다른 사람들의 발굴은 그것이 사실과 다르다는 걸 입증하고 있어요. 지능이 시베리아, 아프리카, 중앙아시아 등 몇몇 지역에서 동시에 발생했다는 것이 입증

된 겁니다. 사실상 시베리아가 첫 번째였지요!"

이야기가 아귀가 척척 들어맞는다. 러시아의 독특성의 상징이요 산실인 이곳 시베리아에서 문명 자체가 시작되었다는 것이다. 그리고 이곳에서 위대한 교감의 우주적 흐름이 재확인될 것이다. 이 아카데미 회원은 (비록 과학의 폐허에서 살고 있긴 하지만) 과학을 부인하는 게 아니다. 그의 한 손가락이 다시 위로 올라갔다. "나는 지구의 자장 변화에 수반되는 우주의 영향이 그 당시 인간의 뇌를 갑자기 성숙시켰을 것이라고 주장합니다. 이 초기의 문명들은 우주와 조화되어 있었습니다. 하지만 여러 요인으로 인해 그 문명들은 결국 살아남지 못했지요……." 그의 두 손이 편안하게 그의 무릎 위로 내려앉았다. "다윈의 주장은 말이 안 돼요. 아시겠어요?"

그의 맞은편에 앉은 나는 처음에는 반감으로 몸이 뒤틀리다가 다음에는 이상하게도 슬픈 생각이 들었다. 사샤는 얼굴이 벌겋게 달아올라 있었다. 하지만 내 눈에는 보온복 바지를 입고 올이 드러난 양말을 신은, 정신이 이상해진 노인이 보일 뿐이었다. 가끔 나는 그가 나에게 말하고 있는 게 아니라 자기 자신을 향해 말하고 있다는 생각이 들었다. 그는 자기가 매우 외롭다고 이야기하고 있는 것이었다. 나는 그가 이념과 꿈이 사실의 황야 위를 어지럽게 떠도는 공산주의라는 거대한 환상을 지탱했던 그 자기최면의 희생자가 아닐까 생각해보았다.

이곳은 참 조용하다. 숲속에서는 어린 고사리가 돋아나고 있고, 자작나무에 부는 바람이 나뭇잎을 흔들어 반짝거리게 하고 있다. 아카뎀고로도크의 숲속 어딘가에 시베리아 문화 박물관이 개인 박물관처럼 유지되고 있다. 이곳은 규모는 작지만 엄선된 전시물만 보유하고 있다. 무당의 철모가 물고기 가죽으로 만든 니브키족의 옷과 자리를 함께 하고 있다. 큐레이터가 나를 이리저리 안내했다.

한가운데 전시실에는 문신을 한 전사(戰士)의 미라가 그의 목관과 함께 놓여 있다. 그는 이곳에서 남쪽으로 800킬로미터 떨어진 몽골 국경지대에 있는 알타이 산맥 출신이다. 이 지역에서는 빗물이 돌무더기를 통해 그 아래 2,400년 된 무덤으로 스며들어 처음 내린 눈과 단단하게 얼어붙어 무덤 속의 나무와 가죽, 옷, 인간의 피부를 고드름으로 만들어버린다. 전사는 순장된 말들 사이에 묻혔다. 말의 굴레와 마구들도 옆에 있는 상자에 담겨 있다. 안에 마멋 가죽을 댄 전사의 모직 코트는 아직도 입을 만하다.

녹색 테의 안경을 쓴, 체구가 작은 큐레이터 갈리나는 동작이 빠르고 자존심이 강했다. 그녀가 다른 캐비닛을 가리켰다. 들여다보니 얇은 금박과 옷에서 나온 장신구들이 보였다. "저건 그녀의 것입니다." 큐레이터가 존경심 어린 말투로 말했다.

현재 러시아의 고고학에서 '그녀'는 단 한 사람뿐이다. 1993년에 발굴된 알타이의 얼음공주—중국 북쪽 외진 고원에 호화롭게 매장되었던 외로운 여인. 그녀가 누구였는지는 아무도 모른다. 무당이었을 수도, 귀족 여인이었을 수도, 아니면 음유시인이었을 수도 있다. 그녀가 어느 종족이냐를 놓고 열띤 논쟁이 일었다. 그녀의 미라는 아카뎀고로도크로 옮겨져 한때 치즈를 저장하는 데 쓰였던 냉장고에 보관되었다. 그러자 곧 곰팡이가 그녀의 몸에 퍼져 정교한 문신을 지워버리기 시작했다. 미라는 황급히 모스크바로 이송되어 그곳에서 보존 처리되었다. 슬라브족 전문가들은 그녀가 초기 유럽인인 코카서스 인종이라고 선언했다. 그러나 그녀의 문화의 후계자임을 자처하는 알타이 사람들은 그녀가 자기네 종족이라고 반론을 제기했고, 스위스의 한 법의학자도 그들의 주장을 지지했다. 그녀는 현재 몽골에 사는 사람들과 비슷한 몽골 인종이라는 것이었다.

거무스름한 피부와 머리, 눈을 가진 러시아인인 갈리나는 생각이 다르다. "모스크바의 게라시모프 연구소의 학자들은 초기에 알타이 지역은 기본적으로 '유럽 인종'이 거주하는 땅이었는데 뒤에 중국인들로 오염되었다고 보고 있어요. 중국 국경 너머에서 미라가 몇 구 발굴되었지만 중국인들은 그것을 일반에게 공개하지 않고 있어요. 미라를 감춰두고 있단 말입니다. 알타이가 인종적으로 유럽에 가깝다는 또다른 징후가 있어요." 그녀가 나를 날카롭게 바라보고 있었다. 작은 슬라브족의 눈으로. 서양이냐 동양이냐, 유럽이냐 아시아냐—러시아인들에게 그들이 어디서 왔느냐에 관한 토론은 끝날 줄을 모르고 계속되고 있다. 그녀가 갑자기 말했다. "그녀를 보시겠어요?"

나는 순간적으로 깜짝 놀랐다. 나는 그녀가 아직도 모스크바의 결정을 기다리고 있다고 생각했었기 때문이다. 하지만 갈리나는 빗장이 걸린 작은 방의 자물쇠를 풀고 나에게 안으로 들어오라고 손짓했다. 갈색 종이로 덮인 전시 상자가 한쪽 벽에 기대어 서 있었다. 갈리나가 그 종이를 떼어내자 유리상자 안에 누워 있는 한 여인이 보였다. 여인은 옆으로 누워 있었고 두 손을 골반 위에 포개놓고 있었다. 그녀의 몸통에 등뼈가 나무둥치 같은 줄을 만들고 있었고, 머리는 뒤로 젖혀져 있었다. 방부 처리된 그녀의 피부가 상아처럼 빛났다. 그녀를 자세히 보기는 어려웠다. 그녀가 우리를 거부하는 것처럼 벽 쪽을 향하고 있었기 때문이다.

"이제 그녀는 어디로 갈 거죠?" 내가 속삭이듯이 물었다.

갈리나가 그녀를 바라보며 말했다. "알타이 지역의 수도인 고르노-알타이스크 박물관과 우리는 여기서 그녀를 연구한다는 데 합의했어요. 나는 그녀가 우리 것이라고 생각합니다." 하지만 그녀의 목소리가 노한 음악을 만들고 있었다. "그런데 그들이 이제 와서 그녀를 돌려달라고 합니다. 그 박물관의 큐레이터—리마 야키모바라는 여자죠!—는 심지어 우리가 알타이 지역에서 발굴 작업을 하는 것도 더이상 허용하지 않으려고 해요. 그쪽 사람들은 돈이 없어서 자기네들이 직접 발굴을 할 수도 없어요. 그런데 우리는 우리의 공주를 그녀에게 주려고 한단 말입니다!" 그녀가 아무리 분개해도 불어닥친 정치적 폭풍은 그녀의 통제 밖에 있었다. 우리는 러시아의 분열된 정체성을 내려다보았다. "우리는 여기서 공주를 위해 많은 일을 했어요. 펠트로 만든 그녀의 승마화, 비단 셔츠, 그녀가 입은 채로 매장된 붉은 색과 흰색으로 된 치마—이런 것들을 지금 복원하고 있는 중이에요. 그녀의 장신구와 머릿수건도 모두 사진으로 찍어놓았고요. 이렇게 했는데 그녀가 우리 것이 아니라구요?"

공주는 순장된 여섯 마리의 말과 함께 매장되어 있었다. 그녀의 무덤 현실(玄室)에 있던 테이블에서 고고학자들은 양고기와 말고기로 이루어진 상징적인 식사를 발견했다. 나는 다시 한번 그녀를 내려다보았다. 그녀가 살던 시대의 표준으로 보면 그녀는 키가 큰 편이었던 것 같았다. 사슴이나 그리핀(독수리의 머리, 날개에 사자의 몸통을 가진 괴수)을 그린 그녀 어깨와 팔뚝의 쪽빛 문신은 아직도 분명했다. 그녀는 뼈가 섬세한 긴 손을 가지고 있었다.

"그 리마 야키모바라는 여자, 그녀의 박물관은 너무 작아요! 지금도 이미 전시품이 충분히 있구요. 다른 전시품을 전시할 공간도 없어요. 그들은 아마 저 미라를 올바른 대기 조건에서 보존할 능력도 없을 겁니다……. 이것이 그녀를 우리가 볼 수 있는 마지막 기회일지도 몰라요."

공주는 이십대 중반에 어떤 자연적인 이유로 죽었다. 발견 당시 그녀는 관 안에서 사지를 쭉 뻗은 채 동쪽을 향해 누워 있었다고 한다. 머리에는 황금 고양이로 장식된 90센티미터 길이의 머릿수건이 씌워져 있었고, 목에는 나무 낙타들로 만든 목걸이가 걸려 있었다. 나무 낙타는 원래는 금이 입혀져 있었다. 그녀의 내장은 대부분 제거되었고, 몸 안에는 대신 토탄과 나무껍질이 채워져 있었다. 나무껍질에 있는 타닌 성분이 그녀를 보존해주었다. 두개골은 솔담비 가죽으로 채워졌고, 눈은 도려내어져 있었다.

우리는 그녀를 다시 갈색 종이로 덮었다. 2,500년이 지났는데도 그녀는 죽은 지 얼마 되지 않은 사람처럼 위엄을 갖추고 있었다. 고고학자들은 그녀에게 자신들을 용서해달라고 간청했다고 한다.

그곳을 떠나면서 나는 생각했다. 악의에 찬, 이 텅빈 아카뎀고로도크는 그녀의 미라가 있을 곳이 못 된다고. 나는 그녀가 고르노-알타이스크로 되돌아가는 광경을 상상해보았다. 고르노-알타이스크는 중국과 카자흐스탄, 러시아와 몽골의 국경이 서로 만나는 황량한 계곡 가까이 있다. 그곳은 내가 가려고 하는 곳이기도 하다.

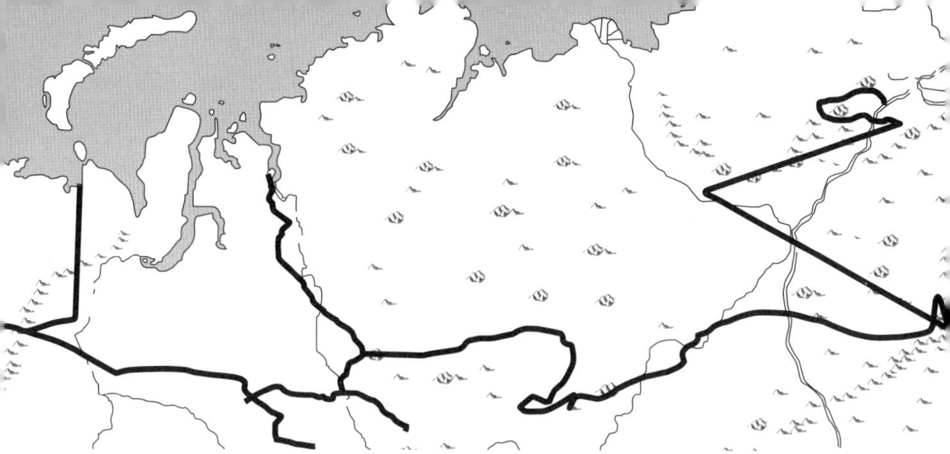

# 4
# 변경(邊境)

이틀도 지나기 전에 나는 남쪽으로 이동하고 있었다. 내가 인식한 시베리아가 산산조각으로 부서지기 시작하는 땅으로 들어가는 중이었다. 나는 초원에 주름이 잡히고 물결처럼 굽이치는 것을 기차와 버스에서 지켜보았다. 그러다가 마침내 초원이 알타이 산맥의 기슭으로 변했고, 산업의 때가 사라졌다. 이곳의 원주민들은 몽골-투르크족 계통으로 옛날부터 반(半)유목민들이었다. 지금은 비록 흩어져서 소수민족이 되었지만, 그들의 조상은 한때 위대한 민족의 일원이었다. 칭기즈칸의 군대를 형성했던 사람들이 바로 그들이었다.

그러나 19세기 중반쯤에는 러시아의 농부들이 그들의 초원으로 밀려들어와 그들을 더 외진 계곡으로 밀어냈다. 내가 탄 버스는 이

지역의 경계선을 넘어 수도 고르노-알타이스크를 향해 달리고 있었고, 오브 강의 작은 지류인 카툰 강이 도로와 나란히 반짝이며 빠른 속도로 흐르고 있었다. 나는 동남쪽에 뭉쳐 있는 산괴(山塊)를 머릿속에 그렸다. 그 모호한 알타이와 사얀의 지맥들이 시베리아를 아시아 내륙의 고원과 떼어놓고 있었다.

강 유역에 자리 잡은 고르노-알타이스크는 평온하면서도 지친 모습이었다. 나는 이곳에서 할 일이 아무것도 없었다. 하지만 얼음공주의 미래의 보금자리가 될 박물관에서 나는 그 악명 높은 리마 야키모바의 사무실로 들어갔다. 즉시 아시아와 유럽이 서로 논쟁을 벌이는 목소리가 들렸다. 너무 작고 이미 전시품으로 가득 차 있다는 갈리나의 말과는 달리, 야키모바의 박물관은 넓고 반쯤 비어 있었다. 그리고 그녀는 얼음공주를 돌려받고 싶어했다.

“모스크바에서는 그녀가 코카서스 인종이라고 하지만 그것은 사실이 아니에요. 그녀는 아시아인이라고요. 그녀의 헤어스타일도 아시아식이거든요. 그리고 그녀는 곧 이리로 돌아올 겁니다.” 야키모바는 알타이의 원주민이었다. 넓적한 몽골인의 얼굴에 눈은 새까맸다. “우리에게 필요한 건 그녀가 들어갈 유리 상자뿐이에요. 하지만 우리는 아직 그걸 마련할 여유가 없어요. 값이 1,200만 루블이라는군요.” 그녀는 천장을 향해 두 손을 내둘렀다.

내가 말했다. “그녀는 특별히 맞춰진 온도에 보관될 건가요?” 나는 갈리나가 두려워했던 것을 기억하고 있었다(“이것이 우리가 그녀를 보는 마지막 기회가 될지도 몰라요”).

“아뇨. 미라는 이미 보존처리 되었어요. 그녀는 실내 온도에 누워 있을 수 있어요. 우리에게 필요한 건 진열용 유리 상자뿐이에요.” 유리 상자는 1,700달러면 살 수 있다고 했다. 그리 많은 액수인 것 같지 않았다. “그녀가 발견된 고원으로 그녀를 다시 돌려보내야 한다는 사람들도 있어요. 무덤 속에 누워 있게 한다는 것이지요. 나는 이 제안 때문에 괴롭습니다. 우리 동포들 사이에는 죽은 사람들은 건드려서는 안 된다는 생각이 퍼져 있습니다. 영면을 방해해서는 안 된다는 것이지요. 그런데 러시아의 고고학자들이 와서 그녀를 파냈단 말입니다. 얼음에서 떼어내려고 그들은 그녀 위에다 뜨거운 물을 부었어요. 그래서 그녀가 거멓게 변한 겁니다.” 어두운 달 같은 그녀의 얼굴에서 두툼한 입술이 노기를 품었다. “그들이 그녀를 훼손한 겁니다. 하지만 이 무덤들은 우리의 무덤이고 거기 묻힌 사람들은 우리의 조상들입니다. 우리의 고고학자들도 여기서 발굴을 할 수 있어요. 우리는 시신에 뜨거운 물을 붓지는 않을 겁니다.”

“하지만 당신네들은 돈이 없잖습니까?”

“그래도 사자들은 편안하게 누워 있게 될 겁니다.”

그것은 불확실한 기억이었다. 이 화난 큐레이터를 몽골의 군대를 통해 수수께끼의 공주와 연결시켜주는 것은 아마 유목민의 유산일 것이다. 비교적 후대까지도 알타이 사람들은 죽은 후 순장한 말들과 묻히는 관습을 유지했었다. 80년 전의 내전 때—이 내전은 결국 무자비하게 진압되어 알타이 사람들은 집단농장으로 편입되었지만—그들은 옛 조상의 기억을 조사해서 칭기즈칸의 수도에서 이름을 딴 카라코람이라는 독립국을 선포했었다.

야키모바가 말했다. “권력은 언제나 러시아인들에게 있었어요. 여기서 발견되거나 발굴된 건 모두 상트페테르부르크나 아카뎀고로도크로 갔지요. 그 갈리나……" 그녀가 말을 더듬었다. "에르미타주 박물관에는 파지릭 문화의 놀라운 유물이 많이 있어요. 그건 모두 우리 것입니다. 우리가 왜 우리의 유산을 보러 상트페테르부르크로 가야 합니까? 일반에 공개되지 않은 유물도 수백 점이나 된다고 해요. 또 스탈린이 많은 유물을 미국에 팔아넘겼다고 하더군요. 그는 우리의 과거를 판 겁니다. 그래서 지금 우리는 유물 반환을 요구하는 겁니다. 바로 이곳으로요!"

파지릭(Pazyryk), 이 말은 그 이름이 잊혀진, 얼어붙은 무덤 속 사람들의 문화를 가리키는 말이다. 나는 그해 6월에 파지릭 문화의 공예품을 에르미타주에서 본 적이 있었다. 보는 사람을 홀릴 만한 물건들이었다. 그런데 지금 내가 야키모바의 책상 위에 지도를 펼치자, 그녀의 손가락이 폐쇄된 몽골 국경까지 약 5백 킬로미터에 이르는 긴 계곡을 짚어 내려가더니 다시 북쪽으로 홱 움직여 사막 고원과 말초신경처럼 갈라진 하천들을 가리켰다. 짧은 한숨을 내쉬며 그녀는 그곳에다 '파지릭'이라고 썼다. "하지만 당신은 갈 수 없을 겁니다. 너무 멀고 너무 황량하거든요."

파지릭으로 가는 도로는 카툰 강을 따라 솟은 언덕을 뚫고 지나갔다. 세상이 젊어진 것 같았다. 평평한 초원, 그리고 그 위를 구불구불 흐르던 강이 날카롭게 솟은 신선한 산으로 대체되어 있었다. 대기는 차고 신선했으며, 바위 위를 흐르는 차가운 물이 졸졸 소리를 냈다. 농촌 마을 주위에 군데군데 과수원들이 보였다. 사과, 체리, 배 과수원이었다. 오두막의 담 밑에서는 국화와 접시꽃이 갖가지 색깔을 뽐내고 있었다. 그 옆에 러시아의 포도넝쿨이 자라고,

러시아의 아이들이 뛰놀았다.

얼마 더 가니 언덕이 가팔라졌다. 경사면에는 자작나무들이 늘어서 있었다. 가끔 카툰 강이 갈라지면서 목장을 감싸고 흐르거나 하얀 바위들이 있는 섬을 휘돌아 흘렀다. 그러나 산맥이 가까이 다가오면서 강은 거칠게 흐르기 시작했다. 물살이 빨라지면서 강물이 우윳빛과 녹색이 섞인 색깔로 변했다. 알타이의 목동들이 통통한 말을 타고 강둑을 따라 달렸고, 내가 탄 버스에서는 러시아인들이 자취를 감추었다.

나는 거무스레하고 강인해 보이는 사람들에게 둘러싸여 있었다. 여자들의 머리는 금실이 들어간 스카프 안에서 반짝였다. 간간이 후음(喉音)과 성문음(聲門音)이 섞여 나오는, 기관총 소리처럼 빠른 그들의 말이 버스 안을 가득 채웠다. 그들 중 일부는 아름다웠다. 넓은 뺨과 이마, 낮은 코와 주름 잡힌 입술은 중국인들이 찬양해 마지않는, 숱이 많은 눈썹을 더욱 돋보이게 했다. 자신감을 되찾은 그들은 이미 오래 전부터 그들의 아이들에게 투르크나 몽골 이름을 지어주었다. 그래서 어린 칭기즈끼리 싸우는 일도 종종 생겼고, 선생님이 오이롯에게 조용히 하라고 소리치는 경우도 더러 생겼다.

내 옆에는 몽골 국경을 지키러 가는 전투경찰이 앉아 있었는데, 깊이 잠든 그가 조금씩 내 가슴 쪽으로 몸을 기대어왔다. 잠이 들었는데도 그는 여전히 경찰봉을 꽉 쥐고 있었다. 국경 생활은 매우 지루하다고 잠에서 깨어난 그가 말했다. 그저 기다리기만 한다는 것이었다. 그의 동포들이 러시아인들보다는 몽골인에 더 가깝다는 것을 그도 인정했다. 하지만 직업은 직업이라고 했다. 사실 그는 아무것도 지키지 않고 있다고 했다. 그리고 이곳, 그러니까 인구 20만 명의 알타이공화국에서조차도 알타이인보다 러시아인이 더 많다는 걸 나는 알고 있었다. 인구가 3천만 명에 불과한 전체 시베리아에 토착민은 5퍼센트를 넘지 않는다.

우리가 카툰 강을 건널 때 구름이 내려왔다. 안개와 언덕 속을 차가운 복도를 만들며 흐르던 강이 마치 수채화가가 그것을 지워 하늘과 합쳐버린 것처럼 사라져버렸다. 우리가 지나친 마을들은 황량했고, 거의 비어 있었다. 풀밭에서는 다람쥐들이 뛰어다녔다. 더 높이 올라가자, 산맥이 우리를 부식된 암벽 안에 가두었다. 암벽에는 소나무들이 여기저기 나 있었다. 회색과 황갈색을 띤 수직의 긴 혈암 광맥도 보였다.

농부들과 목동들만이 타고내리던 버스에 모직 바지를 입은 투르크계 미인 한 명이 올라탔다. 그녀는 우리들 사이에서 한 시간 동안 손톱에 에나멜 칠을 하더니 반쯤 부서진 오두막 앞에서 내렸다.

"도대체 그 여자가 누구였을까?"

아무도 아는 사람이 없었다.

고개 꼭대기와 길가의 샘 주변에 서 있는 소나무들에는 혼령들을 기리는 헝겊들이 매달려 있곤 했다. 귀신들이 이 나라의 모든 물과 산봉우리에 득시글대고 있었다. 기독교도 공산주의도 그들을 쫓아내지 못한 것 같았다. 그 귀신들은 너무나 깊숙이 침투해 있고 너무나 유서 깊은 존재들이었다. 소나무에 매달린 헝겊들이 바람에 떨렸다. 소원이나 존경의 뜻으로 매단 헝겊들이었다. 강바닥에서는 동전들이 반짝였다. 가끔 돌 틈에 끼어 있던 백 루블짜리 지폐가 돌 틈에서 빠져나와 둥둥 떠가기도 했다.

저녁 무렵 버스가 북쪽으로 방향을 틀었다. 우리들 뒤의 몽골 국경 위로는 눈에 덮인 하얀 산봉우리들이 하늘에 걸려 있었다. 우리는 가을 덤불들로 덮인 고지대로 올라갔다. 물이 얕은 호수들도 군데군데 보였다. 산기슭에는 돌들이 흩어져 있었다. 돌들이 계곡을 따라 희미하게 원을 그리거나 가로(街路)를 만들고 있는 곳도 있었다. 마치 우리가 어떤 고대의 이동로를 따라가고 있는 듯한 느낌이 들었다.

이윽고 해질 무렵, 우리는 어떤 고개의 정상에 이르렀다. 황량한 산들이 내려다보였다. 산들 위로는 구름의 그림자만이 움직였고, 하늘에는 창백한 반달이 걸려 있었다. 몇 킬로미터를 더 가니 평평한 땅이 나왔다. 그러더니 길과 세상이 멈춰버렸다. 우스트-울라간 마을이었다. 강 주위에 오두막들과 말우리들이 미로를 만들고 있었다. 계곡 위로 널빤지 길이 만들어져 있었고, 그 위 하늘에는 말똥가리가 하얀 줄이 있는 날개를 펼쳐 날고 있었다.

나는 인적 없는 거리로 나가보았다. 이 거리는 아직도 소비에트로(路)라고 불리고 있었다. 도로의 움푹 팬 곳에서는 소들이 잠을 자고 있었다. 성난 개들이 이리저리 뛰어다녔다. 철문에 자물쇠가 채워져 있고 창문에 판자가 대어져 있는 것으로 보아, 몇 안 되는 상점들은 아주 문을 닫은 것 같았다. 트랙터들이 풀밭에서 부식되고 있었다. 추위를 피할 만한 곳을 찾아보았지만, 마을 자체가 움츠러들어 있었다. 굴뚝이 땅거미 진 하늘로 연기를 피워올리기 시작했다. 몇 명의 목동들만이 보였다. 바람에 그을려 가무잡잡한 얼굴에 체구는 땅딸막한 남자들이었다. 어느 집 뜰을 힐끗 들여다본 나는 한때 유목민이었던 이 사람들이 그들의 오두막 옆에 지금도 천막집을 세워놓고 있다는 걸 알 수 있었다. 그 천막집의 둥그스름한 벽이 창문 없는 돔으로 이어져 있었다. 이 사람들은 여름에는 러시아식 오두막을 버리고 그들의 과거의 주거방식으로 돌아가는 모양이었다.

콘크리트로 지은 시청 건물을 찾아냈다. 문이 닫혀 있었다. 그러나 뒷문이 조금 열려 있어서 방안이 들여다보였다. 그 방에서 곱사등이 영감이 감자를 삶고 있었다. 그는 이 마을의 예산을 감사하려고 고르노-알타이스크에서 왔다고 했다. 물론 감사할 건 아무것도 없었다. 기반시설이 아무것도 남아 있지 않았다. "예산을 평가하는 게 내 일이지. 예산이 없으면 평가할 것도 없고." 그는 난쟁이에 가까웠고, 평퍼짐한 코 주위에 뭉쳐 있는 그의 얼굴 또한 정말 볼품이 없었다. 그는 사무실 옆에 야전침대를 펴놓고 있었다. 달리 잘 곳이 없기 때문이었다. 그가 나에게 안으로 들어오라고 초대했다. "이곳에서는 조용히 잘 수 있을 거요. 여긴 웃거나 노래 부르는 사람이 없으니까."

그의 자연스러운 냉소주의를 사건들이 정당화해주고 있었다. 러시아의 비극이 사람들에게 술을 마시라고 또는 꿈을 꾸라고 부추겼는지도 모른다. 그러나 그에게는 그것이 세상이 부조리하다는 확신을 더욱 굳혀주었을 뿐이다. 그래서 그는 자기 자신 속으로 움츠러든 것이었다. 알타이공화국 전체가 난장판이라고 그가 말했다. "농부들은 5년 동안 급료를 받지 못했어요. 그래서 그들은 지금 마치 자작농처럼 일하고 있지요. 씨족사회, 옛 방식으로 돌아가고 있어요." 그 자신은 반(半)투르크족, 반(半)러시아인이었다. "공무원들의 급료도 제때 나오지 않고 있어요……. 결국은 다른 사람들처럼 될 겁니다."

우리는 그가 만든 야채죽과 내가 가지고 온 비스킷을 먹고, 전깃불이 나가자 일찌감치 잠자리에 들었다. 수돗물이 나오지 않아 옥외 화장실에서 악취가 풍겨왔다. 어둠 속에서 그가 말했다. "당신이 이곳에서 죽었는데 무덤 살 돈이 없다면, 그들은 당신을 거리에 내던질 겁니다." 그 생각이 그에게 묘한 즐거움을 준 것 같았다. 그는 일주일간 있었던 온갖 어리석은 일들을 되새기는 듯 오랫동안 껄껄 웃었다. 내가 막 잠이 들려고 하는데 그가 느닷없이 이렇게 물었다. "그런데 당신, 당신은 여기서 대체 무슨 일을 하고 있는 거요?"

내가 무슨 일을 하고 있느냐고? 나는 어둠 속에서 두 눈을 크게 떴다. 나는 시베리아의 핵(核)을 발견하고자 하고 있었다. 그런데 그런 핵심이 없는 것 같았다. 나는 최소한 그것이 공산주의의 잔해 속을 잠깐 동안이라도 지나가는 것을 목격하고 싶었다. 달랠 길 없는 그 오래된, 믿으려는 욕망이 비록 혼돈된 여러 통로로 흩어지긴 했어도 다른 이름으로 흘러가는 것을 얼핏이나마 보고 싶었던 것이다. 나는 신앙이 없는 러시아를 상상할 수 없었기 때문이다.

그러나 나는 그에게 이렇게 말했다. "파지릭의 고분을 보러 왔어요." 그 고분들에서 가장 친숙한 유목민의 공예품들이 출토되었다. "고분들이 여기서 불과 16킬로미터밖에 떨어지지 않은 곳에 있어요. 당신도 그 고분들을 알고 있지요?"

그가 콧방귀를 뀌듯 말했다. "나는 고분들이 필요하지 않고, 고분들도 내가 필요하지 않아요." 그가 자려고 몸을 돌렸다. "내게 필요한 건 급료입니다."

그것의 진짜 이름은 알려져 있지 않다. 아마 이름이 없었을 것이다. 하지만 파지릭 계곡에 묻혀 있는 그 문명은 광대한 스키타이 문화권의 동쪽 끝에 자리잡았던 문명이다. 스키타이 문명은 기원전 7세기경 중국에서 다뉴브 강까지 뻗쳐 있던 문명이다. 스키타이인들은 인도-유럽 인종이었다. 키가 크고 털이 많은 이 사람들은 전성기에는 페르시아 제국을 괴롭혔고 메디아(카스피 해 남쪽에 있던 고대 왕국)를 복속시켰다. 그들이 그리스 문화권과 접촉한 이후로 역사가들은 두려움 때문에 또는 낭만적인 상상력을 발휘해서 그들을 야만적인 유목민으로 묘사했다. 그들은 문화적인 것, 문자, 정착촌을 파괴하는 야만인으로 인식되었다. 그들에 대해 알고 있었던 헤로도토스조차 그들은 마을을 가지고 있지 않다고 말했다.

하지만 적어도 이곳 알타이에서 파지릭 사람들은 간헐적으로 유목생활을 했을 뿐이다. 가끔 그들은 그들보다 후대에 나타난 훈족이 그랬던 것처럼 흙으로 쌓은 성채 뒤에 나무로 집을 짓고 농작물을 심었다. 그들은 한때 원시적인 농부였던 듯하다. 그들의 반(半) 유목생활은 특별한 상황에서의 선택이었을 것이다. 그들의 문화는 다른 민족의 것, 이미 세련된 청동과 금 야금기술을 가지고 있던 다른 민족의 것을 받아들인 것이었던 듯하다.

어느 날, 어떤 사람이—아마도 이곳 알타이에서— 말을 더 이상 몰지 않고 그 등에 올라타면 어떨까 하는 생각을 했다. 이렇게 스키타이인들은 안전하고 우아한 이동방법을 갖게 되었다. 그들은 땅딸막한 거세한 말을 타고 전투를 했으며, 말을 타고 전속력으로 달리면서 양손을 써서 1분당 20발의 독화살을 날릴 수 있었다. 그들은 소가 끄는 마차로 이주했으며—때로는 그 마차 안에서 살기도 했다—그들의 천막집을 그대로 운반할 수도 있었다. 그들이 한 곳에 오래 머무는 경우는 죽어서 묻히는 경우뿐이었다. 돌무더기를 쌓아올린 그들의 무덤을 쿠르간(kurgan)이라고 부른다. 그런데 파지릭에서는 물이 지하의 현실(玄室)로 스며듦으로써 그들의 시신이 시간 속에 얼어붙게 된 것이다.

새벽에 계곡으로 올라가면서 보니 그들의 짧게 깎은 초원이 깨끗하게 펼쳐져 있었다. 주위에 보이는 것이라곤 언덕을 넘어가는 우스트-울라간의 크고 작은 가축 떼뿐이었다. 말을 탄 목동들이 가축 떼의 뒤를 따르고 있었다. 그 뒤에는 선명해진 아침 햇살을 받은 마을이 더 애련하고 낯설게 펼쳐져 있었다. 마을 주변에는 동물 우리의 담장들이 찢어진 거미줄처럼 이리저리 얽혀 있었다. 9월인데도 이미 겨울 준비가 시작되어 마당에는 건초와 장작이 쌓여 있었다. 절망적으로 외지고, 변화하거나 반항하기에는 너무 힘이 없는 이 마을은 그저 생존에 만족하고 있는 것 같았다.

한 시간 후 나는 농기구의 무덤에 도착했다. 들판—지금은 사라지고 없는—에서 쓰이던 트랙터와 불도저들이 해체된 채 늘어서 있었다. 써레를 고치고 있는 한 남자가 있었다. "러시아 것들이에요." 그가 중얼거렸다.

한동안 그가 나와 동행했다. 이제 그의 마을에서는 외지에서 온 사람들의 간섭이 그리 많지 않다고 그가 말했다. 마을 사람들은 자기 가축을 기르면서 그럭저럭 살아간다고 했다. 노란 호박색 피부의 젊은이인 그의 얼굴은 순수한 몽골인의 얼굴이었다. 빳빳한 턱수염과 콧수염이 그를 더 사나워 보이게 했다. 우리는 천 조각이 걸린 나무 밑에 있는 샘 옆을 지나갔다.

"난 여기 있는 귀신의 이름을 몰라요." 그가 말했다. "하지만 우리 집을 지을 때 난 다른 곳에 가서 나무를 베었지요. 그런 다음 그곳에 부적을 남겨놓았어요. 그곳의 귀신이 나에게 화내지 않게 하기 위해서였지요."

그의 어조는 아주 실용적이었다. 그는 자연에 사과하고 자연과 타협했던 것이다. 반면에 러시아의 방식은 자연을 지배하고 변형하거나 또는 아예 없애버리는 것이었다. 하지만 그들의 기계가 지금 우리 뒤에 버려진 채로 있었다.

"그런데 파지릭의 고분은 어디쯤 있죠?" 내가 물었다.

"두 시간쯤 가면 나올 겁니다." 그는 나와 헤어졌다. "난 그들의 이름을 모릅니다. 거기 묻힌 사람들 말입니다. 우리는 그들을 그냥 '시프리'라고 불러요. 우리의 조상들이죠."

정오쯤에 나는 계곡의 가장자리에 도착했다. 계곡은 밤색 말들이 풀을 뜯고 있는 넓은 통로와 이어졌고, 이어 협곡을 가로지르니 넓은 공지가 나타났다. 마치 자연적으로 만들어진 극장 같았다. 공터 너머에 나무가 우거진 언덕이 있었고, 그 언덕 너머에는 멀리 눈을 이고 있는 반원형의 산이 솟아 있었다. 그 눈 쌓인 산봉우리들이 계곡을 신비스러운 냉기로 목욕시키고 있는 것 같았다. 그 공터의 가장자리에서 나는 나도 모르게 걸음을 멈추었다. 그것이 보이지 않는 경계선이라도 되는 것처럼. 사자(死者)들이 그곳에 묻혀 있는 게 틀림없었다. 아무 소리도 들리지 않았다. 색칠을 한 듯한 커다란 구름장이 하늘을 덮고 있었다. 나는 알타이의 핵에서 남쪽을 바라보았다. 산맥은 거기서 다시 몽골까지 640킬로미터를 달리고 있었다.

하지만 내 아래 쪽 계곡 바닥에는 불규칙한 간격으로 5개의 거대한 '쿠르간'이 솟아 있었다. 이 무덤들은 기원전 6세기에서 4세기 사이에 축성된 것으로, 지하의 현실(玄室)은 통나무로 구축되었고 그 현실 위에 흙과 돌을 덮은 것이었다. 지금은 제자리를 벗어난 돌들이 발굴된 현실 주위를 둥그렇게 둘러싸고 있어 마치 분화구 같은 형상이 되었다. 이 무덤들 주위 풀밭에는 더 작은 무덤들의 흔적이 남아 있었다.

2천 5백 년 전, 헤로도토스는 스키타이 왕실의 매장법을 아주 자세하게 기술했다. 장례 행렬이 40일 동안 죽은 왕의 영토를 돌고, 마약 증기가 피어오르는 천막에서 조문자들은 기쁨의 환성을 지른다. 왕은 마치 영구불멸의 존재처럼 무덤에 안치된다. 위장을 발라내고 대신 향내 나는 식물들로 채우고 힘줄은 제거하며 피부에는 왁스칠을 한다. 그의 옆에는 목이 졸려 죽은 그의 가족들, 죽은 첩과 여러 마리의 말들이 함께 묻힌다. 그의 쿠르간 주위에는 50기가 넘는 괴기스런 기병대가 달리고 있는데, 그 말들과 기수들은 말뚝이나 바퀴에 묶은 채 살해되어 내장을 끄집어내서 그들의 발과 발굽이 다시는 땅을 밟을 수 없게 한 것이다.

알타이의 거의 모든 무덤들은 도굴되었는데, 그렇게 된 데는 스키타이인들이 금을 무척 좋아했다는 소문이 큰 몫을 했다. 4백 년 전에 이미 고분 도굴꾼들 사이에 금박으로 싸인 시신이 발견되었다는 소문이 쫙 퍼졌고, 뒤에 고고학자들은 4천 장의 금판으로 몸을 감싼 왕의 시신을 발견했다. 그의 머리에는 전설 속의 짐승들과 경치가 조각된 금관이 씌워져 있었다.

그러나 이 모든 무덤들에서 남아 있는 것은 광물과 뼈뿐이었다. 친숙하고 덧없는 것들—귀중한 일상용품—은 모두 사라져버리고 없었다. 오직 이 파지릭 계곡, 그 남쪽의 얼음공주의 무덤에만 일상생활의 흔적이 그대로 보존되었다. 빗물이 지하 밀실까지 스며들거나 혹은 그 시대의 도굴꾼들(그들은 금만 가져갔다)이 남겨놓은 통로를 따라 흘러들어 밀실에서 꽁꽁 얼어붙어서 유물들을 얼음의 렌즈 아래 봉인해버렸던 것이다. 옷감, 목재, 가죽, 털가죽, 자작나무 껍질, 치즈, 고기, 말들, 그리고 인간들이 보존되었고, 심지어 그들의 색채까지도 그대로 남았다. 전문가들은 말의 내장에 든 내용물, 말의 덮개나 발굽의 상태, 또는 기둥 사이에 끼워넣은 얼어붙은 이끼를 보고 매장이 이루어진 계절을 알아낼 수 있었다. 그들은 또 묻힌 인간들의 골다공증과 치통을 진단할 수 있었고, 전쟁터에서 입은 상처의 수도 헤아릴 수 있었다. 장례 때 바쳐진 음식도 나왔다. 스며든 빗물 위에 뜬 테이블 위에서 그대로 얼어붙은 작은 접시에는 말고기와 칼이 꽂혀 있는 염소고기 조각이 담겨 있었던 것이다.

나는 계곡을 내려와서 가장 낮은 곳에 있는 쿠르간에 이르렀다. 그 무덤은 풀이 별로 없는 풀밭 위에 있었다. 풀이 그렇게 엷어진 것은 오랫동안 이어진 방목 탓인 듯했다. 내 발밑에서 마른 샐비어와 백리향이 부서졌다. 핏빛 돌들이 현실(玄室) 안으로 폭포처럼 쏟아져내렸다. 그러나 중앙에는 아직도 두 개의 기둥이 서 있었고, 그 기둥에는 대들보를 끼울 눈금이 그어져 있었다. 대들보들은 50년 전에 버려진 곳에서 색이 바래가고 있었다. 발밑에서 돌들이 덜그럭거리는 소리를 냈다. 지금은 저 세상 사람들이 된 고고학자들이 1940년대에 이곳을 발굴했다. 그들은 스탈린 정권으로부터 박해를 받았다, 그들의 주장은 아직도 정설로 인정을 받지 못하고 있다. 세상의 새벽이 묻혀 있는 이곳에서조차 그들은 매우 조심해야 했다. 유목민의 무덤에서 세련된 유물이 나오는 건 마르크스-레닌주의자들의 귀에 달갑게 들릴 리가 만무했기 때문이다. 유목민은 어디까지나 뒤떨어진 종족이라는 인식이 강했고, 소련인들의 유전자에는 오래 전부터 전해오는 그들에 대한 두려움이 서려 있었던 것이다.

이 쿠르간에서 세계 최고(最古)의 양탄자가 발견되었다. 현재 상트페테르부르크의 에르미타주 박물관에 걸려 있는 그 벨벳 양탄자는 선명한 적색과 녹색, 암자색, 그리고 바랜 청록색을 뽐내고 있다. 안쪽에는 수사슴이 풀을 뜯는 그림이 있고, 바깥쪽에는 사람들과 말들이 행진을 하는 그림이 있다. 한가운데는 연꽃 모양의 기하학적 문양이 거의 뚜렷하게 남아 있다. 다른 유사한 유물보다 천 년이나 더 오래된 이 유물의 유래에 대해서는 그저 짐작만 할 수 있을 뿐이다.

다른 유물들은 알타이를 페르시아, 인도, 중국과 연결해주었다. 죽은 추장 주위에 6미터 높이의 펠트 천이 매달려 있었다. 말을 탄 사람이 미지의 여신을 향해 다가가는 그림이 들어 있는 이 펠트 역시 현재 에르미타주 박물관에 보존돼 있다. 그 기수는 여신을 찬양하기 위해 또는 여신에게 무언가를 간구하기 위해 달려가는 듯하다. 아마 그 여신은 흑해에서 왔을 것이다. 근처에는 말꼬리로 장식된, 천으로 된 안장이 있었는데 그 중앙에 직사각형의 중국 비단이 빛나고 있다. 비단에는 크림색과 황금색으로 그려진 나무에서 신비로운 불사조들이 노래하는 그림이 그려져 있다.

원래 이 무덤에는 미라가 된 네 마리 말 옆에, 높고 약한 바퀴를 단 나무로 만든 수레가 있었다. 지금 에르미타주에 있는 그 마차는 만지기만 해도 부서질 것처럼 보였다. 그것은 혼령이 타고 갈 마차였다. 검은 펠트 천으로 지붕을 덮은 이 마차는 아마 마지막 40일간의 의식을 하는 동안 추장의 미라를 실었을 것이다. 그 기간 동안 그의 신하들은 떠도는 그의 혼령에게 음식을 바쳤을 것이다.

추장의 미라 역시 5미터나 되는 그의 관과 함께 에르미타주에 보관돼 있다. 그 관은 단 한 개의 나무둥치를 파서 만든 것이다. 그의 첩의 시신은 박물관 지하에 보관돼 있다. 그녀는 머리가 부드러운 밤색이며, 코카서스 인종인 듯 보인다. 바싹 마른 추장은 뼈가 가는 몽골인이다. 그의 머리는 무슨 고뇌 때문인지 한쪽으로 비틀려 있고, 검은 머리털도 한 줌 보인다.

순장된 말들의 마구가 그 옆에 매달려 있다. 말들의 꼬리는 장식술을 달거나 금을 입혀 빳빳한 줄 모양으로 만들어놓았다. 말들의 목에는 진홍색의 가짜 갈기가 입혀져 있다. 매장될 때 말에게 씌웠던 가면은 환상적인 사슴뿔이나 보통의 뿔을 달고 있다. 사람들이 말들을 혼령으로 변화시키려고 노력한 것 같다. 하지만 미라가 된 짐승들은 보잘것없이 몸을 웅크린 채 누워 있고, 머리는 어깨를 향해 젖혀져 있으며, 두개골에는 곡괭이로 맞은 흔적이 완연하다.

마지막 쿠르간을 향해 계곡을 올라가면서 나는 상상의 수레가 무덤을 향해 돌이 많은 언덕을 일직선으로 올라가며(그 수레는 모퉁이를 돌 수 없었다) 흔들리는 모습을 머릿속에 그렸다. 내 발밑의 초원에는 작은 식물들이 깔려 있었다. 향내가 나는 별 모양의 풀, 자줏빛의 뾰족한 풀, 다북쑥, 미나리아재비 등이 눈에 띄었다. 고고학자들이 2호분이라고 이름 지은 우묵한 구덩이에 누군가가 소들을 풀어놓았다. 돌에는 밝은 오렌지색의 이끼가 번지고 있었다. 이 무덤에서도 얼음이 일상용품들을 보존해주었다. 목침과 4현짜리 하프도 나왔다. 그리고 어디서나 흔히 출토되는 스키타이의 동물들—옛 씨족의 토템—이 목재나 금과 뒤엉켜 장신구나 마구를 형성하고 있었다. 여기서도 역시 기둥을 여섯 개 세운 텐트 모양의 구조물이 나왔다. 그 안에는 청동 가마솥이 있었으며 솥 안에는 불에 탄 돌들과 대마 씨앗이 들어 있었다. 조문객들은 아직도 마취성 향에 휩싸여 있던 추장의 시신에서 멀찍이 물러서 있었던 것 같다.

* * *

큐레이터가 어둠침침한 에르미타주의 복도로 나를 인도했다. 우리는 마침내 2호분 진열대에 이르렀다. 추장의 머리는 그의 몸에서 잘리어 있었다. 도굴꾼들이 그렇게 했다는 것이었다. 그 머리는 퉁명스러웠고 표정이 없었다. 다음에 도굴꾼들은 그의 첩의 시신을 갈기갈기 찢었다. 장신구를 떼어내기 위해서였다.

추장의 시신은 전쟁터에서 수습된 것처럼 보인다. 그의 두개골 정수리에 도끼에 찍힌 상처가 세 개나 있다. 문신을 한 그의 피부를 미라가 된 그의 살로부터 벗겨냈다. 마치 변색된 스카프를 벗겨내듯이. 그 벗겨낸 피부가 우리 앞에 부드럽게 걸려 있다. 매우 특이한 광경이다. 그의 어깨 위에는 괴상한 괴물들이 득시글거린다. 그 괴물들은 팔을 비틀어 발톱 모양을 만들거나 부리, 날개, 또는 무딘 톱날 모양의 턱을 만들고 있다. 그런 형상들이 어깨를 덮고 가슴까지 늘어져 있다. 커다란 메기 한 마리가 오른쪽 다리를 기어오르고 있다. 이런 모양들은 숯으로 그려졌다. 매장하기 전에 근육을 제거하려고 길게 절개한 자국이 선명하게 보인다. 뇌를 제거하기 위해 두개골에 뚫은 구멍도 보인다.

마음이 따뜻한 여자 큐레이터가 걸린 천에 그려진 짐승들을 가리키며 다소 슬픈 표정을 지었다. 그 짐승들은 그를 보호하기 위해 거기 있는 거라고 그녀가 말했다. 그 짐승들은 또 그의 조상이 누구인지 말해주고 있다고 했다. 그 짐승들이 마술적 에너지를 전달해준다고도 덧붙였다.

그 시대의 문화에서는 내적인 것보다 외적인 것이 중요시되었던 듯하다. 사람이 죽으면 머리와 몸뚱이는 껍데기가 되었다. 그 안에다 향내 나는 풀을 채웠다. 그런 상태로 그는 영원의 세계로 가게 되는 것이었다. 왁스를 칠한 피부와 방부 처리된 얼굴, 이것들이 중요했다. 헤로도토스는 죽은 적의 말린 피부가 트로피로 과시되거나 손수건 또는 전통(箭筒)으로 사용되었고 그들의 두개골은 술잔으로 쓰였다고 썼다. 아마 이것이 그들의 영혼을 처리하는 방식이었을 것이다.

2호분에서 나온 머리를 다시 바라보았다. 순종 몽골인처럼 보였지만, 얼굴에 듬성듬성 난 털이 조상 가운데 다른 혈통이 섞였음을 암시하고 있었다. 방부 처리한 얼굴들에서 아시아와 유럽 사이의 인류학적 전쟁이 다시 진행되는 것 같다. 기원전 5세기쯤에 파지릭에서는 침략해온 몽골계 인종이 인도-유럽계 인종들을 포섭하고 있었다. 그들의 쿠르간에서 나온 귀족, 심지어 얼음공주까지도 몽골계 인종인 것으로 판명됐다. 더 작은 무덤들의 주인, 특히 여자들은 코카서스 인종이다. 이 사실은 러시아인들에게는 달가운 것이 못 된다.

"난 그가 어떤 인종인지 모릅니다." 에르미타주의 큐레이터가 말했다. 추장의 시선은 뒤를 향하고 있었고, 그의 윗입술은 의미 없는 미소를 짓고 있었다. "그는 어떤 인종일 수도 있을 거예요." 그녀는 그 추장의 나머지 부분을 그의 첩의 절단된 부위들과 함께 예비 수장고에 보관하고 있다. "하지만 그녀는 아름다웠어요!" 그녀가 큰소리로 말했다. "그녀는 보티첼리의 그림에 나오는 미녀들처럼 팔과 다리가 길었어요!" 큐레이터 자신은 르누아르의 그림에 나오는 여인처럼 통통한 미인이었다. "정말 보티첼리의 그림과 똑같아요!"

우리는 다른 진열대로 옮아갔다. 거기에 다른 미라는 없었다. 우리는 말들과 전통, 채찍 손잡이를 보았다. 모두 속도나 질주와 관련된 물품들이었다. 우리는 두 사람 다 막연하게 불행한 느낌을 가졌던 것 같다. 이 이동성이 탁월했던, 그래서 좀처럼 붙잡기 어려웠던 사람들이 얼음과 시간이라는 슬픈 기적에 붙잡혀 우리 눈앞에 나타나 있는 것이다. 도시를 싫어했던 그들이 도시에 갇혀 있는 것이다.

* * *

똑같은 일이 반복된다. 석양 무렵에 조그만 마을에 도착한다. 나는 그 마을에 아는 사람이 아무도 없고, 그 마을에 대해 아무것도 모른다. 중심가는 텅 비어 있고, 상점들은 닫혀 있다. 몇몇 사무실은 인적이 없는 것 같다. 하지만 나는 스스로에게 이렇게 중얼거린다. 한 시간 안에 너는 쉴 곳을 찾게 될 것이다. 시청 건물 같은 데로 걸어간다. 거기서 어리둥절한 표정의 직원이, 거리를 따라 내려가면 쉴 곳이 있다고 말해준다. 그런데 그런 집이 없다. 열려 있는 가게에 가서 물어본다. 가게 주인은 내가 온 길로 돌아가라고 손가락으로 가리킨다. 술주정뱅이가 웃으며 나를 따라온다. 그 시간에 열려 있는 유일한 건물인 전신 취급소에서는 시큰둥한 표정의 기관원이 어깨를 으쓱해 보인다. 산에서 서늘한 바람이 불어온다. 잠시 후 열린 문 앞을 지나가다가 나를 유심히 보는 남자와 얘기를 나누게 된다. 그가 자기가 알고 있는 노동자 숙소나 친구의 방, 또는 지금은 사용되지 않는 집단농장 건물에 자리가 있다고 알려준다. 그런 곳을 찾아가면 사람들이 야전침대와 때 묻은 이불을 할당해주고, 그러면 나는 거기서 작은 평화를 발견하게 된다.

이렇게 나는 닷새 동안 1,600킬로미터를 여행했다. 알타이를 벗어나 북동쪽으로 이동해 사얀 산맥으로 접어들었다. 그곳은 예니세이 강의 상류가 북쪽 극지방으로 방향을 잡기 전에 잠시 숨을 돌리는 곳이다. 처음에 나는 지나가는 차를 잡아탔고(그래도 운전수에게 약간의 사례를 했다) 다음에는 버스를 찾아냈다. 그리고 마침내 바르나울에서 철도역을 찾아내고 나는 안도감을 느꼈다.

철도역은 부랑자들이 득시글대는 곳이다. 자질구레한 범죄자들, 술주정뱅이, 난민, 거지—미친 사람도 있고 산업재해로 절뚝거리는 사람도 있다—가 대합실과 앞마당을 가득 채우고 있다. 매표소에서 당신은 가련한 탄원자가 된다. 권력자들이 그들의 기계—

컴퓨터, 프린터, 주판— 뒤에서 소리치고 으르렁댄다. 줄은 좀처럼 줄어들지 않는다. 모든 기차표는 한장 한장 프린트되어야 하고 그때마다 신원을 일일이 확인한다. 프린터에 종이가 걸려 고장이 나는가 하면, 컴퓨터가 먹통이 되기도 하고, 아예 매표원이 자리를 비우기도 한다. 기차표 한 장 끊는 데 두 시간이 걸리는 때도 있다.

하지만 일단 기차에 올라타면 일종의 승리감이 샘솟는다. 창밖에서는 변함없이 경치가 뒤로 밀려간다. 그러나 몇 시간, 아니 하루쯤 지나면 새로운 어딘가가 눈앞에 형상화된다. 카자흐스탄의 장사꾼들이 그들의 사과 상자, 바나나 상자를 내 자리까지 침범해서 쌓아놓는 삼등칸에서 나는 땀 냄새와 오줌 냄새를 견뎌야 했다. 이것이 선로를 따라 펼쳐질 미래를 위해 내가 지불해야 하는 대가였다. 자린스크, 아바칸, 미누신스크…… 기차가 1,100킬로미터를 가는 데 서른여섯 시간이 걸렸다. 그동안 두 차례 고장이 났다.

도시들은 곧 사라져버려서 이방인으로서는 기억하기가 힘들다. 나는 안하무인격인 종업원들이 있는 텅 빈 카페가 나타나자 무척이나 반가웠다. 그나마 거기 있다는 게 반가웠던 것이다. 당근 수프, 양배추 수프, 소시지 등 그들이 주는 음식은 미각을 즐겁게 하기 위한 게 아니라 살아남기 위해 먹어야 하는 것들이다.

고문 같은 동쪽으로의 기차여행이 계속되는 동안, 나는 크라스노야르스크 출신의 여교사와 스물일곱 살 된 그녀의 아들과 한 칸을 쓰게 되었다. 밤이 되고 기차 안의 불빛이 희미해지자 우리는 침상에 누웠다. 그러나 잠을 이룰 수 없었다. 두 모자는 내가 지금 가고 있는 투바의 산에서 고기도 잡고 트레킹도 하려고 가는 길이었다. 그들은 외로운 사냥꾼들의 모닥불을 가리키며 그 사냥꾼들을 부러워했다. 스베틀라나의 가족은 외딴 마을에서 자랐고 모두 황야를 사랑했다. 그들은 그들의 별장을 황야에 지었고, 오래된 시베리아인들이 대개 그렇듯이 신참자들을 업신여겼다.

"하지만 지금은 대부분의 가정이 신참자들이에요." 그녀가 말했다. "그들은 이곳에서 한두 세대를 보낸 사람들이죠. 급료가 높은 직장 때문에 오는 사람들도 있고요. 그런 사람들은 얼마 있다가 다시 서쪽으로 돌아가죠." 진짜 시베리아 사람들은 그 본성이 개척자들이라고 그녀는 덧붙였다. 하지만 그런 사람들은 얼마 안 된다고 했다. "그리고 땅도 오염됐어요. 크라스노야르스크에서는 그곳에 세워진 댐 때문에 사람들의 흉부가 모두 감염되었고, 예니세이강은 너무나 오염이 심해서 이제 겨울에도 얼지 않아요. 북극해까지도 노릴스크의 공장들에서 나오는 니켈이 수백 킬로미터나 퍼져 있지요. 내가 어렸을 적에 밤이면 순록이 마을로 내려오는 바람에 온 동네 개들이 짖어대던 생각이 나요. 순록들은 북극해 해변을 따라 이동하며 풀을 뜯곤 했지요. 하지만 지금 순록들은 사라지고 없어요."

이 지역의 오염이 심해지자 시베리아가 독립해야 한다는 꿈을 꾸는 사람들이 나타났었다고 그녀가 말했다. 하지만 그런 움직임은 무질서했고 단합이 되지 않았다. 19세기에 시베리아합중국을 구상한 몽상가들이 있었다. 그들은 미합중국과의 연합까지도 생각했었다고 한다. 혁명이 진행되는 동안에도 시베리아를 분리 독립하려는 움직임이 있었다(그들은 숲을 상징하는 녹색과 눈을 상징하는 흰색으로 된 국기도 만들었다). 그러나 레닌이 그런 움직임을 진압해버렸다. 그 후 유럽 쪽 러시아와 인적 교류가 활발해졌고, 그렇게 됨으로써 시베리아와 러시아가 더욱 가까워졌다. 이제 둘은 떨어질 수 없는 사이가 되었다. 새로 일어나는 중국과 국경을 접하고 있기 때문에, 애국심이 뿌리가 깊은 시베리아인들까지도 그들이 경멸하는 모스크바와 맺어주고 있다. 시베리아가 독립한다면 그것은 한 지역을 떼어내는 정치적 독립이라기보다 경제적인 독립이 되어야 할 것이다. 그런데 그런 일에 관심을 갖는 사람은 별로 없다.

"전에는 그런 얘기를 들어보았을 거예요." 스베틀라나가 말했다. "하지만 이제는 그런 얘기를 들을 수 없어요. 우랄 지방이 어떤 면에서 독립을 원했지요. 하지만 열성이 부족했어요." 그녀가 몸을 뒤척였다. "내 생각에는 아무도 이제 그런 해결책을 믿지 않는 것 같아요. 아무것도 믿지 않는지도 모르죠."

"당신은 어떤 편인가요?" 어두워서 묻기가 더 쉬웠다.

"아, 한때 믿은 적이 있었어요!" 기억을 더듬는 듯한 목소리였다. "그래요. 난 공산주의를 건설하고 싶었어요!"

그러자 위층 침상에서 그녀의 아들이 말했다. "난 공산주의를 믿지 않았어요. 한순간도 믿지 않았어요." 그의 목소리는 모깃소리처럼 애처롭게 들렸다.

그의 어머니가 말을 이었다. "난 그저 시골 소녀였어요. 아무것도 몰랐죠. 그런데 아버지가 전쟁에 나가셨다가 한쪽 팔과 한쪽 다리를 잃고 돌아오셨어요. 2년 후 아버지는 당원증을 찢어서 던져버리셨죠. 처절한 심정이셨어요. 아버지에 대한 아무 배려도 없었어요. 그들은 아버지가 그냥 썩어버리도록 내버려둔 겁니다. 그리고 아버지는 사람들이 자기 주위에서 사라지기 시작하는 걸 보셨죠. 강제수용소로 끌려간 거예요. 그러다 아버지는 돌아가셨어요.

어머니는 아버지가 당에 대해 느끼셨던 환멸감에 대해 내게는 한 마디도 하지 않으셨어요. 어머니는 아무 말도 하지 않으셨고, 그래서 그동안 나는 당을 이상화하며 자랐죠."

그녀가 말을 그쳤다. 그녀는 화가 났다기보다는 놀란 것처럼 보였다. 그녀의 세대가 그렇게 믿었던 마지막 세대였다.

"그 후 나는 조금씩 환멸을 느끼게 되었어요. 우리 지방 당에 대해 알게 되었죠. 그들이 얼마나 썩었는지……." 사람들은 대개 그런 일 때문에 공산주의에 대한 믿음을 잃게 되었다고 그녀가 말했다. 공산주의는 이념적 회의나 스탈린에 대한 공포 때문이 아니라 그냥 밑바닥부터 붕괴되었다는 것이었다. 즉 지방의 하급당원이 공금을 횡령하여 흑해에서 호화롭게 휴일을 즐기는 걸 보고 사람들은 공산주의를 믿지 않게 되었다는 거였다. "이제 나는 내 학생들에게 가르칠 절대적인 게 아무것도 없어요. 그들 대다수는 아무것도 믿지 않아요. 소수의 학생들은 이상을 가지고 있긴 하지만……."

그의 아들이 위에서 다시 애처로운 소리를 냈다. "그런 애들은 머리가 둔한 애들이에요." 그는 자기 세대의 불신을 자랑스럽게 생각하고 있는 것 같았다. 그는 그것을 그들이 성취한 업적으로 생각하고 있었다.

"공산주의에 대한 이상을 가지고 있다는 뜻이 아니에요." 그녀가 말했다. "그런 건 그들에게 아무런 의미도 없어요."

"무엇에 관해서든 이상을 가진 사람이 없어요. 제 세대에는 그런 사람이 한 사람도 없어요. 없고말고요. 그들은 다만 일자리를 원할 뿐이에요." 아들이 말했다.

나는 그를 볼 수 없었다. 그러나 낮에 본, 머리가 검고 콧수염이 거뭇해지기 시작한 응석받이처럼 보이는 젊은이가 생각났다. 그의 얼굴에는 벌써 살이 찌고 있었다.

스베틀라나는 잠시 조용했다. 그러다가 다시 말했다. "몇백 년 전의 일처럼 느껴져요. 가끔 나는 내가 몇백 년을 산 게 아닐까 하는 생각이 들어요."

차창 밖으로 마을의 불빛이 지나갔다. 나는 그녀가 이미 얼굴을 벽 쪽으로 돌렸다는 것을 알았다. 그녀의 아들은 팔꿈치로 머리를 받치고 견과류를 이로 깨고 있었다. 내가 느끼는 우울한 기분이 그들의 것이 아니라 나의 것임을 알았다. 나는 그들이 믿음을 갖기를 바랐다. 믿음이 미래를 밝게 색칠해줄 테니까. 하지만 나는 아쉬움 같은 걸 느꼈다. 어리석다는 생각이 들었다. 정의된 그 무엇도 믿는 것이 없이, 그들은 현대로 접어든 게 아닐까.

어둠 속에서 위쪽 침상이 가냘픈 소리를 냈다. "이제 예전 당 간부들은 마피아가 됐어요. 그들이 모든 걸 움켜쥐고 있지요. 그들은 크라스노야르스크의 오염되지 않은 구역에다 집을 지었어요. 그런 단지를 많이 볼 수 있을 거예요. 그들은 모두 사업을 하고 있어요."

"무슨 사업?"

두 침상이 합창을 했다. "모든 사업!"

모자는 적어도 마피아에 관해서는 의견이 일치했다. 마피아는 뚜렷이 파악할 수는 없지만, 어디에나 편재해 있는 악의 새로운 원천이었다. "그들은 큰 회사의 주식도 가지고 있어요. 어떻게 그렇게 많은 돈을 버는지 모르겠어요." 아래쪽 침상이 말했다.

"그들은 아마 각각 1,000주씩은 가지고 있을 거예요. 난 몇 주를 가지고 있는지 아세요? 단 한 주예요!" 위쪽 침상이 우는 소리를 내며 말했다.

"그들은 하나같이 벤츠를 몰고 다니죠."

"그런데 당신네 나라에서 벤츠는 값이 얼마나 되나요?" 아들의 이 사이에서 견과 깨지는 소리가 들렸다. "여기서는 값이 정말 엄청나죠."

다시 침묵—기차의 묵직한 리드미컬한 흔들림—이 흘렀고, 나는 모자의 서로 다른 과거를 머릿속에 그렸다. 어머니는 아직도 희망을 아주 잃지는 않았다. 그러나 아들은 환멸을 먹고 자란 아이였다.

"하지만 사정은 더 좋아질 겁니다! 난 확신해요!" 소망을 담은 그녀의 말이 어딘지 코미디처럼 울렸다. "사람들이 우리 때보다 더 좋은 교육을 받고 있어요. 내가 가르치는 학생들…… 난 그들에게 문학만을 가르치지만, 그것이 그들의 삶을 더 윤택하게 해주지요. 결국에는 모두 더 좋아질 거예요."

"오, 교육!" 위쪽 침상에서 냉소적인 목소리가 울렸다. "오, 문학!"

1897년과 1900년 사이에 젊은 레닌은 정치적 소요를 일으켰다는 죄목으로 슈셴스코예 마을로 유배됐다. 그때로부터 70년 후, 그의 탄생 100주년을 맞아 그 마을의 중심부가 철거되고 옛 모습으로 복원됐다. 레닌은 그 마을이 똥무더기라고 썼지만, 이제 그 마을은 야외 박물관이 되어 높은 담장 뒤에 질서정연한 거리와 깨끗한 오두막들이 들어서 있다. 가게와 술집도 복원됐고, 대장간과 감옥도 다시 만들어졌다.

입구에서 내게 안내인이 배정됐다. 수줍음을 타는 나이 든 여자였다. 그녀는 설명하는 투로 이야기를 했다. 경배하는 마음이나 탓하는 마음이 담기지 않은, 그러니까 겉으로 전혀 감정을 드러내지 않는 말투였다. 우리는 풀이 깔린 거리를 걸어내려갔다. 모든 지붕이 흠 하나 없었고, 모든 발코니와 담장도 아주 깨끗했다. 사람이라고는 우리 둘뿐이었다. 가난하거나 부유한 농부의 집들에 그 경제상태에 맞게 그 시대의 가구와 집기들이 마련되어 있었다. 꼼꼼한 연구조사를 통해 마련된 것 같았다. 뜰에는 겨울 썰매와 여름에 쓰는 수레, 그리고 수확할 때 쓰는 목제 농기구들이 있었다.

무뚝뚝한 관리자들이 힘들게 몸을 일으켜 레닌이 묵었던 두 채의 집 문을 열어주었다. 방들은 깨끗이 청소되고 빈틈없이 정리되어 있었다. 다리가 긴 책상과 세숫대야도 보였다. 레닌과 나데즈다 크루프스카야가 잠을 잤던 두 개의 철제 침대도 보았다. 크루프스카야는 레닌이 유배생활을 하면서 결혼한 여자다. 관리인들의 시선 아래서 그 물건들은 어떤 신비스러운 힘을 갖는 것 같았다. 이것이 그가 쓰던 찻주전자, 스푼이었을까? 그가 사용하던 스케이트(독일제였다)가 못에 댕그랑 걸려 있었다. 레닌은 발이 작았던 것 같다. 레닌은 여름에 그 집 뜰에 있는 나무 아래 앉아서 훗날 경전이 될 만한 논문들을 썼다. 바닥의 판자가 오랜 세월이 흐르면서 비틀어져서 삐걱거리는 소리를 냈다. 나는 그가 쓰던 깨진 거울을 힐끔 들여다보았다.

뒤에는 엄격해졌지만, 차르 시대의 유배는 구속력이 좀 느슨했던 모양이다. 레닌은 쉴새없이 활동하면서 유배 기간을 보냈다. 급진적인 마르크스주의 당을 만들 구상을 했고, 당 기관지의 얼개를 짜기도 했다. 다른 혁명가들과 편지를 주고받았고, 직접 만나서 회의를 하기도 했으며, 논문을 몰래 내보내 해외에서 발표하게 하기도 했다. 너무 활동을 많이 해서 여윌 정도였다고 크루프스카야는 썼다. 크루프스카야는 레닌 옆에 앉아서 그의 비밀편지를 받아쓰곤 했다. 그들은 젊었고 서로 사랑했다.

하지만 우리가 그 거리를 걸을 때, 그곳은 첫 번째 입주자를 기다리는, 팔려고 내놓은 마을처럼 보였다. 왜 여기에는 사람이 아무도 없는지 내가 물었다.

"이곳은 겨울에는 한산해요."

"하지만 지금은 겨울이 아니잖아요?" 어리둥절한 내가 말했다.

그녀는 내가 마치 무례한 짓이라도 한 것처럼 나를 가엾다는 듯이 바라보았다. "오늘은 사람들이 그리 많지 않지만, 곧 학교 아이들이 올 거예요."

"학교 아이들이 여기서 레닌에 관해 뭘 배우죠?"

그녀가 거리 한가운데서 걸음을 멈추었다. 아무도 우리 얘기를 엿들을 수 없는 곳이었다. 이런 행동은 두려움이 넘치던 과거에나 있었던 불필요한 행동이었다. 그녀는 과거를 떠받드는 사람인 것 같았다. "그건 민감한 질문이에요. 사실 난 그들이 뭐라도 배우는 게 있는지는 잘 모르겠어요. 레닌은 천재가 아니었다, 아니 재능이 많은 사람도 아니었다고 생각하는 사람들이 있어요. 얼마 전 옐친 대통령은 이 박물관을 폐쇄하라고 요구했어요."

"그래서 어떻게 되었나요?"

그녀가 창백한 미소를 지었다. "우리는 옐친 대통령에게, 그리고 우리가 떠올릴 수 있는 모든 다른 사람들에게, 항의의 편지를 보냈어요. 우리는 이 마을이 19세기 말의 농촌 생활을 보여주는 전시물과 다름없다고 말했어요. 그랬더니 그들이 그냥 이 마을을 열어두게 했지요."

하지만 레닌의 정치적 활동에 관련된 전시물("레닌의 이념은 살아서 승리를 거두고 있다!")이 있는 오두막 박물관은 폐쇄된 상태였다. 여름에 그곳에서 전통 복장을 하고 민요를 부르는 공연이 있었다고 한다. 그러니까 레닌이 개혁하려고 싸웠던 세상을 미화하는 공연이 그를 기리는 박물관에서 열린 셈이다. 방문객들이 그 마을 전체를 돌아봐도 레닌이 한때 이곳에서 살았다는 것을 모를 수도 있을 거라는 생각이 들었다.

"보세요! 방문객들이에요!" 나를 안내하던 여자의 표정이 밝아졌다. 그녀가 거리 아래쪽에 나타난 어린 학생들 무리를 힐끗 훔쳐보았다. 그러나 그 아이들이 킬킬거리면서 우리 가까이 다가오자 그녀의 기쁨은 희미해졌다. 아이들의 선생들이 그들에게 차르 밑에서 즐거웠던 생활에 대해 이야기하고 있었기 때문이다.

"이것이 우리로서는 견디기 어려운 일이에요." 그 여자 안내원이 말했다. 그녀의 목소리를 무언가 뜨거운 것이 밀어올리는 것 같았다. "안내원들은 이곳에서 오랫동안 일해왔어요. 이곳은 우리의 일터죠. 그런데 갑자기 우리보고 ……뭐랄까 나로서는……." 그녀는 아이들이 우리에게 도달하기 전에 그들에게 등을 돌렸다. 그녀에게서 목쉰 속삭임 같은 것이 터져나왔다. "물론 그분은 위대한 사람이었어요!"

위대했을까? 어리둥절한 가운데 나는 그녀의 말에 동의했다. 하지만 내가 동의한 건 그가 세상을 변화시켰다는 사실이었다. 그로 인해 세상이 전과 다르게 변한 것이다.

아이들이 천진난만하게 재잘거리며 우리 옆을 지나갔다. 그들은 가짜 아디다스 운동복을 입고 '스포츠' 또는 '캘리포니아'라는 라벨이 찍힌 야구모자를 쓰고 있었다.

"저 아이들이 무슨 생각을 하고 있는지 궁금하군요." 내가 말했다.

그녀가 힘없는 목소리로 대답했다. "그들이 무슨 생각을 하는지 나도 모릅니다." 우리는 손상된 테마 공원에서 나와 세상으로 들어가고 있었다.

슈센스코예의 버스 정류장 천장에서 슬레이트가 떨어지려고 했다. 순례자들을 위해 정류장을 만들었는데, 이제 순례자들은 오지 않는다. 바닥에는 빗물이 흥건히 고여 있었다. 빗물은 제국의 독수리를 쓰러뜨린 볼셰비키의 영웅들을 조각한 판자를 타고 흘러내려와 돋을새김으로 된 레닌의 뺨을 더럽혔다. 빗물은 남동쪽으로 달리는 내가 탄 버스의 창틀 사이로도 떨어져, 백 미터 앞 도로가 보이지 않을 정도였다. 버스는 가끔 기생충 같은 이끼를 인 소나무 숲이 있는 거무스레한 언덕을 돌아가기도 했고, 고사리와 이끼가 푹 젖은 늪지 속을 표류하듯 달리기도 했다. 마치 물속에 있는 것 같은 느낌이었다.

우리는 사얀 산맥의 서쪽을 넘어 격리된 낯선 공화국 안으로 들어가고 있었다. 예니세이 강을 탄생시킨 산맥이 이 공화국을 둘러싸고 있었다. 백 년 전, 청나라의 통제력이 약해지면서 이곳 투바 지역은 중국의 세력권에서 벗어나 러시아의 세력권으로 편입됐다.

러시아는 1944년에 세계의 관심이 다른 곳에 가 있는 동안 이 지역을 병합했다. 하지만 투르크어를 쓰는 이 지역의 사람들—한때는 여러 종족의 혼합체였다—은 항상 몽골 쪽을 바라보았다. 몽골이 그들의 옛 샤머니즘에 불교의 색채를 가미해주었고 그들에게 어렴풋하나마 역사를 주었다. 워낙 외진 곳인데다가 뒤늦게 소련에 편입되었기 때문에 그들은 그들의 고향땅에서 다수를 유지했다. 그들은 씨족사회를 이루고 반(半)유목생활을 했으며, 가난했다.

버스가 경계를 이루고 있는 고개를 넘어갈 때, 비가 진눈깨비로 바뀌었다. 곧 겨울이 갑자기 닥친 것처럼, 8월 초순인데도 하늘이 짙은 눈발로 어두워졌다. 눈송이가 만나(manna)처럼 어지럽게 떨어졌다. 눈은 반열대성의 덤불과 고사리, 두꺼운 잎사귀를 가진 덩굴에 얹혔고, 도로를 가로질러 제법 사납게 휘몰아쳤다. 버스의 한쪽은 절벽이 얼어붙은 폭포를 이루고 있었고, 다른 쪽은 허공이었다. 얼마 후 우리는 고개를 넘었고, 산기슭을 향해 내려가기 시작했다. 더욱 깊은 황야 속으로 들어가는 느낌이었다. 청동색과 호박색 덤불 위의 소나무 숲이 죽어가고 있었다. 나무를 죽이는 이끼에 덮인 채 가로누워 있는 나무들도 있었다. 나무뿌리들이 오래된 톱니바퀴처럼 드러나 있었다. 이런 죽은 나무들 때문에 산허리 전체가 회색으로 변해 있었다.

그러나 저 너머에서 새로운 산맥이 시작되고 있었다. 우리는 투바로 들어갔다. 통제 초소가 우리를 맞았다. 경찰이 도로에 철조망을 설치해놓고 버스에 올라와 한가롭게 우리의 짐까지 열어보았다. 나는 졸린 척하면서 그들이 지나가기를 기다렸다. "이게 뭐요?" 경찰관이 방망이로 내 배낭을 찌르며 말했다. "배낭입니다." 내가 배낭을 열어 보이자 그는 다른 곳으로 갔다.

마침내 나무가 없는 고원이 나타났다. 그 가장자리에 구름이 걸려 있었다. 우리는 여기저기 쿠르간(고분)이 있는 초원을 가로질렀다. 공기는 차가웠다. 도로에 여기저기 구덩이가 파여 있는 곳에 트레일러를 단 트럭 한 대가 V자형으로 구부러진 채 뒤집혀 있었다. 그 옆에 경찰차 한 대가 서 있고, 사람들이 모여 있었다. 죽은 트럭 운전수가 아스팔트 위에 큰댓자로 누워 있었다. 우리 버스에 탄 승객들이 일제히 한숨을 내쉬었다. 잠시 후 우리 운전수는 무전기를 켰고, 버스는 다시 굴러가기 시작했다.

한 시간 후, 투바의 작은 수도—1914년에 세워진 러시아의 교두보 키질—가 평원에 콘크리트의 오점을 만들고 있는 것이 보였다. 그러나 우리가 일단 도시 안으로 들어가자, 그 도시가 더럽힌 땅이 모든 거리의 끝에서 유혹적으로 빛났다. 나는 불안하게 거리를 걸었다. 투바인들은 요즘 상승세를 타고 있다. 그들의 나라가 비록 경제적으로는 모스크바에 예속되어 있을지 모르지만, 1991년 명목상의 주권을 되찾은 이후로 그들은 점점 힘을 얻고 있는 것이다. 그들은 번쩍이는 튀어나온 뺨을 가진 강인한 민족이다. 여자들은 깔끔했고, 남자들은 머리를 짧게 깎고 있다. 7년 전에 일어났던 인종 분규로 수천 명의 러시아 노동자들이 고향으로 쫓겨갔다. 아직도 억제된 폭력의 분위기가 느껴진다. 경찰관들이 3인 1조로 순찰을 했다. 남자들이 수색을 당하고 체포되는 것을 나는 두 차례나 목격했다. 꽃밭에서 씨앗이 맺히고 있는 황량한 중앙 광장에는 레닌이 지방의회 건물을 향해 한 팔을 뻗고 있는 동상이 서 있다. 그러나 그 옆의 분수는 투바의 각종 동물들—낙타, 순록, 야크 등—로 장식되어 있고, 흰색 극장 옆에 솟아 있는 탑에는 몽골풍의 조각이 새겨져 있다.

여기서 버스를 타고 길게 뻗은 도로를 300킬로미터 남짓 달려내려가면, 장을 보고 돌아오는 남자들로 가득 차 있는 도로를 보게 된다. 그들은 펠트 천으로 만든 두툼한 장화를 신고, 머리칼은 헝클어져 있으며, 술에 취해 있고, 더러는 넘어져서 찰과상을 입은 사람들도 있었다. 부모가 사는 마을을 찾아가는 여인들은 러시아식 화장으로 눈이 커져 있고, 머릿단은 진주모로 장식된 죔쇠를 써서 뒤로 젖혀져 있다. 마을과 마을 사이에 있는 초원 군데군데에 둥근 언덕이 있고, 그 언덕에 있는 돌무더기에는 헝겊이 매달린 장대들(옛 경배의 대상)이 서 있다. 그리고 풀밭에서는 검은색 또는 밤색의 말들이 한가로이 풀을 뜯고 있다. 쌍봉낙타들이 도로를 가로지르고, 잘 보이지 않는 동쪽의 산맥 어딘가에는 순록을 모는 목동들이 있을 것이다. 마지막 남은 자기의 사과를 승객들에게 먹이고 있는 농부 아낙에게 짓눌린 채, 나는 흥미와 외경심이 뒤섞인 심정으로 펼쳐지는 대지를 바라보았다.

한참 후에야 지평선이 오그라들면서 숲이 우거진 언덕에서 미끄러져 내려오는 개울이 나타났다. 여기저기 천막의 둥근 지붕 위로 피어오르는 연기가 보였다. 남쪽에는 눈 덮인 타누올라 산맥이 햇빛을 받아 반짝이고 있었다.

아무런 기대도 하지 않으면서 나는 투바 사람들이 사랑하는 키질의 기념비가 있는 곳을 향해 풀이 난 거리를 걸어내려갔다. 기념비는 구형체에 세워진 화강암 오벨리스크로, 이곳이 아시아의 중심임을 표시한 것이었다. 여기서 마을이 끝나고 나무들이 나타난다. 테라스 모양의 단으로 올라가는 계단이 있다. 동쪽에 대(大)예니세이 강과 소(小)예니세이 강이 합쳐져 지구에서 가장 큰 강 가운데 하나를 만드는 합수점이 보였다. 서쪽에는 강둑에 이어져 있는 부잔교(浮棧橋)가 있었다. 내 발밑에서 흐르고 있는 강물은 유속이 빠르고 세찼다. 강 너머에는 초지가 벌거벗은 언덕까지 펼쳐져 있었고, 그 언덕들 위로 움직이지 않는 것 같은 구름이 걸린 사얀 산맥이 빛나고 있었다.

공(空)에서 흘러나오는 강물의 흐름이라고 할까, 평화로우면서 동시에 좀 끔찍한, 형체를 갖춘 무엇인가가 나의 가슴을 죄어왔다. 어쩌면 이것이 인격화된 아시아일지도 모른다는 생각이 들었다. 심장, 자궁, 기억을 가진 아시아(어느 아랍인이 언젠가 내게 이런 말을 했다. 영국인들은 심장이 없기 때문에 늘 다른 곳에서 그걸 찾고 있다고). 나는 밝은 햇빛 속에서, 정적 속에서, 놀라움을 느끼며 서 있었다. 땅이 뼈처럼 신축성이 없어 보였다. 나는 오랫동안 그곳을 떠나지 못하고 혼란된 마음으로 경치를 응시했다. 아시아, 그곳은 성인이 된 후의 내 일생을 소진시킨 땅이었다.

원주민 여인 한 명이 투르크 세계 어디서나 흔히 들을 수 있는 애조 띤 노래를 읊조리며 지나갔다. 곡조가 없는 반추(反芻) 같은 노래였다. 그 노래와 흐르는 강, 그리고 광대한 하늘 밑에 펼쳐진 담자색 언덕들이 나에게 가벼운 현기증을 일으켰다. 나는 문득 그것들이 물려받은 기억처럼 전부터 내 머릿속에 있었던 게 아닐까 하고 생각했다. 마치 내 앞의 저 강이 아직 창조되지 않은 바다로 흐르는, 이 세상의 첫 번째 강이라도 되는 것처럼.

그 여인이 아무것도 없는 먼 곳을 향해 목을 길게 뽑고 있는 외국인을 바라보았다. 물론 그것은 우스꽝스러운 일이었다. 아시아의 중심이란 프록터라는 괴짜 영국인이 점찍은 지리적 개념이다. 그는 다른 두 대륙의 심장도 찾아냈는데 그의 견해에 대한 이견도 있다. 다른 계산법은 심장을 다른 곳으로 점찍고 있다.

시베리아의 유서 깊은 토속신앙인 샤머니즘의 죽음이 수십 년 전에 선포되었다. 집단화와 전통적인 씨족집단의 붕괴가 시베리아 전역에서 샤먼(무당)의 영향력을 붕괴시킨 것이다. 그들은 처형되거나 재교육되거나 추방되거나 총살되었다. 살아남은 샤먼들은 지하로 들어갔다. 박제된 엘크(큰 사슴)와 현대의 업적을 주로 전시하는 키질의 박물관에 샤먼에 대해 언급한 한 장의 지도가 있다. 1931년에 투바에 725명의 샤먼이 있었고, 그중 314명이 여자였다고 되어 있다. 당시의 사진은 외진 곳에 사는 반(半)야만인 같은 그들의 모습을 보여주고 있다. 1930년대 내내 그들에 대해 가해진 억압과 처형을 기록한 문서도 있다.

지도 부근에는 수집된 샤먼의 의상이 걸려 있다. 깃털이나 사슴뿔로 장식한 모자, 방울 달린 북과 도리깨, 그리고 빛이 반사되지 않는 금접시 등이 보인다. 금접시는 그들의 거울이었다. 그들이 입던 긴 검은 두루마기에는 쩔그렁 소리를 내는 원판과 막대기 등이 주렁주렁 매달려 있다. 그러니까 샤먼이 움직이면 저절로 이런 것들이 소리를 냈다. 모든 의상이 술과 리본으로 장식되어 있다. 보기에 따라 샤먼은 누추하게 보였을 것이다. 그러나 그의 이런 차림은 괴기스러운 힘을 높여주었다. 성(性)의 구별이 없는 의상은 통성적(通性的) 분위기를 반영한다. 샤먼은 흔히 동성연애자였다. 하지만 샤먼이 특별히 어떤 행동을 해서는 안 된다는 금기사항은 없었다.

샤먼은 동포들의 기억을 지켜주는 사람이었다. 그는 전해오는 이야기와 전설, 그리고 그 자신의 물려받은 비밀을 후대에 전해주는 역할을 했다. 그는 죽음에 대해 알고 있었고, 조상의 영혼들과도 교통했다. 무아지경에서 영혼들을 불러내거나 쫓아버렸다. 때로는 영혼들을 진정시키기도 했다. 그러나 그는 그의 동포들과 격리되었고, 흔히 다른 사람들의 두려움의 대상이었다. 단순히 병을 고칠 때만 그를 부르는 게 아니라, 그보다 더 뿌리 깊은 병에 걸렸을 때—가령 어떤 사람이 원한을 품은 귀신에 잡아먹히고 있을 때—나, 종족의 불운을 떨쳐버리기 위해서도 그를 불렀다. '하얀 샤먼'은 좋은 귀신들을 불러냈고 '검은 샤먼'은 나쁜 귀신을 다른 곳으로 돌리거나 겁을 주어 쫓아냈다.

샤먼이 되는 길은 괴로운 과정이었고, 흔히 자기 뜻이 아닌 경우가 많았다. 젊어서 그들은 외톨이가 되거나 또는 미쳤고, 망상에 사로잡히거나 이상한 꿈을 꾸었으며, 원인을 알 수 없는 이상한 병에 걸렸다. 그러면 사람들은 조상들이 그를 선택했다는 것, 그리고 조상들이 그의 귀나 뇌에 노래를 속삭이고 있다는 것을 알았다. 흔히 그들은 샤먼을 조상으로 둔 가문 출신이었고, 그래서 나이 먹은 사람이 샤먼으로 새로 선택된 사람들을 가르쳤다. 샤먼이 되면 그들은 어떤 심령적 부담에서 벗어나는 것 같았고, 심지어 병이 치료되기까지 했다. 가끔 그들은 비밀의 언어 또는 짐승들의 말을 배웠다. 샤먼이 되면서 그들은 자신이 죽거나 신체의 일부가 절단되어 썩는 꿈을 꾸는 경우도 있었다.

샤먼을 믿지 않는 러시아인들도 병상에서 그들이 하는 굿을 보면 감명을 받았다. 불을 피운 천막 안에서 샤먼은 춤을 추면서 북을 쳤고, 그러면 그들의 의상에 달린 장신구들이 요란하게 쩔그렁거리는 가운데 샤먼은 괴기스런 무아경으로 빠져들었다. 샤먼은 자신을 도와줄 짐승의 혼령을 불러낼 때 떨리는 목소리로 노래를 부르거나 괴상한 비명을 질렀다. 그런 다음 그들은 저승으로 들어갔다. 그들은 26단계로 되어 있는 투바의 저승세계를 날아가면서 우호적인 귀신의 도움을 청하고 적대적인 귀신과 싸워 물리쳤다. 그런 다음 실패한 샤먼들의 시체가 즐비한 곳으로 내려갔다. 그곳 깊숙이 있는 어두운 동굴이 죽음의 신 얼리크가 있는 곳이었다. 그는 가끔 환자의 영혼을 두 손으로 들고 와서 그것을 환자의 입안에 넣어주기도 했다.

사진과 사망통지서 등 투바 박물관의 전시품들은 모두 오래된 것들이었다. 1980년대에도 궁벽한 곳에는 아직 샤먼이 남아 있다는 소문이 더러 떠돌았지만, 확인되지는 않았다. 그런데 박물관에 최근 열렸던 샤먼연합회의 회의 사진이 걸려 있었다. 그리고 나에게는 누군가가 투바의 샤먼에게 전해달라고 맡긴 편지가 있었다. 그를 찾아낼 수 있거든 전해달라는 부탁이었는데, 편지에는 그 샤먼에게서 산 야크 값이 동봉되어 있었다.

나는 샤먼연합회라는 단체가 도대체 무슨 단체일까 궁금했다. 샤먼은 언제나 그의 씨족을 외부로부터 보호하는 외톨이였다. 그들은 영력을 가지고 서로 싸웠고, 상대방의 영혼을 훔치거나 상대의 목숨을 노리기까지 했다. 그런데 레닌 광장에서 불과 백 미터 떨어진 곳에서 나는 샤먼의 북이 문장으로 새겨진 오두막 한 채를 발견했다. 안을 들여다보니 방들은 거의 비어 있는 것 같았다. 몸에 꼭 끼는 치마에 하이힐을 신은 세 명의 투바 여인들이 통로에 서 있었고, 겁에 질린 것 같은 표정의 러시아 젊은이 하나가 벤치에서 기다리고 있었다.

샤먼들이 갑자기 나타나는 마법사들처럼 등장했다. 누비 두루마기 차림의 젊은이 하나가 다가와 우리를 살펴보았다. 그는 머리를 더러운 천으로 동여매고 있었는데, 그 뒤에 깃털 하나가 비죽 나와 있었다. 그는 작고 표정 없는 눈을 가지고 있었다. 그 눈으로 우리를 훑어보고 나서 그는 사무실 안으로 사라졌다. 내가 여인들 가운데 한 사람에게 물었다. "이 샤먼들이 어디서 오는 겁니까?" 그녀가 신경질적으로 대답했다. "시골에서요."

나는 그들이 나와 마찬가지로 그녀에게도 낯선 사람들임을 감지했다. 그녀에게 그들은 숲, 즉 내지의 복원력을 가진 사람들이었다. 비단 스카프를 한 그녀는 동물의 언어를 말하는 능력을 상실했던 것이다. 이 사람들이 그녀의 시작이었다. 그들은 상트페테르부르크의 라스푸틴이 지녔던 거친 힘을 지니고 있었다.

문이 열리면서 여자 샤먼이 나타났다. 바지 위에 걸친 그녀의 두루마기에는 무지개 색깔의 리본이 달려 있었다. 그녀는 고무장화를 신고 있었으며, 등에서는 종들이 딸랑거렸다. 그녀는 평범해 보였다. 내가 그녀에게 내가 찾고 있는 샤먼 쿵가-부가 어디 있는지 아느냐고 물었다. 쿵가-부는 바로 야크를 판 사람이었다. 그녀는 무표정하게 나를 쏘아보더니 어느 거리의 이름을 중얼거렸다. 그리고는 벤치에 앉아 기다리던 러시아인 젊은이에게 들어오라고 손짓했다. 북이 쿵 울리는 소리가 들렸다.

나는 우울한 기분에 빠졌다. 내가 무엇을 기대하고 있었는지는 잘 모르지만, 하여간 이건 아니었다. 옛날의 주술적 의식, 그 의식에 빠져들어 환각상태에서 동조하는 청중…… 이런 것 대신 10분간의 샤먼과의 면담이 전부였다. 열린 문을 통해 나는 리놀륨이 깔린 탁자를 볼 수 있었다. 탁자 위에는 북 한 개와 장식된 말채찍 외에는 아무것도 놓여 있지 않았다. 러시아인 젊은이가 어리둥절한 표정으로 다시 나타났다. 우리는 서로 엷은 미소를 주고받았다. 나는 내가 무정한 순수주의자라고 생각했다. 하지만 이 샤먼 조합이 알아볼 수 없게 변해버렸다는 것만은 확신할 수 있었다. 과거와 연결된 끈은 끊어져버렸다. 그들을 조상들과 연결해주는 끈이 끊어져버린 것이었다. 제도화되면서 그들은 조금 더 죽었을 뿐이었다. 혼령들이 그들의 부름에 답할지 의심스러웠다.

* * *

거리는 가난한 교외였고, 그의 집은 오두막에 불과했다. 나는 묘지를 통과한 다음, 가을 습지 위에 놓인 널빤지 길을 가로질러 그 집에 도달했다. 나는 그가 늙은 샤먼으로, 함부로 이야기를 하지 않는다는 말만 들었을 뿐이다. 나는 그때 소련의 선전에 의해 나의 생각이 오염되었음을 깨달았다. 소련은 샤먼이 프롤레타리아를 무지몽매하게 이끄는 야만적인 돌팔이 의사라는 영상을 내 머릿속에 심었던 것이다. 반쯤 고립된 그의 오두막 계단에 두 여인이 앉아 있었다. 그러나 그들은 그를 몰랐다. 그의 집 철문 밖에 합성고무

슬리퍼 한 켤레가 놓여 있었다. 그 슬리퍼가 평범하다는 사실이 나를 놀라게 했다. 그의 발은 레닌의 발과 같은 크기였다.

"쿵가-부 씨 계십니까?" 내가 철문을 두드렸다. 안에서 발을 끌며 걷는 소리, 소리를 죽인 말소리가 들렸다. 나는 그가 노망이 들었거나 아니면 수수께끼 같은 말을 지껄이고 있다고 생각했다.

문이 열리고 체구가 작은 남자의 모습이 나타났다. 세파에 찌든 듯하면서도 다정한 얼굴을 가진 사람이었다. 그는 낡은 바지와 닳아서 올이 드러난 셔츠를 입고 있었다. 그의 턱은 상처로 주름이 잡혀 있었고, 그래서 그가 미소를 지으면 묘한 모습이 되었다. 그는 내가 전해준 편지와 야크 판 돈을 받았다. 그는 돈을 세어보지도 않고, 편지와 돈을 집안에 밀쳐놓았다. 그러는 동안 나는 문지방 근처에서 서성이고 있었다. 잠시 후 그가 다시 나타나 절을 하면서 두 손을 합장했다. 내가 보기에 그것은 나에게 어서 가라고 하는 제스처 같았다. 잠시 나는 그의 뒤에 있는 그 휑한 방안을 들여다보았다. 이것이 샤먼의 집이로구나, 잘 기억해둬야지 하고 나는 생각했다. 맨땅으로 된 바닥에 천이 깔려 있고, 그 위에 풀이 쌓여 있었다. 벽로(壁爐)가 하나 있었는데 낡아서 타일이 떨어져나가고 있었다. 물을 담는 데 쓰는 것으로 보이는 알루미늄 용기가 하나 있었고, 낮은 탁자에는 약초를 빻은 가루가 흩어져 있었다. 모든 게 그의 체구처럼 작아 보였다. 그러나 그의 방들은 진홍색 커튼으로 격리되어 있어 다른 방은 볼 수가 있었다.

그가 다시 절을 하면서 손가락들을 다시 접촉시켰다. 그제야 나는 그것이 인사임을 깨달았다. 그는 나를 안으로 들어오라고 맞아들이고 있었던 것이다. 우리는 낮은 의자에 몸을 웅크리고 서로 가까이 앉았다. 나는 마치 소인국에 온 것 같은 느낌이었다. 그가 파란색 무늬가 있는 사발에 담긴 차를 나에게 주었다. 내가 무척 먼 곳까지 왔다는 느낌이 들었다. 아마 그가 런던에 대해 알고 있는 것은 소련의 학교에서 배운 지식뿐일 것이다. 디킨스와 코넌 도일의 런던. "그 짙은 안개 속에서 앞이 제대로 보이긴 합니까?"

자기는 여행을 별로 하지 못했다고, 그래서 세상을 모른다고 그가 말했다. "아주 어렸을 때는 몽골 서부에서 살았습니다. 아버지는 우리 조상들이 칭기즈칸과 함께 그곳으로 왔다고 말씀하셨지요. 그 후 우리는 북쪽 투바로 이사했어요. 그 시절에 많은 사람들이 그렇게 했습니다. 그래서 이곳 마을에 정착하게 되었지요. 아버지는 여든다섯에 돌아가셨는데, 그때까지도 근력이 좋고 사냥을 잘 하셨지요."

나는 그의 나이를 가늠할 수 없었다. 그는 부드럽게 쉽게 이야기했다. 그래서 나는 그가 장인이나 선생 같다고 생각했다. 무심결에 내가 그에게 이렇게 물었다. "아버님도 샤먼이셨나요?"

"아뇨. 그분은 사냥으로 사셨어요. 아버지도 샤먼이 하는 일을 조금은 알고 계셨지요. 의술도 약간 있으셨고. 하지만 나만 샤먼입니다." 자랑스러움을 느꼈는지, 그의 어조가 높아졌다. "내가 아버지께 샤먼이 되고 싶다고 말씀드렸을 때, 아버지는 이렇게 대답하셨지요. 좋아! 그렇게 해! 세상은 샤먼을 필요로 하니까!"

그러니까 조상들이 그를 부른 건 아닌 것 같았다. 그 자신이 스스로 나선 것이었다. 그리고 한 사람의 스승이 그를 이끈 것도 아니었다. "지금은 스승이 없어요. 라마승(僧)이 있을 뿐입니다. 하지만 나는 경전을 읽으면서 불교를 혼자 독학했어요. 그래서 나는 나 자신을 흰 샤먼이나 검은 샤먼이라 부르지 않고 노란 샤먼, 즉 불교도 샤먼이라고 부르지요."

이해가 되기 시작했다. 나는 19세기에 투바를 여행한 사람이 샤머니즘과 불교가 어떻게 융합되었는지에 대해 쓴 글을 읽은 적이 있었다. 우두머리 라마승을 찾아간 한 러시아인은 그의 집에서 경전의 문구를 적은 깃발 옆에 나란히 '그의 배우자인 우두머리 무당'의 의상이 놓여 있는 걸 보기까지 했다. 라마승과 샤먼은 서로 상대방의 의식, 성구(聖具)를 채택했을 뿐만 아니라 심지어 상대방의 신들을 받아들이기까지 했다. 이렇게 신앙이 혼합되면서 생겨난 것이 부르한부, 즉 '신을 받드는 샤먼'이었다. 불경을 알고 있으면서 사자(死者)들과 소통하는 샤먼이었다. 몽골 태생인 쿵가-부는 이 불가해한 부류의 마지막 예일지도 모른다.

"매우 힘든 직업입니다. 아주 힘이 들어요. 난 37년 동안 공부했고 또 샤먼 노릇을 해왔지요. 대부분 몰래 했지만. 몰래 할 수밖에 없었지요."

"그런데 뭐랄까 그…… 그……" 나는 다른 단어가 생각나지 않았다. "혼령들 사이를 여행하는 것 말입니다. 그게 어떤 것입니까?"

"난 가끔 병자들을 고칠 수 있어요. 그 귀신들을 쫓아낼 수 있지요."

"무아지경으로 들어가서 말입니까?" 내가 듣고 싶었던 얘기였다. 나는 그가 어떻게 그렇게 쉽게 이 꿈의 여행 속으로 들어갈 수 있는지 궁금했다. 뇌 속에 있는 북의 박자가 그것을 가능하게 하는 것일까? "어떻게 무아지경으로 들어갈 수 있는 겁니까?"

하지만 그는 같은 말을 되풀이했다. "난 병을 씻어낼 수 있어요.

보시다시피 난 내가 쓰는 약을 직접 만듭니다." 그가 일어나더니 네모진 종이에 담긴 가루들이 흩어져 있는 탁자 앞에 쭈그리고 앉았다. 그가 그 알갱이들을 자기 콧구멍 근처로 가져갔다. "이건 검은메뚜기풀이고 저건 묵은벼룩풀이지요. 또 돼지나무도 있고요……." 그가 나에게 인삼 비슷한 뿌리를 내밀었다. "이건 지혈제로도 쓰이고 피부병에도 좋지요." 그는 뭔가를 조금 떼어 자기 혀에 올려놓았다. "이건 흉통(胸痛)에 좋아요……. 이건 검은사랑카인데 놀라운 풀이죠. 치질을 고쳐주거든요." 그가 자기 궁둥이를 가리켰다. "지금 나는 몽골 카슈 10일 코스를 운영하고 있습니다…… 카슈는 러시아 이름이 없어요……"

그는 넓고 거친 손을 가지고 있었다. 그러나 그의 손가락 끝은 작은 봉투 안으로 회색과 녹색이 섞인 가루들을 능숙하게 넣고 있었다. 그러면서 그는 연신 병명을 읊조렸다. 위궤양, 두통, 신장병……이런 모든 병들이 치유되거나 증세가 완화될 수 있다는 것이었다. "하지만 조금, 아주 조금만 먹어야 합니다. 너무 많이 먹으면 역효과가 나거나 목숨을 잃을 수도 있거든요."

"그런 것들은 어디서 배웠나요?"

"조상들로부터. 그분들도 이렇게 병을 고쳤어요." 그는 정신을 더욱 집중했다. 마치 조상들이 그에게 의무를 부과하기라도 한 것처럼. "내가 입수하지 못한 약재는 단 한 가지뿐입니다." 좌절감이 서린 어조로 그가 말했다. "혹시 당신이 런던에서 그걸 찾아줄 수도 있을지 모르겠군요. 그건 모르즈라는 거예요."

"그게 뭐죠?"

"모르즈! 모르즈!" 그는 희망에 넘치고 있었다. "영국은 북쪽에 있지요. 안 그래요? 그러니 거기 그게 있을 거예요. 그것들은 바다에서 헤엄을 치죠. 모르즈!" 그는 콧수염을 만지고는 집게손가락을 입 가장자리에 매다는 시늉을 했다.

"해마(海馬)!" 나 역시 흥분해서 소리쳤다.

"해-마?" 그의 손가락이 다시 두 개의 엄니를 그렸다.

"맞아요, 맞아!" 나도 내 손가락을 아랫입술 밑으로 내려뜨렸다. 우리는 바보처럼 서로 상대방을 바라보았다.

"그럼, 그 해-마라는 게 영국에 있다는 거죠?"

"아마 스코틀랜드에는 있을 겁니다."

"난 그게 한 마리 필요합니다."

내가 바보스럽게 그의 말을 되풀이했다. "한 마리."

"그래요." 그는 다시 카슈를 분류하는 일로 돌아갔다. 해마의 엄니, 해마의 정(精), 해마 기름. 그중 어느 것도 좋다고 그는 말했다.

그는 치료사에 불과한 게 아닐까 하고 나는 생각했다. 시베리아에는 옛날부터 토속적인 민간요법 전문가와 약초 전문가들이 많았다. 러시아인들이 그들로부터 치료술을 배워가기까지 했다. 하지만 샤먼은 다르다. 샤먼은 무엇보다도 북을 중요시한다. 그 북소리가 신비스러운 발굽 소리처럼 그를 미지의 세계로 실어간다고 생각했다. 우리가 앉아 있는 방에는 샤먼의 의상 같은 건 보이지 않았다. 쿵가-부는 가난하게 살고 있었다. 내가 다시 나의 궁금증을 풀려고 그에게 물었다. "무아지경에 들어가는 데 약초가 도움이 됩니까?"

비록 기대감이 점점 엷어져가고 있긴 했지만, 나는 영계를 여행한 사람의 이야기를 들을 수 있을지도 모른다는 희망을 아직 놓지

앉고 있었다. 바다와 수렁 위, 그리고 밑에 떨어져 죽은 그의 경쟁자들의 뼈 위를 미끄러지듯 날아서 마침내 음울한 얼리크의 집에 다달았다는 경험담이 듣고 싶었다.

하지만 그는 이렇게 말할 뿐이었다. "약초는 그런 데 쓰는 게 아니에요." 그가 사랑카 알갱이 몇 개를 내가 있는 쪽으로 밀어보냈다. 그것들은 쓴 맛이 났다. 그런 다음 그는 아무 말이 없었다. 그가 말하고 싶어하지 않는 일들이 있는 것 같았다. 창문으로 들어오는 빛이 약해지고 있었다. 그는 일어나서 달랑 매달린 백열전구를 켰다. 그리고는 그의 집과 내가 있는 방을 갈라놓고 있는 진홍색 커튼 뒤로 사라졌다.

나는 방안을 여기저기 살펴보았다. 뭔가 단서가 될 만한 것을 찾아보았지만 새로 눈에 띄는 건 별로 없었다. 토마토가 가득 들어 있는 플라스틱 상자, 작은 향로, 둘둘 말아놓은 비단. 나는 그가 무엇을 하고 있는지 궁금했다.

그때 쿵 하는 소리가 났다. 내 머리털이 곤두섰다. 쿵! 쿵! 황갈색 고양이가 커튼 밑에서 쏜살같이 달려나왔다. 쿵쿵쿵! 그것은 둔중하게 울리는 북소리였다.

내가 커튼을 열었다. 쿵가-부가 북을 트로피처럼 들어올려 북채로 두드리고 있었다. 그의 침대 위에 샤먼의 의상이 모두 놓여 있었다. 쿵쿵쿵! 그는 어린애처럼 환하게 웃고 있었다. 그는 나의 관심을 처음부터 알고 있었으면서도 나를 시험하고 있었던 것 같았다.

그가 말했다. "이게 내 두루마기입니다." 그가 북을 내려놓았다. "낡았지요." 그 두루마기는 길고 검었으며, 매달린 검은 술이 땅에 질질 끌렸다. 그가 리본이 달린 심벌을 쳤다. 그런 다음 그는 병자들의 몸 위로 움직였던 황금색 원판을 집어들더니, 그것이 하늘의 청진기라도 되는 것처럼 그것으로 자기 몸을 건드렸다.

"그리고 이건 나의 두건이에요." 그는 그것을 조심스럽게 들고 있었다. 그의 손에서 쩽그렁거리는 황금 접시들로 이루어진 작은 고리에 윤이 나는 검은 깃털들이 꽂혀 있었다. 그것은 야만인의 것처럼 보였다. 그가 그것을 쓰자, 거기 부착된 검은 머리털이 그의 허리까지 내려왔다. 그리고 곧추 선 전투모가 그를 수족[인디언 부족 가운데 하나]처럼 보이게 했다. 그는 기뻐하면서 그것을 쓰다듬었다. 다음에 그는 짧은 일곱 갈래의 도리깨로 자기 손바닥을 찰싹 때리고 그 손바닥으로 허공을 내저었다. "훠이! 훠이! 훠이!" 그는 웃고 있었다. "이렇게 그들을 물리치는 거요!"

"검은 귀신들 말입니까?"

하지만 그는 그때까지도 그것들의 이름을 입에 올리려 하지 않았다. 그의 얼굴이 굳어졌다. "나는 춤을 출 때 그들을 알아보지요. 그리고 내가 알아야 할 것을 알아요." 그가 다시 손으로 허공을 휙 가로질렀다. "그것들이 달아나네요!" 다음에 그는 북을 잡아채더니 미친듯이 북을 쳤다. "나는 춤을 추면서 음악에 맞춰 마닉스-후-마, 마닉스-후-마, 하고 외웁니다." 그가 천장을 가리켰다. "그러면 힘이 하늘에서 나에게 옵니다!"

다음 순간 그는 집어들 때처럼 갑작스럽게 도구들을 내려놓더니 다른 방으로 돌아갔다. 우리는 다시 작은 의자들에 자리를 잡고 앉았다. 고양이가 다시 우리들 옆을 가로질러 갔다. 내가 물었다. "당신은 어디서 의식을 할 수 있습니까?"

그는 빈손을 열어보였다. 이제 신성한 장소가 드물다고, 아주 드물다고 그가 말했다. 하지만 3년 전에 그는 황야의 비밀장소에 성소를 지었고 거기서 춤을 춘다고 했다.

레닌 가(街)에 있는 샤먼연합회는 무슨 단체인지 내가 물었다.

그는 얼굴을 찡그렸다. "그 사람들은 아주 젊은 사람들이지요. 그들은 아무것도 몰라요. 나는 그들이 진짜 샤먼인지 아닌지, 그들이 어떤 사람들인지 모릅니다. 나는 몰라요."

헤어지면서 그는 자기가 쓰던 라마교의 향로를 주었다. 그리고 자신의 컬러 사진도 한 장 주었다. 나는 그에게 런던의 미니어처 버스가 달린 열쇠고리를 주었다. 그는 신기하다는 듯 그것을 만져보았다. 그리고 나서 그는 아직 따뜻한 어둠 속을 나와 함께 1킬로미터 남짓 걸었다.

서쪽 하늘에 구름이 번지기 시작했다. 저녁 별 하나가 그쪽 하늘에서 외로이 빛나고 있었다.

그가 말했다. "진짜 샤먼, 진정한 샤먼은 이제 거의 사라졌지요. 전통이 사라져버렸으니까요. 관습도 이제 아는 사람들이 별로 없어요. 외진 곳에 늙은 샤먼이 한 사람 있지요. 여든여섯 살이나 된 노인입니다. 아마 그분이 마지막일 겁니다. 그분이 돌아가시면 끝입니다. 옛날에는 많은 샤먼이 있었지요. 사람들이 우리를 필요로 했었는데……."

우리는 묘석과 조화(造花) 사이를 걸었다. 비스듬히 서 있는 십자가와 별이 보였다. 그 길이 끝나는 곳에서 그가 걸음을 멈추었다. "내년에 다시 오십시오." 그가 머리를 숙이면서 합장했다. "내게 해마의 정(精)을 가져다주세오!"

그의 사진이 아직 나의 책상 위에 놓여 있다. 그는 엷은 미소를 짓고 있다. 하지만 나는 그곳에 다시 가지 못했다. 해마는 그와 마찬가지로 멸종위기 종(種)이라서 반출할 수 없다. 사진 속의 그는 두건을 쓰고 있다. 그런데 그 두건 모양이 좀 초라해 보인다. 갈가마귀의 깃털을 푸른 끈으로 원판에 붙들어 맨 것을 알 수 있다. 그의 모습도 달라 보인다. 좀 신비스러워 보이는 것 같다. 그런 그를 보고 있노라니, 어떻게 사자(死者)들 사이를 여행하는지 다시 묻고 싶어진다.

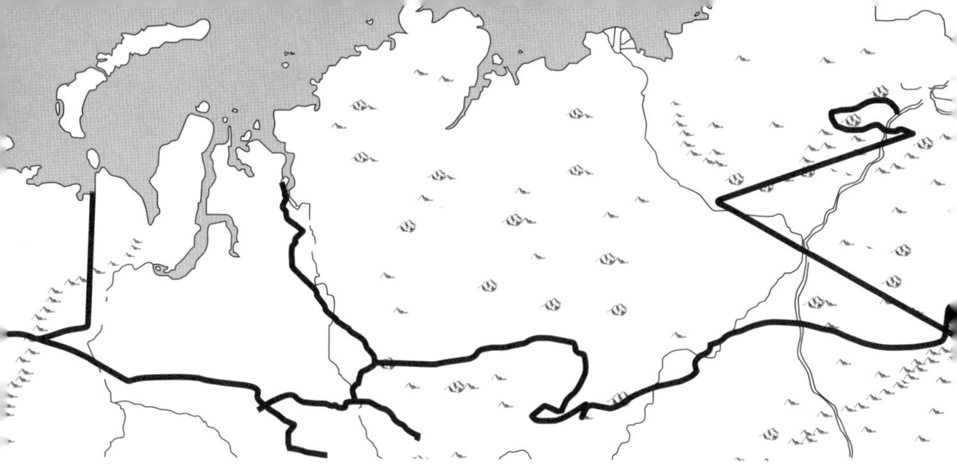

# 5
# 극지(極地)로

언덕 위에 자리잡은 성 파라스케바의 성당에서 크라스노야르스크를 내려다보면 역겨운 생각이 난다. 한편에는 빈민가가 보이고, 다른 편에는 콘크리트 건물들이 밀집해 있다. 그곳을 예니세이 강이 반짝이며 흐른다. 그리고 서쪽에는 젊은 교외가 음산한 굴뚝들이 늘어선 도시 중심부와 이어져 있다. 도시 전체가 탄소와 콜타르, 먼지의 구름 밑에서 움찔하고 있는 형국이다. 남쪽에는 강에 다리가 가로놓여 있는데, 강을 건너면 그곳에서도 솟아오른 굴뚝들이 검댕을 쏟아내거나 또는 회색빛 연기 기둥을 올려보내고 있다. 그 너머 보이지 않는 곳에 거대한 댐과 수력발전소가 있다. 1971년 완공 당시, 세계에서 가장 크고 강력한 댐이요 수력발전소로 꼽히던 곳이다. 이 댐과 발전소가 길이 400킬로미터의 저수지를 떠받치고 있다. 이 저수지로 인해 수많은 마을들이 수몰됐고, 그곳에 살던 4만 8천 명이 고향 마을을 떠나야 했었다.

체호프가 찬미하던 마을, 그 황금 상인들의 광대한 도시는 어디에 있을까? 그러나 크라스노야르스크는 2차 세계대전 중에 다시 세워진 공장들로 크게 확장되어 인구 100만의 대도시가 되었다. 1991년 이전에 이 도시는 외국인들에게 개방되지 않았다. 도시 북쪽에 있는 위성도시들—소련의 지도들에는 나타나 있지 않은—에는 지하 전자무기 공장들과 원자로들이 있다. 이 위성도시들 일부는 이제 카세트와 삼성 텔레비전 제조기지로 탈바꿈하고 있다.

그러나 일단 도시로 들어가면 추한 모습은 보이지 않는다. 강 위쪽에 평행선으로 길게 뻗은 거리에는 일본군 포로들이 만든 황금색 블록과 코린트식 기둥, 벽토와 돌로 만든 과자 모양의 조각품 등으로 장식되어 있고, 여기저기 목조 가옥 또는 19세기 풍의 빌라도 눈에 띈다. 이들 건물 밑으로 예니세이 강이 유유히 흐른다. 이런 모습을 보고 있노라면 이것이 도시의 심장이구나 하는 생각이 들면서, 이 도시의 중심부를 둘러싸고 있는, 오염되고 모두가 하나같이 똑같은 빈민 판잣집들은 까맣게 잊게 된다.

예니세이 강이 나에게 최면을 걸었다. 아시아의 중심에서 발원한, 내가 키질에서 보았던 폭이 좁은 급류는 이제 폭이 1.6킬로미터가 넘는 큰 강으로 불어나 있었다. 그런데도 이 강은 아직 시작에 불과하다. 안가라 지류를 합치면 이 강은 세계에서 여섯번 째로 긴 강이 된다. 이 강은 몽골에서 북극해까지 5,450킬로미터를 흐르면서 시베리아를 서로 크기가 다른 두 부분으로 나눈다. 나는 강둑을 따라 걸었다. 그곳에 1890년대에 프랑스의 기사가 놓은 거대한 다리가 있었다. 멋지게 보이는 증기선 마스트로프 호가 부두에 매여 있었다. 나는 그 배가 보급품을 싣는 것을 지켜보았다. 그러다가 집에서 도망쳐나온 소년 같은 기분을 느끼며 북극해로 가는 탑승권을 샀다. 그것은 내 지도와 기대의 맨 끝까지 가는 여행이었다.

하지만 배가 출항하기까지 몇 시간을 기다려야 했다. 강 하류에서 나는 추방당하는 레닌을 슈셴스코예까지 실어다준 외륜선을 보았다. 그 배는 물 밖으로 끌어올려져 있었는데, 녹슨 바퀴를 돌렸던 기계장치들에 아직도 기름을 쳐서 온전하게 보존되어 있었다. 안에 들어가보니 옛날에는 오로지 레닌의 유품만을 전시했던 박물관이 이제 다양화되어 있었다. 거기서 나는 한때 니콜라이 레자노프의 것이었던 강철 서류함을 발견했다.

러시아령 알래스카의 창설자 그리고리 셸리호프를 모셨던 젊은 귀족이었던 그는 1803년 두 척의 배를 거느리고 아메리카와의 교역을 트기 위해 출항했다. 그는 사실 러시아 영토를 캘리포니아까지 넓히려는 생각을 가지고 있었다. 샌프란시스코에서 보급품을 구입하면서 그는 스페인군 지휘관의 예쁜 딸과 사랑에 빠졌다. 그러나 종교적 장애 때문에 그들의 결합은 늦춰졌고, 레자노프는 고국을 향해 출항했다. 그는 2년 내에 돌아오겠다고 약속했다.

아직도 시베리아에는 그와 그의 예비 장인이 차르의 보호를 받는 독립국 캘리포니아를 세우려 했다는 이야기가 전해지고 있다. 하지만 레자노프는 이듬해 3월 크라스노야르스크에서 폐렴으로 죽었다. 그는 내가 산책하던 부두에서 불과 몇 백 미터 떨어진 곳에 묻혔다. 그의 약혼녀는 그를 기다렸다(샌프란시스코 부근 바닷가에 있는 콘수엘라 바위는 그녀를 기념해서 붙인 이름이다). 그 후 그가 죽었다는 소식을 접한 그녀는 캘리포니아 최초의 수녀원을 창설하고 그곳의 첫 번째 수녀가 되었다.

백여 년 동안 레자노프의 기념비가 강 근처에 있는 성당 옆에 서 있었다. 그러다가 1930년대에 그 자리에 낙하훈련 학교에 세워졌고, 지나치게 뾰족한 항아리와 끝이 뾰족한 철책 난간이 있던 그의 무덤은 강물에 휩쓸려 떠내려가고 말았다.

3층 배인 마스트로프 호가 부두를 떠날 때 나의 기대감은 한껏 부풀었다. 하지만 그것은 콘래드 소설의 영향을 받은 철없는 기대감이었다. 여하튼 엔진에 시동이 걸리면서 선체가 떨리고, 세상과 우리를 맺어주었던 닻이 올려졌다. 방파제에서 손을 흔들고 있는 몇 안 되는 사람들이 점점 멀어졌다. 50미터의 거리를 두고 몇몇 사람들이 농담을 주고받았다. 마치 전쟁터에 나가기라도 하는 것처럼 배의 스피커에서는 군대 행진곡이 흘러나왔다. 부모와 함께 물가에 서서 할머니를 배웅하던 한 어린 소녀가 할머니가 물 위로 멀어져가자 울음을 터뜨렸다. 잠시 후 배가 강 한복판으로 나와 속도를 내기 시작하자 배웅객들은 흩어졌고 곧 시야에서 사라졌다.

도시가 우리 옆으로 흘러갔다. 은행, 콘서트홀, 강가의 역 등 주요건물들이 지나갔다. 다리 밑을 지날 때 배가 경적을 울렸다. 배는 두 개의 늪지로 된 섬 사이를 지나갔다. 검은 방수복을 입은 어부들은 올려다보지도 않았다. 오리 떼가 서쪽으로 날고 있었다. 배의 엔진은 거의 꺼진 듯 조용했다. 부두에 정박한 바지선들이 우리 배가 만든 물결 때문에 가볍게 흔들렸다. 배가 교외의 끝을 지날 때도 북쪽의 보이지 않는 공장 굴뚝에서 내뿜는 연기는 여전히 보였다.

그러다가 그것마저 사라지고 강 양안(兩岸)에는 나무가 듬성듬성한 언덕만이 이어졌다. 호박색으로 변해가는 자작나무, 검은 층을 이룬 삼나무, 진홍색 마가목이 중간에 상처를 낸 소나무 숲이 보였다. 가끔 강폭이 좁아지면 양안에 깎아지른 듯한 절벽이 나타났다. 그러다가 다시 강폭이 넓어지면서 흐름이 느려지고 중간에 섬이 보이기도 했다. 그럴 때면 잔잔한 호수 위를 지나는 느낌이었다.

나는 몇 시간 동안 갑판에 서 있었다. 비닐 모자를 쓴 건장한 장사꾼들인 동료 선객들이 아래쪽 갑판에 후추와 토마토가 든 상자를 현창(舷窓) 높이까지 쌓아놓았기 때문에 그쪽으로는 통행이 불가능할 정도였다. 가끔 그들도 나처럼 어깨를 움츠리고 서서 강 쪽을 바라보았다. 복도에서 카드 놀이를 하는 사람들도 있었다. 하지만 여럿이 어울리는 경우는 거의 없었다. 배는 반쯤 비어 있는 것 같았다. 휴가를 보내고 돌아오는 가족들은 그들의 선실에서 잠을 자거나 간식을 먹었다. 뷔페 식당은 폐쇄되어 있었고, 술을 파는 코너 역시 닫혀 있었으며, 독서실도 닫혀 있었다. 배가 마술의 힘으로 움직이는 것 같았다. 라운지는 벽에 왁스를 칠한 소나무 판자를 대었지만, 놋쇠 장식들은 어그러져 있었다. 음악실(역시 닫혀 있었다) 안을 힐끗 들여다보니 흰 페인트 칠을 한 피아노가 한 대 있었고, 벽은 창틀로 장식되어 있었으며, 수금(竪琴)도 걸려 있었다. 식당은 뱃머리 쪽에 있어서 벽이 곡선으로 되어 있었고, 비단 커튼과 멋진 기둥으로 장식되어 있었다. 식당에서는 훈제 생선과 기름진 햄, 검은 빵이 나왔다. 식사를 마친 뒤 달콤한 커피를 마셔도 값이 아주 쌌다.

몇 시간마다 마을의 방파제가 나타나서 강이 세상과 연결되어 있음을 보여주었다. 물가에 밝은 페인트칠이 된 노 젓는 배들이 보였고, 강둑에 있는 오두막으로 올라가는 목제 계단도 볼 수 있었다. 가끔 파괴된 종탑이나 십자가가 없어진 둥근 지붕의 교회가 모습을 드러내기도 했다. 그러다가 이윽고 배가 계류장(繫留場)으로 들어갔다. 그곳에서는 시골 아낙네들이 채소나 그밖의 물품들을 벌여놓고 손님을 기다리고 있었다. 배와 선창을 이어주는 널판이 내려지고 선객들이 물건을 사러 내려가면, 야채 자루를 어깨에 멘 하역 인부들이 다른 쪽에서 달려나와 갑판에 짐상자들을 더욱 높이 쌓아올렸다.

20분도 지나지 않아 열띤 상거래가 마무리되고, 배는 다시 출발했다. 북풍이 물의 표면을 뒤로 밀어냈다. 한편 배의 아래에서는 북쪽으로 가는 물의 흐름이 일어났다. 이 둘이 부딪치면서 배가 약하게 흔들렸다. 나는 정신을 빼앗긴 채 그 복잡한 물의 요동을 지켜보았다.

윗갑판에서 나는 끝없이 펼쳐진 서시베리아 평원을 바라보았다. 다른 쪽에는 더욱 광대한 동시베리아의 언덕이 굽이치고 있었다. 타이가가 이 둘을 통합시키고 있는 것처럼 보였다. 하지만 그 둘은 실상 다른 나라들이었고, 예니세이 강이 칼로 베듯이 둘 사이를 갈라놓고 있었다. 서부의 진흙 평원은 아직 대서양이 그나마 조금이라도 덥혀주고 있다. 그 숲에는 호수와 습지가 있고, 그곳의 원주민들은 핀란드어나 헝가리어와 유사한 말을 사용하기도 한다. 그러나 동부는 무시무시한 추위가 기승을 부리고 툰드라가 중국 국경까지 뻗어 있다. 침엽수림은 산맥에서 더욱 빽빽해지고, 서부에 많던 가문비나무와 소나무는 태평양 연안까지 분포하고 있는 강인한 낙엽송과 뒤섞인다. 이곳의 원주민들은 아득한 옛날부터 이곳에서 살아온 몽골계 혈통의 종족들이다.

서서히 수백 킬로미터에 걸쳐 좌현과 우현 쪽에 서로 다른 풍경이 펼쳐진다. 서쪽 강둑은 물과 거의 수평을 이루고 있지만, 동쪽 강안에는 15미터 높이의 흙벽이 솟아 있고 그 위에서 나무가 자라고 있다. 배가 지나온 자국이 양쪽을 갈라놓는 경계선처럼 보였다. 1913년 이 강을 따라 항해한 노르웨이의 탐험가 난센은 이 차이가, 북극이 가까워지면서 지구 자전의 힘이 더욱 강하게 작용하게 되기 때문에 생기는 현상이라고 생각했다. 이 현상을 일단 인식하면 그 속에 빨려들어가기 시작한다. 서쪽에는 어린 자작나무들이 반짝이며 서 있고, 말들이 평화로이 풀을 뜯고 있다. 반면에 동쪽 강안은 폐쇄된 성채 같은 모습이다.

뱃머리가 북극을 향하면 배에 탄 사람들은 어린애 같은 기대감에 들뜨게 된다. 지구의 모든 경도 선들이 내 앞에서 한 점에 모일 때, 지구의 구형 단면은 더 가팔라질 거라고 상상한다. 그 곡선이 하늘을 가로지르는 것을 볼 수 있을 거라는 생각을 하기도 한다. 배에 탄 채로 지구의 꼭대기를 넘어 남쪽으로 미끄러져 내려가게 될 거라고 생각하기도 한다.

그런 기대와는 달리, 저녁이 되면서 바람이 잦아들고 우리는 황금색 진공 속으로 들어갔다. 이것이 원초적인 시베리아, 손에 잡히지 않는, 그리고 끝이 없는 시베리아가 아닐까 하고 나는 생각했다. 초기 여행자들의 망막에 지리적 무의식처럼 남은 그 원초적 시베리아가 바로 이것일 거라는 생각이 들었다. 그 빈 공간이 무엇이

든 써넣을 수 있는 깨끗한 석판처럼 보였다. 수백 년 동안 이것이 소문과 전설을 낳았고, 이상(理想)을 빚어내게 했고, 두려움을 불러 일으켰을 것이다. '아름다운', '순수한'이라는 뜻의 몽골어 시베르(siber)와 '잠자는 땅'이라는 뜻의 타타르어 시비르(sibir)가 신비스럽게 합성된 시베리아라는 이름까지도 인간의 발길이 닿지 않은, 기다리는 어떤 곳을 암시하고 있다. 헤겔은 시베리아를 역사의 경계 밖에 놓았다. 너무 춥고 적대적이어서 의미 있는 삶을 영위할 수 없기 때문이라고 말이다.

시베리아는 우리 주위에 허공의 환상을 펼쳐 보인다. 그러나 헤로도토스 시대에 이미 이곳에 사람들이 산다는 이야기가 전해졌다. 헤로도토스는 머리가 벗겨지고 코가 납작한 사람들, 그리고 일 년의 반을 잠으로 보낸다는 종족의 이야기를 전했는데, 몽골인과 극지 종족들에 대한 소문을 그가 전한 것으로 보인다. 우랄 산맥을 탐험한 러시아인들은 그 너머에 악마들이 산다고 상상했다. 하느님이 그 원주민들을 이 황야에 살도록 주거를 제한한 것은 그들이 죽은 동포의 고기를 먹기 때문이라는 것이었다. 매년 겨울 코에서 흘러내린 물이 얼어 그들을 땅에 붙여놓기 때문에 죽는 사람들의 이야기도 전해졌다. 또 피부가 갈라지지 않게 하기 위해 여름 바다에 몸을 담그는 사람들의 이야기도 전해졌다. 그들의 눈은 가슴에 붙어 있고, 입술은 어깨 사이에 자리잡고 있다고도 했다. 또 입이 두개골에 위로 열려 있다고도 했다.

그러나 뒤에 이교도적 아름다움이 끼어들었다. 종교적 속박에서 제외된 시베리아는 마법의 도시들을 품고 있었다. 시끄러운 소음으로 둘러싸인 그런 도시는 지하통로를 통해서만 갈 수 있었다. 그러나 일단 그 성 안으로 들어가면 이 세상의 것이 아닌 듯한 고요함이 깃들어 있었다. 순백의 눈에 덮인 머나먼 시베리아는 상상의 순진무구함을 수용하는 장소가 되었다.

그러나 19세기쯤에는 상반되는 이미지가 자리를 잡아갔다. 관리들에 의해 수탈되고 코사크들에 의해 약탈되는 창고라는 이미지였다. 무엇보다도 수용소 군도가 생겨나기 오래 전에 이미 시베리아는 제국의 모든 쓰레기들—범죄자, 거지, 반체제 인사 등—을 받아들이는 거대한 교도소가 되었다. 시베리아가 있음으로써 러시아는 자신을 '정화'할 수 있었다. 그 광대함이 악을 격리할 수 있었던 것이다.

몇 년 전에 다시 시계추가 다른 쪽으로 움직였다. 모스크바가 서구의 품으로 더 깊숙이 빠져드는 듯 보이자, 시베리아는 슬라브인의 상상 속에 잃어버린 러시아로 자리잡았다. 순결하고 자족적인 시베리아의 신비가 다시 살아났다. 시베리아가 러시아보다 더 러시아적이라고 사람들은 말한다. 마치 시베리아가 러시아의 정수(精粹), 아니 러시아가 되고 싶어 하는 상상의 나라라도 되는 것처럼.

침상이 네 개인 선실을 나 혼자 독차지했다. 희미한 전구들이 그곳이 마치 어둠침침한 새집인 듯한 느낌을 주었다. 나는 위로 올라갔고, 태양이 지평선 밑으로 떨어지는 동안 고물에 앉아 밑에서 황갈색 강물이 철석거리는 소리에 귀를 기울였다. 내 옆에는 무척 뚱뚱한 사람이 반쯤 잠들어 있었다. 그때 오리 떼가 나타났다. 오리들이 지나갈 때 그의 한 팔이 자동적으로 들리면서 보이지 않는 엽

총을 쏘는 시늉을 했다. "오리 사냥이 성행하고 있어요. 강가 여기저기에 사냥꾼들의 사냥막이 보일 겁니다. 저기를 보세요…… 저쪽에도 있고……."

나는 그전에는 그것을 미처 보지 못했었다. 그것은 우묵한 나무둥치에 판자를 댄 것으로, 갈대 사이에 숨겨져 있었다. 바딤은 그 안에 들어가서 또는 습지에 웅크리고 앉아서 캐나다 기러기가 날아오기를 기다렸다고 했다. 그는 그 새들에 대해 사냥꾼이 사냥감에 대해서 가지는 애정을 가지고 이야기했다. 새들은 북극해에서 인도로 가는 길에 가을쯤 이곳에 들른다는 것이었다. 브렌트 기러기, 붉은가슴 기러기도 있고, 툰드라에서 날아오는 홍머리오리, 물닭도 있다고 했다. 그리고 다른 위엄 있는 새들—학과 백조—도 있는데, 이런 새는 아무도 쏘지 않는다고 했다.

날개 너비가 1.5미터나 되고 머리통이 사람의 머리통만 한 회색큰부엉이는 보이지 않느냐고 내가 물었다. 나는 황혼 무렵에 나타난다는 그 새를 얼핏이라도 보고 싶었다. 그 새는 만화에 나오는 늙은 군인처럼 길게 자란 하얀 눈썹과 콧수염을 가지고 있고, 둥그런 얼굴이 수프접시만 하며, 눈 밑 30센티미터 아래서 들쥐가 움직이는 소리도 들을 수 있다고 한다. 바딤은 저녁에 강둑에서 조용히 기다리면 이 새들이 서로 이야기하는 소리—그가 부엉부엉 하고 흉내를 냈다—를 들을 수 있지만, 그 새를 보기는 어렵다고 말했다.

그는 옛날에 크라스노야르스크에서 지금 배가 향하고 있는 두딘카까지 2,100킬로미터를 걸은 적이 있다고 했다. 야영과 사냥을 하면서 50일 동안 강 옆에 난 다른 사람들의 발자취를 따라갔다는 것이다. 그는 그때가 그립다는 투로 이야기했다. 그는 담비를 쏘던 이야기나 강을 걸어서 건너던 이야기를 하면서 자기도 모르게 내 어깨를 툭 치기도 했다. 크고 호감이 가는 얼굴에 자리잡은 그의 두 눈은 안정되어 있었다. 그런 그가 옛 시베리아를 대표하는 인물처럼 보였다. "그리고 곰도 보았어요! 그놈도 나를 보았고요. 하지만 곰은 우리가 괴롭히지 않으면 우리를 괴롭히지 않아요. 다만 겨울에 배가 고프면 성질이 고약해지죠. 그리고 울버린(족제빗과 동물)도 있었어요. 그 울버린, 정말 컸어요." 그는 두 팔로 커다란 덩치를 껴안는 시늉을 했다. "그놈은 사람을 따라다니는 묘한 버릇이 있어요. 그놈이 따라오는지 모르고 있을 때가 많죠. 그런데 녀석이 뒤에 어딘가에 따라오는 거예요. 텐트를 치면 그 근처를 어슬렁거리지요. 그러다가 우리가 잠시라도 텐트를 비우면 텐트 안의 물건들을 싹 가져가버려요."

바딤은 극지인 두딘카에서 살았다. 그러나 그는 숲으로 가고 싶어 안달이 났었다고 한다. 사냥을 무척 좋아했기 때문이다. 그는 야생 순록이 예니세이 강을 건너는 곳을 알고 있었고, 그래서 1년에 두세 마리를 쏘아 잡은 후 순록이 쓰러진 곳에서 그 고기를 다듬었다. 산림감독관이 그에게 외딴 곳에 있는 오두막을 빌려주었고, 그래서 그는 밤에 그곳에서 사냥을 시작할 수 있었다. 딸기류가 풍성한 숲속 빈터의 아침 안개가 걷힐 무렵, 그는 그곳에서 풀을 뜯는 엘크를 쏘았고, 그 사체를 몰래 팔곤 했다.

그리고 가끔 순록과 엘크를 덫으로 잡기도 했다고 그가 말했다. 내가 얼굴을 찌푸리면서 그 일을 캐물었다. 그에게서 한 순간이나마 후회를 이끌어내려는 생각에서였다. 하지만 그는 담담하게 덫 사냥을 설명할 뿐이었다. 철제 다리덫이었다고 했다. 그는 밀렵꾼이었던 것이다.

이것 역시 옛 시베리아의 한 단면이었다. 덫 사냥꾼들은 무자비했고, 침엽수림대의 생태계는 매우 취약했다. 17세기의 100년 동안 침엽수림대의 검은담비는 사실상 멸종됐다.

내가 이상하다는 투로 물었다. "그런데 왜 백조는 죽이지 않는 거죠?"

"백조 말입니까!" 그는 충격을 받은 듯이 가슴을 쓸어내렸다. "난 그 새들을 좋아해요. 그 새들은 멀리 캘리포니아까지 날아갔다가 다시 우리에게 돌아오죠. 그놈들은 아름다워요. 아, 난 백조를 건드릴 수 없어요!"

그러는 동안 해가 완전히 졌다. 배는 조금도 흔들리지 않고 물 위를 미끄러져 나아갔다. 잠시 후 인적이 끊긴 마을 하나를 지나갔다. 습지 위로 문과 창문이 보였다. "저것들은 흐루쇼프가 남겨놓은 폐허에요." 바딤이 말했다. "그는 강제로 사람들을 큰 집단으로 이주시켰지요. 그는 작은 마을을 싫어했어요. 그래서 사람들이 떠난 마을은 저렇게 무너져가고 있죠."

마지막 창문에서 불빛이 흔들렸다. 옛날의 즐거웠던 생활이 그리워 돌아온 사람들이 살고 있는 모양이었다. "우리 할아버지가 1921년에 이곳으로 추방되었어요. 네, 그렇게 일찍! 단지 땅을 소유했다는 이유 때문이었어요. 할아버지는 어떻게 해서든 살아가야 했기 때문에 상인이 되셨지요. 그래서 예니세이스크에 정착하셨고 그곳에서 내가 태어났어요." 바딤의 한 손이 다시 내 어깨를 툭 쳤다. "스탈린 시대에는, 아니 브레즈네프 시대에도, 당신과 나처럼 이렇게 얘기를 할 수 없었어요! 당신은 내가 처음 만난 영국인입니다!"

나는 나도 모르게 미소를 지었다. 그가 그의 이야기보따리 속에 나를 추가한 것이었다. 캐나다 기러기, 순록과 함께 나도 그의 이야깃거리가 될 거라는 생각을 하니 미소가 지어진 것이다.

"젊었을 때는 당신네들을 적으로 생각했습니다." 그의 목소리에 모호한 경이로움 같은 것이 서렸다. "하지만 어느 해 나는 공산청년동맹 대원들과 함께 독일에 갔는데요, 그때 내 머릿속은 우리 것이 무엇이나 최고로 좋다는 생각으로 꽉 차 있었거든요. 무슨 얘기인지 아시겠지요? 아버지는 전쟁 때 조종사였어요. 그분은 영국 함대를 무르만스크로 옹위(擁衛)하다가 입은 상처 때문에 돌아가셨어요. 삼촌이 세 분 계셨는데, 그분들도 모두 전쟁 때 돌아가셨어요. 나는 독일을 증오할 준비가 되어 있었죠. 그러나 함부르크! 난 그들의 부(富)에는 관심이 없었어요. 하지만 그 사람들이 날 환영하더라구요. 우리는 평범한 독일 사람들 집에 배정되었는데, 그 사람들은 선량한 사람들이었어요. 좋은 사람들이었죠. 그 후로 생각이 많이 달라졌어요."

그가 물 쪽으로 등을 돌리고 일어섰다. 그 뒤에 있는 깃대에 삼색 러시아 국기가 축 늘어져 있었다. "이제 우리는 그들과 같아져야 해요. 요즘 러시아에서는 자기 능력껏 일해야 합니다. 혼자서!" 그가 자기 가슴을 쳤다. "우리는 새시대에 살고 있어요. 나는 지금 두딘카 부두에서 크레인 운전수로 일하지만, 기계공, 부기 계원, 벌목꾼으로 일할 능력도 있어요. 내가 상사들보다도 돈을 더 많이 벌어요. 기온은 섭씨 영하45도까지 내려가기도 합니다. 하지만 나는 그런 온도에서도 크레인을 운전할 수 있어요. 그리고 나는 자유예요. 아무도 나에게 이래라 저래라 하지 않아요! 한쪽 방면의 일이 없으면 나는 다른 방면의 일로 바꾸지요." 그가 담배로 갑판 창문 높이까지 쌓여 있는 상자들을 가리켰다. "하지만 이 장사—그냥 물건을 한 장소에서 다른 장소로 옮길 뿐인 이 일은 좋지 않아요. 러시아는 물건을 만들어야 해요. 그래야 우리의 미래가 있어요."

"경공업 제품, 보통 사람들이 원하는 물건을 만들어야죠." 내가 그에게 동조했다.

"과거에는 모든 일꾼에게 상급자가 일곱 명이나 있었어요. 밭 가는 사람은 하나인데 숟가락 들고 있는 사람은 일곱이었단 말입니다. 이젠 달라질 겁니다. 우리는 힘을 낼 거예요!"

나는 이런 말을 듣고 싶었다. 그가 미래라고 믿고 싶었다. 그를 좋아하고 싶었다. 그는 갑판 위에 두 발을 단단히 버티고 서 있었다. 마치 태풍이라도 견디는 것처럼. 나는 덫 사냥에 대해서는 잊으려고 애썼다.

"내일 우리 선실로 와서 내 아내를 만나보십시오!" 그가 갑자기 자리를 뜨면서 말했다. "내가 덫으로 검은담비를 잡으면 아내가 그 털가죽으로 모자를 만들죠!"

나는 시원한 어스름을 즐기며 한동안 고물에서 서성거렸다. 몇 개의 별이 하늘에 돋아났다. 배가 고풍스런 종을 울렸다. 어두워지는 숲은 이제 텅 빈 듯 보이지 않았다. 낮에는 침엽수림대가 초록빛 밝음과 성당 같은 고요함으로 채워져 있다고 생각했다. 그러나 실제로 그곳에 없는 것은 사람들뿐이었다. 스라소니, 엘크, 여우 등 겉에 드러나지 않는 생명체들이 그 안에서 조심스럽게 움직이고 있었던 것이다. 이제 곧 갈색곰과 흑색곰들이 나무열매로 배를 채우고 반(半)동면을 할 보금자리를 찾을 것이다. 그리고 수많은 새들이 남쪽으로 또 동쪽으로 날아갈 것이다. 검은담비와 사향뒤쥐, 그리고 나무에 사는 담비와 설치류들은 겨울을 대비해 저장해놓은 먹이로 살아갈 것이다. 지방을 한껏 섭취한 검은모자마멋은 환상적인 8개월의 잠에 빠져들 것이다(놈의 체온은 빙점 가까이로 떨어지고 맥박수는 3분당 1회로 느려진다. 3주일에 한 번씩 놈은 잠에서 깨어 오줌을 누고 아마 교미를 한 다음 다시 꾸벅꾸벅 졸기 시작할 것이다). 그러나 다른 동물들—심지어 야행성의 작은 날다람쥐까지도—은 결코 동면을 하지 않는다.

그러나 저 앞 어딘가, 침엽수림이 구과(毬果) 식물로 엷어지고 겨울눈이 다져져서 바람에 흩어지는 먼지가 되는 곳에는, 늑대와 순록이 우글대고 붉은여우가 푸른여우로 대체될 것이다. 극지 레밍—덩치가 크고 신경질적인 돼지쥐(기니 피그)로 털 색깔이 눈같이 희거나 구릿빛이다—들이 지금도 서식하고 있을지 모른다. 3년 혹은 4년마다 그들의 수가 폭발적으로 늘어나서 그들은 진동하는 역병처럼 툰드라 위를 누비고 다닌다. 사람들은 그놈들이 아틀란티스(바다 밑으로 사라졌다는 전설의 대륙)를 찾으려고 바다를 헤엄친다고 상상했지만, 실상 녀석들은 황새풀을 찾는 것이다. 그놈들은 결코 돌아오지 않는다. 왜냐하면 그놈들이 지나온 곳은 이미 황폐되었기 때문이다. 그래서 녀석들은 광증으로 비극을 맞는 것처럼 보인다. 레밍의 수가 폭발적으로 늘어나는 해에는 모든 육식동물들이 모여든다. 모든 것이 레밍을 먹는 것처럼 보인다. 털이 눈처럼 흰 부엉이는 풍년이 온 것을 기념해 열 마리 이상의 새끼를 낳는다. 늑대들도 레밍을 포식해서 너무 뚱뚱해지기 때문에 순록들은 별 걱정 없이 풀을 뜯을 수 있다(순록조차도 늙은 레밍을 먹는다). 레밍의 뼈 위에서만 자라는 밝은 녹색의 이끼도 있다. 레밍은 강을 건널 때도 안전하지 않다. 창꼬치와 연어의 위장에서도 레밍이 발견된다. 나는 놈들이 예니세이 강을 건너지 않을까 해서 주의 깊게 살폈지만—레밍은 몇 킬로미터를 헤엄칠 수 있다—강은 별로 가득 차 있을 뿐이었다.

그날밤 우리는 안가라 강과 만났다. 바이칼 호 너머의 수원(水源)에서 이미 수천 킬로미터를 흘러온 안가라 강은 예니세이 강과 합류하면서 예니세이 강을 지구상에서 가장 강력한 강 가운데 하나로 만든다. 새벽이 되면서 우리들 앞에 낮은 산봉우리들이 하늘에서 모습을 드러냈다. 우리는 동쪽으로 파도처럼 펼쳐진 언덕을 어렴풋이 볼 수 있었다. 이 언덕은 태평양까지 이어진 산맥의 일부였다. 황금빛 숲에 구과 식물로 어두운 색깔의 무늬가 생겼다. 찬바람이 불었고 바다갈매기들이 배 뒤를 따라왔다. 오후가 되자 섬의 절벽들이 지나갔고, 이미 상당히 넓어진 스톤 퉁구스카 강이 동쪽에서 흘러와 예니세이 강과 합류했다.

크라스노야르스크에서 싸게 산 감자 자루들이 잔뜩 쌓인 비좁은 그의 선실에서 바딤은 나에게 차와 보드카를 권하면서, 내가 가져간 루마니아 비스킷을 퇴짜 놓고 그의 장모가 만들었다는 피로슈키 양배추 과자를 내놓았다. "집에서 만든 겁니다! 더 좋지요!" 하지만 맛은 별로였다.

이어 그는 정치 이야기를 늘어놓았다. 그의 아내 스탈리나(그녀의 아버지는 스탈린그라드에서 싸웠다고 한다)가 모직 카디건으로 몸을 감싼 채 그 옆의 그녀 침상에 등을 기대고 앉아 있었다. 뺨에 살이 쪄서 그녀의 눈과 입은 한껏 작아져 있었다. 바딤이 발트 국가들의 배은망덕에 대해 불평하거나 체첸을 뭉개버려야 한다고 열을 올리는 동안, 그녀는 가볍게 동의 또는 비판의 콧소리를 내보냈다.

"그자들이 우리에게서 모든 걸 빼앗아간다구요." 그가 말했다. "이 지역에도 케트족과 돌간족, 엔치족 등 이름도 외우기 어려운 원주민들이 있어요. 그들은 하루 한 시간도 일을 하지 않기 때문에 타락하고 있지요. 사실 두딘카에서 일을 찾으려고 하면 얼마든지 찾을 수 있어요. 그러면 잘 살 수 있다구요." 그가 스탈리나에게 동의를 구했다. "우리는 잘 살고 있지? 안 그래?"

"아무렴, 아무렴요." 그녀는 말린 해바라기 판에서 씨를 빼내서 축축하게 젖은 손가락으로 그 씨를 자기 입 속에 쟁여넣고 있었다. 나는 그 두 사람이 똑같이 싫어지기 시작했다.

"1970년대에 나는 공산청년동맹에서 8년 동안 일했어요." 바딤이 말했다. "툰드라로 나가서 그 사람들에게 그들의 오두막 또는 천막, 아니면 그냥 하늘 아래서 강의를 했어요. 그들을 교육시킨 건 우리들 러시아인들이에요. 전에는 글자도 없던 사람들이죠. 읽을 줄도 몰랐구요."

"글자도 없었지!" 스탈리나가 맞장구를 쳤다.

내가 심술궂은 질문을 던졌다. "그들에게 뭘 가르쳤죠?"

"그 시절에는 공산당사를 가르쳤죠." 그에게서 빈정댐이나 후회의 흔적은 찾아볼 수 없었다. "난 그들에게 우리 작가들, 우주인들, 우주공학자들에 대해 얘기했어요."

"그들이 귀를 기울였나요?"

그는 멍한 표정이었다. 그의 시선이 엉뚱한 무언가에 고정된 것 같았다. "나는 배터리로 작동되는 영사기를 가지고 헬리콥터나 순록 마차를 타고 이곳저곳으로 옮겨다녔어요. 우리는 그들에게 위대한 애국전쟁에 관한 영화를 보여주었죠. 가끔 우리는 그들의 자녀들을 두딘카에 있는 인테르낫 기숙학교로 데려가곤 했어요. 일곱 살 된 아이들이었죠. 그들은 9월에서 5월까지 교육을 받고 3개월 안에 툰드라로 다시 돌아갔어요."

"우리는 그들을 무료로 교육시켰어요!" 그의 아내가 담요 밑에서 몸을 뒹굴며 말했다.

바딤이 말을 이었다. "그리고 그들이 원할 경우, 그들은 상급학교로 진학할 수도 있었어요. 그래도 돈 한 푼 안 냈지요! 그들을 위해 특별히 자리를 남겨두었거든요. 사실 러시아인들이 더 자격이 있었는데도 말이죠." 짜증이 난다는 듯 그의 얼굴이 일그러졌다. 그의 아내가 해바라기 씨를 뱉어냈다.

"당신네들의 교육을 받은 그들이 툰드라에서 무슨 일을 했나요?"

"몇 사람은 수의사 훈련을 받았지만, 대다수는 어떤 일도 하고 싶어하지 않았어요. 지금도 그들은 마을에서 빈둥빈둥 어슬렁거리며 술이나 마셔대지요."

"그들은 준비가 되어 있지 않았던 겁니다." 내가 말했다. 나는 그의 말을 반쯤밖에 이해하지 못하는 사람들에게로 헬리콥터를 타고 날아가서 10월 혁명에 대해 열변을 토해내는 그의 모습을 상상했다. 그리고 두딘카에 일자리가 없어서 이제 그들이 알지 못하는 툰드라로 돌아오는 그들의 자녀들의 모습도. 이 인테르낫 학교는 그 자신의 문화에서 소외된, 그리고 다른 문화에도 적응하지 못하는 수많은 원주민들을 길러낸 게 아닐까.

내 뒤에 있는 현창을 통해 한때 케트족이 번창했던 숲을 어렴풋이 볼 수 있었다. 2백 년 전, 그들은 해마다 2백 척의 배를 타고 대시장이 열리는 곳으로 가서 제국의 대리인들에게 털가죽을 공물로 바쳤다. 그로부터 백 년도 지나기 전에 러시아 상인들이 퍼뜨린 보드카와 각종 질병이 그들의 인구를 격감시켰다.

"그 사람들에게 가까이 가면 안 돼요." 스탈리나가 경고했다. "그들이 당신에게 무슨 짓을 할지 몰라요."

나는 그 말에 즉각 반박하고 싶었다. 하지만 나는 그들의 보드카를 마시고 있었고, 그들의 피로슈키를 물어뜯고 있었다. 나는 심한 좌절감을 느꼈다. "난 그들에게 관심이 있습니다." 내가 화난 목소리로 말했다. 나는 어느 정도 그들을 추적하고 싶었다. 마을, 유목캠프, 그리고 그밖의 무엇이나 직접 찾아가보고 싶었다.

"우리 러시아인이 처음 이곳에 왔을 때 사실 우린 그들을 속였어요." 바딤이 느닷없이 말했다. "우린 몇 개의 놋쇠 냄비와 그들의 털가죽을 교환했죠."

스탈리나가 불길하게 코를 킁킁거렸다.

내가 물었다. "지금 그 툰드라에 무슨 일이 일어난 거죠?"

"거기서 무슨 일이 일어났는지 난 모릅니다." 바딤이 그의 보드카 잔을 치켜들었다. "모든 체제가 엉망이 되었다는 것 말고는. 전에는 마을 사람들이 정부로부터 돈을 받아서 썼지요. 그런데 이제 그들은 아무것도 받지 못해요. 일자리를 구할 능력도 없구요."

"생각보다는 사정이 나을지도 모르지요." 내가 내 생각을 말했다.

"그래요!" 두 사람이 합창하듯 맞장구쳤다. "그래요! 그곳 사정은 더 나을지도 몰라요!"

밤. 우리는 별이 총총한 하늘 아래 펼쳐진 잔잔한 물 위를 조용히 나아가고 있다. 아카뎀고로도크의 아카데미 회원이 하던 말이 생각났다. 그는 딕손에서 우리 북쪽으로 자력선(磁力線)이 달리고 있다고 말했다. 우리는 지금 그 자력선을 따라 물에 떠 흘러가고 있다. 하얀 흉터 같은 은하수가 하늘을 둘로 가르고, 금성은 너무 밝아서 물 위로 물길을 비쳐주는 것 같다. 나는 그 교수에게 우주적으로 감성적이 되겠다고 약속했다. 그러나 지금 나는 어떻게 해야 그렇게 되는지 모른다. 마음을 비우고 무(無)에 귀를 기울여본다. 뱃머리 너머로 강안(江岸)이 집게처럼 강의 빛을 조여오고 있다. 뒤에는 우리가 지나온 항적(航跡)의 거품이 소리없이 부서지고 있다. 정체를 알 수 없는 등불이 숲에서 한번 깜빡인다. 그러나 그외에는 하늘과 거의 구분이 되지 않는 암흑 속을 우리는 가로지르고 있다. 들리는 소리는 엔진 소리뿐이다.

* * *

우리는 이틀 낮과 이틀 밤을 더 하류로 항해했다. 우리 주위에서는 희미한 초록이 놋쇠 색깔로 변했고, 강가에 몰려 있던 자작나무가 시커먼 소나무로 대체되었으며, 불타는 듯하던 진홍색 미루나무의 단풍도 어느 사이엔가 사라졌다. 계절의 변화가 빨라지고 있었다. 나흘이 지나기 전에 우리는 가을을 건너뛰었다. 나뭇잎들이 떨어졌고, 구과 식물의 희뿌연 색깔이 번지기 시작했다.

마을은 더욱 드물어지고 더욱 가난해졌다. 그 마을들은 1930년대 중반에 스탈린이 작은 마을들을 한데 모으려는 정책에 따라 건설된 것인데, 지금은 그 마을들도 반쯤은 버려진 채였다. 주민들이 크라스노야르스크나 그보다 더 남쪽으로 이주했기 때문이다. 우리가 겨울을 향해 북쪽으로 이동함에 따라, 부두에 등장하는 농산물도 몇 자루의 감자나 당근, 또는 몇 양동이의 덩굴월귤로 줄어들었다.

"여기까지는 채소를 경작할 수 있어요." 우리 배가 보로고보의 부두에서 후진해 나올 때 바의 여종업원이 말했다. "이보다 북쪽에서는 물고기뿐이에요." 우리는 북위 65도 선상에 있었다. "그리고 이 마을 사람들은 마음대로 자기 물건을 팔 수 있어요. 사람들은 2년 전까지만 해도 휴일을 보내러 남쪽으로 내려오곤 했지요. 하지만 지금은 돈을 가진 사람이 없어요."

그녀는 뚱뚱했고 지쳐 보였다. 그녀는 배의 매점 카운터 뒤에서 소시지와 말린 닭다리를 파는 일을 하고 있었는데, 찾는 손님이 별로 없었다. 금발의 곱슬머리가 뺨과 목 주위에서 흔들리고 있었다. 그녀의 눈은 부드러운 청자색이었다. 그녀 뒤쪽의 두 칸의 선반에는 샴페인과 달콤한 와인, '스포츠 콜라'가 진열되어 있었다. 여기서 일한 지 넉 달 되었다고 그녀가 말했다. 이것이 그녀가 구할 수 있는 유일한 일자리라고 했다. "나는 튜멘과 크라스노야르스크에서 컴퓨터 기술자로 10년 동안 일했어요. 그러다가 당신도 알다시피 우리 사정이 매우 나빠졌지요. 그래서 이런 카운터에서 일하게 된 거예요. 크라스노야르스크의 컴퓨터 기사 임금은 내가 튜멘에서 벌던 임금의 3분의 1도 안 되었어요. 하지만 나에겐 딸이 하나 있고 그래서 그만둘 수도 없었죠."

그녀가 엷은 미소를 지었다. 그녀의 얼굴에는 어려운 생활이 남긴 흔적이 있었지만, 그래도 다정한 표정이 남아 있었다. 자신은 크라스노야르스크 부근의 큰 댐 밑에 있는 마을에서 태어났다고 말했다. 그녀의 부모가 그 댐을 건설하는 데 일조했다는 것이었다. "하지만 우리 집은 강 상류 쪽에 있었어요. 그래서 수몰되고 말았죠. 우리가 그 집을 버리고 떠날 때 난 어린애였어요. 그때 나이가 다섯 살이었는데 나는 혼자 7킬로미터를 걸어간 다음 앉아서 댐이 건설되는 걸 지켜보곤 했어요. 부모님과 가까이 있기 위해서였죠. 그 댐이 우리 집을 삼켜버릴 거라는 걸 난 몰랐어요." 그녀는 자기의 어린 시절을 물속에 남겨놓은 셈이었다.

한동안 그녀는 자기 딸의 아버지에 대해서 말하기를 피했다. 그러다가 이렇게 말했다. "우리 사정은 당신네와는 달라요. 내가 가난하면 그가 얼마를 대야 하지 않겠어요? 하지만 그는 가끔 편지만 하고 나는 그에게 아무 일도 없다고 말해요. 하지만 요즘은 물가가 아주 비싸요. 내가 내 딸만 한 나이였을 때는 모든 걸 국가가 내주었어요. 지금은 딸애의 노래와 춤—그애가 이 둘을 좋아해요— 레슨 비용을 따로 내야 해요. 그러자니 등골이 휘죠. 묘하게도 그애는 기독교도가 되어가고 있나 봐요. 툭하면 성호를 긋거든요. 아마 학교에서 뭔가를 배웠나 봐요." 그녀는 그것이 홍역 비슷한 거라고 생각하는 듯했다. "그애가 열다섯 살이 되면 비용이 더 많이 들 거예요. 그때가 되면 어떻게 해야 할지……."

그래서 그녀는 겨울에 할 일자리를 찾았고, 예니세이 강에서 찬 닭고기를 팔고 있는 것이었다. 가끔 배가 부두에 정박하면 그녀는 현창을 통해 밖을 힐끗 보면서 마을 사람들을 가엾게 생각했다.

여행자는 현재 자기가 있는 곳과 자기 자신의 의미를 믿을 필요가 있다. 그러나 지금 지구는 그 축 위에서 납작해지고 있다. 강가의 물과 육지와의 접촉선이 내려앉고 있다. 이곳에서는 어떤 일도 일어나지 않는 것처럼 보인다. 그래서 시간은 영겁으로 느려지고 역사는 지질학이 된다. 사람들은 시간의 흐름을 잊는다.

마을들에는 배를 댈 부두가 없고, 강둑을 따라 몇 채의 오두막집이 모여 있을 뿐이다. 가끔 풍파에 찌든 남자가 양철 모터보트를 타고 아직도 미끌미끌한 철갑상어를 팔러 나와서 노란 캐비어 단지를 들어올리곤 한다. 물가에서 개들이 짖어댄다.

세상이 흐려져 사라져버리는 것 같다. 동쪽의 강둑조차도 모래와 덤불로 된 강안 뒤의 숲이 엷어지고 있다. 강폭은 넓어졌고 강물은 잔잔하다. 강물만을 물끄러미 바라본다. 달리 볼 것이 없기 때문이다. 반쯤 감춰진 물의 흐름이 수면 위로 반짝인다. 희미한 장애물 때문에 떨면서. 다른 때 배는 마치 검은 시럽 같은 강물을 거슬러 올라간다.

나흘 전 배를 탈 때는 나는 아는 사람이 아무도 없었다. 이제는 좋아하는 사람도 생겼고, 피하는 사람도 생겼다. 노릴스크에서 온 음악선생은 프랑스산 불독을 데리고 있으며 음악을 좋아하는 두 딸과 함께 있다. 소녀들은 곧 음악학교에 가게 될 거라고 들떠 있다("아마 상트페테르부르크로 갈 거예요!"). 점점 사라져가는 마을 이가

르카에서 양상추를 파는 속상한 상인도 있고, 곧 징집될 예정인 혈색 나쁜 젊은이도 있다. 그는 군대보다는 이탈리아로 가게 되길 바라고 있다. 돌가의 수의사와 잠시도 가만히 있지 못하는 그녀의 아들, 고향으로 돌아갈 수 없는 우크라이나의 야금 전문가도 있다(우크라이나의 사정은 이곳보다 더 나쁘단다).

네 번째 밤에 어느 쓸쓸한 마을에서 폴란드인 신부가 배에 탔다. 그는 내가 한 달 만에 처음 만나는 서구인이었다. 호리호리한 체격에 나이가 들었고 자신감이 넘쳤다. 그는 아래쪽 갑판 현관에 앉아서 다른 승객들은 거들떠보지도 않는 신문철을 뒤적이고 있었다. 다른 승객들이 그를 보려고 그 앞을 어슬렁어슬렁 지나갔다. 내가 엉거주춤 그 옆에 앉았다. 이마에서 목덜미로 넘긴 하얀 머리가 그에게 품위 있는 귀족의 풍모를 더해주었다. 그는 5년 동안 예니세이 강을 아래위로 여행하고 있다고 했다. "이곳이 나의 교구지요. 크라스노야르스크 크라이라고—면적이 폴란드의 일곱 배나 되지요." 그의 목소리는 날카로웠지만, 교양이 있었다. "하지만 이 마을들은 끔찍해졌어요. 물고기와 감자, 풀 외에 아무것도 없어요. 숲에서 딸기류나 버섯을 따먹으며 연명을 하지요. 그게 전부예요. 게다가 그들은 게을러요. 또, 이런 말은 별로 하고 싶지 않지만, 어리석어요. 그래요. 아주 어리석어요."

그들이 이제 우리 주위에 몰려들어 우리를 바라보았다. 그들의 싸늘한 눈은 시각 기관이라기보다는 억제할 수 없는 경이감을 더디게 드러내는 기관처럼 보였다. 그 순간 당황한 나는 그가 그들을 보듯이 그들을 보았다. 정말 그들은 어리석은 걸까? 십대 소년 하나가 서서 신부를 바라보고 있었다. 깔끔하게 다듬은 턱수염도 보고 목이 높은 신부복으로 반쯤 가려진 빳빳이 세운 칼라도 보더니 가슴에 매달린 은제 그리스도 수난상을 만져보기까지 했다. "이게 뭐죠?"

"이건 하느님의 아들이란다. 그분은 널 위해서 돌아가셨어. 그리고 그분은……"

"진짜 은인가요?"

신부가 나를 돌아보며 말했다. "보셨죠. 그들은 어리석어요. 개념을 도대체 이해 못해요. 그리고 불행하게도 그들은 술까지 마시죠." 그는 목소리를 거의 낮추지 않았다. 주민들에 대한 경멸감이 그를 겁 없게 만들었다고 생각했다. 그를 대신해서 내가 파랗게 질렸다. "하지만 지난 몇 년 동안 난 많은 사람을 개종시켰어요. 대개 1941년에 이곳으로 추방된 독일인들이지요. 러시아인, 폴란드인들도 있고요."

"어떻게 그 사람들을 찾아냈나요?"

"그냥 배에서 내려서 물었습니다." 이상하게도 그는 신바람이 나 있었다. 창백한 피부 한가운데서 두 눈은 빛났다. "이제 우리는 예니세이 강가에 여섯 개의 성당을 가지고 있어요. 각 마을마다 신자들이 있고요. 예닐곱 명밖에 안 되는 곳도 있고, 마흔 명이 넘는 곳도 있어요. 엔치족 원주민에게 세례를 주기까지 했습니다." 그는 다른 사람들이 재난 구호품을 가져오듯이 그들에게 미사를 가져다주었다. 그는 정교회 의식을 따르지만 로마에 충성을 바치는 멜카이트 교회 소속이었다. 그가 세례를 준 사람들은 그 차이를 거의 모를 것이었다. 하지만 당국은 물론 알고 있었다.

"크라스노야르스크의 정교회 주교는 우리를 도와야 당연한데 그러지 않고 있어요. 적대적이죠. 그는 비밀경찰을 위해 일합니다. 몇 년 전부터 그래왔어요. 지금 러시아에서 설교를 한다는 건 원자탄을 맞은 나라에 대고 이야기하는 것과 같아요. 이 나라는 두 세대에 걸쳐 황폐된 채 있었어요. 이교도들 사이에서 일하는 것보다 더 열악합니다. 유일한 희망의 원천은 아이들과 노파들이에요. 나머지는 장님들입니다." 창에 불이 밝혀지지 않은 작은 마을이 그 부두 위로 모습을 드러냈다. "그리고 이 마을들은 죽어가고 있어요. 그들은 전에 있었던 모든 일의 대가를 치르고 있습니다."

우리는 차가운 밤이 내려앉은 갑판으로 걸어나갔다. 항구 위쪽 언덕에 하얀 수도원이 있었다. 이 수도원이 이 지역 교구 중심인 옛 투루한스크 수도원인데, 지금은 썩었다고 신부가 말했다. 백 년 전, 이 수도원은 성인의 뼈 때문에 유명했다고 한다. 그 뼈는 한때 대도시였던 만가제야에서 가져온 것이었다. 만가제야는 북서쪽 멀리 있는 습지에 폐허로 남아 있다. 1913년 투루한스크로 추방된 스탈린이 이곳 현지 여인과 관계하여 아이를 낳았다는 소문이 있다. 하지만 그 소년이 그 후 어떻게 되었는지는 알 길이 없다.

신부가 털실로 짠 모자를 머리에 눌러썼다. 그는 떨고 있었다. "이들 마을에 사는 사람들은 70년 동안 사탄에게 붙들려 있었어요. 이제 그들은 일자리가 있는 곳을 찾아 이곳을 떠나고 있어요. 어디든 다른 곳으로 가려고 하지요."

그날밤 우리는 북극권으로 진입했다(북위 66도 33분을 넘어갔다).

추위가 우리를 엄습했다. 높은 털모자를 쓰고 솜을 넣은 코트를 입은 장사꾼들은 마치 해적 같았다. 나는 누비 등산 재킷을 입고 선실 안에서 물건을 뒤적거리며 시간을 보냈다. 구겨진 옷과 양말 차림의 여자들이 온수 보일러 앞에 늘어서 있다. 갈매기들이 울어 대며 현창 주위를 날고 있다.

5킬로미터 너비의 강 위로 새벽이 밝아왔다. 강 양안의 나무들이 더 작아지고 병들어 보인다. 또는 아예 나무가 보이지 않는다. 툰드라의 시작이다. 구름이 평저선으로 이루어진 긴 소선단 모양을 하고 푸른 강 위로 흘러간다. 눈으로 무언가에 초점을 맞추려고 해 보지만 실패하고 만다. 나는 몸을 단단히 싸매고 선미 갑판에서 햇볕을 쬐면서 느리고 약한 엔진 소리에 귀를 기울였다. 지구가 평화로운 평평한 모양으로 변했다. 그 광대한 원주(圓周)가 의미 없이 우리를 감싸고 있다.

그날 저녁 대부분 여자와 어린이들로 이루어진 마흔 명 가량의 사람들이 뱃머리에 있는 음악실 주위의 제법 호화로운 의자에 자리를 잡고 앉았다. 어제의 그 신부가 미사를 집전했다. 신부가 여기서 미사를 열게 된 건, 일렬로 늘어선 화분에 담긴 양치식물이 성화벽 같고, 곡선을 이룬 창문(초승달이 예니세이 강 위로 떠오르고 있었다)이 천지창조의 액자 그림이 걸린 후진(後陳, 교회당 동쪽 끝의 내민 부분) 같다고 생각했기 때문이다. 그는 성 요한 크리소스텀(345?~407, 콘스탄티노플의 성직자, 축일 1월 27일)의 성찬식을 위한 미사 팸플릿을 배부하고, 응송(應誦)을 할 여자를 택했으며, 나에게는 테이블을 닦고 스카프를 풀어서 제단보로 쓰라고 명했다.

그는 완장을 끼고 하얀 예복을 입고 있었다. 그의 귀족적인 머리와 독수리 같은 엄격함 때문에 나는 그의 키가 150센티미터밖에 안 된다는 사실을 잊어버렸다. 하지만 그가 자리를 이동할 때마다 매끈한 비단 예복 밑에서 진흙이 묻은 조깅용 운동화가 바닥과의 마찰음을 냈다. 신자들에게 그것은 문제가 되지 않았다. 그들 가운데 일부는 이미 연도(連禱)와 언제 성호를 그어야 하는지를 알고 있었다. 아이들은 자기 어머니의 발치에 모여 앉아 있었다. 세 명의 뿌루퉁한 젊은이들이 들락날락했다. 단 한번 짧게 교황에 대해 언급한 것을 빼면, 그의 성찬식과 그리스 정교의 성찬식은 아무것도 다른 점이 없었다.

"우리가 믿는 것과 우리가 보는 것은 같지 않다. 우리는 이것을 보고 다른 것을 믿는다." 성 요한 크리소스텀은 성찬에 대해 이렇게 썼다. 이렇게 외적인 것이 아무리 하잘것없는 것이라도 내적인 것을 움직이게 되므로, 성찬식이 불신자들에게 일련의 주문으로 작용할 수도 있다는 것이다. 성찬식의 모든 엄숙한 순간들—성서와 성스러운 선물의 입장, 성경 낭독, 에피클레시스(성령 강림을 희구하는 기도)—을 신부는 대수롭지 않게 서둘러 집행했다. 종이 없었으므로 그는 포크로 주석 그릇을 두드렸다. 성배가 없었으므로 그는 대신 미사 팸플릿을 높이 치켜들고 행진을 했다. 성찬배 대신에 (성찬을 취할 사람이 없을 것으로 예상되었으므로) 그는 삶은 달걀 담는 컵을 받침대에 올려놓았다. 그가 움직일 때마다 조깅화가 끼익하고 소리를 냈다. 의기양양한 오만함 같은 것이 그를 받쳐주고 있었다. 한번은 그가 땅에 절을 하다가 그의 머리가 환기창에 부딪혔다. 그러나 그는 아무 일 없었다는 듯이 의식을 계속했다. 그리고 응송을 하는 여자가 더듬을 때마다—그녀의 아기가 그녀의 다리 위로 기어오르려 하고 있었다— 그는 이렇게 독촉하곤 했다. "자!

읽어요! 읽어!"

그는 설교를 할 때만 온정적이고 거의 다정하기까지 한 권위를 보였다. 그의 목소리는 부드러웠다. 그는 사도 계승에 대해 이야기했다. 세상 끝의 증기선 위에서 러시아인들을 상대로 설교하는 폴란드인인 자신의 우리들에 대한 권리를 확인하는 것처럼. 그는 용서하는 몸짓으로 두 손바닥을 나란히 들어올렸다. 그의 등 뒤 창문에서 진홍색 태양이 지고, 오렌지색 달이 떠올랐다.

* * *

폭풍우로 찌든 콘크리트로 된 9층 벽돌 건물들의 거미줄, 썰렁한 해변으로 둘러싸인 불모의 정박소, 이것이 두딘카다. 여기서 무엇을 건축한다는 건 기술적인 지옥이다. 지표면에서 몇십 센티미터만 내려가도 땅은 꽝꽝 얼어 있어 쇠처럼 단단하다. 하지만 어떤 토대에서 작용하는 약간의 열로도 이 영구 동토는 녹아서, 그 위에 구축된 건조물은 기울어지거나 무너진다. 그래서 모든 건물이 땅에서 1미터 이상 떨어진 콘크리트 기둥 위에 세워진다. 머리를 숙이고 이 미로 같은 건물 밑을 돌아다니노라면 여러 개의 원시 사원을 방랑하는 것 같은 느낌이 든다. 기둥들은 너무 얇고 제멋대로여서 그 위에 얹힌 구조물들을 감당하기 어려워 보인다. 이 기둥의 미로는 아이들과 연인들이 즐겨 찾는 곳이 되었다. 그래서 맥주병, 콘돔, 부서진 장난감들이 여기저기 흩어져 있다. 이 위험한 땅 위에 거추장스러워 보이는 도시가 지면과의 접촉을 최소화하는 스케이터처럼 가볍게 떠돌고 있다.

가을인데도 도시에는 추위가 그 뚜렷한 흔적을 남기고 있다. 상점과 사무실들이 이중창, 삼중창 뒤에 갇혀 있는 것이다. 툰드라에 묻을 수 없어 겉에 드러나 있는 퉁퉁한 수도 본관이 마치 멀리 떨어진 심장에서 오는 동맥들처럼 건물과 건물을 이어주고 있다. 베란다와 옥외 계단은 지면에 직접 닿지 않게 철제 받침대 위에 설치되어 있다. 거리 어느 곳에서나 툰드라의 뚜렷한 선을 볼 수 있다.

나는 힘들게 부두에서 위로 올라가서 하나밖에 없다는 하숙집을 찾다가 길을 잃고 말았다. 주위에 보이는 사람들은 얼마 되지 않았고, 그들은 검은색이나 회색 옷을 입고 있어 마치 도시 전체가 누군가의 죽음을 애도하는 것 같았다. 그리고 건물들의 절반가량은 문이 닫혀 있었다. 러시아인들 사이에서 가끔 원주민이 눈에 띄었는데, 그들은 도시의 익명성 속에서 그 외관이 손상된 것처럼 보였다. 그들은 먼저 이곳에 정착한 민족들—투르크족, 사모예드족, 퉁구스족—의 일부로서 시베리아 전역에 흩어져 있지만, 이제는 반쯤 멸절되거나 흡수된 상태였다. 박제된 북극곰과 암석 표본을 자랑스럽게 생각하는 헌신적인 여자들(헌신적인 사람들은 항상 여자들이었다) 가운데 한 사람이 운영하는 지역 박물관에는 모조 천막집과 수집된 샤먼 의상 등 원주민 문화가 비교적 잘 전시되어 있었다. 발렌티나는 그런 전시물들에 대한 나의 무관심과 실제로 사람이 사는 주거지를 찾아보고 싶어하는 나의 무식한 욕망을 이해해주었다. 상류 쪽으로 130킬로미터쯤 올라간 곳에 엔치족의 어촌이 있다는 얘기를 들은 적이 있다고 그녀가 말했다. 그녀는 부두에 정박한 유조선의 선장을 알고 있었는데, 그가 이튿날 아침 나를 그곳까지 데려다줄 수 있을 거라고 했다.

내가 그 장소와 나 자신으로부터 다소 초연해진 건 아마 높은 위도와 희미해진 시간 감각 탓이었을 것이다. 발렌티나가 엔치족 마을은 가난하며 난폭하다고 말했지만, 나의 호기심은 더욱 커질 뿐이었다. 내가 그곳이 마치 다른 행성인 것처럼 두딘카의 황량한 교외와 항구를 배회하던 생각이 난다.

발렌티나의 아파트에서 그녀의 술 취한 이웃주민 미샤와 함께 저녁을 먹던 생각도 난다. 미샤의 아내는 출타중이었고 발렌티나의 남편은 오데사에서 일하고 있다고 했다. 모두가 이산가족들이었다. 가끔 발렌티나의 딸—둥글고 꿈꾸는 듯한 얼굴을 한 열한 살짜리 외동딸—이 자기 침실에서 느릿느릿 걸어나와 우리를 지켜보았다. 보드카 잔들이 너무나 빨리 비워지던 일, 그리고 내가 이 술판의 희생자가 되지 않겠다고 다짐했던 일 등이 생각난다. 자애롭고 육감적인 발렌티나의 얼굴 윤곽이 부옇게 흐려지던 생각도 난다. 그리고 영국인들에 대한 궁금증을 토로하던 미샤의 목소리도. "영국인들은 너무 냉정하고 진지해. 당신만 빼고, 하하! 당신네 영국 사람들은 어떻게 여자들을 사귀지? 당신은 도대체 어떻게…… 하하하!……"

우리 얘기가 단조롭게 변했다. 보드카 두 병이 비워졌다. 미샤는 나를 자기 아들로 오인했다. 내가 나는 쉰여덟 살이라고 혀 꼬부라진 소리를 했다(내 나이는 러시아 남자의 평균수명을 넘긴 나이였다). 미샤는 내 말을 믿지 않았다. 어떤 면에서는 나도 그랬다. 자기 나이를 믿지 않는 것, 그게 바로 덜 늙는 비결이다. 그러면 우리의 몸이 실수를 한 것이 되었다. 우리는 서로 손을 마주쳤고, 발렌티나가 건배를 제의했다. 달 같은 얼굴의 그녀 딸이 다시 침대에서 나와 음식을 조금 집어갔다. 누구나 죽어야 한다는 건 더러운 속임수라고 미샤가 말했다. 눈을 감으면 내 머리가 팽이처럼 돌 거라고 나는 생각했다. 그래서 눈을 계속 뜨고 있었지만, 사실 거의 아무것도 보이지 않았다. 발렌티나가 내 왼쪽 어딘가에 있는 실루엣이 되었다. 그녀의 딸 안에서 달은 다리가 되어 이리저리 돌아다니고 있었다. 발렌티나가 미샤나 나보다는 덜 취했기를 바라던 생각이 난다. 나는 그녀가 아침에 나를 깨워주기를 바랐다. 그래야 유조선의 선장을 만날 수 있을 테니까. 그러다가 나는 비틀거리며 미샤의 아파트로 갔다. 순간적으로 정신이 번쩍 든 나는 비틀거리며 긴 의자로 가기 전에 내 자명종을 맞췄다. 미샤는 매트리스 위에 널브러졌고, 그 옆에서 그의 독일산 셰퍼드가 으르렁거렸다.

가끔 외모가 서구에 있는 친구와 비슷한 사람을 만날 때가 있다. 그러면 우습기도 하고 어리둥절하기도 하다. 이튿날 아침 두딘카와 크라스노야르스크를 오가는 유조선에서 그런 경험을 했다. 마치 미국인 교수가 몇 년 젊어져서 이 배의 선원이 된 것 같았다. 단파 무전기가 혼자 캑캑거리는 가운데 그는 선교(船橋)에 홀로 서서 화물선을 조용한 항구 밖으로 유도했다. 그래서 결국 우리는 강 한복판으로 나가 항로를 잡았다.

한 떼의 바다갈매기들이 배와 나란히 날면서 그 동그란 눈으로 우리를 지켜보았다. 내 머리가 고동치듯 아래위로 움직였다. 발렌티나의 친구라는 선장은 갑판 아래 어딘가에 있었다. 그 역시 술에 취해 있었다. 나는 원유 컨테이너를 지나 배의 끝까지 나 있는 통로를 걸으면서 바람에 머리를 식혔다. 내 뒤에는 유조선 승무원들이 선교에 모여 있었다. 뚜렷이 할 일이 없는 게으르고 친절한 사람들이었다. 겨울에는 그들은 기계공으로 일자리를 찾았다. 그러다가 강의 얼음이 대포소리 같은 요란한 소리를 내며 깨지는 봄이 오면, 부빙(浮氷)을 뚫고 두딘카로 기름을 실어나르는 유조선에 선원으로 가담했다.

선장이 화물실에서 나왔다. 그는 몸이 부은 것 같았고 기진맥진해 보였다. 선원들은 그를 못 본 체했다. 그가 나에게 자기 선실로 가서 한잔하자고 청했다. 그 비좁은 방에서 그는 술을 마시면서 배는 아예 잊어버리는 것 같았다. 그는 새로운 병을 따기 전에 가끔 훈제 연어를 씹곤 했다. 그는 이미 너무 취해 있었으므로 내가 보드카를 바닥으로 흘려버려도 알지 못했다. 그는 다차(시골 별장)로 은퇴하고 싶은데—그의 아내와 개가 크라스노야르스크에 있었다— 그러기에는 그의 연금이 너무나 적다고 했다. "그게 연금이라고? 빵 사고 물 사면 끝인걸!" 그래서 그는 자기 아들—그처럼 머리가 황갈색이었다—을 선원으로 배에 태웠고, 붉은 머리의 그의 딸은 통로에서 요리사로 일한다고 했다. 한때 그는 알제리와 시리아에서 소련 해군의 비밀정보요원으로 일한 적도 있다고 늘어놓았다. 전에는 KGB 때문에 이 사실을 입에 올릴 수 없었지만, 이제는 보드카 때문에 그 얘기를 제대로 할 수 없었다.

네 시간 후 배가 강 한복판에서 정지했다. 현창을 통해서 나는 동쪽 둑이 25미터 높이의 쇠락한 요새처럼 솟아 있는 걸 보았다. 그 맨 위에 목조 막사가 있었다. 엔치족 마을 포탈로보였다. 마을이 마치 요새처럼 보였다. 우리가 비틀거리며 갑판으로 나가보니, 선원들이 권양기를 이용해서 금속제 모터보트를 물로 내리고 있었다. 선원들이 그것을 띄우려 할 때마다 물결이 그 보트를 후려쳐서 배의 옆면과 부딪치게 했다. 선장이 나를 껴안더니 내 뺨에다 입을 맞추었다. 그는 내가 가려고 하는 곳을 좋아하지 않는다고 말했다. 자기는 거기 가본 적이 없고 아무도 가본 사람이 없지만, 들어본 적은 있다는 것이었다. 그는 나에게서 돈을 받으려고 하지 않았다. 연금이 빵과 물에 불과한 그가 돈을 받지 않았다. 하지만 내가 사다리를 내려갈 때 그는 아래를 향해 소리쳤다. 내가 그곳에서 안전하게 나왔는지 자기에게 편지로 알려달라는 것이었다. 모터보트가 유조선의 선체에 부딪칠 때, 그는 큰소리로 자기 주소를 불러주었다. 잠시 후 나는 두 명의 선원들과 함께 물가를 향해 요란한 소리를 내며 나아갔다.

여기저기 보이는 뭍으로 끌어올려진 고깃배들만이 이곳에 아직 사람이 살고 있음을 말해주고 있었다. 풀에 덮인 가파른 경사를 올라갔다. 선원들이 내 뒤를 따랐다. 어떤 소리도 들리지 않았다. 우리 위쪽에 있는 깃대는 마치 거기서 아무것도 휘날려본 적이 없는 것처럼 보였다. 언덕 꼭대기에 사무실 건물이 있었는데, 몇 년 동안 판자로 봉해져 있는 것 같았다. 건물 근처에서 개들이 먹을 것을 찾아 어슬렁거리고 있었다. 그 너머 지붕 위에서 털모자를 쓰고 턱수염을 기른 남자가 지붕널에 못을 박고 있었다. 그가 나를 향해 "도움이 필요합니까?" 하고 소리치자 선원들은 안심하고 배를 향해 돌아섰다. 그가 지붕에서 내려왔다. 그는 마을 의사였다.

나는 이곳의 의사는 술타령이나 하면서 외롭게 시간이나 보내는 무뚝뚝한 사람일 거라고 상상했었다. 그러나 니콜라이는 쉰 살의 낙천주의자였다. 마을이 아주 야만스러워졌다고 그가 말했다. 만약 내가 어느 집에 묵는다면 싸움을 하다가 칼에 찔릴 수도 있다는 것이었다. 그를 찾아오는 환자의 절반이 그런 사람들이라고 했다. 그가 자기 병원의 침대 하나를 내게 내주겠다고 말했다. 다른 곳에는 잘 만한 곳이 없다는 것이었다. 그가 자기 뒤쪽을 가리켰다. 강둑 너머에 쇠락한 오두막들이 바다처럼 퍼져 있었다. 이것이 포탈로보였다. 이 도시는 죽어가고 있었다. 꺼져가는 널판지 길이 오두막과 오두막을 이어주고 있었는데, 그 길에는 진흙 위에 내려앉은 석탄 먼지가 잔뜩 끼어 있었다. 공기에서도 석탄 냄새가 났다. 쓰레기가 여기저기 흩어져 있었고, 오래 전에 부서진 트랙터의 잔해가 녹슬어가고 있었다.

우리는 걷기 시작했다. "이곳은 절망적이에요. 전에는 털가죽을 교역하는 마을이었고, 흐루쇼프 시절에는 순록 집단목장이 있었죠. 하지만 지금은 보시다시피 이렇게 되었어요." 물빛이 석탄처럼 새카만 연못에 버려진 보드카 병들이 둥둥 떠 있었다. "순록 목장은 산성비로 폐허가 되었어요. 산성비는 노릴스크의 니켈 가공 공장들 때문에 내리는 겁니다. 그리고 타이미르 반도에서 이곳으로 이어진 가스관도 문제였죠. 야생 순록들이 그 관을 뛰어넘기를 두려워했어요. 그러니 이 사람들이 무얼 할 수 있겠어요? 물고기나 조금 잡아서 그걸 지나가는 배들에 파는 겁니다. 배의 승객들은 그 물고기가 마을에서 사는 것보다 더 싸니까 그걸 사지요. 이곳 사람들은 굶어죽기 직전이에요."

오버코트와 방수복으로 몸을 감싼 주민 몇 명이 한 해의 마지막 태양 빛을 받으며 그들의 대문 옆에 앉아 있었다. 그들은 움직임이 느리고, 처절한 얼굴을 하고 있었다. 이곳에서는 아무것도 자라지 않는다. 그들의 마당에는 석탄 더미와 강물에 떠내려온 잡동사니들이 있을 뿐이다. 우리가 지나갈 때, 사슬에 묶인 개들이 다 쓰러져가는 개집에서 뛰쳐나와 우리에게 달려들었다. 흰색 허스키들이었다. 놈들의 으르렁거리는 소리는 쇠사슬이 개들의 목을 조이는 바람에 중도에서 멎었다. 창문을 통해 집안을 힐끗 살펴보니 빈약한 가구 사이에 보이는 것이라고는 겨울에 살아남는 데 필요한 물품들—담요, 펠트 장화, 진흙 난로 등—뿐이었다. 몇 대의 썰매가 풀 속에서 썩고 있었다. 5백 명 가량 되는 마을 주민들은 대다수가 엔치족—사모예드족의 한 분파—이고 자기와 같은 러시아인이 더러 끼어 있다고 의사가 말했다.

"하지만 그들은 그들의 문화를 잃어버렸어요. 집안에 모셔두는 신(神)들도 이제 남아 있지 않고, 샤머니즘도 사라졌지요. 그런 게 있다면 의사인 내가 모를 리 없죠!" 주민들의 느린 시선이 우리를 따라왔다. 니콜라이만이 무언가를 변화시킬 에너지를 가지고 있는 것 같았다. 그의 빳빳한 머리가 걸음을 옮길 때마다 움직였다. "당신은 이곳이 조용하다고 생각하겠지만, 실상 이곳은 세계에서 가장 말썽이 많은 곳이에요. 이 사람들은 술만 마시면 싸워요. 처음에는 주먹으로 시작하지만, 곧 칼부림으로 변하죠. 물론 원인은 보드카예요. 위궤양, 간염 환자가 많아요. 병세가 심한 환자는 수술을 받도록 하류의 두딘카로 보냅니다."

그의 병원은 낮은 목조 방주였다. 통나무와 통나무 사이의 틈은 순록이끼로 메웠는데, 양쪽 끝이 동토의 압력으로 구부러져 있었다. 내가 걱정스러운 표정으로 그것을 보며 물었다. "당신은 이 건물이 얼마나 더 견딜 거라고 생각합니까?"

"20년요!" 그가 웃으며 대답했다. 그의 얼굴에는 낙관주의의 주름이 잡혀 있었다. "글쎄요. 난 그렇게 말하곤 해요. 우즈베크의 선생 이야기 아십니까? 주지사에게 자기가 20년 안에 당나귀에게 말을 가르치겠다고 약속했다는 선생 있잖아요? 그는 자기나 주지사 아니면 당나귀, 셋 중 하나는 그때까지 죽을 거라고 생각했던 거죠."

건물 안에는 세 개의 침대로 이루어진 병실들과 주방, 그리고 진찰실이 있었다. 수돗물도 나오지 않았고 화장실은 땅에 파놓은 구덩이에 불과했다. 이중창문 사이에 틈을 메웠던 이끼가 떨어져 있었다. 도대체 장비라는 게 거의 없었다. 하지만 방들은 깨끗하게 청소되어 있었고, 3교대로 일하는 간호사들이 좁은 철제 침대에 누워 있는 다섯 명의 아이들을 돌보고 있었다. 또다른 침대에는 조산 후유증에서 회복되고 있는 여인이 조용히 누워 있었다.

니콜라이는 내 병실을 알려주고는 자리를 떴다. 나는 내가 여기 며칠이나 묵게 될지 궁금했다. 여기서 나가는 길은 강뿐인데, 강에 배가 지나갈 때까지 며칠, 몇 주일을 기다려야 할지 알 수 없었다.

내 병실 문을 조금 열어보니 저쪽 침상에 다리가 굽은 엔치족 한 명이 앉아 있었다. 그는 나이를 짐작할 수 없을 정도로 늙어 보였다. 그의 입과 코 주위의 살이 굳어져서 작은 능선과 둔덕을 만들었고 턱에는 숱이 적은 털이 듬성듬성 나 있었다. 몽골인들이 으레 그렇듯이 광대뼈가 튀어나와 있었고 머리는 아직 새카만 채로 남아 있었다. "훌로["헬로"를 잘못 발음한 것임]……."

그의 목소리가 너무 작고 그가 러시아말을 거의 다 잊어먹은 탓에, 그의 말은 이해하기가 어려웠다. "집은 타버렸어. 그 이유는 몰

라. 그래서 난 여기 있어. 그런데 이제 눈이 점점 안 보여." 그는 충혈된 오른쪽 눈을 비비고는 눈꺼풀을 아래로 내렸다. 그는 나를 의사로 여기는 모양이었다. "이제 난 태양을 볼 수 없어."

"안경 있어요?"

"전에는 안경을 꼈지. 그런데 내가 술에 취해 잠들었을 때 누군가 그걸 내 주머니에서 훔쳐갔어." 그의 어조는 차분했다. "그 뒤로 난 가까운 데 있는 물건을 보지 못해." 그가 손을 뻗치더니 내 안경을 벗겨 끼었다. "아하, 그래, 좀 낫네. 좀 나아." 그러나 그는 안경을 다시 벗더니 자기 관자놀이를 눌렀다. "여기가 아파…… 그리고 여기도……칼로 찌르는 것처럼. 의사는 아무것도 할 수 없대. 난 두딘카의 병원에 갔었어. 거기서 사람들이 죽어. 여기 있는 게 나아."

"여기 머물 수 있어요?"

"난 갈 데가 없어. 내 집은 아주 쉽게 타버렸어. 또 다른 집이 얼마 전에 탔고, 사람들이 죽었어. 그리고 마을의 다른 쪽에 있는 또 다른 집도. 부부가 술에 취해 있었지. 그들은 죽었어. 내 옷도 모두 타버렸어. 입고 있는 것밖에 없어. 너무 늦기 전에 한 번 뛰어들어갈 시간이 있었지. 단 한 번."

그 몇 초밖에 안 되는 짧은 시간에 그가 무엇을 가지고 나왔는지 나는 궁금했다. 모아 두었던 현금을 가지고 나왔을까, 아니면 귀한 옷? 또는 추억이 서린 사진 한 장? "그래서, 무엇을 구해내셨어요?"

나는 그의 대답을 들으려고 귀를 기울였다. 그의 작은 목소리가 흘러나왔다. "내 신분증."

그는 그것이 잘 있는지 확인이라도 하려는 듯, 자기 웃옷 주머니에서 신분증을 꺼냈다. 그것을 보니 그의 이름은 스테판이었고, 그의 나이는 놀랍게도 예순일곱밖에 안 되었다. 신분증을 가지고 나온 건 잘한 일이라는 것을 나는 알고 있었다. 하지만 나는 그가 노쇠해지고 있음을 느꼈다. 그의 한 손은 떨리고 있었다. 내가 그 손을 붙잡아주고 나서야 겨우 떨림이 멎었다. 나는 내가 분노하고 있음을 깨달았다. 이 노쇠한 노인에게까지 모스크바가 그 석화된 질서를 강요하고 있다는 것에 대한 분노였다. 당국은 그의 여행을 제한하고 신분증 휴대를 강요하고 있는 것이었다. 신분증이 없이는 그는 움직일 수 없었고 살아갈 수도 없었다. 그래서 그는 위험을 무릅쓰고 그걸 가지러 불 속으로 뛰어들었던 것이다.

나는 내가 잡고 있는 손이 좀 이상하다는 걸 감지했다. 내려다보니 검지손가락이 잘려나가고 없었다. "왜 이렇게 되었어요?"

"누군가가 그걸 으깨버렸지. 아마 트랙터가 그랬을 거야." 그는 미소짓고 있었다. "나는 도로에 누워 있었지. 술에 취해 있었어."

내가 일어서서 배낭에 있는 물건들—옷가지와 병들—을 침대 위에 쏟아놓았다. 무가치해 보이는 병들 가운데 두 개에 달러가 들어 있었다. 병원은 경비가 허술하다는 걸 나는 감지했다. 사람들이 병원 근처에서 어슬렁거리고 있었다. 하지만 내 물건을 경멸하는 듯 보이는 것 외에 내 물건을 지킬 다른 방법을 생각할 수 없었다. 그리고 스테판은 나보다 가진 것이 적었다. 그는 어린 학생처럼 그의 돈과 양말을 그의 매트리스 밑에 보관했다. 그에게 주어진 몇 안 되는 물건들—몇 벌의 속옷과 두 개의 양철 잔—은 비닐주머니에 담겨 벽에 걸려 있었다. 그날 밤 나는 그가 하나의 잔은 차를 마시는 데 쓰고, 다른 잔은 가래침을 뱉고 코를 푸는 데 쓴다는 걸 알았다. 그는 빛 바랜 빨간 바지를 입고 잤다.

하지만 그는 누가 자기 집을 다시 지어줄지 몰랐다. 그의 자녀들 가운데 단 한 사람만이 살아 있었는데 그 딸은 멀리 두딘카에 있었다. "내 아내는 저기 있어." 그가 북쪽의 묘지를 향해 손을 흔들었다. "그래서 난 지금 가진 게 아무것도 없다구." 그는 웃었고 또 숨을 헐떡거렸다.

가끔 낮이면 그는 병원 울타리를 따라 산책을 했다. 그러다가 무엇인가 생각이 나면 그는 쉰 목소리로 혼자 소리를 지르곤 했다. 밖에 나가는 때보다는 병실과 진찰실 사이를 왔다갔다 하는 경우가 더 잦았다. 그럴 때 그는 참을 수 없을 정도로 정신을 집중하는 것처럼 얼굴에 주름살을 만들었다. 마치 살아 있기 위해서 그의 모든 주의가 요구된다는 듯이. 그는 머리에 고무 밴드를 둘러매고 있었는데, 그것이 그의 주의가 흩어지는 걸 막아준다고 그는 말했다.

때로는 그는 오지 않는 누군가를 기다리는 것처럼 현관 홀에 앉아 있곤 했다.

포탈로보에서 보내는 날들이 끝없이 이어졌다. 자주 이 도시는 인적이 끊어진 듯 보였다. 그 거리를 배회하면서 나는 쇠사슬에 묶인 채 걷는 개와 도시 안을 나는 바다갈매기 소리 외에는 아무 소리도 듣지 못했다. 수도, 전기 등 공공시설은 모두 폐허가 되어 있었다. 강으로부터 상품을 끌어올리던 철로도 버려진 채였고, 발전소도 두 달 전에 화재로 소실되었다고 했다. 그나마 소형 발전기에서 생산된 전기가, 툰드라 때문에 비스듬히 기울어진 전봇대들을 통해 아직 간헐적으로 공급되고 있었다.

주민의 반 이상이 실업자였고 나머지는 엔치족이나 러시아인이

나 할 것 없이 고된 고기잡이로 골병이 든 것 같았다. 그들은 굶주렸고, 침울했으며, 비바람과 추위가 남긴 상처를 가지고 있었다. 어부들은 운이 좋은 날에는 커다란 붉은철갑상어와 오물(omul, 연어과의 흰 물고기)을 낚았고, 염장한 묵순(muksun, 시베리아 북극권에 서식하는 흰 물고기)을 팔기도 했으며 갱 피시(gang fish)나 곤들매기, 창꼬치를 잡기도 했다. 그러나 폭풍우가 일거나 하는 날에는 오두막에 웅크리고 앉아 생각에 잠기거나 졸거나 했다. 서양 사람이 왔다는 소문이 돈 모양이었다. 그때까지 서양인을 한 번도 보지 못한 사람들이 많았다. 어떤 이는 자기 오두막 옆을 지나가는 나에게 널빤지 길에서 벗어나라고 고함을 치는가 하면, 어떤 이는 달려와서 내 손에 나무열매를 한 움큼 쥐어주기도 했다. 많은 아이들이 영어 어구를 소리쳤다.

많은 촌뜨기와 괴짜들 가운데서 밀렵꾼 하나가 끈질기게 나에게 따라붙었다. 겨울이 되면 사냥꾼들은 얼어붙은 강을 건너 저쪽 강둑에 있는 버려진 집단농장에서 순록을 쏜다고 그가 말했다. "우리는 그놈들이 잘 때 잡아요. 순록 한 마리의 얼린 고기로 몇 달을 지낼 수 있어요." 그는 자기가 비밀 창고에 보관하고 있다는 순록의 뿔을 나에게 팔려고 했다.

그의 무리에 낀 다른 사람들은 감상적이거나 절망적이었다. 성난 표정의 엔치족 젊은이가 하나 있었는데(그의 러시아인 친구들은 그를 '바나나 가죽'이라고 불렀다), 그는 나에게 자기를 영국으로 데려가 달라고 애원했다. 잠을 자다가 자기 낙하산이 펴지지 않는 꿈을 꾸고 침대에서 떨어져 얼굴이 찢어졌다는 낙하산 부대 출신도 있었고, 아내의 연인을 죽이고 징역을 산 후 이곳으로 도망왔다는 미치광이도 있었다.

병원은 피난처가 되지 못했다. 한번은 의사가 출타하자 이 부랑자들이 문을 밀고 들어와 통로를 쏘다니며 음식과 보드카 그리고 무엇이든 쓸 만한 것을 찾아다녔다. 간호원들이 아무리 소리를 질러도 막무가내였다. 그들은 짐승 가죽이나 순록 가죽을 갖다줄 테니 선금을 달라고 나에게 달라붙어 감언이설을 늘어놓았다. 내 기억 속 이반의 원형(原型)이 여럿으로 늘어나고 퇴화되어 그들이 된 것 같았다. 이제 그(이반)는 어디에나 있었고 또 절망에 빠져 있었다. 나는 사정없이 그들을 병실에서 밀어내고 그들의 면전에 문을 쾅 닫아버렸다. 그러고 나서는 언제나 예외없이 창문을 통해 물러가는 그들의 구부정한 어깨와 축 늘어진 등을 보면서, 그들을 쫓아낸 걸 후회하곤 했다. 그래도 나는 걱정할 게 없었다. 어느 날엔가 배가 와서 나를 이곳에서 빼내갈 테니까.

나는 병원에서 묵으면서 스테판과 함께 환자식을 먹었다. 묽은 수프와 마카로니, 또는 한 그릇의 밥이었다. 이 식단으로 스테판은 점점 건강해졌고, 나는 점점 쇠약해졌다. 밤이면 병원 벽을 따라 놓인 선반이 허스키들의 통로가 되었다. 희미한 직사각형의 창문에 그놈들의 사나운 그림자가 휙휙 지나가곤 했다. 아이가 고통으로 칭얼대는 소리에 잠이 깬 내가 가만히 누워 있노라면, 스테판은 욕지기를 하고 침을 뱉었다. 그는 하룻밤에 여섯 번 내지 여덟 번 일어나서 오줌을 누곤 했는데, 그럴 때면 그는 공연히 전기 스위치를 올렸다 내렸다 하면서 이렇게 중얼거렸다. "불이 안 들어와…… 제길…… 불이 안 들어와……." 침대로 돌아온 그는 숨을 내쉴 때마다 숨소리가 한 옥타브씩 내려가는 것 같았다. 그래서 나는 한두 번 그가 숨이 멎은 게 아닌가 가슴이 철렁하기도 했다.

저녁에 의사는 그의 아내와 십대 아들이 언쟁을 벌이는 작고 어수선한 집에 들어가지 않고, 나와 진료실에서 이야기를 하며 시간을 보내기도 했다. 우리들 위쪽 벽에는 환자들의 진료기록이 들어 있는 비둘기집 같은 구멍이 층층이 뚫려 있었고, 백열전구 하나가 마을 발전기 돌아가는 정도에 따라 반짝 빛났다가 껌뻑 꺼졌다가 했다. 니콜라이를 보면 나는 체호프의 희곡에 등장하는 시골 의사들이 생각났다. 다만 이곳에는 부르주아지가 없고, 체리 과수원도 없고, 이렇다 할 희망도 없었다. 그는 혼자였다. 요즘은 조용한 때라고 그가 말했다. 하지만 일주일 후 연금 월 분할금이 나오면 사람들은 술을 마시기 시작할 거고, 그의 진료실은 환자들로 넘쳐날 거라고 했다.

"이곳 사람들은 자기네 언어마저 잃어버리고 있어요. 내 생각에는 지금 여기에 사는 사람들이 그 언어를 말하는 마지막 세대가 될 것 같아요. 아이들은 러시아어로 교육을 받고 그들의 부모들도 러시아 말을 알아요. 아이들은 열네 살이 되면 두딘카에 있는 인테르낫 학교에 가요. 부모가 순록을 따라 나가 있으면—강 건너에 아직도 순록이 좀 있어요— 그런 아이들은 일곱 살 때 이곳을 떠나지요."

"순록은 거의 없어졌다고 생각했는데요." 내가 말했다.

"그건 그래요. 내 기억으로도 이 강 양쪽에 순록이 자그마치 만 마리가 넘을 때가 있었어요. 이제 순록은 천 마리 정도로 줄었죠. 근친교배로 덩치도 작아졌고요. 겨울이면 밀렵꾼들이 썰매를 타고 강을 건너가 순록을 잡아요. 그리고 야생 순록이 다른 놈들을 다른 곳으로 유인해가고. 생활방식 전체가 사라지고 있어요."

"그럼 대신 들어서는 생활방식은 없나요?"

"보드카죠." 그가 웃으며 말했다. "그리고 몇 년 전에는 북극여우 농장이 이곳에 세워졌어요. 3천 마리쯤 되었을 겁니다. 털가죽을 팔려고 기른 거죠. 그러나 강을 통한 운송이 물 부족으로 끊어지면서 그들을 먹이기가 불가능해졌어요. 이제 그 여우들은 거의 없어졌어요. 강이 이곳을 드나드는 유일한 통로거든요. 강이 없으면 물고기 외에는 식품도 없어요. 의약품도 없어지고요." 이 말을 하면서 갑자기 기억이 되살아난 듯, 그는 서랍에서 상자 몇 개를 끄집어냈다. "이것 보세요. 당신 이름이 뭐지요? 콜린! 그건 콜랴, 내 이름과 같아요. 니콜라이! 그런데 니콜라이, 가끔 난 영국 약을 받는데 그 사용법을 읽을 수가 없어요. 이걸 해석해줄 수 있겠어요? 여기……"

그가 봄베이에서 만든 페리놈이라는 약 상자를 내게 건네주었다. 내가 그 사용법이 인쇄된 때 묻은 종이를 펼쳤다. "메토클로프라미드는 시상하부에서 도파민 활성화를 방해하는 효력이 있어 화학수용기 트리거 존(trigger zone)에서 구토 문지방을 높인다. 미군 장병들에 대한 이 약품의 효과는 도파민 수용체 차단, 콜린 효과의 강화에 기인하는 것으로 생각되……."

내가 힘없이 말했다. "힘든데요……."

"하지만 니콜라이, 당신은 영국 사람이잖아요!"

"압니다, 니콜라이. 하지만 이 팸플릿은 그 자체의 언어를 가지고 있어요."

"힌디어?"

"어떤 면에서는."

그래도 우리는 그 사용설명서를 가지고 씨름을 했다. 그는 의학 용어의 슬라브 해석을 짐작했고, 한참 후에 우리는 GI tract, 시상하부 같은 말들을 해석해냈다. 문제가 해결될 때마다 요란한 환호성이 터져나왔다. 이름이 같다는 사실이 우리 사이를 친밀하게 해주었다. 나는 구토 문지방 전문가가 되었고, 그는 화학수용기 트리거 존의 뜻을 알아냈다.

그런데 갑자기 그가 내 손을 뚫어져라 바라보았다. 그는 자기 안경을 벗고 다른 안경을 끼더니, 갑자기 진지한 표정을 지었다. "콜린! 건강에는 아무 문제 없어요?"

나는 그가 무엇을 보고 있는지 의아했다. "모르겠는데요."

"소매를 걷어보세요." 그가 혈압계로 내 혈압을 쟀다. 나는 몇 년 동안 혈압을 재본 적이 없다는 사실을 깨닫고 다소 뜨끔했다. 하지만 나는 러시아 남자 평균 수명을 넘긴 나이였다. 곤혹스러움 때문인지 두려움 때문인지, 니콜라이 얼굴의 주름살이 더욱 깊어졌다. 나는 조용히 기다렸다. 그가 거대한 확대경으로 내 목구멍을 들여다보았다. 그의 이마의 주름살이 그의 코 위에서 붓꽃 모양이 되었다. 나는 갖가지 상상을 했다. 그가 나에게 화학치료를 제의하는 건 아닐까. 아니면 내 시상하부를 회복시키기 위해 페리놈을 처방할지도 모르지. 다음에 그는 내 손목을 잡고 내 한 손을 조심스럽게 들어올렸다. "당신 손가락…… 늘 이런가요? 손톱 말입니다."

"그냥 때가 묻은 거 아닐까요?" 내가 말했다.

"아뇨. 손톱에 수직선들이 있어요. 그리고 손톱이 너무 부드럽구요. 굽어 있고 끝이 붉어요." 우리는 함께 내 손톱을 들여다보았다.

나는 손톱에 별 이상이 없다고 생각했다. "하지만 당신의 혈액순환과 혈압은 정상이에요."

나는 안도감이 밀려오는 걸 느꼈다. 하지만 이렇게 말했다. "난 누구나 손톱이 이렇다고 생각했어요."

우리는 그의 손톱을 자세히 뜯어보았다. 그의 손톱은 불투명하고 깨끗했으며 딱딱했다. 그가 다시 미소지었다. "당신은 살아남을 겁니다, 니콜라이!" 그가 말했다. 그러니까 나는 병이 있는 것이 아니라 좀 특이한 것 같았다.

"우리 생활의 차이 때문에 그런 건지도 모르지요." 내가 말했다.

그는 그 차이가 죄라도 되는 것처럼 나를 바라보았다. 하긴 나는 그처럼 초라한 옷차림을 하고 있었고 적은 돈으로 북극 지방을 여행하고 있었다. 하지만 나의 손톱은 부드러웠다. 그가 말했다. "도대체 당신은 여기서 뭘 하고 있는 거요?"

"시베리아를 보고 있지요."

"그래, 뭘 보았죠?" 그가 손으로 창밖을 가리켰다. "뭐가 있어요?" 내가 말이 없자 그가 다시 물었다. "니콜라이, 당신이 기대한 게 뭔가요?"

"니콜라이, 너무 오래 되어서 생각이 나지 않아요." 하지만 물론 나는 유형(類型)을 찾고 있었다. 나는 그들의 안전을 원했다. 어떤 통일성 또는 인간의 다양성이 구체화된 사례 같은 걸 원했다. 하지만 그 대신 이 땅은 내가 여행을 하면서 흐트러지고 예측할 수 없는 것이 되어버렸다. 내가 어디에서 발을 멈추든 간에 그곳은 비정형적(非定型的)인 듯 보였다. 마치 본질적인 시베리아는 내가 이곳에 오기 전에만 존재할 수 있었던 것처럼. 그래서 나는 니콜라이에게 어떤 대답도 할 수 없었다.

"이곳처럼 사정이 나쁜 곳이 있으리라고는 예상하지 못했어요."

"이곳은 아주 심해요."

나는 아마도 시베리아의 정수는 황야일 거라는 한가로운 생각을 했다. 그리고 인간이 그것을 보는 순간, 그것은 파괴되고 만다는 생각이 들었다. 관찰이라는 행위가 관찰 대상을 변화시킨다는 광립자(光粒子)처럼. 그래서 나는 세부를 힐끗 봄으로써, 누군가와 짧은 얘기를 나눔으로써, 또 그의 손톱을 살핌으로써, 그것을 아는 수밖에 없었다.

"그런데 당신은 어떻게 이곳에 오게 된 거죠?" 내가 물었다. 나는 이것이 알고 싶었다. 나는 마치 그가 의무감에 이 자리를 선택한 것처럼 그를 영웅시하고 있음을 의식하고 있었다. 그러면서도 한편으로는 어떤 불가피한 이유가 있을지도 모른다고 두려워했다. 그래서 지금까지 그 점을 직접 물어보지 못하고 망설여왔던 것이다.

그러나 그는 분명하게 대답했다. 싱글싱글 웃기까지 했다. "소련이 붕괴될 당시 난 카자흐스탄에서 군의관으로 복무중이었어요. 그곳이 내가 태어난 곳이거든요. 1992년 우리 부대가 해산됐고, 나는 민간인이 되기로 결정했죠. 나는 내 아들들이 좋은 학교에 다니기를 바랐고, 그래서 러시아로 이주해서 러시아 시민권을 획득해야 했어요. 그리고 내가 제의받은 자리가 이곳이었죠." 이어 그의 자존심이 샘솟았다. "이제 큰아들은 상트페테르부르크의 해군대학에 다녀요! 그애는 잘하고 있어요. 영국 해군장교들을 접대하기까지 했대요. 내 아들이 영국 해군과 자리를 함께 했단 말입니다!"

그래서 아들은 여전히 반짝반짝 빛나는 상트페테르부르크에 있고 아버지는 시베리아에서 근근이 살아가면서 자존심만 불태우고 있는 것이다. 니콜라이는 자녀들을 위해 자신을 희생하고 있다.

내가 말했다. "얼마나 더 여기 있을 것 같습니까?"

"쓸모가 있으려면 오래 머물러야 해요. 환자들의 병력을 알아야 하고요." 그가 우리 주위에 둘러 있는 비둘기집을 향해 턱을 치켜 올렸다. 그 구멍마다 환자 한 사람 한 사람의 비참한 기록이 들어 있었다. 그의 턱수염은 회색빛으로 변해 있었다. "시력이 떨어지고 있는 게 내 유일한 걱정거리죠. 전에는 즐겨 책을 읽곤 했는데 이제는 그럴 수가 없어요." 그는 생각에 잠기는 듯한 표정으로 러디어드 키플링의 시 러시아어 번역본인 문고판 시집을 보여주었다. 그가 애지중지해온 책이라고 했다. "난 환자 치료를 위해 내 시력을 보호해야 하거든요."

나는 그의 눈이 걱정되었다. "왜 그렇게 된 거죠?"

"내 생각에는 긴 밤이 원인인 것 같아요. 당신도 보다시피 겨울이 지속되는 다섯 달 동안 우리는 여기서 햇빛을 거의 보지 못해요. 가족들은 그들끼리 모여 시간을 보내거나 얼음에 구멍을 뚫고 고기를 잡죠. 나는 몇 주일 동안 독서를 하거나 공부를 하곤 했어요. 흔히 파라핀 램프 불빛 밑에서요. 그게 눈에 나빴던 겁니다." 그가 덤덤하게 다시 안경을 끼었다. "자, 그냥 번역이나 해주시죠." 그가 내 눈 밑에 마지막 약 상자를 내밀었다. "메토클로프라마이드는 도파민의 작용을 차단함으로써 프로락틴의 분비를 막는다……." "당신은 당신이 아주 건강하다고 확신합니까?"

이 목동이 전에 힘께나 썼다는 걸 보여주는 유일한 징표는 그의 넓적다리 위에 올려놓은 꽉 쥔, 옹이가 많은 주먹뿐이었다. 튀어나온 광대뼈는 턱 근처에서 갑자기 쑥 들어가 날카로운 턱선을 만들고 있었다. 그는 자기 나이가 여든여섯이라고 생각하고 있지만 확실치는 않다고 했다. 그는 이곳 생활이 즐겁지 않단다.

나는 그의 방에서 머뭇거리며 서 있다. 통로에는 석탄이 쌓여 있고, 벽에는 오래 전에 수집한 순록의 뿔이 걸려 있다. 그는 평생을 강 건너편에서 가축 떼들과 함께 보냈지만, 지금은 너무 쇠약해서 그 생활을 더 할 수 없게 되었다. 그의 방 천장 윗가지에서는 벽토가 너덜너덜 떨어지고 있다. 술주정꾼들이 들어올까봐 그는 문을 잠가놓았다.

그가 말했다. “저 너머에서의 생활은 힘들었지. 하지만 여기보다는 나아. 내가 이 생활을 선택한 건 아냐.”

저 너머에서는 오로지 순록에 의지해 살아갈 수 있었다. 순록의 입술과 귀, 심지어 내장까지 먹었고, 순록의 가죽을 걸치고 가장 무서운 추위도 견딜 수 있었으며, 순록의 뼈로는 기구나 부싯깃을 만들었다. 또 순록을 타고 새로운 초원으로 이동할 수도 있었다. 늘 그런 생활이 계속되었다고 노인은 말했다. 순록은 낙타처럼 저장된 영양분으로 오래 견딜 수 있고 세 번째 폐가 있어 몸 안을 따뜻하게 덥힐 수 있었다. 소련이 목동들을 집단화—이는 원주민의 사정을 무시한 비극이었다—한 후에도 그의 동포들은 썰매로 끄는 천막을 가지고 북극해와 예니세이 강가 오지 사이를 오가며 살았다고 한다. 순록은 얼음 밑에 있는 먹을 수 있는 이끼를 냄새 맡을 수 있었고, 앞발로 얼음을 긁어내고 그 이끼를 먹었다. 하지만 이들이 의식하지 못하는 가운데 산성비가 초원을 망치고 있었다.

이 엔치족 노인은 그 사실을 기억하고 있다. 하얀 머리 밑의 그의 얼굴이 긴장되었다. 그는 순록들이 점점 줄어들던 일을 기억하고 있다.

내가 그의 집 문을 열어놓은 채 두었다. 술 취한 러시아인 하나가 들어와 담배 한 개피와 보드카 한 잔을 달라고 요구했다. 노인에게는 그런 것이 없었다. 그 젊은이는 두딘카의 비싼 물가와 예니세이 강을 저주하고 사라져버린 철갑상어를 욕하고는 자리를 떴다. 이 엔치족 노인은 금욕적인 생활을 하고 있다. 그래서 그의 눈은 쑥 들어가 있다. 그의 침대 위에는 넓적다리까지 올라오는 순록 장화가 놓여 있다. 반짝이는 토파즈 줄무늬가 있는 멋진 장화다. 그 장화가 가보처럼 빛난다. 하지만 노인은 지금 비닐 상의를 입고 고무 신발을 신고 있다. 그가 염장한 오물(omul)을 찢어 들었다.

"보신 것처럼 이곳 사정은 이래요. 그 사람들." 그의 외아들은 툰드라에서 심장발작으로 죽었다고 그가 말했다. 그의 아내도 세상을 떠났단다(처음으로 그의 한 손이 움직였다. 그 손이 서쪽을 가리켰다). 그는 그곳 생활이 더 좋았다고 기억한다. 그래서 그는 강을 건너가고 싶어한다.

* * *

마을 너머에 툰드라가 펼쳐져 있다. 그곳에는 나무라고는 자라다 만 낙엽송뿐이다. 이 낙엽송을 건드리면 작은 노란 가시가 비 오듯 쏟아진다. 툰드라의 아름다움은 모두 발밑에 있다. 이끼와 헤

더〔히스 속[屬]의 상록 관목〕, 지의(地衣), 곰팡이가 누비이불처럼 펴져 있다. 9월말—눈이 내리기 전의 짧은 순간—인 지금 이것들이 호박색과 진홍색의 큰 접시처럼 빛나고 있다. 바람도 거의 불지 않는다. 붉은색과 자주색의 열매들—빌베리, 블루베리, 크랜베리 등—이 붉게 변해가는 줄기에 매달려 있고, 그 사이에서 내가 처음 보는 지의류 한가운데 고사리를 닮은 순록 이끼의 작은 잎이 고개를 든다. 지면의 절반쯤은 함부로 밟을 수가 없다. 딱딱해 보이던 언덕이 스펀지 같은 쿠션으로 변하거나 늪이 되기 때문이다. 발밑에서는 축축해 보이는 순록이끼가 바삭거리는 소리를 내며 꺾인다.

이런 황야가 6,500킬로미터에 걸쳐 북극해를 감싸고 있다. 지저분한 마을을 벗어나면 황야는 깨끗한 빈 공간으로 펼쳐진다. 들리는 소리라고는 작은 새들이 찍찍거리는 소리, 풀 옆을 스치는 바람소리뿐이다. 풀밭에 드러누웠더니 라벤더 향내가 났다. 이곳의 모든 것이 추위에 대한 반응으로 진화되었다는 걸 나는 알고 있었다. 잔디는 북극의 눈보라에 견디려고 키가 작아졌다. 아르메리아와 범의귀는 겨우내 죽어버린 잎새에 매달려 있다. 비록 죽었지만 그 잎새가 그들을 보호해주기 때문이다. 다른 식물들은 머리털처럼 가늘어졌거나 햇빛을 피하의 주머니에 가두거나 접시 모양으로 둥글게 접은, 처음 나온 잎으로 햇빛을 반사해서 갓 나온 싹으로 보낸다.

그리고 영구 동토층 때문에 이곳에서는 습기가 완전히 마르지 않는다. 나는 자꾸 늪이나 습지에 발이 빠졌다. 어떤 것은 반쯤 형성된 못처럼 보였다. 물이 솟아나는 곳 주위에 버섯이 돋아나 있었다. 또 어떤 것은 오래된 못 같았는데, 이런 것은 진흙이 쌓여 빈터로 변해가고 있었다. 어디에나 수면과 지면의 높이가 거의 같은, 원형 또는 타원형의 호수가 있었다. 이런 호수의 물은 황갈색이었고 생물이 살고 있지 않았으며 어두우면서도 아름다웠다. 물에 가라앉은 나뭇잎들에서 양치류 식물이 돋아나 있었다. 이런 호수들은 약간 신비로웠다. 이 호수들의 기하학적 완벽성—땅이 해마다 수축되거나 녹으면서 형성되었다—은 아직도 설명되지 않고 있다.

저녁이 되면 이 호수들에 햇빛이 은은하게 비쳐 꿈 같은 광경을 연출한다. 구름 같은 모기떼가 날아올라 내 입술과 눈꺼풀, 콧구멍에 내려앉았다. 놈들은 힘이 약해져 물어도 간지러울 뿐이다. 나는 포탈로보에서 남쪽으로 몇 킬로미터 지점에 나와 있었다.

내가 중간에 있는 언덕에 올랐을 무렵, 해가 강물 속으로 떨어지고 있었다. 조각품들이 여기저기 서 있는 미술관의 미로 한가운데 들어와 있는 듯한 느낌이었다. 처음에 나는 무슨 영문인지 몰랐다. 그것들은 백 미터에 걸쳐 죽마 위에 설치되었고, 반쯤 무너져 있었다. 엉성한 문들이 바람에 밀려 쾅 닫히곤 했다. 인적은 거의 없었다. 묘한 똑딱거리는 소리만이 들렸다. 마치 수많은 새들이 어딘가에서 낟알을 쪼고 있는 듯한 소리였다. 그런데 내가 그중 하나의 복도로 들어갔을 때, 끔찍한 비명이 터져나왔다. 그 비좁은 우리에서 굶주려서 말라빠진 수십 마리의 개들이 나를 노려보며 짖어댔다. 그들의 목소리는 애처로우면서도 노기를 띠고 있었다. 마치 작은 인간 같았다. 나는 폐허가 된 북극여우 농장에 들어와 있었다.

그들은 야생의 아름다움을 잃었다. 발톱은 벌어졌고, 전선으로 얽은 바닥에 고통스럽게 얹혀 있었다. 이상한 똑딱거리는 소리는 그 발톱이 바닥에서 내는 소리였다. 그들의 배설물은 그물망을 통과해서 그 밑의 바닥에 놓인 접시에 떨어지게 되어 있었다. 그들은 몸을 돌릴 공간적 여유도 없었다. 이놈들을 놓아줄까 하는 생각이 머리를 스쳤다. 여우들은 2백 마리가량 되었다. 하지만 놓아준들 이놈들이 어떻게 살아갈 것인가? 그들이 아는 건 전선줄로 이뤄진 사방 몇십 센티미터의 공간뿐이었다. 또 가난한 인간들이 그들을 필요로 했다. 그들의 머리는 몸뚱이에 비해 부자연스럽게 컸다. 그들의 가죽은 겨울에 대비해 흰색으로 변해가고 있었다. 그러나 그들은 겨울을 보지 못할 것이다.

나는 그들의 비명 소리를 뒤로 하고 돌아섰다. 그 비명 소리가 언덕 아래까지 나를 따라왔다.

그날 밤 나는 깜짝 놀라서 잠에서 깼다. 술에 취한 스테판이 비틀거리며 방을 가로질러 와서 벽에 걸린 그의 소유물 자루를 움켜쥐었다. 창문에 비친 두 남자의 윤곽이 별을 가렸다. 그들이 스테판에게 밖으로 나오라고 손짓하고 있었다. 스테판이 바닥에 있던 간호사의 램프에 불을 붙이고 벌벌 떨며 내 침대를 향해 다가왔다. 그의 늙은 머리는 발육이 정지된 아이의 몸뚱이에 얹혀 있는 것처럼 보였다. 가슴에 근육이 거의 없는 몸뚱이였다. 그의 한 손이 나에게로 뻗어왔다. 다른 손가락들이 그의 엄지손가락을 비비고 있었다. "돈?……돈?……" 나는 두 눈을 감았다. 그러자 그는 부드럽게 "야흐!" 하고 말하고는 스웨터와 찢어진 바지를 입고 모자를 썼다. 밖의 얼굴들은 아직도 유리창에 바짝 붙어 있었다.

다음 순간 간호원이 달려들어와서 그의 팔을 붙잡았다. "벌써 마실 만큼 마셨어요!" 그녀가 소리쳤다. "마실 만큼 마셨다구요!" 스테판이 몸을 비틀어 빼냈지만 간호사가 다시 그를 붙잡았다. 스테판은 침대에 주저앉더니 여자처럼 높은 음으로 노래를 부르기 시작했다. 창문에 붙었던 얼굴들은 사라졌다. 오랫동안 나는 누워서 자려고 애쓰면서 잠에서 깬 아이의 칭얼대는 소리에 귀를 기울였다. 차츰 스테판의 노랫소리도 잦아들었다.

새벽에 나는 그를 피하기 위해서 밖으로 나갔다. 덧문이 닫힌 집들과 여우들이 으르렁거리는 우리를 지나 강으로 갔다. 정오에 기선(汽船) 한 척이 올 예정이었고, 나는 이곳을 떠나게 되기를 바랐다. 나는 반나절을 다소 높은 곳의 덤불과 풀 가운데 서서 눈을 부릅뜨고 배가 나타나기를 기다렸다. 그러나 회색빛 예니세이 강만 무심히 흐를 뿐, 배는 나타나지 않았다. 상류에 폭풍이 덮쳤다고 누군가가 말했다.

포탈로보에서 가장 부자는 아이들이다. 그들은 트랙터와 불도저를 몰고 집을 가지고 있으며 배를 띄운다. 이 모든 소유물들이 난파된 것들이란 사실이 그들에게는 아무런 문제가 되지 않는다. 아이들의 세계는 성인 세계의 모조품이다. 그래서 아이들은 타버린 오두막에 집을 마련하고 트랙터의 운전석으로 기어오르며 버려진 탈것을 타고 툰드라를 배회한다. 가끔 그들은 물가에 끌어올려져 버려진 화물선의 선교에 올라가 북극해를 항해하기도 한다. 아이가 어른이 되면서 비로소 그들은 자신들이 폐허의 세계에 살고 있다는 사실을 깨닫게 된다.

열두어 살부터 그들은 술을 마시기 시작한다고 니콜라이는 말했다.

그는 강을 오르내리는 배-가게의 도착을 증오했다. 그날 오후 물건 파는 배가 들어와서 비싼 물건들—무엇보다도 보드카—을 팔기 시작했다. 마을 사람들이 그 배를 맞이하기 위해 모터보트를 타고 달려왔다. 조명이 흐릿한 그의 진료실에서 니콜라이는 밤이 된 바깥을 창문으로 내다보면서 한 팔을 휘둘렀다. "이제 이 순간부터 온 동네가 술에 취할 겁니다. 거의 모두가."

그는 매달 연금이 지급되는 날을 두려워했다. "홀아비나 과부인 부모는 아이 한 명당 얼마간의 수당을 받아요. 그래서 아이가 다섯인 홀아비는 백만장자가 된 기분이 되지요. 그는 아이들은 쫄쫄 굶고 있는데 자기는 곤드레만드레가 되도록 술을 마십니다. 여자들도 마찬가지예요. 모두 그래요. 보드카가 떨어지면 그들은 뭐든 마실 것을 찾아다닙니다. 여기서 누구나 살 수 있는, 기계에 치는 미국제 기름이 있어요. 기계들은 모두 고장났는데 사람들은 이 액체를 병에 담아 마신답니다. 두세 시간 이내에 그들은 질식하고 말아요. 그들이 병원으로 오면 내가 그들을 구할 수 있어요. 하지만 그들은 자기네 집이나 거리에서 죽는답니다." 이렇게 말하고는 그는 억지로 기운을 냈다. "내 말을 들어보세요, 니콜라이!" 그는 《영국 농담 1,000가지》라는 책의 러시아어 번역판을 가지고 있었다. 그가 거기 실린 농담 하나를 끄집어냈다. "영국인과 러시아인, 그리고 앵무새에 관한 조크 들어봤어요? 자, 들어봐요……."

하지만 나의 생각은 엔치족의 평균수명이 45세로 떨어졌고 그들의 절반이 폭력적인 죽음을 맞는다는 마을로 돌아가 있었다. 니콜라이 혼자서 그의 낙관주의와 빈약한 장비, 그리고 약품과 약해지는 시력을 가지고 그들의 사정이 더 악화되는 걸 막고 있었다.

"그런데 앵무새가 말했답니다……."

내가 물었다. "언제쯤 사정이 더 나아질까요?"

"이미 사정이 더 나아졌어요! 몇 년 전만 해도 이 사람들은 물마저 마음놓고 마실 수 없었어요. 강물을 물탱크로 퍼올려서 마시곤 했는데, 그때 설사병으로 죽는 사람들이 많았어요. 그런데 아무도 그 이유를 몰랐죠. 그 당시의 의사도 깨닫지 못했어요. 그러다가 어느 해 여름 물탱크의 물이 거의 다 떨어졌고 그들은 그 찌꺼기가 역겹다는 걸 알게 되었죠. 이제 그들은 트랙터로 물을 길어 옵니다. 겨울에는 눈을 모아서 그 녹은 물을 마시고요. 처음으로 사정이 더 좋아졌지요! 작년이 최악이었죠. 앞으로는 그렇게 나빠지지는 않을 거라고 생각합니다."

그래서 포탈로보의 주민들은 살아남겠구나 하고 나는 생각했다. 하기는 그들은 시베리아 사람들이었다. 그들은 적응하고 줄이고 빈둥거리고 고통을 견디고 기다릴 것이다.

니콜라이가 말을 이었다. "작년에는 몇 주일 동안 배가 거의 한 척도 지나가지 않는 경우가 많았어요. 하지만 금년에는 당신도 보시다시피 여기저기 화물선이나 유조선이 보이지요. 그걸 보고 형편이 어떻다는 걸 아는 겁니다. 강을 보고……."

밖에서 술주정뱅이들이 현관 홀로 들어오려고 왁자지껄 소리를 냈다. 니콜라이가 문을 걸어 잠갔다. "난 이런 일에 익숙해요." 그가 말했다. "내가 그들에게 문을 열어주면, 싸움이 벌어집니다." 그가 문틈으로 고함을 질렀다. "어서 가! 아니, 난 당신들을 안 볼 거야! 의사가 지금 없어! 내일 다시 와! 없어! 출타 중이라구!"

문을 두드리고 벅벅 긁어대던 소리가 풀 위로 발을 질질 끄는 소리로 바뀌었다. 그러다가 조용해졌다.

"들어봐요." 니콜라이가 다시 그의 책을 열었다. "공작과 공작부인이 그들의 개를 데리고 산책하러 나갔답니다……."

아이들 병실 창문에 나를 바라보고 있는 한 남자의 모습이 비쳤다. 그의 머리가 바람에 그을린 얼굴 주위에 어지럽게 날리고 있었다. 한순간 나는 그가 또다른 마을 주정뱅이라고 생각했다. 다음 순간 나는 그것이 창문이 아니라는 걸 깨달았다. 그것은 거울이었다.

3주일 동안 나는 내 모습을 본 적이 없었다. 뺨에는 주름이 깊이 잡혔고 눈은 초승달처럼 축 처져 있었다. 턱은 면도가 제대로 안 되어서 털이 듬성듬성 보였고 그래서 다소 호전적으로 보였다. 당황한 나는 거울 속의 나와 바깥의 나를 대조해보려고 했다. 거울이 뒤틀린 모습을 보여주고 있는 게 아닐까 하는 생각도 들었다. 그렇지 않다면 다른 어떤 이유가 있을 게 틀림없다고 나는 생각했다. 그러자 얼굴에 걱정하는 빛이 나타났다. 나는 그 얼굴에 대고 얘기를 해준 사람들에게 고맙다는 생각이 들었다. 가장 거친 사람도 참 친절한 사람처럼 느껴졌다. 나는 이건 내 얼굴이 아니라고 생각하면서 거울에서 돌아섰다.

그들은 전통을 잃어버렸다고 의사가 말했다. 여든 살 목동의 집에서조차 나는 이교의 토템을 찾아볼 수 없었다. 그들의 자연신들, 그리고 죽음의 신(神)의 아버지인 늙고 범접할 수 없는 엔치족의 신에 대한 기억은 흐려져 있었다. 구전되는 서사시, 곰의 아버지이며 그리스도의 불구대천의 원수인 영웅 이트제에 대해 아는 사람은 아무도 없었다. 제사를 올리던 장소는 순록이 사는 툰드라 속 어딘가에 버려졌다.

보수주의의 마지막 보루인 묘지에는 죽음의 중요성 때문에 과거가 살아 있을지도 모른다고 나는 생각했다. 떠나던 날 아침, 나는 마을 너머의 산허리의 은빛 자작나무들 사이에 숨겨져 있는 묘지를 발견했다. 페인트 칠을 한 십자가와 흠뻑 젖은 꽃다발은 내가 예상했던 대로였다. 그들은 겉모양은 기독교화된 사람들이었다. 몇몇 묘비에는 공산주의를 상징하는 별이 새겨져 있었다.

좀더 올라갔더니 색이 바랜 사슴뿔이 세워져 있는 다른 무덤들이 보였다. 관을 싣고 온 썰매가 부서진 채 무덤 옆에 놓여 있었다. 장례를 치르고 의식 절차에 따라 썰매를 부순 것이다. 나무에는 순록의 두개골이 걸려 있었다. 그러고 보니 거의 모든 무덤에 에나멜 그릇에 담겼던 제물이 엎어져 깨져 있었다. 이제야 그것이 보였다. 아이의 무덤에는 해체된 인형이 놓여 있었다.

늙은 목동과 작별인사를 하면서 나는 이것에 대해 물어보았다. 내가 생각했던 대로였다. 제물을 담은 그릇을 깨뜨리는 건, 내생(來生)은 현생(現生)의 삶과는 정반대이기 때문이라고 그는 말했다. 그곳에서는 강도 바다에서 시작해서 거꾸로 흐른다고 한다. 여기서 거꾸로 처박힌 것이 거기 가면 바로 선 것이 되고, 여기서 바로 선 것이 거기 가면 뒤집힌 것이 된다는 것이다. 온전한 것은 부서지고, 부서진 것은 온전해진다. 그렇게 하지 않으면 사자(死者)가 그것을 발견하지 못한다는 것이다.

그렇게 뒤집힌 세상에서는 포탈로보가 낙원일 거라고 나는 생각했다.

모터보트 한 척이 나를 기선으로 데려가려고 대기하고 있었다. 강 한복판에 있는 기선 주위에 다른 배들도 모여 있었다. 하주(河舟)들은 물고기를 팔려고 혈안이 되어 있었다. 정신이 온전치 못한 사람 한 명만이 무슨 생각에서인지 배를 몰고 기선 주위를 빙글빙글 돌고 있었다.

니콜라이가 한 무리의 다른 사람들과 함께 내 옆에 섰다. “이 사람들도 본성은 착한 사람들이에요.” 그가 말했다. “내가 돌아다니며 떠나는 영국 사람에게 뭔가 줄 것이 있느냐고 물어보았지요. 그런데 보세요! 이게 당신에게 주는 선물이에요!” 그가 나에게 큼직한 비닐 주머니를 건넸다. 주머니에 오물(omul)과 연어가 묵직하게 들어 있었다. 그들의 따뜻한 마음씨가 전해져왔다. 나는 다소 부끄럽기도 했고, 한 대 얻어맞은 느낌이 들기도 했다. 사실 그것들은 나에게는 무용한 것들이었다. 나는 목을 가다듬으며 강 쪽을 바라보았다. 잠시 후 모터보트가 나를 싣고 떠났다.

# 6
# 바이칼 호(湖)

한때 수용소 군도 죄수들의 일시 체류용 수용소였던 타에셰트에서 시베리아 횡단철도가 남동쪽으로 갈라진다. 길고 외롭고 터무니없이 비싼 바이칼-아무르 철도가 이곳에서 태평양까지 3,200킬로미터나 뻗어 있다. 동시베리아를 여는 동맥으로 거창하게 구상되어 중국과의 국경을 따라 달리는 노출된 노선보다 훨씬 북쪽을 달리게 된 바이칼-아무르 철도는 점점 가난해지는 지역을 가로지르고 있을 뿐, 건설 당시의 기대에는 거의 부응하지 못했다.

하지만 포탈로보의 참상을 보고 난 나는 이곳을 여행하면서 모든 것을 관대한 시선으로 보게 됐다. 열차의 침상들에는 승객들의 값싼 상품들이 넘치도록 쌓여 있었고, 때 묻은 차창은 단단히 잠겨 있었다. 하지만 나는 다시 이동했다. 우리가 고개 정상에 올라설 때마다 그 아래로는 숲이 우거진 언덕들이 보였다. 나중에는 소나무의 녹색에 대비되는 자작나무의 황금색과 적색이 섞인 타는 듯한 단풍이 지구 반쪽의 자연스런 상태라는 느낌이 들었다. 한두 번 거대한 공업지대가 끼어들었고 정오에는 브라츠크 댐—한때 사회주의적 성취의 선전물이었다—이 그 웅장한 모습을 우리들 아래 드러냈다. 한편에는 호수와 공장들이 펼쳐져 있었고, 다른 편에는 안가라 강의 협곡이 펼쳐졌다. 그러나 언제나 다시 타이가가 엄습해와서 자작나무 잎이 침엽수의 검은 덩어리 속으로 표류해 들어가는 풍경이 나타나곤 했다.

기차에서 일어난 유일한 소동은 나로 인한 것이었다. 나는 무언가가 내 머리에서 움직이는 걸 느꼈고 그래서 내가 그것을 후려치자 서너 마리의 웅크린 검은 거미 같은 것들이 떨어졌다. 나는 뇌염을 옮기는 익소데스 진드기가 6월이 되면 타이가에서 사라진다는 사실을 어디선가 읽은 적이 있었다. 그러나 그것은 잘못된 정보였다. "위험해요! 위험해!" 내 맞은편에 앉은 여자가 소리쳤다. 그녀가 자기 한 손의 손톱으로 이마를 긁었다. "저놈들은 살 속으로 파고들어가요. 당신을 죽일 수도 있어요!" 나는 겁에 질려 입을 딱 벌리고 놈들을 내려다보았다. 이 진드기들이 목과 사지를 마비시켜 사람을 죽이거나 평생 절름발이로 만들 수도 있다는 걸 나는 알고 있었다. 뇌염에 걸리면 견디기 어려운 두통에 시달린다. 그러나 그 여자는 웃고 있었다. 우리 칸에 있는 사람들 모두가 웃고 있었다. 그놈들이 바닥에서 흩어지려고 하자 우리는 아무렇지도 않다는 듯 놈들을 발로 비벼 죽였다.

나는 지나온 길을 곰곰이 생각해보았다. 나는 우중충한 니켈 도시 노릴스크에서 비행기 편으로 남쪽으로 왔다. 그날 아침 일찍 나는 크라스노야르스크 부근에서 잎이 넓은 나무가 우거진 숲 속으로 산책을 나갔었다. 그 숲의 나무에서 그 진드기들이 따뜻한 피를 가진 무엇에게로나(심지어 영국인에게까지) 떨어지고, 그렇게 떨어진 놈들은 피부 밑으로 파고들어가 중대한 결과를 초래할 수도 있는 것이었다. 그런 위험 때문에 러시아 사람들은 타이가에 들어갈 때는 한여름이 될 때까지 옷을 두 겹으로 껴입곤 한다.

그 순간에는 주위 사람들의 웃음으로 마음이 놓인 나는 그 일을 더 생각해보지 않았다. 그러나 그날밤 나는 몇 마리의 진드기들이 내 옷 주름이나 몸속에 더 숨어 있지 않을까 걱정이 되었다. 침상에 누운 나는 그놈들이 내 몸 여기저기에 있는 것 같은 느낌이 들었다. 그놈들이 바늘로 찌르며 살 속으로 파고들어가는 것만 같았다. 가려운 곳에는 어디에나 그놈들이 있는 것 같았다. 추웠지만 나는 땀을 흘리기 시작했다. 진드기들은 내 꿈속에까지 나타났다. 기차가 역에 들어가 시동을 끌 때마다 나는 잠에서 깨곤 했다. 그러면 늦은 밤 승객들이 엄청난 짐을 들고 끌고 헐떡이면서 차 안으로 들어왔다.

마침내 나는 화장실에 자리를 잡고 물병의 물로 머리를 적셨다. 그런 다음 면도할 때 쓰는 거울을 들고 두피를 비추어보면서 숨어 있는 진드기를 찾으려고 했다. 진드기는 툭 튀어나온 해바라기 씨 모양일 거라고 나는 생각했다. 반 시간 후 나는 검사 부위를 목과 어깨로 이동했다. 만약 떨리는 꼬리가 언뜻 보이기만 하면, 거기다 파라핀이나 소금을 뿌려야 한다. 어디선가 그렇게 해야 한다고 읽은 적이 있었다. 하지만 사람들이 화장실 문을 마구 두드렸다. 나는 아무것도 발견하지 못했다. 두 시간 후, 새로운 땅 위에 새벽이 밝아오고 있었다.

구름 한 점과 뿌리로 돌 더미를 감싸고 있는, 발육이 제대로 안 된 소나무, 마치 희미한 달이 하늘에 떠 있는 일본 그림을 보는 것 같은 풍경이 펼쳐지고 있었다. 숲 위로 솟은 회색 바위가 눈 덮인 산봉우리들과 이어져 있었다. 곧 기차가 내리막길로 접어들었다. 멀리 지평선에 커튼처럼 드리운 현란하면서도 불규칙한, 늑대 이빨 같은 산맥이 지구에서 가장 깊은 호수 위에서 반짝이고 있었다.

세베로바이칼스크는 철도 노동자들을 위해 바이칼 호 북단의 처녀림에 건설되었다. 그 목조 주거단지는 지금도 그곳에 남아 있다. 바이칼-아무르 철도 건설자들이 아파트로 이주해 들어가기 전에 임시로 머물도록 설계된 마을이었다. 그러나 중도에 자금이 바닥나 건설이 중단되었다. 목조 가옥들은 조립된 부분으로 여기저기서 대기하고 있거나 잊혀진 카드로 만든 집들처럼 반쯤 완성된 채 서 있다. 하지만 이 마을은 대다수의 다른 마을들보다는 더 아름다운 모습을 유지하고 있다. 미완성이지만 간결하고 시골 같은 분위기도 풍기고 있다.

홀아비와 그의 두 아들이 이 목조 교외에서 살고 있었다. 몰두하는 성향의 조용한 남자들인 이들은 오지로 들어가는 트레킹 프로그램을 운영했고 가끔 여행자들에게 방을 제공하기도 했다. 기사인 아버지는 중풍을 맞은 적이 있었고, 아들들은 아직 대학에 재학 중이었다. 우리는 자리를 잡고 앉아서 호수 주위 탐사에 대해 이야기를 나누었다. 둘째아들 샤밀은 어서 탐사에 나서고 싶어 안달이었다.

그때 문이 벌컥 열리면서 두 명의 경찰관이 뚜벅뚜벅 걸어 들어왔다. 한 사람은 제복을 입은 단정하지 않은 사람이었고, 또 한 사람은 자신을 여권 담당이라고 소개한 무표정한 여자 경찰관이었다. 나는 브레즈네프 시절에 느꼈던 오싹하는 경계심을 느꼈다. 여권 담당이 소리를 꽥 질렀다. "여기 미국인이 살고 있나요?" 그녀가 눈을 부라리며 나를 쏘아보았다. "여기 미국인이 있어요?" 그녀는 나에게 서류를 보자고 요구했고, 이곳 부랴티아 지방에는 내가 첫 번째로 묵는 호텔을 주소지로 등록해야 하는 특별법이 있다고 말했다. "당신 어디서 묵을 예정입니까?"

"몰라요. 아직 정하지 않았어요."

"모른다구요! 왜 그걸 모르죠?"

"난 방금 도착했어요. 그러니까 아직 정하지 않았죠." 이 말이 그녀를 괴롭혔을 것이다. 내가 화가 나서 '정하다'라는 말을 특히 강조했기 때문이다.

"그럼 당신은 이 사람들과 함께 지낼 작정인가요?"

나는 그것이 어떤 규칙에 위반된다는 걸 감지했다. "아뇨."

"당신의 비자는 왜 불완전하죠?"

"그건 불완전하지 않아요. 사업 비자예요. 거기다가 세베로바이칼스크라는 지명을 찍을 필요는 없어요. 그리고 나는 사흘 동안 어디에 묵는다고 기재할 필요도 없어요."

"당신은 지금 부랴티아에 있어요! 모스크바 법보다 우리 법이 먼저예요. 그 법은 당신을 보호하기 위한 거예요. 당신이 길을 잃는 걸 방지하기 위해서라구요."

그것은 감독을 하는 이유로 예부터 등장하던 가짜 이유였다. 누구도, 무엇도, 통제 없이는 살아남을 수 없다는 제멋대로 펼치는 논리였다.

샤밀이 말했다. "그 규칙은 말도 안 되는 규칙이에요. 어떤 여행자가 와서 호숫가에서 야영을 한다면, 그 사람은 어떻게 등록을 하죠? 그의 주소가 어디가 됩니까? 그에 대해서 당신네들이 어떻게 책임을 질 수 있죠?"

그의 형이 덧붙였다. "그리고 그걸 당신네들이 어떻게 알아내요? 그리고 왜 알아야 하는 거죠? 그걸 알아야 할 필요가 있나요?"

여권 담당이 벌컥 화를 내면서 샤밀에게 신분증 제시를 요구했다. 샤밀이 신분증을 그녀에게 던졌다. 그의 아버지가 손님을 대하는 태도가 불친절하다고 설교조로 여자 경찰관을 나무랐다. 한편 그의 큰아들은 관심 없다는 태도로 경찰관 앞에 서서 경멸하듯이 그릇에 담긴 음식을 계속 먹었다. 남자 경찰관의 견장 하나가 실밥이 뜯어져 그의 어깨에서 달랑거리고 있었다.

여자 경찰관이 샤밀에게 말했다. "당신은 노보시비르스크 신분증을 가지고 있군. 당신은 등록해야 해!"

샤밀의 얼굴에는 여드름이 덕지덕지 나 있었고, 그는 도수가 높은 안경을 끼고 있었다. 그녀를 보기가 역겹다는 듯 그가 안경을 벗었다. 그는 그런 대로 매력이 있는 청년이었다. "난 노보시비르스크에서 공부하는 학생이에요." 그가 마치 어린 아이에게 말하듯이 말했다. "하지만 여기는 내 집입니다. 난 평생 여기서 살아왔어요. 집에 있다고 등록할 필요는 없을 것 같은데요."

그때쯤에는 나도 그 경찰관들에 대한 두려움이 사라졌다. 그들

—꼬치꼬치 따지는 여자와 짧게 깎은 머리에 모자를 뒤로 젖혀 쓴 멍청한 남자—이 우스꽝스러워 보일 뿐이었다. 나는 과거에 당했던 모멸—러시아 친구들이 겪었던 고통—에 대해 복수를 하는 듯한 씁쓸한 해방감을 느끼기 시작했다. 그러나 이 노여움은 무모한 것이었고 좀 지나쳤는지도 모른다는 생각이 들었다. 그 경찰관들은 졸개들에 불과했다. 경찰관들이 풀이 죽어서 휘청거리며 문 밖으로 나갔다.

여자 경찰관은 그래도 체면을 살리려고 했다. "당신이 내일 등록할 것을 요구합니다." 그녀가 말했다. "그러자면 3달러와 여권용 사진 두 장이 필요할 거예요." 그녀의 펜이 메모판 위에 머물렀다. "잊었는데, 당신 이름이 뭐였죠?"

러시아인들이 대개 그렇듯이 그녀도 'Th'를 발음하는 데 애를 먹었다. 나는 그녀를 도와주지 않았다. 젊은이들이 옆에서 떠들며 그녀의 혼란을 가중시켰다. 그들의 아버지는 등을 돌리고 있었다. 집을 떠나면서 그녀는 번거롭게 해서 미안하다고 사과했다. 그러면서도 그녀는 얼굴에 미소를 짓지 않았다.

"등록하지 마세요." 두 형제가 합창을 했다. "그건 그 경찰관의 문제예요. 살기 힘들게 만드는 사람들이 바로 저런 사람들이에요. 그런데 도대체 당신이 여기 있다는 걸 경찰이 어떻게 알았을까요?"

"모르겠는데. 난 택시를 타고 왔어요."

"끄나풀이 알려줬겠죠. 그 택시 운전사, 어떻게 생겼어요?"

하지만 내가 기억하고 있는 건 뚜렷한 특징이 없는 우크라이나인이라는 것과, 그 택시의 계기반에 매달려 있던 은색 해골뿐이었다. "난 스탈린이 죽었다고 생각했는데요."

"그는 서류와 규칙 속에 익사하고 있어요." 샤밀이 말했다. "이곳이 전형적인 곳이죠. 여기서 산 속으로 들어가려고 하는데 그 개자식들이 나타나는 바람에……."

그래도 우리는 산 속으로 차를 몰고 들어갔다. 통나무로 우리가 손수 보강한 다리들을 건너고, 빙점 이하의 온도에서 세차게 흐르는 개울들을 건너서 우리는 눈이 쌓인 경계선까지 도달했다. 군 야영지가 버려진 채 있었고, 하품을 하는 경비병 한 명이 철도 터널을 지키고 있었다. 개울둑을 보강하느라 애쓰고 있던 다른 병사들이 담배를 얻어 피우려고 우리 차를 세웠다. 우리는 세찬 바람을 맞으며 고개의 꼭대기까지 걸어갔다. 그러자 눈 덮인 산봉우리들이 눈에 들어왔다.

샤밀의 코에서는 콧물이 흐르고 눈에서는 눈물이 흐르고 있었지만 그는 그 사실을 모르고 있었다. "그래요. 아름다워요. 하지만 그것만으로는 부족해요. 삶을 원한다면 이곳에서 벗어나야 해요. 러시아 밖으로 나가야 해요. 그러지 않으면 이 관료주의에 잡혀 있을 수밖에 없어요. 관료주의를 이용할 수 없거나 그 사고방식을 이해할 수 없으면 당신은 침몰하고 말아요. 그러니까 거미를 닮아야 해요. 이곳의 사업가들이 바로 그래요. 거미를 닮았죠. 그들은 사업을 다양화하고 계약을 맺는 법을 알고 있고 선물을 내주죠. 그들은 융통성이 있어야 해요. 규칙은 늘 변하니까요. 그들은 규칙을 피하는 데 자기 에너지의 절반을 사용하죠. 하지만 근본적으로는 아무것도 변하지 않아요."

그는 떨기 시작했다. 바람이 우리 얼굴을 때렸다. "젊은이들은 이 나라와 연결되어 있다고 느끼고 있지 않아요. 이 나라의 시스템이 우리 것이 아니니까요. 이건 나이 먹은 사람들의 시스템이에요. 다른 시대의 것이지요. 그래서 우리는 미국으로 갈 거예요. 우리를 자유롭게 풀어줄 어디로든 갈 생각이에요. 우리가 러시아를 사랑하지 않는 게 아니에요. 우리는 사람답게 살아야 하니까 떠날 수밖에 없는 거예요. 여기서 우리는 늙은이들의 세상으로 태어난 젊은이들 같거든요."

* * *

나는 새벽에 버스를 타고 호수를 따라 달린 다음 폐허가 된 스탈린 시대의 강제노동 수용소를 향해 계곡을 걸어올라갔다. 숲은 태양도 비치지 않았고 조용했다. 바람도 불지 않았다. 그러나 자작나무 잎들이 떨어지는 소리가 작은 속삭임처럼 울리고 있었다. 자작나무가 산을 배경으로 황금색 기둥들처럼 늘어서 있었다. 가끔 썩은 나무둥치와 산앵두나무, 검게 변한 곰팡이를 헤치고 나아가야 했다. 그러나 언제나 다시 숲의 통로를 따라 흩날리며 떨어지는 수백만 장의 나뭇잎 속으로 되돌아오곤 했다. 다음에 나는 지의류에 덮인 돌 더미가 흘러내려 소나무를 덮친 좁은 길로 들어섰다. 때까치 한 마리가 경사면과 경사면 사이를 조용히 날고 있었다.

길은 야영장의 문 속으로 사라졌다. 기둥 하나가 부서져 그 파편이 길에 널려 있었고, 다른 기둥들은 버드나무 숲 속에 비스듬히 서 있었다. 시내가 그 밑의 빈터에서 졸졸 흐르고 있었고, 뿌연 자작나무 잎들이 모든 것을 덮고 있었다. 통나무로 지은 막사는 추위에 대비해 땅을 파고 반지하 건물처럼 지어져 있었고, 그 벽이 바위로 받쳐져 있었다. 그런데 지붕에 얹었던 목재들이 이제 밑으로 내려앉고 말았다. 막사의 문과 창문들이 지하에 괴기스런 틀을 만들었다. 60년간 자란 숲이 이 수용소 막사를 잔인하게 목가적인 오페라 세트로 변모시켰다. 나무를 심은 막사의 폐허가 강 위로 펼쳐졌다. 지옥이 자연경관으로 변모한 것이다. 나는 부드러운 잎이 깔린 그곳을 둘러보았다. 나무 그늘 속에, 무너진 감시탑이 있었다.

이곳은 한때 절연재로 사용되었던 운모(雲母) 광산 광부들의 막사였다. 이곳에 수용되었던 죄수들은 2차 세계대전 이전에 다른 곳으로 이송됐다. 인공 절연재가 발견되어 운모가 필요 없어졌기 때문이었다. 돌 더미 속에 버려진, 광석을 담았던 목제 용기들이 머리 위에 늘여진 케이블 선의 궤적을 알려주었다. 목제 용기의 걸쇠와 잡아매었던 끈이 고스란히 남아 있었다. 꺾쇠 하나를 건드리자 쨍그렁 하고 기분 나쁜 소리를 냈다.

발밑에 하얀 것이 보이기에 손으로 땅을 파보았다. 반투명의 얇은 조각들 한 무더기가 나왔다. 잠시 나는 그것이 무엇인지 가늠할 수 없었다. 다음 순간 그것들은 내 손가락 사이로 미끄러져 내려갔다. 운모였다. 내가 그것들을 공중으로 들어올리자 그것들은 얇은 화장지처럼 분리되었다. 이것들이 버려진 곳에 심은 나무들이 이미 키가 12미터나 되도록 자라 있었다.

운모의 흔적을 따라 경사면을 올라가보니 광산 입구가 나왔다. 거의 수직으로 뚫린 구멍이었다. 통로를 받쳤던 목재들이 어긋나서 물이 고인 갱 속으로 떨어져 있었다. 철 테를 댄 광물 담는 상자들과 권양기가 입구에 흩어져 있었다. 상자 중 하나는 아직까지도 도르래 장치에 부착되어 있었고, 안에는 반짝이는 침전 토사가 담겨 있었다. 나는 12미터 아래 고인 누런 물을 내려다보았다. 그곳에서 통로가 시작되고 있었다. 물이 뚝뚝 떨어지는 소리가 내 귀에도 들렸다. 목재를 붙잡고 갱 안으로 조심스레 내려가보았다. 들보와 바위로 된 표면 전체가 운모 가루로 반짝였다. 하지만 더 안으로 들어가는 통로들은 물에 잠겨 있었다.

나는 다시 불안감을 느끼며 막사가 있는 곳을 지나 되돌아왔다. 찬바람이 그 폐허 위로 몰아쳤다. 막사가 운영되던 때는 어제는 아니지만 그렇다고 화해된 과거도 아니라는 생각이 들었다. 이 막사는 수치심 때문에 파괴된 것이 아니고 자연적으로 붕괴되도록 그대로 둔 것이었다. 수용소에 대한 러시아인의 분노가 왜 그렇게 약할까 나는 궁금했다. 그런 죄를 저지른 자들이 어째서 처벌받지 않고 버젓이 살고 있는 걸까? 국민 전체가 공모자라는 생각이 내 머릿속을 떠나지 않았다. 모두가 죄인이고 모두가 무죄라는 생각이었다. 광물을 담던 용기의 철제 손잡이가 움푹 파인 제자리에서 아직도 움직였다.

몇 달 후, 런던으로 돌아온 나는 몇 개의 은빛 박편이 내 주머니에서 바닥으로 떨어지며 이상하게 반짝이는 것을 보았다.

저녁에 호수를 건너니—잔잔한 물 위를 40킬로미터 달렸다— 바르구진 산맥이 나타났다. 산맥은 호수의 이 북쪽 끝에서 남서쪽으로 곡선을 그리며 달린다. 그 위에는 늘 얼어붙은 듯한 구름이 흉벽처럼 걸려 있다. 그러다 안개가 짙어지면서 산맥은 호수 위에 떠 있는 해체된 창백한 잔해로 전락하고 만다.

내가 거기 서 있는데 택시 한 대가 마치 나를 기다리고 있었던 것처럼 다가왔고, 나는 고마운 마음으로 올라탔다. 차에 타고 나서야 나는 계기반에 매달려 춤추고 있는 은색 해골을 보았다. 나는 그 우크라이나 출신 끄나풀의 뭉툭한 얼굴을 들여다보았다. 의식적으로 나는 얼굴 표정을 바꾸었다. 내 얼굴에서 노기와 경계의 빛을 지운 것이다. 그러나 그 우크라이나인 옆에 부랴트인 친구가 앉아 있었다. 부랴트인은 몽골인의 한 분파로, 그들의 이름이 이 지방의 이름이 된 종족이다. 그리고 택시 지붕에는 새로 타르 칠을 한 그의 카누가 실려 있었다.

그들은 함께 나들이를 나왔다고 운전수가 말했다. 나는 그를 자세히 뜯어보았다. 그는 퉁명스러워 보였고 내가 보기에 그의 무표정한 얼굴의 회색 콧수염과 창백한 눈 주변에 서서히 공감하는 표정이 나타나는 것 같았다. 그 옆에 앉은 부랴트인은 그와 대조적이었다. 그의 검은 눈은 가까운 곳의 물체만을 보는 것 같았다. 열정이 담긴 그 눈이 대상을 핀으로 꽂듯이 선택하고 그것을 꿰뚫어보았다. 그에게는 끔찍한 밝음 같은 게 있었다. 그가 쉴새없이 질문을 쏟아냈다. 어디서 왔느냐, 얼마나 버느냐, 그게 한 달에 버는 돈이냐 일년에 버는 돈이냐, 영국에서도 볼셰비키 혁명이 일어난 적이 있느냐, 마거릿 대처는 어떤 사람이냐, 처칠, 다이애나 왕세자비, 셜록 홈스는?

새로 손질한 카누가 그의 집과 아무렇게나 만든 정원 앞에 내려졌고, 그가 차나 한잔 하자며 나를 유인했다. 우크라이나인 택시 운전사와 사향뒤지 모피를 가지고 있는 젊은 덫 사냥꾼과 함께 차를 마시자는 것이었다. 우리는 홀에 있는 엘크 뿔에다 각자의 코트를 걸었다. 차가 와인이 되었고 와인이 보드카가 되었다. 부랴트인은 와인과 보드카를 조금씩 테이블 위에 뿌렸다. "이건 신에게 바치는 겁니다!" 그는 나에게 자기가 매년 찾아가서 가족과 자기 자신에게 행운이 찾아오기를 빈다는 사당에 대해 이야기했다. "내 마누라는 불교신자예요. 그래서 마누라는 거기 안 가죠. 하지만 나는 거기 서서 그런 것들이 하늘에서 내려오기를 빕니다. 축복을 비는 거죠." 자기는 그것을 설명할 수 없고 그것에 대해 생각해보지도 않았다고 그는 말했다. 하지만 그는 손바닥을 천장 쪽으로 뻗치고 마치 화난 사람처럼 말했다. 내가 자기의 말을 이해하지 못한다고 생각했기 때문이다. "저 하늘에서! 하느님이 있는 하늘에서!"

와인이 소시지와 검은 빵을 씻어내렸다. "저것이 우리가 지금 가진 전부요." 그가 말했다. "난 전에는 기계를 운전하는 기술자였어요. 하지만 지금은 사향뒤쥐 가죽 장사를 하고 있을 뿐이죠." 그가 말했다.

덫 사냥꾼이 수줍은 듯 미소를 지었다. 우아한 뺨 사이에 반짝이는 이빨이 드러났다. 그는 가장 유서 깊은 원주민 그룹인, 퉁구스 말을 하는 에벤크족 출신이었다. 그들은 예니세이 강과 태평양 사이의 이곳저곳에 흩어져 산다고 했다. 그는 다른 사람들보다 더 낮은 곳에 앉아 있는 것처럼 보였지만, 실상 그의 땅딸막한 몸은 의자 위에 얹혀 있었다. 그는 무척 수줍음을 탔다. 다람쥐를 잡고 아주 드물게 검은담비도 잡지만 주로 사냥하는 건 사향뒤쥐라고 그가 말했다. 수북이 쌓인 부드러운 가죽이 의자 밑에서 반짝이고 있었다. 통째로 내장을 발라낸 그 가죽들은 마치 긴 장갑 같았다. 눈이 있던 자리가 두 개의 구멍으로 남아 있었다. "난 밤에 덫을 놓아요." 그가 말했다. "이놈들이 지나다니는 길에 놓는 거죠. 나는 그 길을 알거든요.”

“쟤는 엘크도 사냥해요.” 부랴트인이 말했다. “영국에서도 엘크 사냥을 합니까? 그리고 검은담비도 있나요? 없다구요? 없어요?” 그의 타는 듯한 시선이 다시 나를 훑었다. “영국의 카누는 값이 얼마죠? 집값은 또 얼마고요?”

하지만 영국도 그리 사정이 좋지 않다는 사실을 깨달았는지 그의 표정이 우울해지기 시작했다. 그의 밝은 표정이 사라졌다. 그가 말했다. “당신이 보기에 우리는 매우 가난하죠?”

“영국에도 가난한 사람들이 있어요.”

“하지만 정부에서 실업자들에게 돈을 준다면서요?”

“우리는 가족 간의 유대가 그리 강하지 않아요.” 내가 말했다.

“어떻게 그럴 수 있죠?”

가끔 내 옆에 생각에 잠긴 표정으로 앉아 있던 우크라이나인이 우리의 차이에 대해 자기 나름의 해석을 피력했다. 그는 셜록 홈스의 존재를 부정했고, 서구의 급료에 대한 나의 추정액을 상향 조정함으로써 우리 모두를 놀라게 하고 또 우리로 하여금 경계심을 가지게 했다. 그가 옆에 있다는 게 나는 달갑지 않았다. 나는 그가 첩보원으로서 나를 감시하고 평가하고 있다고 생각했다. 그렇게 생각하니 갑자기 내가 하는 모든 말이 의심스럽거나 이상하게 들렸다. 내가 에벤크인에게 사향뒤쥐 가죽의 값을 물었을 때 그 우크라이나인이 나를 모피 산업을 염탐하는 산업 스파이가 아닐까 의심하는 상상을 했다. 내가 부랴트인이 일자리가 없는 것을 동정하면, 그가 이런 보고서를 올릴 거라는 생각이 들었다. “그는 실업자들 사이에 불만을 조장하고 있음.” 나는 보드카를 한 잔 더 들이켰다.

그래야 그에 대한 불신이 가라앉을 것 같았기 때문이다.

마침내 그가 나를 다시 세베로바이칼스크로 싣고 갈 때, 내가 예상했던 대로 그가 나에게 어디서 묵을 예정이냐고 물었다(샤밀 일가가 나에게 불법 영업을 하는 방을 하나 빌려주었다). 나는 대충 얼버무렸다. 잠시 후 나는 그에게 나를 마을 중심가에 내려달라고 요청했다. 그는 아무 항의 없이 나를 내려주었다. 아마 그도 내 속셈을 짐작했을 것이다. 그는 나에게 행운을 빈다고 말했고, 택시 요금을 받으려 하지 않았다. 자기는 영업 중이 아니라 휴일 나들이를 하고 오는 길이라고 그가 말했다. 작별의 악수를 하면서 나는 그를 의심한 걸 약간 후회하는 마음이 들기도 했다.

9월말, '귀부인의 여름'이라고 불리는 마지막 따뜻한 날들이 이어졌다. 바이칼스코예 마을로 가는 언덕길은 단풍으로 불타고 있었다. 첫 번째 찬바람이 나뭇잎들을 떨어뜨리기 직전인 지금이 단풍의 절정인 순간이다. 청명한 하늘에서 햇빛이 밝게 비추었다. 덤불이 산불처럼 번져 있었고, 그 열매들이 눈이 시리도록 붉거나 파랬다. 버드나무들은 황금색 색종이처럼 축 늘어져 있었다.

나는 지나가는 차를 얻어 타고 호숫가 위의 고개까지 갔다. 거기서 나는 만(灣)에 자리잡은 태양의 도시를 내려다볼 수 있기를 바랐다. 지금쯤 그 도시는 완공되어 있어야 했다. 태양열에서 동력을 얻기 때문에 오염이 없는 그 마을의 오두막 45채는 알쏭달쏭한 심령적 전하(電荷)에 일치하도록 설계되었다. 그 집들의 배치—신비주의 화가의 아내인 엘레나 로리치의 이론에 따른—가 거기 사는 사람들에게 힘과 평형을 줄 것이라고 했다. 그리고 이 공동체의 창설자인 이 지역 사업가는 그 마을의 '성스러운 배열'이 러시아의 병폐를 치유해줄 것이라면서 그런 배치를 환영했다. 러시아의 모든 미래 도시가 이 마을의 선례를 따르게 될 거라고 그는 말했다. 이 공동체는 아카데미 회원이 발견했다는 우주파를 만끽할 것이라는 이야기였다. 마을은 문화의식 센터라고 하는 것 주위에 형성될 것이며, 문화의식 센터에서는 환경보전을 신비스런 신학으로 공부하게 될 것이라고 했다. 이 공동체가 러시아를 구하고 세계를 조화시키리라는 것이었다. 공산주의 이후의 공백 상태에서는 우주파가 바로 신(神)인 것 같았다.

도로가 내지 쪽으로 구부러지는 고갯마루에서 나는 한 무리의 순례자들을 발견했다. 만(灣)—샤머니즘에서 성스러운 것으로 간주된다— 위에 있는 놀이용 정자 그리고 심지어 도로 표지판에까지 소원을 비는 천 조각들이 걸려 너풀거리고 있었다. 절벽 가장자리에는 보드카 병, 동전, 담배, 루블 지폐, 까치밥나무 다발 등이 널려 있었다. 나뭇가지들에 소원을 비는 리본들이 매여 있었고, 나무 둥치들은 오월제 기둥〔꽃, 리본 등으로 장식하고 그 주위에서 춤을 춘다〕처럼 변해 있었다.

청색과 청동색의 물이 넘실거리는 만(灣)을 내려다보았다. 그 너머의 갑(岬)은 유리알 같은 물 위에 떠 있는 섬들을 가리키고 있거나 아니면 호수의 번쩍이는 물과 맞닿아 있었다. 하지만 되살아나는 미래의 청사진인 태양시의 흔적은 보이지 않았다.

나는 안도와 아쉬움을 번갈아 느끼며 그곳에서 기다렸다. 하지만 순례자들은 이 잃어버린 구원에 대해서는 아무것도 모르고 있었다. 그들은 이곳의 성스러운 경치를 보려고 온 것이었다. 그러나 그날 저녁 샤밀의 형이 이렇게 말했다. “아, 그 태양시 말이죠? 그 창설자는 정교회로 개종했어요. 그 도시는 건설되지 않았죠. 그런 일은 러시아 전역에서 일어나고 있어요. 옛날에 저지른 실수를 피하려는 젊은이들이 숲속에 농사 짓는 종교집단이나 공동체를 만들곤 합니다. 하지만 그들은 어떤 대안도 내놓고 있지 못해요. 우리 러시아인들은 숲으로 떠나거나 미국으로 가야 할 것 같아요!”

그래서 나는 어떤 성스러운 어떤 것도 발견하지 못한 채 만을 따라 걸었다. 다섯 시간 후 나는 도로가 끝나는 곳에 있는 어촌, 바이칼스코에에 도착했다. 호수 쪽으로는 가파른 제방이 있고 눈 쌓인 산으로 둘러싸인 이 마을은 러시아의 동화에 나오는 마을을 연상시켰다. 가장 높은 건물이 재건된 교회였다. 교회는 항구 위쪽 둔덕에 자리잡은, 녹색 종탑을 가진 성소였다. 선조(線條) 세공한 창문과 덧창, 초가지붕의 처마가 모두 뻐꾹 시계처럼 소박한 푸른색과 붉은색으로 칠해져 시골 냄새를 물씬 풍겼다. 이상하게 오래 되어 보이면서도 한편으로는 생기가 넘쳐 보였다. 소들이 물가에서 물을 마셨고, 성능이 좋아 보이는 검은색 어선들은 습지에서 잠을 자고 있었다.

옛날에 에벤크족이 제물을 바치던 곳이라는 호수 위 절벽으로 올라가보았다. 내 밑에서 바이칼 호는 대양이 되었다. 남쪽으로 여러 개의 갑이 점점이 늘어서 있었고, 내 주위의 북쪽 곡선 호수 연안은 물총새 같은 푸른색 물빛을 자랑하며 유령 같은 산맥에 감싸여 있었다. 산맥의 봉우리 중에는 높이가 1,600미터 이상 되는 것도 더러 있었다. 여기서부터 색깔은 푸른색 일색이었는데 그 빛은 멀어질수록 점점 연해져갔다. 멀리 떠 있는 하얀 구름마저 푸른색을 띠고 있는 듯했다. 마치 모든 게 시간이 지나면서 순화되어 푸른빛으로 변하는 것 같았다.

이런 효과를 일으키는 것이 바이칼 호의 유난히 맑은 물이다. 약간의 알칼리성을 띤 투명한 물이 깊어지면서 다른 색깔들은 빛의 스펙트럼에서 걸러지고 가장 흡광도(吸光度)가 낮은 푸른색만 남게 되는 것이다. 이 호수는 두 지각판 사이의 단층선 위에 자리잡고 있어서, 두 지각판이 서로 분리됨에 따라 그 밑바닥이 서서히 내려앉는다. 그래서 수심이 1,600미터가 넘는다. 지구상의 그 어떤 호수보다도 훨씬 더 깊은 수심이다. 이 호수에 관련된 각종 통계는 우리를 놀라게 한다. 이 호수는 지구상에 존재하는 민물 총량의 약 5분의 1을 담고 있다. 이는 아메리카 대륙 5대호의 물을 모두 합친 것과 맞먹고, 발트 해의 물과도 맞먹는 수량이다. 만약 바이칼 호의 물을 모두 빼내고 지구상의 모든 강을 이 호수로 돌려 물을 채운다 해도, 물이 가득차기까지는 1년이 더 걸린다.

이 호수는 또 모든 호수 가운데서 가장 오래된 호수다. 이 호수의 유기체가 분해되어 쌓인 침적층은 그 두께가 2.5킬로미터나 된다. 독자적인 생태계를 유지하면서 이 호수는 신생대 제3기부터 2,500만 년 이상 존재해왔다. 이 호수의 물속에 사는 2천여 종의 생물 가운데 1,200종은 이 호수에만 사는 것들이다. 다수의 종은 바닷물이 시베리아의 대부분을 덮었던 아득한 옛날부터 존재해온 것으로 보인다. 이런 생물들은 호수의 순수한 심연 속에서 진화를 면해온 것 같다. 해면동물과 초기 갑각류가 거의 변화하지 않은 채 살아남아 있다. 약 250종의 수중식물은 이 호수에만 남아 있다. 그러나 강에서 헤엄쳐 들어오는 흔한 어류들은 무슨 이유에서인지 모르지만 사멸하고 만다. 이 호수의 물이 특이한 생물들만 보존하고 보통의 생물들은 죽이는 것 같다.

강력한 산화(酸化)가 그런 현상에 대한 부분적인 설명이 될 수 있다. 이 호수의 가장 깊은 심연에서도 신비스러운 물의 흐름이 그곳에서만 번성하는 유기체들에게 산소를 공급한다. 그리고 특이한 종류의 게 에피슈라(epischura)가 원형질을 제거함으로써 호수의 물을 반투명의 청색으로 정화해준다. 필요 없는 것들은 아무것도 살아남지 못한다. 조류(藻類)와 플랑크톤, 뼈와 천 등은 이곳에 서식하는 생물들이 모두 먹어치운다. 물에 빠져죽은 동물의 사체들 역시 건져내지 않아도 깨끗이 사라진다.

수중익선(水中翼船)이 호수의 다른 쪽 끝까지 명징한 수면 위를 열 시간 동안 고속으로 달리는 동안, 나는 이 놀라운 자체 정화를 상상해보려고 했다. 연결해주는 도로가 없으므로 이 뱃길이 그곳으로 가는 유일한 길이다. 눈앞에서 바이칼 호가 남서쪽으로 640킬로미터의 곡선을 그리고 있다(이는 예컨대 프라하에서 밀라노까지의 거리에 해당된다). 이는 오직 시베리아만이 수용할 수 있는 광대함이다. 80킬로미터 떨어진 저쪽 물가에서 산줄기가 백회색(白灰色) 그림자놀이를 벌이고 있다. 그러나 배는 서쪽에 있는 둑을 끼고 나아간다. 나무가 듬성듬성 매달린 깎아지른 절벽이 몇 킬로미터씩 이어지기도 한다. 가끔 편암과 현무암으로 이루어진 낭떠러지가 보인다. 나무가 늘어선 좁은 숲도 나타난다.

그 그늘에는 어부들의 오두막 몇 채만이 남아 있을 뿐이다. 대략 80킬로미터 간격으로 방수복과 사향뒤쥐 가죽모자 차림의 붉은 얼굴을 가진 거인들을 잔뜩 태운 모터보트가 우현 쪽으로 다가와서 이미 내장을 바른 오물(omul) 몇 통을 갑판에 던져놓는다(이 물고기는 남쪽에 가서 팔 물건이다). 그러면 수중익선의 선원들은 30~40개의 빈 통을 고물 뒤로 던진다. 다음 번에 이곳을 지날 때까지 그 통들을 채워놓으라는 뜻이다.

오물은 이 호수에서 가장 많이 잡히는, 연어의 사촌쯤 되는 감칠맛 나는 물고기다. 이 물고기는 어선의 갑판으로 끌어올리면 날카로운 비명을 지른다. 이들은 강 상류에 가서 알을 낳지만, 바이칼 호가 얼기 전인 11월에 다시 호수로 돌아온다. 봄이 되면 알에서 갓 태어난 어린 새끼들이 물에 휩쓸려 호수로 들어오고, 호수에서는 그들의 부모들이 그들을 먹으려고 기다린다.

바이칼 호에는 이처럼 특이한 생물들이 많다. 물이 얕은 곳에는 '바이칼의 말(馬)'이라 불리는, 낱알 크기만 한 갑각류가 마치 바닥짐으로 쓰려는 것처럼 두 개의 돌을 집게로 잡고 있다. 더 안으로 들어가면 200킬로그램 이상 나가는 철갑상어가 살고 있다. 이놈들은 다 자라는 데 20년이 걸리며, 한 마리당 최고 9킬로그램까지의 캐비어를 지니고 있다. 작고 눈이 붉은 감마리드(gammarid) 새우는 수심 1,600미터 이하에서 살며, 때로는 사방 1야드(약 91센티미터) 넓이에 2만 5천 마리가 꽉 들어차서 어처구니없이 긴 더듬이로 어둠 속을 더듬는다. 이 새우들과 심해를 공유하는 어종으로 통통한 골리앙카(golianka)가 있다. 이 물고기 가운데는 몸이 너무나 투명해서 그 물고기의 몸을 올려놓고 책을 읽을 수 있을 정도인 것도 있다. 암놈은 금방 나오면 헤엄을 칠 수 있는 태생의 새끼 2천 마리를 낳는다. 새끼를 낳은 다음에는 어미는 죽어 수면으로 떠오른다. 차갑고 압력이 높은 심해에서 수면으로 떠오르면 어미의 몸은 터지거나 녹아버려 일정량의 기름과 가벼운 등뼈만 남는다. 이 기름과 등뼈에는 비타민 A가 풍부하다. 부랴트인들은 한때 이 기름을 램프에 넣어 불을 밝히기도 했다.

새들만이 이 폐쇄된 세상에서 벗어날 수 있다. 가을이면 기러기, 학, 백조, 그리고 수많은 섭금류(涉禽類)의 새들이 호숫가 늪에 모여들었다가 남쪽으로 날아간다. 수만 마리의 오리들이 호수의 눈 더미에서 겨울을 보낸다. 그리고 아득한 옛날 작은 네르파(nerpa) 물개들이 예니세이 강과 안가라 강을 따라 헤엄쳐 올라왔던 것 같다. 그 자손들이 이 호수에 갇혀 이곳에만 있는 민물 물개가 된 것으로 보인다(현재 6만 마리가 넘는다).

정오쯤에 반대편 물가는 아스라히 사라져버리고, 수중익선은 서쪽 둑과 긴 화산섬 올콘 사이의 수로로 들어갔다. 배가 마치 비단 위를 미끄러지는 것 같다. 이번 항해가 이 배의 올해 마지막 항해라서 그런지, 배는 반쯤 비어 있는 듯하다. 척박하고 비가 내리지 않는 올콘 섬은 샤머니즘의 유서 깊은 본거지다. 에벤크족은 이곳에 바다의 신 디안다가 살고 있다고 생각했고, 부리야트족은 이곳에 악령이 살고 있어서 우릉우릉 하는 신음소리가 들린다고 했다. 이 섬의 물가 역시 황량하다. 바위나 잡초도 보이지 않고, 다만 엉겨붙은 소금이나 미네랄 부스러기가 조금 보일 뿐이다. 올콘 섬은 실상 1,600미터 높이로 물속에 솟은 산이다. 우리는 지금 호수의 심연 위를 항해하고 있는 중이다.

사실 이곳이 이렇게 조용할 때는 드물다. 몇 달에 한 번씩 바이칼 호는 요동을 친다. 그래서 이곳의 원주민들은 모두 이 호수를 두려워하고 경배했다. 호수는 신이었고, 아마 모든 것을 설명해주는 존재였을 것이다. 호수는 인자하면서도 사악했고, 그들은 그 물에서 태어난 존재들이었다.

1861년 지진이 이곳을 덮쳐 이 호수의 물가를 따라 있던 교회의 종을 울리게 했고 호수의 물을 동쪽으로 밀어붙였다. 그래서 갑자기 땅이 갈라지면서 물이 솟구쳐 올라오는 곳이 생겨났고, 그 물에 약 1,300명이 익사했다. 그해에는 호수 위로 자주 돌풍이 휘몰아쳤다(바이칼스코예의 묘지에는 젊은 어부들이 많이 묻혀 있다). 사르마(sarma, 바이칼 호 서안에 부는 바람의 이름. 매우 차갑고 강한 것으로 유명하다)가 갑자기 일어나서 물을 밀어올려 어둠의 장막 아래 뿌연 안개의 벽을 만들곤 했다. 바람은 그 무서운 힘으로 양과 집을 절벽 너머로 내던졌고, 차가운 비로 어선을 얼려 침몰시켰다.

겨울만이 평화를 가져온다. 겨울이 오면 호수가 단단히 얼어붙어 화물차가 다니는 도로로 변한다. 그러나 경고도 없이 갑자기 온도가 변해서, 발밑에 너비 1.8미터의 틈이 벌어지기도 한다. 그 틈의 길이가 30킬로미터나 되는 경우도 있다고 한다. 그러면 얼음 위를 달리던 트럭과 불도저는 물속으로 떨어져, 백여 년 전에 같은 신세가 된 차(茶) 나르던 박트리아 낙타들과 합류하게 된다.

올콘 섬 너머에는 구겨진 푸른색 평원 위로 길이 나 있다. 눈 쌓인 산맥은 자취를 감추었다. 몇몇 마을들이 나타나고 비도 내린다. 거대한 제지 공장이 있고, 셀렝가 강이 멀리 몽골에서부터 폐수를 실어오는 이곳 호수의 남쪽 끝에는 오염의 위협이 도사리고 있다. 공장의 셀룰로오스 폐기물이 에피슈라를 죽이기 시작하던 1960년대에 이미 초보적인 환경운동이 시작됐다. 바이칼 호 살리기가 이 운동의 주된 목표였다. 이르쿠츠크 댐이 건설되면서 수면이 높아져 얕은 물에서 사는 오물(omul)의 서식처가 파괴되었고 새들의 개체수도 줄어들었다. 이에 항의하는 사람들—시베리아의 소설가 발렌틴 라스푸틴도 그중 한 사람이었다—은 변덕스럽고 줏대가 없는 관리들을 상대로 전쟁을 벌였다. 바이칼은 호수 이상의 존재가 되었다. 소련 제국이 붕괴되면서 바이칼 호는 고난에 싸인 러시아의 신비스러운 심장으로 변모했다. 환경운동가들은 호숫가와 셀렝가 강가에 있는 두 개의 펄프 및 제지 공장에 방대한 필터 시스템을 갖추도록 하는 괄목할 만한 개가를 올렸다. 그러나 강은 여전히 경작된 토양에서 나오는 질산염이 함유된 도시의 폐수를 실어나르고 있고, (뒤에 나온 보고서에 따르면) 제지 공장들은 여전히 이 연약한 호수의 원시 생태계 속으로 끊임없이 폐기물을 흘려보내고 있다.

3백 개 이상의 강과 하천이 바이칼 호로 흘러들어오지만, 이 호수에서 밖으로 흘러나가는 강은 단 하나, 흐름이 빠른 안가라 강뿐이다. 바이칼 항을 지나고 절벽 밑으로 해서 옛 페리 정박장으로 간 배는 강을 타고 이르쿠츠크 댐까지 간 다음 댐 옆에 접안했다.

몇 주일 동안 도시를 보지 못했던 탓으로 이르쿠츠크가 멋져 보였다. 나는 잠깐 동안 이런 생각을 해보았다. 만약 움브리아(이탈리아 중부지방)나 카스티야(스페인 중부지방) 또는 뉴잉글랜드에서 이 도시를 만났다면 내 느낌이 어땠을까? 쓸데없는 생각이었다. 이 도시는 시베리아에 있다. 이 도시의 건축적인 다양성과 매력, 이 도시의 적당한 크기(인구가 50만 명 남짓), 그리고 묘한 우아함이 오래 된 친숙함을 느끼게 해준다. 한때 이 도시는 '시베리아의 파리'라고 불렸다. 나는 여유로운 행복감을 느끼며 이 도시의 거리를 걸었다.

전에 동시베리아 총독의 관저였던, 2백 년 된 우아한 하얀 집(지금은 도서관이 되었다)을 지나서 마르크스 가(街)의 긴 축을 걸어내려간 다음, 오페라 하우스와 추방된 귀족들과 벼락부자가 된 황금 상인들이 지은 저택들 옆을 지나갔다. 다시 레닌 가(街)를 내려가니 복원된 교회들의 탑과 십자가가 나타났고, 마지막으로 안가라 강의 굽이가 눈에 들어왔다.

이곳 공원에 3백 년 된 구세주 교회가 모양 없는 전함처럼 서 있다. 이 교회의 6층 종탑과 촌스러운 장식이 잔뜩 엉겨 붙은, 하얀 벽토가 칠해진 별난 성소는 이제 인종 박물관이 되어 있다. 그러나 그 후진〔後陳, 교회당 동쪽 끝의 내민 부분〕 밖에는 그리스도의 세례와 시베리아 최초의 주교인 성 인노켄트의 시성(諡聖) 등을 그린 빛바랜 벽화가 벽을 덮고 있다. 그 옆에는 부랴트인들이 못에서 집단으로 세례를 받는 프레스코 벽화가 있다. 바로 그 동쪽에는 예수 공현 성당의 양파 모양의 돔과 원추형 모자 같이 생긴 첨탑들 위로 뇌문(雷紋) 무늬의 십자가들이 종교의 부흥을 선언하고 있다.

이르쿠츠크는 거친 기업 분위기에서 성장했다. 이 도시는 1652년에 부랴트인들에 대항하는 요새 도시로 창설됐다. 그러나 이 도시는 갑자기 늘어난 러시아와 중국 간의 무역로에 자리잡고 있었다. 남쪽으로 몽골을 거쳐 북경까지 가는 상품은 금과 검은담비 가죽, 매머드 상아 등이었고, 북쪽 러시아로 들어가는 상품은 차와 비단, 자기 등이었다. 19세기에 이곳에서 금이 발견되었고, 죄수들이 들어왔다. 그래서 이르쿠츠크는 차르의 감옥 제국의 중심이 되었다. 삼류 교역업자가 벼락부자가 되는가 하면, 농민과 전과자가 금광에서 행운을 잡기도 했다. 이러한 사람들이 이 도시를 소란과 가능성으로 가득 채웠다. 돼지들이 나돌아다니고 복개되지 않은 하수도 때문에 악취가 진동하던, 진흙이 잔뜩 달라붙어 있던 널빤지 길이 넓은 가로로 대체되었고, 낡은 오두막이 하루아침에 호화 궁전으로 바뀌기도 했다. 억세고 성깔 있는 늙은 백만장자들이 농부의 옷차림으로 돌아다니는 광경도 흔히 눈에 띄었다(한 벼락부자는 기둥 네 개가 달린 침대가 너무 아름다워서 그것을 사용할 수 없었다고 한다. "난 그 밑에서 잤지" 하고 그는 말했다). 사람들의 말씨는 다정한 애칭을 많이 사용하는 교양 있는 말투로 바뀌었는데, 사실 이런 말투는 상트페테르부르크에서는 이미 오래 전에 사라진 케케묵은 말투였다. 벼락부자들은 겉만 번지르르한 귀족인 척했고, 일주일 만에 전 재산을 탕진하기도 했다.

쾌락과 퇴폐의 밤 생활은 빈발하는 범죄로 점철됐다. 가죽 상인들과 광산 광업권 소유자들이 극장과 식당에 넘쳐흘렀고, 이들은 다시 술집이나 노름판에도 기웃거렸다. 이르쿠츠크는 러시아의 살인 수도가 되었다. 살인 사건 없이 그냥 넘어가는 날이 없었다. 때로는 한 달에 200건 이상의 살인사건이 발생하기도 했다. 밤이면 직업적인 교살강도(사람 뒤에서 줄 등으로 목을 조르고 금품을 빼앗아가는 강도)들이 들끓었고, 어떤 자들은 홀로 걷는 보행자에게 올가미를 씌워 끌고가서 골목길에서 살해하려고 눈보라 속으로 썰매를 몰았다. 아무도 남의 일에 간섭하지 않았다(남의 일에 코를 들이미는 것은 시베리아인이 할 일이 아니었다). 경찰도 무력했다. 집을 가진 사람들은 늘상 자기 전에 자기 침실 창문에서 경고사격을 하곤 했다.

1879년 누군가의 건초 더미에 떨어진 불똥이 화재로 번져 도시의 4분의 3을 화마가 휩쓸어버렸다. 몇 년 이내에 도시는 재건됐다. 벽돌과 돌로 지은 더 아름다운 도시가 탄생했다. 이 도시는 자랑스러운 역설을 꽃피웠다. 구식인데다 젠체하고 부유하며 지저분하고 교양이 있는—이런 도시의 특징이 방문객들을 혼동시키기 시작했다. 닳고 닳은 사람이나 아주 세련된 사람들을 빼고는 모든 사람이 이 도시의 장엄함에 놀랐다. 몇 안 되는 좋은 집들이 갖추고 있는 서재와 그림 전시실, 병원과 학교에 들어오는 기부금, 군사적 장식이 넘치는 무도회, 파리 패션, 미술관에서 연주하는 대규모 밴드…… 그 모든 것들이 놀라움을 자아냈다. 상류계급의 시베리아인들은 그들의 이르쿠츠크 궁전과 상트페테르부르크 사이를 오가기 시작했다.

그러나 다른 여행자들은 나태와 사회적 겉치레 외에는 볼 것이 별로 없다고 보고했다. 이 도시의 상류사회는 1년 동안 옷장의 옷을 볼 수 없게 되는데도 런던으로 그것을 세탁하러 보낸다는 거였다. 그리고 어떤 사람들은 축제들도 판에 박은 지방 행사에 불과하다고 깎아내렸다. 그런 축제에 참석하는 사람들은 지사와 행정관리들, 일부 부유한 시민들, 군 장교들, 몇몇 신분이 높은 정치적 망명객 등, 늘 똑같다는 것이었다.

한편 상인들은 강력한 자생 귀족이 되었다. 그들은 탐험을 후원했고 때로는 반독립적인 지사 밑에서 정책을 좌지우지하기도 했다. 그리고 교양 있는 유배자들—특히 1825년의 12월혁명 당원들과 1863년 봉기 실패 후 이곳으로 온 폴란드인들—이 몰려오면서 보다 점잖은 에너지를 수혈 받게 되었다. 서서히 거실의 피아노들이 소리를 내기 시작했고 서재의 책들도 읽혀지기 시작했다. 러시아혁명의 시가전과 화재를 겪은 후 얼음과 하수구 속에 처박힌 이들 서재의 잔해들을 서적 애호가들이 몰래 수거해갔다. 노파들이 교회들에서 구해낸 타다 남은 기도서들과 함께, 이 서적 애호가들이 수집한 얼마 안 되는 서적들이 야긴, 카잔제비, 스미르딘 같은 거의 잊힌 가문의 이름이나 퇴색된 라벨을 밑에 달고 시청의 문서 보관소 서가를 차지하고 있다.

거리의 외관을 보면 아직도 화려함과 촌스러움이 뒤섞여 있다. 거드름과 호들갑의 분위기도 느낄 수 있다. 콘크리트 건물들 속에 드물게 아름다운 석조 건물이 눈에 띈다. 나보다 더 나이를 먹은, 또는 백 년 이상 된 건물들을 보면 어떤 위안 같은 게 느껴진다. 장식된 벽기둥이나 아무렇게나 늘어선 기둥들에 장난스러움 또는 야만스러움이 나타나 있는 곳도 있다. 하지만 그런 것들은 문제가 되지 않는 듯하다. 나는 목조 저택이 지하에 들어서 있고 그 창문만이 땅 위로 나 있는 거리를 걸어내려갔다. 부농들의 집이었다.

그들의 쾌활함 또는 자존심이 거리에도 나타나 있었다. 젊은 여인들이 팔짱을 끼고 산책을 하고 있었다. 그들은 몸에 꽉 끼는 밝은 색 바지를 입고 있었고, 레이스로 장식된 부츠를 신고 있었다. 공원은 학생들로 가득 차 있었다. 나의 환상일지 모르지만, 이곳에서 사람들은 가난을 더 여유롭게 견디고 서로 잘 융합되며 더욱 오래 한곳에 붙박여 사는 것 같았다. 그들은 자신들이 시베리아의 보석에서 살고 있다고 말한다.

안가라 강의 지류 건너에는 즈나멘스키 수도원의 하얀 벽이 둘려져 있고 청록색 돔들이 솟아 있다. 그 정원에는 접시꽃과 해바라기가 가득 피어 있고, 12월 당원들의 무덤은 들국화로 뒤덮여 있다. 그 무덤들 옆에서 나는 신도들을 맞고 있는 젊은 사제를 발견했다. 검은 사제복을 입고 서 있는 그는 몸매가 가냘파 보였고 검은 머리를 뒤로 잡아매고 있었다. 검은 턱수염도 기르고 있었다. 그는 자기 나이의 갑절은 되어 보이는 사람에게 위로의 말을 속삭였다. 가끔 한 수녀가 무릎을 꿇고 그가 아무렇게나 내민 손에 입을 맞추었다.

이 수도원은 복원된 지 얼마 되지 않았다고 그가 말했다. 병든 세상에서 신자들이 돌아오고 있다는 것이었다. 그 역시 열렬한 공산주의자 아버지의 아들이었지만 그의 어머니는 기독교도였다고 한다. 그에게 축복을 받으려고 왔던 신자들이 흩어지는 동안, 그는 이런 이야기를 힘들이지 않고 했다. "어머니는 반은 프랑스인, 반은 베사리비아인(몰도바와 우크라이나에 걸친 지역 사람들)이었죠. 내가 어렸을 때도 어머니는 나를 교회에 데리고 갔어요. 어머니가 노래하시던 게 생각납니다……." 그의 어머니가 죽은 탓일까(그러나 나는 그것을 묻지 않았다), 그의 시선이 우리들 옆에 있는 무덤들 위를 헤엄치듯 움직였다. "그리고 아버지의 공산주의, 나도 그걸 믿었죠. 군에 징집되고 나서야 나는 공산주의에 대한 믿음을 버렸어요. 군에서는 사람들이 아주 가까워지고 그래서 은밀한 얘기까지도 나누게 되죠……."

그런 환경이 그들 사이에 형제애, 인습타파 분위기를 만들었을 거라고 나는 생각했다. "그래서 당신에게 어머니의 신앙만 남은 거군요."

"아뇨. 그 신앙은 이미 시들해져 있었지요. 하지만 군대에서 나는 내 죄를 느끼기 시작했어요."

내가 머뭇머뭇 말했다. "어떤 식으로죠?"

"여러 방면에서죠. 내 일, 내 우정, 내 가슴 속에서." 문득 그가 부끄러워하는 것처럼 보였다. 헤엄치는 시선과 여자처럼 가른 머리가 그렇게 보였다. "아시겠지만, 군대는 잔인할 수 있어요. 매우 거칠고. 술도 마시고 욕도 하고…… 그리고 이 부담스러운 죄의식이 내 안에서 자라났지요. 그렇게 해서 난 하느님께로 오게 된 겁니다."

교회의 반짝이는 성소들 사이에서 그는 머리를 숙이고 하느님에 굴종하는 태도로 성호를 그었다. 검은 고깔, 검은 상자 모양의 모자를 쓴 여러 수녀들이 그의 양손에 그들의 입술을 눌렀고 가끔은 무릎을 꿇기도 했다. 그러는 동안 나는 불안한 마음으로 사제 옆에서 있었다. 어디선가 성가대의 합창이 들려오기 시작했다.

우리는 제단만 한 크기의 관(棺) 앞에 이르렀다. 그 위쪽에 성 인노켄트의 실물대 성화가 걸려 있었다. 성 인노켄트는 기적을 일으키는 시베리아의 선교사다. 그는 중국 개종을 시도하다가 1731년 이곳으로 돌아와 생을 마쳤다. 적어도 기억 속의 그는 음울하고 자비로우며 예복을 입고 있고 크림색과 황금색의 관을 쓰고 있으며 목자의 지팡이를 지니고 있다. 근 2백 년 동안 그는 평화롭게 쉬고 있었다. 그의 몸은 썩지 않았고, 그는 안가라 강 건너편에 있는 수도원의 은빛 석관에 누워서 순례자들의 병을 고쳤다.

"그런데 공산주의자들이 그를 가져가버렸죠." 사제가 말했다. "1921년 그들은 저 수도원을 파괴하고 아름다운 그의 관을 훔친 다음 그를 야로슬라블 어딘가에 매장했어요. 하지만 그가 어디 묻혔는지 기록으로 남았고, 그래서 페레스트로이카 이후 그의 시신을 다시 파내서 이리로 옮겨왔지요. 그런데 그의 몸은 썩지 않은 채 있었어요! 당신이나 나의 몸과 똑같았습니다! 그 피부! 그 살!" 그는 관을 바라보고 있었다. 어둠컴컴한 속에서 그의 레몬 같은 피부가 소년의 피부처럼 주름 하나 없이 빛났다. "아직도 그분은 어떤 병이든 고칠 수 있어요!"

그가 말하는 동안, 카펫이 펼쳐졌고 성자 위에 있는 유리판을 덮고 있던 도금된 뚜껑이 벗겨졌다. 수녀들과 복사(服事)들이 검은 옥양목의 소용돌이를 일으키면서 털퍼덕 그 앞에 무릎을 꿇었다. "자, 보세요." 사제가 말했다.

나는 믿지 않으면서 다가갔다. 내 부츠가 끼익 하는 소리를 냈다.

그러나 나는 은으로 가장자리를 댄 관 안에 무엇이 있는지 분간할 수 없었다. 장갑을 낀 두 손이 풍성한 옷 위에 포개져 있었고, 그 위에 누군가의 얼굴을 가리고 있는 하얀 천에서 나온 보석으로 장식된 양파처럼 주교관(主教冠)이 비죽 나와 있었다.

사제가 내 옆에서 속삭였다. "지금은 그분의 얼굴을 보여드릴 수 없어요. 빛이 그 얼굴을 해칠 수도 있기 때문이죠. 하지만 12월 그분의 성명축일(聖名祝日)엔 얼굴을 공개하죠……완벽합니다!"

"저분은 여기 계속 머무실 건가요?" 나는 속은 듯한 느낌이었다.

"모르겠습니다. 성당이 복원되면 그리 옮겨질 수도 있지요. 하지만 나는 그 전에 일들이 끝날 거라고 생각합니다."

"무슨 일들 말이죠?"

"모든 일이지요." 그는 다급해졌다. 내가 알아야 할 무언가가 있다고 그는 말했다. "전쟁이 일어날 겁니다. 대결전이지요. 저 성자께서 그렇게 말씀하셨지요."

"언제 말인가요?"

“돌아가시기 전에 그렇게 선포하셨습니다. 그 마지막 날의 싸움으로 세상이 멸망할 거라고 하셨어요. 난 그 전쟁이 러시아와 중국 간의 전쟁이 될 거라는 사실을 알고 있지요. 중국인들은 신을 믿지 않고 그들은 우리보다 더 많은 군인들을 가지고 있어요. 또 그들은 땅에 굶주려 있지요. 우리는 이 전쟁으로 다 죽을 겁니다.”

“그럼 미국은요?”

“미국도 신이 없어요. 거기서 좋은 게 나올 수 없어요. 비디오와 그 음악, 그리고 벌거벗고 날뛰는 것, 에이즈…… 뭐 그런 것들뿐이지요. 미국은 우리를 돕지 않을 겁니다.” 열변에 취한 탓인지 그의 얼굴은 늘어지고 일그러져 있었다. 문득 당황스럽게도 나는 거기서 타락한 징집병의 모습을 보았다. 세상이 산산이 부서지고 있다고 그가 말했다. 오래된 것, 아득한 과거에서만 덕성을 찾을 수 있다는 것이었다. 현재는 방탕하고 미래는 종잡을 수 없다고 했다. 그는 옛날 교회들—아르메니아 교회, 에티오피아 교회—에 대해 장황하게 얘기를 늘어놓았다. 오래된 것일수록 더 좋다는 것이었다. 러시아 외에 희망을 걸 수 있는 나라는 스페인뿐이라고 그는 주장했다. 하지만 로마는 그에게 앙숙이었다. 미국도 앙숙이었다. 모스크바는 지옥불이 되었고 이슬람은 기형아가 되었으며, 가장 끔찍한 건 바로 남쪽에 있는, 영혼이 없는 수많은 인종들이 들끓는 중국이었다. 그들은 성 인노켄트의 말에 귀를 기울이지 않은 사람들이었다. 가끔 성가대의 찬송이 그의 넋두리의 배경음악이 되거나 그가 고민하며 침묵에 빠질 때, 나는 “오, 주여! 저를 용서하소서” 하고 노래를 부르면서 어머니 뒤에 서 있는 작은 소년을 머릿속에 그리곤 했다. 그때 그의 아버지는 그의 집에서 으르렁거리거나 술을 마시거나 또는 코웃음을 치고 있었으리라.

잠시 후 한 노인이 허리를 구부린 채 우리에게로 왔다. 자기는 같은 주일에 아내와 딸을 잃었다고 그가 속삭였다. 자기에게는 이제 남은 것이 아무것도 없다는 것이었다. 그러자 사제가 미간을 펴고 성자의 관으로 걸어갔다. 엄숙하게 그는 관 뒤에 있는 기름 램프에 자기 한 손가락을 담그더니 그 노인의 이마와 가슴에 그 기름을 발랐다. "당신은 울어서는 안 됩니다."

나는 예배자들 사이로 걸어나갔다. 미친 듯 보이는 두 젊은이가 성가대 한쪽 귀퉁이에서 노래를 부르고 있었다. 그들 뒤의 프레스코 화에서는 성 인노켄트가 스스로 시성(諡聖)하는 것처럼 보였고 반면에 그 위의 하늘에서는 성부(聖父)가 무력하게 바라보고 있었다. 공기는 향 연기 때문에 뿌옇게 변해 있었다. 관 앞에는 마치 무엇인가를 영원히 정화해야 하는 것처럼 두 수녀가 배를 바닥에 깔고 엎드려 있었다. 그중 한 수녀는 흐느끼고 있었다.

수도원 주위에는 무덤이 몇 개뿐이지만 그중 어떤 무덤도 범상한 무덤이 아니다. 1826년 유형을 당한 남편을 따라 이곳에 온 트루베츠카야 부인이 그들의 세 자녀들과 함께 두 개의 묘석 밑에 누워 있다. 근처에 12월혁명 당원 표트르 무하노프의 무덤이 있다. 그의 연인 바르바라 샤호프스카야도 자진해서 그를 따라 이곳으로 왔다. 10년 동안 그녀는 수시로 변하는 연인의 감옥 가까이 살았다. 그러나 그들은 한번도 서로를 다시 볼 수 없었다. 그녀는 아픈 가슴을 안고 죽어서 혼자 묻혔다.

그러나 가장 눈에 띄는 건 각종 항해장비들—구리로 만든 닻, 캡

스턴〔닻, 무거운 짐 등을 감아올리는 장치〕, 돛, 모래시계, 나침반 등—로 둘러싸인 대리석 오벨리스크다. 가장 높은 곳에 자리잡은 흉상은 아래턱이 발달하고 광대뼈가 튀어나온 얼굴에 먼 곳을 바라보는 눈을 가졌고 멋진 가발을 쓴 사람을 보여주었다. '러시아의 콜럼버스'라 일컬어지는 그리고리 셸리호프다. 북태평양의 야심찬 가죽 교역업자였던 그는 도시와 조선소, 성당, 그리고 산업체와 소목장 등을 갖춘, 경제적으로 자립한 러시아령 알래스카를 꿈꾸었다. 1783년에 그는 생기발랄하고 눈치 빠른 그의 아내 나탈리아—알래스카를 처음으로 본 백인 여자—와 함께 세 척의 배를 이끌고 베링해로 들어갔다. 3년도 지나기 전에 그는 알래스카 남쪽 해안과 주변 섬들에 요새와 정착지를 건설하고 알래스카를 러시아령이라고 선언했다. 곧 그는 베링 해협과 스페인령 캘리포니아 사이에 뻗어 있는 제국을 머릿속에 그렸다. 그러나 1795년 그는 마흔여덟의 나이로 갑자기 죽고 말았다. 그는 그를 기리는 기념 조형물 아래 영광스럽게 묻혔다.

그가 설립한 무역회사가 그의 비전을 실현하려고 노력했다. 1812년에는 샌프란시스코 바로 북쪽에 러시아의 요새가 나타나기까지 했다. 그러나 결국 이 작은 식민지들은 상트페테르부르크가 보유하기에는 너무 위태롭고 멀었다. 미국인들과 영국인들이 너무나 강한 압력을 가해왔고 이들 식민지를 유지하는 데 제국의 국고가 너무 많이 들어갔다.

1867년 셸리호프가 품었던 꿈의 마지막 보루였던 알래스카가 에이커당 2센트에 미국에 매각됐다. 이 거래를 추진한 미국 국무장관 윌리엄 시워드는 쓸데없이 돈을 낭비했다고 미국 언론과 국민들로부터 비난을 받았다(이 거래는 '시워드의 바보짓'이라고 불렸다). 의회가 거래대금 지출을 승인하기까지 1년이 넘게 걸렸다. 백 년 후, 알래스카의 토지는 에이커당 2천 달러에 거래되고 있다. 그리고 사람들은 셸리호프의 무덤에 아직도 장미를 갖다놓고 있다.

이르쿠츠크는 혁명에 저항했다. 실상 부유한 농부들이 많고 공장 프롤레타리아 층이 얇은 시베리아 전체가 소극적으로 백군 편을 들거나 시베리아의 독립을 꿈꾸었다. 그러나 1920년쯤에는 백군의 시베리아 전선이 붕괴되고 내전은 사실상 끝났다. 철도와 그 옆을 달리는 트락트[trakt, 도로]는 피난민과 죽어가는 사람들을 실어 나르며 천천히 흐르는 혼란된 강으로 변했다. 백군 사령관 콜차크 제독이 제국의 금화를 스물아홉 량의 화차에 싣고 이르쿠츠크로 도망쳐왔다. 그러나 그의 권위는 실추됐고 결국 그의 신병은 적군[赤軍]에 인도되고 말았다.

콜차크는 한때 훌륭한 해군 지휘관이었지만 그의 재능은 육군이나 정치로 이전되지는 못했다. 그의 정권은 분열되고 야만적이었으며, 콜차크 자신도 한창 때의 명확했던 리더십을 찾아볼 수 없는, 우유부단한 지도자로 변모되어 있었다.

나는 그가 마지막을 맞은 감옥을 어렵사리 찾아냈다. 감옥이 있던 자리를 지금은 발전소가 차지하고 있었다. 그 밑에는 안가라 강의 지류가 흐르고 있었다. 강둑에 걸쳐 있는 무너진 다리 밑을 걸어보았다. 다리의 콘크리트 옹벽이 물속으로 기울어져 있었다. 강둑에는 쓰레기가 널려 있고 웃자란 버드나무가 가지를 드리우고 있었다.

무너진 백군이 도시를 되찾겠다고 도시를 향해 진군하는 동안, 콜차크는 2주일 넘게 심문을 받았다. 그의 정부—기품 있는 미인이었던 안나 티미레바—는 그를 저버리기를 거부하고 가까이 있는 다른 감방에 수감되었다. 콜차크의 수난의 기록은 지금까지 남아 있다. 그는 위엄을 유지하며 현명하게 심문에 응했다. 그는 자기 자신 이외에 그 누구도 연루시키지 않았다. 그는 티미레바에게 백군이 엄습해오면 자기는 처형될 것이라고 알리는 비밀쪽지를 보냈다. 그 쪽지가 중간에서 탈취되었다. 두 번째 주에 그의 심문자들은 더 신경이 곤두서고 더욱 엄격해졌다. 그는 그것이 마지막을 의미함을 알았을 것이다. 서쪽에서 총소리가 들려올 정도였다.

2월 7일 동트기 전에 그는 좁은 강으로 끌려갔다. 얼음에 구멍이 하나 뚫려 있었다. 그는 눈 가리는 것을 마다하고 침착하게 걸음을 옮겼다. 몸이 비대한 그의 총리 페페리아에프가 벌벌 떨면서 그 옆에서 끌려갔고, 총살형 집행 분대가 화물차의 헤드라이트가 비치는 속에 그들을 나란히 세웠다. 자기 감방에서 혼자 기다리던 티미레바는 멀리서 들려오는 총소리를 들었다. 시신은 얼음 밑에 수장됐다.

이곳을 흐르는 강은 깊다. 무너진 다리를 따라 올라가보았다. 몇 년 전에 이 지역의 몇몇 사업가들이 콜차크 기념비를 세울 계획을 잡았지만, 아직도 이곳에는 강물만이 흐르고 있을 뿐이다.

* * *

스탈린의 수용소 군도가 생기기 3백 년 전에 이미 죄수들이 떼를 지어 우랄 산맥 너머로 추방되고 있었다. 죄수들에게 낙인을 찍고 그들의 수족을 절단하는 끔찍한 광경이 그들의 동포들이 보기에 끔찍했기 때문이었을 것이다. 그 직후에 시베리아에 주민들을 정착시키고 또 그곳의 광물을 채굴해야 할 필요성 때문에 추방자들의 수가 더욱 늘어났다. 사형이 폐지되고 대신 종신노역형이 시행된 1753년쯤부터 추방으로 처벌할 수 있는 범죄의 종류가 대폭 늘어났다. 상금을 걸고 싸우는 행위, 아내를 때리는 행위, 곤궁을 가장하고 구걸하는 행위, 불법 벌목, 이곳저곳을 떠돌아다니는 방랑, 점을 쳐 주는 행위 등이 모두 시베리아로 추방될 수 있는 죄목이 되었다. 유럽에서 도입된 코담배를 피워도 추방당했고(추방 전에 콧구멍의 격막을 잘라냈다), 고삐를 사용해서 마차를 몰아도 추방형을 받았다.

19세기 초에 이르면서 추방 시스템이 잔혹하게 발전했다. 많은 사람들은 외딴 곳에 가서 살도록 추방된 후 돌아오는 것이 금지되었다. 그러나 많은 죄인들은 머리를 반쯤 밀고 뺨에 죄수라는 낙인을 찍은 후 쇠사슬에 묶인 채 이동해서 네르친스크 은광이나 카라의 금광에서 강제노동을 해야 했다. 그들은 법률적으로 죽은 사람들이었다. 이동 중에—2년이 걸리기도 했다— 죽는 사람들도 수천 명에 이르렀다. 가는 길에 들르는 간이 감옥들에는 발진티푸스, 괴혈병, 천연두, 매독이 만연했다. 도로 주변에서 들을 수 있는, 추방되어가는 죄수들이 빵을 달라고 모자를 내밀고 쇠사슬을 쩔렁거리며 부르는 구걸하는 노래—"아버님들, 우리에게 동정을 베푸시오"—가 시베리아를 상징하는 소리가 되었다. 19세기에는 백만 명의 죄수들이 황야로 이동해 들어갔다. 때로는 가족이 죄수들의 뒤를 따라 시베리아로 함께 이동하기도 했다.

시간이 지나면서 죄수들의 대거 유입이 시베리아에 범죄의 색깔 같은 것을 가미했다. 그 이전에 정착한 주민들은 이런 변화에 분개했다. 석방된 죄수들은 고향으로 돌아가는 것이 금지되었으므로 이곳 공동체로 흘러들어갔다. 그들은 강도짓 외에는 배운 기술이 별로 없는 사람들이었다. 시베리아의 도로와 숲에는 우랄 산맥으로 이동하는 떠돌이 탈주자들이 수두룩했다. 그러나 그들이 고향에 도착하는 경우는 거의 없었다. 결국 시베리아의 광대함이 그들의 감옥이요 무덤이었다.

이 죄수들의 괴로움을 그나마 달래준 것은 정치적 추방자들이었다. 정치범들은 일반 범죄자들보다 그 수가 훨씬 적었지만 시간이 지나면서 주변을 감화하는 지식층이 되었다. 교양을 갖춘 반체제 인사들과 폴란드 혁명가들 중에서 특히 러시아인의 마음을 움직인 사람들은 12월혁명 당원들이었다. 대다수가 차르의 전제정치에 염증을 느낀 귀족들이었던 그들은 1825년 봉기했지만 엉성한 계획으로 인해 실패하고 말았다. 그 결과 그들의 정예 지지세력이었던 경비연대가 상트페테르부르크 상원 광장에 지도자 없이 남게 되었다. 그들을 재판한 결과, 121명의 음모자들 가운데 5명은 교수형을 선고받았고 나머지는 투옥되거나 추방되었다. 그들의 아내와 약혼자들 중 일부가 지위와 궁정생활, 심지어 자녀들까지 버리고 남편이나 약혼자를 따라 스스로 유형을 택함으로써 그들의 대의가 뒤늦게 시베리아에서 빛을 발했다. 수천 명의 농부 아낙들 역시 같은 일을 했었지만, 그들은 기록도 남기지 못하고 사라져버렸다. 그러나 두 명의 12월당원 부인들—엄청난 부자였던 예카테리나 트루베츠카야와 젊고 아름다웠던 마리아 볼콘스카야—은 낭만적 희생을 상징하는 인물로 길이 남아 있다.

1844년 그들이 이르쿠츠크에 정착할 무렵에는 그들의 고생은 거의 끝나 있었다. 그들의 목조 저택들—상트페테르부르크 궁전들의 시골 사촌격인—은 지금도 조용한 교외에 남아 있다. 이 저택들은 소박하면서도 우아하다. 더 작은 저택이 예카테리나 트루베츠카야의 것으로, 벽돌 토대 위에 지은 박공이 있는 집이다. 그녀가 놓은 자수와 그녀가 쓰던 접이식 책상이 아직 이 집에 보관돼 있다. 자질구레한 도구들로 가득 찬 옷장도 하나 있다. 강건하고 활기가 넘치던 그녀는 남편을 따라 시베리아까지 온 최초의 여인이었다. 마차를 타고 6,400킬로미터를 달려온 그녀는 네르친스크에 도착하는 순간 바로 은광으로 내려갔다. 그녀는 땅딸막하고 평범한 여자였지만, 수척한 12월 당원들이 등불 빛에 의지해서 그녀를 올려다보았을 때 그들은 천사가 나타났다고 생각했다.

그녀의 집에서 두 거리를 지나면 돌출된 창과 박공벽을 자랑하는 회색과 백색의 볼콘스카야 저택이 나온다. 진홍색 벽지와 흰 자기 난로를 갖추고 있어 아직도 아름다운 그 응접실에서 열리던 마리아 부인의 음악을 곁들인 야회에서는 무시무시한 총독 무라비에프-아무르스키까지 참석했다. 가끔 그녀 자신이 클라비코드(피아노의 전신)를 연주하기도 했는데, 이 악기는 그녀가 시베리아를 향해 떠나던 날 밤 그녀를 사랑하는 한 친구가 그녀의 짐 속에 몰래 집어넣은 것이었다. 40대 초반에도 그녀는 무척이나 아름다웠고 그래서 푸시킨이 그녀를 사랑하기도 했다. 그녀는 학교와 고아원의 수리, 극장과 콘서트홀의 건축 등에 자기의 에너지를 쏟아부었다. 그

결과 이 국사범의 부인은 일반 국민들의 마음속에서 서서히 시베리아의 부인이 되었다.

그녀의 집은 손님들과 하인들로 생기가 넘쳤다. 그녀의 두 자녀는 그녀가 남겨두고 온, 그래서 다시는 보지 못한 아기의 기억을 다소나마 잊게 해주었을 것이다. 아직도 그녀의 침실은 정신이 멍한 시골사람으로 변해버린 그녀의 나이 많은 남편이 채소를 가꾸던 정원의 흔적을 내려다보고 있다. 그녀는 남편에게 정절을 지키지는 않았다.

나는 그곳에 있다는 공예품들을 찾아 이방 저방 돌아다녔다. 그러나 내가 찾을 수 없는 물건들이 있었다. 남편들이 차던 족쇄를 녹여 만들었고 이 여인들이 죽을 때까지 끼고 다녔다는 쇠 결혼반지들은 어디 있을까? 이곳 유형지까지 부인과 함께 6,400킬로미터를 썰매에 실려왔다는 그 귀중한 클라비코드는 어디로 갔을까? 내가 큐레이터에게 묻자, 그는 그 악기가 소리가 제대로 나지 않아 수리하라고 3년 전에 상트페테르부르크로 보냈다고 했다. 그는 그 악기가 아직 창고에 있으며 몇 년 더 거기 있을 거라고 지친 듯한 목소리로 덧붙였다. "우리에겐 그 비용을 감당할 여유가 없어요."

그들의 유형이 30년째를 맞은 1855년 무자비했던 니콜라스 1세가 죽고 난 후 그들에게 사면령이 내려졌다. 하지만 살아남아 이 소식을 들은 12월 당원들은 얼마 되지 않았다. 살아남은 자들은 이름이 널리 알려진 유령으로 서쪽으로 돌아갔다. 예카테리나 트루베츠카야는 3년 일찍 죽음으로써 이 소식을 접하지 못했다. 그러나 마리아 볼콘스카야는 돌아갔고, 그녀들의 나이 많은 남편들 역시 돌아갔다. 일부 12월 당원들은 새 생활에 적응하면서 시베리아를 그들의 기억에서 지워버리려고 애썼다. 그러나 마리아를 비롯한 다른 사람들은 문명에 접하면서 점점 창백해지는 것 같았다. 그들은 시베리아에서의 고난이 그들에게 삶의 의미를 주기라도 했던 것처럼 생각에 잠겨 과거 이야기를 했다.

# 7
# 마지막 날들

세상이 안개로 변했다. 내가 탄 기차는 보이지 않는 계곡들 위를 기어가고 있다. 저 앞 멀리서 하얀 안개에 묻혀 보이지 않는 기차의 엔진이 신음소리를 낸다. 우리가 바이칼 호의 남단을 돌아갈 때, 외로운 탑이나 굴뚝이 안개 밖으로 잠깐 모습을 드러낸다. 마치 그 아래 폐허에 마을이 있다는 걸 알리기라도 하듯. 시정거리가 2백 미터도 되지 않는다. 물가를 따라 내려가자 호수의 물이 하늘 속으로 사라진다. 보이지 않는 먼 곳으로부터 잔물결이 밀려온다. 어선 한 척이 공중에 정박해 있다. 이제 우리는 다시 언덕으로 올라간다. 마치 죽어가는 숲을 통과하는 송충이처럼 이리저리 곡선을 그리면서.

1904년 이 환상선(環狀線)이 건설되면서 철도가 태평양까지 연결됐다. 그동안 여러 구간에서 툰드라가 선로를 침하시켰고 여름의 늪이 선로를 삼켜버렸었다. 화적떼와 심지어 호랑이들이 노동자들을 괴롭혔고 콜레라와 선(腺)페스트가 창궐했으며, 죄수 노동자들이 폭동을 일으켰다. 홍수가 다리를 휩쓸어가기도 했고 빈약한 강철과 충분치 못한 자갈로 인해 선로가 부하(負荷)를 견디지 못하고 내려앉거나 끊어지는 사고도 빈발했다. 하지만 산이 절벽을 이루며 물로 떨어지는 이 호숫가 구간 몇 킬로미터가 가장 위험했다. 5년 동안 영국 타인 강가의 뉴캐슬에서 제작되고 호숫가에서 조립된 쇄빙증기선 두 척이 열차를 싣고 물을 건넘으로써 절벽을 우회했다. 두 척 가운데 더 큰 배는 2.5센티미터 두께의 철판으로 선체를 둘렀으며 갑판에 28량의 열차를 실을 수 있었다. 이 배의 앞쪽에는 청동 스크루가 있어 선수 밑의 물을 휘저음으로써 1미터 20센티미터 두께의 얼음을 깨뜨렸다. 1904년 러일전쟁 때 호수가 병목이 되어 수송이 방해되자 절벽을 폭파시키고, 2백 개가 넘는 다리를 건설함으로써 마침내 거대한 철도가 완성되었던 것이다.

안개가 걷히기 시작하자 기차는 터널을 들고 나기를 반복했다. 그러다 기차는 육지 쪽으로 방향을 돌리더니 셀렝가 강을 따라 달리기 시작했다. 우리는 이제 부랴티아의 수도인 울란우데에 가까이 와 있었다. 구름이 양쪽 언덕에서 쏟아져내렸고, 수량이 풍부한 강은 안개 속을 조용히 흘러갔다.

창문에서 벗어난 내 시선이 맞은편에 앉은 부랴트 여인의 시선과 만났다. 그녀는 고향 마을을 찾아가는 중이라고 했다. 그녀의 어머니가 암으로 누워 있다는 것이었다. 하지만 그녀는 자기 종족을 부인하기라도 하듯이 머리를 황갈색으로 염색했다. 얼마 만에 이곳을 찾는 것인지 물었더니, 어렸을 때 이후로 처음이라고 말했다. 마치 어린 시절로 돌아가는 여행일 것 같았다. 그녀가 태어났던 풍경—부랴티아의 초지—이 지금은 아주 낯설게 보인다고 한다. "난 노보시비르스크에서 27년을 살았어요. 결혼 생활을 몽땅 그곳에서 보냈죠. 그러니 고향에 올 일이 없었어요. 내 남편도 부랴트인이에요. 하지만 집에서도 러시아말을 써요." 그녀가 창문에서 시선을 돌렸다. "그건 옳지 않은 일이에요."

그녀의 네 자매는 이미 어머니의 병상 옆에 와 있다고 했다. 그녀는 과거가 죽기 전에 과거로 다시 들어가고 있는 중이었다. 창문 밖의 풀이 더 짙어지고 있었다. 부랴티아였다. 천 년 전에 이곳에 정착한 몽골인들이 이 지역의 종족들을 흡수했다. 그녀의 동포들은 남쪽의 거친 몽골 정권에 대항하기 위해 때로는 차르의 러시아와 연합하기도 했다. 그들은 능숙한 목축업자였고 야금 기술자들이었으며 더 북쪽에 있던 종족들보다 숫자가 더 많고 더 조직적이었다. 그들의 조상들은 칭기즈칸과 함께 말을 달렸다. 우리가 지금 들어가고 있는 트란스바이칼의 황량한 초원에서 그들은 몽골과 티베트의 선교사들에 의해 불교로 개종했다. 시베리아의 토착 종족들 가운데 문자를 가진 종족은 그들뿐이었다. 그러나 어린 시절에도 그녀는 그녀의 부모들에게서 1930년대의 공포와 당혹을 감지하곤 했었다. 강제 집산화, 사라져버리던 부농과 라마승, 그리고 사원의 파괴.

그녀는 세대가 바뀔수록 부랴트의 정체성이 희미해지는 것을 보고 있다. 전에는 그것을 많이 생각해보지 않았다고 그녀는 말한다. 하지만 나는 그녀가 반쯤 잊혀진 기억, 그녀의 민족의 정의, 그녀의 어머니, 그녀 자신에 대해 자꾸 생각하는 것을 감지할 수 있었다.

울란우데 동쪽 어딘가에 있는 마을에서 그녀의 조부모가 부처를 그린 두루마리를 간직했었다고 그녀가 말했다. 그 두루마리의 가장자리는 푸른 비단 술로 장식되어 있었다. 그것은 매우 오래된 것처럼 보였다. 그러나 어린 소녀의 기억에 남은 것은 거기 그려진 현자가 아니라 그 부드러운 비단 술이었다. 작은 부처상도 세 개 있었는데 노인들은 그 앞에 향을 피우고 고기와 과일을 바쳤다. 가끔 소녀는 부처가 그 음식을 먹는 것을 훔쳐보려고 몰래 지켜보기도 했다. 그녀는 그 부처들이 놓여 있던 찬장과 스탈린이 죽은 후 그 찬장 문이 열리고 하얀 향 연기가 피어오르던 것을 기억하고 있었다.

"매일 아침 사람들은 부처께 차와 우유를 바치고 한참 있다가 그걸 현관 모퉁이에 뿌렸어요. 그렇게 불교가 살아남은 것이죠. 마음 속 깊이 노인들은 그걸 기억하고 있었어요. 스탈린 시절에는 그 두루마리를 불경과 함께 둘둘 말아서 나무상자에 넣어 집 근처에 파묻어뒀었죠. 하지만 우리 씨족은 언덕에 여전히 제단을 가지고 있었어요. 거기 가서 제물을 바쳤죠." 그녀는 그 반역행위를 기억하면서 얼굴을 찡그렸다. "나는 거기 가는 게 허용되지 않았어요. 여자였기 때문이에요. 하지만 오빠가 그 제단에 대해서 나에게 말해주었어요."

그녀는 셀렝가 계곡을 계속 내다보았다. 서리가 내린 밀밭에 햇빛이 퍼지고 있었다. 이제 그녀는 자기 할머니의 죽음을 회상했다. 마을 라마승이 와서 할머니의 시신 앞에서 불경을 읽었다고 한다. "물론 공식적으로는 라마승이 존재하지 않았지만 누구나 그가 누구인지 알고 있었어요. 그런 다음 공산주의식 장례를 치르기 위해 할머니의 관이 집 밖으로 운구되었죠." 그녀의 눈이 엷은 색깔을 넣은 안경 뒤에서 햇빛 때문에 움찔했다. "어머니도 돌아가시면 라마승이 와서 불경을 읽게 될 거예요. 하지만 아버지는 소비에트의 별 아래 묻히셨지요."

그녀가 짧게 웃었다. 그녀는 입술이 거의 코와 같은 높이가 되도록 육감적으로 튀어나온 몽골인의 얼굴을 가지고 있다. 그러나 염색한 머리와 눈매는 다른 피가 많이 섞였음을 암시해주었다. 그녀 역시 그렇게 느끼고 있는 것 같다. 내가 말했다. "그럼 당신은 불교도로 자랐겠군요?"

"아뇨. 난 공산주의자가 되었어요. 학교에서 그렇게 배웠으니까요." 그녀의 얼굴에 후회하는 빛이 나타났다. "그런데 이제 그런 건 다 지나갔어요." 내가 흔히 보아온 민족적 딜레마다. 그녀는 두 세계를 모두 잃어버렸고, 다시 옛날로 돌아갈 수도 없는 것이다. "하지만 가끔 중요한 순간에 이 불교가 되돌아오곤 해요. 내가 결혼하기 전에 어머니는 내가 라마승을 만나기를 고집하셨어요. 라마승이 내 남편의 사주와 내 사주를 비교해보고 그의 책에서 달의 상태를 살펴보았죠. 그는 우리 둘이 다 토끼해에 태어났다는 걸 알아냈어요. 그것이 다른 어려운 운세를 벌충해준다고 했어요. 그가 불경을 좀 외우고는 우리 둘이 결혼해도 별 탈 없이 살 거라고 말했어요. 그리고 우리는…… 별 탈 없이 살아오고 있어요." 창밖에 울란우데의 교외가 모습을 드러내고 있었다. "난 아직도 부처에 대해 뭔가를 느끼고 있어요." 그녀는 감상적인 러시아 방식으로 자기 가슴을 만졌다. "하지만 이제 무언가를 믿는다는 게 어려워요. 그리고 난 죽음이 무서워요."

울란우데 역에는 16개의 철로가 나란히 놓여 있었는데 자갈, 통나무, 석탄가루를 잔뜩 실은 트럭들과 기다랗게 이어진 통 모양의 기름 수송용 화차들로 붐볐다. 이 트럭들과 화차들이 마치 지옥행 열차처럼 자욱한 연기와 귀를 먹먹하게 하는 확성기 소리 속에서 덜커덩거렸다. 여기저기 갈라진 틈이 보이는 다리에서 나는 연기와 공장들에 둘러싸인 이 부랴트인들의 도시를 얼핏 보았다. 셀렝가 강 부두 근처의 덤불에 몇 마리 학이 서 있었다. 인적이 없는 도로로 나간 나는 뒷골목을 걸어내려갔다. 그러자 갑자기 울란우데의 심장인 광장이 나타났다. 나는 웃음이 터져나오는 것을 억제할 수 없었다.

이 기묘한 꾸밈새의 광장 저 편에 흰색 현무암으로 지은 관공서 건물들이 들어서 있었는데, 스탈린 시대풍의 그 기묘한 벽기둥과 주두(柱頭)가 너무나 우스워 보였다. 부랴트 의회당 맞은편에 있는 치장벽토와 검은 현무암으로 된 오페라 하우스는 석탄과 크림을 뭉쳐 지은 것 같은 모양이었다. 그리고 광장 한복판에는 어마어마한 대좌 위에 세계에서 가장 큰 레닌의 머리가 자리잡고 있었다. 웬만한 사무실만 한 크기의 두상이었다. 그 두상은 턱수염에 얹혀 있었는데, 짐작컨대 내 이마가 그 콧구멍에 닿을 정도였다. 이 두상은 캐나다 엑스포에 전시하기 위해 조각된 것인데, 아무도 그것을 사려고 나서지 않자 울란우데 시당국이 비굴하게 그것을 사들인 것이었다. 몸체가 없는 우상인 이 두상은 한 인간이 신을 대신했던 악몽 같았던 소련 시절을 뒤돌아보게 한다는 데서 의미를 찾을 수 있을 것 같았다. 지금도 탑처럼 솟은 목에 위험스럽게 기대고 있는 이 머리가 앞으로 굴러나가 광장을 파괴하고 그 길목에 있는 모든 것을 부숴버릴 것 같아 겁이 났다.

내 웃음소리가 광장에서 폭죽처럼 울려퍼졌다. 나는 죄의식을 느끼며 주위를 돌아보았다. 그러나 백 미터 이내에는 아무도 없었다. 지붕에서 아래로 내려뜨린 플래카드에 이런 글이 적혀 있었다. "젊고 아름답기를, 나의 울란우데여!"

그러나 광장 밖으로 뻗은 중심가는 지방 도시다웠고 거의 촌스럽기까지 했다. 가지를 짧게 친 버드나무들의 장막 뒤에 벽돌 건물과 목조 오두막이 뒤섞여 있었다. 골목길들은 인적 없이 조용했다. 이 오래된 상업구역은 부랴트인들이 많이 사는 곳이었다. 투반족들이나 마찬가지로, 그들은 소련의 붕괴를 예상하고 러시아 안의 '주권국가'를 선포했다(다소 앞뒤가 맞지 않는 행동이었다). 그들의 옛 문자와 언어도 되살아나고 있었다. 그러나 부랴트인들은 그들의 소위 공화국 안에서도 인구 비율이 4분의 1에 불과했다. 공장들이 있는 교외에서는 러시아인들이 주류였다. 이런 공장 지대에서는 방위산업이 붕괴됨으로써 사람들의 생활이 궁핍해졌다. 공장의 담벼락은 미국 영화나 비디오에서 따온 낙서들로 덮여 있었다. "영혼을 록에게 팔았다…… 빌어먹을 아기……. 라텍스 숭배…… 엉덩이에 철판을 깔아라…… 꿰뚫린 나자렌." 나는 마치 내가 그 낙서를 하기라도 한 것처럼 살금살금 걸어서 그 자리를 떴다.

중심가가 끝나고 거리가 한적해진 곳에 미완성의 다리 하나가 강 한가운데 걸려 있었고, 성당이 황야 위로 그 모습을 드러냈다. 성당의 세속화된 벽에서는 치장벽토가 무더기로 떨어지고 있었다.

입구를 찾으려고 이리저리 돌아다닌 끝에 나는 문과 창문이 봉해져 있다는 걸 알게 되었다. 가장 가까이 있는 오두막은 까맣게 타 있었다. 이틀 전에 그 집에 불이 나서 한 노파가 타죽었다고 누군가가 말했다. 그 할머니가 기르던 하얀 고양이가 아직도 집터를 배회하고 있었다. 누군가가 타다 남은 목재나 집안의 세간살이를 추려가려 한 듯, 주위에 에나멜 대야와 머리 마는 클립, 부서진 레코드판 등이 흩어져 있었다.

한동안 나는 폐허에 서 있었다. 고양이가 내 발치에서 가르랑거리는 소리를 냈다. 나는 어떻게 하겠다는 생각도 없이 그 고양이를 들어올렸다. 타다 남은 목재들에서는 아직도 연기 냄새가 났다. 그때 갑자기 성당 종탑 아래 불빛이 보이더니 문이 열리고 한 여인이 나타났다. 자기가 이곳의 컬렉션을 관리하고 있으며 고양이도 맡아 기르기로 했다고 그녀가 말했다. 그녀가 나에게서 고양이를 조심스레 받았다.

"컬렉션이라구요?" 나는 이 성당 안에 박물관이 온전하게 남아 있다는 얘기를 들은 적이 있었다. 그렇다면 그 컬렉션을 볼 수도 있지 않을까? 고양이가 마스코트처럼 우리 두 사람 사이에서 걸었다.

기대했던 대로 컬렉션 관람이 가능했다. 여인이 종탑의 계단을 올라가서 이중으로 된 육중한 문을 열자, 어수선하지만 풍요로운 미로가 모습을 드러냈다. 그 안에는 러시아 정교의 유물이 아니라 불교사원이 파괴되기 직전에 건져낸 불교 유물들이 보관되어 있었다. 가짓수가 꽤 많은 이 유물들은 코사크의 쟁기나 마구들 사이에 되는 대로 쌓여 있는 경우도 있었지만, 대부분은 품목이 제대로 기재되어 있지 않은 캐비닛 속에 들어 있었다.

나는 무식한 경이감을 느끼며 그것들을 자세히 뜯어보았다. 어두컴컴한 실내에서 수백 개의 부처들이 평화로이 또는 가르치는 자세로 도금된 손을 들어올리고 있었다. 이 부처들은 티베트, 몽골, 중국, 그리고 심지어 캄보디아에서 18~19세기에 선물로 보내온 것이라고 했다. 몇몇 부처는 아주 오래된 것이었다. 청동, 금, 석고, 혼응지〔펄프에 아교를 섞어 만든 종이〕로 만든 이 부처들은 앉아 있거나 서 있었다. 그들의 미소가 어둠을 밝히고 있는 것 같았다. 선반에는 3천 장의 두루마리 그림과 티베트의 원고 뭉치, 중국의 비단 외에 절에서 쓰던 각종 도구와 의복—의식에 사용되던 뿔 고동과 라마승의 기적극에 사용되던 가면 등—이 잔뜩 쌓여 있었다. 이곳까지 들어오는 햇빛은 아주 희미해서 성스러운 깃발의 색깔을 바래게 하지도 못했고 불교 유품들과 나란히 있는 다산의 여신의 얼굴을 제대로 비쳐주지도 못했다. 어느 유물이 어느 시대의 것이고 또 얼마만한 가치가 있는지 좀처럼 가늠할 수가 없었다. 말 머리 모양을 한 현악기가 19세기 인도 부처 옆에 놓여 있었고, 부랴트족 추장의 집 제단이 초기 차〔茶〕 상인의 골동품들 가운데 놓여 있기도 했다.

부랴트족의 집단적 기억이 한때 기독교의 것이었던 담 속에 유폐된 채 죽을 때를 기다리고 있는 것 같았다. 1920년대에는 47개의 사원들이 번성했지만, 1939년쯤에는 모두 사라졌다. 하지만 불교는 되살아나고 있다고, 내 뒤로 마지막 문을 잠그면서 유물을 관리하는 여자가 말했다. 이 지역 이곳저곳에 자기가 아는 작은 사원이나 절들이 많이 있다고 그녀는 말했다. 가장 가까운 절은 이곳에서

32킬로미터밖에 떨어져 있지 않다는 것이었다. 바깥문이 철커덩 하고 닫혔다. 하얀 고양이가 풀밭에서 기다리고 있었다. 버스를 타고 시골 어디로든 가면 라마승들이 다시 기도를 올리는 것을 볼 수 있다고 그녀가 말했다.

밖에 나와보니 성당 주위에 땅거미가 깔려 있었다. 깜짝 놀라며 하늘을 올려다보았더니 첫눈이 내리고 있었다. 작고 건조한 눈가루가 소금가루처럼 하늘에서 떨어졌다.

"자유라고요? 그렇지, 구걸할 자유가 있지! 그것도 자유라면 자유지!" 반백의 건축업자는 한마디 한마디 할 때마다 팔꿈치로 내 갈비뼈를 쿡 찔렀다. 그는 화가 나 있었고 새벽인데도 약간 취해 있었다. 우리가 타고 있는 버스 창문 밖에서는 구불구불 흐르는 회색빛 강물 주위에서 도시의 불빛이 점점 희미해졌다. "지금 사정은 끔찍하다구요." 그는 자기 턱을 창문에 갖다댔다. "소의 수가 반으로 줄었어요. 부랴트족 농부들이 도시로 들어오고 있어요. 그렇지만 도시에는 일자리가 없다구요. 급료를 받고 있는 사람이 없단 말이에요. 나는 여기서 30년을 살아왔지만 사정이 이렇게 나빴던 적은 한번도 없었어요."

노예제도 밑에서 성취된 모든 것이 자유에 의해 파괴되고 있는 것 같았다. 드문드문 보이는 목장과 우리가 지금 지나고 있는 건조한 언덕은 거의 텅 비어 있었다. 눈도 쌓여 있지 않았다. 여기저기 펼쳐진 경사진 들판에는 양배추가 빼곡히 심어져 있었고, 점점이 돛천으로 엮은 은신처가 보였다. 그 은신처들의 함석 굴뚝들이 가느다란 연기를 피워올렸다.

"저걸 보세요. 빌어먹을 중국놈들. 그놈들이 국경을 넘어와 우리 들판을 세냈다구요. 한국인들도 있어요. 그들이 우리 돈을 가져가는 거예요."

"왜 러시아인들은 저렇게 농사를 짓지 않죠?"

"모르겠어요." 건축업자가 얼굴을 찡그린 채 밖을 노려보았다. "정치 때문이라고 봐요. 이곳 정부는 모스크바에서 시키는 일은 무엇이나 하지요. 그런데 모스크바는……."

나는 그의 적의를 마주 대하기가 싫어서 시선을 돌려 언덕을 바라보았다. 가끔 우리는 산이나 샘가에 돌무더기가 있고 소원을 비는 찢어진 천 조각들이 내걸린 곳을 지나갔다. 땅 전체가 하나의 성스러운 책처럼 읽힐 수 있을 것 같았다. 지방 전체가 파괴될 수 없는 사원이었다. 라마교가 예부터 전해져오던 샤머니즘과 합쳐졌고, 그 소유욕 강한 신들이 공산주의자들의 그림자놀이보다 더욱 확신을 주는 현실로 사람들에게 다가갔다.

이볼긴스크에 아침이 밝아와 나무가 우거진 언덕 밑에 햇살이 퍼졌다. 축축한 초원과 빈약한 방책 너머에 있는 몽골 사원의 삼중 지붕과 경사진 처마가 밝은 노란색으로 빛났다. 나는 버스에서 내렸다. 바깥은 살을 에는 듯 추웠다. 사원의 반쯤을 둘러싸고 있는 제대로 자라지 못한 자작나무들—역시 소원을 비는 리본들이 달려 있었다—이 죽은 하얀 꽃의 숲을 이루고 있었다. 나는 조심스럽게 그 나무 사이를 걸었다. 매달린 천 조각들이 서리를 입어 빳빳하게 얼어 있었다. 희망과 소원, 비탄이 담긴 수많은 천들이 내 어깨에 스쳤다. 내가 읽을 수 없는 몽골어 불교 문구도 있었고 용, 바퀴, 불을 내뿜는 말들의 그림도 보였다.

빈약한 방책을 통과해서 사원 안으로 들어갔다. 돌아다니는 사람이 아무도 없었다. 하늘을 향해 곡선을 그리며 올라간 성소의 지붕에는 요란한 색깔이 칠해져 있었고 용마루 널장식은 금으로 되어 있었다. 승려들은 예쁘게 페인트칠이 되어 있는 러시아풍의 오두막에서 기거했다. 내가 들어간 곳은 운동장인 것 같았다. 석고로 만든 지킴이 사자들이 구체(球體)를 어루만지고 있거나 풀밭에서 나온 순한 장난감처럼 얼굴을 찌푸리고 있었다. 성소 현관에서는 몇 마리 소들이 졸고 있었다.

이 사원은 1946년에 완공되었는데 그 후에도 화재로 소실되어 두 차례나 중건되었다고 한다. 그것이 사원이 어딘가 유원지 같은 무상함과 쾌활함의 분위기를 띠고 있는 이유인지도 모른다. 중심이 되는 건물은 층으로 나뉜 누각과 밝은 황색의 지붕으로 이루어져 있는데 마치 결혼식 케이크 모양을 하고 있다. 가장 높은 통로에서 한 라마승이 소라 모양의 악기를 불고 있었다. 2천 년 동안 아무것도 변한 게 없는 것 같았다. 그의 구슬픈 연주가 사원의 고요함에 깊이를 더해주는 듯했다. 승려들이 하나씩 하나씩 그들의 오두막에서 나와 신을 신고 자홍색 예복을 걸쳤다. 향과 곱향나무의 향내가 피어올랐다.

몇 명의 순례자들—바람에 그을린, 장화를 신은 목동들과 가족 단위로 온 새침한 도시 사람들—이 법륜이 늘어서 있는 통로 주위의 경내를 돌고 있었다. 작은 북과 불경이 가득 든 원통들이 그들의 손가락 밑에서 윙윙 돌아가는 소리, 삐걱거리는 소리를 냈다. 그들의 신앙의 소생은 폭풍 같은 부흥이라기보다는 단순한 정체성의 재천명인 것 같았다. 건물에서는 한 남자가 어린 딸에게 기도하는 법을 가르치고 있었다. 부처가 촛불의 덤불 속에서 미소짓고 있는 곳에 서서 그는 딸의 가슴께에서 두 손을 합장하도록 하고 "옴 마니 파드메 훔" 하고 중얼거렸다. 그러는 동안 한 승려가 바라를 울렸다.

중심이 되는 건물의 현관에는 바라나시의 사슴, 법륜 등 불교의 상징물들이 조각되어 있었다. 그러나 건물 안의 성소는 요란한 색깔의 텐트였다. 황금색과 진홍색의 기둥들이 솟아 있고 그 위에 현란한 천과 깃발로 이루어진 덮개가 있었다. 밑에는 낮은 상과 의자가 늘어선 이중의 통로에서 몇 명의 승려들이 정신이 나간 듯 불경을 외우고 있었고, 주지인 듯한 승려가 고깔모자를 쓰고 명상에 잠겨 있었다. 중앙의 상석에 검은 안경을 쓴 달라이 라마의 초상화가 있었다. 달라이 라마가 이볼긴스크를 다섯 차례 방문해서 승려들을 임명했다고 한다. 한 순례자가 그 앞에 엎드려 있었다. 한 구석에 현금등록기가 있었고 그 옆에서 한 사람이 초를 팔고 있었다.

나는 어리둥절해서 주위를 둘러보았다. 희미한 나의 불심에 자양분이 될 만한 것은 아무것도 보이지 않았다. 성소의 끝에는 제단 대신 석고상들이 두 줄로 벽을 따라 늘어서 있었다. 이들 보살과 제자들, 부처의 화신들은 어느 천상 법정의 재판관들처럼 그들의 연좌(蓮座)와 옥좌를 차지하고 있었다. 그들은 자욱한 초 냄새를 풍기면서 장식띠를 매고 또 회반죽으로 만든 보관을 쓴 채 앉아 있었다. 순례자들이 이 불상들 앞에 과자와 사탕을 놓고갔다. 나도 약간의 돈을 거기 놓고 어리벙벙한 채 그 석고상들을 뜯어보았다. 빵을 들고 있는 부처와 구체를 떠받치고 있는 부처가 있었고, 손을 위로 올리고 있는 부처, 아래로 내리고 있는 부처도 있었다. 몇 해 전에 나는 이 동작들의 의미를 조금 알았었는데, 지금은 모두 잊어버렸다. 그 불상들은 진열창에 있는 제품들같이 보였고, 그들의 몸은 꽃이나 보석으로 장식되어 있었다. 병을 고친다는 푸른 피부색의 티베트 부처도 있었고, 눈을 일곱 개 가진 자비의 여신, 아기들에 둘러싸인 웃는 부처도 있었다. 그 뒤로 수백 개의 작은 부처들이 성스러운 벽지처럼 늘어서 있었다. 그 한복판 공작새 깃털로 장식된 만다라에 온화한 얼굴의 큼직한 부처가 자리잡고 앉아서 끝이 뾰족한 입술로 미소를 보내고 있었다.

1920년대에 이곳 불교는 모스크바와 연합하는 제스처를 취했었다. 그들은 불교의 철학이 공산주의의 선조라고 선언했다. 몇 년 동안 완전히 대립하는 신앙이 공존했다. 나는 우두머리 라마승의 집 바깥에 서서 그의 지위가 어떻게 변했을까 궁금했다. 혁명이 일어나기 전 150년 동안 우두머리 라마승은 어렸을 때 선발되었다. 티베트의 달라이 라마처럼 그는 그의 전임자의 환생으로 인정되었다.

그러나 그런 것은 이제 다 끝났다고 내 옆에 있던 젊은 승려가 말했다. 그런 생각을 인정할 수 없다는 듯, 그는 미소를 지었다. "그건 오래 전 일이지요."

나는 열심히 공부하는 중인 것 같은 그의 얼굴을 들여다보았다. 흰 피부가 몽골인의 골격을 덮고 있었고, 턱수염은 짧게 깎여 있었다. "우리 라마는 지금 달라이 라마 밑에 앉아 있어요. 티베트가 우리에게는 중요해요. 몽골도 중요하구요. 우리는 대개 몽골에서 공부했지요."

"하지만 당신의 부모도 불교도였지 않습니까?"

"그 윗대 조상들만 그랬죠. 다 그런 것도 아니구요. 나는 신 없이 양육되었어요. 승려가 된 건 나의 결정이었지요."

내가 주저하며 물었다. "어떻게 그렇게 되었죠?"

"나도 몰라요. 학교에서, 소년단에서는 우리에게 신은 없다고 반복해서 주입했죠. 신은 존재하지 않는다! 신은 없다!" 그가 부드럽게 웃었다. "그런데 이제 존재하지 않는 건 바로 그 소년단이에요." 그는 이 모든 일이 아주 오래 전 일이라는 투로 이야기했다. 하지만 그는 나이가 아직 서른 살도 채 되지 않은 젊은이였다. "부모님은 내가 중이 되는 걸 막으려 하지 않으셨습니다. 하지만 그분들은 이해하지 못하셨지요."

이곳 생활은 평온하다고 그가 말했다. 중들은 티베트어와 철학, 의술을 배우고 가끔 신학 토론을 하기도 한다고 한다. 그들은 결혼하는 사람들의 사주를 보아주고, 산허리에 쌓아놓은 돌무더기 '오부(oboo)'에서 조상신들에게 기도를 올리기도 한다. "우리는 그런 곳에서는 간단한 기도를 올리지요. 죽은 사람들을 추모하는 것과 같아요."

"그리고 장례식에서도?"

"가끔 장례식에도 참석하죠." 불안한 빛이 그의 얼굴을 스쳤다. "쉬운 일은 아니지만."

내가 놀라서 물었다. "왜죠?"

"내게는 그렇다는 겁니다. 그건 개인적인 문제에요. 설명하기 힘들어요. 뭐랄까…… 동정심 같은 거죠."

그는 그들의 비탄을 감당할 수 없다고 했다. 그는 다른 승려들은 잘 견디는데 왜 자기만 그들의 슬픔을 감당하기 어려운지 그 이유를 모르고 있었다. 그는 죽은 주지들의 사리가 모셔져 있는 흰 회칠을 한 사리탑들이 있는 곳, 그리고 부처가 그 밑에서 깨달음을 얻었다는, 인도 비하르에 있는 보리수의 싹을 기르고 있는 온실로 나를 데리고 갔다. 우리는 또 비단 장정이 된 두루마리들이 쌓여 있는 도서관으로 가서 진홍색 상자에 보관되어 있는 귀중한 108개 두루마리의 간주르(Ganzur) 불경을 열어보았다.

둥그런 그만의 성소에서 미래의 부처가 기다리고 있다. 높은 왕관에 매달린 진주들이 부처의 이마 위로 늘어져 있다. 손에는 의식용 수건이 들려 있고 가슴에도 보석이 박혀 있다. 이 부처는 여자같아 보이는 외모를 하고 있다. "우리 달력으로 7월에 우리는 이 부처님을 위해 사흘간의 행사를 엽니다." 승려가 말했다. "그런 다음 불상을 밖으로 들고 나가서 녹색의 말이 끄는 마차에 태우고 사원 주위를 행진합니다. 그러면 수천 명의 사람들이 그걸 보고 즐거워하죠."

우리는 아무 말 없이 그 불상을 바라보았다. 그 부처가 다시 와서 그의 백성들에게 황금시대를 열어줄 거라고 전해지고 있다. "제 후손은 그 부처님을 보게 되겠지요." 승려가 말했다. "하지만 난 그럴 거라고 생각하지 않습니다. 어떤 사람은 이 부처님이 천 년 후에나 오실 거라고 말하죠. 나도 이 부처님이 그렇게 빨리 오리라고는 생각지 않습니다."

한 건물 안에서 한 사미승이 쓰인 기도문을 받고 있었다. 내일 아침 부처에게 바칠 것이라고 한다. 대다수의 사미승들은 불경을 쓸 때 작은 목소리로 쓸 대목을 불렀다. 그러나 창백한 러시아인 젊은이는 자기 몫의 불경을 그리다시피 쓴 다음 그것을 떨리는 손으로 접었다.

“그래요. 러시아인들도 오지요. 내 생각에는 그들이 겁에 질려 있는 것 같아요. 자본주의가 공산주의보다 더 많은 문제를 만들고 있어요. 모든 게 무너지고 있죠. 우리 절도 보시다시피 무너지고 있어요.” 나는 그것을 볼 수 없었다. 어두워진 언덕만이 보일 뿐이었다. “우리 절에는 승려가 몇 명 안 돼요. 열여덟 명뿐이죠. 부랴티아에 작은 사원이 스무 개나 흩어져 있거든요.”

“그럼 불교 신자가 늘어나고 있나요?”

“그래요. 우리 부모님도 이제 나를 이해하시죠. 그분들도 내가 승려가 된 걸 자랑스럽게 생각하셨어요. 그날은 나의 날이었죠.”

그는 그날 달라이 라마의 손이 자기에게 얹히는 것을 느꼈다고 했다.

어스름이 언덕으로부터 퍼져 내려와서 사원을 덮어버렸다. 나는 게스트하우스에서 방 하나를 찾아냈지만 해가 진 뒤에도 이리저리 돌아다녔다. 건물 추녀 밑에 매달린 작은 풍경들이 차가운 바람에 흔들리며 댕그렁 소리를 냈고, 지붕에는 비둘기들이 잔뜩 앉아 있었다.

한 노인이 어둑어둑한 속에서 법륜들이 늘어선 통로를 따라 걷고 있었다. 법륜을 돌릴 때마다 그는 연화경을 소리내어 읊었고, 손에 들고 있는 108개의 염주 가운데 한 알을 돌렸다. 그렇게 함으로써 그는 내가 이해할 수 없는 자기만의 계산법으로 기도 회수를 보태고 있었다. 자기는 백만 번의 기도를 거의 끝내가고 있는 중이라고 그가 말했다. 머리는 헝클어져 있었지만 그의 얼굴은 조상(彫

像)처럼 평온해 보였다. "내가 이렇게 하는 건 나 자신만이 아니라 모두를 위해서지요. 나는 세상을 위해서, 그 안에 사는 모든 영혼들을 위해서 이렇게 기도를 올리는 겁니다."

나는 그가 법륜이 늘어선 통로를 걸어내려가는 소리에 귀를 기울였다. 옴마니 파드메 훔, 하고 불경을 외우는 그의 목소리가 반복되면서 점점 멀어져갔다. 나는 그가 영혼을 어떻게 보는지 궁금했다. 그는 내 영혼을 위해서도 기도를 올리고 있을까? 영혼은 난로의 재에도 자국을 남기지 않고 죽은 잎새 위를 지나가면서도 소리를 내지 않는다고 이 지방의 샤먼은 말한다. 그것은 어떤 때는 벌의 형태를 취하기도 하고 때로는 죽을 수도 있다고 한다.

노인이 자리를 뜨고 한참 후에, 법고(法鼓) 소리가 어둠 속으로 사라지는 새떼 소리처럼 울렸다.

나는 내가 자고 있던 방 창문 밑에서 돼지들이 꿀꿀거리는 소리에 잠이 깨어 새벽에 사원 뜰로 나갔다. 사과꽃처럼 부드러운 눈송이가 간간이 날리고 있었다. 언덕은 사라지고 없었다. 맨 꼭대기 건물에서 한 라마승의 뿔 고동이 환자처럼 신음하는 소리를 내기 시작했다.

나는 떨면서 법당 안에 앉아 있었다. 승려들이 들어와서 뾰족한 모자를 벗고는 여성적인 외모의 부처 앞에 몸을 쭉 뻗고 엎드렸다. 그들은 쿠션이 있는 좌석의 절반도 채 채우지 못했고 추위에 시든 것 같은 표정들이었다. 달라이 라마의 왕좌 아래 상좌에는 주지가 널찍한 황금 의자에 앉아서 기도소리가 웅성거리는 가운데 간간이 종을 딸랑거렸다. 통로를 따라 있는 테이블들에는 의식용 빵과 밥이 담긴 쟁반이 차려져 있었다. 평안한 가정적 분위기가 감돌고 있었다. 형제들이 기도와 기도 사이에 잡담을 나누었다. 사미승 하나가 주전자를 들고 다니며 찻잔을 채우자 기도소리가 커져 빠르게 지껄이는 찬송가처럼 변했다.

나는 별 기대를 하지 않고 기다렸다. 중앙 통로의 끝에 체구가 작은, 간디 비슷하게 생긴 노인이 앉아서 접힌 쪽지들을 넘기고 있었다. 나는 그것이 전날 신도들이 남기고 간 소원들이라는 걸 알 수 있었다. 노인은 눈으로 그 쪽지의 내용을 훑어보면서 빠르게 또는 더듬더듬 염불을 했다. 그 가볍고 형식적인 음악으로 그는 그 소원을 축복하는 것 같았다. 병, 가족을 잃은 슬픔, 가슴이 찢어지는 아픔, 이 모든 것이 그의 손 사이를 지나 듣고 있는 무한 속으로 들어가는 것 같았다.

그때쯤 대여섯 명의 탄원자들이 법당 안으로 슬그머니 들어와 벽에 기대 있는 긴 의자에 앉았다. 그들이 무엇에 대해 위안을 얻고자 하는지는 알 수 없었다. 그들은 승려들의 등을 멍하니 바라보고 있었다. 소원이 한 장 한 장 늙은 승려의 목소리를 거쳐 침묵 속으로 빠져드는 동안, 한 창백한 부랴트 여인이 입구 근처에 서서 법당 기둥에 입을 맞추었다. 이제 머리털을 깎은 머리들이 앞에 놓인 책에 더 가까이 숙여지고, 울리는 북소리에 맞춰 염불이 점점 빨라졌다. 작은 막대기들 위에 올려놓은 기도 몇 건이 서둘러 주지에게로 전해졌고, 주지는 그 기도 앞으로 촛불 불꽃이 지나가게 했다. 이어 뿔 고동이 바라 치는 소리에 섞여 울렸다. 악령들이 쫓겨나면서 노랫소리는 부드러운 클라이막스에 다다랐고, 탄원자들은 성수로 자신을 정화한 후 눈이 날리는 바깥으로 나갔다.

* * *

러시아 교회가 분열된 17세기 중반 이후로 종교적 반대자들이 시베리아로 이주해서 정착했다. 모스크바 총대주교가 예배의식을 정화하고 개혁하는 캠페인을 벌이면서 옛 방식을 신성한 것으로 고집하는 보수적인 집단이 서부 러시아에서 나타났다. 그리스 정교에서 세 손가락으로 성호를 긋는 것과 달리 그들은 늘 두 손가락으로 성호를 그었다. 그들은 성부와 성자와 성령을 찬양할 때도 할렐루야를 세 번 부르는 대신 두 번 불렀다. 그들은 또 그리스 정교의 것과는 다른 몇 가지 사소한 예배형식도 고수했다.

사실 이런 것들은 목숨을 걸기에는 너무나 사소한 것처럼 보인다. 그러나 18세기 중반에 이르면서 이 옛 신자들은 이단으로 박해를 받았다. 그들은 손발이 잘리고 화형에 처해졌다. 어떤 사람은 세 손가락으로 성호를 긋지 않으려고 집게손가락을 스스로 자르기도 했다. 또 어떤 사람은 자신의 아기들을 스스로 죽여서 천국으로 보내기도 했다. 수백의 가정이 스스로 자기네 집이나 교회에 불을 지르고 그 불꽃 속에서 타죽었다.

그들은 계시록의 대참사가 가까웠다고 생각했다. 메시아의 전조와 예언이 나타날 때가 왔고 하늘의 심판이 임박했다고 생각한 것이었다. 두 손가락으로 성호를 긋는 것은 그들에게는 구원을 보장받는 확실한 조건이었다. 그것은 그들 신체의 일부, 성스러운 마법 같은 것이었다. 그러나 개혁은 반그리스도의 등장을 예고했다. 그것은 속세의 사치품, 러시아의 성스러움에 대한 공격 등 서구로부터 오염된 정신과 연관되어 있었다.

그래서 턱수염을 길게 기르고 성찬식 때 여러 개의 빵을 사용하며 아직도 할렐루야를 외치는 회수를 제한하는 옛 신자들은 시베리아 건너편으로 도망치거나 추방되었다. 그들은 멀리 터키나 아메리카로 이주하기도 했다. 단 한 사람의 주교만이 그들에게 계속 충실했다. 그러나 그는 다른 주교를 임명하지 못하고 세상을 뜨고 말았다. 옛 신자들은 그의 뻣뻣해진 손을 후계자의 머리에 얹으면 어떨까를 논의했지만, 그러나 그의 입술은 후계자를 성별(聖別)하는 말을 할 수 없었다. 그래서 그들은 포기하고 말았다. 숲속의 그들 근거지에서 일부 옛 신자들은 도망친 사제들을 받아들였다. 그러나 다른 신자들은 교회 전체와 그 사제들이 배교(背教)했다고 선언했다. 그래서 그들은 서로에게 세례를 베풀었다. 그들이 하늘에서 내려오는 상상의 정수(淨水)를 받으려고 도로 가에 무릎을 꿇고 앉아서 하늘을 향해 입을 벌리고 있는 광경이 다른 사람들에 의해 목격되기도 했다.

코사크들이 러시아 동부 황야의 카우보이들이라면, 옛 신자들은 러시아의 메노파 신도나 모르몬 교도들이었다. 시간이 지나면서 그들은 여러 종파로 갈라지거나 또는 더욱 극단적인 다른 신도들에게 흡수되었다. 이들의 특징은 금욕적인 소박한 생활 혹은 자신에게 과하는 심한 궁핍이었다. 그들은 세례와 교회를 거부했고 심지어 기도를 부정하기까지 했다. 타락한 '방랑파' 교도들은 차르를 사탄이라고 저주했고 그들의 아기들에게 못에서 세례를 주었으며 죽은 자들을 숲속의 빈터에 매장했다. 성경의 말씀에 순종해서 목동이 된 철저한 성경 해석자들도 있었고, '말씀의 우유'에 목말라하며 우유를 즐겨 마시는 몰로칸 교도들도 있었다. 스스로 세례를 주는 자들도 있었고, 세례를 아예 받지 않는 신도들도 있었다. 성령을 받들어 숨으로 기도를 올리는 '한숨파'와, 겉으로 나타내는 어떠한 예배 행위도 혐오한 '무기도파'도 있었다. 경건한 슈툰데파와, 자기 안에 내재하는 성령이 가장 중요하다고 믿고 성경까지도 필요 없다고 생각한 평화주의자들인 두호보르파 '성령-레슬러'들도 있었다. 심지어 나폴레옹을 신격화한 교파까지 있었다.

정신이상의 기미를 보인 신자들도 있었다. 라스푸틴과 연관이 있는 흘리스티파는 미친듯이 춤을 추고는 "오, 성령이여, 성령이여, 성령이여, 오, 오, 오" 하고 외치면서 기절해 쓰러질 때까지 스스로에게 매질을 했다. 남자는 입교한 후에는 아내는 제쳐두고 영적인 파트너와 동침했고, 흔히 세 사람이 같은 침대에서 잠을 잤다. 그들은 그들이 입교하기 전에 낳은 아이들을 '어린 고양이' 또는 '작은 죄'라고 불렀다. 스콥치파는 자기 신체의 일부, 즉 유방이나 고환을 잘라냄으로써 욕정을 없애려고 했다. 복음서에 따라 그들은 불임의 축복을 자초했다. '천국을 위해 고자'가 된 것이다. 20세기 초까지도 여행자들은 죽어가는 공동체인 거세된 이들의 마을을 볼 수 있었다.

이런 교파의 신도들은 자신들이 유럽 쪽 러시아의 퇴폐로부터 도망쳤다고 생각했다. 세속의 권위가 힘을 잃는 시베리아에서 그들은 그들의 영혼을 구원할 수 있었던 것이다. 그들은 차르와 교회가 배교함으로써 역사 자체가 죽어버렸다고 생각했다. 세상의 신성함과 의미가 사라졌으므로 그들은 그 바깥에서, 즉 덜덜 떨리는 변방에서 살았던 것이다. 서구의 청교도들처럼 근검하고 부지런했던 이 옛 신도들이 시베리아 여러 지역의 다수 주민을 형성하게 되었다. 그들은 꿈으로 가득 찬 불안정한 일생을, 과거의 기억을 되새기고 미래의 징조를 기다리면서 보냈다. 하지만 그들은 기다리기만 할 수는 없었다. 그들은 전설의 도시 키테즈를 부적으로 삼았다. 키테즈는 수백 년 전 몽골 침공 때 호수의 물속으로 가라앉았는데 러시아가 정화되면 다시 물 위로 솟아날 것이라고 그들은 믿었다. 진정한 신자들은 깊은 물속에서 들려오는 그 도시 교회의 종소리를 들을 수 있다고 했다.

나는 트랜스바이칼 계곡으로 더 깊숙이 들어갔다. 그곳은 예카테리나 대제가 18세기 후반에 3만 명의 옛 신자들을 이주시킨 지역이었다. 산맥에 걸린 눈구름 때문에 셀렝가 강이 회색빛 가죽띠처럼 희미하게 보였다. 나는 걱정에 싸여 앞을 내다보았다. 옛 신자들은 내가 알기로는 이국적인 모든 것을 경계했다. 나 역시 그들의 경계 대상일 것 같았다. 그들은 차나 감자(표트르 대제가 들여왔다) 같은 수입품을 꺼렸다. 철제 쟁기까지도 소동을 일으켰고, 석유 램프를 사용하느냐 마느냐를 놓고 공동체의 의견이 갈리기도 했다. 성찬식이 없어졌으므로 먹지 못하게 금지되어 있는 음식을 상에 올리지 않는 그들의 식사가 성찬식 같은 색채를 띠게 되었고, 따라서 낯선 사람이 그들과 식사를 함께 한다는 건 생각하기 힘든 일이었다. 이들이 의견이 일치해서 혐오하는 많은 제품들이 있었다. 축음기는 기계적인 노래가 예배의 질을 저하시킬 수 있다고 거부되었고, 백신이나 재산에 대한 보험은 하느님의 뜻을 거스른다고 받아들이지 않았다. 알코올은 물론 이들에게는 상극이었고, 향의 악마적 사촌인 담배는 십자가의 형상을 한 신체를 훼손한다고 해서 손대지 않았다.

하지만 내가 탄 버스가 덜커덩거리며 고개를 넘어서 타르바가타이 마을로 내려갈 때 나는 내가 기대했던 아무것도 보지 못했다. 위엄 있는 장식띠를 매고 턱수염을 기른 가장이 자기 오두막 앞에 서 있는 것도 보지 못했고, 여러 겹의 속치마를 입고 보석이 달린 목걸이를 한 여인이 우리가 다가가자 시선을 피하는 모습도 눈에 띄지 않았다. 작은 광장과 전쟁 기념물, 그리고 몇 개의 빈약한 가게들이 있는 평범한 마을이었다. 내가 옛 신자들에 대해 묻자 사람들은 고개를 흔들었다. 그런 사람들은 거의 다 사라져버렸다고 그들은 말했다. 실망감을 느끼면서 나는 후줄근한 하숙집에 방을 하나 얻어놓고 저녁이 되도록 탐문을 계속했다. 마침내 누군가가 푸른 덧문이 닫힌 조그마한 집을 손으로 가리켰다.

한 노파가 도끼를 들고 그 집 뜰에 서 있었다. 그녀는 키가 150센티미터가 채 되지 않았는데, 부푼 치마를 입고 지나치게 큰 머릿수건을 쓰고 있었다. "뭘 원하슈?" 노파가 소리쳤다. 그녀는 신경이 곤두선 듯 보였고 화가 난 표정이었다. 그녀와 나 사이에 눈이 날리고 있었다. 옛 신자들의 예배당이 어디 있느냐고 내가 머뭇거리며 물었다. "예배당? 그런 건 없어! 이게 내 예배당이야!" 그녀가 문을 향해 도끼를 휘둘렀다. 그녀는 나를 내쫓으려는 듯 그런 몸짓을 했지만 곧 생각을 바꾸었다. "그럼 내 예배당을 구경하구려!"

나는 깔끔한 두 개의 작은 방 안에 들어가보았다. 모든 가구들에 레이스가 달려 있었다. "저기!" 노파가 구석 선반에 높이 있는 성상들을 가리켰다. "저게 성모고 저것이 천사들이야. 그러니 성호를 그으라구!" 그녀가 옛 신자들의 방식으로 자기 손가락을 포갰다. 그녀의 목소리는 무엇에 화가 났는지 아직도 딱딱했다. "이렇게!

이렇게!" 그녀가 내 손가락들을 다시 배열해주었다. "이제 다시 성호를 그어! ……그리고 기도를 올려!……"

자기는 어렸을 때부터 여기서 살았다고 그녀가 말했다. 그녀의 아버지는 전쟁 중에 두 다리를 잃은 후 세상을 떠났다. 그녀의 남편은 결혼하던 해 독일군의 탱크 밑에서 죽었다. "옛 신자들이 모두 어디로 갔느냐구?" 그녀가 나를 문 밖으로 밀어내며 내 말을 되풀이했다. "나도 몰라. 대개 묘지로 갔지. 어차피 여긴 마을의 우리 구역이 아니었어. 당신은 알렉세이 아킬로비치를 원하지! 거기가 우리 구역이야. 다리 너머, 빨치산 가(街)와 레닌 가(街)…… 거기가 우리들이 있는 곳이야. 강 건너!"

그녀가 문을 쾅 닫아버렸다.

황야 너머에 목제 다리가 시내에 걸려 있었고 마을은 조용했다. 어스름이 깔려 인적이 없는 골목을 따라 집들이 늘어서 있었다. 눈발이 거세지고 있었다. 나는 침입자가 된 듯한 느낌이었다. 나를 결코 환영할 수 없는 공동체를 탐색하고 있었으니까. 모든 문이 잠겨 있었고 불빛도 보이지 않았다. 얼마 남지 않은 나의 선물들—몇 개의 열쇠고리와 휴대용 계산기—이 그들에게는 모욕적이거나 심지어 불경스럽게 느껴질지도 모를 일이었다. 내 두 발이 눈 위에 외로운 발자국을 만들었다.

알렉세이 아킬로비치의 뜰에 서 있는 흔들거리는 문 뒤에서 한 떼의 잡종개들이 으르렁거리면서 쇠사슬을 쩔렁거렸다. 내가 조심스럽게 노크를 했다. 잠시 후 맨 땅에 발을 끄는 소리가 들리더니 빗장이 덜커덩 소리를 냈다. 다음 순간 문이 흔들거리며 둘로 갈라졌다. 팽팽하게 당겨진 줄에 매인 매스티프[몸집이 크고 털이 짧은 영국산 맹견) 한 마리가 그 틈을 메우며 달려나오자 누군가가 발로 차서 개를 쫓았다. 쉰 목소리가 물었다. "누구시죠?" 누군가의 손을 잡으려고 내가 더듬거리며 앞으로 나아갔다. 하지만 몸집이 큰 알렉세이는 의심쩍은 듯 문에 등을 돌리고 서 있었다. 낡은 모자에 가려져 그의 얼굴은 잘 보이지 않았다. 목이 긴 장화에 무릎께까지만 내려오는 짧은 바지를 입고 있었고, 그의 웃옷을 채운 솜이 밖으로 비죽 나와 있었다. 잠시 동안 나는 그의 얼굴을 제대로 볼 수 없었다. 적갈색 턱수염이 가슴을 덮고 있었다. 마침내 나는 나를 자세히 보려고 가늘어진 그의 눈을 볼 수 있었다. "무슨 일이시죠?"

"여기 옛 신도들의 예배당이 있다고 들었는데요."

"없습니다."

"사제는 있나요?"

"우리는 사제가 없습니다. 전혀."

우리는 둘 다 추워서 떨고 있었다. 그가 안쪽으로 걸음을 옮기기 시작했다. 그 순간 옛 신자들이 책을 중히 여긴다는 사실을 알고 있던 나는 나를 작가라고 소개했다. 그의 모자가 약간 뒤로 움직였다. 그리고 그는 서성거렸다. 그 뒤에서 개들이 으르렁거리며 쇠사슬을 쩔렁거렸다. "나도 책을 가지고 있지요." 그가 말했다. 그가 문에서 물러섰다.

나는 쓰레기가 널려 있는 커다란 뜰로 들어갔다. 그의 오두막이 거기 서 있었다. 개 한 마리가 내 바짓가랑이를 물고늘어졌고, 다른 한 마리는 내 신발을 물었다. 그의 방들은 장식이 없었고 지저분했다. 옛 신도들의 자존심은 이미 사라진 모양이었다. 꿀을 섞는 통이 하나 있었고, 탁자에는 반쯤 먹은 음식과 이가 빠진 접시들이 널려 있었다. 바닥에는 벌통들이 여기저기 놓여 있었고, 녹슨 다리미도 하나 보였다. 예배 때 매는 술이 달린 벨트 한 개가 먼지 속에 뒹굴고 있었다. 기계라고 할 만한 것은 단 하나, 상자 위에 놓인 주석으로 만든 시계뿐이었다. 두 번째 방에는 철제 침대가 있었는데 그 위에 사과와 양파가 잔뜩 쌓여 있었다. 벽을 둘러보니 통나무가 드러나 있었다. 그러나 흔들흔들하는 탁자 위에 오래된 책들이 놓여 있었다.

알렉세이가 백열전구 아래 나를 앉혔다. 그가 책 한권 한권을 만지작거릴 때마다 전구가 책의 닳은 가죽장정과 그의 텁수룩한 턱수염 위에 희미한 빛을 비추었다. "자, 보세요……보세요." 그가 책을 펼치면 책등이 부서져 곰팡이가 슨 먼지와 벌레 먹은 판지 위로 떨어졌다. 어떤 책은 가죽끈과 도금된 걸쇠로 고정되어 있었다. 그것들을 떼어내면 산산이 흩어질 것 같았다. 대다수의 책이 가정용 기도서였다. 그 책들은 자녀들이 책에 대해 흥미를 잃은 유서 깊은 가문에서 그에게 준 것이라고 그는 말했다. 굳은살이 박인 그의 손가락이 나로서는 판독할 수 없는 슬라브 교회 원고를 넘겼다. "그리고 이것! 보세요!" 그것은 동서 교회가 분열되기 훨씬 이전인 1547년에 인쇄된 두툼한 기도서였다. 이곳으로 도망쳐나온 신도가 보존해온 고본(古本)이었다. 알렉세이가 그 책장을 넘겼다. 여기저기 두 번의 할렐루야가 보였고 하느님의 아들의 영원한 통치에 관한 옛 신도의 말이 페이지를 메우고 있었다. 마지막 페이지에 백년 전에 누군가가 잉크로 써넣은 다음과 같은 구절이 보였다. "마지막 날이 올 때, 사람들의 죄가 산처럼 불어날 것이며 착한 사람들은 드물고 그들의 말에 사람들은 귀를 기울이지 않으리라. 큰 전쟁이 일어나 아비와 아들이 서로 싸우게 될 것이며 사람들은 각기 자기의 마음만을 믿게 되리라. 그러면 태양이 어두워질 것이며……."

알렉세이가 이것을 영장처럼 내게 내밀었다. "우리도 이걸 보게 될 겁니다! 그런 일이 곧, 아주 가까운 시일 내에 일어날 겁니다. 우리의 세기가 괴물이기 때문에, 지금 세상은 삐뚤어져 있어요."

이제 나는 그를 자세히 볼 수 있었다. 그는 나이가 쉰 살쯤 되어 보였다. 희미한 전등불 밑에서 헝클어진 머리를 인 그의 머리통이 흔들렸고, 믿지 못하는 두 눈은 빛을 발했다. 그의 이 격렬한 확신 속에서도 나는 그에게 머무는 의심을 어렴풋이 볼 수 있었다.

"여기는 모든 게 썩었어요. 어디나. 젊은이들은 모두 신앙을 잃었고 노인들은 죽고 있어요. 처녀들은 짧은 스커트를 입고 나돌아 다니지요. 우리 옛 신자들의 딸들도 그래요. 그 아이들을 보았지요? 그들의 다리……." 그는 두 손을 바지에 대고 주먹을 쥐었다 폈다 했다. "그 아이들을 보았지요? 이제 어디서나 맨 다리를 볼 수 있지요." 그러나 다음 순간 그는 두 손을 들어올려 옛 신자 방식의 십자가를 만들며 소리쳤다. "마지막 날에 이렇게 하는 사람들" — 그의 한 손이 떨렸다—"그들은 구원받을 겁니다. 그들만이! 나머지는 멸망할 겁니다."

나는 나도 그 대량살육 속에 포함될 거라고 생각했다. 그러나 그는 나의 그런 생각을 눈치채지도 못했고 "왜죠?" 하고 묻는 내 말도 듣지 못했다.

"누구나 술을 마시고 누구나 담배를 피워요."

"당신네 옛 신자들도요?"

"그래요. 많은 사람들이 타락했어요. 우리들 가운데 한 사람이 담배를 피우면 그는 자기 신앙을 타락시키는 거예요. 담배는 절대로 금지되어 있어요. 술 마시는 건, 글쎄요, 우리는 약간의 포도주는 마실 수 있어요."

"포도주요?" 나는 놀랐다. 알코올은 늘 그들에게는 상극이었다.

"아주 조금이지만"—그가 엄지손가락과 둘째손가락으로 무엇을 집는 시늉을 했다—"보드카도 마실 수 있죠."

내가 그를 쏘아보았다. 그가 멋쩍은 듯이 뒤를 돌아보았다. 그의 두 눈이 반짝였다. "아주 조금이죠." 그는 내가 미소짓기를 바라고 있었다. 내가 그 죄의 달콤한 맛에 동조해주기를 바라는 것이었다. 그러나 다음 순간 그는 다시 약간 화난 것 같은, 선생 같은 태도로 되돌아갔다. "하지만 젊은 사람들은 마약을 피워요. 아프가니스탄에서 들여오는 게 아니에요. 그들은 이곳 들판에서 마약을 경작한다구요. 일종의 마리화나죠. 그들은 그 잎을 손에 들고 돌돌 말아서 피우지요. 그리고 그중 몇몇은 그 후에 자살을 하기까지 했어요. 석유를 마시고 분신을 하기도 했지요." 그의 두 손이 가슴에서 폭발하는 시늉을 했다. "자기의 목숨을 끊다니, 끔찍한 일이지요."

그러나 그는 속으로는 흥분하고 있는 것처럼 보였다. 분신자살은 한때 그의 동포들 사이에 덕성으로 칭송되었었다. 그렇다면 그는 나에게 무엇인가를 말하려고 하는 게 아닐까? 그가 약간 미친 건 아닐까? 나는 갈피를 잡을 수 없었다. 그리고 그의 두 눈에는 여전히 의심의 불꽃이 이글거리고 있었다. "요즘은 자살한 자들도 다른 사람들과 함께 묘지에 묻혀요. 전에는 그러지 않았죠. 공산주의 이전의 좋았던 시절에는 그들은 성화(聖化)되지 않은 다른 곳에 묻혔어요. 그런 무덤들은 '검은 무덤'이라고 불렸고 거기 묻힌 사람들은 '악마의 노예들'이라고 했지요."

"그들이 그런 방식으로 죽기로 선택했단 말이죠? 석유로……."

이런 자살은 불길에 타죽은 순교자들을 조롱하는 것처럼 보였고, 그래서 이것—성스러운 것의 격하 또는 패러디—역시 그에게는 마지막 날이 임박했다는 표시로 보이는 듯했다.

알렉세이가 그의 책들을 덮었다. "우리 공동체는 이곳에서 사라지고 있어요." 그가 말했다. "많은 사람들이 도시로, 다른 마을로, 또는 그들의 무덤 속으로 갔지요. 어떤 사람이 죽으면 가끔 나에게 기도문을 읽고 그 옆에 촛불을 놓아달라고 부탁을 합니다(흔히 초를 일곱 개 놓지요). 하지만 이제 나는 죽은 사람들의 수를 잊어버렸어요. 그리고 그들의 자녀들은 믿지 않아요. 그래서 나는 우리 신도들이 몇 명이나 남아 있는지 알 수가 없어요. 그래서 당신에게도 말할 수 없는 거예요. 하지만 일요일에는 우리들 몇이 이곳에 모입니다. 이 집이 우리의 하나 남은 예배당이에요. 여기서 우리는 기도를 드리지요."

나는 먼지가 덮인 바닥과 싸구려 가구를 힐끗 보았다. 그의 말을 믿기가 어려웠다. 책들 외에 그 방에 있는 유일한 성물(聖物)은 성화 한 장뿐이었고, 거기 그려진 성자 혹은 성처녀는 마모되어 분간하기도 어려웠다. 벽에 못으로 고정된 판자에는 여기저기 구멍이 뚫려 있었다. 다른 성화들이 걸렸던 자리인 듯했다. 여덟 개의 뾰족한 끝이 있는 옛 신자들의 십자가 주위에 성화들을 걸었던 것 같았다. 그러나 그것들은 모두 사라지고 없었다. "난 자주 도둑을 맞아요. 도둑들이 내 책을 많이 가져갔지요. 성화들도 가져가고. 아름다운 성화들이었는데……."

그러나 이제 나는 그를 믿을 수가 없었다. 그리고 나의 불신이 그에게도 반향된 것 같았다. 그는 아무것도 묻지 않았다. 그러나 그의 눈에는 이해하지 못하겠다는 표정, 묻지 못한 질문들이 가득 차 있었다. 그가 성화가 삽화로 들어 있는 책을 찾아냈다. 거기서 그는 동서 교회가 분열되기 이전의 성화들을 찾아냈다. "보세요! 손이 어떻게 되어 있는지 보시라구요." 그는 셋째 손가락과 넷째 손가락을 엄지손가락에 갖다붙이고는 그 손가락들을 내 눈앞에 들어올렸다. 그 손가락들의 검은 손톱과 거칠어진 피부가 그들 동포들의 고단한 삶을 반영해주고 있는 것 같았다. "이렇게 돼야 하는 거예요. 그리고 교회나 무덤 주위를 돌 때도 태양을 마주보며 걸어서는 안 돼요." 그는 손가락으로 나를 찌르듯이 나에게 손가락을 내밀었다. "십자가! 잊지 말아요!"

"하지만 그게 왜 그렇게 중요한가요? 왜죠?"

"물론 이건 중요합니다." 그는 그런 의문이 존재할 수 있다는 사실에 당황한 것 같았다. 가끔 이런 일이 일어났다. 내가 오래된 움직일 수 없는 것을 공격한다. 그러면 그의 두 눈이 극심한 불신감에 가늘어지거나, 그는 분노를 참지 못해 어쩔 줄 모른다. 이번에는 그는 거의 고함을 치다시피 했다. "그건 모든 것, 모든 것이라구요! 성호 긋는 방식이 변했을 때, 우리는 그걸 악마의 승리라고 불렀지요. 사탄의 승리! 너무나 많은 사람들이 그것 때문에 죽었어요. 우리 조상들도 그것 때문에 돌아가셨어요. 피가 강물처럼 흘렀어요! 불과 피!"

내가 고집스럽게 말했다. "난 그걸 이해할 수 없어요." 하지만 나의 이 말은 자기 질책처럼 공허하게 울릴 뿐이었다.

그는 이어 스탈린 시절의 억압에 대해 이야기했다. 그것이 마치 어제 있었던 일인 것처럼 그의 기억은 생생했다. 강 건너 마을에 살던 그의 부모는 성화들을 공공연히 보관했다고 한다. 그가 태어난 방의 선반에 그 성화들이 있었다. 어렸을 적에 그는 성모를 사랑했었다. 지금 그는 혼자 살면서 거의 독학을 하다시피 지식을 습득하고 셀렝가 강 건너 숲에서 버섯을 채취하고 꿀장사를 한다고 했다. 그는 결혼한 적이 없었다.

하지만 결혼문제가 그를 괴롭혔다. "결혼하지 않는 건 죄라고 생각해요. 짐승들, 새들도 결혼을 하잖아요." 그가 두 손가락을 들어 올렸다. "둘은 신이고 하나는 악마예요! 하지만 여자들을 이해하기가 어려워요. 그래도 나에게는 한 여자가 필요합니다." 그가 눈을 부릅뜨고 더럽고 어수선한 주위를 둘러보았다. "그녀는 선물처럼 올 겁니다!"

나는 그와 함께 있는 여자의 모습을 머릿속에 그려보려고 애썼다. 치우고 고치고 새로 만들고, 그러나 결국에는 항상 불안정한 알렉세이와 충돌하고 마는.

"나는 옛 신자와 결혼할 생각입니다." 그가 말했다. "다양한 연령대의 여자들이 기도하러 이곳에 옵니다. 내가 아는 특별한 여자가 있어요. 그녀는 마음씨가 좋고, 그리고 젊어요…… 아주." 그의 두 눈이 움직였다. 그의 말이 어느 정도 진지한지 우리 둘이 다 확신할 수 없는 것 같았다.

내가 물었다. "대참사가 일어나기 전에 그녀를 맞아들일 수 있겠습니까?"

그는 침울한 미소를 보일 뿐이었다. "시간이 얼마 없는 건 사실입니다. 당신도 아시겠지만, 우리가 3백 년 전에 처음 이곳에 왔을 때, 기후가 거칠었어요. 하지만 하느님께서 우리를 위안하기 위해서 그분의 기후를 보내주셨지요. 갑자기 여름이 더 따뜻해지고 겨울이 덜 추워졌어요. 전에는 이곳에서 새들을 보지 못했을 겁니다. 그런데 그 새들이 우리와 함께 온 겁니다. 이제 그 기후가 다시 거칠어지고 있어요. 기후가 변하고 있습니다. 채소나 다른 작물을 기르기가 어려워요. 영구 동토층까지 생겼지요. 이 역시 표적이지요."

"집단농장들이 붕괴되었지요." 내가 말했다. "실제로 일어난 일이에요."

그러나 그는 귀를 기울이고 있지 않았다. "마지막 날의 예고는 3차 세계대전일 겁니다. 이건 쓰여 있지요."

이르쿠츠크에서 만났던 사제 생각이 났다. "누구와 누가 싸우는 거지요?"

"기독교도들과 무슬림들 간의 전쟁이에요. 이라크 전쟁이 전조였어요. 마지막 날 이전에 훨씬 더 큰 전쟁이 일어날 겁니다." 그가 일어섰다. "우리 모두 그걸 알게 될 거예요."

우리가 어둠침침한 그의 뜰을 거쳐 돌아왔을 때, 개들은 잠들어 있었다. 우리 발이 갓 내린 눈 위에 발자국을 만들었다. 문 앞에서 그가 갑자기 물었다. "당신은 늘 머리를 깎나요? 당신은 그게 옳다고 생각합니까?"

런던을 떠나기 전에 나는 머리를 짧게 깎았다. 그러나 이제 머리카락이 자라서 목덜미까지 내려와 있었다. 내가 중얼거렸다. "머리가 길어서……"

그가 자기 머리타래를 흔들면서 큰소리로 말했다. "난 하느님 아버지처럼 보이는 걸 좋아하지요!"

냉소주의, 정의로움, 불경스러움, 이 모든 것이 그 안에 뒤섞여 공존하고 있었다. 그런데 이제 헤어지면서 그가 한 손을 내 머리 위로 올렸다. "명심하세요. 이것을 통해 당신은 구원받을 겁니다. 이렇게 하세요." 그의 손가락들이 자기네 종파식의 십자가를 만들며 공기를 갈랐다. 그 동작이 순간적으로 서늘한 바람을 일으켰다. 나는 내가 축복을 받았는지 저주를 받았는지 알 수 없었다. 내가 발걸음을 떼었고, 그러자 그의 뜰에 서 있는 그가 실루엣이 되었다. 그는 아직도 별들이 반짝이는 하늘을 향해 주먹을 들어올리고 있었다.

땅이 우악스럽게 우리를 감쌌다. 검은 숲으로 덮인 언덕들이 파도처럼 이어졌다. 멀리 보이는 산봉우리들에는 회색 먼지 같은 눈이 휘몰아치고 있었다. 툰드라 때문에 도로 가에 늘어선 전신주들이 비스듬히 기울어져 있었다.

이 외롭고 건조한 계곡 속에 새로 페인트칠을 한 오두막들이 늘어선 쿠이툰 마을이 자리잡고 있었다. 오두막들이 눈 속에서 푸른색과 녹색을 칠한 장난감들처럼 반짝였다. 마을의 거리는 뜰로 통하는 대문들이 늘어선 통로가 되어 있었다. 대문들에는 개들이 드나드는 구멍이 있었고, 오두막들의 창문에는 고양이와 제라늄이 보였다. 재건되고 있는 교회의 은빛 돔에는 옛 신도들의 십자가가 내걸려 있었다. 내가 본 유일한 트럭은 나를 이곳에 내려준 농부의 것이었다.

반쯤 지어진 교회 담 밑에 은신하고 있던 나는 나를 향해 걸어오고 있는 알렉세이를 보고 순간적으로 깜짝 놀랐다. 하지만 좀더 가까이 다가온 그를 보니 그의 강인한 몸매와 밤색 턱수염이 알렉세이의 것이 아닌 맑고 푸른 눈으로 인해 한결 밝게 보였다. 그는 가까이 있는 예배당의 관리인으로 변모했다. 세르게이는 알렉세이를 꼭 닮은 사람이었다. 알렉세이를 깨끗이 씻어서 또 한번의 기회를 준 사람이 세르게이였다. 겸손한 독립심이 그에게 생기를 불어넣고 있었다. 그의 개방적인 얼굴은 알렉세이의 얼굴보다 더 순진해 보였다. 그는 할리우드 미남형이었다. 가끔 그는 "일하면 삶이 꽃핍니다" 또는 "시도하는 자가 거둡니다" 같은 진부한 격언을 늘어놓기도 했다. 몇 분도 지나기 전에 그가 나를 자기 집으로 초대했다.

무의식적으로 세르게이는 알렉세이에게서 볼 수 없었던, 판에 박힌 옛 신자의 상을 나에게 회복시켜주기 시작했다. 그는 소나무 통나무를 써서 자기 손으로 통나무집을 지었다고 했다. 그의 집은 아주 깨끗했다. 알렉세이의 침실에 깔렸던 더러운 리놀륨이 세르게이의 주방에는 티 하나 없이 깨끗하게 깔려 있었다. 열두 살 된 그의 아들은 학교에서 일등을 놓치지 않는다고 했다. 그리고 여기서 나는 내가 머릿속에 그렸던 아내를 만났다. 사람을 똑바로 바라보는 둥근 눈과 앵두 같은 입을 가진 금발의 갈리나였다. 그들은 러시아의 민간 설화에 등장할 법한 이들이었다. 그들은 돼지 한 마리와 소 네 마리를 길렀다. 뜰에서는 한 무리의 하얀 닭들이 모이를 쪼고 있었다. 창고에는 그들이 재배한 채소—자루에 든 당근과 사탕무—가 쌓여 있었고 그 옆에 익어가는 꿀술 통과 직접 빻은 밀가루가 있었다. 갈리나는 그 밀가루로 식빵을 만들었다.

주방에 있는 쪽문을 열고 내려가면 지하실이 나왔다. 영구 동토층 바로 위에 마련된 지하실이었다. 지하실에는 바닥에서 천장까지 병에 담긴 과일과 채소가 겹겹이 쌓여 있었다. 타이가에서 수집한 붉은색과 자주색의 건포도, 나무딸기와 덩굴딸기, 샐러드, 작은 오이, 버섯(러시아에서 가장 품질이 좋은 버섯이 여기서 자란다고 했다), 그리고 상자에 담아 모래 속에 저장한 당근, 역시 상자에 담긴, 한 차례 살균한 감자 등 모두 그들이 직접 생산한 것들이었다. 이곳에서는 겨울이 5월 중순까지 이어질 수 있다고 그들은 말했다.

우리는 토마토 냄새도 맡아보고 온실에서 오이를 따기도 하면서 그들의 넓은 채소밭을 돌아다녔다. 또 눈이 엉겨붙은 벌통 뚜껑을 열고 벌들이 집 속에 오글오글 모여 있는 걸 구경하기도 했다. 가늘고 긴 감아올리는 장치로 샘에서 물을 퍼올려보기도 했다. 세르게이는 목공실과 농기구로 가득 찬 창고도 가지고 있었다. 하지만 오래 된 목제 쟁기들은 모두 스탈린 시절에 파괴되었다고 그가 말했다. 가끔 그는 마치 물건들을 재평가하기라도 하는 것처럼 이렇게 말하곤 했다. "네, 이게 우리가 사는 방식입니다. 우리가 사는 방식요."

하루 종일 그들은 나에게 푸짐한 식사를 제공했다. 나는 만두, 쇠고기 스튜, 건포도 주스, 신선한 나무딸기 잼 등 갖가지 음식을 포식했다. 매번 식사 전과 후에 그들은 옆방으로 사라지곤 했다. 내가 힐끗 들여다보니 그들은 그 방에 있는 성상들에 절을 하고 손가락들을 가지런히 하고는 다소 비밀스럽고 요란한 몸짓으로 성호를 반복해서 그리곤 했다.

이 성상들은 그들이 결혼할 때 부모에게서 받은 것이라고 했다. 모두 동서 교회 분열 이전의 오래된 아름다운 작품들이었다. 그것들은 선반 위에서 주홍빛과 윤나는 황금색으로 빛났다. 성부(聖父)상 하나는 전기계량기 바로 위에서 빛나고 있었다.

"하지만 몇 개는 도둑을 맞았어요." 세르게이가 말했다. "네 번이나 강도가 들었지요. 교회까지도 털렸답니다. 이 강도들은 이곳 사람들이 아니고 울란우데에서 온 사람들이에요. 여기 사는 사람들은 누구도 그런 짓을 하지 않죠."

나는 세르게이와 갈리나 같은 사람들이 존재한다는 사실을 잊고 있었다. 그들은 이제는 외부 이민에 밀려 사라져버린, 더 오래된 반신화적인 시베리아에 속하는 사람들 같았다. "이곳은 살 만한 곳이지요." 그가 말했다. "12월이면 눈이 허리높이까지 쌓이고 기온이 섭씨 영하 45도까지 내려가지요. 하지만 공기는 기가 막힙니다. 아주 신선하고 조용하지요. 눈은 정말 백옥 같고요. 러시아 서부에서 볼 수 있는 오염 같은 건 여기서는 찾아볼 수 없죠. 아내는 우랄 지방의 옛 신자 가문 출신인데, 거기서는 사람들이 젊어서 죽는답니다. 방사선 때문에요. 강물도 치명적으로 오염되고 있고요. 하지만 여긴 달라요. 이곳은 아름다운 땅입니다." 시베리아를 지옥으로 만든 건 자연이 아니고 사람이라고 그가 말했다.

나는 그가 도둑맞은 성상들에 대해 생각했다. 그리고 알렉세이의 성상들 이야기를 했다. 그러자 세르게이가 웃음을 터뜨렸다. "아, 알렉세이 아킬로비치! 나도 그 사람을 알아요! 그는 술주정뱅이예요. 글도 제대로 읽을 줄 모르죠. 그렇게 개들을 많이 기르면서 그가 과연 성상들을 강도들에게 빼앗겼을까 의심스러워요. 난 사실 그가 약간 돌았다고 생각해요." 그가 둘째손가락을 한쪽 귀에 넣고 빙빙 돌렸다. "그는 전에는 숲속에 살면서 삼목 열매를 팔았어요. 지금은 아무 일이나 하죠."

몇 시간 동안 세르게이는 나를 데리고 마을을 돌며 친구들을 방문했다. "마지막 날이 언제 올지는 아무도 몰라요. 하지만 여기 사는 사람들은 누구나 그날에 대비한 준비를 하고 있지요. 사람들은 식량과 옷 등 예비품을 마련해놓고 있어요. 그날이 오기 전에 무시무시한 밤이 먼저 올 테니까요." 그가 말했다. "이것이 우리가 사는 방식입니다."

나는 식품으로 가득 차 있던 그의 지하실이 생각났다. 나는 겨울에 대비해서 식품을 저장해놓은 것으로 생각했었는데, 그와 갈리나는 더욱 끔찍한 겨울을 예상하고 그런 물품들을 비축해놓은 것이었다. 나는 텅 비어 있는 런던의 나의 집 주방을 생각했다. 내가 위험에 노출되어 있는 느낌이 들었다.

우리가 어떤 집을 방문하든 간에 똑같은 광경이 우리를 맞았다. 깨끗이 정리되어 있었고, 촛불 냄새가 났으며, 베개들은 모슬린 베일 아래 무더기로 쌓여 있고, 벽로는 이미 따뜻하게 덥혀져 있었다. 또 어느 집에나 성상들이 모셔진 선반이 있었다. 세르게이는 그 성상들 앞에 머리를 숙였다. 각각의 가정이 그 나름의 예배당인 것 같았다. 우리가 도착하면, 텁수염을 기른 가장과 엄숙한 얼굴의 여주인이 일어나서 그들이 귀중하게 간직해온 기도서와 찬송가집을 꺼내왔다. 보자기를 풀면 찢어진 가죽과 틈이 생긴 나무로 된 책집에서 오래된 책들이 나왔다. 책장이 찢어질까봐 아교와 양피지로 보강한 곳도 더러 보였다. 한 여인이 동서 교회 분열 백 년 전에 만들어진 원고로 된 기도책을 내 무릎에 놓았다. 잉크로 쓴 글씨들이 빗물과 눈, 그리고 눈물로 얼룩져 있었다. 나는 떨리는 손으로 그 책장을 넘겼다. 나는 그 책의 귀퉁이가 왜 거멓게 탔는지 궁금해하면서 그 책이 이곳 동쪽 지방으로 운반되어온 과정을 머릿속에 그렸다. 또다른 여인은 자기 할머니가 입고 목에 걸었던 여러 가지 색깔의 치마와 호박 목걸이를 들어올리며 가늘게 한숨을 쉬었다.

나는 이 신심 깊은 가정들을 방문하면서 무슨 이유에선지 다정하지만 어딘지 이단의 분위기를 풍기던 알렉세이 아킬로비치가 생각나곤 했다. 그의 찢어진 성상함과 분해되어가던 책들이 그를 음탕함과 신앙이 뒤섞여 있던 방랑자들, 자기에게 채찍질하던 사람들과 동시대의 인물인 것처럼 느껴지게 했다. 경건한 신자들은 방랑자들과 자기에게 채찍질하던 사람들을 가까이하려 하지 않았다. 그를 낭만적인 인물로 미화하기는 쉬웠다. 농부의 교활함과 순진함, 변색된 신앙심, 충족되지 못한 소망, 이 모든 것이 움직임과 변화의 환상을 만들어냈다. 그는 도스토예프스키의 소설 속에 나오는 인물, 루터의 설교 속에 등장하는 인물 같았다. 이런 인물들은 대참사의 죽음을 각오하고 있다. 그는 미완성, 미해결의 인물이다. 나는 그에 대한 생각을 떨쳐버릴 수 없었다.

밖에 눈이 내리기 시작했는데 사람들은 거리의 벤치에 앉아서 웃고 있었다. "겨울이 왔어! 가을이 끝났다구!"

얼마 후 세르게이와 나는 언덕으로 올라가서 내려다보았다. "우리 마을, 아름답죠!" 사실 그랬다. 그의 쌍안경을 통해 축소되어 보이는 마을이 채색된 땅처럼 아름답게 빛났다. 말 탄 사람이 소들을 모으고 있었고, 수레가 눈 위를 미끄러지고 있었다. 그러나 그곳은 이상하게도 중간에 초원을 두고 두 개로 갈라져 있었다. 한때 집들이 있던 곳이 텅 비어 있었다.

"저 농장들은 폐허가 됐어요. 수백 개의 농장들이. 농장의 주인들은 스탈린 시대에 너무 부자라고 총살되거나 추방되었어요. 그때에는 우리 마을이 1,200가구나 되었다는데 지금은 300호밖에 안 남았죠." 텅 빈 집터들이 그는 마음에 걸리는 것 같았다. 그곳 역시 있었어야 할 마을이었다. 부지런하고 검소한 사람들의 집들이 있던 곳이었다. 우리가 걸어갈 때 집이 헐린 공터들이 쓸쓸하게 우리 주위를 둘러쌌다. 세르게이는 자기 개인의 상처처럼 그 집들이 헐린 날짜와 그 집 주인들의 이름을 기억하고 있었다.

옛 신자들은 어디에 정착하든 그런대로 비교적 풍족한 생활을 영위할 수 있었다. 1917년에 그들은 1,500만 명으로 러시아 인구의 10분의 1을 차지했고, 국가 자본의 반 이상을 점유하고 있었다. 새로이 신앙의 자유를 허락받은 그들은 상공인 계급, 코사크족, 부유한 농민들 사이에서 번성했다(세르게이 자신도 돈 코사크 팔레 가문 출신이었다). 그러나 스탈린의 무자비한 박해가 그들을 기다리고 있었다.

부서진 가축우리 안에서 두 남자가 상습적인 술주정뱅이의 아양 떠는 말투로 우리에게 담배를 달라고 청했다. 세르게이가 다른 곳으로 나를 이끌었다. "그래요. 그들도 옛 신자들이었어요." 우리는 정강이까지 빠지는 눈 속을 급히 걸었다. "그들은 이곳에서는 예외적인 존재죠. 우리 마을에 완전히 주정뱅이로 전락한 다섯 집이 있어요. 사람들은 이제 자기만을 위해 살기 시작했어요. 가축을 기르고 밀을 경작하던 우리 공동체는 산산조각이 나고 있어요. 우리는 전에는 트랙터가 70대였는데 지금은 16대밖에 없어요. 집단농장의 일꾼들은 제대로 급료도 받지 못해요. 그래서 그들은 좀도둑질을 하죠. 술에 대해 말하자면, 그들은 공식적으로 판매되는 보드카를 사서 마실 형편이 안 되어서 직접 만들어 마셔요. 설탕과 효모와 물을 섞으면 되죠. 그러나 그걸 잘못 마셨다가는 목숨을 잃을 수도 있죠." 그의 시선이 하늘을 향했다. "우리 마을 주민의 절반 이상이 연금 생활자들이에요. 젊은이들은 일자리를 찾으려고 울란우데 같은 도시로 갔어요. 우리 마을은 죽은 사람들의 마을이 되어가고 있어요."

예배당은 성화된 오두막이다. 그 오두막은 1930년대에 폐허가 된 예배당이 서 있던 자리에 세워져 있었다. 교회의 종은 무신론 박물관에서 다시 찾아온 것이다. 세르게이가 부지런히 오래된 시편을 내게 보여주면서 거기 적힌 율리우스력 날짜들을 요즘 달력 날짜로 바꿔주었다. 그는 밀랍초에 불을 붙여 성 세르게이에게 바친 다음, 신자들이 기도할 때 이마를 부딪치는 깔요를 가리켰다. 벽에 그려진 성화들은 밝은 농민들의 색깔로 칠해져 있다. 기성 교회가 성가대석을 채택한 동서 교회 분열 이후 옛 신자들은 아무것도 바꾸지 않았다. 그래서 성가대와 일반 회중이 격리되지 않은 채 노래를 부르고 따라서 성가대의 노랫소리가 따로 분리되어 들리지 않는다. 4인 성가대의 일원으로 봉사하고 있는 세르게이가 그들이 서는 자리를 가리켰다. 일반회중과 한 계단 떨어진 곳이었다.

"우리는 한 목소리로 찬양해요." 그가 말했다. "우리는 한 동포가 됩니다." 그러더니 갑자기 그가 노래를 부르기 시작했다. 그의 바리톤 목소리가 3백여 년 동안 이곳에 보존되어온 옛 신앙의 엄숙한 노래로 울렸다. 그의 목소리는 편안하고 순수했다. 그의 목소리가 옛날의 확실함으로 교회내 공간을 채웠다. 그는 각 노래의 끝을 마치 기다림의 소리처럼 중들의 염불 소리 같은 길고 연속적인 흥얼거림으로 장식했다.

"이것이 우리가 사는 방식이죠." 그가 말했다. 그는 아직도 그의 동포, 그리고 그 자신에 대해 설명하고 있는 것 같았다. 그는 확실한 정의(正義), 그것이 자신들이 사는 방식이라고 암시하고 있었다.

우리의 인내심은 동이 나지 않았다. 너무나 많은 것이 걸려 있다. 그래서 우리는 우리의 통나무와 채소를 모은다. 우리는 나무딸기 덩굴의 가지를 치고 그것들을 봄이 올 때까지 흙으로 덮어둔다. 그것이 우리가 사는 방식이다. 겨울이 오기 전에 우리는 송아지를 잡고 눈밭을 가로지를 썰매를 다시 조립한다.

토요일과 일요일에는 우리는 기도를 올리며 노래를 부른다. 전체 회중이 하나가 되어(이 점을 명심하길) 찬송을 하고 성화를 직접 그리기도 하는 우리의 사제가 우리를 인도한다. 물론 모두들 옛 슬라브어를 기억하고 있고 할렐루야를 두 번 노래한다. 이것이 하느님께 용서를 비는 방식이다. 그리고 이것이 우리가 살아가는 방식이다.

우리는 알렉세이 아킬로비치 같은 사람을 좋아하지 않는다. 그는 은총과는 거리가 먼 사람이다.

지금은 쇠고기 값이 내렸다. 너무 많은 소가 도축되고 있기 때문이다. 하지만 꿀은 좋은 값을 받을 수 있다. 꿀이 미래다.

우리는 마지막 빛이 사라지기를 기다린다. 다른 사람들만이 그렇게 되면 놀랄 것이다. 우리는 때로는 세상을 위해 기도하고 때로는 우리 자신을 위해 기도한다. 어둠만이 우리를 순화할 수 있다.

내가 탄 버스는 노보셀렌긴스크를 향해 남서쪽으로 130킬로미터를 달렸다. 차창 밖에 눈송이가 휘날리는 가운데 승객들은 몸을 움츠리고 앉아서 잡담을 나누었다. 불교의 성지인 거위 호수를 지나험준한 능선이 있는 황야를 힘겹게 통과한 다음, 다시 버스는 셀렝가 강을 향해 내려갔다. 땅을 단색으로 만드는 눈이 점점 엷어지더니 사라졌다. 언덕들이 잿빛으로 변했고 그 위의 하늘이 푸른색으로 밝게 빛났다.

노보셀렌긴스크는 국경 도시다운 면모를 갖추고 있었다. 너무나 넓은 거리를 따라 낮은 건물들이 늘어서 있었고, 눈이 그 건물들 사이로 휘몰아치고 있었다. 사람은 전혀 보이지 않았다. 석면 지붕 너머로 거대한 교회의 잔해가 모습을 드러냈다. 여기서는 러시아가 점점 힘을 잃어가고 있었다. 러시아의 것이라고 할 만한 게 아무것도 없었다.

1818년 런던 선교회는 세 명의 사제와 그들의 가족을 이 먼 오지로 파견했다. 차르는 그들에게 요새마을 건너편에 있는 한 필지의 땅을 주었다. 여기서 그들은 러시아어, 만주어, 몽골어를 배우면서 22년 동안 부랴트족을 개종하려고 애썼다. 그들 건너편의 마을은 강물에 침식되어 조금씩 깎여나갔다.

하지만 이 선교단의 근거지는 하느님의 목적이 실현될 더 중요한 곳 가까이에 자리잡고 있었다. 몽골어를 하는 부랴트족 거주지

바로 너머에 몽골 본토가 있었다. 사제들은 결국 히브리어와 그리스어로 되어 있는 성경 전체를 몽골어로 번역한 다음, 자기네 인쇄기로 그 번역본 성경을 찍어냈다. 그러나 몽골은 디딤돌에 불과했다. 그 너머에는 세계에서 가장 큰 선교 대상지—몇 세대에 걸쳐 기독교 복음주의자들에게 최면을 건, 기다리는 영혼들의 바다, 즉 중국이 있었던 것이다.

마을과 강 사이의 언덕은 트랙터, 수확기, 불도저 등 농기구들의 묘지였다. 버려진 농기구들이 눈 더미 속에서 번쩍이고 있었다. 초라한 노보셀렌긴스크가 한눈에 보이는 그 언덕 꼭대기에 올라가서 내려다보니, 언덕들 사이로 구불구불 흐르는 긴 셀렝가 강의 모습이 눈앞에 펼쳐졌다. 건너편 강가에 있었다는 원래의 마을은 강물에 침식되어 사라지고 없었다. 육지 쪽으로 더 들어간 곳에 그 마을 교회의 하얀 껍데기만이 우뚝 서 있었다. 내 밑에는 방책을 두른 마을이 자리잡고 있었는데, 그 아래가 사라진 선교 센터가 있던 곳이었다. 선교 센터 아래는 화강암 절벽이었고, 절벽 아래로 강물이 흐르고 있었다. 선교 센터는 1840년에 폐쇄되었고, 몇 년 후에는 외곽의 건물들, 그리고 한 여인과 세 아이들의 무덤을 둘러싸고 있는 담 외에는 아무것도 남은 것이 없게 되었다.

선임사제 에드워드 스탤리브래스의 편지들이 대영박물관 서류보관실에 남아 있는데, 그 내용을 보면 그의 신앙심이 조금도 움츠러들지 않았음을 알 수 있다. 앞으로 기울어진 아름다운 그의 필체는 그의 아내 사라의 필체와 구분하기 힘들 정도로 비슷하다. 그들은 결코 흔들리지 않았던 것 같다. 그러나 주민들이 믿고 있던 불교를 과소평가한 것이 결정적인 실수였다.

몽골의 새해 첫날에 사라는 "내 눈을 만족시키고 내 마음에 충격을 주기 위해서" 수석 라마승이 기거하는 절을 방문했다는 내용의 이상한 편지를 썼다. "우상 숭배자들의 거대한 사원" 에서 벌어지는 잔치와 기념행사, 가면극과 귀를 먹먹하게 하는 음악이 그녀로 하여금 지옥을 생각하게 했다. 하지만 "나는 그들 사이에 유통되고 있는 복음이 그들의 기도를 대신하게 될 날이 멀지 않을 거라고 생각했다. 그들의 악기들이 가장 높은 이에게 맞춰지고 강단으로 사용되고 있는 그 큰 의자를 우리의 헌신적인 선교사 형제 가운데 한 사람이 차지하게 될 날이 멀지 않을 것이다." 그러나 이 비전은 실현되지 못했다. 그보다 불과 얼마 전에 부랴트족은 소 1만 2천 마리를 주고 티베트로부터 30마차 분량의 불경을 사왔었다.

나는 반쯤 버려진 것처럼 보이는 마을로 내려갔다. 강은 마을에서 좀 물러나 있었다. 그래서 모래로 이루어진 강둑에는 물결의 흔적이 찍혀 있지 않았다. 담과 무덤들은 사라지고 없었다. 선교 센터가 있던 자리에는 폐허가 된 국영농장의 부서진 소 우리와 돌들이 여기저기 흩어져 있을 뿐이었다. 매서운 바람이 일었다. 강둑 가까이에서 차가운 눈보라를 만난 나는 거칠게 돌을 쪼아 만든 6미터 높이의 오벨리스크와 맞닥뜨렸다. 그 철제 명판에 낀 서리를 털어낸 나는 마르타 코위에게 바치는 라틴어로 된 비명을 읽을 수 있었다. 선교사 로버트 유일의 아내였던 마르타는 1827년에 세상을 떠났다.

스탤리브래스 역시 이름이 밝혀지지 않은 어떤 병 때문에 아내를 잃었다. 한순간 가슴을 찢는 외로움이 그의 경건함을 흔들고 지나간다. "아내가 더이상 그녀의 눈을 나를 향해 뜨지 않는다는 사실을 믿기 어렵다." 그는 조카에게 보내는 편지에 이렇게 썼다. "하지만 그것은 사실이다. 내가 아내의 얼굴에 맺힌 마지막 식은땀을 닦아주고, 그녀의 눈을 감겨주었다……." 하지만 아내는 복음에 대한 그녀의 사랑을 확인하는 마지막 말 대신, 약간 숨을 헐떡이고는 숨을 거두었다고 그는 썼다.

오벨리스크 너머 절벽 아래에서 강은 반짝이는 지류로 갈라지고, 그 지류는 다시 몇 개의 가닥으로 나뉘어 남쪽으로 이어진다. 내가 서 있는 곳부터 그 아래쪽으로는 아직도 황금색을 띠고 있는 숲으로 덮인 작은 섬들이 강에 점점이 나타난다. 그러다가 갈라진 개울들이 주름진 언덕 밑으로 흘러들면서 마침내 몽골 쪽으로 방향을 튼다.

선교사들은 이곳에서 22년을 지내면서도 단 한 사람에게도 세례를 주지 못했다. 한 냉정한 방문객은 심지어 그들이 부리던 부랴트족 하인들까지도 그들의 등 뒤에서 그들을 비웃었다고 썼다. 러시아 교회는 그들을 미워했고, 개종자는 누구나 정교회에 편입시켜야 한다고 그들을 압박했다. 결국 1840년 러시아 교회는 이 선교센터의 폐쇄를 획책했고 결국 성공했다. 몇 년이 지나기 전에 부랴트족은 이곳에 귀신이 있다고 믿게 되었다. 그들은 말하기를 마르타 코 위의 뼈가 오벨리스크 안에 앉아서 부활을 기다리고 있다고 했다.

이렇게 선교사들은 귀신으로 되돌아왔다. 그것은 자연스런 일이었다. 어쨌든 그들은 의미 있는 모든 것을 뒤에 남긴 셈이었다. 신심 깊은 죽은 사람들, 불경스러운 산 사람들, 그리고 중국이라는 신기루.

# 8
# 태평양으로

열두 살짜리 소년이 그의 어머니와 함께 울란우데 역에서 기차를 기다리고 있었다. 소년이 대합실에서 내 옆에 앉더니 물었다. "어디로 가세요?" 나는 호기심이 담긴 그 천진난만한 얼굴을 들여다보았다. 아주 깨끗하고 창백했다. 아이 곁에 앉은 여인이 그에게 무엇을 상기시키려는 듯 아이의 한 손을 건드렸다.

"스코보로디노로 간단다." 내가 말했다. "그런 다음 태평양 연안의 마가단으로 갈 거란다." 마가단이 나의 최종 목적지였다.

옆의 여인이 말했다. "난 열한 살 때 마가단에 갔었어요."

"무슨 일로요?" 마가단은 끔찍한 기억이 서린 곳이다. 한때 수용소 제국 콜리마로 들어가는 관문이었으니까.

"소녀 시절에 콤소몰(공산청년동맹)을 위해 일하려고 그곳에 갔어요. 난 그 일이 낭만적일 거라고 생각했어요. 순록과 타이가나 구경하는……." 그녀가 스스로의 어리석음을 비웃었다. "하지만 그곳 사람들은 선량했어요. 기후가 거칠기 때문일 거예요. 눈을 맞으며 길가에 서 있으면 누군가가 차를 세워주었죠. 여기서는 아마 그냥 죽게 내버려둘 걸요? 지금은 시베리아 전체가 그렇지만요. 죽으라고 그냥 내버려두죠." 그녀의 말이 우울한 음악처럼 울렸다. 소년은 쓸쓸한 미소로 그 말에 동의하고 있었다. "그때 나는 공산주의 신봉자였지요. 우리 부모님도요. 부모님은 내 동생에게 스탈리나라는 이름을 지어주었어요. 그애가 스탈린이 죽던 날 태어났기 때문이에요. 스탈링카, 스탈리누슈카! 그 후 흐루쇼프가 집권하자 부모님은 동생 이름을 타티아나로 바꿨죠. 흐루쇼프가 권좌에서 쫓겨난 다음엔 다시 스탈리나로 고쳤어요. 그리고 또…… 그래서 동생의 신분증은 엉망이 되었죠."

"하지만 당신은 마가단을 떠났잖아요."

"나는 거기서 내 믿음을 잃어버렸어요. 결혼해서 두 아이를 낳았죠. 그런 다음 우리는 교사 일을 하러 키질로 왔어요."

소년이 일어나더니 아이스크림을 사러 갔다. 그녀는 아들의 뒷모습을 바라보았다. "그리고 저 애가 태어났지요."

"당신의 아들인가요?" 내가 물었다. 하지만 그녀는 조금 너무 늙어 보였다.

"네, 실수로 생겼어요. 저애는 예쁜 아이예요. 아주 얌전하고. 하지만 저 애는 정상은 아니에요. 당신도 아시겠지만." 그녀는 소년이 사라진 곳을 바라보고 있었다. "저 애는 기억력이 없어요."

"지진아라는 뜻인가요?"

"아뇨. 전에는 머리가 아주 좋았어요. 제 또래보다 두 학년을 앞섰었죠. 그런데 일곱 살 때 자전거를 타고 산을 내려오다가 그만 사고를 당했어요. 그 후로는 무슨 일이든 몇 분 이상은 기억을 못해요." 그녀의 목소리가 상처받은 다정함으로 가득 찼다. "기억이 그냥 빠져나가는 것 같아요."

"무슨 도움이라도 받고 있나요?"

"연금을 받아요. 매달 연금 최저액보다 약간 더 많은 돈을 받죠." 나는 아이의 아버지가 어떤 사람인지 궁금했지만, 그녀는 아무 말도 하지 않았다. "콜랴가 돌아오고 있군요."

소년은 나에게도 약간 머뭇거리며 아이스크림을 건네주고는 앉아서 마우스가 달린 게임기를 가지고 게임을 하기 시작했다. 가끔 소년은 어린아이 특유의 무력한 존경의 시선으로 자기 어머니를 힐끗 바라보곤 했다. 내가 보기에 그의 또래들은 스포츠에 관심을 갖거나 이성에 눈을 뜨고 있을 텐데, 이 아이는 겨우 월트디즈니 만화의 동물들을 흉내 내고 있었다.

두 사람은 새로운 삶을 찾기 위해 상트페테르부르크로 가는 중이라고 아이의 어머니가 말했다. "어떤 사람들은 한곳에 눌러 있고 또 어떤 사람들은 우리처럼 떠돌아다니죠. 그게 우리가 사는 방식이에요. 요즘은 모두들 돈과 자기밖에 몰라요. 다른 건 관심이 없어요. 하지만 하느님이 우리를 돌보실 겁니다." 그녀의 큰아들은 외국에서 살고 있다고 그녀가 말했다. 그녀의 딸은 어머니와 사이가 멀어졌다고 했다. 그녀가 손가락으로 아들의 머리털을 헝클어뜨렸다. "이 아이를 돌보는 게 내 의무죠. 이 아이가 나의 미래예요."

그녀는 부담감 때문인지 만족감 때문인지 가벼운 한숨을 내쉬었다. 그녀는 늘 아들을 돌보며 살아야 할 것이다.

어떤 지각운동 때문이었는지는 모르지만 바이칼 호수 너머에 마치 호수의 균열을 거울로 비추듯 산맥이 1,500킬로미터 이상 남서쪽으로 뻗어 있다. 기후가 건조하고 추워서 이 산맥에서는 광물을 캐기도 힘들고 양을 방목하기도 쉽지 않다. 겨울이면 눈이 얇게 덮이지만 추위가 매섭다. 이곳에서 가장 잘 견디는 짐승은 언 풀을 먹고 사는 털이 많은 단봉낙타라고 한다. 10월 하순쯤 되면 진눈깨비가 내려 산기슭 작은 언덕 주위 나무들이 낙엽을 모두 떨어뜨린다.

내가 들어간 칸은 우크라이나 짐꾼이 반쯤 독점하고 있었다. 그는 자기 아내 맞은편에 자리를 차지하고 앉아서 가끔 문신이 있는 한 팔을 뻗쳐 아내의 뺨을 꼬집었다. 우리 주위의 침상에서는 부랴트족 소녀들이 자고 있었다. 인형들처럼 차곡차곡 누워서 자고 있는 그들은 러시아인들보다 더 섬세해 보였다. 나는 내가 그들 모두에게 눈에 띄지 않는 존재가 되었다고 느꼈다. 그들은 나를 가난한 에스토니아인이라고 생각하고 있는 것 같았다. 내 부츠가 움직일 때마다 생쥐 우는 소리를 냈지만, 내 방수 바지와 누비 재킷이 나를 평범한 사람으로 보이게 한다고 나는 생각했다.

나는 이제 이 열차를 속속들이 알고 있었다. 보스 기질이 있는 승무원, 갑갑한 창문, 그리고 오줌, 생선, 땀이 어우러진 악취까지. 이제 나도 열차의 보일러에서 나오는 뜨거운 물에 라면을 끓여 먹고 싸구려 커피를 타먹었으며 기차를 타는 시간이 길어지면서 소금에 절인 오물(omul)을 사먹기도 했다. 어둑어둑해질 무렵, 나는 위쪽 침상에 누워 콜차크의 전기를 읽고 있었다. 내 머리 위 30센티미터쯤 되는 곳에 "아말라 + 알로샤 = 사랑"이라는 낙서가 보였다. 이윽고 어둠이 내려앉았다.

나는 자려고 애썼다. 치타 너머 어딘가에서 남동쪽으로 중국을 가로지르는 만주 횡단철도가 갈라졌다. 제정 러시아는 1896년 당시 전쟁에 찢기고 화적들이 득시글대던 중국에 진출했다. 그 무렵 러시아는 이미 시베리아 횡단철도를 태평양 연안까지 완공해놓았다. 백계 러시아 군벌 그리고리 세묘노프가 코사크의 무리, 중국인 도적들, 일본인 용병들을 거느리고 '파괴자' 그리고 '공포의 대상' 등의 이름을 붙인 장갑 열차를 철로 위에 운행하면서 군림했던 것도 우리가 여행하고 있는 바로 이 철로 위에서였다.

자정 훨씬 지나서 기차가 네르친스크에서 멎었다. 이곳의 은광산은 12월 당원들과 폴란드의 애국자들이 죽은 곳이다. 어둠 속에서 나는 칭기즈칸의 탄생지인 오논 계곡의 입구를 놓치고 말았다. 이 계곡 위쪽에서 어려운 어린 시절을 보낸 정복자는 부족연합을 결성해서 자기 휘하에 두었다. 그는 위기가 닥칠 때면 산속 강의 발원지로 돌아와 천신(天神)에게 기도를 올렸다. 그러나 나에게는 검은 암흑만이 보일 뿐이었다. 칭기즈칸의 기억은 지금도 중앙아시아 전역에 남아 있다. 수십 년 동안 소련에서는 그의 이야기를 하거나 그의 초상화를 거는 것이 이단으로 간주되었다. 그러나 그의 명성은 지금도 흩어진 모든 몽골 및 투르크계 민족들 위에 검은 광채를 던지고 있다.

기차의 움직임이 너무 느리고 너무 조용했다. 기차는 스코보로디노까지 1,900킬로미터 남짓 되는 거리를 밤새도록 느릿느릿 조용히 달렸다. 새벽이 밝아올 때까지 우리가 거의 움직이지 않았다는 생각이 들 정도였다. 나는 창밖으로 앙상한 나무들이 언덕들의 부서진 파도 위를 흘러가는 것을 보았다. 겨울로 접어들고 있는, 아름답지 못한 거무칙칙한 땅이었다. 낙엽송들은 잿빛 장승처럼 변했고, 자작나무들은 유령처럼 보였다. 하루 종일 경치는 별로 바뀌지 않았고, 나는 침엽수림대의 최면에 걸리고 말았다. 눈에 덮인 황량한 풍경이 그 광대함을 한층 더 깊게 하는 것만 같았다. 전 지구의 숲의 5분의 1을 이루는 것이 이 숲이었다. 남북의 길이가 1,600킬로미터나 되었고 모든 거리감이나 어떤 원경도 밀어내는 그 나무들의 질식할 것 같은 폐쇄성이 사람들을 말 그대로 미치게 했다. 여기서는 변칙적인 자력(磁力)의 작용이 정신이 멀쩡한 여행자까지도 목숨을 잃게 만든다. 나침반이 제멋대로 움직여 쓸모가 없게 되기 때문이다. 어떤 사람들은 도피하기 위해서 처음부터 광기 속에서 걷는다. 이것을 '타이가 광기'라고 한다. 이들은 걸어도 걸어도 결국 제자리로 돌아온다. 마침내는 기진맥진해서 쓰러지거나 표사(漂砂)에 빠져 생명을 잃고 만다.

우리가 북쪽으로 구부러진 아무르 강을 따라서 중국 국경에 가까워지면서 내가 가진 소련 지도는 텅 비어버렸다. 이곳에는 공식적으로는 아무것도 존재하지 않는 것이다. 하지만 나는 사실 타이가의 정적(靜的) 순수함까지도 환상이라는 것을 알고 있었다. 벌목(북한 사람들이 많이 동원되는)과 오염, 그리고 가스전(田)과 유전 주위의 화재가 이 숲의 상당 부분을 좀먹었다. 낭비가 심하기로 악명이 높은, 철로를 따라 생긴 국유림 캠프들이 경제가 피폐해지면서 폐허가 되었다. 저녁이 가까워지면서 숲 위의 회색 구름에서 눈이 쏟아지기 시작했다. 눈에 덮이면서 그 폐허들이 희미한 흔적으로 지워졌다. 곧 얼음같이 차가운 폭풍이 기차를 스쳐 지나갔고, 우리는 눈을 어지럽히는 백야 속으로 들어갔다. 몇 시간 후 밤이 깊어서야 나는 우리가 보이지 않는 분수령을 지났다는 걸 알아챘다. 철로가 태평양을 향해 내려가는 1,000여 킬로미터의 내리막으로 접어들었던 것이다.

자정에 차에서 내려 살을 에는 듯한 추위 속으로 나갔다. 거의 텅 빈 역에서 누군가가 철로 맞은편에 호텔이 하나 있다고 말해주었다. 그래서 나는 덜컥거리는 철제 다리를 건너 암흑 속으로 내려갔다. 스코보로디노는 내 지도 위에서는 미지의 한 점이었다. 아무도 거기 가본 사람이 없었다. 나는 다만 내가 군사지역에 들어와 있다는 것만 알고 있을 뿐이었다. 칠흑 같은 어둠 속에서 잠긴 건물들 사이의 길을 걸어내려갔다. 다른 사람들도 그 길을 걷고 있었다. 그들의 이야기 소리가 내 주위에 메아리쳤다. 나는 그 목소리들을 향해 호텔이 어디 있느냐고 물었다. 그러나 형체가 보이지 않는 그들은 술에 취한 듯 그냥 지나쳐버렸고, 나는 요행히 게스트하우스를 찾아냈다. 졸린 얼굴의 젊은이가 눈을 껌벅이며 말없이 내 서류를 들여다보더니 모기로 더럽혀진 벽 밑에 있는 침대 하나를 내게 지정해주었다. 나는 더러운 매트리스를 뒤집어 깔고 잠을 청했다.

아침에 나는 거리 이름—소비에트 가(街), 콤소몰 가(街)—을 보고 내가 도시 중심부에 있음을 알아챘다. 스코보로디노는 언덕 사이에 끼인, 비대해진 철도 교차점이었다. 기온은 섭씨 영하 23도가 채 안 되었지만, 바람이 눈과 먼지를 쳐올리며 차가운 산(酸)처럼 얼굴을 때렸다. 언 나뭇잎들이 길에서 서걱서걱 소리를 냈다. 옥외 시장에서는 얼굴이 빨개진 상인들이 높은 털모자를 쓰고 탁자에 놓인 생선과 언 닭고기를 팔고 있었다. 전쟁 기념물에는 빨간 글씨로 레닌그라드 공방전, 스탈린그라드, 베를린 점령 등 2차 세계대전 주요 전투의 이름이 적혀 있었다. 그것을 보고 있으면 그 후에는 아무 일도 일어나지 않은 것 같은 느낌이 들었다.

하지만 나는 전에 아무르 강을 보려고 이곳에 와본 적이 있었다. 아무르 강은 이곳에서 남쪽으로 112킬로미터 떨어진 곳을 흐르고 있었고, 그 강을 건너면 중국이었다. 내 지도에 나타나 있는 가느다란 도로는 중국인과 코사크인들의 전투가 벌어졌던 장소인 알바진에서 끝나고 있었다. 아마 그 길은 거대한 강의 둑에 있는 마을까지 나 있을 것이다. 아무르 강! 그 강은 옥수스 강이나 나일 강처럼 지리에 구애되지 않고 흘러서 꿈같은 풍경 속으로 흘러가는 강들 가운데 하나였다.

스코보로디노에는 석유가 없지만 하루 건너마다 디젤 기관차 한 대가 국경을 향해 지선을 따라 내려갔다. 그날 늦은 오후 나는 맥이 풀린 군인들이 가득 탄 열차를 타고 얼어붙은 하천들이 있는 계곡을 가로질렀다. 100킬로미터를 가는 데 네 시간이 걸렸다. 기관사는 어느 조그만 간이역에서 기차를 세우고 초를 샀다. 기차에 탄 군인들이 경찰관처럼 나를 유심히 살피는 것 같았다.

우리가 도착한 건 시간상으로는 밤이었다. 사람들을 실어가려고 몇 대의 트럭이 대기하고 있었다. 군인들은 병영으로, 그리고 나머지 사람들은 근처 숲에 있는 레브노보 마을로 실어가려는 것이었다. 곧 나만 홀로 남았다. 하늘엔 별도 보이지 않았다. 나는 한 병사가 알바진으로 가는 버스가 올 거라고 말한 장소에서 기다렸다. 간간이 큰 눈송이가 날리기 시작했다. 그 눈송이들이 이상하게도 포근하게 느껴졌다. 기차는 고통스럽게 방향을 돌리더니 스코보로디노로 다시 돌아갔다. 기차가 내 옆을 지나갈 때 여승무원이 문 밖으로 몸을 내밀었다. 내가 소리쳤다. "버스가 벌써 지나갔습니까?"

그녀가 되받아 소리쳤다. "무슨 버스요? 석유가 없어요! 어디에도 석유가 없다고요!"

"알바진까지 걸어갈 수 있나요?"

"못 가요. 18킬로미터나 된다고요! 그리고……" 그녀의 목소리가 나무 사이로 멀어져갔다. "……늑대들……이 있어요."

나는 소나무 사이로 멀어지는 기차를 지켜보았다. 그 희미한 불빛들이 이내 사라졌다. 그러자 어둠과 추위가 한층 더 매서워졌다. 나는 어찌 해야 할지 몰랐다. 무슨 일이 일어날 거라는 위험한 확신만을 느끼고 있을 뿐이었다. 한동안 나는 오지 않는 버스를 기다리며 한심하게 서성거렸다. 그러다가 비틀거리며 철로를 따라 오두막 역사(驛舍)가 있는 쪽으로 걸음을 옮겼다. 역사에는 두 개의 불 꺼진 창이 있었다. 나는 창문을 깨고 들어갈 것인지 말 것인지 망설였다. 육지의 등대처럼 외로이 서 있는 이 초소들은 쓸모가 없어져 더러 없어지기도 한다. 집안의 골치 아픈 문제들을 피해 도망쳤던 톨스토이도 이런 초소에서 죽었다. 눈발이 더 거세졌다. 횃불을 든 나는 오두막의 뒤쪽으로 돌아가보았다. 걸음을 멈추었다. 문 아래에서 불빛이 가물거렸다.

나는 망설이다가 문을 밀고 들어갔다. 안의 공기는 따뜻했다. 난로에 두 손을 녹이고 있던 사람이 유쾌하게 웃었다. 볼로디아는 수백 년 동안 영웅으로 미화되거나 어릿광대로 풍자되거나 했던 그런 종류의 러시아인이었다. 그는 전형적인 농촌 귀공자였다. 덩치가 크고 순진무구하게 잘생긴, 상처를 받지 않은 앳된 청년이었다. 역무원 모자가 그의 노란 곱슬머리 위에 뒤로 젖혀져 씌워져 있었다. 그는 나에게 누구냐고, 어디서 왔느냐고 묻지 않고 자기 장부책을 들여다보며 사람들에게 전화를 걸어 나를 알바진으로 데려가달라고 부탁했다. "미샤, 오늘밤 운전할 수 있어? 석유가 없다고…… 유리, 오늘…… 석유가 동이 났다고? 콜랴, ……. 외출중이고…… 페탸, 올레그, 바딤— 석유가 없고, 석유가 없고, 석유가 없고……."

"어느 날엔가 석유가 다시 돌아올 겁니다." 그가 말했다. "하지만 그때는 더 비싸지겠지요. 지금까지 그랬어요. 마피아가 가격을 가지고 장난질을 치거든요." 그는 일어나더니 장부책을 덮었다. "우리 내일 누군가를 찾아봅시다."

"그런데 마피아는 누구죠?" 나는 늘 이 유령이 도대체 어디 있는지 알고 싶었다. "그들은 옛 공산주의자들인가요?"

볼로디아가 그의 솔직하고 다소 단순한 시선으로 나를 가늠했다. "마피아는 권력이 있는 곳에는 어디에나 있지요."

그의 오두막은 근처 숲속에 있었다. 모직 스카프로 머리를 해적처럼 감싼, 과부인 그의 어머니가 텔레비전에서 〈샌타 바버라〉를 보고 있었다. 이 드라마는 주 3회씩 5년 동안 방영되고 있다고 했다. 그녀에게는 이 드라마의 내용이 러시아의 경제 불황, 정치적 혼란, 또는 지나가는 기차들보다 더 중요하게 느껴지고 있는 것 같았다. 그녀는 많이 늙어 보였다. 그녀의 가족이 모두 철로에서 일한 것으로 그녀는 기억하고 있었다. 그녀의 아버지는 신호수로, 남편은 역장으로, 자신은 매표원으로 일했고 이제 아들이 철도 종점에 자리잡은 이 외로운 초소를 지키고 있었다. 그녀는 그것을 아쉽게 생각하지 않았다. 그녀에게 철도는 타이가의 정복자, 문명의 전달자로서 개척의 후광 같은 것을 지닌 존재였다.

샐러드와 빵으로 끼니를 때운 후, 우리는 다시 텔레비전 앞에 자리를 잡았다. 텔레비전이 그녀의 모든 시간을 장악하고 있었다. 그녀의 오두막에는 식수도 나오지 않았지만, 텔레비전은 새 것이고 큼직했다. 볼리디아는 텔레비전 앞에서 말이 없었다. 그들은 모스크바에서 송신하는 두 개의 채널과 블라고베슈첸스크에서 방영하는 저녁방송을 수신하고 있었다. 홀로 떨어져 사는 그녀에게 이 세 개의 채널이 세상을 대신했다. "브레즈네프 시절에 우리는 미국이 망하고 있다는 얘기를 들었지요." 그녀가 생각에 잠긴 표정으로 말했다. "지금 우리 국민은 절반이 실업자인데, 미국 사람들은 모두 샌타 바버라에서 살고 있는 것 같아요. 난 이해가 안돼요."

샌타 바버라가 표준은 아니며 미국과 유럽에도 가난한 사람들이 많다고 내가 말했다. 하지만 그녀는 혼란스럽다는 표정을 지을 뿐이었다. 그녀는 다시 스크린의 위안으로 돌아갔다. 미국의 드라마와 갱 영화가 자동차, 보석, 서양의 휴양지로의 여행 등을 선전하는 광고들과 뒤섞여 등장하는 저 번쩍이는 화면이 모든 현실을 포위하기 시작했다. 그녀가 산타루치아 해변에서 해수욕을 하거나 다이아몬드 목걸이로 자신을 치장할 생각을 하는 건 아니었다. 그녀는 그 영상들을 마치 만화를 보는 것처럼 자기와는 아무 상관도 없는 그림으로 덤덤한 시선으로 보고 있는 것 같았다.

볼로디아가 이런 말을 했다. "여기서는 우리 생활에 관한 프로그램을 보질 못해요."

나는 방안에 있는 소파에서 잠을 잤다. 카펫이 걸린 방의 벽은 천장 조금 못 미쳐서 끝나고 있었다. 그래서 옆방에서 자는 볼로디아의 잠꼬대 소리가 간간이 들려와 나의 잠을 깨우곤 했다.

석유를 비축해두었다는 일흔 살의 농부가 나를 알바진까지 태워다주려고 아침 일찍 도착했다. 작은 방울이 달린 꼭 끼는 털모자를 쓰고 있었다. 길에는 이제 눈이 하나도 없었고, 그의 모스크비치 살룬(세단형 자동차)이 매연을 마구 뿜어대며 그 길 위를 미끄러져 나갔다. 그는 무엇에 대해서나 불평을 해대고는 그런 일들이 크게 문제될 건 없다는 듯 냉소적인 웃음을 터뜨리곤 했다. 뒷좌석에는 이미 중년이 되었는데도 직업이 없는 그의 뚱뚱한 아들이 스코보로디노 역으로 가기 위해 함께 타고 있었다. 그는 두툼한 외투를 입고 사향뒤쥐 가죽 모자를 썼다. 그는 직업을 구해보려고 동쪽에 있는 블라고베슈첸스크로 간다고 했다. 하지만 그의 구두끈은 닳아 해져 있었고, 그는 풀이 죽어 보였다. 그의 아버지의 야무진 짙은 갈색 얼굴에 비해 그의 얼굴은 창백했고 축 늘어져 있었다. 부자가 서로 다른 인종인 것처럼 느껴졌다. 두툼한 테의 안경 뒤에서 두꺼운 눈꺼풀과 희망이 없다는 표정의 두 눈이 잠자는 지성을 담고 있는 듯했지만, 도무지 힘이 없어 보였다.

"모든 게 끔찍해!" 그의 아버지가 웃으며 말했다. "이 들판이 전에는 밀과 소들로 가득 차 있었거든. 그런데 보라구!" 주위의 땅은 풀과 제대로 자라지 못한 자작나무로 덮여 있었다. "중앙에서 자금이

지원되지 않는다구. 사람들은 자기 힘으로 작물을 키우고 있지. 좋은 시절, 브레즈네프 시절에는 몇 코페크만 주면 빵 한 덩어리를 살 수 있었지. 그런데 지금은? 4천 루블을 줘야 한다구! 단 한 덩어리의 빵에!" 하지만 그는 또 싱글싱글 웃고 있었다.

"그 시절은 좋은 시절이 아니었어요." 그의 아들이 말했다.

"바나나는 지금 1킬로그램에 1만 4천 루블이야." 그의 아버지가 말을 이었다. "고기는 1킬로그램에 2만 루블이고!"

그의 아들이 내 어깨를 툭툭 쳤다. "저 영감 말에 귀 기울일 필요 없어요." 그는 내가 자기에게 관심을 기울이기를 바라고 있었다. 그는 운전석에 앉은, 찌들은 농부를 부끄럽게 생각했다. "난 늘 역사와 종교에 흥미를 느꼈죠. 늘 그랬어요. 중학교를 졸업하고 모스크바에 있는 언어연구소에 진학하고 싶었어요. 하지만 거기 들어가려면 돈이 있어야 해요. 우리 부모님 같은 사람은……."

그의 아버지는 아들의 말에는 아랑곳하지 않고 언 자갈 위로 사납게 차를 몰아댔다. 나는 두 눈을 감았다.

"…… 그래서 난 대학으로 갔어요. 1차 시험을 좋은 성적으로 통과했죠. 하지만 난 그 후 입대를 해야 했어요……."

"그게 네겐 잘 된 일이야!" 그의 아버지가 말했다.

"그리고 그 후에도 난 모스크바에 갈 수가 없었어요. 그래서 우수리스크에 있는 기술대학으로 돌아갔죠. 별로 좋은 대학은 아니었지만, 학위를 땄어요……보세요." 그가 학위증을 내 손 안으로 밀어넣었다. "그리고 나서 난 블라디보스토크로 가서 어선을 탔는데…… 식당 매니저 비슷한 거였어요."

"우리는 젖소 한 마리를 가지고 있었지." 그의 아버지가 말했다.

"그거 괜찮았어." 그가 젖통을 주물러 짜는 시늉을 했다.

"왜 그 얘기를 해야 하죠?" 아들이 투덜거렸다. 그가 다시 자기 이야기를 시작했다. "나의 첫 번째 어선 탑승은 두 달 동안 계속되었어요. 나는 매일 배멀미를 했죠. 그러다 그 후 익숙해졌어요. 난 사할린과 캄차카를 보았죠. 흥미로운 곳이었어요……."

"감자와 양배추를 재배할 수 있어. 이런 곳이 바로 그걸 기를 수 있는 곳이야." 아버지가 엄지손가락으로 버려진 들판을 가리켰다. "서리가 내리면 온도가 섭씨 영하 44도까지 내려가지."

"……하지만 내가 타던 배는 1년 중 반은 운항을 하지 않았어요. 그래서 나는 해변의 식당에서 일을 했죠. 어선단이 점점 작아졌고 그래서 나는…… 그들은 나를 계속 고용할 수가 없었어요." 그의 이야기가 한탄조의 실패담으로 바뀌었다. 그래도 그는 말을 멈출 수가 없는 모양이었다. 그의 늘어진 입이 온갖 쓴 맛을 다 본 것 같았다. "그래서 나는 닥치는 대로 아무 일이나 했어요. 식당을 전전하면서요. 그런데 이제 나는 아무것도 할 일이 없어요. 블라고베슈첸스크에 가면 할일을 찾을 수 있을지 몰라요. 2년 동안 실업자 생활을 하고 있어요……"

"3년!" 그의 아버지가 말했다. 차가 미끄러지다가 다시 균형을 잡았다. 그가 환하게 웃었다. "걱정하지 말아요. 나와 이 차는 둘 다 연금 생활자라구! 난 이 차를 18년 전에 샀어! 당시 1만 5천 루블밖에 안했지. 지금은 차 값이 얼만지 알아? 300만 루블이야!" 그가 계기판을 꽝 쳤다. "그러니 가난한 사람이 무슨 일을 할 수 있겠어? 집에서 잠이나 자는 수밖에! 반면에 국회의원들은 한 달에 1천 1백만 루블을 번다구! 그자들은 그 돈을 스위스에 감춰두고 아기인형

같은 첩들을 거느리지!" 그의 얼굴이 분노와 혐오감에 부들부들 떨렸다. 그가 얼음판 위에서 가속 페달을 밟았다. 나는 다시 두 눈을 꼭 감았다.

그의 아들이 말했다. "이 부근에서 일자리가 있는 곳은 강 상류 쪽에 있는 군 주둔지와 벌목장뿐이에요."

"네가! 벌목장에?" 그의 아버지가 큰소리로 웃었다.

내가 물었다. "고기잡이는 어떤가요?"

"20년 전에는 철갑상어를 열 마리씩 끌어올릴 수 있었지." 노인이 말했다. "지금은 거의 잡히지 않아요. 중국놈들이 문제지. 그들은 크고 촘촘한 그물을 가지고 있어요. 내 눈으로 직접 봤다구. 그자들은 또 공장을 지어서 강을 오염시키고 있고……."

그의 아들은 머리를 숙이고 자기 장화를 내려다보고 있었다. 그의 머리가 벗겨지기 시작하고 있었다. "우리는 우리 환경도 제대로 관리하지 못하고 있어요." 그가 말했다. "바이칼 호를 보세요. 보시다시피 우리가 호수를 오염시키고 있잖아요. 우리 모두가 오염시키고 있죠."

그가 안쓰럽다는 생각이 들기 시작했다. 그는 휴대전화를 가지고 맵시 있게 꾸민 정부(情婦)와 함께 모스크바의 식당을 드나드는 이른바 신(新)러시아인이 되고 싶었던 사람이다. 그러나 지금 그는 그 식당의 웨이터도 되지 못할 처지인 것이다. 내가 도시의 많은 얼굴들에서 본 깊은 패배감이 그의 얼굴에도 분명히 새겨져 있었다. 나는 농촌의 가족에게로 반복해서 되돌아오는 그의 모습을 머릿속에 그렸다. 농촌의 가족은 그를 너무나 비참하게 했지만 그래도 그 가족이야말로 그를 지탱해주는 지주였다.

"수박 재배를 할 수 있지." 그의 아버지가 말했다. "사시사철 언제나 수박이 있거든."

우리는 이제 알바진의 흩어져 있는 오두막들 사이를 누비고 있었다. 갑자기 아무르 강이 우리 아래쪽에 보였다. 강은 황량한 땅 위를 구불구불 흐르며 아주 평화롭게 러시아와 중국을 갈라놓고 있었다. 태평양까지 수천 킬로미터를 구불구불 흘러갈 이 강은 이미 폭이 1.5킬로미터가 넘었다. 넘어진 나무들에서 나온 타닌산으로 더러워진 강물이 마치 거무스레한 거울 같았다.

우리는 강 위쪽에 자리 잡은 코사크 요새의 토루(土壘) 옆에 차를 세웠다. 노인이 나에게 행운을 빈다고 인사를 했다. 그의 아들은 미소를 지으며 나의 사진을 찍었다. 그런 다음 그들은 검은 매연을 뿜으며 하얀 땅으로 사라져갔다.

절벽 위 직사각형의 풀이 덮인 땅에 자리 잡은 요새에는 눈이 듬성듬성 내려 있었다. 이 요새는 17세기 중반 러시아의 영토가 만주의 북쪽 국경까지 진출했던 때의 러시아 영토의 남동쪽 끝에 자리 잡고 있다. 이곳에서 두 제국은 서로를 모르는 가운데 충돌했던 것이다. 기독교로 개종한 코사크인들에 의해 창설된 알바진은 아무르 강 하류 러시아 영토의 첨병이 되었다. 그러나 만주가 다시 세력을 회복한 1685년경에는 이 요새가 남아 있는 마지막 요새가 되었다. 이 요새의 지휘관 알렉세이 톨부진은 수적으로 엄청나게 우세한 적군을 맞아 항복할 수밖에 없었다. 그러나 만주군은 어리석게도 그의 군대가 아무런 피해도 입지 않고 후퇴할 수 있도록 어리석은 자비를 베풀었다. 그런 다음 만주군은 요새를 파괴하고 남쪽으로 퇴각했다.

그들이 돌아가자마자 러시아 군은 8백 명이 넘는 병력과 12문의 대포를 가지고 돌아와 알바진에 한결 튼튼한 요새를 세웠다. 그들은 내가 지금 걷고 있는 통나무 울타리가 딸린 성채도 건설했고 네 귀퉁이에 감시탑도 세웠다. 성채 둘레에는 깊은 도랑도 파고 날카로운 말뚝이 감춰진 구덩이도 만들었다. 높은 포탑은 대포를 어느 방향으로든 돌릴 수 있었고 흉벽에는 야간에 적이 공격해올 때 불을 밝히기 위한 수지(樹脂)를 담은 통들도 비치했다.

그러나 1686년 성난 만주군이 맹렬한 기세로 되돌아왔다. 나는 그들이 사정거리가 긴 대포를 설치하고 3단의 토루로 요새를 에워쌌던 흔적인 주름 잡힌 땅을 건넜다. 만주군의 포함(砲艦)들이 강을 봉쇄했다. 맞은편 섬에는 홍수로 폐허가 된 어촌 한가운데 모래와 관목 속에 무너져 내려앉은 만주군 사령부의 흔적이 보인다. 1년 남짓 그들은 포탄과 불화살을 요새에 퍼부었고, 가죽을 입힌 공성기로 요새를 공격했으며, 수지(樹脂)와 짚으로 흉벽에 불을 질렀다. 한번은 기아상태에서 허덕이던 요새에서 만주군 사령관에게 20킬로그램의 고기를 내보냈다. 그들의 보급품이 충분하다고 만주군을 속이기 위해서였다. 만주군 사령관은 고기를 더 보내라고 요구했다. 모스크바 당국이 화의를 요청해서 포위가 풀렸을 때에는 알바진에는 66명만이 살아 있었다.

뒤이어 맺어진 네르친스크 조약에 따라 러시아는 아무르 강에서 퇴각했고 알바진은 다시 파괴되었다. 중국으로 잡혀간 코사크 포로들은 청나라 황제의 신변을 지키는 경비중대가 되었다. 그들의 자손들은 중국인들과 결혼해서 러시아인의 모습과 언어를 잃어버렸다. 하지만 공산혁명이 일어날 때까지 몇몇은 북경 북동쪽에 있던 그들의 교회에 다니면서 알바진에서 가져온 성화를 바라보며 기도를 올렸다고 한다.

무라비에프-아무르스키 휘하의 러시아 군이 75척의 군용 바지선을 타고 강을 따라 밀고내려온 건 요새가 함락되고 150년이 넘게 흐른 뒤였다. 요새가 있던 자리가 보이기 시작하자 장병들은 숙연해졌다. 밴드가 찬송가를 연주했고, 총독이 초목들이 무성하게 자란 폐허 밑에서 기도를 올리기 위해 배에서 내렸다.

물론 그는 네르친스크 조약을 어긴 것이었다. 그러나 이때는 중국의 세력이 약해져 있었다. 그 후로 네르친스크 조약의 조문은 무시되거나 재해석되었다. 중국인들은 러시아가 이 지역을 재정복한 사실에 분개했지만, 러시아인들은 1960년대까지도 그 조약이 강요된 것이었다는 주장을 폈다. 중국인들의 침투를 막기 위해 소련 당국은 수백 킬로미터의 전기 철조망을 가설했다. 이 철조망은 아직도 남아 동쪽을 향해 달리고 있지만, 내가 찾아갔던 절벽을 가로지르는 부분은 녹슬어 있었다. 그러나 아무도 그 철조망을 수리하려는 사람이 없는 것 같았다. 그 너머에 있는 중국의 언덕들에도 사람이 사는 흔적은 보이지 않았다. 감시탑에서는 칼라슈니코프 경기관총을 등에 멘 보초병이 멍한 얼굴로 강 건너를 바라보고 있었다. 여기서 중국인들과 어떠한 접촉도 갖는 것이 금지되어 있었다. 그러나 동쪽으로 가면 장벽이 무너져 있고, 교역자들은 거의 마음대로 국경을 넘을 수 있다고 했다.

토루를 내려가서 요새의 보루 속으로 들어가보았다. 여기저기 울퉁불퉁한 땅이 보였다. 교회나 막사가 서 있던 곳이었다. 몇 년 전에 수습된 몇 구의 시신들이 검은 십자가 밑의 집단묘지에 묻혀 있었다. 그밖에는 맨땅만 있을 뿐 달리 눈에 띄는 것이 없었다. 차가운 바람이 강을 건너오고 있었다. 내벽에는 흙담에 돌을 박아 튼튼하게 했던 흔적이 보였다. 이 담의 층이 바로 알바진의 축약된 역사였다. 나는 언 손가락으로 그 담을 후벼보았다. 느글거리는 경이로움이 나를 압도했다. 표면 밑 30센티미터쯤에서 3센티미터 두께의 구불구불한 검은 선(線)이 보였다. 내가 건드리자 탄 목재의 알갱이들이 떨어졌다. 3백 년 전에 총알이 표적을 빗나갔던 그 가운데서 부식된 작은 머스킷 총탄 하나가 내 손 안으로 떨어졌다.

* * *

이제 그녀에게는 집이 문제가 되지 않는다. 버려진 딴채를 통과하는 널빤지 길을 따라가면 흙을 바른 방과 부서진 온실이 나온다. 대문 위에 있는, 검은 테를 두른 두 개의 붉은 별은 전쟁 중에 목숨을 잃은 두 가족을 추모하는 것이라고 한다. 아그리피나 도로스코바는 뒷방에 앉아서 무언가를 쓰고 있다. 그녀는 나이가 아흔에 가깝다. 그녀의 광대뼈 밑 살은 푹 꺼져 있고, 얇은 입은 닫혀 있다. 그러나 얼마 전까지 그녀는 매일 눈길 1킬로미터를 걸어 그녀가 자기 돈으로 시작한 알바진 박물관까지 가곤 했었다. 박물관에는 이 지역에서 수집한 무기와 어구(漁具), 그리고 비교적 최근의 물품인 축음기, 사모바르[물 끓이는 주전자], 싱거 재봉틀 등이 전시되어 있다.

하루 종일 그녀는 네 권짜리 알바진 역사책을 쓰느라고 씨름하고 있다. 그녀의 집안은 7대째 시베리아에서 살아온 구시베리아인이다. 그녀는 19세기를 다 썼고 지금은 20세기 역사를 쓰는 중이다. 그것은 매우 어려운 일이다. 레닌이 죽고 나서부터 체제가 잘못되었다고 그녀는 믿고 있기 때문이다. 그녀의 얼굴은 새의 눈처럼 반짝이는, 검은 테가 둘린 두 개의 눈 주위에서 시들어버렸다.

"이곳에서도 1930년대에 60명이 체포되었지. 괜찮은 보통 사람들이. 트랙터 운전수 같은 사람들이었어. 그중 몇 사람은 내 친구들이었지. 하지만 사람들이 비밀경찰에 그들을 고해 바쳤고, 경찰은 자기들에게 할당된 숫자를 채워야 했어."

하지만 그녀는 스탈린을 비난하지는 못한다. 그녀의 집 대문에 걸린 붉은 별들은 스탈린이 이긴 전쟁에서 목숨을 잃은 그녀의 오빠와 언니—그녀의 둘뿐인 동기간들이었다—를 추모하기 위한 것이다. 그녀는 평생 교사 노릇을 했고 그래서 그런지 지금도 말투가 설교조다. "스탈린도 잘못할 때가 있었겠지. 그렇게 많은 사람들을 잡아들였으니. 하지만 그 숫자들도 과장된 거야. 솔제니친의 책을 읽어보았는데 난 별로 좋은 줄 모르겠더라구. 그는 자기가 알았던 것에 대해서만 쓸 수 있었지. 그러니 제한적일 수밖에. 그가 짐작하는 숫자는 권위가 없어. 6천만 명이 죽다니! 이제 서류들이 공개되고 있으니 그 숫자가 더 적다는 걸 알게 될 거요. 그가 말하는 것보다 훨씬 더 적다는 걸……."

나는 그녀에게 얼굴을 찌푸리고 대꾸하지 않았다. 나는 그녀가 체험한 공포를 체험한 사람이 아니다. 그 공포를 가늠하고 덜고 심지어 용서까지 할 사람들은 그 공포를 체험했던 사람들이다. 아그리피나 도로스코바에게는 2천만 명이 죽었다는 사실이 6천만 명이 죽은 것보다는 훨씬 더 쉽게 용서할 수 있는 일이다. 그녀가 노랗게 변색된 원고지 뭉치들을 꺼냈다. 그녀에게 스탈린은 아직도 레닌의 후계자다. 그녀가 쓰고 있는 소련의 역사는 그녀가 보기에 순수한 사회주의로부터의 길고 비극적인 일탈이다. 그런데 그녀는 그 일탈이 정확하게 언제부터 일어났는지 가늠할 수 없다.

"러시아 현 정부의 꼴을 보라구!" 정부를 지워버리려는 것처럼 그녀가 한 손을 아래로 내려뜨렸다. "난 벌써 이 정부에 대해서는 썼어. 그 옐친이라는 자에 대해서도. 내가 생각하고 있는 모든 걸 말했지."

"스탈린 시절이었다면 할머닌 총살을 당했을 겁니다."

"아냐! 그때도 난 하고 싶은 말을 다 했어! 쓰고 싶은 걸 다 썼구!" 내가 그녀를 외면했다. 벌써 다 잊은 걸까? "1938년쯤엔 소련은 깨끗해졌지! 모든 게 좋았다구! 일부 사람들에게는 나빴을지도 모르지만, 대다수에게는 좋았어. 하지만 지금 누가 우리를 보호해주지? 이곳 시베리아는 나무와 금이 풍부해. 미국인들과 영국인들은 우리가 여기 없었으면 하지. 그래야 자기들이 그걸 가질 수 있으니까. 그들이 원하는 건 바로 그거라구!" 그녀는 내가 영국인이라는 사실을 잊어버렸든지 아니면 처음부터 몰랐든지 둘 중 하나인 것 같았다. 그녀의 두 눈에는 분노가 서려 있다. 그녀의 턱이 앞으로 흔들렸다. "시간이 지나면 우리의 어리석은 젊은이들도 내가 지금 말하는 걸 이해하게 될 거야. 서구인들은 무기를 증강하고 있는데 우리는 감축하고 있지. 우리에게 필요한 건 새로운 혁명이야. 하지만 우리는 서구가 침략해올까봐 두려워하지. 만약 우리가 정치적으로 변하면 미국인들이 군대를 들여보내 권력을 장악할 거야. 그러면 우리는 노예가 되겠지……."

나는 무덤덤하게 그녀의 말에 귀를 기울였다. 그녀의 경험이 나의 경험과는 너무나 다른 것이고 또 그녀가 말하는 권력과 노예가 나에게는 너무나 생소했다. 나는 그녀로부터, 그녀를 사로잡고 있는 세계로부터, 꽁무니를 뺐다. 나는 그녀가 그렇게 늙은 것, 그래서 과거의 인물이 되었다는 사실이 기쁘게 느껴졌다. 그리고 내가 그것을 기뻐한다는 사실이 좀 부끄럽기도 했다. 나는 그녀의 두 손이 그녀와 너무나 어울리지 않는다는 걸 알아차렸다. 예전에는 더 큰 여인에게 속했던 손이 이제 그녀의 무릎 위에 남겨진 것 같았다.

"하지만 우리 동포들은 언제나 난관을 극복하지!" 그녀의 목소리는 히스테리로 날이 서 있다. "러시아는 승리할 거야! 단순한 사람들이 어떻게든 권력을 수중에 넣게 될 거야. 러시아는 죽어도 다시 일어난다구!"

* * *

이른 아침 기차의 창문 밖으로 몸을 내민 나에게 새로운 나라가 보였다. 밤새도록 우리는 하바로프스크와 대양을 향해 동쪽으로 달렸다. 이제 숲은 사라졌고, 평평한 눈밭이 지평선까지 펼쳐져 있다. 초기 우크라이나인 정착민들의 하얀 회칠을 한 오두막들이 하얀 눈밭 속 여기저기에 흩어져 있다. 눈을 이고 띄엄띄엄 서 있는 낙엽송들이 햇빛을 받으며 아름다움을 뽐냈고, 소나무들은 눈에 덮여 크리스마스 트리가 되었다.

내 침상 밑에서는 한 남자가 운동을 열심히 하고 있었다. 팔굽혀

펴기를 하는 그의 몸이 1분에 6번씩 내 머리와 같은 높이까지 올라오곤 했다. 맞은편에 있는 억센 젊은이는 일어나 앉아서 어깨를 이리저리 돌리고 있었다. 모두 훈련중인 사람들 같았다. 그들의 흉근(胸筋)이 영어 글자들이 찍힌 티셔츠 아래서 떨리고 있었다. 나는 같은 팀의 운동선수들, 아니면 서커스 단원들이 밤에 기차에 탄 것이라 생각했다.

얼마 후 나는 아래로 내려갔다. 내 예상은 보기좋게 빗나갔다. 내가 투포환 선수라고 상상했던 남자는 벨로고르스크로 가고 있는 엔지니어였고, 체조선수처럼 보였던 매력 있는 소녀는 그의 딸이었다. 어깨를 돌리고 있던 젊은이는 공과대학에 다니고 있는 학생이었고, 아래쪽 침상에 있던 호리호리한 친구(나는 그를 마라톤 선수라고 생각했었다)는 실직 중인 사람이었다.

정오쯤에 그들은 제각기 다른 정거장에서 내렸고, 내가 탄 칸은 다른 승객들로 채워졌다. 동쪽으로 더 가면 갈수록 차 안은 더 복잡하고 더 시끌벅적해졌다. 일단의 젊은이들이 통로를 오가면서 논쟁을 벌이거나 자기네들의 맵시를 과시하거나 우리 칸막이 안을 힐끗 들여다보거나 시시덕거렸다. 머리를 민 선원들이 술을 마시며 태평양으로 향해 가고 있었다. 내가 있는 칸에는 벨기에와 터키, 블라디보스토크를 오가며 무언지 알 수 없는 사업을 하는 세 명의 몰도바 집시들—외모가 사나워 보이는 절대금주자들이었다—과, 열네 명의 자식들 집을 찾아다닌다는 긴 스커트를 입은 옛 신자가 있었다. 주정뱅이 둘이 열차 안을 누비고 다니며 승객들에게 치근대고 있었다. 그들이 우리와 눈을 맞추며 한 순간의 우정을 쌓으려고 하더니 담배를 달라고 애걸을 했다. 철도 경찰관 둘이 통로를 따라오더니 주정뱅이 한 명을 어디론가 데려갔다. 그를 어떻게 했을까? 알 수 없는 일이다.

내 옆에 젊은 타지크인 화학자가 있었다. 그는 러시아 극동지방으로 일자리를 구하러 가는 길이었다. 그가 꽤 끈질기게 나에게 질문을 던졌다. 거무잡잡한 얼굴이었으나, 두 눈은 빛나고 있었다. 나의 존재가 그의 신경을 다소 건드리는 모양이었다. 왜 혼자냐, 무섭지 않으냐, 영어가 미래의 언어인데 왜 러시아어를 배웠느냐, 시베리아는 아무 의미가 없지 않느냐, 왜 당신은 역사가 끝나버린 곳으로 가고 있느냐? 왜…….

그의 질문 공세는 어떤 미친 여인의 등장으로 겨우 끝났다. 여인은 우리 사이에 끼어 앉더니 괴성을 지르기 시작했다. 가냘픈 예쁜 손을 가지고 있었는데, 자신에게 스스로 고문을 가한 탓인지 무척 여위어 있었다. 노한 어조로 무슨 말인지 알 수 없는 이야기를 계속 해댔다. 머리를 짧게 깎고 무릎까지 내려오는 카디건을 입은 매무새가, 막 수용기관에서 탈출해 나온 사람 같았다.

우리 맞은편에 있던 거구의 남자가 그녀의 갈비뼈 부분을 찌르면서 소리를 질렀다. "네가 지껄이는 말을 이해할 수 없어. 그래서 너에게 러시아어로 말하는데 잘 들어. 꺼져 버려!"

그러자 그녀의 지친 얼굴이 조용해졌다. 마치 자기가 원하던 평화를 얻은 것 같은 표정이었다. 그녀는 내 한쪽 어깨에 기대고 축 늘어졌다.

고함을 지른 거인은 구식 민족주의자였다. 그는 사정없이 빈정대며 정부를 조롱하기 시작했다. 그러자 차 안 여기저기서 그의 말에 동조하는 외침과 웃음소리가 일어났다. 그런 말을 했다가는 죽음을 맞거나 감옥으로 갔던 시절을 살았던 노인들까지도 미소를 짓거나 논쟁에 끼어들어, 객차 안은 시끌벅적한 의회 같았다. "내 말을 명심하시오." 거구는 벌써 나를 대화 상대로 지목해놓고 있었다. "소련은 다시 살아날 거요! 떨어져나갔던 나라들이 다시 합칠 겁니다. 그래야만 모든 일이 더 좋아질 테니까. 그렇게 되도록 해야 해요! 인민들이 그걸 원해요. 지리노프스키는 사나이예요. 서구에서는 그에 대해 어떻게 생각합니까? 그를 두려워합니까?"

그는 내가 서구는 그를 두려워하고 있다고 말하기를 바라는 눈치였다. 사람들이 스탈린을 두려워했던 것처럼 서구가 러시아를 두려워하기를 원하는 것 같았다. 하지만 어릿광대 같은 지리노프스키는 내게는 별로 우려할 만한 인물이 아닌 것처럼 느껴졌다. 나는 말했다. "서구에서는 지리노프스키를 농담거리로 생각합니다만."

그는 잠시 침묵하더니 다시 입을 열었다. "그럼 당신네들은 옐친을 좋아하오? 젠장. 그의 패거리는 이제 막 타이가를 벗어난 자들, 덜떨어진 자들이란 말이오!" 그가 손톱으로 자기 가슴을 긁으며 말했다. "원숭이들이란 말입니다!" 작은 웃음소리가 일어났다. "그들은 모두 미국의 스파이들이에요! CIA의 꼭두각시들이지! 그들이 모두 한 패요. 때가 오면 우리는 그자들을 국경 밖으로 차버릴 겁니다. 그들은 서구를 너무 좋아하니까. 러시아는 진짜 러시아인들에게 넘겨주고, 그자들은 떠나야 해요. 인민들은 재통합을 원합니다."

나는 이런 말에 신물이 나 있었다. 그래서 물었다. "인민들이 원하는 걸 당신은 어떻게 아시지요?"

그는 작고 눈썹이 없는 눈—어리석어 보이지는 않았다—으로 나를 쏘아보면서 그의 신분증을 나를 향해 흔들었다. "난 소련을 두루 돌아다녔어요. 그래서 아는 거요." 나는 그의 직업이 무엇일까 궁금해졌다. "타지키스탄이나 우크라이나, 구소련에 속했던 그밖의 어느 지역에 가보아도 사람들은 이렇게 말해요. '당신네 사정은 어떻소?' 사정이 어떻냐구요? 그들은 모두 갈라져나간 형제들처럼 느끼고 있어요. 국경을 없애야 해요! 인민들은 국경을 원하지 않아요."

나는 말했다. "그걸 원하는 사람들도 있습니다. 그것도 몹시." 내가 타지크인을 쳐다보며 물었다. "안 그런가요?"

하지만 그는 표정 변화 없이 묵묵부답이었다. 그러자 거구가 다시 입을 열었다. "그들은 거기서 전쟁까지 벌였어요. 옛날에는 그들은 전쟁은 하지 않았는데……."

그의 위쪽 침상에서는 체구가 작은 우즈베크 소녀가 화장품 케이스를 들고 있었다. 그녀는 아이섀도우로 능숙하게 눈언저리를 다듬은 다음 눈썹을 그렸다.

억제할 수 없는 자기의 애국심이 동조를 받지 못하고 있다는 사실을 믿을 수 없다는 듯, 이제 거구는 더 큰소리로 열변을 쏟아내기 시작했다. "우리는 당신네 서구인들처럼 살기를 바라지 않아요. 우리는 모두 자기 생각만 하는 세상, 이건 내 집, 저건 네 집! 이건 내 차, 저건 내 차 하고 말하는 세상을 원치 않는단 말입니다. 우리는 공유하는 국민, 대문을 열어놓고 사는 국민이에요. 우리는 서로 가까워요. 우린 모두 형제요!"

모두 이 말에 고개를 끄덕였다. 특히 맞은편에 축 늘어져 있던 주정뱅이가 더 강하게 동조하는 것 같았다. 그들은 나의 대꾸를 기다리는 듯 나를 쏘아보고 있었다. 그러나 나는 이렇게 중얼거릴 수밖에 없었다. "좋죠, 그건 좋아요." 나는 그의 감상주의적인 러시아라는 덫에 걸린 꼴이었다. 나는 위험을 무릅쓰고 그의 애국적 국가관을 부정했다. 차 안의 모든 사람들—가정주부, 선원, 늙은이, 실업자—이 모두 미소를 띤 얼굴로 귀를 기울이고 있었다. 단 한 사람, 미친 여인만이 몸을 뒤채더니 침을 뱉었다.

거구가 말의 수위를 높였다. "우리 국민은 언제나 함께였어요! 러시아! 발트 해 연안! 중앙아시아! 그루지아!" 하나하나의 이름을 댈 때마다 그는 내려치는 태권도 동작으로 공기를 갈랐다. "대애국전쟁 내내 우린 하나였어요! 우린 함께 싸웠단 말입니다! 그렇소, 우린 형제들이었어요!"

내가 나직한 어조로 말했다. "당신은 그들이 당신의 소련을 좋아했다고 생각합니까?"

그러나 나는 곧 승객들의 눈에 비친 내 모습을 보고 그 말을 후회했다. 그들은 서구가 꼴사납게 우쭐대고 있다고 생각하고 있었고, 나를 그 서구의 대표로 보고 있는 것 같았다. 그들의 자존심, 그들의 마지막 자존심은 전쟁에 있었다. 그래서 나는 서구가 그들에게 신세를 졌다고 우물쭈물 중얼거렸다. 그러나 그들의 절반만이 내 말을 듣고 있는 것 같았다. 그들의 표정이 누그러졌다. 그러나 나는 더욱 혼란스러워졌을 뿐이었다. 타지크인이 내 무릎을 툭툭 쳤다.

우리 위쪽의 침상에서는 우즈베크 처녀가 그녀의 윤기 있는 머리에 주름을 만들고 아이섀도우로 눈을 크게 그리고는 거울 속에 비친 자기 모습을 들여다보며 희미하게 미소를 짓고 있었다. 밖에서는 누구에게나 내리는 축복처럼, 아니면 그저 우연히, 대지를 다독이는 눈이 내리고 있었다.

조용한 정거장으로 나갔다. 비로비잔 주위의 축축한 들판이 숲이 우거진 언덕 밑의 눈밭이나 얼음판으로 변해 있었다. 역의 출입구 밑에서 흩날리는 눈송이 사이로 올려다보니 도시의 이름이 히브리어로 씌어 있는 게 보였다.

그러나 밖으로 나가보니 별다를 게 없는 마을이었다. 담황색과 연초록색의 조용한 아파트 단지, 되는 대로 늘어선 오두막집들, 그리고 조립식 교외 주택 등 어디서나 볼 수 있는 도시의 모습이었다. 얼음과 눈이 보도를 따라 수북이 쌓여 있었고, 하수구도 눈과 얼음으로 메워져 있었다. 역사(驛舍)에서 보았던 그 신기루 같은 히브리어 글자들이 연상시켰던 것, 즉 이곳 핍박받던 사람들과 소수인종들이 피난처로 삼았던 이 땅에서 유대인의 고향으로의 귀환이라는 이상한 꿈이 자라났다는 사실을 재확인시켜주는 건 아무것도 없었다.

이곳에서 일어난 일은 기묘했다. 유대인 학살과 내전에 따른 혼란, 그리고 예카테리나 대제 시절 이후로 러시아 내의 유대인 대부분을 가두어둔 유대인 거주지역의 붕괴 등이 1920년대에 이른바 '유대인 문제'를 야기했고, 이 문제는 쉽사리 해결되지 않았다. 당시는 압제를 당하던 소련 내의 민족들에게 명목상의 자치가 주어지던 시기였다. 이 자치는 그들이 완벽하고 통일된 공산주의로 상승하는 첫 단계였다. 우크라이나와 크리미아가 적당한 유대인의 고향으로 제시되었지만, 그곳 주민들이 저항했다. 그래서 1928년 중국 국경 부근의 이 황무지가 유대인들에게 제공되었다. 팔레스타인보다 더 큰 이 땅은 시오니즘에 카운터블로를 먹이는 좋은 선전 자료라고 생각되었다. 이 정책은 서구 유대인 자본을 끌어들이는 동시에 일본의 팽창에 대항하여 소련의 동부 지방에 주민들을 거주하게 하는 일거양득의 효과를 낼 것이라고 정책 입안자들은 생각했다. 무엇보다도 이 조치로 인해 유럽 쪽 러시아에 거주하는, 직업이 없고 기술도 없는 유대인들을 그들의 정통주의적인 장로들로부터 격리시켜 전형적인 소련의 농부로 만듦으로써 사회주의 미래를 구축하는 데 일역을 담당케 할 것으로 예상되었다.

하지만 풍요로운 땅이 기다리고 있다는 선전에 넘어가 이곳으로 온 유대인들은 그리 많지 않았다. 정통 유대 공동체에 깊이 뿌리박은 신심 깊은 유대인들은 이 정책을 불신했다. 일리야 에렌부르크는 그것을 또 하나의 게토라고 공개적으로 비난했다. 첫 10년 동안에 4만 3천 명이 도착했다. 그중에는 미국, 유럽, 아르헨티나, 심지어 팔레스타인에서 온 이상주의적인 집단도 있었다. 그들이 발견한 것은 모기가 들끓는 습지와 야생의 숲, 그리고 진흙길이었다. 실상 그들을 위해 준비된 건 아무것도 없었다. 농기구도, 헛간도, 가축도 없었다. 이주민들 다수는 작물을 심거나 땅을 개간해본 경험이 없는 도시의 장인들이었다. 그들에게 제공된 얼마 안 되는 대부금과 수당은 곧 바닥이 났다. 그들 중 반 이상이 돌아가거나 시베리아의 도시들에서 그들이 전에 가졌던 직업에 다시 종사하게 되었다. 사실 시베리아의 도시들은 백 년 전부터 유대인들이 번영을 누리며 살아온 곳이었다.

그러나 끈질기게 남은 사람들이 서서히 도시를 만들어갔다. 1934년 그들이 사는 지역이 비로비잔 유대인 자치지역이 되었고, 주산업도 농업에서 공업으로 바뀌었다. 이 무렵에는 인구의 대다수가 러시아인이었다(유대인은 23퍼센트에 불과했다). 그러나 직물 공장들이 생겨났고 가구 공방, 유대 신문, 유대인 학교 등이 들어섰다. 그것은 머뭇거리는 시작이었다.

거리를 걸어보니 슬라브족 마을 특유의 고요함이 느껴졌다. 히브리어로 된 간판도 볼 수 없었고 이디시어[독일어에 슬라브어, 히브리어를 섞어 쓰며 글자는 히브리 문자를 사용함]도 들리지 않았다. 박물관에는 전후 유대인 역사에 관한 전시물이 없었다. 숄롬 알레이쳄 가(街)의 내가 투숙한 호텔 접수계원은 유대인이 한 사람도 남아 있지 않다고 말했다. 옷을 차려 입고 교외를 터벅터벅 걸어보았다. 교외 골목길의 절반은 나뭇잎이 떨어진 앙상한 나무들이 서 있는 관목지대까지 뻗어 있었다. 콘서트홀 밖에 서 있는 조각된 음자리표만이 유대교의 장식촛대 비슷한 모양을 하고 있었지만, 그 안에서 공연하는 악단은 '극동 러시아식' 연주를 한다고 광고하고 있었다.

약속의 땅과는 너무나 거리가 먼 모습이었다. 시장은 하바로프스크 부근의 국경을 넘어온 중국 상인들이 독점했다. 육상선수의 운동복과 장식단추가 달린 카디건을 파는 그들의 점포들 사이를 걸으면서 나는 러시아인들이 그들을 두려워하는 이유를 알 수 있었다. 중국인들은 한시도 마음을 놓지 않는 사람들이었으며 무척 부지런했다. 그들은 좀처럼 돈을 쓰지 않았다. 일터에서 국수로 끼니를 때웠고 숙소는 싼 건물을 얻어 모두 합숙을 했다. 그들은 거친 중국어를 썼다. 이와는 대조적으로 러시아 상인들은 느긋했고 동작이 느렸다. 나는 그들 사이에서 유대인을 찾아보았으나 허사였다. 오래된 거리의 건물들에도 초기 이주자들의 흔적은 나타나 있지 않았다. 한때의 비전이 얼음과 콘크리트 그리고 성화(聖化)되지 않은 공간 속으로 사라져버린 것 같았다.

1936년 이후 소련 전역을 휩쓴 숙청의 소용돌이 속에서 비로비잔과 비로비잔을 지원하던 위원회의 지도자들은 제거됐다. 전쟁이 끝난 후, 황폐화한 우크라이나에서 1만 명의 유대인들이 도착하는 등 잠시 부흥의 움직임이 있었지만, 1948년 다시 박해가 시작되면서 이곳의 희망은 영영 깨지고 말았다. 이 도시의 지도적 인물들이 모호한 음모 혐의로 기소되어 하나둘씩 사라졌다. 모든 유대인 기관, 학교, 극장, 신문이 문을 닫았다. 그 무렵 이 지역에 새로 온 유대인들은 범죄 혐의로 유배된 사람들뿐이었다. 스탈린이 죽고 나서야 겨우 이 지역은 대량 유형, 대량 살해의 땅이라는 오명을 벗을 수 있었다.

이 지역은 물론 종교적 원칙이 아니라 레닌주의 원칙에 따라 운영되었었다. 최초의 정착민들도 비밀리에 기도회를 열었다. 그리고 임시로 세워졌던 유대 교회는 1956년에 불태워졌다. 그 후 신자들은 랍비도 없이 조그만 집을 하나 세내어 안식일에 집회를 갖곤 했다. 1990년쯤에는 유대인들 대다수가 이스라엘이나 미국으로 이주하면서 유대인의 수는 1만 명 이하로 줄어 주민의 6퍼센트밖에 안 되게 되었고, 거리에서 이디시어가 들리지 않게 되었다. 그 후 그들이 어떻게 되었는지는 나도 모른다. 다수인 슬라브족에 흡수되었을 수도 있고, 모두 떠나버렸을 수도 있다.

이튿날 아침 어느 이름 모를 거리에서 누군가가 나를 페인트가 칠해진 오두막으로 인도했다. 국화가 눈을 뚫고 피어 있는 곳에 자리잡은 오두막이었다. 집안을 들여다보았다. 겨울 햇살을 받아들이려고 덧문이 올려져 있었다. 털실로 짠 스타킹과 발목까지 내려오는 치마 차림의 예쁜 소녀가 나를 스치며 지나갔다. 집안의 모든 벽과 긴 의자는 러시아식으로 모두 진흙색으로 칠해져 있었지만, 탁자 위에는 히브리어로 된 기도서들이 수북이 쌓여 있었다. 성서대에는 모세 5경이 펼쳐진 채 놓여 있었다. 찬장에는 진홍색 벨벳에 싸인 두루마리들이 잔뜩 들어 있었으며, 벽에는 액자에 넣은 예루살렘 사진, 그 경계선이 팔레스타인령 서안(西岸)을 빙 둘러싸고 있는 이스라엘 지도, 유다의 사자, 다윗의 별이 들어 있는 작은 깃발 등으로 장식되어 있었다.

골방 안에서 허리가 굽고 체구가 작은 남자가 울고 있는 여자를 달래려고 애쓰고 있었다. 척추에 이상이 있어 허리 윗부분의 상체가 앞으로 굽은 듯했지만, 눈같이 흰 머리와 수염, 평온한 눈이 그에게 이중의 권위를 주고 있었다. 내가 긴 의자에 앉자 여자는 자리를 떴고 노인은 절뚝거리며 나에게로 다가왔다. "누구시죠?" 그는 거친 무명 바지를 입고 맞춤구두를 신고 있었다.

"저는 이곳의 랍비님을 찾고 있습니다."

"이곳엔 랍비가 없어요. 나는 랍비 대행일 뿐입니다." 목소리는 높았지만 정중하게 조절된 억양이었다. 그가 내 옆에 앉았다. "랍비가 없게 된 지 몇 년 됐습니다."

"하지만 이 교회는 당신의 교회가 아닙니까?" 교회는 가정집처럼 소박해 보였다.

"교회랄 것도 없지요. 기도소에 불과합니다." 그가 나를 뚫어져라 쏘아보고 있었다. "신자가 정족수를 채울 열 명도 못 되지요."

나는 그의 얼굴에서 쓸쓸한 표정을 찾으려 했지만 그런 표정은 나타나 있지 않았다. "그럼 예배를 못 올리겠군요?"

"우리는 각자 책을 가지고 있지요. 우리는 책을 읽습니다."

내가 빈 좌석 앞에 수북이 쌓여 있는 그 책들을 바라보았다. "너무나 많은 분들이 떠났군요."

"그래요. 모두들 떠나려고 하지요. 그리고 그건 좋은 일입니다. 그들은 이스라엘로 갈 예정이에요. 일부는 독일과 미국으로도 가고요. 내 계산으로는 이미 9천 명 이상이 떠났고, 나머지 사람들도 대부분 그 뒤를 따를 겁니다."

"노인께서도요?"

"네." 그는 우리 옆 벽에 걸린 지도에서 베에르셰바 근처의 한 마을을 가리켰다. "저기…… 내 남동생과 누이동생이 이미 저기 가 있습니다. 보이지요?" 그는 일어나서 그곳을 손으로 짚었다. 그 동작이 그 존재를 재확인해주는 것 같았다. "그곳은 러시아어를 쓰는 마을이지요. 메테봇이라고 하는. 벌써 이곳보다 그곳이 더 내 집처럼 느껴집니다. 내년에……."

"그럼 벌써 이스라엘에 다녀오셨군요."

"아뇨." 그가 미소를 지었다. "선생은 가보았나요?"

"네." 나는 밝게 빛나는 햇빛, 그가 한 번도 들어본 적이 없는 바닷소리, 예루살렘의 처절한 아름다움 등 이곳과는 아주 다른 그곳의 모양을 그에게 알려주려고 노력했다. 내 말을 들으면서 그의 입술이 턱수염 속에서 바르르 떨렸고, 그의 손가락은 잊지 않으려고 그 지점들을 지도에서 짚었다. 나는 그가 거기 가서 죽기를 간절히 원하고 있다는 생각이 들었다. 하지만 나는 마지막 유대인들이 떠나간 후에 이 비로비잔은 어떻게 되겠느냐고 물었다.

"글쎄요. 모르겠어요. 난 말할 수 없어요. 몇몇 가족은 남을 겁니다. 그들은 무식하기 때문이지요. 그리고 일어설 기력도 없는 아주 늙은 사람, 병든 사람들이 있어요……. 그 사람들은 여기서 죽을 겁니다."

"그럼 당신의 물건들은요?" 내가 물건이 잔뜩 든 찬장을 가리켰다.

"우리의 귀중한 두루마리는 다 도둑맞았지요. 누군가가 밤에 유리를 깨고 훔쳐갔어요. 모스크바에서 온 사람들. 유대인들이지요."

"그들이 누구였는지 어떻게 아세요?" 이교도인 러시아인들 소행이라고 했다가는 보복이 따를까봐 그가 두려워하는지도 모른다는 생각이 들었다.

"우린 그냥 압니다. 그 두루마리를 팔면 돈이 된다는 건 유대인들만이 알지요. 하지만 물론 경찰은 영영 그들을 찾아내지 못했지요. 찾아내려고도 하지 않았어요."

여자는 문에 등을 돌린 채로 아직도 서 있었다. 그녀의 머릿수건 밑으로 염색한 곱슬머리가 드러나 있었고, 그녀의 입안에는 금니와 검은 틈이 어지럽게 뒤섞여 있었다. 그녀가 소리쳤다. "우리는 더이상 여기 머물 수 없어요! 모두들 이스라엘로 가고 싶어해요! 30년 동안 나는 여기서 일했어요. 그런 내가 지금은 실업자가 되었어요. 내가 무슨 일을 할 수 있겠어요? 나는 여기서 사는 게 너무나 힘들어요. 남편은 죽었고 그리고 나는……."

"진정해, 클라라." 노인이 말했다. 히스테리가 그녀의 습관인 것 같았다. 노인이 다시 나에게 시선을 돌렸다. "이곳에서의 유대인들의 생활은 끝났어요. 전에는 이디시어로 발행되는 신문도 있었는데 지금은 이디시어로 인쇄된 페이지가 거의 없어졌죠. 편집인들이 모두 러시아인들이에요. 라디오도 마찬가지고."

"당신네들의 뮤지컬 챔버 극장은 어떻게 되었나요?" 내가 물었다. 40명의 가수와 무용수들을 거느렸던 그 극장은 한때 비로비잔의 문화적 자랑거리였었다.

클라라가 재미있다는 듯 우— 하고 야유를 보냈고 노인은 화가 난 표정이었다. "그들은 결코 여기 살지 않았지요. 그 사람들. 그건 다만 선전에 불과했어요. 그들은 모두 모스크바에 살았어요. 아마 그들은 몇 년에 한 번씩 이곳에 와서 순회공연을 했을 겁니다. 그들은 다만 우리 이름만 빌린 거예요. 그들 중 다수는 유대인도 아니었지요." 그가 손에 들고 있던 기도서를 펼쳤다. "이곳에 남아 있는 순수한 유대인은 몇 안 됩니다. 어떤 사람들은 러시아인과 결혼했고, 그들의 자녀들은 유대식 기도를 전혀 배우지 않아요. 민족간 결혼으로 우리의 모든 게 변했고, 우리 종교도 잃어버렸지요. 이 도시에는 유대인 구역이 없어요. 죽은 유대인들조차 러시아인들과 뒤섞이고 있지요."

클라라가 분통을 터뜨렸다. "우리는 모두 하느님께 기도해야 해요!"

노인이 말을 이었다. "물론 사업을 잘 하고 있는 유대인들도 있지요. 그런 사람들은 무엇 때문에 떠나겠어요? 모스크바로 가면 모를까. 그들은 부자예요. 우리는 그런 사람들을 중국 유대인이라고 부르지요." 그가 짧게 웃었다. "그런 사람들은 극소수에 불과해요. 하지만 그런 사람들이 있긴 있어요. 그러니까 아주 가난한 사람들과 아주 부유한 사람들만이 남아 있지요. 그런데 가난한 사람들은 떠날 수 있도록 도와주고 있어요. 신분증에 '유대인'이라고 표시되어 있으면 이스라엘이 도와줍니다. 하지만 과거에는 반유대주의를 두려워하던 유대인들이 '러시아인'이라고 표시를 했었지요. 그런 사람들은 지금 어렵습니다. 지금은 모두 자기 신분증에 '유대인' 표시를 하려고 애쓰고 있어요! 우리가 늘어나고 있는 겁니다!"

어떤 이유에서인지는 잘 모르지만, 비로비잔을 버리고 떠난다는 사실이 노인을 슬프게 하는 것보다 나를 더 슬프게 했다. 이곳의 희생은 아무런 흔적도 남지 않았다. "농장에 유대인들이 있나요?"

"이젠 없어요. 거의 없습니다. '레닌의 의지'라고 불리는 집단농장이 하나 있었어요. 유대인들이 관리하고 운영하던 농장이었지요. 하지만 그 사람들이 모두 이스라엘로 떠났습니다. 그들은 지금 키부츠에서 일하고 있어요." 그의 웃음이 이제 쉽사리, 음악적으로 나왔다. "레닌의 의지가 이스라엘로 간 거죠."

내가 눈 쌓인 거리에 서 있는데 클라라가 여행가방 두 개를 끌고 왔다. 그녀의 머릿수건이 헝클어진 머리 아래 목을 덮고 있었다. 그녀는 고민에 싸인 듯 보였다.

"집에 있는 우리 아이들은 배가 고파요." 그녀가 말했다. "늘 배가 고프죠. 난 어찌 해야 할지 모르겠어요." 그녀는 어린 아이들이 있기에는 너무 늙어 보였지만, 그녀의 불평은 습관이 되어버린 한탄처럼 늘 입에 붙어 있었다. 나는 그녀와 함께 가까이 있는 가게로 들어갔다. 거기서 그녀는 쌀과 밀가루를 조금씩 샀다. 나는 그녀에게 무언가를 주고 싶었다. 그래서 닭 한 마리를 사주었다. 그녀는 부끄러워했고 그것을 나에게 되돌려주려고 했다. 그러다가 그녀는 나에게 자기네 식구들과 함께 그 닭을 먹자고 했다. "우리와 함께 먹어요. 우리 아이들은 착한 아이들이에요. 하느님을 믿지요. 알렉세이도 와 있을 거예요. 그는 아내와 아이들이 있지만 나와 함께 시간을 보내요." 그녀는 선전문구를 뱉어내듯, 또는 조난신호를 내보내듯 빠르게 이야기를 계속했다. "우린 내년에 이스라엘로 갈 거예요. 여길 떠날 거예요. 알렉세이도 떠날 거예요. 하지만 그는 여길 떠나기가……."

우리가 보잘것없는 하얀 벽돌집 가까이 왔을 때, 그녀는 머뭇거리며 걸음을 멈추었다. "우릴 용서해야 해요. 우린 아주 가난하게 살아요. 그리고 알렉세이는 자주 아파요. 그는…… 그는 내 애인이에요……. 우린 서로 사랑해요. 하지만 어려워요. 우린 나이 차이가 많아요. 나는 마흔일곱, 그는 서른셋이에요." 나는 그녀가 나이를 더 먹었을 것으로 생각했었다. 이제 그녀의 축 늘어진 목과 움푹 들어간 볼이 나이 때문이 아니라 영양부족과 걱정 때문임을 알 수 있었다. 그녀의 미소가 한때 예뻤던 그녀의 얼굴을 소생시켰다. "알렉세이는 하느님을 믿지 않아요. 그 점이 우리 사이의 큰 문젯거리죠. 내가 아무리 이야기를 해도, 그가 어리석다고 아무리 이야기를 해도 그는 여전히 믿지를 않아요. 그는 다루기 어려운 마음을 지니고 있어요."

그들은 꼭대기 층의 방 두 개에서 살고 있었다. 철제 침대와 낡은 가구 몇 점이 보였다. 판자가 문에서 떨어져 너덜너덜 움직였고 갈색 페인트가 칠해진 바닥에는 아무것도 깔려 있지 않았다. 그래서 식구가 어디로 움직이는지 소리로 다 알 수 있었다. 뻐꾸기가 없는 뻐꾹 시계가 장식장 안에서 째깍거리고 있었다. 습기 찬 벽은 녹색이었고, 새로 바른 시멘트의 구불구불한 자국이 전선이 지나는 위치를 표시하고 있었다.

우리가 들어가자 침대에서 담배를 피우고 있던 알렉세이가 머뭇거리며 일어섰다. 그 옆 바닥에 놓인 재떨이에는 담배꽁초가 수북이 쌓여 있었다. 그는 병든 토끼를 연상시키는 모습이었다. 그의 가냘픈 골격이 언제고 부러질 것 같은 느낌이었다. 그의 뺨에는 짧은 구레나룻이 보였는데 서른셋의 나이에 벌써 회색으로 변해 있었다. 노인으로 착각해도 이상할 게 없는 인상이었다. 그가 비틀거리며 내게로 오더니 부드럽고 앙상한 손을 내밀었다.

클라라가 마치 그가 없는 자리에서 그에 대해서 설명하듯이 말했다. "알렉세이는 아프간 전쟁만 생각해요. 그는 그 전쟁에 마음을 빼앗기고 있어요."

그가 물었다. "그녀가 뭐라고 하는 겁니까?"

"아프간 전쟁에 대해서 말하는군요."

그가 내 귀 가까이 다가와서 말했다. "난 그때 십대였어요. 그런데 징집이 돼서……."

그때 클라라의 딸 율리아가 맞은편 침대에서 일어났다. 아직 열여섯 살밖에 안 되었는데도 대단한 미인으로 보였다. "우리가 그 얘기를 또 다 들어야 해요?" 그녀의 검은 머리가 빰 위에 두 개의 뒤집힌 뿔 모양을 만들고 있었다. 이 보호 장치 속에서 그녀는 나를 냉소적으로 쏘아보았다. 그녀의 육감적이고 반항적인 시선은 똑바로 나를 향하고 있었다. 그녀는 나에게 인사도 거의 하지 않았다.

클라라가 그녀의 볼을 꼬집으려고 하자 그녀는 상을 찡그리면서 뒤로 물러섰다.

알렉세이가 말했다. "난 가겠어요. 난 이제 가야 해요."

"가지 마." 클라라가 말했다. "콜린 씨가 닭 한 마리를 사줬어."

"난 가야 해요."

"저 분은 전쟁에 씌워 있어요." 율리아가 말했다. 역시 그가 거기 없는 것 같은 말투였다. 그리곤 어머니를 따라 주방으로 들어갔다. 곧 쪼개진 주방 문 틈으로 두 사람의 말다툼 소리가 들려왔다.

알렉세이는 자기 모자를 집어들더니 두 손으로 그것을 움켜쥐었다. 그러나 그는 지금 떠날 수 없는 것처럼 보였다. "난 아프간인들에게 포로로 잡혔어요. 다른 45명과 함께 파키스탄에 수감되었지요. 반 년 동안 거기 있었어요. 우린 인간 취급을 못 받았어요. 짐승 취급을 받았어요. 우린 그들의 짐승이었어요……. 가끔 나는 그들이 우리를 쏘아죽일지도 모른다는 생각을 했어요." 내가 그의 한쪽 어깨를 꽉 잡아주었다. 어깨가 떨리고 있었다. "그러다가 우리는 아프간 포로들과 맞교환되었어요. 도적떼들이었지요. 네 명의 도적과 네 명의 러시아 군인을 맞바꾼 거예요."

클라라가 다시 방으로 들어왔다. "그는 포탄에 맞았어요." 그녀가 말했다. "그 충격에서 헤어나지 못하고 있어요. 그는 늘 전쟁터에 있는 꿈을 꾸어요. 악몽을 꾸는 거죠. 전쟁! 전쟁! 사람들이 죽고 그도 사람들을 죽였어요." 그녀가 다시 말을 더듬었다.

"봐요. 봐." 알렉세이가 우는 소리를 했다. 그는 손을 옷장 안으로 뻗치더니 자기의 군복을 꺼내서 거기 달린 다섯 개의 훈장을 만지작거렸다. "내가 전사했다고 생각하고 붉은별 훈장이 추서됐지요.

그 훈장은 우리 가족에게 주어졌어요. 우리 아버지는 비로비잔 지역사령관으로부터 편지를 받으셨죠. 내가 영웅으로 죽었고 그래서 이 훈장을 준다는…… 끔찍해요. 끔찍해…… 그 편지는 내가 애국적인 의무를 다하다가, 다시 말해 아프가니스탄 민주공화국을 지키다가 죽었다는 내용이었어요. 나는 이 전쟁을 일으킨 자들은 감옥에 처넣어야 한다고 생각해요…… 끔찍한 일이에요…….” 그의 목소리가 떨리면서 잦아들었다.

내가 물었다. “당신이 돌아왔을 때 어떤 일이 일어났나요?”

“오랫동안 우리 가족은 그 사실을 받아들일 수 없었죠. 우리 아버지는 내게 이렇게 말했어요. ‘너는 산 사람들 사이에 있는 죽은 사람이다.’ 그뿐이었어요.” 그의 시선이 내 위에서 방황했다. 그 말이 진실이 되었구나 하고 나는 생각했다. 그는 영영 돌아오지 않은 것이었다. 그가 말했다. “그 후 나는 메달을 받기 위해 돌아오는 살아 있는 병사들의 명단을 보았어요. 그런데 나는 그 안에 들어 있지 않았어요. 한참 후에야 나는 붉은기 투쟁 훈장을 받았지요. 그리고 전쟁포로 출신이라고 특전도 받고, 돈도 받았어요. 아파트뿐 아니라 연금도 받고 사회 봉사를 받을 자격도 얻었지요. 난 참전군인이에요. 보세요…….” 메달들이 딸랑거리는 소리를 냈다. 그중 하나에는 러시아어와 아랍어로 이렇게 새겨져 있었다. “아프간 인민들의 감사를 담아.” 하지만 그는 이 문구를 아이러니라고 생각하지 않는 것 같았다. “그리고 보세요. 나는 내가 제대군인이라는 서류를 가지고 있어요. ‘아프가니스탄 참전자’라고 찍혀 있어요. 나는 …… 나는…….”

클라라가 돌아왔다. 율리아가 뒤따라 들어왔다. 그러나 그녀의 수선스런 발걸음은 부서진 문 앞에서 멎었다. 그것이 마치 어떤 심령적 경계선이라도 되는 것처럼.

알렉세이가 자기 모자를 머리 위에 눌러썼다. "난 가야 해."

나는 그들의 사랑이 플라토닉한 것이라고 상상했었다. 그러나 그는 젊은 연인처럼 클라라 뒤로 가더니 반쯤 돌아선 그녀의 입술에 입을 맞추었다. "돌아올 겁니다. 오늘 오후에 돌아올 거예요." 그는 돌려진 그녀의 뺨을 한 손으로 잡고 그녀의 입을 자기 입으로 끌어당겼다. 그리고는 떠났다.

그녀는 한숨을 내쉬고는 웃었다. 그가 그녀 안에 있는 집시 같은 매력을 밖으로 드러나게 한 것 같았다. 그녀의 수척한 긴 얼굴과 검은 눈이 쾌활하게 변해 있었다. "그는 이스라엘로 가기를 원해요." 그녀가 말했다. "우리는 벌써 결혼하기로 결정했어요. 하지만 난 그의 아내와 자녀들이 두려워요. 장차 어떻게 될지 나도 모르겠어요. 당신도 보셨지만, 그는 젊어요. 하지만 난 나이는 문제가 아니라고 생각해요. 사랑은 세월을 이긴다고 하잖아요?"

나는 겁쟁이처럼 머뭇머뭇했다.

"아마 그는 나를 통해 하느님께 이를 거예요. 아프가니스탄에서 그는 너무 많은 것을 보았어요. 거기서 하느님을 잃어버렸죠."

그녀는 육체의 세속적 위안과 더불어 구원자의 역할 또한 담당하고 있었다. 하지만 그녀가 알렉세이가 이곳에서 빠져나가는 티켓일 수도 있다는 잔인한 생각이 떠올랐다. 그가 만약 유대인과 결혼한다면 이스라엘이 그를 받아줄 테니까. 그녀가 염불하듯 다시 말했다. "그는 우리와 함께 떠나고 싶어해요."

하지만 율리아가 외치다시피 말했다. "그는 하느님을 믿지 않아요! 그는 유대인이 아니에요! 알렉세이가 어떻게 될지는 아무도 몰라요!"

클라라가 슬픈 어조로 말했다. "그가 믿지 않는 건 사실이에요. 하지만 아마 기적이 일어날 거예요."

"그는 전쟁에 대해서만 생각해요." 율리아의 목소리는 뿌루퉁했다. 자기 어머니보다 더 나이들어 보이는 목소리였다. "그 전쟁은 이미 지나간 일이에요. 끝났어요. 끝났다구요."

클라라가 무력하게 두 팔을 벌렸다. "이 집의 밀린 집세만 지불하면 즉시 우리는 이스라엘로 갈 겁니다. 우리 친척들은 벌써 모두 떠났어요. 우리가 이곳에 남은 마지막 유대인이에요. 우리가 언제 떠날지는 아직 모르지만, 내 남동생과 여동생은 지금 헤브론에 있어요." 그녀는 헤브론(팔레스타인 자치구인 요르단강 서안에 있는 도시)이 아랍의 바다에 있는 유대인의 섬이라는 걸 모르고 있었다. "우리는 지금 히브리말을 배우고 있고, 우리 아들 이고르는 이디시말을 배우고 있죠. 아직 작은 학교가 이곳에 하나 있거든요."

문이 열리면서 얼굴이 깨끗한 소년이 나타났다. 그는 이디시어 교과서를 움켜쥐고 있었고 학교에서 들은 농담이 뇌리에 남은 듯 싱글싱글 웃고 있었다. 이고르는 열네 살이었지만 나이보다 몇 살은 더 어려 보였다. 그의 누나와는 달리 이 소년은 아주 선량해 보였다. 매사에 열심인 듯한 얼굴에 푸른 눈이 반짝였다.

클라라가 소리쳤다. "이 아이들이 나의 착한 자식들이에요! 우린 모두 신자들이죠!" 그녀가 아들을 앞으로 밀었다. 그녀는 금니와 그와 대조되는 틈을 드러내며 웃었다. 세상에 부러울 것이 없는 것처럼. "주님이 내게 얼마나 훌륭한 아이들을 주셨는지 보세요!" 그러더니 그녀는 나를 두 번째 방으로 인도했다. "내가 네 살 때 우리 어머니가 나를 처음으로 유대 교회에 데리고 가셨어요. 그때 나는 하느님을 내 마음 속으로 받아들였지요. 보세요! 보세요!" 이 방 역시 첫 번째 방과 마찬가지로 가구가 별로 없었다. 그러나 의자 위에 모세 5경이 놓여 있었고 벽에는 감상적인 성모 그림이 걸려 있었다. 클라라의 유대교는 기독교로 변모된 것 같았다. 러시아에 따로 떨어져 살았기 때문에 생긴, 그리고 그녀 자신의 억제할 수 없는 감성이 빚은 결과였다. 율리아의 침대 위쪽에는 유대인 기도 달력이 걸려 있었는데, 그 옆에는 당나귀를 탄 그리스도의 그림이 붙어 있었다.

이윽고 클라라가 닭 수프를 끓이러 갔다. 이고르와 단둘이 남은 나는 모녀가 서로 양보 없이 싸우는 소리를 들었다. 두 사람은 사사건건 의견충돌이 계속되고 있었다.

이고르는 나를 향해 싱글싱글 웃고만 있었다. "늘 시끄러워요." 기적처럼 그는 전혀 그 싸움에서 상처를 받지 않은 것 같았다. "그냥 소음일 뿐이죠."

가끔 클라라가 부츠를 신은 채 헐떡거리며 방 안으로 뛰어들어와서 방안에 누군가가 있다는 사실을 잊어버리고 불을 꺼버리고 다시 밖으로 뛰어나가곤 했다. 그보다는 딸과 요란한 언쟁을 벌이고 아무 일도 없었던 것처럼 평온한 모습으로 다시 방으로 들어오는 경우가 더 많았다. "얘들이 내 아이들이라구요! 율리아 참 예쁘죠? 그렇죠? 그애는 이달 25일에 열여섯 살이 되었어요…… 그리고 이고르는 너무나 착해요! 그리고 이 아이들은 하느님을 믿는다구요. 둘이 다. 우린 모두 신자들이라구요!"

이고르가 나에게 물건들을 보여주려고 집안을 뒤졌다. 그가 닳아빠진 앨범 두 권을 가져다가 내 무릎 위에 펼쳐놓았다. 앨범에는 그의 아버지와 할머니가 일했던 공장과 연구소에서 찍은 사진들이 들어 있었다. 이 아이의 머릿속을 채우고 있는 것은 이 두 사람이었다. 사진 속에 얼어붙은 그들의 삶을 들여다보면서 내 머릿속도 그들에 대한 생각으로 채워지기 시작했다. 몇 장의 스냅사진들은 1940년대에 그들이 공원이나 거리 모퉁이에서 다소 딱딱한 자세로 서 있는 모습을 보여주었다. 사진 속 소년은 검은 양복을 입고 있었고, 그의 어머니는 꽃무늬 드레스를 입고 있었다.

그들은 1933년 비로비잔의 늪지대에 약속의 도시를 건설하기 위해 벨라루스에서 이곳으로 왔다. 사진 속의 젊은 여인은 이곳 최초의 유치원을 운영했다. 이고르에게 그들은 오래 전 엄숙한 멋의 장소에 살았던 주민들이었다. 그러나 사진이 바뀌면서 여인의 얼굴에는 우울한 빛이 나타나기 시작했고 그녀의 아들은 국립학교의 단체사진 속의 한 점으로 변해버렸다.

“저 카펫에 있는 사람이 할머니에요.” 이고르가 말했다. 그가 알렉세이의 침대 위쪽 벽을 가리켰다. 거기 걸린 양탄자는 이 방 안에 있는 유일한 천연색 그림이었다. 이 대량생산된 카펫의 경치 속에 자신의 초상화를 짜넣을 수 있게 되어 있었다. 유치원 선생님은 19세기의 풍경을 택했다. 초콜릿 상자 색깔의 호수 옆에 있는 멋진 정원에 앉아 있기로 한 것이다. 그녀의 긴 드레스 허리에 하얀 장식띠가 보이고, 그녀는 또 가느다란 한 팔을 챙이 넓은 모자를 향해 들어올리고 있다.

“할머니 예쁘죠!” 이고르가 탄성을 발했다.

그 그림을 통해 그녀의 마음속을 얼핏 들여다볼 수 있을 것 같았다. 그녀는 스탈린 시대의 시베리아에서 대중을 교화시키는 어려운 작업에 열중했지만, 사실은 호숫가에서 피크닉을 즐기는 영국의 귀부인이 되고 싶었던 것이다.

하지만 이고르의 아버지는 고통에 시달리는 희생자로 자라나고 말았다. 그는 트랙터를 생산하는 달셀마쉬 공장에서 일했다. 그보다 먼저 그 공장에서 일했던 젊은 기계공들의 사진이 있었다. 뾰족한 모자를 쓰고 장식단추가 달린 재킷을 입은 엄숙한 얼굴의 유대인 노동자들이었다. 나는 그들이 어떻게 되었는지 궁금했다. 스탈린 만년의 도리깨질이 아직 닥치기 전이었다. 하지만 사진을 보면 그들의 표정에 불길한 전조가 나타나 있는 것 같았다. 마치 그들이 자기신들에게 닥칠 일을 알고 있는 것처럼. "그 공장은 지금 내리막길이에요." 이고르가 말했다. "한때는 가장 좋은 공장이었는데."

그의 아버지의 사진이 연달아 나왔다. 브레즈네프 시절에 찍은, 빛바랜 사진들이었다. 그런데 그 남자의 얼굴이 눈에 띄게 달라지고 있었다. 카메라가 거짓말을 하는 것일지도 모른다고 생각했지만, 자꾸 반복해서 변모된 얼굴이 등장하곤 했다. 처음에 그는 젊은 파스테르나크(《닥터 지바고》의 저자) 같은 모습이었다. 파스테르나크와 똑같이 길고 또렷한 이목구비를 가지고 있었고 입술은 도톰했다(그의 얼굴이 율리아에게 다시 태어났다). 그런데 그의 용모가 시들기 시작했다. 그는 렌즈 앞에서 냉소적인 자세를 취했지만, 눈은 이글거렸다. "우리 아버지예요." 이고르가 사진을 짚으면서 계속 말했다. "저것도 아버지고요. 아버지는 선생님처럼 키가 크셨어요." 그는 마흔두 살에 죽었다. "머리가 잘못 되었대요. 어머니는 그것이 무언지 모르세요." 마지막 사진은 눈두덩이에 멍든 모습을 보여주고 있었다. 아무것에도 관심이 없는 듯한 표정이었다.

그때 주방에서 악쓰는 소리가 들려왔다. 율리아가 뛰어들어오더니 그녀의 카세트 플레이어를 켰고 그러자 곧 팝송이 흘러나오기 시작했다. 이고르가 얼굴을 찌푸렸다. "내년에는 우린 이스라엘에 있을 거예요." 그가 말했다. "이스라엘에 가면 모든 게 좋아질 거예요."

나도 그렇게 될 거라고 느끼기 시작했다. 적어도 이고르를 위해서는 그래야 할 것 같았다.

누군가가 손가락으로 문을 톡톡 두드렸다. 이고르가 벌떡 일어섰다. "내 친구 사샤예요! 나의 친한 친구!" 이고르가 문을 활짝 열었다. "나의 가장 친한 친구!"

사샤는 이고르와 같은 나이였지만 훨씬 더 나이 들어 보였다. 코밑에 수염자리가 잡힌 엄숙한 얼굴의 젊은이였다. 그는 무언가를 기다리는 듯한 표정이었다. 그의 가족은 이미 이스라엘로 이주하는 데 필요한 서류를 받았다고 했다. 그들은 다음 달에 떠날 거라고 한다. 그는 부서진 의자에 앉았다. 이고르가 그에게 농담을 했고, 율리아가 그 옆에 달라붙어 앉았다. 그는 생각에 잠긴 듯한 수줍은 태도로 그녀를 대했다. 그가 무슨 말을 하든 율리아는 함박꽃 같은 미소를 그에게 보냈고, 그러면 이고르는 둘 사이에 끼어들 자리가 없었다. 그의 누나와 그의 친구가 자기에게서 멀어지는 듯한 그런 순간에 그는 당황하는 것 같았다. 그는 사샤의 소매를 잡아당기기도 했고 때로는 그의 등을 치기도 했지만 아무 소용이 없었다. 이 수줍은 젊은이는 율리아의 미소에서 벗어나지 못하고 있었다.

가끔 사샤가 이고르를 떨쳐버리려고 했다. 그러나 그는 아주 부드럽게, 사죄하는 듯한 태도로 그렇게 했다. 마치 지금과 같은 마음의 동요로 혼돈되지 않았던 이전의 더 명확한 감정을 기억하고 있다는 듯한 태도였다. 한편 율리아의 카세트에서는 음악이 요란하게 흘러나오고 있었다.

난 또다른 네가 필요치 않아……

율리아가 일어서더니 사샤를 내려다보면서 리듬에 맞추어 몸을 비틀었다. 그녀는 광대뼈를 따라서, 또 눈꺼풀 위에 파운데이션을 바른 것 같았다. 그녀가 미소를 지을 때, 나는 그녀 어머니의 잃어버린 치아가 한순간에 그녀의 입으로 이동했을 거라는 생각을 했다. 그러나 사샤는 자기 신발만 내려다보았다. "난 많은 노래를 가지고 있어!" 그녀가 소리를 질렀다. "미국 노래도 있고 영국 노래도 있어!" 체념하는 듯 그녀의 엉덩이가 돌아갔다. "아주 많아!"

난 또다른 네가 필요치 않아
또 다른 너는……

그러나 사샤는 이전의 자아, 소년시절, 그리고 이고르에게로 되돌아가 있었다. 두 사람은 권투하는 시늉을 하기 시작했다. 다음에 그들은 레슬링 동작을 했다. 율리아의 춤이 더 격렬해졌다. 그녀의 머리가 검은 긴 낫처럼 얼굴을 덮은 채 진동했다.

"오, 내 딸을 보세요!" 클라라가 씻은 쌀과 구운 닭고기를 들고 문가에 와 있었다. “저애 멋지지 않아요? 저애는 나에게 저런 딸이라구요!”

율리아가 춤을 멈추고 침대 위에 몸을 내던졌다. 사샤는 이고르에게 자신의 중국제 디지털 시계를 보여주고 있었다. 시계에서 짧은 행진곡이 흘러나왔다.

“나도 춤을 좋아해요.” 클라라가 나를 바라보며 말했다. “하지만 내 꼴이 말이 아니죠?” 그녀의 열린 입을 통해 이가 빠진 자리가 흉하게 보였다. 볼품이 있다고는 할 수 없는 외모였다. 하지만 그녀는 나가더니 립스틱을 바르고 나타났다. 그녀가 나를 의자에서 일으켰다. 우리는 왈츠를 추기 시작했다. 끼익끼익 소리를 내는 내 부츠와 그녀의 덜그럭거리는 버클이, 발이 질질 끌리는 마룻바닥 위에서 끔찍한 이중창을 만들어냈다. 그녀의 몸은 무거웠지만 발놀림은 가벼웠다. 그녀의 얼굴은 그 발놀림이 주는 즐거움으로 가득 차 있었다. 율리아가 사나운 눈으로 그런 그녀를 지켜보고 있었다. 그녀의 카세트는 〈내 사랑〉, 〈나는 죄인〉 같은 러시아의 최신 유행곡들을 계속 뱉어냈고 그 소음 속으로 클라라의 말이 흩어지고 빨려들어갔다. “알렉세이는 이혼했어요. 그런데 갑자기 전 부인과 재결합하기로 한 거예요……모르겠어요…… 그는 날 사랑해요…… 그는 이스라엘에 가기를 원해요…….”

우리가 닭고기 주위에 둘러앉았을 무렵에는 닭고기는 차게 식어 있었다. 그런데 이번에는 이고르가 반항했다. 우리가 알렉세이를 너무 오래 기다렸다고 그가 말했다. 그런데 알렉세이는 오지 않았다. 그래서 그는 먹기를 거부했다. 아까 본 사진들이 그의 마음을 산란케 했는지도 모른다고 나는 생각했다. “알렉세이는 자기가 하고 싶은 대로만 해." 그는 이렇게 말하고는 등을 돌렸다.

그러나 클라라는 닭고기와 쌀죽 앞에 두 손을 모았다. "그럼 이제 율리아가 기도를 올리렴."

"기도를 하고 싶으면 엄마가 해!" 율리아가 소리쳤다. "나보고 이래라 저래라 하지 말고!"

그래서 클라라가 간단하게 기도를 올렸다. "주님, 감사드립니다……."

* * *

철도역 매표소에서 그들은 운임이 얼마냐고 묻는다. 억세 보이는 노파들, 머릿수건을 쓰고 슬리퍼를 신은, 모두 비슷해 보이는 할머니들이다. 언뜻 보기에 그들의 운임을 깎아줄 수도 있을 거라는 생각이 든다. 매표원이 고래고래 소리를 질러 대답한다. 할머니들은 운임이 그렇게 비쌀 수 있느냐는 투의 얘기를 나눈다. 서로 잠깐 동안 얘기를 나눈 할머니들이 돌아와서 묻는다.

"차표 한 장이 그리 비싸우?"

고래고래 소리를 다시 지르는 매표원.

할머니들은 지친 얼굴로 자리에 앉아서 다른 교통수단에 대해 이 궁리 저 궁리 한다. 다음에 할머니들은 구내매점이 어디냐고 묻는다. 또 고래고래 소리를 지르는 매표원.

할머니들을 돕고 싶은 생각이 솟는다. 그러나 할머니들의 자존심, 그들이 그런 자존심을 가지고 있을 거라는 인식이 도우려는 생각을 접게 한다. 나는 서구가 냉전에서 승리했다는 것, 서구의 가

치관이 외견상 주도권을 잡았다는 것을 알고 있다. 노인들이 더 쉽사리 피해를 입는다. 그들의 세상이 사라지고 있기 때문이다. 그들이 지키기 위해 싸웠던 모든 것이 사라지고 있는 것이다. 참전 군인들은 마지막 저항의 표시로 훈장을 달고 다니는 것 같다. 그래서 나는 할머니들이 그냥 가버리도록 내버려두었다. 나는 그중 한 사람도 도와주지 못했다. 부끄러웠다.

* * *

11월이 코앞에 닥쳤다. 강을 따라 달리는 바이칼-아무르 철도가 나를 태평양에서 불과 240킬로미터밖에 떨어지지 않은 콤소몰스크-나-아무르까지 실어다주었다. 추위에 대비해서 모자와 패딩 옷을 갖춘 나는 미래의 대형 교통수단을 위해 닦아놓은 거리를 터덜터덜 걸어내려갔다(그 미래의 대형 교통수단은 영영 오지 않았다). 콤소몰스크는 스탈린의 '새벽의 도시'였다. 이 도시는 1932년에 젊은 공산주의 개척자들이 시베리아 횡단철도에서 뚝 떨어진 곳, 그래서 외국인들의 눈을 피할 수 있는 곳에 세운 도시였다. 전투기 제작소, 잠수함 조선소, 그리고 강제 수용소들이 들어섰던, 외국인 혐오증이 서린 도시였다.

나는 닳아빠진 추한 장소를 예상했었다. 하지만 내가 본 것은 황금색 건물 전면이 늘어선 깨끗한 거리가 방사형으로 뻗어 있는, 그런 대로 산뜻한 광경이었다. 치장벽토로 장식한 벽돌이 건물들에 극장 같은 느낌을 주고 있었다. 장엄하면서도 후줄근한 건물의 외모가 그 건물들로 하여금 실제보다 더 오래된 것처럼 보이게 했다.

습기를 머금은 무거운 눈송이들이 거리에 떨어지고 있었다.

너비가 1.5킬로미터 이상으로 넓어진 아무르 강 둑에 서 있는 화강암 바위가 이곳이 콤소몰(공산청년동맹) 자원자들의 일진이 상륙한 곳임을 밝히고 있었다. 그들은 두 척의 기선—콜럼버스 호와 코민테른 호—을 타고 1932년 5월에 도착해서 첫해 겨울을 텐트에서 보내면서 타이가의 처녀림에 그들의 도시를 건설하기 시작했다. 소련의 언론은 그들을 젊은 영웅들로 미화했고, 이 지역의 박물관에는 아직도 그들이 쓰던 식기와 파라핀 램프, 그들의 일기, 편지 등이 보물처럼 전시되고 있다. 일기와 편지들에는 보급이 제대로 되지 않아 고생하던 일, 그리고 괴혈병으로 희생자가 생긴 일 등이 기록되어 있다("우리의 미래 도시에 첫 번째 무덤이 생겼다").

이 도시의 건물들은 지금도 옥수수 단, 깃발, 레닌의 머리 등 옛날에 떠받들었던 문장(紋章)들로 장식되어 있다. 이 도시의 상징처럼 사용되었던, 콤소몰 대원이 바다에서 솟아오르는 모습도 눈에 띈다. 최초건설자 로(路)는 이제는 그 기능을 잃어버린 굴뚝들이 서 있는 곳을 향해 몇 킬로미터 뻗어 있다. 이 개척자들을 기리기 위해 세운 기념비에는 그들의 선발대가 바람을 뚫고 아무르 강에서 뭍으로 올라오는 모습이 조각되어 있다. 하지만 그들의 정신은 지나간 시대의 것이 되었다. 언제나 미국을 곧 따라잡을 거라고 선전되던 야금 공장과 용광로에 바치던 그들의 찬가가 이제는 냉소의 대상이 되곤 한다. 그들의 이상은 너무나 빨리, 너무나 잔인하게 사라졌다. 그 기념비 앞에서 내가 본 사람들은 사회주의 리얼리즘을 상징하는 다부진 근육질의 남자들이 아니라 좀 무능해 보이는 순진한 젊은이들이었다. 그들 너머로 보이는 최초건설자 로(路)는 오랫동안 방치되어 콘크리트는 떨어져나가고 군데군데 잡초가 고개를 내밀고 있었다.

그 거리는 강제노동 수용소가 있던 자리를 관통하고 있었다. 사실 도시 전체가 강제 수용소 터라고 할 수 있었다. '최초 건설자들'이 교두보도 만들기 전에 10만 명의 정치범 및 일반 범죄자들이 건설인력으로 이곳에 투입됐다. 뒤이어 수천 명의 일본군 전쟁포로들이 도착했다. 표시도 되지 않은 집단 무덤들이 아직도 도시 곳곳에 흩어져 있다. 일본인들이 이곳에서 죽은 그들의 동포들을 추모하기 위해 세운 기념비들도 더러 보인다. 콤소몰스크의 나이 든 주민들은, 그들의 고향 도시를 건설한 사람들은 콤소몰 대원들이 아니라 포로와 범죄자들이라고 말한다.

그리고 이제 도시는 점점 비워져가고 있고 그 존재이유도 희미해져가고 있다. 다른 공업 중심지에서 멀리 떨어져 있기 때문에 이 도시는 공업 도시로서의 논리적 타당성을 상실했다. 일부 무기 공장들은 문을 닫았거나, 생산한 잠수함을 인도에, 비행정을 중국에 수출하려 하고 있다. 글라이더와 저인망 어선, 요트로 생산 품목을 바꾸려는 공장들도 있다. 그래도 나는 내가 이곳에 들어오는 것이 과연 허용될까 확신이 서지 않았다. 내 비자에는 콤소몰스크 근처 방문은 언급되어 있지 않았다. 그러나 내가 투숙한 호텔—일본군 포로들이 건설한 구역 중 하나에 둘러싸여 있었다—을 관리하는 여자들은 흥미롭다는 듯 내 여권을 들여다보고는 내 이름을 장부에 등록하지 않았다. 나는 잠금장치가 부서진 방을 배정받았다. 대야 하나와 깨끗하지 못한 담요가 있었다. 하지만 튼튼하게 생긴 라디에이터는 뜨겁게 덥혀져 있었다. 나는 사흘 밤을 이 방에서 잤다. 밖에는 눈이 쌓이고 있어 조용했다.

낮 동안에는 무슨 일이 일어나기를 바라면서 도시를 돌아다녔다. 우락부락한 얼굴의 남자들과 비닐 코트를 입고 작은 방울이 달린 꼭 끼는 털모자를 쓴, 왁자지껄 시끄러운 여자들이 보도 위를 메우고 있었다. 브레즈네프 시절의 러시아로 되돌아간 느낌이었다. 내가 찾아가본 카페는 예외 없이 문을 닫았거나 수리 중이었다. 점원들, 가게의 판매원들, 식당의 여종업원들이 모두 소련 시절의 모습을 떨쳐버리지 못하고 있었다. 미소를 지을 줄 모르고 뚱뚱하고 고래고래 소리를 지르고 노란색이나 황갈색으로 머리를 염색했다. 내가 들어가면 그들은 하나같이 적대적인 침입자가 나타났다는 태도를 보였다. 가게는 그 안에서 일하는 사람들을 위해 존재하는 것 같았다. 가끔 찾아오는 고객들이 그들에게는 별로 달가운 존재가 아닌 것 같았다.

내가 가진 도시 지도에는 한때 비밀에 붙여졌던 교외의 공장지대가 하얀 공란으로 표시되어 있었다. 타일과 유리가 떨어지는, 공룡 같은 거대한 공장들이 늘어선 뒷골목을 걸어보았다. 어떤 공장들은 아예 버려져 있었다. 고가 궤도차들이 거멓게 변한 채 잠들어 있었지만, 구내 이곳저곳에 노동을 찬양하는 벽화, 오래 전에 이미 지난 기념일을 선전하는 벽화들이 보였다. 하지만 대부분의 공장들은 아직도 연기나 증기를 내뿜었다. 그래서 공기에서 납과 콜타르 냄새가 났다. 나는 쏟아지는 눈 속에서 에어브러시로 수정한 내 지도를 자세히 보려고 걸음을 멈추었다. 실제로는 이렇게 공장들이 많은데 지도에는 가구공장 하나와 '역학 실험' 센터만이 표시되어 있었다.

* * *

보리스는 비밀이 무엇인지 알고 있었다. 몇 년 동안 그것이 그의 일이었다고 했다. 그는 도시 중심부에 있는 아파트에서 아내와 함께 살았다. 그는 봉사를 하기 위해 일주일에 세 번씩 감옥을 찾아간다고 했다. 그는 부흥되고 있는 침례교 목사였다. 그는 나를 영국에 있는 그의 펜팔 친구인 침례교도가 보낸 사절쯤으로 생각하는 것 같았다. 그는 그 친구를 한번도 만난 적이 없다고 했다.

“당신은 감옥이 절망적일 거라고 생각할 겁니다.” 그가 말했다. “하느님도 어쩔 수 없을 정도로 말이죠.”

“사실 그런 생각을 했습니다.” 우연하게도 나는 그날 아침에 그 감옥 주위를 배회했었다. 감옥은 변소처럼 생긴 거대한 건물이었는데 그 안에 수용된 재소자 1,200명의 절반이 지하 감방에서 살고 있다는 말을 들었다.

“그들 중 다수는 여러 해 전부터 범죄를 저질러온 자들이죠. 어떤 자들은 출소 후 며칠 지나지 않아 다시 들어옵니다. 또 감옥 안에서 사는 게 마치 이런 곳에서 사는 것처럼 행복하다고 생각하는 자들도 있구요.” 그는 집을 비운 아내가 깨끗이 치워놓은 좁은 거실에서 두 팔을 벌리며 말했다. 때 묻은 가구, 책, 카세트가 비치된 거실은 아늑했다. 나는 천식을 앓는 그의 딸을 위해 영국에서 공기여과기를 가져왔는데, 그는 그것을 마치 신뢰의 상징처럼 우리 둘 사이에 있는 탁자 위에 올려놓았다. “하지만 대다수의 수감자들은 보통 사람들이지요. 그들은 상담을 하러 날 찾아옵니다. 나는 확성기를 이용해서 기도와 노래를 모든 감방에 전달하지요.”

하지만 그의 복음주의는 건실한, 지상에 뿌리를 내린 것이었다. 나이가 쉰일곱인 그는 쉽사리 희망을 갖지 않는다. 나는 그가 믿을 만하다고 생각했다. 콧수염이 잘 다듬은 턱수염까지 늘어져 있어 다소 우울한 느낌을 주기는 했지만, 그는 반쯤 삼키는 듯한 울리는 목소리로 말했다. 러시아 오페라나 러시아 정교회 성가대에서 베이스 파트를 담당할 목소리였다. 그러나 그가 감옥의 확성기를 이용해서 전달한 노래는 미국 침례교회에서 보내온 노래였다. 그가 가장 좋아하는 카세트 테이프의 제목은 〈그분은 아직 역사중〉으로 미국 중서부의 한 건강한 커플이 부른 노래였다.

보리스는 수감자들을 대상으로 성경 강좌를 운영하고 있었다. 그는 시험 답안지들을 수북이 쌓아놓고 있었다. 내가 그 답안지들을 들춰보았다. 미국의 '빛의 원천 학교'에서 보내준 문제들이었다. 그중 하나를 읽어보았다. "사람이 범할 수 있는 가장 큰 죄는 무엇인가? 다음 중 하나를 고르시오. a) 살인 b) 예수를 믿지 않는 것 c) 간음." 강도죄로 복역중인 빅토르는 b를 제대로 골랐고 그래서 만점을 받았다. 그래서 그는 '그리스도 안에서의 새 삶 과정 1'을 성공적으로 마친 것이었다.

나는 이것이 콤소몰스크 감옥에서 시들어가고 있는 남자에게 어떤 의미를 가질까 상상해보려고 애썼다. 어떤 다른 권위에 대한 인식, 어떤 도달할 수 있는 목표 같은 걸 주는 것일까.

"몇몇 수감자들은 진심으로 개종했지요." 보리스가 말했다. "그들은 심지어 간수들까지 개종시켰어요. 다른 사람들은 그 속을 알기 어려워요. 얼마 전에 나는 젊은 살인범과 상담을 하려고 했지요. 그는 일곱 명을 총으로 쏘아 죽였대요. 그 이유는 모르겠어요.

사형선고를 받았지요. 나는 그에게 예수님 옆에서 십자가에 매달린 두 도적의 얘기를 해주었습니다. 한 도적은 회개했고 다른 도적은 회개하지 않았다는 이야기 말입니다. 그러자 그는 이해한다고 말했어요. 그 직후에 그는 끌려나가 총살형을 당했습니다." 그의 우울증이 더 깊어져 있었다. 그는 조심스런, 조건에 좌우되는 얼굴을 가지고 있었다. 나는 그런 그가 좋았다.

"난 러시아에 사형제도가 없다고 생각했는데요." 내가 말했다.

"그해에 없어졌어요." 그는 엄숙한 표정을 지었다. "아마 그가 마지막으로 처형을 당한 사람일 겁니다." 이렇게 말하고 그는 나에게 턱수염이 있는 젊은이의 스냅 사진을 건네주었다. 묘한 눈빛을 가진 그 젊은이는 보리스와 또 다른 목사 사이에 서 있었다. "하지만 여기 성공 스토리가 있어요. 내가 이 친구를 노동수용소에서 개종시켰죠. 그는 수용소에서 나오자마자 곧바로 교회를 찾아갔어요!"

"그는 무슨 죄를 지었죠?" 내가 물었다.

"그건 말할 수 없어요. 개종을 하면 과거는 깨끗해집니다." 그가 한 손으로 권위 있게 공중을 휘저었다. "그는 그리스도 안에서 새 사람이 되었지요. 그가 무슨 짓을 했든 간에 그건 잊어버리는 게 가장 좋습니다. 그 죄를 지은 그는 이제 존재하지 않거든요."

나는 의심쩍은 시선으로 그 사진을 들여다보았다. 그리스도는 그의 눈에서 쫓기는 자의 교활한 눈빛을 지워버리지는 않았다. 내가 말했다. "그럼 당신은 노동 수용소도 찾아갑니까?" 수용소라는 말은 아직도 두려움 같은 것을 지니고 있었다. 나는 그 수용소들이 아직도 존재한다는 걸 알고 있었다. 그러나 수용소의 마지막 정치범들이 고르바초프의 실각 후인 1992년에 수용소를 떠났다. 이제 수용소에 남은 사람들은 악명 높은 범죄자들이었다. 그러나 사실상 죽음의 집이라는 수용소의 이미지가 아직 내 안에 남아 있었다.

"나는 극동 전역에 있는 수용소들을 찾아가보았지요." 보리스가 말했다. "이 지역에만 수용소가 세 개 있지요. 막사에 아직 범죄자들이 수용되어 있어요. 한 방에 100명이 있는 경우도 있고, 40명 또는 6명, 1명이 있는 경우도 있어요. 사정에 따라 달라요. 수감자들은 이제 화장실을 사용하고 막사도 벽돌집이지요. 하지만 그들의 침구와 옷은 열악합니다."

나는 수감자들을 뼈만 앙상하게 만들었던 수용소 군도의 살인적인 강제노동을 생각했다. "하는 일은 어떻습니까?"

"할일이 없어요. 그들은 공장에서 일해야 하는데, 공장들이 지난 5년 동안 모조리 문을 닫았죠. 범죄자들은 그냥 먹고 자는 게 일이에요. 음식은 5년 전보다 양이 더 적고 질도 더 나쁩니다. 그리고 그들은 툭하면 싸우지요. 그들은 일을 하는 게 차라리 더 나을 겁니다. 그러면 자존심 같은 걸 가질 수 있거든요. 열네 살밖에 안 된 소년이 다른 수감자들과 함께 수감되어 있는 경우도 있어요. 막사의 맞은편에서 잠만 자죠. 생각해보세요."

내가 말을 시작했다. "하지만 당신은 그 수용소들을 드나들 수 있는데……."

"네, 나도 처음부터 목사였던 건 아닙니다. 그럴 수는 없었죠. 아버지의 뒤를 이어 군에 들어갔었지요." 그는 옷장으로 가더니 자기가 입던 군복을 끄집어냈다. 나는 덤덤하게 그를 지켜보았다. 시베리아 사람들의 절반쯤이 이렇게 그들의 소비에트 시대 유물을 감추어두고 있었다. 마치 그것이 필요할 때가 다시 올 것으로 기대하는 것처럼. 하지만 보리스의 군복 외투는 무시무시했다. 어두운 청록색의 그 외투에는 훈장이 줄줄이 달려 있었다. 오른쪽 가슴에 두 개의 장식이 붙어 있었는데, 나는 그중 하나가 칼과 방패가 돋을새김으로 되어 있는 KGB의 마크라는 걸 알아볼 수 있었다. 그것을 보고서도 나는 약간의 전율을 느꼈을 뿐이었다. 이미 알고 있던 사실을 확인한 것 같은 느낌이었다.

"그래요." 그가 말했다. "난 그들을 위해 일했지요." 그는 미소짓고 있었다. "나는 7년 동안 방첩 업무에 종사했지요. 그런 다음에 내무부의 수용소 관리부서에서 11년 근무했구요." 그가 갑자기 돌아서더니 군복을 옷장 안에 다시 걸었다. 나는 그의 등과 잘 다듬은 머리를 보면서 그가 무슨 짓을 했을까 궁금해졌다. 하지만 그는 물론 개종의 힘을 믿고 있었다. 그가 그 과정을 거쳤으리라는 것은 충분히 짐작할 수 있었다. "그가 무슨 짓을 했든 간에 그것을 잊는 게 가장 좋습니다. 그 죄를 범한 그는 이제 존재하지 않거든요."

다시 돌아선 그는 편안하게 미소짓고 있었다. 그에게 KGB는 그것이 내 안에 일으킨 동요를 의미하지는 않았다. 그가 말했다. "나의 책무는 주로 군대 내의 스파이들을 잡아내는 것이었지요. 미국인이나 영국인 같은……." 그가 나의 팔뚝을 건드렸다. "하지만 우리는 한 명도 찾아내지 못했지요!" 그가 묘한 표정으로 나를 바라보고 있었다. 그는 이미 내가 아무런 해도 입지 않고 이렇게 멀리 여행했다는 사실에 탄복했다. 내가 자기에게까지 올 수 있었던 건 신의 은총이 있었기 때문이라고 그는 말했다. 그는 높은 지위에 있는 사람의 힘을 인정하는 데 익숙해져 있었다. 그가 되풀이해서 말했다. "그래요. 우린 한 명도 잡지 못했어요." 나를 바라보면서 그는 한 명도 잡지 못해서 다행이라는 투로 말했다.

"그리고 결국 나는 우연한 일을 계기로 하느님께 인도되었어요. 우리 부대는 타이가에서 목재를 운반하고 있었죠. 군은 그런 일도 합니다. 그때 내가 타고 있던 트럭이 충돌했고, 나는 의식을 잃었어요. 나는 반 년 동안이나 하바로프스크의 병원에 꼼짝도 못하고 누워 있었지요. 나는 누워서 지나온 삶과 미래의 일을 생각했습니다. 그때 내 마음을 때리는 것이 있었어요. 바로 이것 때문이었습니다." 그가 포켓용 라디오를 집어들었다. "나는 6년 동안 외국 주파수의 방송을 듣는 일을 했었기 때문에 종교 프로그램에 대해 알고 있었어요. 우리는 매우 정교한 장비를 가지고 있었고, 그래서 누구든 필리핀에서 방송되는 미국 네트워크 FEBC의 전파를 잡을 수 있었죠."

"상관에게 들키지 않았나요?"

"우리가 무슨 방송을 듣고 있는지는 누구도 알 수가 없었어요. 우린 이어폰을 사용했으니까요." 그는 다시 옛날 업무에 복귀하기라도 한 것처럼 의자에서 몸을 곧추세우고 앉았다. "병원에 입원해 있으면서 나는 아내에게 라디오를 갖다달라고 했어요. 그 필리핀 방송을 찾아내기는 어렵지 않았어요. 그래서 나는 어둠 속에 누워 찬송가를 듣곤 했죠. 가끔 나는 내가 그 사고를 당하고도 어떻게 살 수 있었을까, 내가 그렇게 살아난 이유가 무얼까 생각했지요. 그때 하느님이 내 영혼 속으로 들어오셨습니다."

소련이 붕괴되기 시작했을 때, 그는 불확실해지는 공산주의라는 사상을 버리고 세상과는 다소 거리가 있는 이 약속을 택했다. 그는 이미 꿈이 사실을 가려버리는 세계에 들어가 있었고, 따라서 진지하게 속세를 벗어나 천상의 계시를 받을 수 있었다. "나는 처음에 러시아 정교회로 들어갔어요. 하지만 거기서는 내 가슴에 오는 것이 없었어요. 그래서 1990년에 침례교 신자가 되었습니다. 그리고 나의 탐색은 끝났어요. 나는 이미 군에서 의병 제대한 몸이었지요. 내 한쪽 다리가 다른 쪽 다리보다 4센티미터나 짧아져 있었거든요. 보세요." 그는 양말과 구두를 벗어 길이가 다른 두 다리를 뻗어 보였다. "하지만 나는 여전히 일을 해야 했어요. 목사의 급료는 아주 적었으니까요. 그래서 경비원으로 취직을 했습니다. 밤에 창문을 살피며 순찰을 돌죠. 러시아의 창문들이 모두 봉해져 있는 것, 보셨죠? 우린 여전히 감옥 속에서 살고 있어요!" 그리고는 그는 날카로운 눈으로 나를 바라보았다. "우리 동포들을 어떻게 보았습니까? 우리는 큰 어둠 속에 있어요. 당신은 시베리아가 한때는 지금보다 더 좋은 곳이었다는 것을 알 겁니다. 서쪽의 러시아보다 더 정직한 곳이었죠. 이곳 사람들이 하느님을 바라보고 있는 것 같습니까?"

나는 대답하려고 애썼다. 그의 하느님은 나의 하느님과는 달랐다. 내가 이곳을 여행하기 전에는 시베리아를 정의하기가 지금보다 더 쉬웠었다. 나는 서구 사람들이 그러듯이 여기 사람들도 서로 다른 위안을 찾고 있거나 또는 어떤 위안도 찾지 못하고 있는 것 같다고 말했다. 아마 러시아도 결국은 믿음 이후의 시대, 소수만이 믿는 시대로 들어가게 될 것이다. 집단농장이 사유지로 나눠지고 있듯이.

보리스는 얼굴을 찌푸렸다. 다원주의가 그를 불안하게 했다. 그것은 너무나 불완전하고 무질서한 것이었다. 그는 괴팍스럽게 손가락을 다른 손가락에 가져다 대려고 애쓰고 있었다. “그렇게 세상은 혼돈에 빠질 겁니다.” 그가 말했다. “콤소몰스크에만 교회가 몇 개인지 아십니까?” 그가 교회를 세기 시작했다. “침례교 둘, 안식일 재림교 둘, 오순절 교회 다섯, 카리스마파 교회 하나, 한국 감리교 둘.” 그리고는 그는 미소를 지었다. “하지만 우리 침례교가 중요한 거점을 모두 차지했죠. 큰 정거장에는 어디나 우리 교회가 있어요.”

“정교회는 어떻습니까?”

“그들은 교회가 두 개 있고, 현재 세 번째 교회를 짓고 있죠. 하지만 그들은 신교도에 대해 아주 적대적이에요!”

내가 말했다. “신교 전도를 제한하는 새로운 법이 나왔다는 기사를 보았는데…….” 적어도 내가 보기에는 그 법에는 정교회의 입김이 서려 있는 것 같았다.

그러나 보리스는 그 법을 대수롭지 않게 생각하는 것 같았다. “그건 어디까지나 법에 불과하다고 생각합니다. 누구도 그 법을 이해하지 못해요. 그 법이 어떻게 시행될 것인지, 심지어 그 법이 무엇을 뜻하는지도 모르죠. 그 법은 벌써 유명무실해졌어요. 선생도 아시겠지만, 클린턴 대통령도 침례교 신자예요. 그래서 나는 우리가 압력을 받을 걸로는 생각하지 않아요.” 그는 두 손을 자기 배 위에 포개놓았다. 무슨 이유 때문인지 나는 내무부의 책상 위에 그렇게 포개져 있었을 그의 두 손이 머릿속에 그려졌다. 이어 그의 얼굴에 재미있다는 표정이 나타났다. “하지만 그는 이상한 침례교도지요. 동성애자들이 군대에 들어갈 수 있게 해주고…… 스웨덴에서는 그들이 교회에서 결혼식을 올릴 수 있다는군요. 여자 주교가 결혼식을 주재한대요. 그 주교는 동물들에게도 영혼이 있다, 그러니 개나 개미가 자기가 주재하는 예배에 참석하는 걸 환영한다고 말한답니다. 우리도 쥐를 잘 잡는 고양이 두 마리를 기르고 있지만, 그놈들이 교회 안에서 이리 뛰고 저리 뛰고 하면 나는 그놈들을 교회 주방에 가둬두는데 말입니다."

하지만 그가 새 법에 대해서 잠시 생각에 잠겼다. "우리 정부는 좋아할 만한 정부가 못 되죠." 그가 말했다. "이 정부는 우리가 가질 만한 정부일 뿐이에요." 그는 자기 옆에 놓인 성경책으로 손을 뻗더니 로마서 13장 1절과 2절을 소리 내어 읽었다. "권세는 하느님께서 오는 것이니 따라서 권세에 저항하는 자는 하느님의 명을 거역하는 것이다. 하느님의 명에 거역하는 자는 심판을 받게 되리라." 깊게 울리는 그의 저음이 이 말을 더욱 신성하게 들리게 했다. "우리는 이 말을 믿습니다. 나는 우리 러시아인들이 지금과 같은 정부 아래서 고생하는 건 우리가 1917년에 하느님을 저버렸기 때문이라고 생각합니다. 이건 우리에게 내려진 벌이에요. 현 세대가 그 벌을 받는 겁니다. 우리가 다시 믿는 국민이 된 다음에야, 우리가 다시 돌아온 후에야, 우리는 우리에게 합당한 통치자들을 갖게 될 겁니다."

페리가 아무르 강을 건너 피반 마을로 향했다. 진눈깨비 속에서 맞은편 강안에 있는 화강암 절벽이 보였다 사라졌다 했다. 한순간 그 절벽 높은 곳에 뚫린 철로 터널이 얼핏 보였다. 우리가 배에서 내릴 때쯤에는 세찬 눈보라가 휘몰아쳤다. 승객들은 털가죽 모자를 귀밑까지 눌러쓰고 웃으면서 눈보라 속으로 뛰어들어갔다. 그들의 피부가 빨갛게 빛났고, 그들의 눈은 가늘어져 있었다. 그들은 몇 년 동안 바람을 맞아온 사람들 같은 얼굴을 하고 있었다. 우리는 곧 정강이 높이의 질척거리는 눈 속으로 들어갔다. 시계(視界)가 50미터 이하로 떨어졌고, 눈발은 더 굵어졌다. 웃음을 자아내는 개 한 마리가 나타나더니 비웃는 듯한 표정으로 우리들 옆을 뛰어다녔다. 그 개의 주둥이와 수염에 눈이 달라붙어 있었다. 잠시 후 눈에 덮인 다차(시골별장)들로 이루어진 마을이 나타났다. 나는 마지막 낙오자들이 흩어지기 전에 길을 물었다. 결국 나는 혼자가 되었다.

콤소몰스크를 거대한 다리로 태평양 쪽 철로와 연결시키기 위한 터널 공사는 1939년에 시작됐다. 수백 명의 죄수들이 폭파 작업을 하다가 죽었다. 그러나 전쟁으로 인해 공사는 중단됐고, 그 후 노선이 강의 상류 쪽으로 변경됐다. 나는 내가 왜 그 터널을 탐사하는지도 잘 모르는 채 절개지를 내려가 터널에 이르렀다. 천장이 콘크리트로 된 터널이 어떤 벌레의 구획된 창자처럼 산 속으로 뚫려 있었다. 그 안에 깔린 철로는 지금은 사라진 터널 작업자들의 트럭들만이 사용한 것 같았다. 철로가 나타났다가 돌 더미 밑으로 사라지곤 했다.

100미터쯤 들어가니 어떤 방랑자가 여름 거처로 삼았던 듯한 장소가 나타났다. 이제 그 방랑자는 떠나고 없었다. 그곳에 사람이 들어가는 걸 막으려고 바리케이드를 쳐놓았다. 그 너머는 위험한 것 같았다. 돌 더미 위로 기어올라간 나는 그만 어둠 속으로 떨어지고 말았다. 내 뒤에 있던, 터널의 반원으로 테가 둘러진 바깥세계가 사라졌다. 나의 횃불이 순수한 화강암 위에서 너울거렸다. 처음에는 물방울 떨어지는 소리가 들리더니 다시 조용해졌다. 내 앞에는 약 1킬로미터쯤 되는 울퉁불퉁한 길이 산 밑의 암벽을 뚫고 나 있었다. 가끔 터널의 천장이 높아지면, 나는 기차가 요란한 소리를 내며 달려오는 광경을 상상해보곤 했다. 그러나 그런 곳보다는 폭파가 제대로 되지 않아 돌무더기를 타고 올라가야 지나갈 수 있는 곳이 더 많았다. 면도날처럼 날카로운 바위들이 가까이 있어 아주 조심해야 했다. 거멓게 탄 기둥들이 바닥에 쓰러져 있거나 녹물이 고인 웅덩이에 가라앉아 있었다. 몇 미터에 한 사람 꼴로 무명의 노동자들이 죽어나갔으리라는 걸 짐작할 수 있었다.

바늘 끝 같은 빛이 앞에 보였다. 아주 가까이 있는 것 같았다. 그러나 내가 손과 무릎으로 기어서 가까스로 무너진 터널의 마지막 구간에서 벗어나기까지는 근 한 시간이 걸렸다. 터널에서 나온 나는 현기증을 느끼며 암벽을 움켜잡았다. 나는 90미터 높이의 암벽에 있었다. 진눈깨비가 아직도 흩날리고 있었다. 놀란 개똥지빠귀 몇 마리가 내 손 밑의 관목에서 날아올랐다. 내 밑에서는 강물이 검은 바위가 부서져 생긴 모래 위를 흐르고 있었다. 나는 아무르강의 그 회색 물 위로 다리가 놓이고 수많은 사람들이 목숨을 잃으며 건설된 2.5킬로미터 길이의 그 다리 위로 기차가 달려가는 광경을 상상해보았다.

나는 공산주의의 새벽의 도시에 미국 돈으로 세운 교회를 향해 KGB 소령 출신의 침례교 목사와 눈 위를 걸어가고 있었다. 시베리아가 초현실적으로 변해갔다. 보리스는 지팡이를 가지고 있었지만 그는 내가 무척 걱정되는 모양이었다. 그가 나를 자기의 도움이 없이는 움직일 수 없는 사람으로 생각하고 있는 게 아닐까 의심이 갈 정도였다. "얼음 조심하세요. 서두르지 마시고요. 이곳은 눈이 더 많아요……."

네 명의 목사들이 교회 주방에서 우리를 기다리고 있었다. 양복에 넥타이까지 갖춘 그들의 얼굴은 진지하면서도 어린아이 같은 데가 있었다. 모두 나를 만나는 것이 즐거운 눈치였다. 내가 외국인이라는 사실이 그들에게는 어느 먼 곳의 교회에서 보낸 사람 같은 느낌을 주는 듯했다. 그들이 너무나 신뢰에 차 있고 너무나 기대하고 있어서 나는 편하지 못했다. 내 신발은 여전히 고양이 우는 소리를 냈고, 정교회 신자가 준 기도 벨트는 이단처럼 내 허리를 죄고 있었다. 하지만 벨트가 너무 닳아서 이제는 푸른 끈처럼 보였다. 내가 아노락(후드가 달린 방한용 재킷)을 벗자 그 속에 입은 패딩 재킷에서 깃털이 비어져나온 게 보였다. 보리스가 걱정스러운 표정을 지었다. "이건 닭털 같은데요." 그가 말했다. 나는 그를 실망시키는 것 같아 미안한 마음이 들었다. 우리가 교회 안으로 들어갈 때 그는 내 뒤를 따라오면서 내 등에서 깃털을 뽑아냈다. 깃털을 뽑으면서 그가 중얼거렸다. "닭이야……닭이라구……."

우리는 2백 명의 회중 앞으로 걸어들어갔다. 대다수가 노파들이었지만, 젊은 회사원도 몇 명, 그리고 소수의 학생들도 보였고 군인도 세 명 있었다. 교회는 새로 지은 듯 산뜻했다. 제단은 없었다. 목사들과 성가대원들이 회중과 마주한 단순한 계단식 의자들에 앉아 있었고, 그 뒤에는 골고다의 수난을 그린 프레스코 벽화가 있었다. 이윽고 신도들이 소리 내어 기도를 올리고 페달식 오르간의 경쾌한 연주에 맞춰 찬송가가 울리면서 예배가 시작됐다. 모두 예배에 참가했다. 즉석에서 엮어내는 탄원이 여기저기서 일어났다. 한 노파는 우는 소리로 무언가를 간청했다. 다음에 두 어린이가 이중창을 불렀다. 또 어떤 사람이 나와서 자기 체험을 증언했는데, 나는 그 내용을 따라갈 수 없었다. 또 손수건을 움켜쥔 신경질적인 한 여자가 공식적으로 새 신자로 받아들여졌다.

비교적(秘教的)인 전시물을 늘어놓고 또 위계질서가 뚜렷하며 성인들과 순교자들의 박해받던 과거를 그린 성화들을 걸어 신비적 분위기를 조장하는 정교회의 미사와는 아주 다른 것 같았다. 신비적인 분위기 대신 이 교회는 민주적 에너지를 내뿜고 있는 것 같았다. 인간이 첫 번째였다. 신은 인간 속에 거하고 있었다. 도덕적 힘이 강조되었다. 목사들은 네 차례의 설교를 통해 조심스럽게 조정된 신심을 전했다. 맨 처음에 수줍음을 타는 젊은 목사가 설교를 했고, 다음에는 교회를 순회하는 설교자가 호통을 치는 투로 열정적인 설교를 했다. 회중으로부터 자연스런 질문들이 나왔다. 어떤 신자는 신의 은총에 대해 혼란을 느끼고 있었고, 어떤 신자는 술을 얼마만큼 마시면 죄가 되는지 궁금해했다. 그리고 마지막으로 이 교회의 담임목사—검은 머리를 길게 기른 활기찬 낙관주의자였다—가 우리 모두 가슴을 열고 그 열린 가슴 속으로 그리스도가 들어오기를 빈다는 축도로 예배를 마무리했다.

그런 다음 놀랍게도 그는 그들 사이에 영국의 작가가 와 있다고 알렸다. 일어나서 한 마디 하라고 보리스가 나의 옆구리를 찔렀다. 나는 올바른 생각, 적절한 단어를 찾아내느라고 머리를 짰다. 교회 안이 쥐죽은 듯 조용해져 있었다. 신발로 찍 하는 소리를 내며 내가 일어섰다. 따뜻한 마음을 담으려고 했지만 도무지 문법에 맞게 문장이 만들어지지 않았다. 나는 그들과 자리를 함께 해서 즐겁고 고마웠다고 얼버무렸다. 그러나 내 옆자리에서 보리스는 조심스레 나의 등에서 닭털을 뽑아내기 시작했다. "닭이야…… 닭이라구……." 나는 내 다리가 후들거리는 걸 느꼈다. 내가 깃털로 덮여 있다고 상상했다. 나는 시편의 구절("야훼께서 너를 깃털로 덮으시리라" 등)이 수놓인 내 부적(符籍) 벨트가 발각되지 않기를 바랐다. "닭……." 하지만 내 앞에 바다같이 펼쳐진 예배자들—늙은 여인들과 젊은 남자들—은 내가 그들에게 이곳을 떠난 후에도 가슴속에 그들을 간직할 것이며 그들에게 행운을 빈다고 말하자 계속 미소를 지었다.

동이 트기 전에 버스는 잠에서 깨어나고 있는 교외를 지나 기차역으로 왔다. 버스의 자리는 노동자들로 채워져 있었다. 검은 모자를 눌러쓴 그들의 얼굴은 아직 제대로 정신이 들지 않은 얼굴들이었다. 버스에서 내린 나는 진흙과 눈, 그리고 펄럭이는 등불을 보았다. 건물들에서 흘러나오는 불빛이 어둠 속에서 깜빡거렸다. 다른 쪽을 보니 눈을 치우지 않은 거리가 검은 얼음판이나 진창으로 변해 있었다.

아마도 내가 이곳—그리고 곧 시베리아—을 떠나려 하기 때문이었을 것이다. 나는 전에 없이 주의를 집중해서 승객들을 살폈다. 그리고는 내가 그들을 모른다는 아픔을 느꼈다. 그들은 누구일까? 나는 그들이 내 손아귀에서 빠져나가는 듯한 느낌이 들었다.

그들이 그렇게 낯설게 느껴진 건 아마 내가 주의를 집중하고 그들을 보았기 때문이었을 것이다. 가끔 어떤 사람이 또렷하게 내 시야에 잡혔다. 그러나 그 역시 낯선 사람이기는 마찬가지였다. 곰보 자국이 있는 얼굴에 들창코인 저 젊은이는 누구일까? 너무 얻어맞아 납작해진 것 같은 얼굴의 저 덩치 큰 남자는? 나는 모른다. 그들을 알려면 오랜 세월을 더 함께 지내야 할 것 같았다. 물론 내 옆 좌석에서 축 늘어진 채 담배 한 개비를 달라고 청하는 이반은 여기도 있다. 그런데 이반이 더 늙었고 백발이 더 늘었다. 남편을 여읜 지 얼마 안 된 과부처럼 검은 숄을 두르고 앉아 껌을 씹고 있는, 유난히 창백한 얼굴의 저 젊은 여자는 어떤 사람일까? 멍한 얼굴을 한 채 그녀 옆에 앉아 있는 아이는 또 누구일까?

기차 바퀴가 나를 하바로프스크로 실어가고 있다. 나는 모른다……. 모른다……. 모른다…….

# 9
# 콜리마 수용소

하바로프스크 시는 세 개의 산등성이를 따라 흩어져 있다. 여기서 아무르 강과 우수리 강이 만나고 중국과 러시아의 국경선은 남쪽으로 구부러진다. 이 도시는 1858년 동방으로 러시아 영토를 늘려가던 호전적인 주지사 무라비에프 아무르스키에 의해 창설됐다. 이 도시의 이름은 2백 년 전에 아무르 강을 타고 이곳까지 내려왔던 러시아 동방 진출의 선구자인 상인-모험가 하바로프의 이름을 딴 것이다.

은빛 자작나무와 사과나무 가로수가 늘어선 거리인 무라비에프-아무르스키 가(街)가 중앙의 산등성이를 따라 강으로 이어지고 있다. 이 거리를 따라 서쪽으로 가면 도시의 윤곽이 시야에 들어온다. 양파 모양의 돔들이 여기저기 나타나면서 뾰족한 꼭대기 장식과 러시아식 박공, 벽돌로 된 박공벽, 작은 탑이 딸린 창문, 그리고 타타르인의 투구 같은 둥근 지붕이 눈에 들어온다. 도시가 제법 고색(古色)을 띠고 있다. 전찻길이 놓인, 도시를 가로지르는 거리들이 굴곡 있는 계곡을 따라 펼쳐져 있다. 사람들과 상점들은 약간의 치장을 했다. 콘서트홀에서는 팝스타인 마샤 라스푸틴의 공연이 열리고 있다. 숨을 헐떡이는 라다와 지굴리 등 소련제 차들 사이에 닛산과 토요타도 더러 보인다. 일본은 이곳에서 불과 5백 킬로미터밖에 떨어져 있지 않다.

하지만 나는 종잡을 수 없는 거리를 따라 서쪽으로 걸어가면서 유럽에 와 있는 느낌을 받았다. 나는 1890년대의 카페를 연상시키는, 겉을 제법 꾸민 식당에서 식사를 했다. 풋내기 상류사회 젊은이들 사이에서 노동자들이 멋쩍은 듯 펠메니(쇠고기 만두)를 먹고 있었다. 지질 박물관에서 나는 현미경을 통해 루나 16호가 가져온 월석(月石)의 파편을 보았다. 450만 년 된 수정과 현무암의 작은 덩어리들이었다.

아무르스키 가(街)는 한때는 우아했을 듯싶은, 그러나 지금은 추레한 광장에서 끝난다. 한편에는 버려진 문이 사라진 성당 터를 향해 열려 있다. 다른 쪽으로 내려가면 공원이 나오는데, 이곳에서는 강이 도시의 서부를 감싸며 흐른다. 강 맞은편에서는 빈약한 교외의 건물들이 연기를 뿜고 있지만, 그 뒤로는 하얀 산맥이 병풍처럼 둘려져 있다. 몇 척의 기선(汽船)들이 강물 위를 오가고 있었다. 강가 대좌에 지도와 망원경을 들고 일본 쪽을 바라보는 무라비에프-아무르스키의 동상이 우뚝 서 있다. 이 동상은 1891년에 세워졌는데—지나가는 러시아인들은 이 동상 앞에서 모자를 벗고 경의를 표한다— 공산혁명이 일어나면서 철거되었다. 그러나 우연하게도 그 주형이 보존되어 있던 덕분에 1992년 레닌 석고상이 철거된 후 무라비에프 동상이 다시 들어서게 되었다고 한다.

물가에 있는 탑에 올라가면 아무르 강을 내려다볼 수 있는 카페가 있다. 카페에서는 굽이 높은 구두를 신은 예쁜 여종업원이 아이스크림과 커피를 가져다준다. 얼음같이 차가운 바람이 넓은 강을 가로지르며 불어온다. 밖으로 나가면 1918년 9월에 이곳에서 16명의 오스트리아-헝가리 제국의 군악대원 전쟁포로들이 무참히 학살되었다는 기념비가 서 있다. 그들은 러시아 제국의 국가 연주를 거부했다고 한다.

문득 나는 평화가 그리웠다. 한 가련한 호객꾼의 권유로 삿포로 호텔 바깥에 있는 아파트를 세낸 다음 거기서 사흘 동안 머물렀다. 아파트의 두 방에는 먼지가 엉겨붙어 있었고, 수도꼭지에서는 시커먼 물이 뚝뚝 떨어졌다. 또한 나는 걸려오는 전화에 시달렸다. 러시아의 도시들에서 전화는 아직도 무료다. 전화 공세는 저녁 늦게 시작되었다.

나는 쾌활한 여자 목소리의 주인공에게 이렇게 말했다. "전화를 잘못 거신 것 같습니다."

"아니, 당신이잖아요?"

"네, 접니다…… 하지만 난 여기 살지 않습니다. 난 다만—"

"혼자시군요. 그렇죠? 일본 분이신가요?"

"아뇨. 당신은 누구신데요?"

"난 테레사예요. 지금 그리 갈게요. 괜찮죠?"

나의 대답이 너무 느렸던 것 같았다. 하지만 이제 나는 그녀에게, 지금 난 내 여자친구와 행복하게 지내고 있다고 말했다.

"아, 그렇군요. 미안해요." 그녀가 말했다. 처음으로 그녀의 목소리가 매력적으로 들렸다. 나는 전화를 끊었다.

하바로프스크는 인구 60만의 도시다. 그 면적은 상트페테르부르크와 맞먹는다. 버스를 타고 8킬로미터를 가서 교외의 큰 시장을 찾았다. 시장은 양철지붕을 인 격자 모양의 소도시였다. 시장 안은 중국 상인들로 붐볐다. 그들은 짐을 잔뜩 싣고 육로나 강을 오가는 배편으로 하얼빈에서 온 상인들이었다. 줄줄이 늘어선 점포에서 그들은 남녀가 함께 죽치고 앉아 손님을 기다렸다. 머리부터 뒤집어쓰는 스웨터 밑에서 돈주머니가 올챙이 배처럼 불룩 튀어나와 있었다. 검은색과 갈색의 싸구려 비닐 재킷이 점포마다 걸려 있었고, 인조 가죽이나 가짜 양털로 만든 코트, 미국 배우들이 얼굴이 찍힌 티셔츠도 보였다. 그들은 러시아인들이 잘 못 만드는 온갖 소비용품들을 팔고 있었다. 풍성한 러시아식 브래지어까지도 모두 중국제였다. 멋대로 복제한 로고와 사람들이 가고 싶어하는 도시들—뉴욕, 파리, 밀라노 등—이 온갖 상품에 찍혀 있었다. 가짜 리복과 아디다스가 '런던 포그'와 '뉴 트렌드' 그리고 스펠링이 잘못 찍혀 무엇인지 알 수 없는 상표가 찍힌 상품들과 함께 버젓이 팔리고 있었다. 한국제 오버코트에 '이탈리아제'라는 글씨가 찍혀 있었고, 아무도 그것이 진짜라고 우기지 않았다. 그래도 그렇게 찍힌 글씨가 상품의 가치를 올려주는 모양이었다. 저녁이 되자 상인들은 그들의 상품을 수레에 싣고 가서 철제 창고에 보관했다.

이 같은 외국인의 존재는 새로운 것이 아니었다. 19세기말에 이미 시베리아 동남부의 모든 도시들에는 중국인들의 진출이 뚜렷했다. 그들은 건축 인부, 소매상인, 철도 노동자, 그리고 블라디보스토크의 부두 노동자로 일했다. 블라디보스토크의 경우에는 중국인 노동자들이 러시아 민간인들보다 더 많았다. 20만 명의 중국인들이 우수리 강 동쪽의 땅을 얻어 농사를 지었고, 밀렵꾼들 역시 무척 많았다. 내전 이후에 비로소 중국인들의 수가 줄기 시작했고, 1937~38년에 어떤 숙청이 있었는지 그들은 갑자기 사라졌다.

그러나 1989년 이후에 다시 국경을 따라 문호가 열렸고 그로 인해서 황화(黃禍)에 대한 러시아인들의 두려움이 되살아났다. 시베리아 사람들은 불법으로 입국해서 그들 사이에서 살고 있는 중국인이 백만 명은 될 거라고 말한다. 그들 가운데는 범죄자들도 많다고 한다. 그들은 의도적인 인구 이동이 진행된다고 보고 있다. 중국인 밀렵꾼들도 다시 돌아와 희귀한 동물들을 사냥해서 전통의학의 약품으로 팔고 있다. 중국 상인들은 모스크바가 반쯤 포기한 것처럼 보이는 이 지역을 최대한 이용하고 있다.

1992년 중국이 일본을 제치고 이 지역의 가장 중요한 경제적 파트너가 되었다. 일본 취향은 특별한 쇼핑센터와 식당들에서 충족되고 있다. 일본인들은 더 비싼 호텔들을 차지하거나 심지어 소유하고 있다. 그러나 중국인들이 몰래 파고들어와서 자리를 잡고 있다고 두려워들 한다. 소비재와 때로는 불법적인 노동력을 파는 대신, 베이징은 러시아의 무기와 트럭, 비료, 공작기계 등을 수입한다. 러시아의 극동지방—또는 시베리아 전체—이 서구와는 완전히 인연을 끊고 태평양 연안 국가들과 긴밀한 유대를 갖게 될 거라는 생각이 퍼져 있다. 장차 러시아의 원료와 중국의 노동력, 그리고 일본의 기술이 합쳐져서 이 지역의 경제를 발전시킬 거라는 생각이다. 북방공화국 연합이라는 구상을 제시한 몽상가들도 있다. 그들은 태평양 은화를 주조하고 수도는 옛 라이벌들인 하바로프스크 및 블라디보스토크와 멀리 떨어진 타타르 해협(사할린 섬과 시베리아 본토 사이의 해협)에 두기로 계획했었다. 그러나 시베리아의 부(富)와 격리된 그런 땅은 아시아에 의존하게 될 수밖에 없을 거라고 보는 사람들도 있다. 즉 중국과 한국의 이주민으로 오염된 시베리아는 시베리아인들의 손을 떠나게 되리라는 생각이다.

그러나 불안한 러시아 경제, 러시아인들의 관리능력 부재와 부패가 외국인들에게 이용당할 수 있는 위험한 환경을 조성한 것이다. 백 년 전에도 사람들은 시베리아를 미래의 땅이라고 했었다. 하지만 시베리아는 서부에 많은 석유와 가스가 매장되어 있고 동부에 풍부한 광물과 목재가 있음에도 불구하고, 너무 거칠고 너무 신중하고 너무 접근성이 떨어져 개발이 어렵다는 것이 입증되어왔다.

모두 금발이 되고 싶어한다. '올가' 또는 '카챠'라는 이름이 붙은 도로변의 노점(그러나 그 안에서 일하는 사람들은 대개 마샤나 발렌티나다)에서 똑같은 통조림 과일, 초콜릿, 피임약, 과일주스 등을 팔고 있다. 이 점포에서 졸고 있는 머리들의 절반이 붕긋한 금발이다. 사무실에서 일하는 여자들도 머리를 노랗게 염색하고 있는데, 그들의 가무잡잡한 안색, 검은 눈썹, 검은 체모가 그들의 머리가 염색된 것임을 드러내준다. 그러나 적어도 그 순간만은 그들은 자신들이 금발이라고 느낀다. 아이들의 인형들도 모두 금발이다.

그러나 나타샤는 거무스름했다. 중년의 아름다운 여인인 그녀는 자랑스럽고 다소 섬세한 얼굴 뒤로 검은 머리를 넘기고 있었다. 그녀는 아르누보 카페에서 내 옆에 앉아 커피를 마시고 있었다. 반년째 급여를 받지 못하고 있는 남편을 둔 교사로서는 이것은 사치라며 그녀가 농담을 했다. 낯선 사람과 얘기를 나누는 게 그녀에게 위안이 될 거라고 나는 생각했다. "젊은 시절에는 이렇게 되리라는 생각을 꿈에도 하지 못했죠. 나는 내 일만 생각했지, 미래에 대해서는 아무 생각이 없었어요. 하지만 지금은…… 이제 난 두려워요."

그 말이 나를 오싹하게 했다. 그녀는 유능해 보였고 엄숙한 느낌까지 주었다. 그러나 그녀는 이렇게 말했다. "내가 은퇴하면 우리가 어떻게 살아가게 될지 모르겠어요. 어머니는 은퇴에 대비해서 6천 루블을 저축하셨지요. 당시는 그 돈은 자동차 한 대 값이었어요. 그러나 인플레이션과 옐친 시대를 거치면서 이제 그 돈으로는 고작 빵 두 덩어리를 살 수 있을 뿐이에요. 연금 생활자의 저축이 그처럼 하룻밤 사이에 날아가버렸어요. 그래서 우리와 함께 사시도록 내가 어머니를 데려왔어요. 나도 저축을 해보려고 했고 주식도 좀 샀지만, 나는 그 돈을 장례비라고 생각해요." 그녀는 웃지 않았다. 지금 중년에 접어든 세대의 사람들은 형편이 대부분 자기와 비슷하다고 그녀는 말했다. "고르바초프가 집권했을 때, 우리는 희망이 넘쳤지요. 그 후 서서히 우리는 오직 말뿐이라는 것, 모든 것이 통제 불능이 되고 있다는 걸 깨달았지요. 옐친이 정권을 넘겨받았을 때, 우리는 조심스럽게 다시 희망을 가졌어요. 하지만 몇 달이 채 못 갔어요. 그리고 지금은…… 나는 우리 생전에 형편이 나아질 거라고 생각하지 않아요."

내가 아직도 검은 그녀의 머리를 힐끗 보았다. 눈가와 입가에도 거의 주름살이 없었다. 나는 할말을 찾지 못했다.

"일본 사람들까지도 하바로프스크에서 철수하고 있어요." 그녀가 말했다. "여기 투자하기가 너무 위험하고 또 이곳은 너무 부패했다는 거예요. 그리고 모스크바에서도 아무런 도움을 주지 않고 있어요. 사실 모스크바에서 어떤 일이 일어나도 시베리아에 오면 그 일이 아주 희석되고 말지요. 하바로프스크에도 소수의 부자들이 있어요. 모두 용병들이죠. 하지만 모스크바는!" 그녀가 침을 뱉는 시늉을 했다. "내가 하느님이라면, 그 도시를 지구상에서 지워버리겠어요!"

내가 커피를 더 주문했다. 그것이 자선행위처럼 보이지 않기를 바라면서. 나타샤가 다시 말을 이었다. "모든 일을 하느님께 맡기는 것, 그게 우리 세대의 특징이죠. 그게 아마 정교회의 가르침일 거예요. 수백 년 동안 교회는 복종, 늘 복종만을 가르쳐왔죠. 우리는 항상 무릎을 꿇어요. '나를 용서하소서, 나를 용서하소서!' 하고 외치죠. 무엇을 용서하라는 거냐고 나는 묻고 싶어요. 무엇 때문에 용서를 빌죠? 30년 동안 일하고도 연금을 받지 못하는 게 용서를 빌어야 할 잘못인가요? 급료도 받지 못하면서 그래도 사람들은 여전히 사무실과 공장으로 일하러 가요. 왜 그러는지 아세요? 왜 그러는 걸까요? 그건 습관 때문이에요. 복종하는 거예요. 내 남편은 지금도 일하러 가요. 그런데 6개월 넘게 급여를 못 받았어요. 작년에 남편은 급여의 절반을 떼였어요. 그리고 올봄에는 급여를 유리로 받았고요. 상상이 되세요? 어떤 고객이 그 회사에 판유리로 지불을 했대요. 그래서 그 유리를 피고용자들에게 줬다는 거예요. 정말 화가 치밀더군요. 우리더러 유리를 먹으라는 건가요? 내가 물었죠. '유리를 먹을 수 있어요?' 하지만 남편은 그걸 그냥 받아왔어요. 우리 러시아인들은 너무나 참을성이 많아요. 그게 우리 국민의 단점이에요. 다른 나라라면 아마 폭동이 일어났을 걸요? 하지만 우리는 그러지 않아요. 우리는 마냥 앉아서 호전되기만을 기다리죠. 우리는 덜 갖는 데 익숙해졌어요. 사람들은 그들의 시골 별장이나 야채밭에 의지해서 그럭저럭 연명을 해요. 아니면 숲에 들어가 나무 열매나 버섯을 채취하든가 합니다. 노인들은 거의 죽은 목숨이에요. 전에는 우리 어머니는 집세를 내고도 빵을 사기에 충분한 돈이 남았었지요. 그런데 지금은 어떤 줄 아세요? 할머니들이 거리에 나가 구걸을 하고 있어요. 러시아의 남자들은 평균수명이 57세예요. 차라리 그게 나아요. 여자들은 70세, 72세까지 살거든요. 그래서 할머니들이 거리에 나가 구걸을 하게 되는 거예요. 차라리 죽는 게 낫지요. 난 구걸을 하느니 차라리 죽고 말 거예요." 그녀가 두 손을 들어올리더니 손가락 끝으로 눈꺼풀을 끌어내렸다. "그게 낫죠."

"친척들은 어때요?" 내가 머뭇거리며 물었다. 그녀가 자녀들에 대해 이야기를 하지 않았기 때문에 나는 아이들 생각은 어떠냐고 묻기가 부담스러웠다.

"아, 젊은 세대 말이군요. 내 딸은 스무 살이에요. 그런데 그 아이가 무슨 일을 했는지 아세요? 하바로프스크의 어딘가로 가서 이메일 주소를 샀어요. 그래서 이제 그 아이는 외국에 관한 정보를 얻고 있어요. 이메일! 내가 스무 살이었을 때는 우표를 살 생각도 못했죠. 허가 없이는 움직일 수도 없었고, 어떤 일도 하지 못했죠. 하지만 그 아이와 친구들은 세상을 단순하게 보고 우리와는 다르게 사물을 느껴요."

그들이 두려움이 없는 첫 번째 세대, 고르바초프의 아이들이라고 나는 생각했다. "그들이 새로운 러시아를 만들지도 모르죠." 하지만 그런 일이 일어나려면 아주 오래 기다려야 할 것 같았다.

"나도 그러기를 바라죠. 그러기를 바란다구요. 하지만 빠르게 변화가 오지 않는다면, 그들은 용기를 잃고 말 거예요. 우리 세대가 페레스트로이카 시절에 용기를 잃었던 것처럼. 그들도 낙망하거나 술을 마시게 될 겁니다…… 아이들은 우리보다는 외국에 가서 더 행복하지요. 나도 독일에 가본 적이 있어요. 우리나라 국수(國樹)인 은색 자작나무를 볼 때마다 나는 나무를 쓰다듬으면서 이렇게 묻곤 했지요. '고향에서 이렇게 멀리 떨어진 곳에 와서 넌 뭘 하고 있니?' 우리의 오래된 노래들도 난 좋아해요. 하지만 내 딸의 세대는 우리처럼 감상적이 아니에요. 그들도 러시아를 사랑할 테지만, 그들은 이 나라를 떠날 수 있어요." 그녀가 나를 향해 얼굴을 찌푸렸다. 마치 내가 내 나라에서 그렇게 먼 이곳에 온 이유가 처음으로 궁금해진 것처럼. "그들의 그런 행동을 이해할 수 있어요?"

그들은 러시아가 미래가 아니기 때문에 러시아를 떠나려 하는 것이라고 내가 대답했다.

그녀가 말을 이었다. "내 딸이 이곳에 머문다면, 그애는 일자리를 찾지 못할 거예요. 하지만 그애가 외국으로 간다면 그애는 러시아의 생활방식을 모두 잃어버리겠지요. 러시아의 생활방식을 잃어버리고 우리도 잊겠지요."

갑자기 그녀가 커피를 다 마셔버리고 자리를 뜨려고 했다. 이런 생각들이 어떻게 이어질지 두려운 듯했다. 멀리 떠나가는 딸, 쉰일곱 살에 세상을 떠난 남편, 거리에 점점 늘어나는 노파들. 그녀는 머리를 흔들었다. "이제 가죠."

창녀 테레사—혹은 그녀 비슷한 어떤 사람—가 자정쯤에 내 방문을 노크했다. 작은 구멍으로 내다보니 어둠침침한 바깥에서 금발의 여인이 자기의 곱슬머리를 다듬고 있었다. 다음 순간 나는 그녀에게 동반자가 있음을 깨달았다. 그 남자는 문 옆에 찰싹 붙어 있었지만, 그의 머리 그림자가 벽에 나타나 있었다. 그 여자는 내게 보이려는 듯 자기의 코트를 열고 가슴을 드러내면서 억지웃음을 웃었다. 남자는 옆에서 기다리고 있었다.

나는 주방으로 되돌아갔지만, 그들의 존재를 무시할 수 없었다. 그래서 묵직한 병을 집어들었다. 뒤에 들은 얘기지만 이런 수법의 도난사건이 자주 일어난다고 한다. 누군가가 여자에게 흥미를 느껴 문을 열어주면 그는 꽤 시간이 흐른 후에 의식을 되찾게 되는데 그때 그는 자기 방이 털린 걸 알게 된다는 거였다. 그러나 내가 문을 벌컥 열었을 때, 테레사와 그 남자는 이미 사라지고 없었다. 서둘러 계단을 내려가는 두 개의 발걸음 소리만이 들릴 뿐이었다. 하나는 무거웠고, 하나는 가벼웠다.

* * *

이 지방에 전해지는 전설이 있다. 하바로프스크에서 남쪽으로

80킬로미터 떨어진 곳에 있는 코르 강 상공에서 각기 남과 북에서 날아온 두 마리의 성스러운 새가 부딪치면서 그들의 선물인 씨앗을 떨어뜨렸다고 한다. 그래서 이곳 프리모리에—연해주 지방—에 온대지방의 우림과 북유럽의 소나무와 자작나무가 뒤섞여 있다는 것이다. 덩굴식물과 칡덩굴이 침엽수, 단풍나무, 아카시아, 호두나무를 감고 오르고 있고, 그밖에 수많은 잎이 넓은 식물들의 어린 나무도 자라고 있으며 자스민, 두릅나무도 보인다. 이곳 안개 낀 언덕에서 멸종위기 동물인 거대한 우수리 호랑이가 히말라야 흑곰들과 함께 어슬렁거린다고 한다. 이곳을 시베리아로 보기는 어려울 것 같다는 생각이 든다. 심지어 시베리아의 경계를 우랄 산맥으로 하는 데 대해서조차 견해가 일치하지 않는 많은 지리학자들은 태평양 연안지역 전체를 별개의 지역으로 분류하고 있다. 포도와 장미가 자라는 곳을 시베리아라고 하기는 어려울 것 같다.

그래서 나는 태평양 함대가 블라디보스토크 항구에서 녹슬어가고 있는 이 반(半)열대지역을 떠나 비행기를 타고 북쪽으로 1,600킬로미터를 날아갔다. 그곳은 불과 몇 년 전까지만 해도 외국인들이 접근할 수 없었던 곳이다. 사하 공화국은 면적은 인도와 비슷하지만 인구는 백만이 채 안 된다. 이 지역은 북극해에 면한 3,200킬로미터의 해안을 가지고 있다. 이 지역의 중심부에 1632년 코사크인들이 요새를 만들었고, 이 요새는 뒤에 황금을 좇아 레나 강 유역으로 몰려든 광부들을 상대하는 왁자지껄한 술집들과 매음굴들의 집결지가 되었다. 현재 사하 공화국의 수도인 야쿠츠크가 바로 그곳이다.

나는 얼음과 여명의 도시에 착륙했다. 동토 위에 지은 이 도시의 건물들은 모두 규정에 따라 1미터 20센티미터의 콘크리트 기둥 위에 올려져 있다. 공기도 얼어붙은 듯 움직임이 없었다. 하얀 눈밭 위의 노란 절벽을 끼고 있는 아파트 단지가 차가운 하늘 속으로 빨려들어간 것처럼 보였다. 레나 강의 습지와 후미도 흠 하나 없는 눈 밑에서 얼어붙어 있었다. 눈은 눈 이외의 모든 것을 검게 변화시켰다. 거리를 지나는 사람들은 검은 오버코트와 검은 모자 차림이었다. 마치 음지에서 빠져나온 그림자들 같았다. 낮이 되어도 태양이 하얀 언덕 위로 시원스레 떠오르지 못했다.

비교적 큰 건물들 사이로 오두막으로 이루어진 긴 거리가 달리고 있다. 불안정한 땅 위에 선 오두막들은 가라앉거나 기울어져 있다. 오두막의 무게로 동토가 침하되어 집의 한쪽이 내려앉기 시작한다. 결국 벽에 틈이 생겨 열어놓은 덧문 모양이 된다. 동토는 4백미터나 내려앉을 수 있다. 결국 그 뒤트는 힘 때문에 판자가 뒤틀리고 찢어져 집이 분해되고 만다.

이 공화국에 사는 야쿠트족은 그 수가 러시아인과 거의 비슷하며 점점 늘고 있다. 거리에 나가면 어미를 발음하지 않는 그들의 말을 들을 수 있고, 또 그들의 균형 잡힌 몸매와 잘생긴 투르크계 얼굴을 볼 수 있다. 천 년 전에 어떤 재앙 때문에 바이칼 호 부근에 살던 그들이 북쪽으로 이동해서 황량한 레나 강 중류에 자리를 잡았다. 그들의 언어에는 그들이 잃어버린 지역과 생활의 그림자가 아직도 드리워 있다. 그들이 한동안 글자 없이 살았던 것으로 짐작됨에도 불구하고 그들의 말에는 '쓰다'와 '읽다'에 해당하는 단어가 있고, 또 정작 사람들은 잊어버렸는데도 언어는 그들이 전에 살던 곳의 짐승들과 경치를 기억하고 있다. 그들의 서사시에는 호랑이와 독수리가 등장하고 하얀 학이 노니는 푸른 땅을 찬양하는 구절도 나온다.

야쿠트족은 북으로 이주하면서 그들이 기르던 양과 낙타를 잃어버렸다. 하지만 그들이 데리고온 소와 털이 많은 조랑말은 추위에 적응했다. 이 소와 말 덕분에 그들은 주위에 흩어져 사는 다른 민족들보다 유리한 처지를 점할 수 있었다. 시간이 지나면서 다른 민족들과 마찬가지로 이들 '말 타는 사람들'도 코사크족의 채찍 아래 놓이게 되었다. 그러나 그들은 천연두와 매독을 견디며 살아남았고, 그들의 모험심과 수완은 더욱 늘어갔다. 시베리아의 여러 종족들 가운데 도기 만드는 법과 철 제련하는 법을 터득한 종족은 그들뿐이었다. 그들은 러시아인들과 혼인을 했고 때로는 러시아인들을 흡수하기도 했다. 그들의 지도자들은 차르의 귀족이 되겠다는 소망을 품기도 했다. 19세기 야쿠츠크에서는 나무와 돌로 지은 러시아인의 건물과 쇠똥으로 짓고 운모나 얼음, 반투명의 소 방광으로 창문을 낸 야쿠트족의 오두막이 뒤섞였다. 야쿠트족 여인들은 황소를 타고 거리를 왕래했다. 1922년 그들은 이 지역을 공화국으로 선포한 시베리아 최초의 민족이 되었다. 한때 그들은 시베리아의 자치주를 표방하는 녹색과 백색의 깃발을 내걸기까지 했다. 1990년 그들은 자신들의 법이 연방법에 우선한다면서 러시아 안에서의 그들의 독립을 선언했다.

야쿠트족은 러시아 북부의 철인(鐵人)들이었다. 과거에 야쿠트족의 노인들은 그들의 무덤 옆에서 자기네들을 죽여달라고 요구하기도 했다. 그들은 언 우유 조각을 먹거나 낙엽송 속껍질을 엉긴 우유와 함께 끓여 먹으면서 생명을 유지할 수 있었다. 그들은 2차 세계대전 중 가장 강인한 기습부대로 활동했고, 그들의 병사 가운데 약 4분의 1을 잃었다. 병사들 가운데는 여자들도 많이 끼어 있었다. 야쿠츠크에서 그들은 심하게 염화된 땅에서 살면서도 밤이 없는 짧은 여름 동안 채소를 기른다. 그들은 다이아몬드와 금이 매장된 땅에서 살고 있다. 사하는 세계에서 두 번째로 큰 다이아몬드 생산지다(매장량이 남아프리카보다 더 많다). 하지만 그들은 다이아몬드나 금을 거의 보지 못한다.

밤에 내가 나가려고 하자, 호텔의 러시아인 접수계원이 나를 말렸다. "안 돼요! 나가시면 안 됩니다!"

내가 말했다. "하지만 춥지 않은데요." 기온은 섭씨 영하 29도에 불과했다. 이곳 날씨치고는 춥지 않은 날씨였다. 그리고 바람도 없었다. 게다가 나는 따뜻한 속옷에 두 겹의 양털 등산복과 오리털 재킷을 입고 있었다(그래서 다른 때보다 두 배의 공간을 차지했고, 문을 통과할 때도 게처럼 옆걸음질을 해야 했고, 그래도 뒤뚱거리며 다른 물건들에 부딪히기 일쑤였다).

"물론 밖은 춥지 않아요!" 여자가 소리를 높였다. "하지만 토요일 밤이라구요! 도처에 주정뱅이들이 깔려 있어요. 당신 야쿠트족이 어떤 사람들인지 알아요? 술을 한 잔만 마셔도 인사불성으로 취하는 사람들이라구요. 나가지 마세요." 그녀의 목소리가 내 등 뒤에서 작아졌다. "말라니까요…… 말라구요……."

눈과 얼음으로 덮인, 반쯤 불이 밝혀진 보도에서 버린 보드카 병들이 번쩍였다. 그늘 속에서 나온 개들이 늑대처럼 눈 위를 이리 뛰고 저리 뛰고 하였다. 하지만 레닌 가(街)에 이르니 그곳은 불이 환히 밝혀져 있었다. 야쿠트족 처녀들이 팔짱을 끼고 걷고 있었다.

그들은 하얀 여우꼬리를 뒤에 달랑 늘어뜨린 털모자를 쓰고 웃고 떠들어댔다. 그들은 예쁘지만 좀 이상하게 보였다. 푸르스름한 불빛 아래서 그들의 얼굴이 맑으면서도 광택이 없어 보였기 때문이다. 모두 행복해 보였다. 한 젊은 커플은 공원 벤치 위의 눈을 긁어모으기도 했고, 나무 그림자 아래서 키스를 하기도 했다. 레닌 광장에 아직 남은 동상은 눈을 덮어쓴 채 두 팔을 들어올리고 있었다. 술꾼들은 자기네들끼리 조용히 낮은 목소리로 노래를 부르는 사람들뿐이었다. 차가 내는 소음이나 발걸음 소리도 들리지 않았다. 누군가가 추천한 식당은 문이 닫혀 있었다. 야쿠트 극장과 러시아 극장도 문이 닫혀 있었다. 그러나 거리에는 희미한 카니발의 분위기가 희박한 공기의 일부처럼 감돌았다. 몇 명의 예배자들이 교회 건물—전에는 당의 서류 보관소였던—에서 나오고 있었다. 주위의 집들은 콘크리트 기둥들 위에서 유령의 옷장들처럼 어둠 속으로 빨려들어가고 있었다. 야쿠츠크의 토요일 밤, 기온은 계속 떨어지고 있었다.

나는 야쿠트족의 정체성을 어디서 찾아야 할지 궁금했다. 제정 러시아 시대에 고대의 이교(異敎) 신앙에서 표면적인 기독교로 개종했다가 다시 공산주의로 전향, 그리고 이제 황야에 내동댕이쳐진 이 사람들은 어디에서 안주할 곳을 찾으려 할까. 나는 그들이 편안하게 안주할 피난처를 상상할 수 없었다. 그러나 야쿠츠크에 있는 민속공예품 센터가 겉모양은 박물관 또는 민속 센터 같지만 실상은 이교(異敎) 신앙을 되살리는 중심기관 역할을 하고 있다는 얘기가 나돌고 있었다. 그러나 그것에 관해 들어본 적이 있다는 사람은 몇 있었지만, 그것이 어디 있는지 아는 사람은 아무도 없는 것 같았다. 몇 시간 동안 거리를 헤맨 후에야 나는 나를 그곳에 데려다줄 여자를 만날 수 있었다.

타냐는 강인한 야쿠트족 여인이었다. 민속 센터는 나에게 낯설듯이 자기에게도 낯설 거라고 그녀는 말했다. 그녀도 나를 따라 민속 센터 안으로 들어왔다. 말이 없는 관리인이 우리를 위해 문을 열어주었고, 우리는 전시실을 둘러보았다. 첫 번째 전시실에는 파스텔 안료로 그린 유목민의 천막집과 말들의 그림이 전시되어 있었다. 그 천막집들과 말들이 어느 전설적 조상의 탄생지인 목가적인 계곡에 여기저기 흩어져 있는 그림이었다. 벽을 따라 놓인 벤치에는 짐승 가죽이 놓여 있었고, 말꼬리와 조각된 말머리가 벽에 걸려 있었다. 이중문 너머에는 현란한 꽃밭에서 무당이 태양을 향해 달려가는 그림이 그려져 있었다. 그곳은 열린 하늘 밑의 성소를 재현해놓은 곳이었다. 하지만 그곳의 창문들이 봉해져 있어 진짜 태양과는 차단되어 있었고 튤립 그림이 그려져 있었다. 마치 유치원 같았다. 한쪽 구석에서는 의식에 쓰일 음식을 만들기 위해 맷돌로 옥수수를 갈고 있었는데, 그 소음으로 미래를 점칠 수 있다고 내 옆에 있던 남자가 말했다.

그는 호리호리한 체격의 멋을 부린 학자였는데, 첫인상부터 정체를 알기 어려운 사람이라는 느낌을 주었다. '이교(異教) 신앙'을 공부하는 학도라고 그가 말했다. 그는 거기서 일한다고 했다. "이 방에서 우리는 의식을 거행합니다. 그리고 이 방에서도……." 우리는 홀 안으로 걸어들어갔는데 그 홀의 벽로 위에는 거칠게 그려진 불꽃 벽화와 마녀의 모자처럼 생긴 굴뚝이 있었다. 나는 멀리서 들려오는 노랫소리를 들었다. 우리 위의 사무실에 사람들이 있는지 삐걱거리는 소리가 들렸다. 그러나 우리가 있는 홀에는 담배를 연방 피워대며 일을 하는둥 마는둥 하는 두 명의 청소부가 있을 뿐이었다. 타냐가 말없이 우리를 그림자처럼 뒤따랐다.

"의식이라는 게 뭐죠?"

"때마다 다릅니다. 한 달 한 달이 우리에게는 각각 다른 의미가 있어요." 그 남자가 타냐와 나에게 페인트가 칠해진 의자들이 있는 곳으로 가라고 손짓하더니 한 장의 종이를 꺼내놓고 그림을 그리기 시작했다. "우리의 한 해는 6월에 시작되죠. 6월은 말(馬)의 달이고요……."

그가 달들의 수레바퀴를 그렸다. 포도를 수확하는 달, 호수의 달, 여인들의 신(神)의 달. 타냐는 무표정한 얼굴로 그의 설명을 들었다. 도수 높은 안경 뒤에서 그녀의 시선이 그를 향했다.

그는 점잖고 진지하게 설명했다. 유령 같은 턱수염이 그를 더욱 가냘파 보이게 했고 희끗희끗한 그의 머리가 달걀 껍데기 같은 그의 이마를 덮고 있었다. 이교 신앙의 부활은 10년 전에 한 야쿠트족 언어학자의 작업으로 시작되었다고 그가 말했다. 아직 남아 있던 민간전승에 기초해서 아홉 개의 도덕적 교훈이 도출되었고, 신(新)이교 달력이 만들어졌다. 그런 것들을 이미 중학교에서 가르치고 있다는 것이었다. "지구 위 서로 다른 하늘에 아홉 분의 신(神)이 우리와 함께 계십니다. 일년 내내 우리는 이 신들께 기도를 올리죠. 어둠의 세계가 더 가까워지는 겨울에도 기도를 올립니다. 여름에는 우리는 기도를 올리며 시계방향으로 걷습니다. 하지만 겨울에는 태양과 반대방향으로 걷죠……."

그의 손 밑에서 생선뼈 같은 복잡한 도표가 그려지고 있었다. 창조주인 하느님이 맨 위에 있고 수많은 하늘을 거쳐 악마들이 들끓는 지하세계로 이어진다. 맨 아래는 '무서운 불사람'이 사는 곳이다. 옆으로 놓인 사다리는 하얀 악령들로 가득 차 있는데, 이들을 불러내 지하의 검은 악령들을 공격하게 하거나 그들의 주의를 돌리게 할 수 있다고 했다. 그의 설명은 복잡했다.

가끔 학자가 얼굴을 돌려 나를 힐끗 바라보았지만, 그는 무언가에 몰입한 것 같았다. 자기 자신이 뱉어내는 말들과도 멀리 떨어져 있는 것 같은 표정이었다. 나도 야쿠트족의 고대 신앙에 대해 읽은 적이 있다고 내가 말했다. 내가 읽은 바로는 야쿠트족의 우주는 수평적으로 구성되어 있었다. 창조주는 가장 서쪽에 좌정하고 있었고, 그의 신들과 영혼들은 그 앞에 펴져 있었으며 악령은 동쪽에 살고 있었다.

그러나 학자는 다만 "그 말도 맞아요" 하고 말하고는 고집스럽게 그의 설명을 계속했다. 매달 또다른 신이 다른 의식을 요구한다는 것이었다. 1월은 사냥꾼들이 고기를 잡는 얼음구멍을 통해 모여드는 귀신들의 달이었다. 2월은 미래를 결정하는 신에게 바치는 달이며, 3월은 망아지의 탄생을 위해 의식을 거행하는 달이다. 늘 빠지지 않는 요소는 불이다. "모든 신들과 귀신들에게 다가가는 수단이 불이에요. 그러니 우선 불을 피워야 합니다."

내 시선이 무심결에 벽화가 그려진 벽로로 향했다. 타냐는 자기 부모들이 늘 불의 신에게 공양을 드렸다고 회상했다. "부모님은 식사하기 전에 무언가를 오븐 안으로 던져넣곤 하셨어요." 타냐가 말했다. "보드카였던 것 같아요."

"5월에 우리는 개별적인 영혼에게 경배를 드리지요." 학자가 설명을 계속했다. 그는 새로운 도표를 그렸다. 야쿠트족의 영혼은 복잡하고 상처받기 쉬운 것 같았다. 육체적인 '쿳(kut)'과 심령적인 '수르(sur)', 그리고 호흡의 원리인 '팀(tim)'이 있었다. "창조주 하느님이 그것들을 남자에게 줍니다." 학자가 말했다. "그리고 남자는 그걸 여자에게 주고요."

"어떻게 주죠?" 내가 물었다. "어떻게 남자가 여자에게 그녀의 영혼을 줄 수 있지요?" 시베리아 원주민들은 항상 여자들을 천시했다. 부랴트족 여인은 성소에 들어가거나 제물을 바칠 수 없었다. 야쿠트족 여자에게는 피상속권이 없었고, 사모에드족에게는 죽음 자체가 여자였다.

"남자는 여자가 임신을 할 때 그의 씨를 줌으로써 여자에게 영혼을 주는 겁니다." 학자가 덤덤하게 말했다.

타냐는 검은 돌을 바라보듯이 그를 지켜보았다.

내가 물었다. "당신은 이 가르침을 타이가 안에까지 전하고 있나요?"

"네. 마을들에 전파하지요. 그러나 자신들의 과거에 관해 아무것도 모르는 사람들이 많아요. 노인들은 가끔 그런 얘기를 하지요. 옛날 일을 기억하고 있으니까요. 하지만 그들은 아무런 행동도 하지 않습니다. 경배도 드리지 않고 의식도 행하지 않습니다. 우리가 진정한 행동가들입니다." 그가 한숨을 쉬었다. "하지만 우리는 아주 소수에 불과합니다."

마을 사람들은 그런 얘기를 듣는 데 신물이 나 있을 거라는 생각이 들었다. 그들은 식량을 원했다. 한때 귀신들이 우글거리던 곳인데다 구전되는 사하의 서사시도 많고 다양한 신을 섬기는 전통이 살아 있는 다신교의 전통 속에서, 이 정리된 종교는 인공적인 것으로 보일 것 같았다. 옆집에서 몇 사람이 부르는 노랫소리가 들려오기 시작했다. 나이 든 사람들이 부르는 전통적인 토유크 노래였다. 토유크는 떨리는 목소리와 성문폐쇄음으로 부르는 노래다.

4년 전에 공화국이 모스크바로부터 새로운 자유를 얻어냈을 때, 이 신(新)이교가 부흥되리라는 희망에 부풀었었다고 학자가 말했다. 그러나 이 초기의 낙관적인 분위기는 경제난이 덮치면서 스러지고 말았다. 공화국의 반러시아인인 대통령은 통일을 위해 애쓰고 있었고, 도시의 심장부에 상징적인 이교의 나무와 사찰을 세워달라는 청원은 거부되었다. 신(新)이교의 교도들은 대통령의 경우 쿳(kut)이 있어야 할 곳에 구멍이 뚫려 있다고 대통령을 비난했다.

"그때는 희망이 넘치던 시절이었죠." 학자가 자리를 뜨면서 말했다. "하지만 그런 때가 다시 올 겁니다. 사찰도 건설되고, 성스러운 나무도 심어질 겁니다."

타냐와 나는 바깥에 서 있었다. 눈이 오려는지 하늘이 연한 자줏빛으로 변해 있었다. 타냐가 털가죽 후드로 얼굴을 가렸다. 그녀의 안경이 갈라고원숭이의 눈처럼 후드 안에서 빛났다. 우리는 뜰에 세워진 천막집 모형 주위를 돌기 시작했다. 그녀가 말했다. "난 그 새 종교가 필요하다고 생각지 않아요. 그것 말고도 종교는 이미 충분하거든요. 난 그 남자가 맘에 들지 않아요. 꽉 막힌 사람이에요. 그리고 웬 신이 그리 많은지! 어렸을 적 우리는 그 신들 중 절반을 귀신이라고 불렀어요. 그런데 이제 그들이 승격된 모양이에요. 소녀 시절 얼음구멍에서 나온다는 그 도깨비 얘기를 들은 적이 있어요. 아주 작은 도깨비들이 떼로 나오는 것으로 되어 있었죠. 그런데 이제 그들이 신이라니!"

그녀의 냉소가 나에게 세속적인 안도감을 주었다. 하지만 그녀는 너무 일찍 환멸을 맛보았다는 생각이 들었다. 스물여덟 살의 나이에 그녀는 실직 중이고 또 독신이었다. 우리가 거리로 접어들었을 때, 내가 단도직입적으로 물었다. "당신네 동포들은 정말로 독립을 원합니까?"

그녀는 코웃음을 쳤다. "그게 무슨 소용이 있어요? 우리는 인구가 50만도 안 되고 지금도 이곳에는 우리보다 러시아인이 더 많아요. 우리가 식량을 더 싼 값으로 수입할 수 있고 우리 광물을 더 좋은 값으로 팔 수 있으면 그것으로 충분해요. 정신이 온전한 사람은 아무도 분리 독립을 생각하지 않아요. 우린 외로워질 거예요. 과거에 소요 사태가 있었고 또 러시아인 노동자들이 우리 전통을 존중하지 않을 때 사람들이 분개하기도 하죠. 하지만 소위 우리의 민족주의자들의 절반은 그게 아니에요. 그들은 이기주의적인 사람들이라구요. 그리고 지금은 대다수 우리 동포들은 너무 가난하고 너무 기가 죽어 있어 다른 일을 생각할 겨를이 없어요. 그리고 그 이교인가 뭔가 하는 것은…… 그것이 결코 국교가 될 순 없어요."

물론 그럴 거라고 나도 생각했다. 그것은 비밀스러운 것, 지역적인 격리에 너무 뿌리를 내리고 있었다. 공개적으로 그것을 가르칠 수도 없고 국가가 그것을 널리 선전할 수도 없을 것 같았다. 그래도 나는 이렇게 물었다. "왜 될 수 없죠?"

그녀가 웃으며 말했다. "나 같은 사람들이 너무 많기 때문이죠!" 그러나 잠시 후 자기를 질책하듯이 그녀의 입술이 가늘게 떨렸다.

"그렇지만…… 가슴에 와 닿는 게 있긴 해요."

역사문화 박물관에서 이 세상에서 가장 완벽한 매머드의 골격 가운데 하나가 우리를 향해 다가왔다. 두개골의 움푹 파인 작은 소켓(눈구멍), 부러진 지팡이 같은 갈비뼈, 세밀하게 벌여놓은 발뼈 등이 그것을 연약하고 우울해 보이게 했다. 녀석이 복도에서 길을 잃어버렸을 수도 있겠다는 느낌이 들었다. 앞에 놓인 거대한 엄니는 무엇을 안으려는 듯 안으로 구부러져 있는데, 혼자서는 서 있을 수가 없어 각각 땅에 세운 막대기들로 지탱되고 있다. 그 모양을 보니 제대로 움직일 수도 없을 것 같은 느낌이 들었다. 탱크 같은 전면은 점점 가늘어져 죽마 모양의 뒷다리와 짧고 다소 우스꽝스러운 꼬리로 이어졌다. 두개골 주위에는 아직도 가죽과 털이 조금 붙어 있었다.

이것이 아득한 옛날에 시베리아에 살았다는 맘무투스 프리미게니우스(Mammuthus primigenius)다. 아시아와 알래스카가 육지로 이어져 있던, 마지막 빙하기인 약 2만 년 전에 이 털북숭이 매머드의 무리가 북반구를 누비고 다녔다. 그들이 미시시피 강과 템스 강 유역, 그리고 대서양 해안과 멕시코의 자갈 많은 언덕에 그들의 뼈를 남겼다. 그러다가 얼음이 녹으면서 그들은 신비스럽게 자취를 감추었다. 그리고는 시베리아의 해안이나 녹은 강안에서 수천 마리씩 그 사체가 발견되었다.

죽은 매머드들이 혼란을 불러일으켰다. 시베리아의 원주민들은 그들이 땅밑 깊은 곳에 살아남아 있거나 또는 산의 균열에 숨어 살며 죽은 사람들을 뜯어먹는다고 믿었다. 중국인들은 매머드를 지진을 일으키는 두더지의 일종이라고 생각했다. 중국인들은 놈들이 땅위로 나와 빛에 노출되면 죽는다고 믿었다. 유럽에서 발견되는 매머드의 화석은 거인 또는 일각수의 화석이라는 소문이 나돌았다. 그래서 이런 화석을 큰 수도원의 성골함에 모셔놓기도 했다. 프랑스의 발랑스에서는 거대한 매머드의 어금니를 성 크리스토퍼의 유골이라고 떠받들었으며, 1781년에 수도사들이 기적을 일으키는 성 빈센트의 넓적다리뼈라고 전시했던 것도 실상 잘 보존된 매머드의 대퇴골이었다.

러시아에서는 진기한 장사가 시작되었다. 9세기에 이미 칼리프 하룬 알-라시드가 샤를마뉴에게 매머드의 엄니를 보냈던 것 같다. 이 엄니는 랭스[프랑스의 북동부의 도시]에 있던 왕실 금고에 몇 년 동안 보관되었다. 황금군단[13세기에 유럽에 원정한 몽골 군단]의 칸(왕)은 매머드 상아로 만든 옥좌에 앉았다. 19세기 말까지 매머드 약 4만 5천 마리의 엄니—한 개의 무게가 90킬로그램에 이르렀다—가 시베리아에서 반출되어 보석함이나 뿔 화약통, 칼자루, 목걸이 등으로 가공됐다. 러시아의 한 관리는 매머드의 골수를 증류해서 매머드 크림이라는 이름의 향수로 시장에 내놓을 계획까지 세웠다. 그러나 발굴한 매머드의 화석을 지나치게 난방을 한 집으로 들여가자 모두 녹아버리는 바람에 그의 계획은 수포로 돌아가고 말았다.

이제 매머드는 툰드라에서만 발견되고 있다. 여기서 발견되는 매머드는 살과 털이 생생하게 붙어 있는 채로 나온다. 그러나 이리들이 갉아먹은 흔적이 있거나, 흔히 원주민들이 매머드를 토막내기도 했다. 1900년에 베레조프카 강에서 크레바스에 빠져 얼음 속에 냉동보관된 매머드가 발견됐다. 과학자들이 그것을 발견했을 때는 이미 야생동물들이 그 심장과 폐, 간을 갈갈이 찢어버리고 몸통을 다 먹어버린 다음이었다. 하지만 그 골격은 완벽히 남아 있었다. 턱에는 식물의 흔적이 아직 달라붙어 있었고, 과학자들이 위벽을 조사한 결과 2천 년 전의 풀, 백리향, 양귀비, 용담, 미나리아재비 등이 14킬로그램이나 나왔다. 겨울이 다가오고 있었으므로 과학자들은 그 시체 위에다 오두막을 짓고 사체를 녹인 후 지방이 썩는 악취를 맡아가며 6주일 동안 작업을 한 끝에, 시체를 토막내서 나누어 포장한 다음 상트페테르부르크로 운반해갔다.

나는 자금 부족으로 쇠락해가는 야쿠츠크 툰드라 연구소에서 매머드들을 찾아보았지만, 거기는 매머드가 없었다. 매머드는 대개 제정 러시아 시대의 수도에 있던 동물 박물관으로 옮겨졌었다. 동물 박물관은 네바 강가에 있는 창고를 개조한 건물이었는데, 그해 여름 나는 거기서 매머드들을 보았었다. 그 어둠침침한 창고 건물에 헬멧 모양의 두개골과 주걱 모양의 발, 그리고 유난히 큰 엄니들을 가진 매머드들이 늘어서 있었다. 무해한 멸종 초식동물들인 그들의 뼈는 오랜 세월과 추위로 인해 거멓게 변했다. 매머드의 일어선 키는 3미터나 된다. 그러나 야쿠츠크에 전시된 매머드에서 볼 수 있는 것처럼 뒤에서 보면 그들의 갈비뼈는 엎어놓은 배처럼 좁고 점점 가늘어져서 뻣뻣해 보이는 뒷다리, 그리고 짤막한 꼬리와 이어져 있다.

발견되었을 때 모양 그대로 가죽과 털을 가진 베레조브카 매머드 역시 이 박물관에 전시되어 있다. 놈은 땅에 웅크리고 앉아 있는데, 부러진 뒷다리가 몸 밑에서 약간 앞으로 비죽 나와 있고, 앞다리는 놈이 기어오를 수 없었던 땅을 더듬는 자세를 취하고 있다.

이 놈의 모습은 이상하게도 길들여진 짐승 같은 느낌을 준다. 놈이 파티에서 재주를 부리고 있는 듯한 느낌이다. 놈의 옆구리와 다리에는 아직도 불그레한 털이 몇 가닥 있다. 눈꺼풀도 한쪽은 온전하다. 놈의 혀와 가장자리에 검은 색 억센 털이 나 있는 아랫입술도 그대로 남아 있다.

분해되어 상트페테르부르크에 도착한 이 골격은 재구성된 후 전시되었다. 1주일 후, 차르 니콜라스 2세와 그의 딸인 어린 황녀가 이 박물관을 방문했다. 그러나 증기로 난방을 한 전시실에 악취가 너무나 심했기 때문에 황녀는 손수건을 얼굴에 꼭 대고 있어야만 했다. 욕지기가 나고 매우 지루해진 그녀는 자기를 "저것으로부터 될 수 있는 한 멀리 떨어진 곳으로" 데려가달라고 간청했다.

* * *

내가 묵고 있는 호텔의 새로 온 접수계원이 나에게 고래고래 소리를 질렀다. "출입국관리국으로 가요! 모든 외국인은 등록을 해야 해요! 어서 등록을 하세요!"

나는 광활한 승리 광장으로 걸어갔다. 광장에는 대좌 위에 탱크가 전시되어 있었다. 나는 출입국관리국이 있다는, 반쯤 타버린 해군대학 건물로 들어갔다. 2,400킬로미터 이상을 여행하면서 소련의 법을 이어받은 뒤죽박죽의 규칙에도 불구하고 나는 용케도 관리들의 성가신 간섭을 피해왔다. 등록 같은 일은 하숙집에 일임했고, 그러면 하숙집에서는 그런 일 따위에는 신경을 쓰지 않았다. 아예 등록을 무시해버리기도 했다. 그러면서 나는 다른 곳으로 이동하곤 했다. 출입국관리국이 5층에 있다고 누군가가 나에게 알려주었다. 아무런 표시도 없었다. 나는 반쯤 버려진 호스텔의 축축한 방들을 지나 위로 올라갔다. 관리국 사무실에는 여기저기 쥐똥이 널려 있었다. 일하는 관리는 러시아인 여자 한 사람뿐이었는데, 그녀는 나에게 내일 다시 오라고 말하고는 서류들을 뒤적이는 일을 계속했다. 나는 다시 가지 않았다.

마르파와 세르게이는 서커스 단원들이었다. 남자는 마술사 겸 악사였고, 여자는 무용수 겸 가수였다. 그들은 타이가 깊숙이 있는 야쿠트족 마을 출신이었다. 몇 년 전에 그들은 대통령에게 국립 서커스단을 창설해달라고 탄원했다. 그러나 10월 가(街)에 있는 그들의 아파트 근처에 둥그런 콘크리트 무대를 만들고 나니 돈이 떨어졌다. 서커스단을 제대로 만들려면 2천만 달러가 더 필요했다. 그들은 새끼곰 두 마리를 구입하기까지 했었다. 이제 그 곰들이 다 자라 무시무시한 큰 곰이 되었다. 마르파가 물었다. "혹시 두 마리의 곰을 살 사람이 없을까요? 아주 훌륭한 곰들인데."

그녀와 세르게이는 40대였지만, 서커스의 사춘기적인 발랄함을 유지하고 있었다. 그들의 아파트에는 외국 순회공연 때 가져온 기념품들이 걸려 있었고, 서랍들에는 20여 년 동안 모은 사진, 장난감, 트로피 등이 잔뜩 들어 있었다. 그들은 자녀가 없었다. 마르파의 다갈색 머리가 반항적으로 보이면서도 예쁜 그녀의 얼굴 주위에서 흔들렸다. "서커스가 우리 자식이에요." 그녀가 말했다.

그들은 니스, 모스크바, 알래스카 등지를 방랑하며 공연을 하던 시절의 사진을 나에게 보여주었다. 세르게이가 샤먼의 장식품이

주렁주렁 달린 의상을 입고 자기가 치는 북의 리듬에 맞춰 몸을 비꼬는 사진도 있었고, 마르파가 급사처럼 줄무늬가 있는 치마바지를 입고 노래를 부르는 사진도 있었다. 그녀의 달덩이 같은 얼굴과 검은 눈 그리고 붉은 입술이 돋보이는 사진이었다. 겨울에 레나 강의 지류에서 두 사람이 포즈를 취한 사진도 있었다. 더 예스럽고 더 순수한 무엇인가를 찬미하는 것 같은 포즈였다. 못을 구부리고 힘자랑을 하는 사진도 있었고, 세르게이가 플라스틱 뿔이 달린 샤먼의 머리띠를 하고 찍은 사진도 있었다.

그것은 그들이 잃어버린 시장성이 있는 문화의 일면이라고 나는 생각했다. 아마 이것이 그 문화를 보존하는 그들이 알고 있던 유일한 방법이었을 것이다. 이런 차림으로, 방랑하는 목동들과 사냥꾼들의 억지로 짜내는 소리를 흉내내는 그녀의 독특한 창법으로, 그들은 그 문화를 표현하려 했을 것이다.

나는 짜내는 것 같은 그 창법의 노래를 전에 들어본 적이 없었다. 투바에서는 그 목소리가 피리 소리처럼 연속적인 멜로디를 동반할 수 있다. 마치 두 사람 또는 세 사람이 동시에 창(唱)을 하고 있는 것처럼 들린다. 이 창의 언어는 아직 제대로 이해되지 못하고 있다. 하지만 혀가 입천장에 가 닿으면서 목구멍과 입을 두 개의 울림방으로 갈라놓음으로써 괴기스럽게 순수한 단선율을 만들어낸다. 이 노래들이 마르파를 변형시켰다. 그녀는 두 눈을 감았고, 그녀의 얼굴은 순식간에 힘이 넘치는 얼굴로 변했다. 여러 요소가 뒤섞이는 서커스의 분위기는 사라졌다.

처음에는 그녀의 한탄조 노래가 나에게는 이상하게 들렸다. 곡조가 트레몰로(tremolo) 없이 길고 강하게 울리다가 갑자기 애조를 띠며 꺾어지곤 했다. 마치 어떤 미지의 악기가 내는 소리 같았다. 세르게이 역시 두 눈을 감고 있었다. 이것은 예술과는 다른 그 무엇이라는 생각이 들었다. 잃어버린 민족의 표현, 성스러운 느낌마저 드는 그 무엇이었다. 그 노래가 그녀 안에 외로운 결핍 같은 것을 불러일으킨 것 같았다. 그녀는 그녀의 목소리의 성소(聖所) 안으로 들어간 것이었다.

"우리 부모님은 야쿠트족 고유의 것들은 가르친 적이 없어요. 다만 샤먼들이 묻힌 곳 근처에 가면 무서운 느낌이 들었던 생각은 나요. 사람들은 아직도 그 장소를 기억하고 있었고, 그 근처에 가려고 하지 않았죠."

타냐는 레닌 광장에 있는 야쿠트족 식당에 앉아 있었다. 그녀는 한껏 치장을 하고 나왔다. 눈에는 마스카라를 했고 입술에는 빨간 립스틱을 칠했다. 싱글싱글 웃는 야쿠트족 웨이터가 우리 주위에서 서성거렸다. 토속 요리로 채워진 메뉴가 나에게는 생소했다. 엘크 고기는 떨어졌다고 그가 말했다. 그러니 솔향이 가미된 순록뿔 젤리를 시키라는 것이었다.

"난 야쿠트족 요리법을 기억하지 못해요." 타냐가 말했다. "우리 부모님은 전문직에 종사하셨기 때문에 러시아 문물을 좋아했죠. 아주 가끔 기분이 좋을 때 아버지가 노래하는 걸 들을 수 있었어요. 오래된 이상한 노래들을 부르셨죠."

나는 메뉴를 훑어보았다. 말 선지 소시지나 삶은 순록 고기는 시키고 싶은 생각이 나지 않았다. 나는 쿠미즈 한 잔을 시켜서 시간을 벌었다. 쿠미즈는 초원에서 기른 말의 젖을 발효시킨 것이다.

한참 생각한 끝에 나는 별로 마음이 내키지는 않았지만 버섯 크림 소스를 곁들인 조랑말 고기를 시켰고, 타냐는 기름에 살짝 튀긴 말 내장을 주문했다.

내가 말했다. "하지만 야쿠트 문화가 되살아나고 있어요. 그렇지 않아요? 야크트어가 공용어가 되었고 야쿠트 축제도 열리고."

"축제는 억지로 만든 거예요. 그건 별 의미가 없어요. 얼마 전에 그 박물관의 학자 같은 어떤 사람이 하얀 샤먼이 주재하는 하지굿을 부활시키기로 결정했죠. 난 그런 것이 있다는 말도 들어본 적이 없어요. 하여간 모두 바보같이 거리에서 그 굿에 참가하고 있어요."

"그 샤먼을 어디서 찾아왔나요?"

"아, 그 사람은 샤먼이 아니에요. 그는 배우예요. 샤먼들은 모두 죽었어요."

내가 주문한 조랑말 고기는 연하고 맛이 있었다. 나는 약간의 죄의식을 느꼈다. 하지만 타냐는 그렇지 않은 것 같았다. 야쿠트족은 말을 사랑하지만 고기를 먹기 위해 말을 기르기도 한다고 그녀가 말했다. 그녀는 금붕어 같은 입술로 입맛을 다셨다. 그녀가 후식으로 통베르를 주문했다. 통베르는 조랑말의 생간을 얼린 것이다. 우리 주위에서는 러시아인과 야쿠트족이 뒤섞여 게걸스럽게 음식을 먹고 있었다.

뒤에 내가 그녀에게 농담을 던졌다. "이걸 보면 이교(異教) 신앙도 다 없어진 것 같군요. 성스러운 것들을 이렇게 먹고 있으니."

"찌꺼기만 남아 있죠." 그녀는 건포도 와인의 취기가 오르는지 킬킬 웃었다. 그 와인은 달콤한 포트와인[포르투갈 원산의 적포도주]

맛이었다. "어렸을 때 들은 시베리아 학 얘기가 생각나네요. 학은 야쿠트족에게는 특별한 존재예요. 어떤 면에서는 신성하기까지 하죠. 숲속 깊숙이 들어가서 춤추고 있는 학을 보면 영원히 행복할 거라는 얘기였어요." 그녀는 조랑말 간을 입 안으로 쓸어넣었다. "술이 오르는데요……. 하지만 나중에 물론 나는 학들이 멸종 위기종이라는 것, 그 새들을 보려면 사냥꾼처럼 멀리 북쪽까지 가야 한다는 것, 또 거기 가더라도 그 학들이 춤을 추지 않을 수도 있다는 것을 알게 되었어요."

그 아카데미 회원이 유리 모차노프의 작업을 찬양하기 훨씬 이전부터 나는 문명이 시베리아에서 발원했다고 믿는 그 별난 고고학자를 만나고 싶었다. 러시아에서 그는 외로운 거인이었다. 서구에서는 그는 별로 알려지지 않은 존재였다. 야쿠츠크 과학 아카데미에 있는 그의 연구소에서 나는 몇 시간 동안 그를 기다렸다. 기다리는 동안 나는 그가 발굴했다는 암적색의 규암을 자세히 살펴보았다. 그 돌들은 핏덩어리처럼 분류 접시들 위에 놓여 있었다. 마침내 한 젊은 조수가 불안해하면서 나를 그의 아파트로 안내했다.

아파트 문에서 나는 잘생기고 개방적인 얼굴을 가진 건장한 남자를 보았다. 숱이 많은 새까만 머리 때문에 그는 실제보다 더 젊어 보였다. 그리고 브레즈네프를 닮은 눈썹이 그를 호기심 강한 사람처럼 보이게 했다. 큼직한 체크무늬 셔츠 때문에 그는 과학자라기보다는 벌목꾼처럼 보였다. 그는 나를 이미 알고 있기라도 한 것처럼 두 손을 내밀었다.

"영국에서 오셨다구! 들어오세요! 나하고 폴라밖에 없습니다. 하지만 들어오십시오!"

그의 아파트에는 여기저기 골동품이 많았고 벽을 메우고 있는 책장은 책들과 잡지들로 가득 차 있었다. 폴라는 욕심이 매우 많아 보이는 독일산 셰퍼드였다. 고기와 비스킷이 든 녀석의 밥그릇이 층계참과 복도, 주방까지 세 군데나 놓여 있었다. 모든 것에 먼지가 뽀얗게 앉아 있었다. 의자, 책상, 화장실 바닥 등에 재떨이가 놓여 있었고, 서재에는 담배연기가 자욱했다.

모든 방이 오랫동안 아내가 집을 비웠다는 사실을 드러내고 있었다. "집사람은 몹시 아파요. 애들과 함께 키에프에 있지요. 목에 있는 내분비선이 잘못되었답니다." 주방의 밝은 빛 속에서 보니 그는 더 창백해 보였다. "생각해보니 그 사람이 나와 함께 너무 많은 출장조사를 다닌 것 같아요. 우리는 37년 동안 늘 함께 일했거든요. 그리고 나와 마찬가지로 그 사람도 줄담배를 피웠구요." 그가 다시 담배에 불을 붙였다. "그 사람이 돌아오지 않으면 난 행복할 수가 없어요. 그 사람이 돌아오면 난 다시 일을 시작할 겁니다."

우리는 러시아식대로 비좁은 주방 안에 앉아 있었다. 내가 20년 전에 모스크바와 레닌그라드에서 반체제 인사들을 만나던 때가 생각났다. 나는 그때 비좁은 주방에서 이빨 빠진 컵으로 보드카나 커피를 마시면서 그들과 추상적인 이야기를 주고받곤 했었다. 야쿠츠크에서는 시간이 멈춘 모양이었다.

이곳에서 혼자 지내기가 어렵다고 그가 말했다. 그는 얼마 전에 디링 유리아크에서 지난 시즌의 발굴을 끝냈다고 했다. 디링 유리아크는 그를 유명하게 해준 레나 강가의 발굴지로, 그는 이곳에서

16년째 발굴 작업을 해오고 있었다. 그는 더 계속하고 싶어하지 않았다. 그의 나이가 벌써 예순다섯이었다. 그의 인부들도 그와 함께 늙어서 아버지, 할아버지가 되었다고 했다. 돈도 부족했다. "이제 나는 발굴 결과를 모두 문서화할 생각입니다."

그는 강의 오래된 기반암 위에서 4천 점의 인공 유물을 발견했다. 대개 규암으로 만들어진 칼과 끌이었다. 그는 이 도구들이 200만 년 전에 존재했던 문명의 유물이라고 믿고 있다. 인류학자들에게 이 주장은 거의 생각할 수도 없는 놀라운 것이었다. 인간의 진화에 관한 이론을 뒤집는 이론이기 때문이다. 최초의 인간은 아프리카의 리프트 계곡에만 있었던 게 아니라 시베리아의 황야에도 있었다고 모차노프는 주장한다.

그는 나에게 많은 도표와 사진들을 보여주었다. 그는 당황하기도 하고 화가 나기도 한 것 같았다. "서구의 고고학자들은 나의 작업을 믿으려 하지 않아요. 난 그 이유를 모르겠어요. 그들은 프랑스, 미국, 영국, 독일, 스웨덴 등 도처에서 왔지요. 그들은 내 등을 두드리기도 하고, 함께 술에 취하기도 했죠. 그들은 친구 같았어요. 하지만 그들은 내 작업을 보고는 이렇게만 말하더라구요. '이럴 리가 없어!' 그리고는 아무 말을 안 해요. 내가 물었죠. '왜 이것을 믿을 수 없는지 그 이유를 말해주시오. 내가 어디서 잘못한 거요?' 인공 유물, 돌로 만든 도구들, 그것들은 의심의 여지가 없어요. 토론의 대상이 되는 건 그 지층이에요. 하지만 그 지층은 레나 강 기반암 위의 가장 오래된 지층이에요. 지질학자들이 이 사실을 확인했어요. 지질학적으로 맞다면 고고학적으로도 맞는 겁니다. 그런데도 그들은 나를 믿지 않아요! 이 문명은 250만 년 전까지 거슬러

올라갈 수 있어요! 아프리카의 인간보다 더 오래된 것이거나 적어도 같은 시대죠."

내가 물었다. "하지만 그들이 누구였지요? 어디서 왔습니까?"

"난 몰라요. 아무도 몰라요." 그는 투정부리는 아이처럼 모호한 말을 했다. "지구에 인간이 언제부터 살았는지 누가 알겠어요? 하느님만이 아시겠지요. 어쩌면 하느님도 모르실 걸요. 이 문명은 우주에서 온 무엇인가에 의해 생성되었을 겁니다."

머뭇거리며 내가 그 아카데미 회원 이야기를 했다.

"아, 그는 친구예요. 매우 영리한 사람이죠. 그는 이 이론을 인정해요…… 이 이론이 아니고는 이 세상을 이해하기가 어렵지요." 침묵이 흘렀다. 그의 좌절과 나의 회의가 가득 찬 침묵이었다. 잠시 후 그가 말했다. 1982년에 발굴을 시작했을 때 나도 놀랐습니다. 나는 이런 일이 벌어지리라고 상상도 못했죠. 나는 내가 미치고 있다고 생각했어요. 나는 자꾸 이렇게 말했죠. '아냐. 이럴 리가 없어. 무언가가 나올 거야. 이게 사실이 아니라는 걸 증명할 무언가가 발견될 거야.' 하지만 1983년 똑같은 결과가 더 많이 나왔어요. 기반암 근처에서 도구들이 나왔단 말입니다. 그리고 1984년에 우리는 명료한 지질층 도표를 만들었지요. 그걸 보고 나는 마침내 그 사실을 믿게 되었죠. 나는 그걸 믿을 수밖에 없었습니다."

미처 발산되지 못한 에너지가 그의 몸 안에서 들끓고 있었다. 그는 타고난 현장조사 전문 고고학자였다. 그러나 이제 그는 독서할 시간, 생각할 시간을 갖고 싶어했다. 이 외딴 도시에 떨어져 살다 보니 그의 지식은 시대에 많이 뒤져 있었다. 대개 그가 읽게 되는 문헌은 우연히 그에게 온 것들이었다. 그는 떼이야르 드 샤르댕

〔1881~1955, 프랑스의 고생물학자 겸 탐험가〕에 관해 이야기했다. "그리고 다윈과 동시대인인 모리츠 바그너의 작업이 당시 내가 미치광이가 되지 않도록 해주었지요. 그는 인간이 열대지방이 아니라 추운 지방에서 기원했을 가능성을 제시했어요. 그리고 그는 나와 마찬가지로 뼈보다는 돌로 만든 도구들을 중요하게 여겼죠."

하지만 나는 돌은 방사성 탄소 연대측정을 할 수 없고 따라서 그 연대를 확정할 수 없다는 잔인한 생각을 했다.

"어떤 사람들은 디링 유리아크가 3백 만 년쯤 되었을 거라고 말해요. 하지만 다른 사람들은……" —그가 시선을 떨구었고, 나는 이 다른 사람들이 중요한 사람들, 즉 서구의 비중 있는 학자들이라는 걸 알 수 있었다—"네, 다른 사람들은 50만 년쯤 되었다고 말하지요. 혹은 그보다 더 후대의 것이라고 말하기도 하고요. 훨씬 더 후대라고." 폴라가 주둥이를 그의 손 안으로 밀어넣었다. 그는 이 개의 충실성을 어루만지는 것 같았다. "발굴 비디오를 보여드릴까요?"

우리는 그의 거실로 들어갔다. 아카데미 회원의 거실이 그랬던 것처럼 이 거실에도 저질 골동품들이 많이 있었다. 중국의 도장, 매머드 상아로 만든 매머드 미니어처, 싸구려 부처, 표트르 대제 흉상 등이 보였다. 그가 불을 끄고 비디오를 틀었다. "아름다운 곳이에요." 그가 말했다.

그것은 레나 강의 동쪽 둑 120미터 위 지점이었는데, 마치 모래 해변 같은 모양이었다. 그가 동원한 불도저들이 그 언덕을 2제곱킬로미터나 파헤쳤지만 툰드라를 겨우 6미터 파내려갔을 뿐이었다고 그가 말했다. 작업은 무척 힘이 들었다. "하지만 우리가 40미터 깊이의 수직갱을 파내려갔을 때도 여전히 같은 것들이 발견되었어요. 의심의 여지가 없습니다. 저 무더기들을 봐요."

타원형의 돌무더기가 보였다. 돌모루, 해머로 쓰던 돌, 얇은 돌조각, 돌도끼 등이었다. "우리는 저런 것들을 자꾸자꾸 발견했어요. 그 사람들은 일종의 공장을 만들었던 것 같아요. 그 장소는 조그만 도시, 분명히 마을이었어요. 그 시절에 그 지층은 레나 강과 같은 높이였죠. 보세요. 저기 내 개가 있어요!" 모래언덕을 가로지르며 뛰어다니는 폴라의 모습이 자주 비디오에 등장했다. 다음에 카메라는 둥그렇게 벌여놓은 그 귀중한 돌연장들을 보여주었다. 그 뒤에서 불도저들이 부르릉거리고 있었다. 발굴갱 아래서는 벽에 끼었은 마르지 않은 피처럼 보이는 붉은 모래 반죽을 영구 동토층이 감싸고 있었다. "아름답지요." 그가 말했다. "벌써 무너지고 있어요. 사라지고 있는 겁니다. 그날이 우리의 마지막 날이었지요."

화면에서는 인부들이 인적이 끊긴 언덕에서 내려오고 있었다. 그가 슬리퍼를 신은 채 내 옆에서 그들을 지켜보고 있었다. 가끔 그의 카메라가 흔들리며 레나 강 서안(西岸)의 질척한 진흙바닥으로 이동했다. 석양을 배경으로 엘크가 강에서 헤엄을 치고 있었다. 그는 잊혀질까 두려워했다. 마침내 그가 말했다. "이제 발굴이 모두 끝났어요. 그래서 나는 세계 고고학 회의를 개최하고 싶습니다. 지구상에 인류가 등장한 일보다 더 중요한 일이 뭐가 있겠어요? 어떻게 그런 일이 일어났을까? 인간은 짐승이 아니잖아요." 그는 사과라도 하듯이 폴라를 쓰다듬었다. "다윈은 생리학을 알았던 훌륭한 과학자였죠. 하지만 민족의 이동은 그의 분야가 아니었어요. 지금 우리가 논의해야 할 것이 바로 그것이죠. 인간의 기원."

그의 동료들과 완전히 격리되어 있긴 하지만 그가 러시아 국수주의자는 아니라는 걸 나는 알 수 있었다. 나는 그가 영국에서 구하고 싶어하는 몇 편의 논문을 보내주겠다고 그에게 약속했다. 그가 부탁한 논문은 그 자신의 발굴과 유사한, 파키스탄에서 있었던 발굴에 관한 논문들이었다. 나는 또한 마음이 무겁긴 했지만, 디링 유리아크를 연구한 미국의 지구고고학자들이 발견한 내용들도 그에게 보내주기로 했다. 미국의 학자들은 열(熱)루미네슨스라는 새로운 기술을 이용했는데, 이 기술은 규암의 결정(結晶)에 갇힌 전자들을 측정함으로써 규암이 얼마나 오랫동안 묻혀 있었는지를 추정하는 기술이다. 그들은 그 발굴지의 연대가 기원전 30만 년 전이라는 연구 결과를 내놓은 바 있다. 아마 모차노프도 이 사실에 대해 알고 있을 테지만 그 사실을 받아들일 수 없었을 것이다. 그는 그들의 연구결과를 반박하는 글을 쓰지 않았다.

그러나 그 발굴지는 나름대로 독특한 데가 있었다. 모차노프의 발견은 북극권 지방의 인간 거주 연대를 기존에 추정되던 연대보다 훨씬 이전으로 돌려놓았다. 대빙하기가 일시적으로 주춤했던 어느 시기에 어떤 미지의 사람들이 이곳으로 이주해서 한동안 이곳에서 살았을 것으로 추정할 수 있다.

내가 떠나기 전에 모차노프는 이상하게도 내 사진을 찍고 1992년에 발표된 디링 유리아크에 관한 중간보고 논문을 나에게 주었다. 그는 문 근처에서 서성거렸다. 러시아 경제가 좋지 않은 상황에서 그가 요구하는 인간의 기원에 관한 회의가 성사되기는 거의 불가능하다는 걸 그는 알고 있었다. 그러나 자기가 아직 할 수 있는 동안에 하고 싶은 일이 한 가지 있다고 그는 말했다. 아내와 함께 케냐에 가고 싶다는 것이었다. —"우리는 늘 함께 비행기를 타고 여행을 하곤 했지요." — 거기 가서 리프트 계곡을 내려다보고 싶다는 것이었다.

* * *

안토노프 쌍발기에 탄 승객은 나 외에는 추위를 막으려고 모자를 귀밑까지 눌러쓰고 오버코트로 몸을 감싸고 있는 세 명의 군인들뿐이었다. 우리들 밑에 얼어붙은 레나 강이 있었다. 얼음 사이로 여전히 짙은 회색 강물이 흐르고 있었다. 그러나 지류들은 하나같이 꽁꽁 얼어붙어 있었다. 강물에 떠내려가던 유빙들이 눈 때문에 윤곽이 희미해진 섬들에 달라붙어 있었다. 나는 동쪽의 마가단과 태평양으로 가는 트럭을 찾을 수 있기를 바랐었다. 그러나 단 하나의 도로가 영구 동토층이 내려앉으면서 통행이 불가능해졌고, 그래서 이 낡아빠진 안토노프 기가 유일한 탈출수단이 되었다. 비행기가 야쿠츠크 상공으로 날아오를 때, 눈을 지붕에 잔뜩 인 수천 채의 오두막들과 그 주위의 검은 길들이 연필화처럼 내려다보였다. 나는 세르게이와 마르파가 서커스 공연장을 건설하려고 했던 텅 빈 공터를 찾았다고 생각했다. 이어 레닌 광장의 장난감 같은 레닌 동상이 나타났고, 다음에는 타냐가 미래를 기다리고 있고 모차노프가 인간의 등장을 놓고 씨름을 하고 있는 바둑판 같은 아파트 단지가 보였다. 마침내 구름이 그 모든 것들을 덮어버렸고, 우리는 어두워지는 하늘을 이고 동쪽으로 향했다.

비행기의 계속되는 희미한 진동이 나를 깨어 있게 했다. 약간 긴

장되기도 했다. 가끔 구름이 갈라지면 얼어붙은 황량한 산맥이 밑에 나타났다. 생명의 기미가 보이지 않는 황량한 풍경이었다. 그 황량함이 천 킬로미터 가까이 이어졌다. 70년 전, 단 한 줄기의 도로를 따라 소수의 교역자들이 야쿠츠크에서 전차(홍차 또는 녹차 찌꺼기를 쪄서 벽돌 모양으로 압착시킨 것)와 밀매품 보드카를 가지고 이곳의 원주민들에게 와서 매머드 상아와 털가죽, 그리고 야쿠츠크의 매음굴에 넘길 몇 명의 소녀들을 대신 받아가지고 돌아갔다. 소녀들은 그들의 씨족이 순록 한 마리 값에 판 아이들이었다.

이제 우리들 밑에 제대로 자라지 못한 낙엽송이 늘어서 검게 보이는 계곡들이 나타났다. 강물도 흐름을 멈춘 것처럼 보였다. 잠시 후 비행기는 산봉우리와 V자형 협곡으로 이루어진 빙하 위를 나는 것 같았다. 그 차가운 고요함이 비행기 안을 채웠다. 군인들은 몸을 싸맨 채 자고 있었고, 나는 망연한 시선으로 아래를 내려다보고 있었다.

한때 이 황량한 지역이 죽음의 수용소들이 들어선 대륙이 되었었다. 많은 금이 매장되어 있다는 사실이 알려지고 몇 년 후인 1931년, 레나 강 너머의 시베리아 동북부 전역—멕시코보다 더 넓은—이 달스트로이라는 기관의 지배하에 들어갔다. 달스트로이는 곧 내무부와 비밀경찰의 지부가 되었다. 달스트로이는 초법적인 기관이었다. 이 기관이 지배하는 지역에서는 소련의 헌법이 적용되지 않았다. 깨어 있는 악몽과 같은 통치가 연출되었다.

콜리마라고 불린 이 지역으로 매년 해로를 통해 수만 명의 죄수들이 공급됐다. 죄수들은 대부분 무고한 사람들이었다. 그들이 상륙한 곳에 그들은 항구를 건설했고 이어 마가단 시, 그리고 그들이 결국 죽게 될 내지의 광산으로 통하는 도로를 건설했다. 처음에 끌려온 사람들은 부농(富農)들이었고, 그 후에는 스탈린의 망상증이 심해지면서 당 간부, 군인, 과학자, 의사, 교사, 예술가 등 각계각층 출신의 억울한 사보타주(파괴 행위) 혐의자와 반혁명 혐의자들이 그 뒤를 이었다.

그들은 광산의 갱 속에서 떨어지는 바위에 깔려서, 또는 승강기 케이블이 끊어지는 바람에, 또는 폭약의 독가스에 중독되어, 또 규폐증과 괴혈병, 고혈압으로 피와 폐 조직을 토해내며 죽어갔다. 겨울에는 증기 호스가 금을 함유한 모래를 녹이면 그들은 거기서 나온 찌꺼기를 수레에 싣고 온도가 높은 금 이는 작업장에서 기온이 섭씨 영하 50도까지 내려가는 밖으로 나갔다. 그들은 한 달도 못 견디고 폐렴이나 뇌막염으로 죽었다. 10년도 채 안 되어서 콜리마는 세계 금 생산량의 3분의 1을 생산하게 되었다. 어떤 사람의 계산에 따르면, 금 1킬로그램당 사람 1명이 죽었다고 한다. 하지만 몇 사람이 죽었는지는 실상 알려져 있지 않다. 2백만 명 이상이 죽었을 것으로 추측될 뿐이다.

우리가 태평양에서 80킬로미터 떨어진 소콜에 착륙했을 때는 이미 밤이었다. 나는 텅 빈 휴게소에서 잠을 잤다. 눈으로 막히지 않을 때에는 내지로 들어가는 장거리 운행 버스가 두 차례 운행된다는 말을 들었다. 나는 이 버스 편을 이용하고 또 몇 차례 지나가는 차를 얻어 타면서 콜리마 언덕으로 들어갔다.

언덕은 아주 단조로운 풍경이었다. 도로 주변에 고분(古墳) 같은 언덕들이 겹겹이 늘어서 있었다. 가끔 바람이 불어 정상부의 먼지를 날려버리면 갈색 바위가 드러나기도 했다. 땅 전체가 아직 형성되지 않은 것 같았다. 마치 다른 지질시대로 물러선 것 같은 느낌이었다. 그리고 햇빛도 제대로 비치지 않았다. 태양은 하늘의 4분의 1까지 겨우 올라왔다가 다시 내려가버렸다.

내가 조용한 마을들을 지나 여행한 도로가 바로 마가단과 거기서 480킬로미터 떨어진 금광 캠프들을 처음으로 연결해준 도로였다. 사람들은 아직도 이 도로를 '해골들의 도로'라고 부른다. 처음에 수천 명의 죄수들이 이 도로 건설에 투입됐다. 그러나 진흙 사태가 도로를 삼켜버렸고 다음에는 땅이 얼어붙으면서 도로가 갈라져 찢겨졌다. 1마일(1.6킬로미터)의 도로를 건설하는 데 무려 8만 개의 받침목이 소비됐다. 1932년의 첫눈이 내렸을 때, 죄수들은 아직도 텐트와 덤불로 엮은 오두막에서 살고 있었다. 그해 겨울은 사람들이 기억하는 가장 혹독한 겨울 중 하나였다. 심한 눈보라가 몇 주일 동안 쉬지 않고 휘몰아쳤다. 캠프 전체가 산 채로 얼어붙었다. 죄수들, 경비병들, 심지어 개들까지도 얼어 죽었다. 수천 명의 인부들 가운데 이듬해 봄 마가단으로 돌아간 사람은 백 명에 한 명꼴도 안 되었다.

달스트로이의 초기 책임자들은 1937년 스파이로 몰려 총살됐다. 그 이후 더욱 지독하고 잔인한 조치가 취해졌다. 죄수들의 가죽옷과 부츠가 캔버스 천으로 만든 신발과 솜을 넣은 재킷으로 대체되었다. 이런 신발과 옷은 곧 누더기가 되었다. 하루 빨리 죄수들을 죽이려는 속셈이었다. 식사의 양은 기근 수준으로 줄어들었다. 800그램의 빵에 가끔 소금에 절인 생선 몇 조각, 또는 소금물에 절인 양배추 약간이 곁들여지는 게 고작이었다. 굶주린 죄수들은 짐승의 시체나 순록의 먹이인 이끼, 손수레에 바른 윤활유를 먹었다. 그들의 하루 작업시간은 14시간으로 늘어났고, 형기는 25년으로 연장됐다. 달성할 수 없는 작업량을 책정함으로써 죄수들의 수명은 더욱 짧아졌다. 작업단은 목표 달성을 위해 미친듯이 작업을 강행했고, 굶주린 육체들은 작업을 감당할 수 없었다. 작업량이 떨어지면 벌로 식사량을 더 줄였고, 그러면 죄수들은 더욱 빠르게 기운을 잃어갔다. 매일 아침과 저녁에 처형될 사람들 또는 이미 총살된 사람들의 명단이 낭독됐다. 장교가 자기 서류에 낀 성에를 털어내면서 명단을 낭독했는데, 한번 이름이 불릴 때마다 죄수들로 이루어진 밴드가 짧게 팡파르를 울렸다. 광산에서 일하는 죄수들은 3주가 지나면 건강을 망쳤고, 몇 달 안에 대개 목숨을 잃었다. 때로는 작업단 전원을 일터에서 철수시킨 다음 그 자리에서 총살하기도 했다. 일반 범죄를 저지른 죄수들을 감독으로 임명해서 그들을 방망이로 무장시켰다. 이들 죄수 감독은 정치범을 죽여도 처벌을 받지 않았다(그들은 처형할 때 대개 사람을 번쩍 들어올렸다가 땅바닥에 내동댕이쳐서, 그렇잖아도 이미 칼슘 성분이 빠져나간 뼈를 부러뜨렸다). 하지만 그보다는 사람들의 주목을 받지 못한 채 시들시들 죽어가는 사람들이 더 많았다. 소수의 지휘관들만이 그들의 업무를 즐겼다. 그들은 행진해 지나가는 일꾼들을 향해 환성을 지르며 권총을 쏘곤 했다. 수감자 가운데 단 한 사람도 살아남지 못한 막사도 꽤 있었다.

이런 곳에서는 자기 눈을 잃어버리고 죽은 자들의 눈을 통해 상상하기 시작한다. 누구도 이 땅에 대한 권리는 없다. 이 땅은 그들의 것이기 때문이다. 이 땅이 가끔 아름다울 때도 있을까? 잘 모르겠다. 슈투르모보이, 우르찬, 오이먀콘 등 끔찍한 장소들을 나타내는 표지판들만이 보일 뿐이다. 도로를 따라 늘어서 있던 수용소들은 도둑들이 다 뜯어가고 없었다. 창고로 재사용되고 있는 몇 채 안 되는 막사들, 또는 불규칙적으로 박힌 콘크리트 기둥들에 둘러싸인 채 무너져 파편 무더기가 된 막사들이 더러 보였다. 감시탑들도 무너져버렸다. 사람이 만든 흙무더기와 도랑들이 무색의 관목숲처럼 눈 아래 붕긋 솟아 있거나 주름살을 만들고 있었다.

내가 탄 버스가 어둠 속을 달리다가 투광조명으로 밝혀진 건물들 속에 멎었다. 오로투콴이었다. 60년 전 달팽이처럼 더디게 심문을 하던, 그래서 너무 오래 기다리다가 얼어 죽은 시체들이 즐비했던 악명 높은 곳이다. 한 소녀가 불도 밝히지 않은 키오스크에서 과일주스를 팔고 있었다. 이곳에서 65킬로미터 떨어진 작은 계곡으로 들어가면 엘겐이라는 여성전용 수용소가 있던 곳에 이른다. 신참자 예브게니아 긴즈부르크가 벽돌처럼 붉은 얼굴을 가진 한 떼의 로봇과 합류하면서 자기도 그렇게 될 거라는 생각에 울음을 터뜨렸던 곳이다. 수용소의 감독들까지도 그들은 강간할 가치도 없는 대상이라고 생각했다.

야고드노예에서 나는 친절한 마피아 4인조를 우연히 만났다. 그들은 나를 닛산 지프 차에 태워 시내를 구경시켜주었다. "영국인이라! 설마? 그럼 뭐 하러 이곳에 왔죠? 여긴 똥이라구요. 여기서 무슨 사업을 하는 건가요? 그렇다면 왜, 왜?" 자정이 넘은 시간이었고, 그들은 창녀들을 찾고 있었다. 그러나 그곳은 죽은 것처럼 적막했다. 그들은 나를 위해 노동자 숙소에 있는 잠자리를 찾아주고 짐꾼에게 삯을 지불—"러시아의 선물!"—하고는 어둠 속으로 사라졌다.

추운 새벽에 잠에서 깨어보니 도자기 같은 하늘 아래서 산들이 빛나고 있었다. 정말 처절하게 아름다웠다. 반쯤 버려진 도시에 내가 도착했다는 사실이 알려졌다. 정신이 온전한 사람이라면 아무도 야고드노예에 오지 않는다. 두 명의 지방지 기자들이 나를 차에 태우고 말 강을 따라 남쪽으로 차를 몰아서 세르펜틴카로 갔다. 도로는 검은 얼음으로 덮여 반질반질했고, 콜리마 강의 지류들은 두더지의 배설물처럼 강가에 쌓인 오물더미들 때문에 더럽기 짝이 없었다. 더욱 거대한 무더기인 산맥이 하늘 아래 비슷한 모양을 만들고 있었다. 버려진 준설기들도 강둑에 널려 있었다. 죄수들은 40년 전에 이곳을 떠났고, 대신 투기꾼들이 들어왔다. 하지만 지난 몇 년 동안에 투기꾼들도 반쯤이 떠나버렸다고 기자들이 말했다. 길가 여기저기에 내부가 완전히 파괴된 집들이 보였다. 공장인지 벽돌 굽는 곳인지 구분이 안 되는, 껍데기만 남은 건물도 하나 있었다.

강을 향해 구불구불 내려가는 도로 위 언덕에 세르펜틴카가 있었다. 달스트로이의 새 주인들로 부임한 파블로프와 가라닌이 고문 및 처형 센터로 세르펜틴카를 지었다고 한다. 그것은 콜리마의 검은 심장이었다. 격리 감방들 옆에 있던 공터에서 트랙터 두 대가 처형하는 총소리와 처형당하는 사람들의 비명을 죽이기 위해 엔진을 가속시키곤 했다고 한다. 1938년에 2만 6천 명의 죄수들이 이곳에서 죽었다. 수백 명은 가라닌이 직접 자기 손으로 죽였다고 한다. 그들의 시체는 트랙터가 끄는 썰매에 실려 언덕 뒤로 운반되거나, 아니면 산 사람을 눈을 가리고 그곳에 판 도랑 앞으로 인도해 간 다음 머리를 쏘아 죽였다고 한다. 그 후 스탈린이 간간이 채택했던, 국가 안보를 담당했던 자들을 제거하는 정책에 따라 가라닌은 총살되었고, 그와 함께 세르펜틴카의 모든 요원들 역시 제거되었으며, 세르펜틴카는 완전히 파괴되었다.

우리는 텅 빈 눈밭 위를 걸었다. 우리 목소리가 정적 속에서 사뭇 크게 들렸다. 철조망과 한 가닥의 플라스틱 조화(造花) 꽃다발이 둘려 있는 화강암 덩어리가 국가에 의해 살해된 '수만 명'을 추모하고 있었다. 비석이 얼음에 덮여 반짝였다. 그 너머에는 끝없이 뻗은 희미한 오솔길을 따라 흙무더기와 죽은 것처럼 보이는 덤불이 늘어서 있었다.

죽은 눈으로 보면 희망이 보이지 않는다. 한 사람도 이곳을 벗어나지 못했다. 그들은 콜리마를 '행성'이라고 불렀다. 모든 미래와 격리된, 그리고 이곳 너머의 모든 현실과 격리된 행성. 병원으로 도피하고 싶은 나머지 죄수들은 자기 피부 밑으로 석유를 주사하기도 하고, 눈꺼풀에 산(酸)을 바르고 비비기도 했으며, 손가락을 자르기도 했고, 미친 짓을 하기도 했다. 그러나 차츰차츰 그들은 굶주리고 망가진 야수로 변해갔다. 그들은 당국이 명령한 대로 짐승이 되었고, 따라서 당국은 그들을 죽이면서도 양심의 가책을 받지 않았다. 그들은 걸어다니는 시체가 되었다. 이 걸어다니는 시체들은 빈약한 음식을 받아먹고 수용소 주위를 서성이다가 망각의 늪으로 빠져들어갔다. 대개 고혈압 증세에 시달리던 그들은 죽기 전에 가족을 만나보는 게 유일한 소원이었다. 그들에게 부과된 유일한 강제노동은 서로를 묻어주는 것이었다. 때로는 묻고 있는 시체가 누구인지 아무도 몰랐다. 젊은이들은 몇 달도 지나기 전에 늙어버렸다. 그들의 입에서 나온 금 의치가 어쩌면 그들이 평생 캐낸

금보다 더 많은 금을 내놓았을 것이다. 그들은 집단무덤 안으로 내던져졌다.

내가 그 이튿날 밤을 보낸 곳에서 서쪽으로 그리 멀지 않은 곳에, 지구상에서 가장 추운 인간의 거주지가 있다. 오이먀콘에서는 기온이 섭씨 영하 72.1도까지 내려간 적이 있다. 이보다 훨씬 덜 추워도 강철이 갈라지고 타이어가 터지며, 낙엽송을 도끼로 건드리면 나무조각이 소나기처럼 쏟아진다. 기온이 내려가면 입김이 얼어 결정체가 되어, 현지인들의 말을 빌리면 "별들이 속삭이는 소리"를 내면서 땅으로 떨어진다.

이곳 원주민들 사이에는 아주 추울 때는 말(言) 자체가 얼어서 땅에 떨어진다는 얘기가 있다. 이렇게 떨어진 말은 봄에 다시 살아나서 들리게 된다고 한다. 그래서 봄이 되어 해동이 되면 갑자기 대기가 시효가 지나버린 소문, 처음 듣는 농담, 잊혀진 고통의 비명, 오래 짝사랑한 연인의 말들로 가득 차게 된다고 한다.

콜리마로 오는 도중 블라디보스토크 부근의 일시 체류 수용소에서 죽은 시인 만델스탐은 절망 속에서 그의 의미가 러시아라는 귀머거리 안에서 빠져나가고 있다고 상상했다. 자기의 말이 영영 잊혀질 거라고 생각한 것이다.

열 발짝도 못 가서 우리의 말은 소리를 잃는다……

그러나 그 말들은 되돌아왔다. 만델스탐, 샬라모프, 긴즈부르크, 바벨…… 이들은 세상을 떠난 지 오래지만 그들의 말은 결국 되돌아와서 얼어붙은 제국을 무너뜨렸던 것이다.

내가 탄 버스가 동이 트기 전에 슬픔의 수도 마가단으로 내려갈 때, 이 도시는 보이지 않는 태평양을 배경으로 현란한 성좌처럼 빛났다. 나는 그 아름다움을 보며 혐오감을 느꼈다. 바다와 언덕 사이에 끼인 중심가는 오르막과 내리막이 교차하면서 황금색 치장벽토와 돌로 장식한 건물들을 보여주었다. 거리는 보이지 않는 포구 쪽으로 뻗어 있었다.

호텔을 찾아내고 또 비자를 놓고 한바탕 씨름을 벌이고 난 나는 시원한 바람을 맞으러 걸어나갔다. 이곳은 모든 것이 제자리를 찾고 있었다. 거의 그렇다고 할 수 있었다. 레닌 광장의 깃발들은 얼어서 뻣뻣해진 깃대 위에서 삐걱거리고 있었고, 레닌 자신(그는 아무것도 주지 않고 두 손을 주머니에 넣고 있었다)은 악마 같은 권위를 과시하면서 달스트로이 건물 대신 들어선 금광 사무소들 쪽을 건너다보고 있었다. 도시에서 가장 높은 건물—옛 공산당 본부가 들어서기로 되어 있었다—은 건축이 반쯤 진행되다가 중단된 채 10년째 그대로 방치되어 있었다. 이 건물이 레닌 뒤에서 숨을 헐떡이고 있었다. 짓다 만 건물의 틈새로 바람이 세차게 몰아쳤다.

중심가를 따라 늘어선, 박공이 높고 기둥이 높은 사무실과 건물들은 땅과 거기 얽힌 기억들을 영원히 지워버리기 위해 건축되기라도 한 듯, 깃발과 해머로 장식되어 있었다. 그 옆에 일본군 포로들이 지었다는, 꿀색 벽토를 바른 고전적인 건물들이 보였다. 이 도시의 핵심을 이루고 있는 건물들은 모두 죄수들이 지은 것이었다. 옛 전신소가 남아 있었고, 죄수로 끌려온 여가수와 발레리나들이 핍박자들을 위해 노래를 부르고 춤을 추었던 극장도 남아 있었다(지금은 시장으로 쓰인다).

그 무렵 끝까지 살아남은 죄수들은 이 마가단이라는 연옥에서 일을 할당받았다. 이 도시는 이상한 만남과 사람을 미치게 하는 기억으로 가득 차 있었다. 살아남은 자들은 모든 것을 다 안다는 뱀 같은 표정을 하고 있었다고 긴즈부르크는 썼다. 그렇지만 두려움은 남아 있었다. 그들은 다음번의 정치적 지진이 그들 모두를 다시 체포할지도 모른다는 것을 알고 있었다. 아무도 믿지 않았고, 그래서 아무도 은밀한 비밀을 털어놓지 않았다. 남자들이 압도적으로 많았다. 여자들이 부족했기 때문에 아내들이 부정(不貞)해졌다고 남자들은 말했다. 또 창녀들이 모여들었다. 콜리마는 "태양이 따뜻함이 없고, 꽃이 향기가 없고, 여자들이 심장이 없는 땅"이다. 1980년대에도 마가단은 여전히 러시아에서 이혼이 가장 많은 도시였다.

이제 인구는 15만 명이 채 안 되는데, 자꾸 줄어들고 있다. 동시베리아의 높은 임금을 받으려고 일시적으로 왔던 많은 노동자들이 서쪽으로 돌아가고 있다는 것이었다. 광업과 어업도 쇠퇴하고 있었다. 추위 탓인지 나돌아다니는 사람이 거의 없었다. 언덕에 쌓인 눈이 바람에 날리고 있었다. 나는 한때 죄수들의 행렬이 포구에서 올라왔던 수송도로를 따라가보았다. 이제 그 길은 평범해 보였다. 몇 사람이 자기 집 문 앞의 눈을 치우고 있었고, 몇 마리의 개들이 쓰레기 더미에서 먹을 것을 찾고 있었다. 북쪽에는 긴 능선이 교외를 짓누르고 있었고, 그 너머에서는 공장 굴뚝들이 연기를 내뿜고 있어 마치 언덕 바로 뒤에서 증기선이 항해를 하고 있는 것 같은 모양이었다. 내 밑에서는 도시를 둘러싼 산과 만(灣)의 절벽이 눈을 이고 바다 위에 떠 있었다. 바닷물은 검은 회색이 도는 청색이었고, 너무나 잔잔해서 사라진 배의 항적이 아직도 남아 있었다.

나는 죄수들이 부두에서 갑(岬) 주위로 절벽을 깎아낸 도로를 따라 내려가고 있었다. 등성이에 몇 채의 오두막이 있고, 오두막으로 오르는 낡은 계단이 있었다. 계단은 콘크리트 판으로 받쳐져 있었고, 그리로 가는 길은 자국을 낸 콘크리트였다. 그 길 위에는 아무도 없었다. 내 머릿속에서 그들이 나를 맞으러 행진해오고 있을 뿐이었다.

나는 얼음 가장자리 너머에 있는 물에 한 손을 담갔다. 일시적으로 묘하게 기분이 상쾌해졌다. 여기서 일어났던 모든 일이 아득한 과거가 된 것처럼 느껴졌다. 그런 일이 다시는 일어날 수 없을 것이다(설마 그런 일이 또 일어날 수 있겠는가). 물가에는 쇳조각과 케이블, 깨진 콘크리트, 오래된 로프, 다듬지 않은 돌 등이 널려 있었다. 몇 척의 화물선이 해변 가까이 닻을 내리고 정박해 있었다. 그러자 내 머릿속이 다른 배들로 채워지기 시작했다. 사하로프는 그 배들을 "오호스트 해의 죽음의 배들"이라고 불렀다. 인간 하물, 즉 우리에 갇힌 8천 내지 1만 2천 명의 노예를 나르는 배들이었다. 이 배들이 일본 근해를 지날 때면 승강구가 각목으로 차단되었고 그들은 불이 꺼진 상태에서 움직였다. 1939년 인디기르카 호는 '인간 하물'이 안에 갇힌 채 바다 밑으로 침몰했다. 1933년 주르마 호는 항해 시기를 잘못 잡은 탓으로 얼음 속에 아홉 달 동안 갇혀 있었다. 그 동안 1만 2천 명의 죄수들은 모두 얼어 죽었고, 선원들의 절반은 미치고 말았다.

그 배가 입항했을 때, 병자들과 죽은 자들이 내가 지금 서 있는 이 부두에 눕혀졌다. 예브게니아 긴즈부르크도 그중 한 사람이었다. 그녀는 여의사에 의해 구조됐다. 그녀를 간호해서 소생시킨 그 여의사는 아마 경찰 심문관으로 잔혹한 일을 자행한 자기 남편의 죄를 보상하려고 했을 것이다. 긴즈부르크도 그녀를 이해했다. 콜리마에서 가장 참을 수 없는 일은 사랑하는 사람들의 기억이라고 그녀는 썼다.

페도르가 강제노동 수용소에 빠져 있었던 것은 아마 그가 러시아 유대인이기 때문이었을 것이다. 그의 아파트는 정치 잡지들과 오래된 지하 출판물들로 가득 차 있었다. 그의 거울들은 끈으로 매달려 있었고, 주방에는 빈 몰도바 포도주 병들이 널려 있었으며, 등산장비와 동굴탐험 장비들이 복도를 메우다시피 하고 있었다. 그의 턱수염은 일부러 기른 것이 아니고 부지런히 수염을 깎지 않았기 때문에 자란 것 같았다. 그리고 박해와 아마도 그밖의 무엇인가에 대한 연구가 그에게 우울한 분위기를 주고 있었다.

어두운 과거의 흔적이 아무 생각 없이 파괴되어 버린 이 도시에, 중요한 일시 체류용 수용소 하나가 비밀경찰의 막사로 살아남아 있다는 것을 알려준 사람이 바로 그였다. "그들은 5개월 전에 그 막사를 버리고 떠났어요. 곧 불도저로 밀어버릴 겁니다. 여기서는 모든 걸 불도저로 밀어버리니까요. 물론 지금 그 주위에 담장을 둘러쳤지요." 그의 부드러운 눈이 나를 탐색했다. "하지만 난 안으로 들어가는 길을 알고 있지요."

그래서 우리는 수송도로가 있는 곳으로 되돌아갔다. 거기서 도로는 개울을 건너 북쪽 광산이 있는 쪽으로 뻗어 있었다. 시멘트 담장과 철조망으로 둘러싸인 조용한 구내에 페도르가 전에 찾아놓은 무너져가는 구멍이 있었다. 우리는 가까스로 그 구멍을 통과했다. 맞은편에는 눈이 쌓여 있고 발자국이 나 있지 않았다. 우리는 시멘트 먼지를 뒤집어쓴 채 잠시 멈춰 서서 주위를 둘러보았다. 나에게는 기록할 시간, 생각할 시간이 필요했다. 내가 이것을 본 최초의 외부인이자 아마도 마지막 외부인이 될 거라고 그가 말했다. 우리는 도둑들처럼 달리기 시작했다. 그때 휘갈겨 쓴 노트를 지금 자세히 뜯어보니—추위로 손이 곱아 쓴 글씨라 알아보기 어렵다—그곳의 모습이 급히 찍은 스냅사진처럼 뇌리를 스친다.

우선 죄수들이 파스텔 같은 것으로 소박한 풍경—꿈속에서나 볼 수 있는 평화로운 풍경—을 그려놓은 구내식당(우리는 봉해놓은 창문 밑으로 기어들어갔다)이 생각난다. 그 바닥은 목재가 떨어지는 바람에 내려앉아 있었다.

공동침실과 또 (이건 내 상상이지만) 죄수들이 봄버진〔날실은 명주실, 씨실은 털실로 짠 천으로, 주로 여성의 상복에 쓰임〕 코트와 솜을 넣은 웃옷을 지급받던 방들도 생각난다.

그리고 페도르가 앞에 있는 3층 건물을 가리키던 것도 생각난다. 그 건물은 문이 열려 있고 문 안에 돌계단이 보였는데, 페도르가 메는 가방에서 방수바지와 조명등을 부착한 헬멧을 꺼냈다. 그 바지와 헬멧으로 무장한 우리는 악취가 나는 어둠 속으로 걸어내려갔다. 얼지 않은 물이 무릎까지 찼다. 우리 입에서 나온 말이 되울려와 우리 귓가에서 속삭였다. "이곳은 벌을 주던 구역이었지요."

우리는 하수도를 따라 내려가듯이 그 통로를 따라 걸어내려갔다. 나는 악취를 내뿜는 철문과 어둠 속에서 겨우 형체를 드러내고 있는 쇠창살을 세다가 잊어버리고 말았다. 각각의 동굴 감방에는 쇠로 매단 두 개의 목제 단이 있어서 40명 정도의 죄수들을 수감할 수 있었을 것 같았다. 그런 감방들이 지하실에만 20개나 있었다. 감방 벽은 얼음으로 덮여 있었다. 이곳에 수감된 죄수들은 추위로부터 자신을 보호하기 위해 죽은 자들의 시체를 벽에 대고 누르곤 했다고 페도르는 말했다(그는 그 죄수들 가운데 한 사람을 알았다고 했다). 돌에는 그들이 숟가락으로 힘없이 새겨놓은 판독하기 어려운 글씨들이 있었다. "세로……렌코…… 1952……. 판트…….” 우리 헬멧에서 비추는 불빛이 그 글자들 위에서 약해졌다. 이 희망 없는 지하 감방에 갇힌 사람들은 대부분 죽었다고 페도르가 말했다. 그의 친구는 젊었었기 때문에 살아남을 수 있었다고 한다.

"그가 무슨 일을 했나요?" 내가 물었다.

"그도 몰라요." 페도르가 말했다. "기억을 잃어버렸거든요."

콜리마에서는 쉽사리 기억을 잃어버린다고 샬라모프는 썼다. 폐나 손을 잃는 것보다 기억을 잃는 편이 훨씬 낫다는 것이었다. 사실 이 극한상황에서 기억은 전혀 필요가 없었다.

동이 트기 한 시간 전에 우리는 그 언덕에 마지막으로 가보았다. 젊은 지질학자 유리가 자기는 부투기차그로 가는 길을 알고 있고 그의 쌍축 밴이 거기까지 갈 수 있다고 말했다. 하지만 그곳은 오래 머물 만한 장소가 아니었다. 원주민 에벤크족은 그곳을 "순록도욕을 하는 곳" 라고 했다. 순록을 돌보는 목동들은 그곳이 뭔가 잘못되었다는 것을 감지하고 있었다. 그 땅이 방사성 우라늄으로 가득 차 있다는 것이었다.

우리가 산으로 들어가는 순간, 눈이 앞을 가리는 커튼처럼 덮쳤다. 눈보라가 안개처럼 도로 위를 뒤덮어 균열과 검은 얼음을 함께 감춰버렸고, 우리가 탄 차의 엔진은 캑캑거리며 요란한 소리를 냈다. 눈송이가 굵어져도 유리는 침착성을 잃지 않았다. 안개등의 빛줄기가 은색 빛으로 이루어진 깔때기처럼 눈송이들을 우리 쪽으로 빨아들였다. 동이 터올 무렵, 차가 고개 위에서 멎었다. 우리 위쪽 산에서 몰아치는 눈보라가, 날리는 먼지처럼 시야를 가렸다. 우리는 푸르스름한 새벽빛이 밝아오고 북극토끼들이 우리 차의 바퀴에 기대 몸을 숨길 때까지 기다렸다.

유리는 이렇게 말할 뿐이었다. "곧 지나갈 겁니다." 그는 표정 변화가 느린, 열린 얼굴을 가지고 있었다. 그는 미소를 짓는 법이 없었다. 그의 노란 머리와 콧수염, 그리고 엷은 황색 피부가 그가 순수한 러시아인임을 말해주었다. 한참 후에 그가 훤하게 밝아오는 계곡 안으로 우리를 안내했다. 눈발도 점점 엷어지더니 잦아들었다. 우리 앞에 멀리 산들이 보였다. 둥그스름한 산이 아니라 부서질 듯한 1차원적 산이었다. 마치 거대한 나뭇잎의 잎맥을 하늘에 그린 것 같은 모양이었다. 광재(鑛滓) 무더기가 강을 따라 늘어서 있었고, 가끔 금 채취자들이 기거하던 산뜻한 집들이 나타나기도 했다. 우리들 밑으로는 죽은 개울들이 오물들 위로 반투명의 지류들을 만들고 있었다.

"이 지역은 텅 비어가고 있어요. 여기서 일하던 사람들이 마가단으로 떠나고 있지요." 유리는 아직 고용되어 있다고 했다. 그러나 할일이 없다는 것이었다. 급여가 10개월치나 밀려 있다고 했다. 그는 어찌 해야 할지 모르고 있었다. 그는 나이가 이제 서른이 다 되어가고 있었다. "마가단으로 간 사람들은 서구로 가지요."

갑자기 그가 도로를 벗어나더니 보일락말락 하는 샛길로 접어들었다. 우리들 앞에서 내리는 눈이 산들 위로 흔들리는 기둥을 만들었다. 유리가 말했다. "부투기차그, 이곳은 가장 고약한 곳이었지요. 이곳 광산에서 2만 5천 명의 죄수들이 일을 했어요. 정치범들과 일반 범죄자들이 함께요. 그들은 방사능에 대해 몰랐어요. 경비병들조차 그 사실을 몰랐죠."

차가 이미 차축까지 질척한 눈에 빠지고 있었다. 부딪치고 빠지면서 차가 가까스로 앞으로 나아갔다. 앞서 간 어느 사냥꾼의 랜드로버가 낸 자국이 다시 눈으로 채워지고 있었다. "저 사람이 갔으면 우리도 갈 수 있어요." 우리는 얼음이 떠내려가는 개울에 빠지기도 했다. 개울물이 차문을 철썩 때렸다. 우리는 가까스로 개울을 건너 맞은편 둑으로 올라섰다. "이 자동차는 바로 이런 길을 가도록 만들어진 거예요! 러시아의 도로 말입니다!"

우리는 질척한 눈과 씨름을 하면서 16킬로미터를 더 달렸다. 채광자들이 놓은 반쯤 부서진 다리들을 건너면서 개울을 따라 갔다. 바퀴 밑에서 하얀 뇌조(雷鳥)들이 어지럽게 날아올랐다. 끝이 검은 그 날개들이 작은 전투기처럼 관목 위를 날았다. 사냥꾼의 랜드로버가 낸 바퀴자국은 이제 사라졌고 곧 우리는 낙엽송마저 엷어져 가는 계곡 안으로 올라가고 있었다. 산들이 그 계곡을 둘러싸고 있었고, 능선은 마치 하얀 하늘에서 내리꽂히는 칼날 같았다. 우리가 좀더 높이 올라가자 땅이 상처투성이로 부자연스러워 보였다. 광산 두부(頭部)의 검은 창들이 정상부에 열려 있었고, 케이블 선이 눈밭을 가로지르며 위로 올라갔다가 부서진 받침대들을 따라 계곡 바닥으로 내려가고 있었다. 광산 두부 아래로 쓰레기가 흘러내렸고, 경사면을 가루가 고르게 덮고 있었다. 그리고 우리 주위의 공기가 변했다. 눈이 빛나는 안개로 변해 그 괴기스러운 빛으로 계곡을 채우고 있었고, 더럽혀진 태양이 솟아올랐다.

우리 오른쪽의 무너진 철조망 담장 뒤에서 3층 건물의 폐허가 하얀 개울 위로 그 하얀 벽을 세우고 있었다. 그곳은 우라늄 부유(浮遊) 선광장으로, 지금도 들어가면 위험하다고 유리가 말했다. 이곳에서 일하던 교대조는 몇 달 안에 죽기도 했다는 것이었다. 그가 걸음을 재촉했고 그 하얀 벽이 우리 아래로 멀어졌다. "그들은 이곳을 떠난 후에도 그 후유증으로 목숨을 잃었어요."

1.5킬로미터쯤 더 가니 밴이 통과할 수 없는 둑에 막혀 더이상 나아갈 수 없게 되었다. 우리는 춥고 밝은 땅 위를 조용히 걸었다. 가끔 눈이 우리 무릎 위까지 올라오기도 했다. 유리가 앞에서 모자를 목까지 눌러쓰고 무관심한 표정으로 걸었다. 나는 그의 발자국을 따라갔다. 우리가 마치 사원이나 시체 보관소 안으로 들어가고 있기라도 한 것처럼 심장박동이 빨라졌다. 그러나 우리가 도달한 곳은 노란 돌로 지어진 관리소 건물들이었다. 건물들은 모두 폐허가 되어 있었다. 지붕은 내려앉았고 문들은 경첩이 떨어져나가거나 녹슬어 문드러져 있었다. 창틀은 하얀 눈이 만들고 있는 직사각형에 불과했다. 계단을 따라 베란다로 가서 문을 통과하니 6미터의 낭떠러지가 나왔다.

1950년대에 이 수용소에서 살아남은 시인 아나톨리 지굴린은 잔인한 신체 절단, 사고, 서로 죽이는 살인, 절망적인 파업 등을 묘사했다. 죄수는 이름도 없고, 자아도 없었다. 그는 오직 번호만으로 불릴 뿐이었다. 어떤 사람들은 쇠사슬에 매여 있었다. 그들이 광산에 가기 위해서는 6킬로미터 이상 산을 올라야 했다. 일단의 여성 죄수들은 산 반대편에 있던 그들의 수용소에서 차가운 음식을 나르기 위해 매일 13킬로미터를 절뚝거리며 걸어야 했다.

수용소 정문의 철제 프레임이 함께 서 있었던 탑의 무너진 잔해 속에 을씨년스럽게 서 있다. 눈 밑에서 우리 발이 무언지 모를 물건에 걸리기도 하고, 철조망이 발에 걸려 질질 끌려나오기도 한다. 녹슨 기계가 표면 위로 비죽 내밀고 있는 경우도 있다. 그곳을 지나가니 막사와 감방의 잔해가 나타났다. 지붕이 없는 방 안에 경비병들의 벤치가 아직 제자리에 남아 있다. 그들이 코트를 걸던 갈고리들도 남아 있다. 겹겹이 쌓여 있는 상자 모양의 침대들 위에 눈이 쌓여 있다. 장화 한 켤레가 난로 가에 버려져 있다. 모든 것이 입에 풀칠도 어려웠던 조악하고 더러웠던 생활환경을 고스란히 드러내고 있다. 사방 1미터도 안 되는 독방에 달린, 골격만 남은 쇠문은 아직도 열리고 닫힌다. 죄수들에게 죽을 넣어주던 구멍도 그대로 남아 있고, 창살이 달린 창문과 경비병들의 목욕탕에 있는 난로도 말짱하다.

공기가 희박한 것 같다. 그러나 유리의 뺨은 발그레하고 윤이 난다. 그는 목조 토대를 드러내기 위해 눈금이 새겨진 그루터기 주위의 눈을 발로 차내고 있다. "이곳이 텐트가 있던 곳이지요." 그가 말했다. "그들이 자던 곳입니다."

콜리마의 대다수 수용소가 다 똑같았다. 죄수들은 텐트 안에서 살다가 죽었다. 그들은 조금이라도 추위를 막아보려고 두 겹으로 된 캔버스 천 사이에 절연작용을 하는 이끼와 토탄을 넣고 압착한 뒤 그 위에 톱밥을 뿌리고 밖에는 판자들을 쌓았다. 텐트 안에는 단 한 개의 무쇠 난로가 있을 뿐이었다.

이제 부드럽게 그러나 끈질기게 눈이 내리고 있다. 눈이 낮은 그루터기를 덮고 그 창백한 무관심으로 건물들을 가린다. 눈은 또 지붕 없는 통로, 경비병들의 방, 행정실, 태만과 권태의 방들 위로 흩날린다. 눈이 역겨운 반투명으로 계곡을 채운다.

유리가 텐트 터를 계속 발로 차면서 나를 올려다보았다. "우리 할아버지는 마을 우체부셨어요. 할아버지는 스탈린에 대해 농담을 했다는 죄로 수용소에서 몇 년을 보내셨지요."

"농담 때문에?"

"네. 할아버지는 마을 전화를 담당하고 계셨는데, 어느 날 그분이 누군가에게 지나가는 말로 '그런데 말이야, 스탈린 각하가 자네에게 전화를 걸었어!' 하고 말씀하신 거예요. 그 농담 때문에 할아버지는 수용소에서 5년을 보내야 했어요. 우리 부모님도 그 일로 무척 고생을 하셨을 거예요." 그가 나뭇조각을 장화로 밟아 땅속으로 다시 박아넣었다. "우리는 부모님의 침묵 속에서 자랐어요."

우리는 묘지가 있었다고 그가 기억하고 있는 곳으로 올라갔다. 하지만 눈이 덮여 어디가 어딘지 분간할 수 없었다. 우윳빛 햇빛이 계곡 위에 내리쬐고 있었다. 우리 주위의 나무들과 관목들이 마치 하얀 과일을 매단 듯 무거워 보였다. 작은 할미새들이 나무를 흔들었다. 나는 난쟁이삼목 가시 몇 개를 뽑았다. 죄수들이 괴혈병에 효과가 있을지도 모른다는 헛된 희망에서 삶곤 했던 가시다.

내가 말했다. "지금 사정이 어떻든 간에 사정이 그때보다는 더 낫다고 해야 하지 않을까요?"

유리는 처음에는 대답하지 않았다. 무슨 일이든 그에게는 시간이 걸린다. 그는 약간 말을 더듬는다. 그가 말했다. "그 시대는 어떤 면에서는 종교의 시대였지요. 사람들은 뭔가를 믿었죠." 그는 그것을 부러워하는 것 같았다.

그렇게 고통이 하늘에서 비나 우박처럼 자연스럽게 내려왔던 것이다. 그 누구도 탓할 사람이 없었다. 충분히 가까이 있는 사람, 충분히 드러난 사람이 아무도 없었다. 스탈린의 제국은 히틀러의 제국처럼 오래오래 지속될 것으로 보였다. 과거는 영원히 재조직되었고, 미래는 예정되어 있었다.

내가 무심결에 말했다. "결코 그 시절로 다시 돌아가지는 못할 겁니다."

유리가 말했다. "우리는 당신네 서구와 같지는 않아요. 아마 우리는 5백 년 전의 당신네들과 더 비슷할 겁니다. 우리 역사는 그렇게 늦어요. 우리에게 시간은 아직도 원을 그리고 있어요."

나는 이곳, 암흑의 한가운데인 이곳에서 이런 얘기를 듣고 싶진 않았다. 나는 그가 이곳을 끔찍한 미스터리라고 불러주길 바랐다. 나는 그가 그것을 이해하지 못하기를 바랐다. 금발의 콧수염과 타타르족의 광대뼈를 가진 그를 나는 러시아인의 전형, 미래를 점치는 리트머스 시험지로 생각했다. 산의 공기가 내 머리를 서늘하게 해주었다.

하지만 원을 그리던 그의 한 손이 머뭇머뭇 약간 위로 올라갔다. "어쩌면 우리가 약간 위로 나선을 그리고 있는지도 모르죠." 그가 말했다. 그는 언덕 위로 흉측하게 늘어진 케이블 선을 건너다보았다. "난 할아버지가 살아계셨더라면 좋았겠다 생각합니다. 그분은 농담을 좋아하셨는데, 이제서야 사람들은 무엇에 관해서나 자유로이 농담을 할 수 있거든요. 우린 여전히 그걸 가지고 있어요. 농담 말예요."

내가 그의 어깨를 움켜잡았다. 하지만 우리가 입은 패딩 점퍼가 너무 두꺼웠다. 그래서 내 손이 그에게서 미끄러지고 말았다. 그가 입 안 가득 변색된 이를 드러내며 처음으로 미소를 지었다. 그리고는 오솔길 쪽으로 돌아섰다.

그 얼어붙은 언덕에서 그는 노래를 부르기 시작했다.

# 옮긴이의 말

시베리아는 세계에서 가장 넓은 평평한 땅덩어리로, 아시아와 유럽의 경계를 이루는 우랄 산맥에서 동쪽으로 무려 9,600킬로미터나 태평양 연안까지 뻗어 있다. 남쪽은 산맥으로 둘러져 있지만 그 위로는 변변한 산도 없다. 거대한 강들—오브 강, 예니세이 강, 레나 강—이 남쪽에서 북쪽으로 흐르며 영구 동토층(툰드라)을 만들고 있을 뿐이다. 면적이 1,280만 제곱킬로미터로, 알래스카를 합친 미국 본토보다 넓지만, 인구는 미국의 10분의 1인 3천만 명밖에 되지 않는다. 우리와 비교한다면, 면적은 백 배가 넘지만 인구는 절반을 살짝 넘는 정도다. 그러니까 대부분의 땅이 무인지경이라고 해도 무방하겠다.

이 광대하고 신비스러운 미지의 땅이 소련의 개혁 개방 정책과 더불어 '개방'되었다. 《실크로드》를 쓴 대단한 여행작가인 콜린 더브런이 재빨리 이 길을 탐사하고 이 책 《시베리아》(원제 In Siberia)를 내놓았다. 이 책이 나온 것이 1999년이니, 한국에서는 소개가 다소 늦은 셈이다. 그가 시베리아를 탐사한 때는 공산 체제가 무너지고 아직 신(新)질서가 잡히지 않았던 옐친 대통령 시절이다. 주민들이 생활 터전을 잃고 불안해하고 생활도 어려워 불만이 대단했던 때였다.

단신으로 카메라도 없이 오지와 위험한 곳을 누비는 저자의 행선지를 대충 따라가보면 이렇다.

가장 먼저 들른 곳은 러시아의 마지막 황제 니콜라이 일가가 무참히 살해된 도시, 예카테린부르크다. 다음으로 라스푸틴의 생가가 있는 마을에 들른 다음, 비행기로 1,000킬로미터를 날아 시베리아 동북단에 자리한 보르쿠타로 향한다. 이곳은 1920년대 초에 석탄이 발견되면서 수십만 명의 무고한 죄수들이 투입되어 강제노역을 하며 죽음을 맞은 곳이다. 이어 도스토예프스키가 유배되었던 옴스크를 거쳐 노보시비르스크에 이른다. 노보시비르스크는 러시아에서 세 번째로 큰 도시다. 이 도시 남쪽 32킬로미터 지점에 아카뎀고로도크라는 목적 도시가 있다. 1950년대 중반 흐루쇼프가 야심적으로 건설한 과학센터 도시다. 이곳에서 고르노알타이스크, 파지릭, 키질을 거쳐 크라스노야르스크에 이르고, 이 도시에서 저자는 예니세이 강을 따라 극지로 가는 배에 오른다. 북극해에 면한 두딘카까지 갔다가 세계 최대의 민물 호수인 바이칼 호, 시베리아의 파리라 불리는 이르쿠츠크를 거쳐 노보셀렌긴스크, 스코보로디노를 지난 다음 아무르 강이 중국과 러시아를 갈라놓고 있는 알바진에 이른다. 이곳에서 하바로프스크로 가는 길목에 한때 유대인 이주 도시로 기획된 비로비잔이 있다. 하바로프스크, 콤소몰스크, 야쿠츠크를 거쳐 오호츠크 해 연안의 악명 높은 콜리마 수용소가 있던 곳인 마가단에서 저자의 여정은 끝이 난다.

콜린 더브런의 특기 중 하나는 여행하면서 만난 현지인들과 깊이 있는 대화를 나누는 것이다. 괴승 라스푸틴 흉내를 내는 주정뱅이도 만나고, 수용소에서 한평생을 보냈으면서도 스탈린을 원망하지 않는 노파, 일자리가 없어 방황하는 젊은이, 예산이 배정되지 않는다고 불평하는 과학도시의 행정 책임자, 우리나라의 무당과 흡사한 샤먼 등 여러 사람과 깊은 대화를 나누면서, 더브런은 러시아가 당면한 문제와 러시아의 미래를 가늠해보려고 애쓴다.

더브런이 만난 평범한 보통 사람들이 가장 많이 하는 말은 살아갈 길이 막막하다는 것이다. 그들은 직장이 없고 인플레이션으로 인해 연금은 빵 한 덩어리밖에 사지 못할 형편이 되었다고 불평한다. 그래서 스탈린 시대, 브레즈네프 시대가 차라리 좋았다고 말하는 사람들도 의외로 많다. 인간이 망각의 동물인 탓도 있겠지만, 자유보다 먹고사는 문제가 더 중요하기 때문인지도 모른다.

더브런이 집요하게 찾으려고 하는 것 중 하나가 종교와 신앙이다. 공산주의라는 '신앙'이 붕괴된 시대, 러시아를 받쳐줄 토대는 또다른 신앙일 것이라고 더브런은 생각하고 있는 듯하다. 80년의 공백이 있었을까 의심될 정도로 종교들—러시아 정교, 기독교, 토속신앙, 불교 등—이 제 모습을 찾고 있는 것을 더브런은 목격한다. 러시아 정교가 정립될 무렵 분리되어나온 옛 신자들에 대해서도 더브런은 큰 관심을 보이고 있다.

또 더브런이 중점적으로 찾은 곳은 옛 수용소들이다. 보르쿠타, 콜리마 등 수백만 수천만의 죄수들(이라고는 하나, 대다수는 무고한 사람들이었다)이 투입되어 얼어 죽고 굶어 죽고 지쳐 죽어가면서 석탄이나 금을 캐던 강제노동 수용소들이 있던 곳을 그는 끈질기게 탐사한다. 솔제니친의 주장에 따르면, 이런 수용소에서 6천만 명이 무참히 죽어갔다고 한다. 덜 알려져서 그렇지, 나치의 유대인 학살보다 더 끔찍한 학살이 스탈린에 의해서 소련에서 자행되었던 것이다. 수용소에서 가까스로 살아나왔으면서도 공산 체제, 스탈린을 옹호하려고 애쓰는 한 노파가 6천만 명이 죽었다는 솔제니친의 주장은 근거가 없다, 그보다는 적은 2천 만 명 정도일 것이라고 주장하는 장면이 인상적이다. 더브런이 그 싹을 보고 우려했던 대로 러시아는 이제 독재자와 그 집단의 사생아들인 암흑가의 마피아가 권력과 부를 농단하고 있다.

이 책이 나오는 때가 마침 한여름인지라, 독자들이 이열치열이 아니라 시베리아의 엄동설한으로 제대로 한더위를 이기는 데 기여할 수 있으리라고 번역자는 자위한다.

시베리아

지은이 | 콜린 더브런
옮긴이 | 황의방

펴낸곳 | 마인드큐브
펴낸이 | 이상용
편집부 | 김인수, 현윤식, 황순국
디자인 | 서경아, 남선미, 서보성

출판등록 | 제2018-000063호
이메일 | mind@mindcube.kr
전화 | 편집 070-4086-2665
| 마케팅 031-945-8046 (팩스 031-945-8047)

초판 1쇄 발행 | 2018년 12월 3일
ISBN | 979-11-88434-08-4(03840)